W0365952

KNAUR

Von der Autorin ist bereits im Knaur Taschenbuch erschienen:
Als wir unsterblich waren

Über die Autorin:
Charlotte Roth, Jahrgang 1965, ist Berlinerin, Literaturwissenschaftlerin und seit zehn Jahren freiberuflich als Autorin tätig. Mit ihrem ersten Roman, *Als wir unsterblich waren,* der auf einem Stück ihrer eigenen Familiengeschichte basierte und ein Bestseller war, hat sie sich einen langgehegten Traum erfüllt. Charlotte Roth hat Globetrotter-Blut und zieht mit Mann und Kindern durch Europa, halt an ihrem Koffer in Berlin aber unverbrüchlich fest. Die Olympischen Spiele in London 2012 hat sie, die selbst eine leidenschaftliche Sportlerin ist, hautnah miterlebt und sich von ihnen zu diesem Roman inspirieren lassen.

Charlotte Roth

ALS DER HIMMEL UNS GEHÖRTE

Roman

KNAUR

Besuchen Sie uns im Internet:
www.knaur.de

FSC
www.fsc.org
MIX
Papier aus verantwortungsvollen Quellen
FSC® C083411

Originalausgabe April 2015
© 2015 Knaur Taschenbuch
Ein Unternehmen der Droemerschen Verlagsanstalt
Th. Knaur Nachf. GmbH & Co. KG, München
Ein Projekt der AVA International
Autoren- und Verlagsagentur
www.ava-international.de
Alle Rechte vorbehalten. Das Werk darf – auch teilweise – nur mit
Genehmigung des Verlags wiedergegeben werden.
Redaktion: Silvia Kuttny-Walser
Umschlaggestaltung: ZERO Werbeagentur, München
Umschlagabbildungen: © Malgorzata Maj / Arcangel Images;
© getty images / Topical Press Agency
Satz: Adobe InDesign im Verlag
Druck und Bindung: CPI books GmbH, Leck
ISBN 978-3-426-51664-5

2 4 5 3 1

Für meinen Vater,
bei dem ich gelernt habe,
was internationaler Sport alles kann.
Wenn wir ihn lassen.

»This is our time.
And one day we will tell our children and grandchildren,
that when our time came, we did it right.«

Sebastian Coe

Anmerkung der Autorin

Diese Geschichte und ihre Figuren sind erfunden. Ihr Hintergrund – die Olympischen Spiele – ist es natürlich nicht. Meine Hauptfigur sollte eine Fechterin sein. Je länger ich mich aber mit der Geschichte der Olympiade von 1936 beschäftigte, desto mehr Skrupel entwickelte ich, die reale – und sehr bewegende – Geschichte des Fechtwettkampfs der Frauen und der deutschen Teilnehmerin Helene Mayer durch meine fiktive zu ersetzen.

Deshalb habe ich mich entschieden, eine Disziplin einzuführen, die zwar von Anfang an zu den modernen Olympischen Spielen gehörte, in der jedoch 1936 kein Wettbewerb ausgetragen wurde. So kann meine Heldin ihren Kampf aus»fechten«, ohne eine Frau zu verdrängen, deren Geschichte einen eigenen Roman wert wäre. Das Bogenschießen gehörte zu den ersten Disziplinen, in denen Frauen bei den Olympischen Spielen antreten durften. 1904 war es sogar die einzige Sportart, in der Wettbewerbe für Frauen stattfanden. Für den Frauensport hat das Bogenschießen damit eine herausragende Bedeutung. Welche Rolle es darüber hinaus für den olympischen Gedanken spielt, soll an dieser Stelle noch nicht verraten werden. Stattdessen verrate ich gern, dass Bogenschießen ein atemberaubend schöner Sport ist, der zu meiner Heldin passt wie die Pfeilspitze ins Schwarze (das in Wirklichkeit gelb ist).

Des Weiteren gab es keine deutsche Springreitermannschaft bei den Spielen von Los Angeles im Jahr 1932. Die von mir beschriebene Tretmühle zur Bewegung der Pferde während der Überfahrt wurde in Wirklichkeit von der Mannschaft der Niederlande benutzt. Der Wahrheit entspricht jedoch das von mir geschilderte Ergebnis des Mannschaftswettkampfs der Springreiter.

ERSTER TEIL

Inspire a Generation

London, Bethnal Green, Herbst 2011

»Jennifer Juniper,
Lilacs in her hair…«

Donovan

1

In dem Park, durch den Jennifer schon als Kind gelaufen war, erkannte sie noch immer kein Mensch. Langstreckenläuferinnen waren schließlich keine Tennisstars, und die paar Erfolge, die sie errungen hatte, rissen niemanden vom Hocker. Wenn sie ihr Problem überwand und den Traum, der in ihr brannte, eines Tages wahr werden ließ, würde sich das ändern. Der Gedanke machte ihr Angst. Sie spannte die Muskeln und steigerte das Tempo, gab ihr Bestes, um den Schrecken zu verdrängen.

In ihr tat sich manchmal eine Leere auf, ein Gefühl, als fehlte ihr etwas. Dagegen lief sie an. Wenn sie weit genug lief, verschwand das Gefühl.

Morgen für Morgen absolvierte sie ihre Strecke. Kein Mensch sprach sie an. Bis zu jenem nasskalten Tag im Oktober, als der Mann im schwarzen Mantel auftauchte, während sie sich am Brückengeländer warm machte. Jennifer kannte sämtliche Läufer, die früh um fünf ihre Runden drehten. Er war keiner von ihnen.

»Verzeihen Sie, dass ich Sie anspreche«, sagte er. »Sie sehen aus wie Alberta Bernhardt.«

»Wie *wer?*«

Der Mann nannte einen anderen Namen, der ihr bekannt war.

»Das ist kein Wunder«, sagte Jennifer. »Die Baroness Alberta ist meine Urgroßmutter.«

Bernhardt war offenbar ihr Mädchenname. Dass jedoch jemand die alte Dame so nannte, hatte Jennifer noch nie gehört. Grandma Alberta war an die hundert Jahre alt und lebte zurückgezogen auf ihrem feudalen Sitz in Buckinghamshire. Jennifer löste ihre Kniebandagen und wollte gehen.

»Darf ich Sie wiedersehen?«, fragte der Mann im schwarzen Mantel.

Jennifer drehte sich um. »Muss das sein?«
»Ja«, sagte er. »Morgen früh, wieder hier?«
Sie nickte nicht einmal, doch am folgenden Morgen hielt sie, ohne es zu wollen, Ausschau und entdeckte ihn am Zaun.

Er hieß Gregory O'Reilly. Irischer ging es nicht mehr. Haar wie ein roter Setter, Augen im Grün von Mommas Fichtennadelbad, Hautfarbe wie unverdünnter Whisky. Akzeptierte kein Nein als Antwort und kam von da an jeden Tag. Am fünften Tag, während sie zum Auslaufen joggte und er in seinem Mantel neben ihr herlief, gestand er: »Ich habe Sie belogen. Ja, es stimmt, Sie erinnern mich an Alberta Bernhardt, aber ich habe Sie nicht deshalb angesprochen.«
Das war Jennifer ohnehin klar. Man kreuzte nicht täglich um fünf in einem Park auf, um jemandem beim Laufen zuzusehen, weil man dessen Urgroßmutter in einem Klatschblatt erkannt hatte. Man wartete nicht in Wind und Regen, bis eine Besessene fünfmal um eine Grünanlage gerannt war. Schon gar nicht pfiff man ihr zum Abschied ein Liedchen hinterher, das klang wie ein halbes Lächeln oder so, als streichle eine Hand durch windzerzaustes Haar.
»Warum also?«, fragte sie.
»Ich will Sie trainieren«, antwortete er.
Jennifer blieb stehen. Hätte er gesagt: *Ich will mit Ihnen schlafen*, es hätte sie nicht halb so sehr schockiert.
»Sie sind gut«, sagte er.
»Das weiß ich«, schnauzte sie ihn an. Jäh wünschte sie sich, ernst genommen zu werden als das, was sie war: keine Sonntagsjoggerin, sondern eine Athletin, der ihr Sport alles war.
»Wissen Sie auch, *wie* gut Sie sein könnten?«, fragte er.
»Vielleicht.« Sie verstand nicht, warum sie den Kerl nicht zum Teufel schickte. Er war aufdringlich. Er war penetrant. Und zu guter Letzt erwies er sich auch noch als verrückt.

»Sagen Sie es mir, Jennifer.«
Sie hatte sich ihm nicht vorgestellt. Ihren Namen musste er sich im Internet herausgesucht haben, es gab schließlich nichts, was sich dort nicht fand. Oder er war einer, der Bescheid wusste. Ein Leichtathletik-Freak, der auf die langen Strecken stand.
»Bitte sagen Sie es mir«, wiederholte er.
»Was soll ich Ihnen sagen?«
»Zum Beispiel, ob Sie sich auf Helsinki vorbereiten. Auf den Wettkampf, der vermutlich über die Olympiateilnahme entscheidet.«
Es begann zu regnen. Jennifer spürte, wie ihre Muskeln, die zu lange ohne Bewegung gewesen waren, auskühlten und sich dagegen sträubten. Sie kannte das: Es fühlte sich an, als würde das Fleisch ihrer Schenkel spröde wie Glas.
»Wollen Sie mich verarschen?«, blaffte sie ihn an. »Wenn ich mich auf die Europameisterschaften in Helsinki vorbereiten würde, käme ein Sonntagsläufer wie Sie wohl kaum auf die Idee, sich mir als Trainer anzudienen.«
Unter seinem Auge zuckte ein Muskel, als habe er einen Schlag einstecken müssen. »Donnerstagsläufer«, sagte er.
»Wie bitte?«
»Heute ist Donnerstag. Nicht Sonntag. Und Sie sollten sich bewegen und an den Beinen etwas anziehen.«
»Finden Sie wirklich, das ginge Sie etwas an?«, fragte Jennifer.
»Ja«, sagte er. »Ich frage Sie morgen noch einmal, in Ordnung? Ich frage Sie jeden Tag, bis Sie ja sagen.« Er ließ den Blick auf ihrem Gesicht ruhen, als müsse er sich zwingen, ihn wieder zu lösen.
»Nein«, rief Jennifer hastig. »Hören Sie, ich weiß nicht, was mit Ihnen los ist, aber Sie müssen aufhören, mich zu belästigen. Sicher haben Sie nichts Böses im Sinn, vielleicht haben Sie als Junge in Irland ja Klebebildchen von Leichtathletik-Stars gesammelt …«
»In Irland?«, fragte er verblüfft.
Sein Mund war hübsch, stellte Jennifer fest. In der blassen Sonne schimmerte sein Haar wie blankpoliertes Kupfer.

»Ich dachte …«, stotterte sie und kam sich dumm vor.
»Danke, dass Sie überhaupt etwas von mir denken«, sagte er. »Darf ich nächsten Donnerstag wiederkommen? Sie wissen ja, ich bin ein Donnerstagsläufer.«
»Sie laufen aber doch gar nicht!«
»Und wenn ich liefe, dürfte ich Sie dann am Donnerstag sehen?«
Jennifer stöhnte. »Zum Teufel, ja, wenn Sie sonst keine Ruhe geben.«
»Ich gebe sonst keine Ruhe«, sagte er und hatte noch einen Rest von Lächeln um den Mund. »Auf Wiedersehen, Jennifer.« Er ging drei Schritte, während sie mit ausgekühlten Muskeln am Geländer stand. Dann drehte er sich um und sagte: »Es stimmt übrigens.«
»Was?«
»Das mit Irland. Ich bin in Belfast geboren. Und um Sie für Helsinki vorzubereiten, bleibt uns noch reichlich Zeit.«
Im Fortgehen begann er zu pfeifen, sein Lied, das absichtslos klang wie der Wind, der an Jennifers schweißnassem Haar zupfte. In seiner Haltung erkannte sie etwas Vertrautes, die Art, sich aus der Hüfte heraus zu bewegen, die selbst unter dem Mantel nicht zu übersehen war. Sie brannte darauf, im Internet nach seinem Namen zu suchen, doch sie würde es keinesfalls tun.

2

Ein Trainer war das Letzte, was Jennifer brauchte. Sie hatte schon einen. Keinen Donnerstagsläufer, sondern einen Profi, um den der halbe Verband sie beneidete. Cyrus Devon. Europameister über zehntausend Meter, Coach dreier Olympiasieger und einer Vize-Weltmeisterin. »Wenn der dich nicht in die Gän-

ge kriegt, dann ist Hopfen und Malz verloren«, hatte Mike, der Vorsitzende ihrer Sportabteilung, gesagt.
Seither versuchte der Wundertrainer sich an der verklemmten Gangschaltung in Jennifers Laufstil. Dass sie noch immer durch Parks lief, machte ihn rasend. »Wozu soll das gut sein? Wenn du auf Crosslauf umsatteln willst, sag's mir, denn dann steige ich aus.«
»Crosslauf ist keine olympische Disziplin«, sagte Jennifer.
»Den Größenwahn lass stecken.« Cyrus spuckte auf den Boden. »Und hör auf, mit deiner Rennerei im Park Kraft zu verschleudern.«
Sie zur Qualifikation für Helsinki zu melden war in seinen Augen sinnlos: »Nicht über zehntausend Meter, Jen, und schon gar nicht in diesem Jahr. Da gibt jetzt jeder alles, weil er bei Olympia im eigenen Land antreten will. Du hättest nicht die Spur einer Chance, warum sollten wir uns also die Mühe machen?«
Weil ich auch bei Olympia im eigenen Land antreten will, hätte Jennifer antworten können. Weil ich davon träume, seit ich mit sieben Jahren eine Stoppuhr geklaut habe, um vor der Schule um den Häuserblock zu laufen. Sie zog es vor, zu schweigen und sich eine weitere Bemerkung über Größenwahn zu ersparen.
»Ja, wenn du dich auf fünftausend Meter verlegen würdest«, setzte Cyrus seine Predigt fort. »Über fünftausend könntest du ganz vorn mitlaufen, und da bekämen wir auch deine Nerven in den Griff. Aber du willst ja nicht. Du hast dir etwas in deinen sturen Schädel gesetzt, und ob es vernünftig ist, schert dich einen Dreck.«
Weil es in meinem sturen Schädel schon so lange sitzt, dachte Jennifer.
Sie konnte keinen Gregory O'Reilly brauchen. Vielmehr musste sie Cyrus beweisen, dass bei ihr nicht mehr als ein Hebel klemmte. Dass sie durch Parks lief wie die personifizierte Unaufhaltsamkeit und nur einen Weg finden musste, den Hebel zu lösen,

damit sie im Stadion vor tausend Menschen das Gleiche tat. Ein rothaariger Leichtathletik-Freak, der sich im Lodenmantel zum Trainer aufschwang, war wirklich das Letzte, was sie brauchte.

Es schüttete inzwischen wie aus Eimern. Vom Tor des Parks bis zu dem Haus, in dem sie wohnte, brauchte Jennifer nur fünf Minuten, aber als sie die Stufen zur Haustür emporlief, war sie bis auf die Haut durchnässt. Das Haus machte etwas her. An seinem schäbigen Fin-de-Siècle-Schick war nie herumgebessert worden. Zwei nutzlose Säulen taten so, als stützten sie ein Vordach, und die Balustrade des Balkons war aus Kavala-Marmor. *Kallimarmaro,* so nannte Jennifers Stiefvater den Balkon, um ihr eine Freude zu machen. Das war der Name des Athener Sportstadions, in dem die ersten Olympischen Spiele der Neuzeit stattgefunden hatten.

Das Haus lag eingebettet in eine geradezu idyllische Siedlung, die mit einem Feinkostgeschäft, einem Biobäcker und einer sardischen Osteria wie eine freundliche Farce mitten in Londons Problembezirk prangte. *Village* nannten die Bewohner diese paar Straßenzüge, als hätte ihr Dorf mit der Riesenstadt nichts zu tun. Die Häuser hier waren für großbürgerliche Haushalte gebaut worden und mindestens hundert Jahre alt, sie waren hoch und schmalbrüstig und machten auf ihre behäbige Weise durchaus etwas her.

Das Schild über der Tür passte dazu. Keine Nummer, sondern ein Name: *Casa Feldman.* Mommas Idee. Abe Feldman, Jennifers Stiefvater, war derlei Imponiergehabe peinlich, aber er war nicht der Mann, der seiner Frau einen Wunsch abschlug.

Ehe Jennifer ihren Schlüssel aus der Trainingsjacke gefingert hatte, flog die Tür auf, und eine Handvoll Mitglieder des Feldman-Haushalts schwappte ihr entgegen. Zac, Phil und Giora, ihre drei kleinen Halbbrüder. Bellini, der Golden Retriever. Und Stasiek, der Au-pair-Junge aus Krakau. »Jenny, Jenny, wir sind zu spät dran für die Schule, und Giora muss ein Gedicht aufsagen!«

Sie waren an den meisten Tagen zu spät dran für die Schule. Ihre Mutter, die Helen hieß, ließ sich von aller Welt Momma nennen, weil sie die Empfängnis von Kindern als Krönung ihrer Weiblichkeit erlebte, aber sie war zu deren Aufzucht gänzlich ungeeignet. Statt eines Au-pair-Mädchens hatte sie unbedingt einen jungen Mann haben wollen, weil ihre Aromatherapeutin ihr erklärt hatte, das sei der Entwicklung von Söhnen zuträglich. Dass Stasiek weder einen Wecker noch das geringste Gefühl für Verantwortung besaß, war daneben zweitrangig.

Hinter Stasiek stakste auf hohen Absätzen Rachel, Abe Feldmans Schwester, ein weiteres gestrandetes Mitglied seiner Familie. Abe sammelte menschliches Strandgut wie andere Leute Bierdeckel. Rachel reckte sich, soweit ihr Schuhwerk es erlaubte, und küsste Jennifer auf die Wange. »Ach, Jenny, du Fleißige. Schon wieder so früh auf den Beinen, und dann auch noch bei solchem Hundewetter!«

Rachel selbst war nur auf den Beinen, wenn ein Termin sie zwang. Sie sammelte Material für eine Biographie ihrer Familie. *Die Feldman-Saga*. Das Material sammelte sie schon, solange Jennifer denken konnte, aber die Recherche verlieh ihrem Leben zumindest einen Ansatz von Struktur.

Die Horde drängte sich an Jennifer vorbei und tollte im Regen den Gartenweg hinunter. Sie musste ihnen hinterherschreien: »He, ihr Chaoten, fängt einer von euch vielleicht den Hund ein?«

Bellini war schon auf der Fahrbahn, wo er sich hinhockte, um sein Geschäft zu verrichten, ehe Zac ihn am Halsband erwischte. Jennifer, die weder Bruder noch Hund verlieren wollte, rannte los. »Komm runter von der Straße, Zac! Stasiek, behalt diese Kinder gefälligst im Auge – und nimm einen Schirm mit, um Himmels willen!«

»Werd mir geben Mühe, Miss Jenny!« Stasiek schlug grinsend die Hacken zusammen. »Haben wir gesiegt?«

Das fragte er sie immer. Er nannte sie seine Läuferin von Mara-

thon. »Zumindest haben wir überlebt«, sagte sie. »Jetzt macht aber, dass ihr weiterkommt.«
Sie nahm Zac den Hund ab und zog ihn hinter sich ins Haus. Als er sich im Windfang die Tropfen aus dem Fell schüttelte, war sie versucht, das Gleiche zu tun.
»Jenny! Du armes Schätzelchen bist ja völlig verrückt.« Aus dem Raum, den sie Morgenzimmer nannte, tapste Momma und streckte ihrer Tochter die Arme entgegen. »Kannst du denn nicht mal bei dem Regen zu Hause bleiben, wie es normale Menschen tun?«
Momma gehörte zur den Frauen, die selbst mit dem Kopf voller Lockenwickler und dem Speck der Wechseljahre um die Taille noch aussahen, als hätten sie die Sünde erfunden. Wie meist trug sie einen flattrigen Hauch, den Jennifers nasse Kleidung komplett durchsichtig machen würde. Sie war eine dieser Mütter, die nie erwachsen, sondern irgendwann zu Kindern ihrer Kinder werden. Aufseufzend öffnete Jennifer die Arme. Das Unerträglichste an Momma war, dass man sein Herz hätte zwangsversteigern müssen, um sie nicht zu lieben.
»Ich bin nicht aus Zucker, Momma.«
»Aber du hast nicht einmal einen Regenmantel an!«
»Erzähl mir nicht, du wüsstest, welches deiner Kinder einen besitzt. Deine Söhne im Grundschulalter sind gerade ohne losgezogen. Und ich bin dreiundzwanzig. Um mich zu bemuttern, ist es zu spät.«
»Ach, Jenny.«
»Ach, Momma.« Jennifer schob sie sacht beiseite, um endlich ins Bad und an ein Handtuch zu kommen.
»Was hast du nur davon, schneller als zehn andere Verrückte fünfundzwanzig Mal um ein Stadion zu laufen?«, stöhnte Momma hinter ihr her. »Ich werde nie begreifen, woher ein Kind von mir solch brennenden Ehrgeiz hat.«
Jennifer musste lachen. »Das fiele mir an deiner Stelle auch schwer.«

Zu Mommas nettesten Eigenschaften gehörte es, dass sie nie beleidigt war. Eifrig nickte sie mit ihrem halb aufgewickelten Lockenkopf. »Mir genügt es, zum Inventar der Feldman-Saga zu gehören. Ich brauche nicht noch neue Kapitel beizutragen.«

Die Feldman-Saga, so nannte Momma die Geschichte der Familie, in die sie eingeheiratet hatte. Zweimal. Zuerst den schönen, schlimmen Andy, der ihr eine Tochter geschenkt hatte und sich drei Jahre später an einer Leitplanke den Schädel zertrümmerte. Und dann den guten, alten Abe, der die Scherben aufgesammelt hatte.

»Ich gehe duschen, Momma.«

»Wickle dich hinterher aber schön warm ein. Willst du Kaffee?«

»Wer hat den gemacht – du oder Rachel?«

»Abe.«

»Dann gern.«

»Abe würde dich im Übrigen gern sprechen, wenn es dir passt.«

»Mit Abe sprechen passt mir immer.«

»Ja, weil er dir nicht wegen dieser Lauferei in den Ohren liegt«, meinte ihre Mutter. »Weißt du, was ich manchmal denke?«

Ich wäre froh, wenn ich es nicht wissen müsste, dachte Jennifer.

»Du müsstest mal jemanden kennenlernen. Einen Herzliebsten. So was lenkt doch ab.«

»Ich habe jemanden kennengelernt«, hörte Jennifer sich sagen und erschrak.

»Tatsächlich? Oh, Jenny! Aber wo denn?«

Im Park. Beim Laufen. Einen Iren mit Haar wie ein Feuermelder, der Frauen anmacht, indem er sich ihnen als Trainer andient.

»Vergiss es«, sagte sie. »Als Herzliebster taugt der nicht.«

»Das habe ich befürchtet.« Momma legte die Stirn in Falten. »Im Übrigen weiß ich, von wem du deine Besessenheit hast. Von Grandma Alberta. Als die Witwe wurde, war sie jünger als ich jetzt, und danach hat sie nie wieder einen Herzliebsten gehabt. Hatte nur noch ihre Stiftung im Kopf. Für mich wär das nichts.«

»Ich weiß«, erwiderte Jennifer liebevoll und zog die Tür des Badezimmers hinter sich zu.

3

Als Jennifer eine halbe Stunde später ins Morgenzimmer kam, peitschte der Regen in Wogen gegen die Scheiben der Erkerfenster. Ihre Mutter saß mit duftig aufgebauschter Haarwolke vor dem Kamin, zu ihren Füßen rollte sich der Hund, und die ganze Szene strahlte eine Behaglichkeit aus, die einer anderen Epoche zu entspringen schien. »Setz dich zu mir, Schätzelchen. Der Kaffee war inzwischen kalt, aber Abe hat dir frischen gemacht.«

Jennifer ging in die Küche, um sich eine Flasche Mineralwasser zu holen. Damit setzte sie sich ihrer Mutter gegenüber und schenkte sich aus der schönen, altmodischen Cafetière eine winzige Tasse voll. Dass Kaffee austrocknend wirkte, wussten alle Läufer, aber Jennifer konnte zuweilen dem Duft nicht widerstehen.

»Schon merkwürdig.« Momma hielt eines der gerahmten Schwarzweißfotos im Schoß, die vereinzelt in Bücherregalen standen. »Diese Bilder sind ein Leben lang da, aber man sieht sie sich nie an.«

Verwundert stellte Jennifer fest, dass es ihr genauso erging. Die Bilder waren aus der früheren Zweizimmerwohnung in dieses Haus umgezogen, sie waren gerahmt und wieder aufgestellt worden, aber Jennifer hatte es nie für nötig gehalten, ihnen einen Blick zu schenken. »Darf ich sehen?« Sie streckte die Hand aus.

Momma reichte ihr das Bild. Es war eine jener bräunlichen Aufnahmen, die auf den ersten Blick verrieten, dass sie aus der Zeit

vor dem Krieg stammten. Zwei Mädchen standen vor dem Bug eines weiß gestrichenen Schiffs namens *Europa* und lächelten in die Kamera. Zwei Mädchen in Jackenkleidern mit taillierten Röcken, neben sich zwei glänzende neue Koffer. Verblüffend war, dass nicht nur die Koffer und die Kleider sich glichen, sondern auch die Gesichter. Zwillinge. Ein Ei, das dem anderen so frappierend ähnlich war, dass die Leute lachen mussten.
Jennifer lachte nicht. Etwas in ihr zog sich schmerzlich zusammen, und an der Stelle, wo die Leere saß, gab es dieses vertrackte Gefühl, dass ihr etwas fehlte. Sie zwang sich, wieder das Bild anzusehen.
Auf den zweiten Blick dann sprangen keine Ähnlichkeiten mehr ins Auge, sondern Unterschiede. Der ordentlich geflochtene Zopf der einen und der kecke Bubikopf der anderen. Das bemühte Lächeln der Ersten und das triumphierende der Zweiten. Die Haltung der links Stehenden – hängende Schultern, etwas leicht Geducktes – und die des Mädchens daneben, das mit seinem gerecktem Kinn an ein Rennpferd im Startblock erinnerte, zitternd vor Begierde, loszustürmen.
Diese alten Bilder mit ihren gestellten Posen sahen immer ein wenig nach Museum und Geschichtsbuch aus. Dennoch nahm Jennifer in den Gesichtern der Mädchen vertraute Züge wahr. Statt Momma zu fragen, drehte sie das Bild um, löste die Klammern und zog es vorsichtig aus dem Rahmen. Wie in jener Epoche üblich, war es mit Sorgfalt beschriftet worden. Die steile, eigentümliche Handschrift hätte Jennifer mit etwas Mühe entziffern können, doch zu ihrer Enttäuschung war der Text in fremder Sprache verfasst. Zugleich ergriff das Gefühl von ihr Besitz, ihn um jeden Preis lesen zu müssen, weil er etwas mit ihr zu tun hatte. Etwas Wesentliches.
»Was ist das?« Sie hielt Momma das Bild hin.
»Deutsch«, sagte Momma. »Sütterlinschrift. Grandma Alberta hat mir das Foto geschenkt, als ich damals zu Andy gezogen

bin. Als Kind war ich ganz wild darauf, warum, weiß ich nicht mehr.«
»Wer ist das?«, fragte Jennifer.
»Erkennst du sie nicht?« Momma krauste die Stirn. »Nun, du hast sie ja auch nicht gesehen, als sie noch kein verschrumpeltes Pfläumchen war. Sag, ist es nicht grausam, dass uns Frauen allen so ein sang- und klangloses Ende blüht?«
»Wer sind die Mädchen auf dem Foto, Momma?«
»Grandma Alberta«, antwortete Momma.
Jennifer nahm ihr das Bild weg und starrte es an, als könnten die Gesichter auf dem Karton ihr mehr erzählen. »Warum ist Grandma Albertas Foto auf Deutsch beschriftet? Und wer ist das Mädchen neben ihr? Ihre Zwillingsschwester?«
»Davon weißt du nichts?«
»Wie sollte ich? Mir gegenüber hat kein Mensch sie je erwähnt.« Hilflos zuckte Momma die Achseln. »Grandma Alberta spricht nicht über sie.«
»Ich rede nicht von Grandma Alberta«, sagte Jennifer. »Ich rede von dir. Aber vermutlich hast du es nicht für nötig gehalten, mich über deine Seite der Familie ins Bild zu setzen. Sicher reichte es dir wieder einmal völlig aus, Teil der Feldman-Saga zu sein.«
»Was soll ich dir denn erzählen, wenn ich selbst keine Ahnung habe?« Momma hob ihre kleinen Hände in die Luft. »Grandma Alberta schweigt sich über diese Schwester aus, ich habe nicht einmal gewusst, dass sie existiert hat, bis ...«
»Bis was?«
Es kam ihr vor, als zuckte Momma zusammen. Die geweiteten Augen hatten etwas von einem Reh. »Nichts«, murmelte sie. »Wirklich nichts. Es ist ja nicht immer gut, an allem zu rühren.«
Jennifer hätte sie fragen wollen, woran sie nicht rühren sollte, doch aus unerfindlichem Grund schreckte sie davor zurück. »Und welche ist Grandma Alberta?«, fragte sie stattdessen.
Momma nahm das Bild wieder an sich und senkte mit kraus ge-

zogener Nase den Blick darauf. »Ich hab's vergessen«, gab sie sich schließlich geschlagen und schob das Foto zu Jennifer zurück.
Jennifer hatte das Gefühl, als schlüge eine Tür vor ihrer Nase zu. »Du weißt nicht, welches von den Mädchen auf dem Foto deine Großmutter ist? Vermutlich weißt du dann auch nicht, warum ihr Bild deutsch beschriftet ist.«
»Wic soll es denn sonst beschriftet sein? Sie ist ja Deutsche.«
»Wer?«
»Grandma Alberta.«
Wie war das möglich? Wie konnte jemand, der mit ihr verwandt war, aus einem ihr fremden Land stammen, ohne dass je ein Mensch etwas davon erwähnt hatte?
»Herrgott, geht mich meine Abstammung eigentlich überhaupt nichts an?«, fuhr sie auf.
»Warum bist du denn so aggressiv?«, erwiderte Momma. »Ich habe mir dieses Bild angesehen, weil mir eingefallen ist, dass du deinen brennenden Ehrgeiz von Grandma Alberta haben könntest. Hätte ich gewusst, dass dich das so aufregt, hätte ich es stehen lassen.«
»Tut mir leid«, lenkte Jennifer ein, die nicht wusste, warum das Bild sie so aufregte. »Ich bin nicht aggressiv, ich hatte nur einen schlechten Lauf.«
Nicht einmal das stimmte. Eher nagte an ihr das Wissen, dass Cyrus recht hatte und Läufe durch den Park an ihrem Problem nichts änderten. Und zu allem kam Gregory O'Reilly, den sie so wenig durchschaute wie die Frauen auf dem Bild.
»Ach, Schätzelchen.« Momma blies ihr über den Teetisch eine Kusshand zu. »Ist das wirklich so schlimm?«
Jennifer entschloss sich, die Frage zu ignorieren. »Warum hilft dir das Bild bei der Frage, ob ich meinen Ehrgeiz von Grandma Alberta habe, Momma?«
»Hm, ich weiß auch nicht. Es redet doch jetzt alle Welt von dieser Olympiade.«

Jennifer liebte Momma. Das hatte sie immer getan, aber sie fand es bisweilen schwer erträglich, ein Gespräch mit ihr zu führen, ihren Gedankensprüngen zu folgen, denen keine Logik, sondern das Chaos in ihrem Kopf zugrunde lag. »Kannst du mir bitte erklären, was das eine mit dem anderen zu tun hat?«

»Du willst da doch mitlaufen«, erwiderte Momma.

»Wo?«

»Bei dieser Olympiade.«

Dass ihre Mutter davon wusste, überraschte sie. Gewiss, in dem Alter, in dem andere ihre Zimmerwände mit Postern von Popstars zupflasterten, hatten in ihrem die Bilder olympischer Helden geklebt. Sie hätte jedoch nicht erwartet, dass Momma so etwas bemerkte. Momma hätte es fertiggebracht, ein Erdbeben zu ignorieren, solange ihr Frisiertisch stehen blieb. »Und was hat die Londoner Olympiade, bei der ich übrigens nicht mitlaufe, nun mit Grandma Alberta und ihrer Schwester zu tun?«, fragte Jennifer.

»Mit der Schwester gar nichts«, antwortete Momma. »Ich dachte einfach, ich schaue mir mal meine Großmutter als junges Mädchen an, um festzustellen, ob da Gemeinsamkeiten erkennbar sind. Äußerlich ähnlich siehst du ihr ja nicht – du bist Andy wie aus dem Gesicht geschnitten, ein echtes Mitglied der Feldman-Saga.«

Den Satz hatte Jennifer oft genug gehört, um ihn im Schlaf herzubeten. »Jemand hat mir gesagt, ich sähe Grandma Alberta ähnlich«, rutschte es ihr heraus.

»Wirklich? Wer denn?«

»Ach, niemand. Ein Mann, den ich im Park getroffen habe.«

»Du solltest wirklich nicht im Dunkeln in diesem Park herumlaufen«, sagte Momma. »Irgendwann passiert dir noch was.«

Jennifer trank die letzten Tropfen Kaffee und stand auf. »Ich sehe dann mal nach, was Abe von mir will. Über Mittag muss ich arbeiten, und heute Abend habe ich Training.«

»Ach, Schätzelchen. Muss das denn sein mit dieser Arbeit?«
Auch diese gehörte zu den Fragen, die Jennifer ignorierte. Ihr Job im *Stuzzicadenti*, der sardischen Osteria, war ein Alibi. Natürlich wäre Abe gern für ihren Unterhalt aufgekommen, aber dass eine junge Frau mit ordentlichem Schulabschluss nichts anderes tat, als Laufkilometer mit den Beinen zu sammeln, erschien Jennifer nicht akzeptabel. Sie arbeitete gern dort. Die Kollegen waren nett, die Gäste amüsant, und sie hatte den Kopf frei. Ich bin wirklich besessen, stellte sie fest. Wenn ich nicht laufe, muss ich wenigstens ans Laufen denken.
»Jenny«, rief ihre Mutter ihr hinterher.
Jennifer drehte sich um.
»Du weißt, ich verstehe nichts von deiner Lauferei«, sagte Momma leise. »Ich habe auch von Andys Musik nichts verstanden, ich bin euch allen zu nichts nütze. Aber wenn du jemanden brauchst, der mit diesen Dingen vertraut ist, könnte ich Grandma Alberta bitten, dass sie mit dir spricht.«
Um mein Laufen muss es übel bestellt sein, dachte Jennifer. An einem einzigen Tag werden mir ein irischer Amateur als Trainer und eine Hundertjährige als Betreuerin angeboten.
»Du weißt doch, ihre Stiftung …«, begann Momma.
»Dabei geht es um Behindertensport«, versetzte Jennifer. »Ich mag ja nicht olympiareif sein, aber dass man mich deshalb für ein Rollstuhlrennen zulässt, bezweifle ich.«
»Das meine ich doch nicht«, verteidigte sich Momma. »Wenn ich dich so anschaue, glaube ich, Grandma Alberta vor mir zu sehen, wie sie *himmlisch* sagt und in eine andere Welt abhebt. Ich dachte, sie könnte dir erzählen, wie sie zu der Stiftung gekommen ist.«
»Vielleicht«, erwiderte Jennifer versöhnlich und zog den Kopf aus der Tür. »Jetzt spreche ich erst einmal mit Abe.«

Jennifers Stiefvater saß in seinem Arbeitszimmer hinter einem Schreibtisch aus Mooreiche. Als Jennifer eintrat, stand er auf. »Ach, Jenny. Wie nett, dass du dir Zeit genommen hast.« In seiner rührend antiquierten Wohlerzogenheit setzte er sich erst wieder hin, nachdem auch sie in einem Brokatsessel Platz genommen hatte.

»Danke für den Kaffee«, sagte Jennifer. »Momma meinte, du wolltest mich sprechen.«

»Ja, das ist richtig. Wenn du nichts dagegenhast, würde ich dir gern etwas zeigen.« Er begann Papiere von einer Seite des Schreibtischs auf die andere zu schichten und legte eine grüne Dokumentenmappe frei. Abe war Musikverleger. Der Hüter des Feldmanschen Erbes. »Bei mir hat nämlich jemand vorgesprochen«, murmelte er, während er die Bogen in der Mappe sortierte.

Einen Augenblick lang glaubte Jennifer, er spreche von Gregory O'Reilly und sie sei versehentlich in ein viktorianisches Kostümdrama geraten. Niemand hätte besser in ein viktorianisches Kostümdrama gepasst als Abe. Die Rolle des treusorgenden Vaters, bei dem junge Männer vorsprachen und um die Hand der Tochter anhielten, war ihm auf den Leib geschrieben. Der Ire könnte im regennassen Mantel auf ein Knie sinken und Abe bitten, seine Stieftochter trainieren zu dürfen. Sie musste lachen.

Leicht verunsichert blickte Abe auf.

»Bitte entschuldige«, sagte Jennifer. »Ich lache nicht über dich.«

»Oh, das kannst du ruhig. Besser, ein Kauz wie ich bringt junge Leute zum Lachen als zum Weinen, nicht wahr? Magst du dir das hier einmal anschauen? Der Komponist hat wohl davon Wind bekommen, dass wir diese ganze Auftragsmusik für die Olympiade verlegen, also dachte er, wir könnten an seiner Sache hier auch Interesse haben.« Abe drehte die grüne Mappe um und schob sie ihr hin. »Unser Ausschuss findet das eigentlich ganz reizvoll, aber wir sind uns nicht sicher, ob es dafür eine Zielgruppe gibt.«

Jennifer warf einen Blick auf das oberste Blatt. »Olympia-Symphonie« stand in der Titelzeile und darunter: *»Inspire a Generation«*, das Motto der Olympiade von London. Ansonsten war der gesamte Bogen bedeckt mit Noten. Abe war unverbesserlich. Er hatte seinen Bruder, den Wundergeiger Andrew Feldman, vergöttert und würde sich nie damit abfinden, dass Jennifer, dessen einziges Kind, so unmusikalisch war wie ein Zaunpfahl. »Davon verstehe ich nichts, Abe. Ich kann deine Noten nicht einmal lesen.«

»Soll ich dir den Anfang vorspielen?«, fragte Abe hoffnungsvoll, fischte die Mappe vom Tisch und trug sie hinüber zu dem schwarz glänzenden Klavier, das er einen Stutzflügel nannte.

»Wie sollte ausgerechnet ich dir dazu raten?«

»Ich wollte gern wissen, wie es auf Menschen wirkt, die sich in dieser Welt zu Hause fühlen – denen es etwas bedeutet, dass London im nächsten Jahr zum dritten Mal die Olympischen Spiele austrägt. Ich selbst bin ja leider nie ein sportlicher Mensch gewesen, muss jedoch zugeben, dass mir das Herz in der Brust schlägt, wenn ich an die Tradition der olympischen Idee denke. Dass sich ein Komponist davon inspiriert fühlt, leuchtet mit ein. Symphonien schreibt ja kein Mensch mehr, aber zu etwas so Fundamentalem wie Olympia passt die große Form doch nicht schlecht.«

»Wie du siehst, bist du der Fachmann, nicht ich«, sagte Jennifer lächelnd. Es gab nur wenige, die derart zärtliche Gefühle in ihr auslösten wie Abe in seinem Bemühen, Menschen zu begreifen. »Mir geht's um Sport, Abe. Nicht um erhabene Hymnen und umflorte Häupter, die Reden halten, sondern um Zehntel- und Hundertstelsekunden. Wer das schönste Lied bei der Eröffnungsfeier singt, das rauscht an mir vorbei, weil ich darauf brenne, zu erfahren, wer das erste Gold der Leichtathleten gewinnt. Es tut mir leid, aber ich fürchte, mit mir als Beraterin bist du schlecht bedient.«

Abe überlegte eine Weile. Dann stellte er die Mappe mit den Noten auf den Ständer des Klaviers. »Darf ich trotzdem?«

»Natürlich.«

Im Niedersetzen strich er die Schöße seines Jacketts zurück und hob die Hosenbeine an. Dann klappte er mit seinen langen, behutsamen Fingern den Klavierdeckel hoch.

Zu ihrer Überraschung ließ die Musik sie nicht kalt. Gleich in den ersten Takten spürte Jennifer etwas von dem Pathos, das Abe heraufbeschworen hatte, etwas von der Begeisterung, die langsam, aber sicher auf die gesamte Stadt übergriff. Olympiafieber. Während sie Abes Spiel zuhörte, beschloss sie, am Abend mit ihrem Trainer zu sprechen.

Cyrus, würde sie sagen, ich will bei den Olympischen Spielen antreten. Weil ich das will, habe ich mit sieben Jahre angefangen, mir die Seele aus dem Leib zu laufen, und diese Olympiade in unserer Stadt kommt nicht wieder. Ich will versuchen, mich zu qualifizieren. Jetzt oder nie. Die Musik, die sich steigerte, schien das Gleiche zu sagen. Abes Rücken wand sich, während die Finger über die Tasten wirbelten. Jetzt oder nie.

Mit einem kleinen Lauf ließ er das Vorspiel ausklingen und drehte sich zu ihr um. »Und?«

»Abe, ich habe keine Ahnung.«

»Aber eine Meinung vielleicht?«

»Ich fand es ganz schön ...«, begann sie zögernd, dann gab sie sich einen Ruck: »Nimm es. Ich glaube, es ist gut.«

Über sein Gesicht mit der gewaltigen Brille ging ein Lächeln. »Du meinst, dass Leute, die die Spiele mögen, diese Melodie gern hören werden? Ich dachte daran, sie für eine Uraufführung im Rahmen des Olympia-Festivals vorzuschlagen.«

Auf einmal glaubte Jennifer, es vor sich zu sehen: geschmückte Straßen, feiernde Menschen aus aller Herren Länder, die olympischen Ringe an der Tower Bridge. Bilder, die sie verdrängt hatte, um sich keiner verstiegenen Hoffnung hinzugeben.

»Ich finde, das ist eine gute Idee«, sagte sie zu Abe.
»Dann werde ich es morgen der Konferenz vorlegen. Denen hatte ich gestern gesagt, dass ich mich erst mit dir besprechen will, weil du, wenn es um Sport geht, meine Expertin bist.«
Jennifer lachte. »Dass du ein Aufschneider bist, ist mir neu.«
»Ich schneide nicht auf. Ich tue meine Arbeit. Wenn man selbst nicht sonderlich begabt ist, muss man wissen, an wen man sich wenden kann. Kann ich denn auch etwas für dich tun, Jenny?«
Kein Mensch hatte so viel für sie getan wie Abe. »Um ehrlich zu sein – du kannst«, platzte sie heraus. »Darf ich dir auch etwas vorspielen? Oder besser: vorpfeifen? Nur ein kleines Lied, ich wüsste gern, ob du es kennst.«
»Ich bin ganz Ohr.«
Sie pfiff so erbärmlich schlecht, wie sie sang. Ein anderer hätte die Melodie schwerlich erkannt, aber Abe war ein wandelndes Musiklexikon.
»Und ob ich das kenne!«, rief er erfreut. »Weißt du, dass mir dieses Lied im Kopf herumgeht, wann immer ich dich zu Gesicht bekomme? Es stammt aus meiner Jugend. Ich hätte nicht gedacht, dass ihr jungen Leute es überhaupt noch kennt.«
»Und warum geht es dir im Kopf herum, wenn du mich siehst?«
Ein wenig verlegen zuckte er die Achseln. »Es passt zu dir. Zu deiner Art zu gehen – aufrecht, entschlossen und trotzdem mit dem Kopf in den Wolken. So bist du schon gegangen, als du acht warst, und wenn ich dir dabei zuschaue, möchte ich dieses Lied singen: *Jennifer Juniper. Flieder im Haar.*«

4

Drei Tage später war er wieder da. Jennifer stand am Brückengeländer und begann ihr Aufwärmprogramm, als er herantrat und sagte: »Guten Morgen.«

Sie fuhr herum. »Heute ist doch nicht Donnerstag!«

»Quod erat demonstrandum«, sagte er.

»Wie bitte?«

»Ich *behaupte* einfach, dass heute Donnerstag ist.« Er zog den Mantel aus und breitete ihn über das Geländer. »Können Sie mir das Gegenteil beweisen?«

»Wie denn?«

»Gar nicht. Ich schlage daher vor, wir nehmen an, es sei Donnerstag, und Sie erlauben mir, mit Ihnen zu laufen.« Unter dem Mantel trug er einen schwarzen Trainingsanzug.

»Wollen Sie den etwa hierlassen?«, fragte Jennifer und wies auf den Mantel, ein viel zu schönes, viel zu teures Stück, um ihn in Londons East End über ein Geländer zu werfen.

Er hatte begonnen, in der Grätsche sein Körpergewicht auf ein Bein zu verlagern, um die Muskeln des inneren Oberschenkels zu dehnen. In der Übung wandte er ihr das Gesicht zu. »Ich kann ihn mir ja schlecht unter den Arm klemmen. Laufen wir?«

Sie erzählte ihm nicht, dass sie in den letzten zwei Tagen nach ihm Ausschau gehalten hatte, obwohl nicht Donnerstag gewesen war. Und schon gar nicht erzählte sie ihm, dass sie sich mit ihrem Trainer gestritten hatte. »Du hast ein Nervenproblem, verdammt noch mal!«, hatte Cyrus sie angeschrien. »Über zehntausend hältst du im Wettkampf nicht durch, das wissen wir doch. Eher bekomme ich eine Kuh bei Olympia aufs Siegertreppchen als dich.«

Jennifer war keine Kuh. Kühe rannten nicht ziellos im Kreis. Sie

verlangte von Cyrus, sie zu einem der Trials für die Qualifikation zu melden.
»Herrgott, ich habe einen Ruf zu verlieren!«, brüllte er. »Was soll der Verband von mir denken, Mädel? Dass ich neuerdings nervenkranke Sonntagsläufer, die durch Parks flitzen, für Olympia nominiere?«
Sie hatte Angst gehabt, vor Zorn zu weinen. »Donnerstagsläufer«, hatte sie versetzt und ihn stehenlassen. Seitdem schlief sie schlecht, wollte wieder gegen die Leere anlaufen und fühlte sich in eine Ecke gedrängt. Ohne ihren Trainer hatte sie keine Chance, aber hatte sie denn eine ohne ihren Stolz?
»Jennifer?« Was sie auf ihrer Schulter spürte, war Gregory O'Reillys Hand. »Wir sollten jetzt laufen. Sie stehen bei dem feuchten Wetter zu lange still.«
Es ging ihn nichts an, aber er hatte recht. Außerdem brannte sie darauf, ihn laufen zu sehen. Die Art, wie er anlief, hatte nichts von der Schwere, die Amateure kennzeichnete. Er fand sofort in seinen Tritt, der Bewegungsablauf fließend, der Kraftaufwand gezügelt, der Körperschwerpunkt tief in den Hüften. Jennifer sah ihm zu und verliebte sich einmal mehr in ihren Sport. Nie war ein Mensch schöner, nie zeigte er deutlicher, wie perfekt er gemacht war, als im Lauf. Gregory O'Reilly war sehr schön, stellte sie verblüfft fest und wäre um ein Haar gestolpert.
»Laufen Sie, Jennifer. Richten Sie den Blick geradeaus.«
»Sie sind nicht mein Trainer«, fauchte sie ihn an. »Und mein Training absolviere ich abends auf der Laufbahn. Hier im Park kann ich laufen, wie ich will.«
»Wenn Sie sich den Knöchel brechen, können Sie nicht mehr laufen, wie Sie wollen«, erwiderte er, ohne seine Schrittfolge zu unterbrechen. »Und auch nicht bei Olympia starten.«
»Ich starte nicht bei Olympia.« Die Wut brachte ihren Atem aus dem Takt. Ohne nachzudenken, steigerte sie das Tempo, setzte zu viel Kraft ein und legte sich in einen Sprint. Sie erwartete, dass er

zu ihr aufschließen würde, doch als sie zu sich kam, weil ihr ein scharfer Schmerz in die Seite fuhr, fand sie ihn nicht mehr neben sich. Sie nahm ihr Tempo zurück, presste die Hand aufs Zwerchfell und wandte den Kopf. Weit abgeschlagen, lief er im Gleichmaß vor sich hin.

Marathon, dachte Jennifer. Einer, der in der Bahn nicht genug Tempo und Taktik gebracht hat und dann auf die Ultrastrecke gewechselt ist. Sie hob die Hand und winkte, forderte ihn auf, den Abstand zu verringern, aber er blieb stur in seinem Schritt. Zum Teufel mit ihm! Sie würde alles geben, was möglich war, und ihn überrunden. Wenn sie Cyrus die Demütigung nicht heimzahlen konnte, so konnte sie sich zumindest an diesem Möchtegernathleten schadlos halten.

Langstreckenläufer lernten, ihre Reserven einzuteilen, aber Geschwindigkeit war ein Rausch, und wer davon gepackt war, schoss die Vernunft in den Wind. Jennifers Sohlen peitschten das Pflaster. Vergessen waren Trainingspläne und Verletzungsgefahr. Jennifer rannte um ihr Leben. Warum es bei diesem Lauf an einem feuchtgrauen Morgen im Park aber um ihr Leben ging, das wusste sie nicht.

Es war härter, als sie geglaubt hatte. Ihr Atem geriet außer Kontrolle, und die Muskeln sträubten sich, das überhöhte Tempo zu halten. Als sie endlich seinen schwarzen Rücken wahrnahm, hätte sie aufjubeln mögen, doch ihr fehlte die Kraft. Nur noch Schritte von ihm entfernt, verlangsamte sie das Tempo.

Der Rausch verflog. Ein Schwächegefühl breitete sich in ihr aus, eine Leere im Kopf, die ihre Beine lähmte. Sie taumelte, zwang sich weiterzulaufen, obwohl jede Faser ihres Körpers ihr signalisierte, stehen zu bleiben. Das, was ihr bisher nur im Wettkampf geschehen war, passierte hier, in ihrem Park, wo sie sich sicher gefühlt hatte. Ihre Knie gaben nach. Ihre Augen füllten sich mit Tränen. Sie schaffte es gerade noch, die Arme nach vorn auszustrecken, damit sie nicht aufs Gesicht stürzte.

Mit einem Satz war er bei ihr, ließ sich mit ihr zusammen auf die Knie fallen und fing sie auf. »Ganz ruhig, Jennifer«, sagte er leise und bettete ihren Kopf an seine Schulter. Während sie haltlos weinte, fing er an, das Lied zu summen. *Jennifer Juniper.* Bis das Weinen nachließ und ihr Rücken nicht mehr in Krämpfen zuckte.

5

Was ist es? Die Nerven?«
Jennifer nickte.
»Und deshalb starten Sie nicht bei den frühen Trials, um sich für Helsinki zu qualifizieren?«
»Mein Trainer traut es mir nicht zu«, erwiderte Jennifer und starrte auf ihre Hände. »Nicht weil meine Zeiten nichts taugen, sondern weil ich dieses Problem mit den Nerven habe. Mir passiert im Wettkampf dasselbe: Ich verliere die Kontrolle über mein Tempo, rase kopflos davon und breche dann heulend zusammen.«
Als sie aufblickte, lächelte er. »Sie sollten den Trainer wechseln.«
Er hatte sie einfach aufgehoben und sie aus dem Park geführt. Aus ihrer Tasche hatte er eine Trainingshose herausgesucht und ihr seinen Mantel über die Schultern gehängt. Erst als sie den schweren Stoff auf dem Rücken spürte, bemerkte sie, dass es schon wieder regnete. Gregory O'Reilly ging mit ihr in das Café neben dem Feinkostladen, setzte sie an den hintersten Tisch und holte Wasser und zwei Tassen Espresso von der Theke.
»Haben Sie in Ihrer Trainer-Fibel nicht gelesen, dass man Athleten nach dem Lauf keinen Kaffee geben darf?«
»In meiner Trainer-Fibel habe ich gelesen, dass Athleten nach dem Lauf Menschen sind«, erwiderte er. »Ich gebe Ihnen auch einen Brandy, wenn er Ihnen hilft. Glauben Sie, ein einzelner

Brandy hindert Sie daran, bei Olympia auf dem Treppchen zu landen?«
Für diese Frage hätte sie ihn gern geküsst. »Ich nehme den Brandy«, sagte sie. »Mein Trainer meint, er bekommt bei Olympia eher eine Kuh auf die Siegertreppe als mich.«
»Jennifer?«
»Was ist?«
»Überlassen Sie Ihren Trainer der Kuh.«
Er ging und brachte den Brandy in zwei gläsernen Halterungen, in denen Teelichter brannten und die goldene Flüssigkeit wärmten.
»Warum tun Sie all diese Dinge für mich?«
»Das wissen Sie doch«, sagte er. »Weil ich der Trainer der Frau werden will, die über zehntausend Meter Gold holt. Ich bin durch sämtliche Parks gestreunt, bis ich sie gefunden hatte. Jennifer Feldman. Alberta Bernhardts Urenkelin.«
»Dass Sie sich anhören wie ein Geisteskranker, das ist Ihnen schon klar, oder?«
»So ähnlich hat sich Pierre de Coubertin vermutlich auch angehört, als er erklärte, er wolle irgendwelche Sportwettkämpfe aus einer antiken Ruinenstadt namens Olympia wiederbeleben.«
Jennifer musste lachen, und das war das Letzte, womit sie gerechnet hatte. »Also schön, Mr. O'Reilly. Ich bestreite nicht, dass Sie ein ziemlich netter Mann sind, und außerdem laufen Sie nicht erst seit letztem Donnerstag. Tacheles rede ich jetzt trotzdem mit Ihnen, und wenn Sie mir nicht Rede und Antwort stehen, sehen Sie mich nicht wieder. Was wollen Sie ausgerechnet mit mir, weshalb bilden Sie sich ein, Sie könnten Leichtathleten trainieren, und warum nennen Sie meine Urgroßmutter beim Mädchennamen?«
»Alberta Bernhardt?« Als er die Brauen hob, sah Jennifer die Narbe über seinem Augenlid. »Es ist der Name, mit dem sie berühmt geworden ist, oder nicht?«

»Berühmt? Mit ihrer Stiftung? Die heißt Mandeville, wie dieses riesige, uralte Haus, in dem sie wohnt.«
Gregory O'Reilly hob sein Brandyglas. »Stoßen wir an? Auf Mandeville. Ich habe Ihnen etwas mitgebracht.« Er griff in seine Manteltasche und zog eine Figur aus bunt emailliertem Metall hervor, ein seltsames Geschöpf mit einem einzelnen Auge in einem Kopf wie ein Fahrradhelm.
»Das kenne ich«, bekundete Jennifer. »Das ist das Olympia-Maskottchen.«
»Nicht ganz.« Er schob die kleine Figur zu ihr hinüber. »Er ist das Maskottchen der Paralympischen Spiele. Wissen Sie, wie er heißt?«
Jennifer schüttelte den Kopf.
»Mandeville«, sagte er. »Können Sie sich denken, warum?«
»Was ist das hier«, platzte sie heraus. »Irgendeine skurrile Art von Eignungstest? Sparen Sie sich Ihren Atem. Ich bin eine engstirnige Ignorantin, die nichts tut, als fast zweihundert Kilometer pro Woche zu laufen, und was nicht in meine Disziplin fällt, interessiert mich nicht. Ich weiß nichts über die Paralympics, ich weiß nicht, warum das Haus meiner Urgroßmutter und Ihr Fahrradhelm-Männchen denselben Namen tragen, und wenn Sie mich fragen, wie der Präsident der Vereinigten Staaten heißt, weiß ich das vermutlich auch nicht.«
»Barack Obama«, erwiderte er gleichmütig. »Geben Sie mir mein Fahrradhelm-Männchen wieder und nehmen Sie den hier.« Er stellte eine zweite einäugige Metallfigur vor sie hin. Diese hatte einen runden Kopf und schwenkte die olympische Flagge. »Wenlock. Das Maskottchen der Olympischen Spiele, benannt nach Much Wenlock, dem Ort in Shropshire, in dem vor hundertsechzig Jahren ein Vorläufer der modernen Olympiade stattfand.«
»Was sind Sie eigentlich?« Wider willen nahm Jennifer die Figur in die Hand. »Ein Olympia-Botschafter?«
»Ich bin Ihr Trainer«, entgegnete er. »Sie wissen es nur noch

nicht. Ich gebe Ihnen einen Talisman, wie Trainer es gern tun, und den anderen nehme ich wieder an mich. Der passt besser zu mir.« Er steckte die Figur mit dem Fahrradhelm in die Tasche. »Mandeville. Benannt nach Stoke Mandeville, dem Ort, an dem die ersten Paralympischen Spiele der Welt stattfanden. 1948. *Inspire a Generation* – ich bin sicher, das haben die Leute, die sie ins Leben gerufen haben, auch gedacht.«

»Stoke Mandeville ist dieser Ort, wo meine Urgroßmutter wohnt.«

»Alberta Bernhardt.« Gregory O'Reilly nickte. »Sie wissen wirklich nicht, wer sie war, bevor sie die Stiftung gründete? Spricht man in Ihrer Familie nicht darüber?«

»In meiner Familie spricht man über die Feldman-Saga«, blaffte Jennifer. »Damit sind wir beschäftigt genug.«

»Stimmt«, sagte er. »Sie sind ja Andrew Feldmans Tochter.«

»Haben Sie nichts anderes zu tun, als Details meines Lebens auszuspionieren? Wissen Sie auch, wann ich Windelausschlag hatte und wer mir zur Geburt eine Rassel geschenkt hat?«

»Abraham Feldman, nehme ich an«, sagte er. »Ihr Onkel und der zweite Mann Ihrer Mutter. Nur mit dem Windelausschlag tue ich mich noch schwer.«

»Und dieses ganze Zeug haben Sie sich im Internet herausgesucht, weil ich Ihnen im Park über den Weg gelaufen bin und Sie zu dem Schluss gekommen sind, ich könnte bei Olympia starten. Wer soll Ihnen diese Story eigentlich abkaufen?«

»Niemand«, sagte er. »Ich habe Sie angelogen.«

»Denken Sie etwa, das weiß ich nicht? Sagen Sie mir jetzt endlich, was Sie wollen, oder wir beenden diese Farce.«

»Ich will Sie trainieren«, sagte er. »Ich will Ihnen helfen, zwei Läufe in der erforderlichen Mindestzeit zu absolvieren, so dass die Funktionäre Ihre Aufnahme in die Olympiamannschaft in Erwägung ziehen. Ich will, dass Sie in Helsinki antreten, weil das die einzig sichere Eintrittskarte ist. Und ehe Sie endgültig glau-

ben, Sie hätten es mit einer bizarren Art von Trickbetrüger zu tun – ich bin im Besitz einer Trainerlizenz Ihres Verbands.« Unter dem Aufschlag des Mantels förderte er die Ausweishülle mit dem Dokument zutage.
Jennifer starrte darauf. »Sie sind zu jung für einen Trainer«, brachte sie endlich heraus. »Warum konzentrieren Sie sich nicht auf Ihre eigene Karriere? Sie laufen Marathon, richtig?«
»Nein«, sagte er. Das eine Wort beendete das Thema.
»Mich trainiert Cyrus Devon, Mr. O'Reilly«, sagte Jennifer.
Ehe sie etwas hinzufügen konnte, unterbrach er sie: »Danke.«
»Wofür?«
»Dafür, dass Sie sich durchgerungen haben, mich beim Namen zu nennen. Könnten Sie noch einen Schritt weiter gehen?«
»Welchen?«
»Ich heiße Gregory.«
»Das weiß ich.« Jennifer hörte, wie ihre Stimme zitterte.
»Und ich weiß, wer Sie derzeit trainiert. Vergessen Sie nicht – ich habe jedes Detail über Sie im Internet recherchiert.«
»Weil Sie auf meine Urgroßmutter stehen. Kein Problem, wir leben schließlich in toleranten Zeiten – sie dürfte höchstens siebzig Jahre älter sein als Sie.«
Es ärgerte sie, dass sie sein Lächeln hübsch fand. Es nahm ihr den Wind aus den Segeln. »Auf Alberta Bernhardt stehe ich wirklich«, sagte er und nahm die Ausweishülle mit seiner Trainerlizenz wieder an sich. »Haben Sie nie für ein Idol geschwärmt?«
Jennifer dachte an Emil Zatopek, der mit hängender Zunge eine Bahn entlanghechelte. Das Foto des Olympiasiegers im Marathon von 1952 hatte jahrelang die Wand ihres Zimmers geschmückt. Sobald sie es abgehängt hatte, weil sie sich albern vorgekommen war, hatte sie sich einsam gefühlt. Gregory O'Reilly zog ein ähnliches, wenn auch kleineres Foto hervor. Es zeigte eine blonde junge Frau mit einem Bogen. Triumphierend strahlte sie in die Kamera, und Jennifer erkannte sie sofort. Es war eines der

Mädchen von dem Foto mit dem Schiff. Grandma Alberta oder ihre Schwester.
»Sie sind gar kein Läufer«, entfuhr es ihr. »Sind Sie Bogenschütze?«
»Ich nicht.« Er lächelte. »Aber Alberta Bernhardt.«
Sie war Deutsche. Sie war Bogenschützin. Was war die Frau, die sie zu kennen geglaubt hatte, noch alles?
»Sie schleppen ein Bild meiner Urgroßmutter mit sich herum?«
Er zuckte die Achseln. »Ich habe als Junge in Irland Klebebildchen von Olympioniken gesammelt.«
»Finden Sie das eigentlich lustig?«
»Nein«, sagte er. »Ich bin nur verlegen. Ja, ich finde Alberta Bernhardt wundervoll, und vielleicht wäre ich andernfalls auf Sie gar nicht aufmerksam geworden. Aber jetzt bin ich Ihnen verfallen. Sie sind eine großartige Läuferin, und wenn Ihnen nicht gerade Ihr Trainer Unsinn einredet, wissen Sie das auch. Ich habe Aufnahmen von Ihren Wettkämpfen gesehen, und seither weiß ich, dass ich Sie trainieren will. Für Olympia. *Inspire a Generation.*«
Jennifer starrte in den Rest des Brandys, und der Regen schlug Trommelwirbel gegen die Fensterscheiben. »Es ist nett, dass Sie mir das erzählt haben«, sagte sie endlich. Doch es war viel mehr als nur nett. Es hatte etwas in ihr wieder aufgerichtet. »Vielleicht wäre ich tatsächlich verrückt genug, es mit Ihnen zu versuchen, wenn ich keinen Trainer hätte. Nur habe ich ja einen. Den besten, den ich bekommen kann. Wollen wir es dabei belassen, Mr. O'Reilly?«
Das vernarbte Lid über seinem Auge zuckte. »Darf ich Sie trotzdem wiedersehen?«
»Was soll das bringen?«
»Donnerstag«, sagte er. Eine noch feuchte Strähne seines roten Setter-Haars glitt in seine Stirn. »Wenn ich Sie nur am Donnerstag sehe, muss es nicht unbedingt etwas bringen, oder?«

»Aber Sie erklären doch jeden Tag zum Donnerstag!«
»Und wenn ich verspreche, mir Mühe zu geben, und den Donnerstag Donnerstag sein lasse?«
»Geben Sie sich viel Mühe«, sagte Jennifer. Ehe sie sich daran hindern konnte, hob sie die Hand und strich ihm das Haar, das auf dem vernarbten Lid lag, zurück. »Ich muss jetzt gehen.«
Er hatte ihre Urgroßmutter eine Olympionikin genannt. Sie musste an dem Schweigen ihrer Familie rütteln, musste die Lücke, die in der Geschichte ihrer Herkunft klaffte, schließen und herausfinden, was dort aus ihrer eigenen Geschichte gelöscht worden war.
Im Aufstehen sah sie, wie er zwei Finger an die Stelle legte, die sie berührt hatte. »Sie glauben gar nicht, wie viel Mühe ich mir geben werde«, sagte er leise und erhob sich ebenfalls.
Als sie die Tür öffneten, brandete ihnen der Regen entgegen. »Ich habe das so satt!«, fuhr Jennifer auf, weil sie aus seiner Nähe fortwollte, fort von dem Drang, ihn zu berühren. »Manchmal wünsche ich mir ein Land, in dem es nicht den ganzen Herbst hindurch regnet.«
Er verzog den Mund. »Kommen Sie zu uns, dann wissen Sie, wie gut Sie es haben. Bei uns regnet es nicht nur den ganzen Herbst hindurch, sondern es ist auch noch das ganze Jahr Herbst.«
Jennifer horchte auf. »Bei uns – damit meinen Sie Nordirland?«
Ertappt fuhr er sich mit der Hand ins Haar. »Das ist wirklich albern. Ich wohne schon seit Jahren in London.«
»Wie ist es in Belfast?«, fragte Jennifer verlegen, weil sie nichts darüber wusste. »Herrscht nach dem Karfreitagsabkommen in der Stadt jetzt Frieden?«
Von der Seite sah er sie an. »Ich dachte, was nicht in Ihre Disziplin fällt, interessiert Sie nicht. Ja, es herrscht wohl Frieden. Gemessen an dem Hass, der dreißig Jahre lang die Stadt verwüstet hat, ist es erstaunlich, wie selten es zu Zwischenfällen kommt. Nur Arbeit gibt es nicht, zumindest nicht für die Verlierer. Ich

fürchte, es ist noch immer keine gute Stadt, um dort als Katholik zu leben.«

»Was sind Sie?«

Ohne den Blick von ihr abzuwenden, bekreuzigte er sich. »Ja, Papist bin ich auch noch. Ihnen bleibt nichts erspart.«

Ehe Jennifer zu einer Erwiderung ansetzen konnte, hob er die Hand. »Warten Sie, ich borge einen Schirm für Sie aus.«

Mit einem altmodischen Stockschirm kam er zurück und drückte Jennifer den Griff in die Hand.

»Und Sie?«, fragte Jennifer.

»Ich kann hier warten, bis das Schlimmste vorüber ist.«

»Also dann. Danke für den Brandy.«

Statt zu antworten, pfiff er einen Takt seines Lieds. *Jennifer Juniper. Flieder im Haar.*

»Eines noch«, sagte er dann. »Besuchen Sie Ihre Urgroßmutter. Ich vermute, Sie kann Ihnen helfen.«

»Wobei?«

»Bei diesem Problem, das Sie mit den Nerven haben. Lassen Sie sich von Olympia erzählen. *Inspire a Generation.*« Flüchtig streifte seine Hand ihr Haar. »Auf Wiedersehen, Jennifer.«

6

Für den Abend sagte Jennifer ihr Training ab. Es regnete noch immer, und in ihrem rechten Oberschenkel lauerte ein Schmerz, der eine Muskelzerrung befürchten ließ. Abe wollte mit Momma in die Oper, aber Momma hatte Migräne, und da Rachel sich den Knöchel verstaucht hatte, blieb nur Jennifer als Begleitung. »Bitte komm mit«, sagte Abe. »Ich gehe so gern mit dir in die Oper.«

Jennifer fand den Gedanken an einen Abend mit Abe erfreulich, selbst wenn im Hintergrund eine Oper dudelte. Neben Abe zu sitzen, während er seinen alten Heckflossen-Mercedes geduldig durch das Getümmel des Feierabendverkehrs steuerte, war eine Wohltat.

»Geht es dir nicht gut, Jenny?«, fragte er nach einer Weile.

»Doch«, erwiderte sie. »Oder nein, eher nicht. Kann ich dich etwas fragen, Abe?«

»Du solltest wissen, dass du das immer kannst. Dein Vater ist unersetzlich, aber ihn bei dir vertreten zu dürfen, ist mir eine Ehre.«

»Meinst du, ich könnte Grandma Alberta besuchen?«, fragte Jennifer. »Über ein Wochenende, irgendwann Ende Oktober?«

Abe trat auf die Bremse und ließ den Wagen, der ihm die Vorfahrt nahm, passieren. »Das halte ich für eine glänzende Idee«, sagte er. »Hätte ich nicht all diese Leute wegen der Olympia-Kommissionen hier, würde ich dich begleiten. Ich habe einen Besuch bei der Lady von Mandeville immer als Privileg empfunden. Sie wird sich freuen. Und dein Großonkel Fred ebenso.«

Großonkel Fred war Albertas Sohn. Er war älter als Mommas früh verstorbene Mutter Cully und musste inzwischen an die Achtzig sein. »Ich wusste gar nicht, dass sie Deutsche ist«, sagte sie zu Abe, der den Wagen umsichtig wieder in den Verkehr einfädelte.

Er wiegte den Kopf. »Man vergisst das, wenn man sie kennt. Es macht ja auch keinen Unterschied, findest du nicht auch?«

Jennifer wusste nicht, ob es einen Unterschied machte. Es gab zu vieles, das sie nicht wusste, ein Labyrinth, von dem sie nicht einmal den Eingang kannte.

»Sie ist eine Persönlichkeit«, sagte Abe. »Wenn du möchtest, kümmere ich mich um deinen Besuch bei ihr.«

»Danke«, sagte Jennifer. »Ich denke, ich kümmere mich lieber selbst.«

»Falls du Hilfe brauchst, wende dich bitte an mich. Du weißt, deine Mutter …«

Jennifer lachte. »Ja, ich weiß. Meine Mutter …«
Abe hielt vor einer Ampel. »Ist das alles, was dich gerade beschäftigt, Jenny?«
»Nur noch eins. Sagt dir der Name Gregory O'Reilly etwas?«
»Gregory O'Reilly?« Die Fußgängerzone vor dem Opernhaus von Covent Garden kam in Sicht, und Abe bog in den Tunnel zum Parkhaus ab. »Dieser Läufer, der Verlobte von Tonia Harrison?«
»Wer ist Tonia Harrison?« Jennifers Herzschlag wurde dumpf. Es gab Namen, von denen man wusste, dass man sie gehört haben musste, ob man nun ein Ignorant war oder nicht.
»Es muss sieben oder acht Jahre her sein.« Abe kurbelte das Fenster herunter und nahm den Kampf mit dem Parkautomaten auf. »In jedem Fall war es lange nach dem Karfreitagsabkommen, weshalb auch niemand mehr mit so etwas gerechnet hatte. Aber Fanatismus ist eben schwer auszurotten.«
»Abe!«, rief Jennifer ungeduldig. »Was meinst du mit *so etwas*?«
»Bitte entschuldige«, sagte Abe. »Kannst du dir diese Bescherung hier einmal ansehen? Ich komme mit diesen Apparaturen einfach nicht zurecht.«
Jennifer lehnte sich über ihn hinweg aus dem Fenster, gab die geforderten Daten in den Automaten ein und löste den Parkschein. »Jetzt erzähl«, bat sie Abe. »Es ist wichtig.«
»Eine traurige Geschichte«, sagte Abe und fuhr im Schritttempo weiter. »Der junge Mann, ein nordirischer Katholik, startete für Großbritannien in einem Wettkampf, weil er in Belfast geboren war und somit das Recht dazu hatte. Soweit ich mich erinnere, hätte er in Irland nicht die Förderung erhalten, die er benötigte.«
»Über welche Strecke ist er denn gelaufen?«
»Guter Gott, Jenny, da fragst du mich zu viel. Über die beiden langen Strecken, glaube ich. Über die, die du auch läufst.«
»Zehntausend und fünftausend Meter?«
»Wenn ich mich nicht irre, ja. Es gab ein paar Proteste aus repu-

blikanischen Kreisen, Schmierereien, Schmähbriefe, nichts, was allzu bedrohlich schien. Ich vermute, der junge Mann hat sich keine Gedanken gemacht, sondern wollte einfach nur seinen Sport ausüben. Eines Morgens wollte er mit seiner Verlobten Tonia Harrison, einer Medizinstudentin, in ein Auto steigen, um irgendwo Squash zu spielen. Die junge Frau saß bereits im Wagen, als unter ihr eine Bombe explodierte.«

Abe fuhr zweimal um das Deck herum, ehe er eine Parkbucht entdeckte, aus der ein Kleinbus gerade rückwärts ausparkte. »Was ist ihnen passiert?«, fragte Jennifer tonlos.

»Tonia Harrison hat die Bombe in Stücke gerissen«, sagte Abe. »Es bleibt nur zu hoffen, dass sie sofort tot war. Ihr Verlobter, der ein Stück vor dem Wagen stand, wurde durch die Druckwelle mehrere Meter in die Höhe geschleudert. Soweit ich mich erinnere, kam er mit schweren Knochenbrüchen und ein paar anderen Verletzungen davon.«

»Beinbrüchen, Abe? Als Leichtathlet?«

Abe steuerte den Wagen in die Parklücke. »Tragisch, nicht wahr? Er ist nie wieder gelaufen. Vielleicht hat er das nach dem Tod seiner Freundin ja auch gar nicht mehr gewollt.«

Zum ersten Mal blieb Jennifer so lange sitzen, bis Abe ihr aus dem Wagen half. Behutsam führte er sie durch das Parkhaus, der gleißenden Helligkeit des Foyers entgegen. Über dem Durchgang hing ein Banner in leuchtendem Pink. »Die hängen sie jetzt überall auf«, sagte Abe und wies auf das Logo der Olympiade. »Freust du dich? Im nächsten Sommer wird es keine Wand in dieser Stadt geben, an der das nicht hängt.«

»Ja«, sagte Jennifer nur. Flüchtig streiften ihre Finger das Banner mit dem Schriftzug. *Inspire a Generation.*

ZWEITER TEIL

»Citius, altius, fortius –
schneller, höher, stärker«
Berlin, Mai 1931

»Hoppla, jetzt komm ich.
Alle Türen auf,
Alle Fenster auf …«
Schlager von Hans Albers,
aus dem Film »Der Sieger«, 1932

7

Alberta, warte!«
Alberta schwang im Gehen herum, freute sich an dem um ihre Waden wirbelnden Rock, und lachte Jobst Gessner, ihrem Trainer, entgegen.

Jobst warf das Tor zu und rannte das kurze Stück Straße, das in den Waldweg mündete, hinter ihr her. »Gib mir fünfzehn Minuten, um einzupacken, dann fahre ich dich nach Hause«, keuchte er.

»Ich habe zwei kerngesunde Beine«, rief Alberta vergnügt. »Bei dem himmlischen Wetter laufen die lieber, als sich in dein knatterndes Auto zu quetschen.«

»Mein Laubfrosch knattert nicht.« Jobst klang gekränkt wie Ulli Sabotke, der Sohn der Hauswartin, der sechs Jahre alt war und schmollte, wenn Alberta nicht mit ihm Fußball spielte. »Und quetschen musst du dich in einen Dreisitzer auch nicht, sondern kannst deine langen Beine nach Herzenslust ausstrecken.«

»Woher weißt du denn, wie lang meine Beine sind?« Alberta zerrte an ihrem wadenlangen Rock, als wollte sie ihn sich bis auf die Fesseln hinunterziehen. »Jetzt zerknautsch dein Gesicht nicht so, Jobst. Ein andermal, ja?« Alberta fühlte sich wie Nathan, ihr Lieblingspferd, das begann, mit den Hufen zu scharren, wenn es zu lange gezwungen war, stillzustehen. Die Sonne kitzelte sie im Nacken, und der schattige Waldpfad schien nach ihr zu rufen.

Es war wie stets nach dem Training in ihrem geliebten Sport: Die Arbeit mit dem Bogen erschöpfte sie kaum, sondern verlieh ihr eine Energie, die ihre Muskeln bis zum Platzen spannte. Loslaufen wollte sie, ihren Überschuss an Kraft genießen, den hellen Tag und die Gewissheit, jung zu sein. Ein solches Glücksgefühl verschaffte ihr sonst nur ein ausgedehnter Galopp mit Nathan durch den morgendlichen Grunewald.

Alberta war sportverrückt. »Wenigstens eine von diesen beiden war eigentlich als Junge gedacht«, pflegte ihr Vater von ihr und ihrer Zwillingsschwester Auguste zu sagen, und es bestand kein Zweifel, welche er damit meinte.

Bis vor kurzem hatte Alberta sich sogar selbst gewünscht, als Junge zur Welt gekommen zu sein. Zwischen ihren Lieblingssportarten, dem Bogenschießen und dem Springreiten, hätte sie sich dann kaum entscheiden können. Ein Mädchen aber hatte in der Welt der Springturniere keine Chance – die teilten Kavallerieoffiziere und Herrenreiter unter sich auf. Zudem hätte ihr Vater sich die Haltung eines Turnierpferds nicht leisten können, so sehr er seiner Tochter alles, was mit Sport zusammenhing, gönnte. Daher hatte Alberta ihren Ehrgeiz auf den Bogen verlegt und ritt das Schulpferd Nathan nur noch zum Vergnügen.

Außerdem hatte sie unlängst entdeckt, dass es ein gewaltiger Spaß war, ein Mädchen zu sein.

»Du hörst mir überhaupt nicht zu, habe ich recht?«

»Wie bitte?« Alberta erschrak.

»Ich habe gesagt, ich würde gern etwas mit dir besprechen.« Jobst klang noch immer wie der kleine Ulli und verzog in ähnlicher Schmollmanier den Mund. »Wenn du mit dem Laubfrosch nicht fahren willst, schließe ich die Bogen ein und gehe mit dir zu Fuß. Wir könnten in diesem neuen Lokal am Bahnhof Grunewald eine Sportmolle trinken. Oder einen Eisbecher essen – das hast du bestimmt noch nie gemacht, was?«

Alberta unterdrückte ein Stöhnen. »Können wir es nicht hier besprechen, Jobst? Ich würde gern noch bei Nathan vorbeischauen.« Einen Abstecher zum Reitstall hatte sie zwar nicht geplant, aber die Gelegenheit, dem Braunen eine halbe Karotte zwischen die flaumweichen Lippen zu schieben, war ihr immer willkommen.

»Du reitest zu viel«, sagte Jobst, wieder im Tonfall von Ulli Sabotke.

Alberta lachte auf. »Wie kann man denn zu viel reiten?«
»Ich mache keine Witze, Alberta. Wenn es dir ernst ist mit dem Bogen, solltest du dich konzentrieren und keine Zeit mit irgendwelchen Sperenzchen vergeuden.«
»Was soll das heißen, *wenn es mir ernst ist?*«, fragte Alberta. »Ich habe für den ASV Eibe den zweiten Platz bei den deutschen Jugendmeisterschaften geholt. Ist das nicht ernst genug?«
»Und warum nur den zweiten?«, schoss Jobst zurück. »Du hättest siegen müssen, du weißt, du hast das Zeug dazu, wenn du nur mehr Zeit in dein Training stecken würdest.«
»Tilly war eben besser«, erwiderte Alberta und verspürte einen winzigen Stich. Hätte irgendeine Fremde sie besiegt, hätte sie es weggesteckt, aber Tilly Rebemann war ihre Vereinskameradin. Und ganz unrecht hatte Jobst nicht. Das Mehr an Begabung, das sie Tilly voraushaben mochte, machte die andere durch Fleiß wett.
»Für das, was du erreichen könntest, gibt es kaum eine Grenze«, sagte Jobst. »Höchstens den Himmel, Alberta.«
Alberta legte den Kopf in den Nacken und sah zwischen den belaubten Zweigen hinauf ins wolkenlose Blau. Was Jobst da sagte, klang verlockend. Sie war eine der Glücklichen, die Talent besaßen, und obendrein war sie zäh genug, sich in der Welt des Sports durchzubeißen. Gern hätte sie mehr Zeit mit dem Bogen verbracht, aber der Preis dafür – war der nicht zu hoch? Sollte sie die Ausritte auf Nathan aufgeben, die Stunden mit ihrer Familie, die ihnen heilig waren? »Ich bin erst sechzehn«, sagte sie schließlich. »Mir läuft doch nichts davon, und das Leben ist so bunt …«
»Ist es das? Davon würde ich auch gern mal etwas bemerken.« Jetzt sah er nicht mehr aus wie Ulli Sabotke, sondern wie Erasmus, Onkel Ludgers Rauhaardackel. Sie ging zu ihm und drückte ihm einen Kuss auf die Wange. Als sie sah, wie sein Gesicht sich veränderte, wusste sie, dass sie das Falsche getan hatte.
»Alberta …«

Er wollte die Arme um sie schlingen, doch Alberta wich zurück. Er war ein guter Trainer, und sie mochte ihn – wie sie auch Ulli Sabotke und den Dackel Erasmus mochte. Dass es ihr neuerdings diebisches Vergnügen bereitete, mit jungen Männern ein Spiel zu spielen, das aus Blicken, Gesten und Gesäusel bestand, kam noch dazu. Aber sie mochte das Spiel nur, wenn ihr Partner wie sie selbst wusste, dass es ein Spiel war. Ein Wettkampf, bei dem man wie im Sport seine Kräfte maß, um hinterher lachend beisammen zu sitzen und aus zwei Strohhalmen dasselbe Glas leer zu trinken.

Jobst, der noch immer die Arme nach ihr ausgestreckt hielt, spielte kein Spiel. Er meinte es ernst.

»Das war es, was ich mit dir besprechen wollte«, sagte er.

»Dass ich mehr Zeit für mein Training brauche?«, fragte Alberta und wich noch einen Schritt zurück.

»Nicht nur«, erwiderte er. »Du und ich, wir kennen uns nun schon so lange. Wir verstehen uns blendend, findest du nicht auch?«

»Warum auch nicht? Wir sind Sportkameraden.«

»Das muss ja nicht alles bleiben«, murmelte er. »Wir könnten mal ins Lichtspielhaus gehen, wenn du Lust hast, oder zum Tanzen …«

»Ach nein, Jobst!«, rief Alberta. »Du hast selbst gesagt, ich soll mich mehr auf mein Training konzentrieren.« Mit ihrer Schwester Auguste ging Alberta seit dem Winter in die Tanzschule am Kurfürstendamm, die der stocksteife Maestro Duvenage leitete. Wie alles, was ihrem Körper Geschick abverlangte, fand sie das Tanzen himmlisch, auch wenn sie über die sentimentale Musik lachen musste. Das Spiel mit den jungen Männern ließ sich nirgendwo so wundervoll spielen wie auf dem Tanzparkett. Mit Jobst tanzen wollte sie trotzdem nicht. »Ich muss gehen. Wirklich.«

»Es braucht ja nicht heute zu sein. Am Wochenende wirst du doch Zeit haben?«

Alberta wurde unbehaglich, sie begann in der dünnen Hemdbluse zu schwitzen, die sie zum Bogenschießen trug. »Am Wochenende hat Onkel Ludger Geburtstag«, sagte sie.
»Ludger Kohn? Der ist doch überhaupt nicht dein Onkel.«
Seine Stimme klang abfällig. Offenbar gehörte er zu den Leuten, die sich daran störten, dass ihre Tante Käthe mit dem Tierarzt Ludger Kohn in einer Beziehung lebte, die sie Bratkartoffelverhältnis nannte. Die beiden besaßen keinen Trauschein und teilten sich auch keine Wohnung, aber Ludger ging seit Jahren bei den Bernhardts ein und aus. Tante Käthe führte ihrem Vater den Haushalt, und Onkel Ludger gehörte zur Familie.
»Für mich ist er mein Onkel«, erwiderte Alberta spitz. »Und jetzt muss ich wirklich los. Wir sehen uns am Freitag beim Training!«
Ehe er protestieren konnte, lief sie den Waldweg hinunter. Das Futteral mit dem Bogen schlug gegen ihren Rücken, sie spürte, wie ihr weiter Rock flog, und sie hätte die Arme ausbreiten wollen, weil das Leben ihr so sehr gefiel. Jobst tat ihr leid. Er wünschte sich mehr als Kameradschaft von ihr, aber dafür fühlte Alberta sich nicht bereit. Wer den Himmel umarmen konnte, sollte sich nicht mit einem winzigen Ausschnitt begnügen müssen.
Um Nathan zu besuchen, reichte die Zeit nicht mehr, wenn sie nicht zu spät zum Abendessen kommen wollte. Es war Mittwoch, Tante Käthe machte Kohlrouladen und wurde äußerst ungnädig, wenn jemand zu spät kam. »Bei anderen ist Schmalhans Küchenmeister«, pflegte sie zu sagen. »Da darf man ja wohl erwarten, dass das Grüngemüse pünktlich vor gefüllten Tellern sitzt.«
Recht hatte sie. Als Alberta hinter dem Bahnhof Grunewald aus dem Wald lief, fiel ihr die Schlange vor der Suppenküche auf, die zum Missfallen wohlhabender Anwohner eingerichtet worden war. Die Armut, die sich seit dem Zusammenbruch der Börse wie ein giftiger Nebel ausbreitete, machte auch vor den reichen Vierteln in Berlins Westen nicht halt. Das Radio berichtete von fünf Millionen Arbeitslosen, die ihre Familien nicht mehr ernähren

konnten. Die Gesichter der Menschen, die mit ihren Henkeltöpfen vor der Essensausgabe anstanden, waren gezeichnet von Erschöpfung und Resignation.
Auch in Albertas Familie wurden die Gürtel enger geschnallt, doch im Großen und Ganzen führten sie ein Leben ohne Sorge. Ihr Vater war Sportjournalist und hatte sich mit seinem eigenwilligen Reportagestil beim Rundfunk einen Namen gemacht. *Radio-Bernhardt*. Er nahm kein Blatt vor den Mund, und die Berliner liebten ihn dafür – oder freuten sich, dass sie ihn hassen durften.
Bis zur Bettinastraße, wo Alberta mit Vater, Schwester und Tante die obere Etage einer Villa aus der Gründerzeit bewohnte, waren es nur ein paar Straßenzüge. Die Gegend war ruhig, hauptsächlich reihten sich hier herrschaftliche Wohnhäuser aneinander und präsentierten Vorgärten, die jetzt im Mai vor Farbe strotzten. Lediglich in der Auerbachstraße gab es zudem ein paar exquisite Geschäfte. Zeitungsjungen verirrten sich selten hierher, weil die Bewohner sich ihre Zeitung ins Haus bestellten, doch heute stand ein vierschrötiges Bürschlein vor dem Kiosk und brüllte sich die Seele aus dem Leib: »Die *Vossische*, die Sechs-Uhr-Ausgabe – alles über Berlins Wahl zur Olympiastadt!«
Im Laufen hielt Alberta inne. Die Olympischen Spiele, die größte Sportveranstaltung der Welt, würden in ihrer Heimatstadt stattfinden? Nicht das favorisierte Barcelona hatten die Funktionäre des IOC ausgewählt, sondern tatsächlich Berlin? Dann musste Theodor Lewald, der für Deutschland im Komitee saß und mit allen Kräften für die olympische Sache kämpfte, wahrhaftig ein Genie sein! Alberta rannte weiter und riss dem Jungen die Zeitung aus der Hand.
»Dufte Sache, wa?« Der Kleine grinste, als hätte er persönlich die Spiele nach Berlin geholt. »Sechzehn Stimmen für die Spanier und dreiundvierzig für uns – dit nimmt uns diesmal keener wieder weg!«

Alberta senkte den Blick auf die Titelseite der *Vossischen Zeitung*. Für gewöhnlich las sie höchstens die *Sport-Welt* oder das Reiterblatt *St. Georg*, aber heute konnte sie die Spalten nicht schnell genug überfliegen. Die fünf Ringe prangten über der Schlagzeile, deren Druckerschwärze über das Blatt verwischt war:

Olympische Spiele 1936 in Berlin.

1936. Wie alt bin ich da?, überlegte Alberta. Einundzwanzig. Genau im richtigen Alter. Der Bogen, der in seinem Futteral über ihrer Schulter hing, bekam auf einmal mehr Gewicht. Vor Schreck entfuhr ihr ein Lachen. War sie verrückt? Größenwahnsinnig? Sie war Alberta Bernhardt, ein Schulmädchen, das im Unterricht mit den Beinen zappelte und sich hinaus auf den Trainingsplatz sehnte, aber das machte sie noch lange nicht zur Olympionikin. Hatte nicht Jobst ihr gerade erklärt, sie nehme ihr Training nicht ernst genug, um überhaupt etwas zu erreichen?
Hastig drückte sie dem Jungen seine fünfzehn Pfennige in die Hand und lief weiter. Die Gedanken kreisten: Olympische Spiele in Berlin. Albertas Vater war Sportreporter – mit der unglücklichen Liebe, die Berlin mit Olympia verband, war sie aufgewachsen:
Ursprünglich hatten die Spiele bereits vor fünfzehn Jahren – 1916 – in der deutschen Hauptstadt stattfinden sollen, doch der Weltkrieg hatte aus dem Traum vom Sportfest, das die Nationen vereinte, blanken Hohn gemacht. Mitten in jenem Krieg, den ihr Vater die Geißel des Jahrhunderts nannte, waren Alberta und Auguste geboren worden. Sperrfeuer und Granatendonner hatten den olympischen Geist stummgebrüllt, doch als die Waffen schwiegen, erhob er von neuem seine Stimme. Die Welt, der das große Sterben in den Knochen saß, sehnte sich danach mehr denn je, und 1920 wurden wieder Spiele ausgetragen. Deutschland je-

doch wurde nicht länger als Mitglied der Völkerfamilie angesehen, und die Teilnahme blieb dem Land verwehrt.
Erst vor drei Jahren, in Amsterdam, war erstmals wieder eine deutsche Mannschaft zugelassen worden. Kurz zuvor hatte das olympische Komitee mit Theodor Lewald auch wieder einen deutschen Vertreter in seine Reihen aufgenommen. Lewald war davon überzeugt, Olympia werde Deutschland helfen, das Vertrauen der Welt zurückzugewinnen. Nach Los Angeles, wo die Spiele im nächsten Jahr stattfinden würden, wollte der DRA, der Reichsausschuss für Leibesübungen, auf sein Betreiben erneut eine Mannschaft entsenden, auch wenn es Proteste gab, weil die Reise der Sportler ein Vermögen kosten würde.
Um wie viel heftiger würden die Proteste jetzt ausfallen, wo Lewald sich in Berlins Namen verpflichtet hatte, die Großveranstaltung zu finanzieren! Durfte eine Stadt, in der Millionen Menschen im Elend erstickten, Geld aus dem Fenster werfen, um statt der eigenen Kinder fremde Athleten zu füttern und statt Wohnhäuser Sportstätten zu bauen?
Aber eine Sportstätte haben wir doch schon, begehrte Alberta in Gedanken auf. Hier, im Grunewald, lag das Deutsche Stadion, das der Architekt Otto March für die Olympiade von 1916 entworfen hatte. Es war eigens vom Reichskanzlerplatz an die Hochbahn angebunden worden, um Zuschauer zu den Spielen zu transportieren, die aufgrund des Kriegs dann nie stattgefunden hatten.
Vielleicht war es den modernen Spielen zwanzig Jahre später nicht mehr angemessen, aber spielte das eine Rolle? Rekorde brechen konnte man auch auf veralteten Laufbahnen. Olympia war ein Zauberwort, das Menschen in Rausch versetzte. Es würde den Berlinern Mut machen – gerade denen, die in der Arbeitswelt keinen Platz fanden und mit Henkeltöpfen um ihr Essen Schlange stehen mussten.
Wer Olympische Spiele ausrichtete, war kein Niemand mehr, dem raubte keiner die Würde. Alberta hielt inne und musste lachen.

Solche gewichtigen Gedanken klangen gar nicht nach ihr. Vielleicht schwatzte sie zu viel mit Onkel Ludger, an dem, wie Tante Käthe sagte, ein Philosoph verloren gegangen war. Oder sie mochte die olympische Idee einfach zu sehr. So sehr, dass sie sich einbildete, die kleine Alberta Bernhardt könne womöglich daran teilnehmen.

Schluss jetzt damit! Anstatt weiterzurennen, verlegte Alberta sich auf einen gemessenen Schritt, mit dem sie in die Bettinastraße einbog. Jette Sabotke, die Hauswartin, die über die Wohnungen der Villa wachte, nannte sie einen *flotten Feger*, weil sie immer im Galopp daherkam. »Na, du flotter Feger, wieder mal als Erste im Ziel?«, pflegte sie Alberta zu begrüßen. »Wie der blonde Hans bist du, den hält ooch nischt uff. Deshalb singt der ja ooch: Brauchste einen janz schnell, dann ruf den Hans schnell. Oder die Albi, wa?«

Der blonde Hans, das war Hans Albers, der Schauspieler, für den Jette Sabotke schwärmte. An schönen Tagen, wenn auf dem Pflaster die Schatten der Linden tanzten, lehnte sie am Zaun, hielt ihre verbrannte Nase, die sich schälte, in die Sonne und bedachte Passanten mit einem Gruß und einem Zitat ihres Lieblings.

Heute aber war sie nirgendwo zu sehen, und auch ihr Sohn Ulli kickte seinen Lumpenball nicht im immer gleichen Rhythmus an die Latten. Stattdessen erblickte Alberta dort, wo sonst die Sabotkes das Empfangskomitee bildeten, ihre Schwester Auguste. Wie schön sie ist, durchfuhr es sie. Sie waren Zwillinge, einander auf den ersten Blick ähnlich. Auguste aber hatte etwas Kostbares, Zerbrechliches an sich, das Alberta liebte, obgleich es ihr vollkommen fremd war.

»Guste!«, rief sie und winkte. Sie würden beide zu spät kommen und sich Tante Käthes Standpauke teilen. Erst als Auguste sich nicht wie erwartet nach ihr umdrehte, bemerkte Alberta, dass noch jemand hinter ihr stand. »Karl«, entfuhr es ihr, und sie blieb stehen.

Karl Venske, der Eintänzer aus der Tanzstunde. Der hatte auch etwas Kostbares, Zerbrechliches. Er war hübsch, fand Alberta, auf eine Weise, wie Männer sonst nicht hübsch waren. Eher Frauen in Illustrierten – in Seide gehüllt, mit gesenkten Lidern und geöffneten Mündern, dürr und bleich, als hauchten sie gerade ihr Leben aus. Karl war eine männliche Ausgabe davon, ein schmales Handtuch, das sich hinter Auguste versteckte. Kraft besaß nur sein Haar, es war schwarz und betonte seine Blässe.
Auguste musste sich nicht auf die Zehenspitzen recken wie die Frauen im Tonfilm, sondern ein wenig vornüberneigen, denn Karl war kleiner als sie. Ihr Kuss hatte nichts vom Tonfilm. Er wirkte reichlich verwackelt. Aber er war echt.
»Wenn ein Kerl versucht, euch zu küssen, dann muss er im Nu eine an den Ohren sitzen haben«, hatte Tante Käthe ihnen beigebracht. Auguste sah nicht aus, als bekäme Karl Venske demnächst etwas an die Ohren. Genau genommen hatte er auch nicht versucht, Auguste zu küssen. Auguste hatte versucht, *ihn* zu küssen. Mit Erfolg.
Am liebsten hätte Alberta kehrtgemacht und wäre zurückgerannt. In den Verein, aufs Trainingsgelände, einen Köcher voll Pfeile abgefeuert, ohne zu zielen. Oder zu Nathan, auf einen Galopp ohne Sattel. Zorn brodelte in ihr hoch wie heiße Milch. Karl Venske aus der Tanzstunde! Wieso hatte Auguste ihr nichts davon erzählt? Sie waren doch Schwestern, die unter der Bettdecke alle Geheimnisse teilten, die den Rest der Welt nichts angingen – wie konnte Auguste vor ihr nur Geheimnisse mit irgendeinem Karl haben?
Karl und Auguste fuhren auseinander. Er trug denselben altmodischen Anzug wie im Tanzunterricht. »Oh«, sagte Auguste. »Albi. Schau, Karl hat uns besucht.«
Nicht uns, dachte Alberta wütend. Nur dich.
»Er hat mit mir die Schrittfolge für den Slowfox geübt«, erklärte Auguste. Ihr Lachen klang gekünstelt. »Wusstest du, dass man

Slowfox erst dann richtig tanzt, wenn die Dame sich dabei eine Tasse Tee auf den Kopf stellen kann, ohne einen Tropfen zu verschütten?«
»Und wer macht solchen Blödsinn? Tanzen mit Tee auf dem Kopf?«, versetzte Alberta.
Auguste zuckte zusammen und senkte den Kopf. Dasselbe tat sie, wenn Tante Käthe schimpfte, obwohl deren Geschimpfe nicht gefährlicher war als das Kläffen von Onkel Ludgers Dackel Eri. Karl Venske schob verzagt seinen Arm um ihre Mitte, als könne ein so dünner Arm sie vor irgendetwas schützen.
»Karl hat mir eine Schallplatte geschenkt«, murmelte Auguste. »Von Dajos Bela. *Kennst du das kleine Haus am Michigansee?*« Ihre Stimme klang verklärt.
»Das ist ein albernes Lied.«
Das war es wirklich. Es war das albernste, schmalzigste Lied, das in der Tanzstunde gespielt wurde, schlimmer als Jette Sabotkes Hans-Albers-Liedchen, und es stammte aus einem noch schmalzigeren Tonfilm, in dem außer endlosem Geturtel nichts passierte:

Kennst du das kleine Haus am Michigansee?
Dahin fuhren wir zwei
Einst im Mai.
Und lag auch noch der Schnee
Auf dem kleinen Haus am Michigansee,
Schuf die Liebe uns zwei'n
Ewigen Mai.

»Ich mag es gern«, sagte Auguste. Das hatte sie noch nie getan: beteuert, dass sie etwas gern mochte, nachdem Alberta erklärt hatte, dass sie es ganz und gar nicht mochte.
»Tante Käthe wartet mit den Kohlrouladen«, war alles, was Alberta dazu einfiel.
»Ja, ich weiß.« Auguste löste sich aus der dünnen Umarmung.

»Du musst gehen, Karl. Danke für die Schallplatte. Danke für alles.«
Alberta wusste, was das in Wahrheit hieß: *Danke für meinen ersten Kuss.* Und den hatte ihre Schwester früher bekommen als sie! Einen Augenblick lang verblasste dahinter alles andere, dann aber fiel es ihr wieder ein. »Wisst ihr überhaupt, was passiert ist?« Triumphierend hielt sie die Zeitung hoch. »Das olympische Komitee in Paris hat Berlin zur Olympiastadt gewählt. In fünf Jahren finden hier bei uns Olympische Spiele statt!«
»Olympische Spiele«, wiederholte Auguste. »Da wird Vater sich freuen.«
»Und du? Freust du dich etwa nicht?«
Auguste lachte. »Doch, natürlich. Wenn du und Vater euch freut, freue ich mich auch. Jetzt müssen wir gehen, der armen Tante werden die Rouladen kalt. Auf Wiedersehen, Karl.«
Sie reichte ihm die Hand. Er verbeugte sich, was reichlich affig war, aber er wirkte dabei nicht unelegant. »Auf Wiedersehen, Auguste. Auf Wiedersehen, Alberta.«
Alberta drehte sich um, zog ihre Schwester mit sich und betrat das Haus.

8

Januar 1932

»Darf ich die Herrschaften um Aufmerksamkeit bitten?« Magnus Bernhardt stand auf und klopfte mit der Kuchengabel an sein Weinglas.
»Bitte nicht, Vater.« Seine Tochter Alberta stöhnte. »Alles, nur nicht die Rede vom munteren Zwillingspaar.«
Magnus grinste. Den schmalztriefenden Unsinn hatte er vor

sechzehn Jahren eingeführt, und er würde ihn seinen Töchtern nicht ausgerechnet heute ersparen. Umso schöner würde danach der Moment sein, wenn er den beiden sein Geschenk enthüllte. Es war ihm schwergefallen, bis jetzt damit zu warten, und die Spannung der Mädchen erhöhte seine eigene.

Zum ersten Mal hatten heute Morgen keine mit Goldband verschnürten Pakete neben den Taschentüchern von Käthe und den Büchern von Ludger gelegen. »Mein Geschenk bekommt ihr heute Abend«, hatte Magnus versprochen und zugesehen, wie sich in den Köpfen seiner Töchter verstiegene Hoffnungen manifestierten.

Auguste war ganz die Tochter ihrer Mutter, und das berührte Magnus jedes Mal, wenn es ihm bewusst wurde. Ihr hätte er die größte Freude mit einem Beitrag zu ihrer Aussteuer bereitet: Bettwäsche, Tischwäsche, Besteckkasten – seine vernünftige Guste führte in Listen jedes Stück auf, das ihr fehlte. Wie Reni liebte sie die Künste – Musik, Theater und Tanz –, doch wie jene würde sie ihre eigenen Träume hinter die Bedürfnisse eines Mannes zurückstellen. Im Klartext bedeutete das: An einer gut gefüllten Aussteuertruhe lag ihr mehr als an Premierenkarten fürs Ballett.

Alberta hingegen war so sehr Vaterkind, dass es Magnus gelegentlich Angst machte. Ihre Lebensgier war stark wie die seine, ihre Abenteuerlust, ihr Drang, sich dem Himmel entgegenzurecken – *schneller, höher, stärker,* das alles war ihm nur allzu vertraut. Sie träumte von einem Pferd, das hätte ein Blinder auf ihrer Stirn lesen können. Ihr Liebling Nathan war im letzten Herbst verkauft worden, und seither gab es im Reitstall kein Tier mehr, das Albertas Standard genügte.

Um seinen Töchtern derart kostspielige Wünsche zu erfüllen, hätte Magnus jedoch fähig sein müssen, mit Geld umzugehen. Stattdessen war er schon froh, sich die prächtige Wohnung und den aufwendigen Haushalt auch weiterhin leisten zu können.

Wirtschaftskrise war nun einmal Wirtschaftskrise, und in seiner Geldbörse herrschte die gleiche Ebbe wie in der Staatskasse. Wie gut, dass er trotzdem mit einem Geschenk für seine Töchter aufwarten konnte – mit einem, das dem siebzehnten Geburtstag angemessen war und mehr Freude auslösen würde als Pferd und Aussteuertruhe zusammen.

Er straffte die Schultern und wartete ein weiteres Stöhnen von Alberta ab, ehe er anhob. Ihm entging nicht, dass die Schwestern sich, anders als sonst, nicht die Ellbogen in die Seiten stießen und kein Kichern erklang. Schuld daran war ohne Zweifel der ernste junge Mann an Gustes Seite. Der schüchterne Herr Venske. Eher ein Karlchen als ein Karl, nicht so feurig, wie er sich einen Liebsten für seine Tochter vorgestellt hatte, aber für die zaghafte Guste als erster Kandidat vermutlich keine schlechte Wahl.

»Im bitteren Kriegswinter des Jahres 1915 war es«, begann Magnus die Rede, die er vor sechzehn Jahren zum ersten Geburtstag seiner Töchter kreiert und seither in jedem Jahr gehalten hatte, »da kam in der damals noch kaiserlichen Hauptstadt ein munteres Zwillingspaar zur Welt und sorgte inmitten von endlosem Tod für Leben.«

Das klebrige Pathos dieser Ansprache war ein bisschen peinlich, aber etwas in ihm hatte eine Schwäche dafür. Die Rede passte zu ihm: Wie bei seinen Rundfunkberichten ließ er seine Adressaten nicht wissen, ob er es ernst meinte oder sich amüsierte. Überzeugend war er, weil er es selbst nicht wusste. Damals, als er die Rede vom munteren Zwillingspaar erfand, hatte er die albernen Worte gebraucht, um mit dem gallebitteren Kloß in der Kehle überhaupt etwas herauszubringen.

Damals. Ein Jahr nach Renis Tod. Draußen hatte immer noch Krieg geherrscht, und in ihm herrschte Leere. Er hatte den Unsinn vom munteren Zwillingspaar benutzt, um sich vorzuspielen, sein Leben hätte wieder in ein Gleis gefunden.

»Geht's noch mal weiter?«, rief Alberta. Ulli Sabotke, der jüngste

Geburtstagsgast, hatte unter dem Tisch begonnen, eine Papierkugel zwischen seinen Füßen hin und her zu treten. »Wenn du uns nämlich den Rest erlässt, hätten Guste und ich gern endlich unsere Geschenke!«
»Albi!«, rief Guste erschrocken und packte das Handgelenk des betretenen Karlchens. »So was sagt man doch nicht.«
»Wenn man's denkt, macht das Sagen keinen Unterschied«, konterte Alberta. »Also, was ist? Kommt noch was?«
»Und ob.« Magnus räusperte sich. »Also, zurück in die Kälte jenes Januarmorgens und zu meinem munteren Zwillingspaar. Einen Albert hatte der wackere Herr Doktor uns prophezeit, doch das Geschöpf, das stattdessen ins Licht der Welt purzelte, hatte schon damals seinen eigenen Kopf. Es wollte um jeden Preis eine Alberta sein. Schöne Männer gibt's schließlich wie Sand am Meer, aber schöne Mädchen kann es nie genug geben!« Er hob sein Glas. »Und deshalb brachte Ihre Majestät, Königin Alberta die Erste, sich im Gefolge Auguste die Zweite mit. Es war wieder Leben in der Bude. Und dabei ist es geblieben, inzwischen schon seit siebzehn Jahren. Deshalb möchte ich euch alle bitten, mit mir anzustoßen – auf Alberta und Auguste, meine Lebensretterinnen.«
Pathos hin oder her, so war es gewesen. Reni war gestorben, nicht bei der Geburt ihrer Kinder, sondern vier Wochen später, an einer läppischen Halsentzündung, die in Friedenszeiten vermutlich kein Problem gewesen wäre. Die Fallhöhe war atemberaubend gewesen. Aus dem siebten Himmel war Magnus Bernhardt in eine Tiefe ohne Boden gestürzt. Bis die Kinder ihn aufgehalten hatten. Zwei quäkende, übel riechende Bündel, die seine Schwester Käthe ihm wie eine Anklageschrift entgegenhielt. »Die beiden hast du gemacht, nicht ich. Ich kann ihnen die Mäuler stopfen und die Hintern wischen, aber ihnen den Vater vorspielen, das kann ich nicht.«
Er hatte nicht einmal gewusst, was das war, ein Vater. In das

Abenteuer Kindszeugung hatte er sich gestürzt wie in jede andere fixe Idee seines Lebens, und Reni hatte lachend mitgespielt. »Nur zu, mein Himmelsstürmer«, hatte sie gesagt. »Du tanzt auf dem Seil, und das Netz spanne ich.«

Und dann hatte er dagestanden, im Februar 1915.

Ohne Netz.

Im Haus zwei Kinder, vor der Tür ein Krieg und in der Mitte Magnus Bernhardt, der von beidem nichts verstand.

Er sah sich am Tisch um. Einer nach dem anderen erhob sich und streckte ihm die Hand mit dem Glas entgegen: Käthe, die den Laden geschmissen hatte. Nicht oft mit Langmut, noch seltener mit Feingefühl, dafür mit Entschlossenheit, Kohlrouladen und Petunien auf der Fensterbank. Der prächtige Ludger, den Magnus als seinen Schwager betrachtete. Jette Sabotke, die Hauswartin, die sämtliche Hans-Albers-Texte aufsagen konnte, dazu ihr Sohn Ulli als Bälle an Pfosten knallende Realität. Dann das Karlchen. Der Neuzugang, der in seiner Schüchternheit ihre Einheit nicht störte. Und schließlich die Hauptpersonen. Seine Töchter. Guste und Albi. Blond und unwiderstehlich, die eine mit Bubikopf, die andere mit Flechtzopf, siebzehn Jahre alt. Das Leben vor sich und die Welt in Reichweite. Wenn diese zwei dereinst in seinem Alter waren, flogen die Menschen vielleicht zum Mond. Magnus mochte sich hundertmal einen sentimentalen Narren schimpfen, er musste dennoch lächeln. Dass diese zwei weiter reisen würden, als er es sich in ihrem Alter hätte träumen lassen, stand in diesem Augenblick schon fest.

Seine Familie. Für Beobachter mochten sie ein zusammengewürfelter Haufen inklusive Dackel sein, aber für Magnus bedeuteten die Menschen in dieser Wohnung Heimat. Als junger Mann hatte er geglaubt, er habe derlei nicht nötig. Zum Fliegen brauchte man keinen Halt, sondern endlosen Raum. Einer, der seine Flügel spreizte und auf Monate vergaß, was er zurückgelassen hatte, war er noch heute. Inzwischen wusste er es jedoch zu schätzen, dass da etwas war, wenn er seine Kräfte erschöpft hatte und wiederkam.

»Und?«, rief Alberta über den Applaus hinweg. »Was ist jetzt mit unserem Geschenk?« Aus den Augenwinkeln spähte sie zum Fenster, als erwarte sie, dass ihr Vater das Pferd dort draußen an einen Laternenpfahl gebunden hätte.

»Ach ja, natürlich.« Theatralisch klatschte sich Magnus die Hand an die Stirn. »Jetzt hätte ich um ein Haar vergessen, dass zum Geburtstag ein Geschenk gehört. Nun, liebe Albi, liebe Guste – in diesem Jahr habe ich leider nichts, das sich so einfach mit Goldschnur umwickeln und überreichen lässt ...«

Alberta lachte nervös. Auguste sah sich im Zimmer um, und die Versammelten taten es ihr nach. Magnus verschränkte die Arme vor der Brust und ließ endlich die Katze aus dem Sack: »Ich habe nichts weiter für euch als diese schäbigen Streifen Papier.« Er schob die Hände in die Jacketttaschen und zog aus jeder ein Billett aus cremefarbenem Karton. Mit den Daumen verdeckte er das Emblem, um seine Überraschung noch nicht preiszugeben.

Auguste blieb stehen, beugte aber den Oberkörper merklich nach vorn. Alberta stieß ihren Stuhl um und rannte um den Tisch. »Zeig her!«

Magnus verbarg die Karten hinter seinem Rücken, und Albi versuchte, seine Hände zu packen wie früher, wenn er ihnen von seinen Reisen irgendeinen Blödsinn mitgebracht hatte. »Nur Geduld! Wer nicht wartet, geht leer aus.«

»Sonst sagst du immer, ein Journalist, der wartet, wäre besser Schaffner im Bummelzug geworden.«

Er musste lachen. »Du bist aber kein Journalist, mein Wiesel. Höchstens die Assistentin eines Journalisten, und auch das nur, wenn du versuchst, die wohlerzogene Tochter zu spielen und zu warten, bis du an der Reihe bist.«

»Wer soll denn sonst an der Reihe sein, wenn nicht das Geburtstagskind?«

»Willst du wohl still sein?« Noch einmal wich Magnus zur Seite, um ihren gierigen Händen zu entgehen. »Es ist ja kein Geheimnis, dass uns in sechs Monaten das größte Sportereignis der Welt bevorsteht. Und da euer Vater bekanntlich seine Brötchen als Sportreporter verdient, ist er von der Reichs-Rundfunkgesellschaft beauftragt worden, als Berichterstatter zu den Olympischen Spielen nach Los Angeles zu fahren. Ich werde mit der deutschen Mannschaft auf dem Dampfer *Europa* reisen und anschließend in der *Funkstunde Berlin* über die Reise und die Spiele berichten.«

»Das ist in der Tat erstaunlich«, bemerkte Ludger. »Aber aus Los Angeles bis zu uns übertragen könnt ihr noch nicht, oder?«

»Natürlich nicht«, musste Magnus zugeben. Technik interessierte ihn nicht. Er war Journalist geworden, weil er Menschen und ihre Geschichten liebte. »In der Neuen Welt wird live übertragen. Und für die alte bringen wir ein Stück Olympia mit.«

»Wundern sollte einen ja nichts mehr, so rasant wie die Technik voranprescht«, sagte Ludger. »Aber lohnt sich eine solche Reise denn? Wollt ihr von den Spielen Aufnahmen machen, die für eine Ausstrahlung taugen?«

»Die Reise lohnt sich in jedem Fall«, versetzte Magnus. »Die Illustrierten berichten, die Wochenschau berichtet, da darf sich der Rundfunk ein solches Ereignis nicht entgehen lassen. Aufnahmen sind zweitrangig – was ich brauche, sind Geschichten von Helden.«

Ludger seufzte. »Hatten wir davon nicht im Krieg genug?«

Magnus schüttelte den Kopf. »Der Held unserer Zeit ist nicht länger der leidende Soldat, Ludger. Es ist der strahlende, siegreiche Sportler. Von dem fühlen sich die Menschen angezogen, und den bringe ich euch aus Los Angeles mit.«

»Du fährst wirklich zu den Olympischen Spielen?«, platzte Alberta dazwischen. Der Satz, den sie sich verkniff, stand ihr leuchtend ins Gesicht geschrieben: Ich wollte, ich wäre an deiner Stelle!

Zärtlichkeit übermannte Magnus. Er legte ihr den Arm um die Schultern und schob ihr das Billett in die Hand, das sie als Mitglied der deutschen Pressedelegation auswies. »Herzlichen Glückwunsch zum Geburtstag, mein Wiesel. Du und Guste, ihr kommt mit nach Amerika.«
In die Gesellschaft am Tisch geriet Leben.
»Aber das Grüngemüse muss doch zur Schule!«, rief Käthe.
»Mit mal eben siebzehn nach Amerika – und so wat nennt sich dann Wirtschaftskrise«, konstatierte Jette Sabotke. »›Flieger, grüß mir die Sonne‹, kann ick da nur sagen. Wie der blonde Hans.«
Auguste sagte auch etwas, aber ihre leise Stimme ging im Gewirr der lauten unter. Karlchen sagte nichts, und Ulli Sabotke knallte den Papierball ans Tischbein und brüllte: »Tor!«
Alberta stand still wie ein schönes Rennpferd, das sich in der Startbox sammelte. Dann fiel sie Magnus um den Hals und sprang an ihm hoch wie früher als kleines Mädchen. Damals war es ihm leichtgefallen, sie in seinen Armen aufzufangen, heute hingegen brachte sie ihn um ein Haar zu Fall.
»Ist das dein Ernst? Guste und ich kommen mit? Aber ich dachte, nach Los Angeles werden nur die allerwichtigsten Leute entsandt.«
Magnus drückte sie mit ihrem ganzen zappeligen Gewicht noch einmal an sich, ehe er sie zurück auf den Boden stellte. »Und wer soll wichtiger sein als meine hübschen Töchter?«
In Wahrheit hatte dieser Coup ihn ein höllisches Maß an Überredungskunst gekostet. Hans Flesch, der Intendant der *Funkstunde,* war der fortschrittlichste Rundfunkleiter Deutschlands und mehr Freund als Vorgesetzter, sonst hätte es Magnus kaum gewagt, ihm ein derart unverschämtes Anliegen vorzutragen. Außerdem hatte Flesch selbst eine Tochter.
»Du verstehst das doch sicher, Hänschen«, hatte Magnus ihn beschworen. »Stell dir vor, du hättest die Chance, mit deiner Wuma Olympia zu erleben.«

»Wuma hat anderes im Kopf«, hatte Hans versucht, ihn abzuwimmeln. »Wenn's eine Modenschau in Paris wäre, dann ja: da läge sie mir in den Ohren, aber mit Sport kannst du sie jagen – wie übrigens die meisten Mädchen.«
»Das ist es ja eben. Meine Albi ist anders. Sie ist auf Sport so versessen wie ich. Olympia, das ist für sie wie für andere ein Ball im Zarenschloss.«
»Lest ihr Leute von der Sportredaktion eigentlich manchmal Zeitung?« Hans fletschte beim Grinsen die Zähne. »Oder schaut ihr euch nur die Fußballergebnisse an? Einen Zaren gibt's in Russland seit fünfzehn Jahren nicht mehr.«
»Das ist doch nur eine Redensart. Jetzt hör mal zu, Hänschen. Ich glaube, dass Albi in meine Fußstapfen treten und Sportreporterin werden wird – Radio-Bernhardt die Zweite, ohne Blatt vorm Mund wie ihr Vater. Wenn ich sie und Guste als Assistentinnen mit nach Los Angeles nehmen könnte …«
»Albi ist kein Sohn, Magnus.«
»Und was soll das heißen? Willst du mir etwa damit kommen, dass du einen Stammhalter hast und ich nicht?«
»Ich will dir damit kommen, dass eine Frau als Journalistin einen schweren Stand hat.«
»Na und? Wege werden dadurch kürzer, dass man sie geht. Außerdem vergisst du, dass meine Frau auch Journalistin war.«
»Im Feuilleton«, erinnerte ihn Hans. »Auch bei der Mode und in den Haushaltsspalten der Illustrierten hätte Albi eine Chance, aber wie es im Sport aussieht, weißt du selber besser als ich.«
»Offenbar weiß ich auch besser als du, dass die Welt sich verändert«, hatte Magnus zurückgeblafft. »Wieso schwärmen mir eigentlich alle von deinem Fortschrittsglauben und deinem demokratischen Führungsstil vor? Was nützt denn die schönste Demokratie, wenn eine Hälfte der Menschheit davon ausgeschlossen bleibt – egal, wie blitzgescheit und begabt sie ist?«
Flesch hatte geseufzt. »Und wie stellst du dir das vor? Soll ich mir

die Überfahrt für deine blitzgescheiten Nachwuchsreporterinnen aus den Rippen leiern? Außerdem sind in vier Jahren wieder Olympische Spiele. Und zwar hier bei uns.«
»Allerdings. Dieser Lewald ist wirklich ein Zauberkünstler«, gab Magnus zu. »Er muss längst über siebzig sein, aber er hat getan, was er sich geschworen hatte – er hat Olympia nach Berlin geholt.«
»Na bitte«, fiel Flesch ein. »Also kannst du dich darauf freuen, die Spiele von Berlin mit deinen Mädchen zu genießen.«
»In vier Jahren sind meine Mädchen einundzwanzig«, erwiderte Magnus. »Bis dahin haben sie zwei halbgare Grünschnäbel an ihrer Seite, die mit ihnen die Abenteuer der Welt bestehen, und brauchen ihren alten Vater nicht mehr.«
Ihre Blicke trafen sich. Vielleicht war es die geteilte Sekunde väterlicher Wehmut, die den anderen weichklopfte.
»Albi und Guste teilen sich eine Kabine mit mir«, versicherte Magnus, ehe Hans noch einmal von den Kosten anfangen konnte. »Und für den Rest, Verpflegung und das alles, komme ich auf.«
»Tatsächlich?«
»Ich bin zurzeit etwas klamm«, gestand Magnus. »Aber sobald die zweite Honorarrate für die Reportage bezahlt wird, bekommst du dein Geld – und ein, zwei Zeitungen werden ja auch Berichte in Auftrag geben.«
Bis die Rate für die Reportage und das Honorar von den Zeitungen kämen, würde er das Geld längst für andere Zwecke brauchen, aber der Gedanke an die Gesichter seiner Mädchen wischte solche Bedenken beiseite. Amerika! Olympia! Welchen größeren Traum konnte es für eine Siebzehnjährige geben?
»Lass um Himmels willen zu niemandem ein Wort darüber fallen«, flehte Hans und stellte zwei Billetts aus, die Alberta und Auguste Bernhardt als Mitglieder seiner Olympiadelegation auswiesen. »Auch wenn du der Radio-Bernhardt ohne Blatt vorm Mund bist: Du weißt, dass Kolb nur auf eine Gelegenheit wartet,

mir den Ast abzusägen, auf dem mein Hintern klebt. Wenn er mich beim Postenschachern erwischt, wäre das ein gefundenes Fressen für ihn.«

»Ich schweige wie ein Grab, darauf kannst du Zyankali nehmen.«

Richard Kolb, ein Redakteur, der erst kürzlich aus Bayern gekommen war, machte aus seiner Gegnerschaft zu Flesch keinen Hehl. In seinen Aufsätzen, die er für die Radiozeitschrift *Rufer und Hörer* verfasste, beschuldigte er den Intendanten, seinen Sender ins Chaos der Anarchie zu reißen und für die Verbreitung deutschen Gedankenguts keinen Finger zu rühren.

Kolb war Mitglied der Hitler-Partei. Magnus machte um die Politik einen Bogen. Sie besaß keine klaren Regeln und war von der ritterlichen Fairness des Sports weit entfernt. Umso mehr ärgerte es ihn, dass dieser Herr Hitler mit seinem Krakeel sie alle dazu zwang, sich mit ihm zu befassen.

Aber nicht jetzt, rief er sich in die Gegenwart zurück. Er hatte erreicht, was er wollte, und würde mit seinen Mädchen nach Los Angeles fahren. Ja, er würde die beiden vor Ferienbeginn aus der Schule nehmen müssen, weil die Überfahrt drei Wochen dauerte, aber darum machte er sich keine Sorgen. Albi war ohnehin nicht allzu wild auf das Abitur, und welche Schule lehrte einen jungen Menschen mehr als eine solche Reise?

Wer fremde Länder und Völker erlebte, der zettelte keine Kriege an, und wer mit anderen Sport trieb, schlug sie nicht tot. Davon war Magnus zutiefst überzeugt, und dafür liebte er die olympische Idee.

»Wir fahren nach Los Angeles!« Alberta drückte ihm noch einen Kuss auf die Wange, dann stürmte sie um den Tisch und riss ihre Schwester vom Stuhl. »Liebste Guste, was sagst denn du dazu? Ist es nicht himmlisch – wir fahren zu den Olympischen Spielen!«

Sie wollte die Schwester bei den Händen packen und sich mit ihr im Kreis drehen, wie sie es als Kinder getan hatten, bis ihnen schwindlig wurde und sie sich übereinander auf den Boden fallen ließen. Auguste aber blieb stehen. »Ich will nicht mitkommen, Albi.«

»Was soll das heißen, du willst nicht mitkommen?«

»Ich muss zur Schule. Und für mich ist das auch nichts, so lange auf einem Schiff. Mir wird ja schon übel vom Schaukeln auf dem Müggelsee.«

»Aber deshalb darfst du doch nicht die Olympischen Spiele versäumen! Schon gar nicht die in Los Angeles, die das größte Sportereignis aller Zeiten werde sollen …«

Auguste lachte ein bisschen zirpend, so wie Reni auch gelacht hatte. »Ach, du weißt doch, Albi – ich und Sport, das ist wie ein Nilpferd am Klavier.«

Alberta lachte nicht. »Du kannst dir doch solch eine Chance nicht entgehen lassen«, stieß sie hervor.

»Für mich ist es ja gar keine Chance«, erwiderte Auguste. »Ich bin nicht gern unter fremden Menschen, ich bin nicht gern weg von Zuhause, und ich mache mir nichts aus Sport. Ich bleibe lieber hier.«

In diesem Augenblick begriff Magnus, dass sie meinte, was sie sagte. Sie war auch darin wie Reni, sie zierte sich nicht: Zu dem, was die anderen vorschlugen, sagte sie in aller Regel ja und amen. Wenn sie aber nein sagte, bedeutete es nichts als nein.

9

Mai 1932

»Warum lässt du die Guste nicht hierbleiben, wenn sie partout nicht mitfahren will? Mir ist sie keine Last. Die Guste macht ja kaum Arbeit, und außerdem hat's dich nie viel gekratzt, ob das Grüngemüse mir eine Last war oder nicht.«

Hinter der angelehnten Tür der Küche blieb Alberta stehen. Sie wusste, sie hätte sich bemerkbar machen müssen, sobald sie Tante Käthes Stimme vernommen hatte. An Türen lauschen war etwas für kleine Kinder, einer erwachsenen Sportlerin war ein solches Verhalten nicht würdig. Ich höre nur noch rasch zu, was der Vater sagt, schwor sie sich und spannte ihren Körper an, um kein Geräusch zu verursachen.
»Aber diese Reise ist doch eine Gelegenheit, die im Leben nur einmal kommt«, sagte der Vater. »Meinst du nicht, dass Guste enttäuscht sein wird, wenn wir erst mal auf und davon sind?«
»Ach was.« Mit dem Küchenhandtuch winkte Tante Käthe ab. »Der, der enttäuscht ist, bist du, nicht die Guste.«
Ihr Vater zupfte an seiner Unterlippe. »Mag schon sein«, murmelte er schließlich. »Aber ist das nicht verständlich? Welcher Vater wäre denn nicht enttäuscht, wenn er seiner Tochter eine solche Chance bietet, und die zieht es vor, am Ofen zu sitzen und mit einem grünen Bürschlein Händchen zu halten.«
»Eifersüchtig?«, fragte Tante Käthe.
Albertas Herz begann zu hämmern.
»Ich habe mich nun einmal darauf gefreut, mit meinen Kindern etwas Einzigartiges zu erleben, bevor sie flügge werden. Allzu viel Zeit für die beiden ist mir in meinem Beruf ja nie geblieben.«
»Und wenn du erst mal mit diesem sportwütigen Haufen auf dem Schiff bist, wird dir auch wieder keine Zeit für sie bleiben«, erwiderte Tante Käthe trocken. »Mach dir doch nichts vor, Magnus. Sobald du Blut leckst, siehst und hörst du sonst nichts mehr und bist froh, wenn dir die Kinder nicht zur Last fallen. Also beklag dich nicht, sondern lass der Guste ihren Karl. Der ist nämlich ein netter Junge, und die zwei sind ein süßes Liebespaar.«
»Findest du wirklich? Aber dieser spillerige Hansel kann unserer Guste doch gar nicht das Wasser reichen.«
»Vielleicht kann er sie glücklich machen«, versetzte die Tante spitz. »Du magst ein genialer Journalist sein, Magnus, aber wenn

du dich gebärdest, als würdest du etwas von der Liebe verstehen, wirst du lächerlich.«

»Und wie steht es mit dir?«, fuhr der Vater auf. »Weshalb heiratest du eigentlich Ludger nicht, wenn Liebe eine solche Spezialität von dir ist?«

»Weshalb sollte ich?«, schoss Käthe zurück. »Ludger ist Jude, ich bin Katholikin. Soll ich mich vielleicht unter einen Baldachin stellen?«

»Aber Ludger gehört doch der reformierten Gemeinde an. Außerdem könntet ihr aufs Standesamt gehen wie Reni und ich.«

»Dann können wir das mit dem Heiraten auch ganz bleiben lassen«, beschied ihn Käthe. »Ich bin zu dick für ein Brautkleid, zu alt für einen Kinderwagen, und einen Mann, der mich nachts nicht mit Schnarchen wach hält, kann ich bei Tage besser ertragen. Für Ludger und mich ist alles gut, wie es ist, denn es könnte schlechter sein. Aber die Guste ist jung. Die steckt noch voller Träume.«

»Und gerade um Träume geht es mir doch!«, rief ihr Vater. »Welcher junge Mensch träumt denn nicht davon, die Welt zu sehen, die Geheimnisse fremder Länder zu entdecken und mit der Jugend anderer Völker Freundschaft zu schließen?«

»Die Guste«, antwortete Käthe trocken. »Was du da redest, ist ihr fremd. Musst du sie dafür bestrafen, dass ihre Träume nicht die deinen sind?«

»Glaubst du das wirklich? Dass die Reise zu den Spielen für Guste eine Strafe wäre?«

Alberta bemerkte den winzigen Umschwung in der Stimme ihres Vaters. Falls es überhaupt einen Menschen gab, von dem er sich etwas sagen ließ, so war es seine Schwester, und wenn jetzt niemand eingriff, würde er sich umstimmen lassen.

Das durfte nicht geschehen! Karl Venske mochte ein liebenswerter Kerl sein, aber für Guste war er nicht gut genug. Die Schwester sollte mit nach Amerika fahren, sie sollte das Abenteuer mit

Alberta teilen, wie sie von klein auf alles geteilt hatten. Manchmal hatte Alberta sie gefragt: »Magst du denn nicht selbst etwas Aufregendes anfangen, Guste – selbst ein Pferd reiten, selbst einen Bogen spannen, statt immer nur mir zuzuschauen?«

»Gott bewahre«, hatte Guste erwidert. »Für mich ist es aufregend genug, wenn ich es durch dich erlebe.«

»Dann tue ich es für uns beide«, hatte Alberta ihr versprochen, und so hatten sie es seither gehalten.

Aber diese wundervolle Eintracht war vorbei, seit Karl Venske aufgetaucht war. Erst jetzt, wo sie Vater und Tante reden hörte, wurde Alberta klar, wie viel Hoffnung sie auf diese Reise gelegt hatte: Unterwegs würde Auguste die alberne Schnäbelei mit ihrem Hänfling vergessen, weil zu viel Neues auf sie einstürmte. Außerdem würden die Schwestern auf dem Schiff aufeinander angewiesen sein, würden wie als Kinder beieinanderhocken und ihr Band neu knüpfen. Wenn nun aber Guste gar nicht mit auf die Reise kam – würde sie dann vielleicht schon mit ihrem Karl verlobt sein, noch ehe Alberta wieder nach Europa zurückkehrte? Tilly Rebemanns Schwester hatte heiraten müssen, weil nach einer Konzertreise der kleine Aron unterwegs gewesen war. Ihre Laufbahn als Cellistin war daraufhin zu Ende gewesen. Nicht auszudenken, wenn Auguste das Gleiche geschah, wenn sie das Haus in der Bettinastraße verließ und mit dem saftlosen Karl in einer Wohnküche Windeln wusch. Alberta hatte gar keine Wahl – es war ihre Pflicht, das zu verhindern.

»So fest ist das mit Guste und Karl doch gar nicht«, rief sie und stürmte in die Küche.

Ihr Vater wirbelte herum. Tante Käthe blieb stehen und zog mit dem Zeigefinger am Unterlid. »Und das willst ausgerechnet du beurteilen können, Madame?«

Alberta hasste es, wenn die Tante sie Madame nannte, aber heute sah sie darüber hinweg. »Jedenfalls ist Guste nicht das einzige Mädchen aus der Tanzstunde, mit dem Karl sich in Ecken herum-

drückt«, erwiderte sie unschuldig. »Und auch nicht das einzige, das er küsst.«
»Das ist nicht dein Ernst.« Wenn Tante Käthe etwas nicht ausstehen konnte, dann waren es Männer, die sie falsche Fuffziger nannte. Ging es um Untreue, kannte sie kein Pardon. »Wem ich nicht Frau genug bin, der ist mir nicht Manns genug«, hatte sie Alberta und Auguste erklärt.
»Im Grunde ist es doch gut so«, beteuerte Alberta. »Stellt euch vor, Guste würde es erst herausfinden, wenn sie mit ihm verheiratet wäre. Und über Karl wird sie schon hinwegkommen. In Amerika werden wir so viel erleben, dass sie den blöden Herzschmerz vergisst.«
»Meine Rede«, fiel ihr Vater ein. »Die ersten Äpfel sind unreif.«
»Und was soll das bitte schön heißen?«, fragte Tante Käthe.
»Dass ein so hübsches Mädchen wie Guste ein Dummkopf wäre, wenn sie mit ihrer ersten Liebe gleich aufs Standesamt marschierte.«
»Manchmal wünschte ich, die arme Reni wäre kein solcher Dummkopf gewesen«, schnauzte Käthe ihn an, aber Alberta wusste, dass die Schlacht gewonnen war. Dass ihr Liebling Guste sich an einen falschen Fuffziger verschenkte, würde die Tante nicht riskieren, lieber schickte sie sie über den Ozean. Guste würde mit ihnen zu den Olympischen Spielen reisen.
»Ich wollte eigentlich nur rasch Bescheid geben, dass Guste und ich zum Essen nicht da sind«, behauptete Alberta, schenkte sich ein Glas von Tante Käthes selbstgepresstem Kirschsaft ein und stürzte es hinunter. »Bei Maestro Duvenage ist heute Tanztee.«
»Tanztee.« Ihr Vater grinste. »Warum finde ich nur, dass das so überhaupt nicht nach meiner Tochter Albi klingt?«
»Anderswo komme ich ja nicht zum Tanzen«, erwiderte Alberta noch immer wie eine, die kein Wässerchen trüben konnte, obwohl sie außer Guste niemanden kannte, auf den diese dümmliche Redensart zutraf.

Alle Menschen konnten Wässerchen trüben, wenn dabei etwas für sie auf dem Spiel stand.
Ihr Vater grinste noch breiter. »Sprichst du vom Tanzen oder vom Flirten?«
»Wenn ich mich nicht entscheiden kann, nehme ich beides«, erwiderte Alberta. »Bis heute Abend!«
Sie gab ihrem Vater einen Kuss, wich sicherheitshalber dem Blick von Tante Käthe aus und lief hinaus in den Garten, wo Auguste und Karl auf sie warteten.

Alberta hatte nichts gegen Karl. Man konnte gegen Karl auch überhaupt nichts haben, denn dazu bot er nicht genug Reibungsfläche. Sie hatte lediglich etwas dagegen, neben dem Liebespaar, das nur Augen füreinander hatte, durch die Stadt zu laufen. Seit der Hänfling aufgetaucht war, gab es Auguste nur noch im Doppelpack. Zu zweit tändelten die beiden zur Tanzstunde, und zu zweit tändelten sie wieder zurück, denn natürlich brachte Karl seine Guste nach Hause, als könnten die Schwestern nicht alleine gehen, wie sie es Jahre lang getan hatten. Alberta war zum Anhängsel degradiert, dem die Turteltauben ab und an höfliche Floskeln hinwarfen, damit sie sich nicht allzu sehr wie das dritte Rad am Wagen vorkam.
Natürlich nützte das nichts. Sie kam sich grässlich vor. Wie ein Fass Sauerbier auf Beinen.
»Warum ziehst du denn so ein Gesicht, Albi? Setzt dir das Wetter auch so zu? Bei dieser Wärme steht einem gar nicht der Sinn nach Tanzen, nicht wahr?«
»Wenn ich dich ansehe, steht mir der Sinn immer nach Tanzen«, antwortete Karl, der gar nicht gefragt worden war, und blickte Auguste tief in die Augen. Mehr als Säuseln und Glotzen machte der nie, aber das genügte, um Auguste bis über den Hals erröten zu lassen.
»Hast du eigentlich schon mal versucht, dich bei der UFA zu be-

werben?«, fragte Alberta. »Männer, die mit Schmalz in der Kehle Banalitäten vortragen, werden beim Tonfilm doch gebraucht.«
»Aber Albi!«, rief Auguste. »Du musst doch nicht gleich beleidigend werden. Karl kann schließlich nichts dafür, dass du Kopfschmerzen hast.«
»Und wer zum Teufel behauptet, dass ich Kopfschmerzen habe?«
»Ich habe mich in der Tat bei der UFA beworben«, sagte Karl. »Gestern habe ich Bescheid bekommen.«
»Welchen Bescheid?«, blaffte Alberta.
»Sie nehmen mich.«
»O Karl!«, rief Auguste und warf ihrem Täuberich die Arme um den Hals. »Das hast du mir ja noch gar nicht erzählt.«
Karl verzog den Mund zu einem seltenen, dünnen Lächeln. »Ich wollte dich überraschen.«
»Das ist dir gelungen, liebster Karl.« Auguste drückte ihm mitten auf der belebten Tauentzienstraße einen Kuss auf den Mundwinkel. »Und du wirst wirklich im Film auftreten – in *Ich und die Kaiserin,* wie du es dir gewünscht hast?«
»Ich denke schon.« Er lachte verklemmt. »Aber bitte denk daran, ich bin nur einer von vielen. Ein Hintergrundtänzer. Bilde dir nur nicht ein, du stündest jetzt auf einmal mit einem Filmstar da.«
Was ging hier vor? Karl ein Filmstar? Das war so lächerlich, als hätte Tante Käthe sich als Hundertmeterläuferin für die Olympiamannschaft beworben.
»Wie kannst du denn so etwas zu mir sagen?«, rief Auguste. »Du bist in meinem Herzen, ob du als Tänzer zum Film gehst oder weiter im Betrieb deines Vaters lernst, mein lieber, lieber Karl!«
»Dann ist es ja gut.« Das winzige Küsschen, das sie tauschten, hätte besser zu zwei alten Tanten gepasst als zu zwei Jungverliebten.
Und Karl wollte also als Tänzer bei der UFA unterkommen. Dass er ungewöhnlich gut tanzte, musste Alberta ihm lassen, aber brauchte man beim Film nicht auch Flair und Ausstrahlung? Karl

Venske, der ihrer Schwester die Hände hielt und dabei schwitzte, kam ihr so aufregend vor wie ein Schluck Wasser.

»Gehen wir vielleicht heute noch mal weiter?«, fragte sie das turtelnde Paar.

»Willst du Karl nicht gratulieren?«, gab Guste zurück. »Er wird in einem Tonfilm tanzen – zu Melodien von Jacques Offenbach.«

»Ich gratuliere ihm, wenn ich ihn auf der Leinwand sehe«, versetzte Alberta und ging weiter, ohne sich nach den beiden umzudrehen.

Auf einmal kam sie sich im Gewimmel der Einkaufsstraße mutterseelenallein vor. Gewiss, sie war das, was man einen Hansdampf in allen Gassen nannte, doch von den Menschen, die sie umschwärmten, stand keiner ihr nah. Daheim gefühlt hatte sie sich nur bei ihrer Schwester Guste und bei dem Pferd Nathan. Der Wallach war verkauft worden, und ihre Schwester hatte etwas Besseres gefunden. Alberta war nur ihr Bogen geblieben. Pfeile auf Scheiben zu feuern war ein Trost, doch mit dem blankpolierten Holz ließ sich nicht reden. Außerdem hatte Jobst seit der Abfuhr, die sie ihm erteilt hatte, angefangen, ihr Training zu vernachlässigen und Tilly Rebemann zu bevorzugen. Auch zu Wettkämpfen meldete er grundsätzlich die rothaarige Jugendmeisterin, obgleich Alberta sie inzwischen überflügelt hatte.

Alberta starrte im Gehen auf die Pflastersteine und fühlte sich wie der einzige Mensch, der an diesem Frühlingstag allein seines Weges gehen musste. Wenigstens hatte sie erreicht, dass Auguste mit nach Los Angeles käme. Weg von ihrem Filmtänzer und dem ewigen Geturtel.

Im Schritt hielt sie inne. Ja, sie hatte erreicht, was sie wollte, doch dazu hatte sie den harmlosen Karl, der ihr nie etwas getan hatte, als Schürzenjäger verleumdet. Wie konnte sie so selbstsüchtig sein! War nicht Auguste der Mensch, dem sie alles Glück der Welt wünschte? Aber doch nicht mit diesem Karl, begehrte eine trotzige Stimme in ihr auf. Dass sie sich eine eifersüchtige Zicke

schalt, half nichts. Sie wünschte Auguste Glück, aber sie konnte es nicht ertragen, davon ausgeschlossen zu sein.
Lautes Geschrei riss Alberta aus ihren Gedanken. »Was ist denn da los?«, rief Auguste und wies auf ein Knäuel von Schaulustigen, die sich am Straßenrand vor einem Kastenwagen zusammendrängten.
Was da los war, erfasste Alberta mit einem Blick. Die zwei Männer, die noch immer ein mordsmäßiges Geschrei veranstalteten, bemühten sich, ein Pferd, einen schlanken Dunkelfuchs, dazu zu bewegen, die Heckrampe des Kastenwagens herabzusteigen. Sie zerrten an Führstricken, die links und rechts am Halfter befestigt waren, brüllten und schüttelten die Fäuste, doch das Pferd weigerte sich standhaft, die Rampe zu betreten.
Kein Wunder, dachte Alberta. Das Gebrüll und der Lärm der Kraftwagen konnten ein nervöses Pferd in lähmenden Schrecken versetzen. Welcher Idiot lud denn auch ausgerechnet auf dem Tauentzien ein Pferd aus dem Wagen? Hatte der Sonntagsreiter, dem das Tier gehören mochte, etwa beschlossen, zwischen den Autos auf dem breiten Boulevard einen Galopp zu wagen?
Die Männer hätten sich bemühen müssen, das Tier zu beruhigen, doch wie es aussah, transportierten die sonst nur Klaviere oder Eichensärge. Sie legten sich in die Seile, als stünde das Tier auf Rollen und ließe sich die Rampe hinunterziehen. Es warf den Kopf auf, stieg und riss den kleineren der Männer von den Füßen.
»Verdammter Zosse!« Der Mann rappelte sich auf, zog eine Gerte aus dem Gurt und schlug dem Pferd über die Brust.
Alberta rannte los. »Sind Sie von Sinnen?« Ehe sie die Männer erreicht hatte, schlug der Kleinere das Pferd ein zweites Mal auf die schweißdunkle Brust. Statt des Tiers schrie Alberta. Das Pferd riss sich los und stob die Rampe hinunter. Gerade noch rechtzeitig sprang der zweite Mann aus dem Weg. Als es mit der Vorhand auf dem Pflaster aufsetzte, strauchelte es, und entsetzt sah Alberta, wie es rechts im Fesselgelenk einknickte.

Das Pferd kämpfte sich wieder auf die Beine und trabte in die Mitte der Straße. Ein Auto bremste, und der Verkehr dahinter stockte. Alberta rannte an dem Tier vorbei und vertrat ihm den Weg. Fest legte sie ihm die Hände an die Wangen und strich den von Schaumflocken bedeckten Hals hinunter. Die Nüstern blähten sich, die Flanken flogen, und in den Augen zeigte sich das Weiße. »Nur ruhig, meine Schöne, nur ruhig.« Sie fragte sich nicht, woher sie wusste, dass der grazil gebaute, dunkle Fuchs eine Stute war.
Ganz langsam kam Ruhe in den großen Körper, breitete sich von Hals und Schultern über den Rücken aus. Alberta hörte nicht auf, das Pferd in gleichmäßigen Bewegungen zu streicheln, bis es ihr entspannt genug erschien, um es von der Straße hinunterzuführen. Dabei blieb sie auf seinen Kopf konzentriert, beobachtete aber aus dem Augenwinkel die Bewegung der Vorhand. Was sie befürchtet hatte, traf ein: Die Stute lahmte, setzte den rechten Vorderhuf nicht voll auf und stützte ihr Gewicht nicht darauf, sondern knickte mit einer nickenden Bewegung ein.
Sie hatte sich beim Aufsetzen hinter der Rampe verletzt. Wenn das Fesselbein gebrochen oder die Sehne gerissen war, würde sie nicht mehr lange zu leben haben. Schwere Beinverletzungen heilten bei Pferden selten aus, und ein Pferd, das zum Reiten nicht taugte, galt als unnützer Fresser, auf den der Schlachthof wartete.
Das durfte nicht sein!
Sachte bog Alberta den Kopf der Stute zu sich und brachte ihren Mund an das Pferdeohr, wie sie es auch bei Nathan getan hatte. »Du wirst leben«, flüsterte sie der Stute zu. »Wenn du deinem Besitzer nicht mehr taugst, nehme ich dich mit.« Den Unterhalt im Reitstall konnten sie sich nicht leisten, aber irgendwo würde sich schon ein Platz finden. Sie würde nicht zulassen, dass das schöne Tier starb! Leise schnaubte die Stute, und an ihrem edlen Kopf trat jede Ader hervor. Alberta presste ihre Wange an die des

Pferdes. Mitten auf dem Tauentzien, im Treiben eines Mainachmittags, hatte sie sich verliebt.
Vor der Menge der Gaffer warteten Karl und Auguste. »Holt Onkel Ludger«, rief Alberta ihnen zu. »Sie muss stillstehen, darf sich möglichst nicht mehr bewegen.«
Der Tierarzt hatte seine Praxis nicht allzu weit von hier am Savignyplatz. Wenn die beiden rannten, konnten sie in einer halben Stunde mit ihm zurück sein. Onkel Ludger leistete Bereitschaftsdienst auf der Galopprennbahn in Hoppegarten. Falls jemand wusste, wie dem verletzten Pferd zu helfen war, dann er.
In diesem Augenblick scherte eine dunkle Limousine aus der noch immer stockenden Verkehrsschlange aus und kam am Bürgersteig zum Stillstand.
Ein Mann saß am Steuer, neben ihm eine Frau mit zartem Gesicht, die auf dunklen Locken ein Hütchen trug. Die Fahrertür flog auf, und der Mann sprang heraus. Er trug die golden gepaspelte Uniform eines Kavallerieoffiziers.
»He da!«, rief er, und seine Stimme klang eher erstaunt als wütend. »Was machen Sie da mit meinem Pferd?«

10

Als Gott den Grips verteilt hat, hat uns' Gisel zweimal hier geschrien. Nur als das Glück dran war, hatte der Ärmste Mumps!« Dass Giselhers Vater solche Sprüche riss, war nicht das Schlimmste. Peinlicher war, dass er sich dabei vor Lachen auf den Schenkel klatschte und sie bei jeder Gelegenheit wiederholte. Am meisten aber setzte Giselher zu, dass er mit seiner platten Weisheit geradezu wie ein olympischer Bogenschütze ins Schwarze traf.

»Armer Gisel.« Sein Vater feixte. »Als du wieder gesund warst, war nur noch Pech übrig, was?«
Scharf und präzise. Wie ein Bogenschütze. Wenn Giselher sein Leben betrachtete, kam es ihm tatsächlich so vor, als habe er das Pech gepachtet. Nicht das große, tragische Unglück – er war weder verkrüppelt noch als Idiot auf die Welt gekommen, sondern verfügte über einen Denkapparat, den bereits sein Lehrer in der Volksschule als außerordentlich erkannt hatte. »Aus Ihrem Jungen wird mal was«, hatte er Mann dem Vater in den Ohren gelegen. »Etwas Großes. Wenn der Krieg zu Ende ist, werden die Karten neu gemischt. Schicken Sie Ihren Jungen auf das Realgymnasium, damit öffnen Sie ihm alle Türen.«
»Uns' Gisel? Aufs Gymnasium?« Der Vater hatte sich die Glatze gerieben, als wisse er nicht, ob er Männlein oder Weiblein war. Er war, was auch sein Vater gewesen war, ein kleiner preußischer Postbeamter, und dafür brauchte es kein Studium. Da aber kleine preußische Postbeamte taten, was Respektspersonen ihnen sagten, hatte Otto Mehring seinen Sohn Giselher auf dem Gymnasium angemeldet. Nicht auf dem Kaiser-Wilhelm-Realgymnasium, wie der Lehrer es im Sinn gehabt hatte, sondern auf der Klitsche in der Cöllnischen Heide, aber für ihn war das gehupft wie gesprungen.
»Uns' Gisel geht aufs Gymnasium«, erzählte er den Verwandten, nicht stolz, sondern wie einer, der berichtet, sein Hund mache Männchen. »Sein Lehrer sagt, aus ihm wird was Großes. Aber bei dem Pech, das uns' Gisel hat, bleibt's wohl bei was Gernegroßem.«
Der Vater klatschte sich auf den Schenkel, und Giselher glühten die Ohren. Gern hätte er dem Vater erwidert, dass sein erster Griff ins Pech darin bestanden habe, als Sohn eines dümmlichen Postbeamten zur Welt zu kommen. Mit dem zweiten Griff hatte er eine Mutter erwischt, die zwar kaum je ein Buch zur Hand nahm, aber für deutsche Helden schwärmte. Der Name Giselher

war Strafe genug für eine Untat, die man nicht begangen hatte. Ein Vater, der ›uns Gisel‹ daraus machte, und Tanten, die »ach Jottchen, Gisela« kreischten, überschritten die Schmerzgrenze.
So war es weitergegangen. Wurde in der Schule ein Preis für die beste naturwissenschaftliche Arbeit vergeben, konnte Giselher sicher sein, dass ausgerechnet sein Beitrag auf mysteriöse Weise abhandengekommen war. Baute er eine Versuchsanordnung auf, um ein Examen in Chemie zu bestehen, stießen Knirpse aus der Untertertia sie um. Kam ein Vertreter der I.G. Farben in die Schule, um nach einem Kandidaten für ein Werkstipendium Ausschau zu halten, lag Giselher mit Scharlach in Quarantäne.
Chemiker, Wissenschaftler, Versuchsleiter in einem Konzern wie der I.G. Farben, das wäre eine Laufbahn gewesen, in der Giselher sich am rechten Platz gefühlt hätte. Forschung betreiben. Sich aus Dumpfheit und Enge befreien und am Glanz der Welt teilhaben. Durch sein Pech blieb ihm das versagt. Das Stipendium, auf das er sich nach der Schule bewarb, wurde aus Mangel an Mitteln gestrichen. »Mach dir nichts draus«, versuchte sein Vater, ihn zu trösten. »Bist halt nicht der Hans im Glück, sondern der Gisel im Pech – aber uns' Gisel bleibste trotzdem.«
Seine Mutter sah die Sache trotz aller Heldenverehrung pragmatisch: »Vatern bei de Post, Großvatern bei de Post – wieso gehste nicht auch bei de Post?«
Giselher hatte nur eines gewusst: Egal, wie viele Stolpersteine ihm sein Pech noch in den Weg werfen würde – er würde ganz bestimmt nicht »bei de Post« enden.
Manchmal fühlte er sich wie im Schwitzkasten: eingeklemmt in einen Griff, aus dem er trotz aller Gegenwehr keinen Ausweg fand. Sobald sich aber die geringste Chance zeigte, strampelte er sich frei. Wer kein Glück hatte, musste zäh sein. Intelligent und zäh.
Auf dem Gelände hinter der Schule wurde Luzerne für die Pferde des nahen Reitstalls angebaut, und Jungen, die beim Pflücken

halfen, wurden immer gesucht. Statt einer Bezahlung durften die Pflücker reiten. Giselher stellte sich beim Reiten so geschickt an, dass der Reitlehrer ihm kostenlos zusätzliche Stunden gab. »Aus dir kann was werden«, sagte er. »Vielleicht sogar was Großes. Nur müsstest du dazu ein Pferd haben, und wer, der kein Offizier ist, kommt heutzutage schon an ein Pferd?«
Damit stand Giselhers Entschluss fest: Wenn er kein Chemiker werden konnte, würde er Offizier werden. Sein Pech war ihm auch dabei vorausgeeilt: Das Deutsche Reich hatte einen Krieg verloren und sich verpflichten müssen, nur noch ein Rumpfheer von 400 000 Mann zu unterhalten. Darin war schon für die Söhne verdienter Kämpen kaum Platz, geschweige denn für die kleiner Beamten ›bei de Post‹. Aber Giselher hatte gelernt, seinem Pech zu trotzen. Und er konnte reiten.
Dabei war er nicht einmal ein geborener Reiter, sondern lediglich ein großer Fisch im kleinen Teich. Da er aber den Verstand dazu besaß, gelang es ihm, sich bei den richtigen Leuten lieb Kind zu machen. Es war eine elende Schinderei. Der Weg durch die Ränge, das endlose Training, der Lehrgang zum Fähnrich und endlich die Aufnahmeprüfung in der Kavallerieschule Hannover. Es gab so viele Bewerber, deren Chancen besser standen. Männer mit Familie, Männer mit Geld, Männer mit Talent. »Wissen Sie, warum ich Sie nehme?«, hatte ihn Major Hennig von der Weydt gefragt, der Bereitoffizier des jüngst begründeten Springstalls, der ihn über drei Tage hinweg prüfte.
»Beim besten Willen nicht«, hatte der völlig erschöpfte Giselher geantwortet.
»Weil Sie nicht totzukriegen sind. Weil es nichts geben wird, das man von Ihnen nicht verlangen kann.« Von der Weydt hatte den Finger in einen Tiegel auf seinem Schreibtisch getaucht und sich die Hände, deren Haut zum Aufplatzen neigte, mit Öl aus Traubenkernen eingerieben. Der Duft war zart, doch er würde Giselher in der Nase bleiben. »Glauben Sie, ich wüsste nicht, dass uns

all diese jungen Leute zulaufen, weil sie Sport treiben wollen, nicht weil ihnen am Heereswesen liegt? Man sollte denen allen Fürstner zu lesen geben, als Pflichtlektüre!«
»Wer ist Fürstner?«
»Da sieht man's.« Von der Weydt knirschte mit den Zähnen. »Hauptmann Fürstner, diesen formidablen Burschen, sollten Sie kennen, wenn Sie bei mir einen Fuß auf den Boden bekommen wollen. Das ist ein Mann, der in bestechender Klarheit darlegt, weshalb wir den Sport brauchen. Solange dieses Zerrbild von einem Staat besteht und kriecherisch Verträge einhält, ist für einen Mann in der kämpfenden Truppe nichts zu holen. Also müssen wir uns unsere Sieger im Sport heranbilden, den Leib stählen und den männlichen Kampfeswillen scharf halten. Eines Tages aber wird aus all dem Sport wieder Krieg werden, und dann brauchen wir Männer, die nicht zaudern.«
Giselher war intelligent genug, dazu nichts zu sagen. Von der Weydt war ein wichtiger Mann. General von Poseck, der die Kavallerie im Olympiakomitee für Reiterei vertrat, hatte ihn mit der Leitung des Springstalls beauftragt. Und mit einem solchen Förderer durfte man es sich nicht verderben. Also quälte er sich durch Jahre der Ausbildung, gab in allem doppelt so viel wie die Kameraden, um sein Pech auszugleichen, und brachte es bis zum Oberleutnant.
Er las sogar die Denkschriften Fürstners, auch wenn ihn dessen Schwärmerei von Zucht, Kameradschaft und Opferwillen zu Tode langweilte. »Wenn Sie nicht lockerlassen, könnten Sie bei den Olympischen Spielen für Deutschland reiten«, sagte von der Weydt. »Dass es Begabtere gibt, wissen Sie. Aber Sie sind solide. Sehen Sie zu, dass Sie das Pferd in den Griff bekommen.«
Es war Giselhers Pech, dass der Grauschimmel, den von der Weydt ihm zugeteilt hatte, Loki hieß und ein Satan war. Loki und Giselher. Vielleicht fand sein Pech das amüsant. Loki war ohne Zweifel ein Pferd mit Springvermögen, das seinen Rücken in der

Bascule prächtig aufwölben konnte, doch er tat es nur, wenn ihm nichts Besseres einfiel. Zum Besseren gehörte, den Absprung zu verweigern und seinen Reiter nicht über das Hindernis hinweg, sondern mitten hinein zu befördern.
Nicht einmal Scheuklappen halfen, die Aufmerksamkeit des Pferdes im Parcours zu halten. Bei jeder Kleinigkeit scherte Loki aus. Giselher handelte sich eine Grünholzfraktur des linken Arms und zwei Rippenbrüche ein. Lokis Probleme lagen für ihn auf der Hand: Er war steif in der Hinterhand, und er war ein Hengst. Gegen das Erste würde hartes Training helfen. Wegen des Zweiten wandte er sich an Major von der Weydt.
Der brüllte ihn zusammen, wie es Giselher noch nie geschehen war: »Verdammt noch mal, Mehring, weshalb habe ich mich überhaupt für Sie eingesetzt? Ich dachte, Sie hätten das Zeug, sich durchzubeißen, und stattdessen erzählen Sie mir nun, ich soll mein bestes Pferd kastrieren? Haben Sie in Ihrem beschränkten Hirn je auch nur einen Gedanken auf Zuchtauswahl und Veredlung der Rasse verwandt? Reinheit des Blutes, das ist es, was der große Gustav Rau uns predigt! Jede Vermischung ist Verirrung – und da wollen Sie Würstchen mir raten, einen reinblütigen deutschen Hengst zu kastrieren?«
Giselher war zu erschrocken, um nach einer Antwort zu suchen. Gustav Rau war ihm dem Namen nach bekannt. Der Mann gehörte dem Olympiakomitee für Reiterei an, doch diese wüsten Thesen über Reinblütigkeit waren ihm noch nie zu Ohren gekommen.
»Vermutlich gehören Sie zu dem vaterlandslosen Gesindel, das die Vorherrschaft der englisch-irischen Pferdezucht auf ewig erhalten will«, schrie von der Weydt. »Aber nicht mit mir, das lassen Sie sich gesagt sein. Ich hätte wahrlich weit mehr Lust, Sie zu kastrieren. Der Hengst taugt nämlich etwas, er beweist die Überlegenheit der deutschen Rasse und hat es verdient, seinen Samen zu verbreiten. Flaschen wie Sie, die den Blutstamm unseres Volkes schwächen, haben wir dagegen zuhauf.«

Ein Mensch musste sich sehr niedrig fühlen, um einen anderen derart zu erniedrigen, sagte sich Giselher. Anderntags trainierte er weiter mit Loki. Fühlte sich zu müde für sein Alter und fragte sich zu oft, wofür er sich das alles eigentlich antat. Was war besser daran, sich als mittelmäßiger Reiter auf ein gestörtes Pferd zu setzen, als ›bei de Post‹ zu gehen und Dokumente zu stempeln? Der vage Glanz, den er einst am Horizont zu ahnen geglaubt hatte, war längst verschwunden. Seine Knochen schmerzten, er bekam Angst vorm Reiten und hätte gern wie Loki das nächste Hindernis verweigert.

Sein Pech aber war damit noch lange nicht zufrieden. Als er von einer dreitägigen erfolglosen Turnierreise zurückkehrte, hatte von der Weydt seinen Neffen in der Kavallerieschule etabliert. Hannes, den Goldjungen. Falls Giselher je für einen Menschen eine Regung wie Hass empfunden hatte, dann war es dieser Kerl, der auf der Sonnenseite des Lebens geboren worden war. Hannes von der Weydt stammte aus pommerschem Adel, hatte einen Bereitoffizier zum Onkel und sah aus wie der Held, der im Tonfilm Damenherzen zum Schmelzen brachte. Als wäre das nicht genug, besaß er auch noch das, was Giselher fehlte: Talent. Der verhätschelte Neffe ritt wie ein junger Gott.

Und dann geschah etwas, womit er nicht mehr gerechnet hatte. Giselher, der vom Pech Verfolgte, griff mitten ins Glück. Nicht in das kleine, bescheidene, das er sich manchmal erhofft hatte. Sondern das ganz große, das es nur einmal gab oder nie. Ihm fiel ein Stück vom Himmel in den Schoß.

Auf einem Ball für Offiziere lernte er Viola Wiener kennen, Enkelin eines Kavallerieoberst a.D. und das liebreizendste Wesen, das auf zwei Beinen herumlief. Ihre Familie mütterlicherseits entstammte brandenburgischem Adel, und ihr Vater machte mit seinen Berliner Geschäften für Damenkonfektion ein Vermögen. Giselher hingegen war ein kleiner Leutnant, der ständig vom Pferd knallte und sich von seinem Major zur Schnecke machen

ließ. Er sah nicht aus wie ein Sagenheld, sondern wie einer, den man nach einem flüchtigen Blick vergaß. Aber Viola Wiener vergaß ihn nicht. Viola Wiener verliebte sich in ihn.
Sie hätte Unzählige haben können, tanzte mit den meisten und flirtete mit jedem. Aber sie wollte ihn.
»Warum verkaufst du dich so billig?«, fragte sie ihn in ihrer ersten gemeinsamen Nacht, in einem Hotel am Bodensee, das Giselher sich niemals hätte leisten können. »Weiß außer mir überhaupt jemand, dass du Gold wert bist?«
»Wenn du es weißt, ist mir das mehr als genug«, hatte er erwidert und jede Fingerspitze ihrer zarten Hand geküsst.
»Dummerjan.« Viola streifte ihm die Unterhose, die er sich nach der Liebe wie ein wackerer Postbeamter übergezogen hatte, wieder von den Hüften. »Ich meine olympisches Gold. Du solltest von dem Giftzahn von der Weydt verlangen, dass er dich meldet. Der ist ein Ekel, der es aller Welt übelnimmt, dass er sein Gut in Pommern verloren hat. Aber wenn du ihm Kontra gibst, wird er so klein mit Hut.«
Vor Menschen deiner Herkunft vielleicht, dachte Giselher. Er war kein Sportler aus Leidenschaft, aber Olympia hatte einen Klang, dem sich kein Mensch mit einem Herzen in der Brust entziehen konnte. Dass von der Weydt ihn als Kandidaten für die Spiele nicht einmal in Erwägung zog, schmerzte empfindlicher, als ihm bewusst gewesen war.
Laut sagte er: »Die Olympiamannschaft besteht ja diesmal nur aus drei Reitern, und zwei der Plätze sind mit bewährten Leuten besetzt. Schon für die ist die Überfahrt im Grunde zu teuer, und wer weiß, in welchem Zustand die Pferde ankommen, nach drei Wochen auf einem Schiff.«
»Aber immerhin sind die, die entsandt werden, Springreiter«, hielt ihm Viola entgegen. »So wie du. Hör auf, dich klein zu machen, Goldstück. Aus dir wird etwas Großes.«
Giselher seufzte. »Das haben schon andere Leute gesagt.«

»Ich bin aber nicht andere Leute.« Sie streichelte seinen Schwanz, der prompt in die Höhe schoss. »Ich bin ich, und ich weiß, du kannst es.«
»Nicht mit Loki, Viola. Eher breche ich mir das Genick.«
Sie schmiegte ihren nackten Körper an seinen und küsste ihm den Hals. »Das würde ich nicht überleben, mein Schimmelreiter. Wir fahren am Wochenende nach Jamlitz, ja? Sicher kann Großpapa ein Pferd für dich finden, und General von Poseck, der diese ganze Olympiaauswahl leitet, ist ein Freund von ihm.«
Jamlitz war das Gut im Brandenburgischen, wo ihr Großvater eine Liebhaberzucht von Trakehnern unterhielt. Viola liebte Jamlitz. Sie hatte dort die glücklichsten Tage ihrer Kindheit verbracht.
Um keinen Preis wollte Giselher in diesem Kindheitsparadies als vom Pferd gefallene Flasche aufkreuzen, sich mit einem Reittier versorgen und durch die Beziehungen von Violas Großvater in den Sattel helfen lassen. Wollte er tatsächlich um die Hand dieser betörenden Nymphe werben, so musste er ihr aus eigener Kraft imponieren. In Los Angeles, beschwor er sich und ballte die Fäuste. Wenn von der Weydt nicht ihn für die Mannschaft nominierte, sondern seinen Neffen, dann würde er eben reiten, bis niemand mehr an ihm vorbeikam.
Am nächsten Morgen saß er wieder auf Loki, und zwei Wochen später errang er im Reitturnier von Hannover einen beachtlichen zweiten Platz.
»Na bitte«, schnarrte Major von der Weydt. »Geht doch. Wenn Sie sich jetzt noch in Aachen bewähren, sage ich General von Poseck, er soll Ihren Namen auf die Liste für Los Angeles setzen.«
Giselhers Ehrgeiz schreckte aus seiner Erschöpfung. Auf einmal war er sicher, dass mit Viola die Macht seines Pechs gebrochen war. Er war entschlossen, sich seinen Platz in der Mannschaft zu erobern. Die Zeit als von der Weydts Flasche war vorüber.
Wochen später verweigerte Loki im Großen Preis von Aachen

den Kareeoxer und schleuderte Giselher rücklings auf die Stangen. Der erwachte im Spital. Statt des Siegs hatte er eine Gehirnerschütterung davongetragen, dazu eine Rückgratverletzung, bei der die Ärzte nicht sicher waren, wie sie sich auf seine Zukunft als Reiter auswirken würde.

Giselher sorgte sich einzig darum, wie der Sturz sich auf seine Zukunft mit Viola auswirken würde. Die Logik sagte ihm, dass er das Mädchen nicht mehr zu Gesicht bekommen würde. Was sollte sie mit einem Versager, der weder Chemiker noch Olympiasieger, aber dafür zum Krüppel geworden war?

Er lag in seinem Gipskorsett und konnte sich nicht einmal hin und her werfen, um der furchtbaren Unruhe Herr zu werden. Irgendwann siegte die Entkräftung, und er fiel in zerquälten Schlaf. Als er schweißnass erwachte, saß Viola an seinem Bett.

Sie sah aus wie aus dem Ei gepellt in einem fliederfarbenen Kostüm mit passendem Hütchen und einer Seidenbluse mit schwarzen Tupfen. Der Duft, der sie umgab, rief in Erinnerung, dass draußen vor dem Fenster der Frühling begann. Giselher dagegen trug sein verschwitztes Spitalhemd, war ungewaschen und von Kopf bis Fuß bandagiert. Gewiss stank er obendrein aus dem Mund.

»Mein süßestes Goldstück«, sagte sie. »Ich möchte nichts so gern, wie dich küssen, aber der Arzt hat gesagt, dein armer Kopf darf nicht bewegt werden.«

Viola, wollte er zu ihr sagen, du bist ein fabelhaftes Mädchen mit einem Riesenherzen, aber ich brauche dein Mitleid nicht. Nimm dein niedliches Handtäschchen und geh. Er sagte nichts. Bei dem Sturz hatte er sich den Kiefer verrenkt, und einen solchen Brocken hätte er nicht herausgebracht.

Sie streichelte ihm die Stirn. Ihre Hand fühlte sich kühl an, er konnte förmlich spüren, wie gepflegt sie war. »Sorg dich um nichts«, sagte sie zärtlich. »Werde nur gesund. Versprich mir das.«

Dass sie wiederkommen würde, erwartete er nicht. Doch sie kam jeden Tag, brachte Konfekt, das er nicht aß, Ausgaben der *St. Georg* und ihr Porträtfoto im Silberrahmen. Erst nach Tagen wurde Giselher bewusst, dass er in einem teuren Einzelzimmer lag. Bezahlte das etwa die Kavallerie, weil ihr Major ihn auf ein lebensgefährliches Pferd gezwungen hatte? Trotz der Schmerzen im Kiefer fragte er Viola danach.

»Das ist doch gleichgültig«, antwortete sie. »Wichtig ist, dass du alles hast, was dir beim Gesundwerden hilft.«

Also blätterte ihre Familie das Geld für seine Behandlung hin.

»Weshalb schert sich dein Vater um einen kleinen Oberleutnant, der vom Pferd gefallen ist?«

»Mein Vater schert sich um meinen Verlobten«, versetzte sie. »Ich habe ihm gesagt: Willst du, dass der Mann, dem du mich am Altar übergibst, auf seinen zwei Beinen stehen kann? Und als er genickt hat, habe ich gesagt: Dann tu etwas dafür.«

Etwas in Giselher zog sich zusammen. Er hätte sie in die Arme nehmen und ihr sagen wollen, dass ihm nie etwas so Wundervolles geschehen war wie sie. »Du brauchst mich nicht zu heiraten, Viola. Ich weiß, du meinst es gut, aber es steht nicht einmal fest, dass ich je wieder reiten werde. Einen hoffnungslosen Fall wie mich mutet man keiner Frau zu.«

Sie sandte ihm einen Blick, dem er nicht ausweichen konnte, und tappte ihm leicht auf die bandagierte Wange. »Dein Glück, dass du verletzt bist«, fauchte sie. »Ansonsten wäre das die böseste Maulschelle deines Lebens geworden. Du bist kein hoffnungsloser Fall, und natürlich wirst du wieder reiten. Du wirst in Los Angeles antreten, wenn auch nicht auf dem grauen Satan, den von der Weydt bereits an seinen Neffen weitergereicht hat.«

Hannes von der Weydt. Der Neffe war nur ein Fähnrich, doch um das auszugleichen, hatte er ja seinen Onkel. Und seine verfluchte Begabung. Vielleicht würde er mit Loki zurechtkommen und Giselher noch mehr zum Gespött machen, als er es ohnehin schon war.

»Uns soll das nur recht sein«, plapperte Viola weiter. »Ich hätte dir sowieso nicht erlaubt, dich noch mal auf diesen Teufelsgaul zu setzen. Du bekommst ein anderes Pferd. Dein eigenes. Großpapa hat dir schon eines ausgesucht.«
»Viola, das kann ich nicht annehmen. Weder das Pferd noch dieses Zimmer, und schon gar nicht dich als meine Frau.«
Sie hob die Hand, wie um ihm zu drohen. »Willst du noch eine?«
Er sah zu ihr auf und stellte fassungslos fest, dass ihre Augen in Tränen schwammen. »Aber Vi«, rief er, »ich bin uns' Gisel, der Pechvogel, eine Flasche, die in Scherben zersprungen ist. Warum in aller Welt willst du denn ausgerechnet mich heiraten?«
»Warum heiratet man wohl?«, schnauzte sie ihn an. »Im Jahrhundert zwanzig, wo es keine Prinzesschen mehr gibt, die aus Gründen der Staatsräson verschachert werden? Weil ich dich liebe, du blödes Stück Mensch!«
Er war nicht mehr uns' Gisel, der Pechvogel. Er war Giselher im Glück. »Mein Prinzesschen«, murmelte er vor sich hin. »Mein unglaubliches, zum Auffressen süßes Prinzesschen.« Eine Handvoll Sekunden lang hätte er mit keinem glanzvollen Helden tauschen wollen.
Die Ärzte flickten ihn wieder zusammen. Aus der Liste für Olympia hatte von der Weydt ihn streichen lassen, aber der Chefarzt versicherte, es spreche nichts dagegen, dass er wieder mit dem Reiten anfange. »Ihre Heilung ist erstaunlich günstig verlaufen, und ich sehe keinen Grund, warum Sie Ihren Sport nicht wieder aufnehmen sollten, wenn Ihnen so viel daran liegt.«
»Sie meinen, ich war dieses eine Mal nicht der Pechvogel?«
»Wenn Sie mich fragen, sind Sie ein Glückspilz«, erwiderte der Chefarzt. »Ihr Körper braucht Zeit, aber wenn Sie ihm die lassen, dürfte von dem Unfall nichts Nennenswertes zurückbleiben.«
Sein Körper mochte Zeit brauchen, aber Giselher hatte keine. Die Olympischen Spiele fanden nun einmal nur alle vier Jahre statt, und wenn er sich den Zug nicht entwischen lassen wollte, musste

er schleunigst wieder anfangen zu trainieren. Viola glaubte an ihn, also würde er ebenfalls an sich glauben, auch wenn der Gedanke an den Drill der Kavallerieschule ihn schaudern ließ. Vorerst kehrte er dorthin sowieso nicht zurück. Viola hatte sich auf kein Palaver eingelassen, sondern ihn nach Jamlitz verfrachtet, auf das Gut ihres Großvaters in Brandenburg.

»Damit du wieder zu Kräften kommst«, erklärte sie. »Außerdem braucht ihr beide, du und Großpapa, Zeit, euch zu beriechen.«

Großpapa, Oberst Arndt von Siecksdorff, war der Vater ihrer Mutter. Der weißmähnige Riese tat nicht so, als würde er Giselher besonders mögen, er tat aber auch nicht so, als sei Giselher das Schlimmste, was seiner einzigen Enkelin hätte passieren können. Viola nannte er das Veilchen und liebte sie auf eine rührend unweltmännische Weise. Giselher betrachtete er als eine Tatsache, an der er nicht vorbeikam.

»Als das Veilchen einen Welpen wollte, hat sie einen Münsterländer bekommen«, sagte er. »Als sie ein Auto wollte, bekam sie einen Mercedes, und jetzt will sie eben Sie. Ich kann aus Ihnen weder einen Rassehund noch eine Luxuslimousine machen, junger Mann, aber ein bisschen aufpolieren lässt sich alles.«

Zu den Mitteln zum Aufpolieren gehörte Farfalla, die Trakehnerstute, die ohne Zweifel das begabteste Springpferd war, das Giselher je unter dem Sattel gehabt hatte. Sie war jung, und es fehlte ihr noch an Stehvermögen, aber an Sprungkraft machte ihr kein erfahrenes Pferd etwas vor. Mit Loki hatte er in Wahrheit nie eine Chance gehabt, doch mit Farfalla wurde Olympia zu einer Möglichkeit, nach der sich greifen ließ.

»Wenn Sie unbedingt Jagdspringen reiten müssen, junger Mann, dann reiten Sie die da«, sagte Oberst von Siecksdorff.

»Meinen Sie, ich sollte lieber keine Jagdspringen mehr reiten?«, fragte Giselher.

»Das entscheiden Sie«, brummte der Oberst. »Das Veilchen sagt, Sie wollen reiten, also gebe ich Ihnen das Pferd dazu. Mit Max von Poseck kann ich auch ein Wort reden, obwohl der sich bei der Auswahl auf den verbohrten von der Weydt verlässt. Wenn's mit dem Reiten trotzdem nichts wird, kommen Sie wieder zu mir. Sie sind kein Dummkopf, und Sie kennen sich mit dieser olympischen Sisyphus-Arbeit aus, die sich Berlin da aufgehalst hat. Wenn Sie sich keine Eselei erlauben, bringe ich Sie da unter.«

»Und was wäre eine Eselei?«, fragte Giselher, der nicht vorhatte, sich von Violas Großvater irgendwo unterbringen zu lassen. Es war genug, dass er sich ein Pferd schenken ließ, aber den Ruhm in dessen Sattel musste er selbst erringen.

»Lassen sich nicht mit den falschen Leuten ein«, erwiderte Oberst von Siecksdorff. »In diesen Zeiten wäre das fatal, und man kann nicht vorsichtig genug sein. Eine süße Blume wie das Veilchen ist gefährdet. Sie haben sie mir zu schützen, und dieser Schutz muss Ihnen über alles gehen.«

Giselher fragte ihn nicht, wer die falschen Leute waren oder wovor er Viola schützen sollte. Er ging in den würzig duftenden Wäldern um Jamlitz spazieren, ließ sich die Fürsorge des Personals gefallen und genoss zum ersten Mal das, was er einst Glanz genannt hatte – ein Leben, als sei etwas Großes aus ihm geworden. Es schmeckte köstlich. Aber es machte süchtig und schürte den Drang, es festzuhalten.

Als die Schmerzen in seinem Rücken erträglicher wurden, begann er mit Farfalla zu arbeiten.

Er kam sich steif und unbeholfen wie ein Anfänger vor und war vom leichten Springsitz Lichtjahre entfernt. Endlich hatte er ein talentiertes Pferd unter sich, aber in seinem Zustand, in dem er mühsam über eine Reihe Cavaletti trabte, hätte er auch einen Esel reiten können.

Viola kam, sooft es ihre Verpflichtungen erlaubten, und sprach ihm Mut zu. »Du musst Geduld haben, Gis. Wenn dein Körper so weit ist, wirst du deine einstige Stärke schon wiederfinden.«

»Meine einstige Stärke hat doch gar nicht genügt«, versetzte er.

Sie saßen auf dem Steg in den Weiher und ließen die Beine ins Wasser baumeln.
»Mit Farfalla wird sie genügen«, sagte Viola. »Wie sollest du denn höchste Leistung bringen, solange du dieses Teufelspferd unter dir hattest und vor jedem Sprung Angst haben musstest?«
Giselher sagte ihr nicht, dass er noch immer vor jedem Sprung Angst hatte. An diesem Abend akzeptierte er, dass er in der Behaglichkeit des Guts nicht weiterkommen würde. Wenn er tatsächlich eine Chance haben wollte, musste er sich in die Höhle des Löwen begeben – zurück an die Kavallerieschule, auch wenn das bedeutete, den beiden von der Weydts ins Auge zu sehen: dem Major und dem blonden Recken Hannes. Um dem die Suppe zu versalzen, blieb nicht mehr viel Zeit.
Giselher sprach mit dem Oberst, der lediglich mit den Schultern zuckte. »Das Pferd gehört Ihnen«, sagte er. »Damit habe ich meinen Teil beigesteuert, und Sie tun, was Sie für richtig halten.«
Anschließend sprach er mit Viola. »Und wann heiraten wir, mein Goldstück?«, fragte sie.
»Wenn ich etwas vorzuweisen habe, das deiner würdig ist«, antwortete Giselher. »Eine olympische Medaille zum Beispiel.«
»Dummerjan«, sagte sie und küsste ihn. Sie beschlossen, Farfalla in der ersten Maiwoche nach Hannover überführen zu lassen. Giselher würde in Violas Mercedes-Limousine dem Transporter folgen, und Viola würde ihn begleiten. Auf diese Weise blieben ihnen in Hannover zwei gemeinsame Tage, ehe Giselher sein Training aufnahm.
Um auf die Fernverkehrsstraße Richtung Hannover zu gelangen, mussten sie sich quer durch Berlin schlängeln. Der Tag war heiß für Mai und die Stimmung zwischen ihnen gespannt. Viola trug ein milchfarbenes Sommerkleid, das ihre Schlankheit betonte und ihre makellosen Beine zeigte. Der Gedanke, dass sie auf diese Weise als Aushängeschild für die Firma ihres Vaters fungierte, setzte Giselher zu. Wer immer sie zu sehen bekam, musste sich

fragen, was sie mit einem farblosen Oberleutnant wollte, dem in seinem Leben noch nichts geglückt war.

»Woran denkst du?«, fragte Viola. Der Pferdetransporter schleppte sich ihnen voran durch den trägen Verkehr auf dem Tauentzien. Durch die halb offene Heckklappe konnte Giselher sehen, wie Farfalla nervös mit dem Schweif schlug.

»Ich habe gedacht, dass ein Mann, der seine fünf Sinne beisammen hat, sich nie so heftig verlieben sollte«, antwortete er. »Schon gar nicht in ein so vollkommenes Geschöpf wie dich, das ihn überhaupt nicht braucht.«

Aus ihren dunkelblauen Augen sah sie ihn so intensiv an, dass er sich nicht länger auf den Verkehr konzentrieren konnte. »Vielleicht werde ich dich eines Tages brauchen«, sagte sie. »Und dann weiß ich: Wenn alle Welt mich im Stich lässt – du nicht.«

Ein Knall ließ ihn nach vorn schnellen, gerade rechtzeitig, um noch eine scharfe Bremsung zu vollziehen. Vor ihm war der Transporter zum Stehen gekommen. Giselher hörte, wie die erschrockene Farfalla mit den Hufen gegen die Wände des Transporters schlug. Der Kastenwagen fuhr wieder an und schwenkte schwerfällig nach rechts, um im Schritttempo an den Straßenrand zu rollen. Dabei wurde der Grund für das Gezockel ersichtlich: Links vorn war der Reifen geplatzt. Mit dem Gewicht der Stute auf der Ladefläche würden die Männer ihn unmöglich auswechseln können.

Erboste Fahrer drückten auf die Hupen, und Giselher sah sich eilig um. Hinter dem Transporter konnte er nicht halten, denn dann hätte Farfalla keinen Platz zum Aussteigen, und anderswo war nichts frei. Er entschloss sich, einmal ums Karree zu fahren, da Viola sich bereits gequält die Hände auf die Ohren presste.

Auch in den Seitenstraßen kamen sie nur mühsam vorwärts. Überall wurden Waren ein- oder ausgeladen, kreuzten Trauben von Menschen die Fahrbahn oder scherten Wagen aus Parklücken. Berlin war die drittgrößte Stadt der Welt, ein Ameisenhaufen mit

vier Millionen Einwohnern und wimmelnder Aktivität. Als sie den Tauentzien wieder erreichten, hatte sich auf dem Gehsteig vor dem Transporter eine Menschentraube gebildet. Der Mann, der Farfalla am Halfter führte, versuchte sich eine Gasse durch die Gaffer zu bahnen, um mit dem Tier die Fahrbahn verlassen zu können.
Keine Sekunde später wurde Giselher klar, dass das Pech erneut zugeschlagen hatte. Dort ging seine Hoffnung, sein Pferd mit olympischer Begabung, und setzte einen Vorderhuf nicht richtig auf. Bei einem Menschen war ein solches Lahmen eine Bagatelle. Bei einem Pferd konnte es das Ende bedeuten.
Hatte die Stute sich während des Transports verletzt? Oder hatte der Kerl, der sie aus dem Wagen geführt hatte, nicht richtig aufgepasst? Giselher lenkte den Wagen in die Lücke, die sich hinter dem Transporter aufgetan hatte. »Verdammt«, entfuhr es ihm. »Verdammt, verdammt, verdammt.«
»Was ist los?«
»Sie lahmt, das ist los. Bleib im Auto. Ich muss sehen, was da passiert ist.«
»Bitte begeh keinen Mord«, sagte Viola.
Giselher sprang aus dem Wagen und erkannte, dass die Stute gar nicht von einem Mann der Transportfirma geführt wurde. Die Person, die sie am Zügel hielt, war ein Mädchen mit blondem Bubikopf. Während sie Farfalla behutsam durch den Verkehr führte, sprach sie kaum hörbar auf sie ein, als würde sie sie mit ihrer Stimme streicheln.
Auf dem Gehsteig liefen ihr ein junger Mann und ein weiteres Mädchen entgegen. Das zweite Mädchen war ihr wie aus dem Gesicht geschnitten und wirkte dennoch neben ihr wie ein Schatten neben einer Lichtgestalt.
»He da!«, rief Giselher. »Was machen Sie da mit meinem Pferd?«
Das Mädchen fuhr herum, die Augen vor Zorn blitzend, doch ihre kaum hörbare Stimme hörte nicht auf, Farfalla zu streicheln.

11

Hätte sie nicht Angst gehabt, die Stute zu erschrecken, hätte Alberta dem Uniformierten in sein dümmlich dreinblickendes Gesicht geklatscht. »Was glauben Sie denn, was ich mache?«, zischte sie mühsam beherrscht. »Ich bringe das Pferd in Sicherheit, und meine Schwester sorgt dafür, dass es einen Tierarzt bekommt. Wenn es Ihnen gehört, hätten Sie übrigens dafür sorgen sollen, dass es mit Sorgfalt transportiert und nicht misshandelt wird.«

»Misshandelt?«, stammelte der Mann.

»Diese Leute hier haben die Stute geschlagen. Was die sonst noch getan haben, um sie in solchen Schrecken zu versetzen, möchte ich lieber nicht wissen.«

»Jar nischt haben wir jetan«, mischte sich einer der Männer, die das Pferd geführt hatten, ein. »Uns is' der Reifen jeplatzt, und der Zosse musste raus. Weil er Mätzchen gemacht hat, hat Paule ihm ein paar mit der Gerte verpasst, aber das hat der jar nich' jespürt. Der hat nich' mal jebrüllt.«

»Dann wird es so arg nicht gewesen sein«, murmelte der Uniformierte. »Das mit dem Reifen ist eben Pech, und wenn das Pferd nicht gebrüllt hat ...«

»Pferde können nicht brüllen«, fiel Alberta ihm scharf ins Wort. In ihrer Kehle ballte sich ein Klumpen, der sie am Weitersprechen hinderte.

»Aber sie wiehern doch«, sagte der Uniformierte, wie ein gönnerhafter Lehrer, der mit einem Kind sprach.

»Haben Sie schon einmal ein Pferd, das geschlagen wurde, wiehern hören?«, fuhr Alberta ihn an. »Die Natur hat Pferden keinen Schmerzlaut gegeben. Ganz egal, was wir ihnen antun, sie können nicht einmal schreien. Haben Sie das nicht gewusst? Weshalb schaffen Sie sich überhaupt ein Pferd an, wenn Sie sich nicht die Mühe machen, seine Sprache zu verstehen?«

Sie wünschte sich, Guste und Karl würden mit Onkel Ludger auftauchen. Sie wünschte sich, es gebe ein Gesetz, dass Leuten wie diesem Uniformierten verbot, Pferde zu halten. Sie lehnte ihr Gesicht gegen das dunkle, schweißnasse Fell. Dieser Mensch hatte zweifellos eine Schusswaffe im Holster, und wenn sich herausstellte, dass sein Pferd als Sportgerät künftig unbrauchbar war, würde er die Sache an Ort und Stelle erledigen.

Alberta zerbiss sich die Lippe, um nicht aufzuweinen. Wäre die Stute nicht verletzt gewesen, hätte sie das Halfter fester gepackt und wäre mit ihr davongerannt.

Sie musste an das Gespräch in der Küche denken, an ihre Lüge, um Auguste zu zwingen, mit ihnen nach Los Angeles zu reisen. War das die Strafe? Und wenn sie ihrem Vater die Wahrheit sagte und Auguste und Karl ihre Liebe gönnte – würde sich dann ein unbekanntes Schicksal erbarmen und das Pferd vor dem Todesschuss bewahren?

»Jetzt mal vernünftig«, murmelte der Uniformierte. »Es ist nett, dass Sie sich um Farfalla gekümmert haben, aber jetzt übergeben Sie sie bitte mir. Sie wird in die Kavallerieschule Hannover verbracht. Die Veterinäre, die dort zur Verfügung stehen, dürften die besten des Landes sein.«

Farfalla. Sie hieß Farfalla. Alberta kam sich vor wie Auguste, die den Namen ›Karl‹ in ihren Bettpfosten eingeritzt und behauptet hatte, das biedere ›Karl‹ sei der schönste Name der Welt.

»Sie ist nicht transportfähig«, wies sie den Uniformierten zurecht. »Von mir aus holen Sie die Polizei, aber ich übergebe dieses Pferd nicht, bevor der Tierarzt es untersucht hat.«

Irgendwer in der Menge lachte. »Recht so, Kleene. Lass dir von dem feinen Pinkel nischt jefallen.«

»Ich habe doch gar nicht vor, die Polizei zu holen!«, verteidigte sich der Uniformierte. »Und dass Farfalla untersucht wird, will ich doch selbst, nur werden wir hier mitten auf dem Tauentzien ja wohl kaum einen Tierarzt auftreiben.«

In diesem Augenblick, wie gerufen, kamen sie. Alberta erkannte das Gesicht Onkel Ludgers über den Köpfen der Menge und atmete tief durch. Ich sage Vater die Wahrheit, versprach sie dem Schicksal. Wenn Farfalla am Leben bleibt, sage ich Vater, dass er Guste nicht zu der Reise zwingen, sondern bei ihrem Karl lassen soll.

Dem Mann in der Uniform hatte sich inzwischen die dunkellockige Frau aus dem Auto zugesellt. Sie schlang ihm den Arm um die Taille. »Der Tierarzt ist da«, sagte Alberta. Karl und Auguste schlugen eine Schneise in die Menge, durch die Onkel Ludger sich zu ihnen durchschob. Wie üblich wartete er keine langen Erklärungen ab, sondern schritt ohne Federlesens zur Tat. Neben Farfallas verletztem Bein kniete er sich aufs Pflaster.

Behutsam tastete er das Fesselbein der Stute ab. Nach einer Weile forderte er Alberta auf, sie ein Stück herumzuführen. »Nicht mehr als ein paar Schritte, nur so, dass ich mir den Bewegungsablauf ansehen kann.«

Die Menge wich zur Seite, als Alberta das Pferd im Schritt um Onkel Ludger herumgehen ließ. Den Schmerzlaut, der dem Tier mit der Stimme nicht möglich war, schien der große Körper von sich zu geben, der bei jedem Schritt zusammenzuckte.

»Das ist genug«, sagte Onkel Ludger. »Wir wollen sie nicht länger quälen.«

»Sie muss nicht erschossen werden, oder?« Alberta krallte eine Hand in die Mähne des Tieres.

»Es ist nicht an mir, das zu entscheiden.« Onkel Ludgers Stimme klang bedrückt. »Das Gelenk ist nicht gebrochen, aber wie es aussieht, ist die Sehne angerissen. Das kann ausheilen, wenn dem Tier viel Ruhe vergönnt ist, aber ob das Bein wieder voll belastbar wird, ist fraglich. Um ehrlich zu sein, die meisten Besitzer von Sportpferden würden wohl kurzen Prozess machen.«

»Das erlaube ich nicht!«, rief Alberta und barg den Kopf der Stute in den Armen. Wenn jemand dem Tier eine Kugel in die Stirn jagen wollte, würde er ihr den Arm zerschießen müssen.
»Beruhigen Sie sich doch«, sagte der Uniformierte. »Natürlich soll versucht werden, das Pferd zu retten.« Dann wandte er sich an Onkel Ludger. »Haben Sie die Möglichkeit, ihr zu helfen? Natürlich komme ich für sämtliche Kosten auf.«
Onkel Ludger blickte auf. »Wenn Sie es wünschen«, sagte er. »Ich kann das verletzte Glied einbandagieren und einen Transport in meine Bereitschaftsbox in Hoppegarten veranlassen. Allerdings muss ich Sie warnen. Selbst im günstigsten Fall darf das Pferd auf Monate nicht geritten werden, und wenn Sie Pech haben…«
»Sparen Sie sich die Erklärung.« Der Uniformierte winkte ab. »Dass ich Pech habe, daran bin ich zeit meines Lebens gewöhnt.«

Die nächsten Tage und Nächte verbrachte Alberta in Hoppegarten bei Farfalla. Dem Pferd wurden ein Watteverband und eine Schiene gesetzt, und danach wurde es mit der Schulter in eine Lederschlaufe gehängt, die nicht die kleinste Regung erlaubte. Alberta schlief bei Farfalla in ihrer Box, um ihr die endlosen Stunden zu erleichtern. Sie schwänzte die Schule, ging nicht zum Essen nach Hause und verließ Farfalla nur, um sich im Wohngebäude der Stallburschen zu waschen.
Onkel Ludger versorgte sie und das Pferd. »Ich weiß, das ist leichter gesagt als getan«, sagte er. »Aber du solltest versuchen, dein Herz nicht allzu sehr an sie zu hängen.«
»Du meinst, sie schafft es nicht?« Albertas Herz verkrampfte sich.
»Selbst wenn sie es schafft, Albi – sie hat einen Besitzer, der sie so bald wie möglich von hier wegholen wird.«
»Aber er ist nicht gut für sie. Für ihn ist sie nicht mehr als ein Sportgerät.«
»Du bist ungerecht, findest du nicht? Ein Mann, der sein Pferd

nur als Sportgerät betrachtet, hätte sie töten lassen, statt die teure Behandlung zu bezahlen.«

»War er einmal hier, um sie zu besuchen?«, schoss Alberta zurück. »Außerdem versteht er nichts von Pferden. Er glaubt, wenn sie nicht schreit, dann tut ihr auch nichts weh.«

»Das glauben die meisten Leute auch von den Menschen«, sagte Onkel Ludger. Er legte ein Päckchen mit Butterbroten neben die Raufe und ließ Alberta mit Farfalla allein.

Drei Wochen später nahm er Farfalla die Schiene ab und hüllte das Bein in eine schützende Gamasche. »Wir müssen anfangen, sie zu bewegen«, sagte er zu Alberta.

Im Schritt führte Alberta sie auf dem Abreiteplatz umher, während Onkel Ludger sie im Auge behielt. Farfalla zerrte am Führstrick, barst vor Kraft und ließ kaum noch erkennen, dass sie das verletzte Bein schonte. »Wie es aussieht, hat sie Glück gehabt«, sagte Onkel Ludger.

»Sie wird wieder gesund?«

»Ja, ich denke, das wird sie.« Onkel Ludger öffnete die Gamasche und betastete das verletzte Glied. »Aber ob sie je wieder als Springpferd taugt, ist fraglich. Eine Sehne, die einmal angerissen war, bleibt empfindlich.«

Alberta liebte Farfalla, ob sie nun als Springpferd taugte oder nicht. Wie ihr Besitzer, der den idiotischen Namen Giselher Mehring trug, darüber dachte, kümmerte sie nicht, denn sie war entschlossen, Farfalla seinem Besitz zu entreißen. Vorerst musste die Stute ohnehin in Hoppegarten bleiben. Für die nächsten drei Wochen sollte Alberta täglich eine Viertelstunde lang mit ihr spazieren gehen und dabei allmählich das Tempo steigern.

»Wenn die Heilung voranschreitet, kann danach jemand vorsichtig anfangen, sie zu reiten«, erklärte Onkel Ludger.

»Weshalb sagst du jemand?«, fragte Alberta. »Natürlich reite ich sie. Wer sonst?«

Der Onkel lächelte. »Soweit ich weiß, befindest du dich demnächst auf einem Schiff in Richtung Neue Welt – auf den Flügeln des olympischen Gedankens.«

»Ich fahre nicht«, erwiderte Alberta. Olympia in Los Angeles hatte das größte Abenteuer ihres Lebens werden sollen, doch Farfalla war wichtiger. Auf einmal verstand sie Auguste, die für ihren Karl auf die Reise verzichten wollte, und dabei fiel ihr siedend heiß ein, dass sie den Vater noch immer nicht über ihre Lüge aufgeklärt hatte.

»Ich denke, du solltest fahren«, sagte Onkel Ludger. »Die Gelegenheit mag nicht wiederkommen, und dein Vater wäre tief verletzt, wenn du sie dir entgehen ließest. Du kannst dich darauf verlassen, dass ich in der Zwischenzeit auf Farfalla achte.«

»Und wenn dieser Giselher sie wegholen will?«, rief Alberta. »Kann ich mich dann auch darauf verlassen, dass du sie ihm nicht gibst?«

»Nein, darauf kannst du dich nicht verlassen«, erwiderte Onkel Ludger. »Oberleutnant Mehring ist Farfallas Besitzer. Wenn er sie zurückverlangt, muss ich sie ihm übergeben, oder er kann sie mit Polizeigewalt abholen lassen.«

Alberta wurde schwach in den Knien. »Können wir sie ihm nicht abkaufen?«, fragte sie.

»Falls du in der Lotterie gewonnen hast, gern«, antwortete Onkel Ludger trocken. »Andernfalls ist die Frage leider illusorisch.«

Alberta lehnte ihr Gesicht an die Stirn des Pferdes. »Wir müssen sie kaufen«, stieß sie heraus. »Ich habe Nathan verloren, ich kann Farfalla nicht auch noch verlieren.«

Onkel Ludger blickte von der Bandage, die er mit Salbe eingerieben hatte, auf. »Es gibt in dieser Stadt Leute, die vor Armut ihre Kinder verlieren«, sagte er hart. »Wenn diese Leute schreien: Ich kann nicht, hört sie kein Mensch.«

»Warum erzählst du mir das?«

»Weil sich mein Mitleid mit einem jungen Mädchen, das im Grunewald wohnt, seine Freizeit mit Sport verbringt und bald nach

Amerika reist, in Grenzen hält«, erwiderte er. »Auch wenn dieses Mädchen sich kein Pferd leisten kann. Ich bin Tierarzt, weil ich schon als Junge am liebsten einen Zoo in unsere Wohnung geschleppt hätte. Wo aber die Liebe zu Tieren die zu Artgenossen übersteigt, ist für mich das rechte Maß überschritten.«
Alberta fuhr zusammen. Kein Mensch sprach je in solcher Schärfe mit ihr. »Ich will, dass es Farfalla gutgeht«, presste sie hervor. »Wenn wir sie uns nicht leisten können, werde ich jemanden finden, der es kann. Jemanden, der besser mit ihr umgeht als dieser Giselher und der mir erlaubt, mich um sie zu kümmern.«
Onkel Ludger schmunzelte. »Willst du jetzt Pferdepflegerin werden, nicht mehr Bogenschützin?«
Trotz des scherzhaften Tons brachte die Frage sie ins Stocken. Was wollte sie sein? Sie vermisste ihren Bogen. Wenn sie über ihren Oberarm strich und spürte, dass die Muskeln ihre stählerne Festigkeit verloren, wollte sie auf der Stelle hinaus auf den Trainingsplatz fahren. Ob Jobst dort mit Tilly Rebemann poussierte, war ihr gleichgültig. Sie wollte nur ihren Bogen abfeuern, ihr Bestes geben, schneller, höher, stärker. Der Sport war ihr Leben. Aber das verletzte Pferd war ihr Freund, den sie nicht alleinlassen durfte.
»Mach dir nicht zu viele Sorgen«, sagte Onkel Ludger. »Eine gute Schülerin brauchst du für beides nicht zu sein.«
»Ich werde Vater sagen, dass ich nach den Ferien nicht an die Schule zurückgehe.« Den Entschluss hatte sie in diesem Moment getroffen.
»Ich glaube, das brauchst du ihm nicht zu sagen«, erwiderte Onkel Ludger. »Schließlich ist er selbst Sportjournalist geworden, ohne der Schule allzu viel Liebe zu schenken. Und an der Hochschule für Leibesübungen könntest du sogar ohne Abitur studieren.«
Alberta überlegte. Der sportbegeisterte Carl Diem hatte die Deutsche Hochschule für Leibesübungen in Berlin gegründet –

als erste Sporthochschule der Welt. Ein Studium, bei dem sie sich nur mit Sport befassen durfte, erschien ihr im Vergleich zu den langweiligen Unterrichtsstunden wie das Paradies. Trotzdem schüttelte sie den Kopf. »Ich kann nicht Sportlehrerin werden. Ich weiß selbst nicht, warum. Es ist so … so erdgebunden.«
»Du hast recht, zu dir passt eher etwas Himmelhohes«, sagte Onkel Ludger. »Und dein Vater ist der Letzte, der dir darin Steine in den Weg legt. Schon deshalb solltest du ihn nach Los Angeles begleiten. Ich verspreche, ich tue alles, was in meiner Macht steht, um Farfalla hierzubehalten, bis du wiederkommst.«
»Ich finde einen Käufer für sie«, sagte Alberta, ohne die geringste Ahnung, wo sie einen solchen Käufer auftreiben sollte.
»Wenn überhaupt, findest du den eher auf der *Europa* als hier«, meinte Onkel Ludger, und damit hatte er vermutlich recht.

12

Vor der Triplebarre sprang das Pferd um den Bruchteil einer Sekunde zu spät ab. Hannes wusste, der Fehler lag bei ihm. Er hatte ihm nicht beizeiten den Kopf freigegeben, aber noch war nicht alles verloren. Die drei Ricks stiegen in der Höhe an und forderten von Pferden, dass sie sich bis an ihre Grenzen streckten. Für ein Pferd mit Lokis Beinmuskulatur stellte dies kein Problem dar, und die Stangen schreckten ihn weniger als ein solider Aufbau. Hannes hob sich in den Steigbügeln und legte sich in den Sprung.
Zwischen seinen Schenkeln spürte er, wie der mächtige Leib sich spannte. Die Schultermuskeln holten aus, der Hals reckte sich, und das Pferd schoss über das Hindernis hinweg. Die Phase, in der Tier und Mensch in der Luft schwebten, währte nur einen

Augenblick, aber Hannes kannte keinen größeren Rausch. Dass er sich einmal dagegen gewehrt hatte, den Hengst zu reiten, war vergessen. In diesen wenigen Sekunden waren er und Loki eins. Sooft er auf dem Rücken eines Pferdes einen Sprung vollführte, konnte er verstehen, warum Menschen vom Fliegen träumten, warum sie ihre Götter in den Himmel versetzten und ihnen Pferde mit Flügeln schenkten. Als Junge hatte er davon geträumt, ein Pferd zu besitzen, das Pegasus hieß und ihn aus dem Gefängnis seines Lebens hinaustrug, fort von Furcht und Schmerz. Als Erwachsener ritt er einen Hengst namens Loki, der ihm jeden Ritt zur Hölle machte, aber in dem einen Herzschlag über dem Hindernis gehörte ihnen beiden der Himmel.

Hart setzte Lokis Vorhand auf dem Boden auf. Hannes fing ihn nicht rechtzeitig, was den Hengst aus dem Takt brachte, und bis zum letzten Hindernis hatte er nur sechs Galoppsprünge Platz. Schon spürte er, wie Loki den Kopf warf und versuchte, sich den Hilfen seines Reiters zu entziehen. Ein Geräusch brachte ihn zum Steigen. Nicht einmal die Scheuklappen halfen – in dieser Stimmung war es unmöglich, ihm Konzentration abzuringen.

Hannes schloss die Schenkel und trieb Loki nach vorn. Jeder andere hätte dem Pferd einen Streich mit der Gerte versetzt, aber Hannes war nicht fähig, ein Geschöpf mit Peitschenhieben zu traktieren. Nicht einmal Loki, der in unkontrollierbarem Tempo auf den Steilsprung zupreschte. Der war aus Planken gebaut, ein Anblick, dem der Hengst misstraute.

Hannes gab eine Parade und versuchte, ihn an den Zügel zu bekommen. Unglaublich war, wie viele Gedanken ihm in einer so winzigen Zeiteinheit durch den Kopf schossen. Am Rand stand sein Onkel, Major Henning von der Weydt, der Bruder seines Vaters. Ihm hatte das Olympiakomitee die Auswahl der Teilnehmer für Los Angeles übertragen.

Dass er Hannes nicht benennen wollte, hatte der Onkel ihm unmissverständlich klargemacht: »Du magst, was das Reiten betrifft,

nicht ganz unbegabt sein, aber um das, was Hauptmann Fürstner an einem jungen Deutschen sehen will, ist es bei dir schlecht bestellt. Dir fehlt die Härte. Der Siegeswille.«
Darin täuschte er sich. Hannes wollte siegen, seit er auf einem Pony sitzen konnte. Er war drei Jahre alt gewesen, als Rabod von Kröcher in Stockholm eine Silbermedaille gewann. Damals hatte ihn zum ersten Mal ein Nachbar auf den Pferderücken gehoben, sein Vater hatte den Jungen dafür nach Strich und Faden verprügelt, und bei jedem Hieb hatte Hannes sich geschworen, eines Tages bei Olympischen Spielen für sein Land zu reiten. Jedenfalls war es in seiner Erinnerung so, einerlei, wer behauptete, ein Dreijähriger sei für solche Beschlüsse zu klein. Er war groß genug für Schläge mit der Peitsche gewesen, also hatte er auch groß genug sein müssen, durch Träume sein Herz zu beschützen.
Seither kämpfte er um seinen Traum mit Leib und Seele. Um des Traumes willen war er als Zeitfreiwilliger in die Reichswehr eingetreten, obwohl er für das Soldatenleben nichts übrighatte, und um des Traumes willen ließ er auch den Drill des Majors über sich ergehen. Den Major nannte er ihn, weil der vernagelte Knochen ihm verboten hatte, ihn mit Onkel anzusprechen. Er ließ sich von Hannes siezen, selbst wenn sie allein waren. »Wir sind hier in einer Kaserne. Nicht beim Kaffeekränzchen.«
Um des Traumes willen hätte er sich womöglich gar der Sportvereinigung angeschlossen, die der unsägliche Hauptmann Fürstner im Deutschen Offiziersbund begründet hatte, obwohl der Mann der unappetitlichen Nazi-Partei angehörte. Politik war Hannes gleichgültig, aber diese Nazis fand er etwa so anziehend wie einen Sack voller Kakerlaken. Zu seinem Glück besaß Fürstners Verein keine Reiterabteilung, so dass der Kelch letztlich an ihm vorüberging.
Wie aber sollte er den Major dazu bringen, seine Meinung zu ändern? Henning von der Weydt verachtete seinen Bruder, und somit verachtete er auch dessen Sohn. Die Kameraden schnitten

Hannes, weil sie glaubten, seine Verwandtschaft zu dem Bereitoffizier verschaffe ihm Vorteile, doch das Gegenteil war der Fall. Der Major hatte nicht ihn, sondern Giselher Mehring benannt, obwohl ein Blinder sehen konnte, dass der mehr Fleiß als Talent mit in den Sattel brachte. Gewiss hätte er sogar seinen hinkenden Hausburschen lieber ins olympische Springen geschickt als seinen eigenen Neffen.
Ganz hatte Hannes die Hoffnung dennoch nicht aufgegeben. Der Traum hatte in seinem Leben zu viel Raum eingenommen, um ihn jetzt loszulassen. Er hatte den Major bestürmt, ihm ein anderes Pferd zu geben. »Bei Loki bin ich ständig damit beschäftigt, ihn unter Kontrolle zu halten. Ich kann mich nicht aufs Springen konzentrieren, also kann ich auch nicht zeigen, was in mir steckt.«
Der Major besaß die seltene Fähigkeit, beide Mundwinkel gleichzeitig hängen zu lassen und obendrein zu sprechen. »Mir ist, als hörte ich deinen Vater«, sagte er, langte in seinen Tiegel und ölte sich die aufgesprungenen Hände. »Bei dem mussten auch immer die Umstände herhalten, wenn er wieder einmal etwas in den Sand gesetzt hatte. Zur Not war das Wetter schuld. Und ich bin sicher, auf die Idee kämst du auch, wenn du ein anderes Pferd hättest und deine Leistung trotzdem nur mäßig bliebe.«
»Warum probieren wir es nicht aus?«, gab Hannes zurück.
»Du bildest dir wohl ein, Frechheit siegt, was? Aber bei mir wird umgekehrt ein Schuh draus. Dieses Gejammer über missliche Umstände ist dem Wesen nach jüdisch, nicht deutsch. Während der Jude Klagelieder anstimmt, macht der Deutsche das Beste aus dem, was das Leben ihm zuteilt. Beweise mir, dass du mit Loki mehr als nur Mittelmaß zustande bringst. Dann können wir meinetwegen über ein anderes Pferd reden.«
Also blieb Hannes auf Loki sitzen, und seine letzte Chance war dieser Parcours, der nach olympischen Richtlinien aufgestellt worden war. Hätte der Major nicht mit dem Gedanken gespielt, ihn doch noch in die Mannschaft zu melden, hätte er ihn kaum

beordert, die fünfzehn Hindernisse an diesem Morgen zu absolvieren. Wenn Hannes heute glänzte, war sein Ziel wieder greifbar, und bisher hatte er sich nicht übel geschlagen.
Lediglich am Oxer hatte er vier Fehlerpunkte für eine gerissene Stange kassiert, doch alles andere hatten sie ordentlich gemeistert. Jetzt noch dieses letzte, beschwor Hannes sein Pferd. Sie waren zu schnell, und der letzte Galoppsprung geriet zu lang, aber wenn der Hengst knapp absprang, musste der Platz genügen. Olympia, flüsterte Hannes ihm zu wie ein Zauberwort, ehe er sich in die Steigbügel stellte und aus dem Sattel erhob.
Mit dieser Hilfe forderte er das Pferd auf, sich dem Sprung zu öffnen, den Rücken zu biegen und sich vom Boden abzustoßen wie ein Pfeil aus einer Bogensehne. Dass Loki das nicht tat, sondern aus vollem Lauf stoppte, begriff Hannes erst, als die Wucht des Stillstands ihn nach vorn schleuderte, über den Kopf des Pferdes und die Planken des Hindernisses hinweg.
Messerscharf blitzte der Gedanke ihm durchs Hirn: Der Sturz konnte ihn zum Krüppel machen. Er rollte seinen Körper zur Kugel, umklammerte seine Knie und wurde durch die Luft gewirbelt. Seitlich, mit Rippen, Hüfte und Schenkel, schlug er auf. Der Schmerz war höllisch, doch er wusste augenblicklich, dass er nicht gefährlich verletzt worden war.
Vorsichtig versuchte er einzuatmen, was einen Stich in sein Zwerchfell sandte. Dann sah er sich nach Loki um und entdeckte den Grauschimmel, der unweit des Hindernisses an Halmen rupfte. Lammfromm wirkte er jetzt, frei von jeder Tücke. Auch er hatte die Kollision mit dem Hindernis offenbar unbeschadet überstanden.
In Trümmern lag einzig Hannes' Traum von Olympia. Wenn er überhaupt je eine Chance gehabt hatte, dann hatte er sie vergeigt. Vermutlich hatte der Major ihn jedoch auf ein unreitbares Pferd gesetzt, weil er von vornherein beschlossen hatte, den Sohn seines untauglichen Bruders auszusondern. Die Hoffnung, in vier

Jahren noch einmal antreten zu dürfen, konnte Hannes sich auch abschminken. Er würde sich überlegen müssen, was er mit seinem Leben anfangen wollte, und er hatte nicht die Spur einer Idee.

Mühsam rappelte er sich auf und klopfte sich den Dreck von der Reithose. Es würde ihm nichts übrigbleiben, als Loki zu holen und hinüber zur Tribüne zu trotten, wo der Major darauf wartete, ihn herunterzuputzen.

Etwas packte ihn, als er an dem Steilsprung, der ihm zum Verhängnis geworden war, vorüberkam. Die oberste Planke lag im aufgewühlten Sand. Verflucht, durchfuhr es Hannes. »Für Flaschen in der Olympiamannschaft bezahlen nicht einmal die Waschweiber, die in unserer Regierung sitzen«, hatte der Major vor Tagen geschnarrt. Nun hatte Hannes ihm scheinbar die Bestätigung geliefert, aber zum Teufel – er hatte doch unrecht!

Er hob die Planke auf und hängte sie in die Verankerung. Die Hüfte schmerzte, aber mit zusammengebissenen Zähnen ließ es sich aushalten. Verstohlen warf er einen Blick zum Major, der hinter der Barriere verharrte. Ich kann springen, rief er ihm zornig in Gedanken zu. Es mag das Einzige sein, aber springen kann ich, und ich werde dir zeigen, was du verlierst.

Er packte Loki beim Keilriemen und richtete die Scheuklappen. Wie die personifizierte Sanftheit auf vier Beinen ließ der Hengst ihn aufsitzen, als spüre er seine Entschlossenheit. Hannes nahm die Zügel kurz und ritt im Schritt eine versammelnde Volte. Dann trabte er im Bogen um die Triplebarre und trieb das Pferd in Galopp. Ich kann springen, beschwor er sich. Mit einem ordentlichen Pferd hätte ich in Los Angeles eine Medaille geholt, aber springen kann ich selbst mit dem Teufel unter mir.

In vier kontrollierten Sätzen erreichten sie den Punkt zum Absprung. Diesmal gab er rechtzeitig Zügel und richtete sich im Sattel auf, auch wenn die Hüfte protestierte. Mühelos wie der geflügelte Pegasus glitt Loki über die Triplebarre hinweg. Hannes zügelte ihn in der Landung und trieb ihn nach vorn, ehe er sich seinen Hilfen entziehen konnte. Fünf Galoppsprünge, dann war es wiederum Zeit zu springen. Er schob die Hände vor und setzte die Beinmuskeln ein, wie um das Tier in der Klammer seiner Schenkel über das Hindernis zu hieven. Für den Bruchteil einer Sekunde gehörte ihm der Himmel, dann traf Lokis Vorhand auf dem Boden auf. Die Hinterhand stieß noch einmal in die Luft, ohne dass etwas klapperte, und weich galoppierte der Schimmel aus.

Hannes neigte sich nach vorn und klopfte ihm den Hals. Es war eine mechanische Geste, kein Zeichen der Verbindung zwischen Pferd und Reiter, die ihm bei Loki fehlte. »Trotzdem bist du mir lieber als der Major«, zischte er ihm zu. »Und ich gebe auch nicht dir die Schuld, dass ich nicht nach Los Angeles fahre, sondern ihm.«

Hinter der Ziellinie schwang er sich eleganter aus dem Sattel, als es seiner geprellten Hüfte gefiel. Der Schmerz zog in den Rücken wie früher, wenn sein Vater ihm eine Tracht Prügel verpasst hatte. Er lockerte den Sattelgurt, schnallte die Steigbügel hoch und führte Loki vom Platz, als wäre nichts geschehen.

Der Major ließ ihn auf dem Abreiteplatz ankommen, ehe er ihm folgte. Hannes übergab Loki dem Burschen, der ihn trockenführte. Hätte er ein Pferd zum Partner gehabt, einen Pegasus wie in seinen Träumen, hätte er diese Arbeit selbst verrichtet, als einen Liebesdienst, den man keinem Fremden überließ.

Wenn er sich erhofft hatte, dass der Major zumindest etwas wie: »Nicht übel« schnarren würde, hatte er sich getäuscht. »Du brauchst mehr Training«, blaffte er. »Und zwar eins, das dir die mädchenhafte Weichheit aus den Knochen schüttelt. Scheuklappen habe ich dir schon zugebilligt, aber der Gaul geht trotzdem mit dir durch.«

Hannes vollführte den militärischen Gruß, doch alles in ihm sträubte sich. Egal, welchen Rang der Major bekleidete, der Mann

war ein Dummkopf, vor dem er nicht zu katzbuckeln brauchte! Seine Zeit hier ging ohnehin zu Ende. Er war nicht an die Kavallerieschule gekommen, um Offizier zu werden, sondern weil er zum Reiter geboren war und von Olympia geträumt hatte.
»Nach deiner Geburt hat deine Mutter mir eine Fotografie geschickt«, sagte der Major. »Dort, wo sie deinen Namen hingekritzelt hatte, habe ich wahrhaftig Johanna Roberta gelesen statt Johannes Robert. Das Kind auf dem Bild sah aus wie ein Püppchen, ich war sicher, es müsse ein Mädchen sein.«
Hannes war einen Meter sechsundachtzig groß, hatte schnurgerade Schultern und muskulöse Glieder. Er trug sein Haar kurz geschnitten und hatte auch sonst nichts von einem Mädchen an sich. Als sein Vater ihm das letzte Mal mit der Reitpeitsche gekommen war, hatte er zurückgeschlagen. Der Vater hatte im Fallen einen Jaucheeimer umgeworfen und seinen Sohn dann nie wieder angerührt. Diesen albernen Versuch einer Kränkung hätte Hannes einfach beiseitewischen sollen, aber er fühlte sich, als sei diesmal er mit einem Kübel Jauche übergossen worden. Zu verletzt, um sprechen zu können, starrte er zu Boden, auf einen Haufen Pferdeäpfel, der hart geworden war und nicht mehr stank.
Der Major knisterte mit etwas. »Was hältst du von dem?«
Hannes sah aus dem Augenwinkel, dass der Major eine Zeitung aufblätterte. »James Seaton-Carew. Captain der First Royal Dragoons. Geboren 1909. So alt wie du, richtig? Der Rang eines Captains entspricht dem eines Hauptmanns, was für einen Mann dieses Alters keine unbeachtliche Leistung ist. Du dagegen bist immer noch Fähnrich …«
»Das weiß ich«, platzte Hannes ihm ins Wort. »Und dabei wird es auch bleiben. Ich falle Ihnen nicht länger zur Last.«
»Vermutlich servieren diese englischen Adligen ihren Söhnchen die militärischen Ränge auf dem Silbertablett«, murmelte der Major, als habe Hannes nichts gesagt. Mit schmalen Augen betrachtete er das Bild in der Zeitung. »Keine üble Rasse, was?

Feind bleibt Feind, doch lieber als die Franzosen sind mir die Angelsachsen allemal. Der junge Mann allerdings erscheint mir nicht ganz reinblütig – da ist eine gewisse Dunkelheit, eine Verschlagenheit, die den welschen Einschlag verrät.«
»Sprechen Sie von einem Menschen oder von einem Pferd?«, entfuhr es Hannes. Dieses Gerede von Rassen und Reinblütigkeit wurde bei seinem Onkel allmählich zur Besessenheit. Er hatte auf dem pommerschen Gut der von der Weydts Pferde züchten wollen, doch der Verlust des Guts hatte seinem Traum ein Ende gesetzt. Die Schuld daran gab er den Unterzeichnern des Versailler Vertrags, den Demokraten in der Regierung und dem Buhmann seines Lebens – seinem Bruder.
Träumte er jetzt stattdessen von einer Zuchtauswahl für Menschen?
Über die Zeitung hinweg sandte der Major ihm einen Blick. »Ich spreche von dem blutjungen Kavallerieoffizier, den die Briten in ihre Olympiamannschaft gemeldet haben. Dem Schmierfink von der *Sport-Welt* muss er gefallen, sonst würde er ihm kaum zwei Spalten Wortgeklingel widmen. Ich dachte, das würde dich interessieren, da es sich auszahlen kann, die Konkurrenz zu beobachten. Aber du reibst dir offenbar lieber den lädierten Hintern wie ein versohlter Pimpf.«
Ertappt zog Hannes die Hand von seiner schmerzenden Hüfte. »Vielleicht sollten Sie den Artikel für Oberleutnant Mehring aufheben«, sagte er mit einem kläglichen Rest von Würde. »Hätte der nicht längst wieder hier sein müssen? Oder braucht er kein Training, das ihm die Weichheit aus den Knochen schüttelt?«
Sorgfältig faltete der Major die Zeitung und schob sie in die Tasche seiner Uniformjacke. »Oberleutnant Mehring kommt vorläufig nicht an den Springstall zurück«, sagte er. »Das Pferd, das ihm die jüdische Finanzmacht zugeschustert hat, ist lahm, und auf Loki mag er seine kostbaren Knöchelchen ja nicht mehr setzen.«

»Wie bitte?« Das war alles, was Hannes zustande brachte.
Der Major war schon dabei, sich abzuwenden. »Mehring tritt nicht an«, warf er Hannes hin. »In Los Angeles reitest du auf Loki. Ich habe General von Poseck heute Morgen Meldung gemacht.«

13

Wollte dein Bruder bei den Dragoons nicht um seinen Abschied bitten und sich bei der Air Force bewerben?«
Harriet sah aus dem hohen Fenster in die Richtung, in die Robert deutete. ›Dunkelgrün, grün und hellgrün‹, hatte sie in ihr Tagebuch geschrieben, nachdem sie das erste Mal einen Blick aus diesem Fenster geworfen hatte. Damals war sie vierzehn gewesen, und ihren Eintrag fand sie noch immer treffend. Vermutlich war das weite Land, das zum Besitz der Seaton-Carews gehörte und aus Koppeln, Heuwiesen, Hügeln und Wald bestand, der grünste Teil von ganz Buckinghamshire. In der Sonne des Vormittags wirkten die Varianten der Farbe Grün wie auf Hochglanz poliert. Ihren Halbbruder James entdeckte Harriet auf der Reitbahn hinter den Schafsweiden, wo er seinen Rappen über eine Reihe abenteuerlich erhöhter Steilsprünge lenkte.
»Ja, davon gesprochen hat er«, sagte sie mit einem Lächeln. Harriet war keine Frau, die oft lächelte, aber ihr Halbbruder hatte ihr bereits im Alter von zwei Jahren kaum eine andere Wahl gelassen.
»Aufgetaucht ist er bisher aber nicht«, erwiderte Robert.
»Du kennst doch James. Wer weiß, in welches Abenteuer er sich morgen wieder um jeden Preis stürzen muss.« Wie um ihren Worten Nachdruck zu verleihen, setzte James auf dem Rappen über das himmelhohe Rick.

Robert lächelte ebenfalls. »Nun gut. Ich bin zwar nach wie vor der Ansicht, eine unserer neuen Scapas würde seinen Höhenflügen aufhelfen, aber wer bin ich, dass ich mir anmaßen dürfte, dem Erben der Seaton-Carews etwas aufzudrängen?«

Harriet sah zu, wie James auf dem Rappen souverän das letzte Hindernis meisterte, noch im Traben absprang und das Pferd an den Rand des Parcours führte, wo ein Mädchen mit schimmernder Lockenfülle auf ihn wartete. Dann wandte sie sich Robert zu. »Es macht dir nichts aus, nicht wahr? Dass wir alle James anhimmeln, als würde die Sonne um seinen Nabel kreisen? Dass wir ihm nichts krummnehmen können?«

Robert war Ingenieur. Derzeit baute er Flugzeugmotoren für die Firma Supermarine, war an der Entwicklung des Flugboots Scapa für die Royal Air Force beteiligt und hatte sich vermutlich bei seinen Partnern für James verwendet. Somit stand er jetzt da wie ein Idiot, weil der angepriesene Rekrut gar nicht aufgetaucht war. »Nein, es macht mir nichts aus«, sagte er. »Ich hoffe nur, dass es nicht eines Tages James selber etwas ausmacht. Dass ein Mensch, von dem nie etwas verlangt wird, dennoch zufrieden sein kann.«

»James braucht nicht zufrieden zu sein«, entfuhr es Harriet. »James ist glücklich.«

»Ja, das ist er ohne Frage. Gebe Gott, dass ihm das Glück eines jungen Mannes noch genügt, wenn er kein junger Mann mehr ist.«

Er setzte einen Schritt auf sie zu. »Was ist los?«, fragte sie und betrachtete ihn. Er war kein anziehender Mann, aber die Probleme, die ein anziehender Mann einer Frau bereiten konnte, kannte Harriet zur Genüge durch ihren Bruder James. Sie mochte Robert. Er hatte kluge, wasserhelle Augen. Außer James hatte sie in fünfunddreißig Jahren nie einen Mann so gern gemocht wie ihn. »Ich will dich heiraten, Harriet«, sagte Robert. »Zwar eigne ich mich bekanntlich nicht für den Part des jugendlichen Liebhabers, aber wenn du es gern hättest, gehe ich auch auf die Knie vor dir.«

Harriet hielt nicht den Atem an, und ihr Herz stand nicht still. Aber etwas in ihr unterbrach seinen gewohnten Lauf und flüsterte: Dies hier geschieht keiner anderen, sondern dir. Sie hatte Robert im Laientheater des Orts kennengelernt, wo zugunsten der Bedürftigen Shakespeare gespielt wurde. In einem Anfall größenwahnsinniger Verblendung hatte sie als Cleopatra vorgesprochen und Robert als Antonius. Letztlich endete sie als Souffleuse und er als römischer Soldat der Nachhut. Als Schauspieler taugten sie so wenig wie als Menschen in der vordersten Reihe. Sie passten zusammen. Wie Roastbeef und Apfelsauce.
»Ja, ich hätte es gern«, hörte Harriet sich sagen. »Geh bitte auf die Knie.«
Er sank umständlich nieder. Auf dem Oberkopf begann sein Haar sich bereits zu lichten. »Lady Harriet Seaton-Carew«, sagte er. »Bitte erweisen Sie mir die Ehre, meine Frau zu werden!«
»Ja«, sagte Harriet.
Das letzte Mal, dass sie so rasch eine Frage mit ja beantwortet hatte, lag bald zwanzig Jahre zurück. Damals hatte James sie gefragt: »Bleibst du bei mir, Harry? Hast du mich lieb?«
»Ja, ja, ja«, hatte Harriet geantwortet. Er war vier gewesen und sie sechzehn. »Ich habe dich lieber als alles auf der Welt.«
Daran hatte sich bis heute nichts geändert. Wenn es einen Menschen gab, dem das bewusst war, so war es Robert.
Er umfasste ihre Hände und drückte Küsse darauf. Er würde es nur einmal tun und morgen wieder der nüchterne Techniker sein, während sie mit resoluter Hand den Haushalt des Familiensitzes führte. Der Augenblick war wie die Zugabe im Konzert: etwas, für das man nicht bezahlt und mit dem man nicht gerechnet hat.
»Darf ich jetzt wieder aufstehen, Harriet?«
Sie nickte, und er erhob sich. »Wollen wir es deiner Familie sagen? Zuerst Alec? Er ist in seinem Arbeitszimmer. Oder willst du warten, bis alle beieinander sind?«

Instinktiv blickte Harriet nach draußen. Eng umschlungen kamen James und das Mädchen auf das Herrenhaus zu. Der schweißglänzende Rappe trottete wie ein Hund hinter ihnen her.
»Ich verstehe«, bemerkte Robert. »Zuerst erfährt es natürlich James.«
Dafür küsste sie ihn.
Wenig später stürmte James ohne das Mädchen, das Harriets Wissen nach Maria Rosaria hieß und dem piemontesischen Bekanntenkreis ihrer Stiefmutter entstammte, zur Tür herein. Wie üblich trug er keinen Reithelm, das Haar fiel ihm in die Stirn, und über sein schmales, gebräuntes Gesicht breitete sich ein Lächeln. »Hallo, Rob.« Mit dem nächsten Schritt war er bei Harriet, schlang den Arm um sie und tupfte ihr einen seiner federleichten Küsse zwischen Wange und Ohr. Einen Gruß der Unbeschwertheit. Er roch nach Mann und nach Heuwiese, ein wenig nach Pferd und nach Sommer. »Guten Morgen, Lieblingsschwester.«
Sie lachte. »Du hast nur eine.«
Er lachte mit und küsste sie noch einmal »Mein Glück. Die zweite wäre mir bestimmt nicht so brillant gelungen.«
Es war ihr Ritual, das Dritte ausschloss. Robert berührte dennoch Harriets Arm. »Sagst du es ihm? Oder soll ich?«
James hob den Kopf und schenkte sein Lächeln nun Robert. »Ich habe euch auch etwas zu sagen.« Mit beiden Händen zerstörte er Harriets Frisur, wie er es bei ihr als Kind schon immer getan hatte. »Bevor die Mütter es erfahren und mich mit ihrer Begeisterung erdrücken.«
»Ich glaube, dieses eine Mal geht unsere Nachricht vor«, sagte Robert, aber Harriet sprach über ihn hinweg: »Was ist es denn? Nun lass schon hören, spann mich nicht auf die Folter, James.«
James hob die Brauen. »Ich lasse dir gern den Vortritt«, sagte er zu Robert. »Wenn es so dringend ist.«
»Nein, es ist nicht dringend«, erwiderte Robert. »Und es läuft auch nicht weg. Sprich du zuerst.«

»Besten Dank, Kamerad.« James gab Robert einen Klaps auf die Schulter und zog aus der Brusttasche ein zerknittertes Stück Papier. »Das Telegramm ist heute Morgen gekommen. Die British Olympic Association hat meine Nominierung bestätigt. Sirio und ich fahren mit der Reitermannschaft nach Los Angeles.«

14

Auguste hätte sich selbst wehren können. Alberta an ihrer Stelle hätte dem Vater einfach erklärt, dass sie nicht mitfahren wolle, sie hätte geschimpft, mit dem Fuß gestampft, und mit der Zeit hätte sich der Vater damit abgefunden. Aber Auguste war kein Mensch, der sich zur Wehr setzte. Sie zerschlug nie Porzellan, sondern zog sich still in sich zurück.

Albertas Gewissen war rabenschwarz. Sie hätte längst mit ihrem Vater sprechen müssen, doch solange es Farfalla schlechtgegangen war, hatte sie an die Reise nach Los Angeles nicht einmal denken können. Seit einer Woche nun wurde die Stute geritten, ihre Genesung schritt rascher voran als erwartet, und Onkel Ludger war zuversichtlich, dass ihre Verletzung völlig ausheilen würde. Sie war ein Springpferd, wie es selten eines gab. Ihrer Natur nach wichen Pferde Hindernissen aus, statt sie zu überspringen, aber Farfalla schien jeden Zaun in ihrer Nähe begierig aufs Korn zu nehmen. Sie würde gesund werden und wieder springen, und Onkel Ludger würde darauf achten, dass sie bis dahin in Hoppegarten blieb.

Das verschaffte Alberta Zeit, einen Käufer für die Stute aufzutreiben, der ihr erlaubte, sich weiterhin um sie zu kümmern. Sofort war die Vorfreude auf die Reise zu den Olympischen Spielen in ihr wieder erwacht.

Auguste hingegen schlich fast wortlos durch die Tage. Von klein auf waren die Schwestern zusammen unter die Bettdecke gekrochen, sooft es etwas zu bereden gab, das für den Rest der Welt noch nicht spruchreif war. Jetzt blockte Auguste solche Gespräche ab. »Ich bin müde«, sagte sie, oder: »Sei mir nicht böse, Albi. Ich kann an nichts anderes denken als an Karl.« Statt zu reden, summte sie zuweilen ihr albernes Lied vor sich hin:

Kennst du das kleine Haus am Michigansee?
Dahin fuhren wir zwei
Einst im Mai.

Auguste hatte das Band zwischen ihnen zerschnitten, jenes magische Band, von dem alle sagten, dass es nur zwischen Zwillingen bestand. Und am meisten setzte Alberta zu, dass sie selbst die Schuld daran trug.

Sie würde die Sache in Ordnung bringen. Bis zur Abreise waren es noch fünf Tage, und heute Abend würde sie mit dem Vater sprechen. Natürlich würde er alles andere als begeistert sein, doch für gewöhnlich war er nicht lange imstande, Alberta etwas entgegenzusetzen. Sie mussten lediglich die Tanzstunde hinter sich bringen, die letzte Unternehmung, die Auguste und sie noch gemeinsam bestritten. Obwohl von Gemeinsamkeit kaum die Rede sein konnte, weil Auguste ohne Unterlass an ihrem Karl klebte.

Der hatte sich dafür schon so manchen Verweis von Maestro Duvenage eingehandelt, aber das hielt ihn nicht davon ab, mit Auguste verstohlen zu flüstern. Er war auf seine Art ein Held, der schüchterne Karl. Umso mehr schämte sich Alberta, weil sie den bleichgesichtigen Lancelot verleumdet hatte.

Sie hoffte auf ein Gespräch auf dem Heimweg. Ausgerechnet heute konnte nämlich Karl seine Guste nicht begleiten, denn Maestro Duvenage hatte zwei Schülerinnen einbestellt, die sich auf ein

Turnier vorbereiteten. Dazu brauchten sie einen Paso-doble-Könner, obwohl Karl als feuriger Caballero die falsche Besetzung schien. Paso doble hatte etwas von Verheißung. Alberta hatte sich zwar bisher nicht in dem spanischen Tanz versuchen dürfen, aber beim Klang der Musik verspürte sie etwas Seltsames: Die Gewissheit, dass sie sich eines Tages in einen Mann verlieben würde.
Sie war heilfroh, dass Duvenage Karl für den Abend engagiert hatte, denn so würde sie Guste erklären können, dass ihr Leiden ein Ende haben sollte. Ich spreche mit dem Vater, würde sie sagen. Ich mache ihm klar, dass er dich von deinem Karl nicht trennen darf.
Kurz stockte sie. Würde ihre Schwester wirklich aus der Bettinastraße ausziehen, um Karl zu heiraten? Der Gedanke tat noch immer weh, aber das Opfer musste sie bringen. Sie hatte es dem Schicksal versprochen, und das Schicksal hatte seinen Teil des Vertrags erfüllt.
»Dir und Karl, euch fällt die Trennung schwer, nicht wahr?«, versuchte sie, das Gespräch in Gang zu bringen, und kam sich wie ein stotterndes Dummchen vor.
Auguste hatte ihr Lied vor sich hingesummt. Sie zuckte erschrocken zusammen und wandte Alberta das Gesicht zu. Ihre Wangen glänzten nass, und von ihren Wimpern tropften immer neue Tränen. Erstaunlich, dass ein Mensch weinen konnte, ohne ein Geräusch dabei zu machen, dachte Alberta.
Automatisch tastete sie nach der verhassten Handtasche, die sie immer nur zum Tanzen mitnahm und in die Tante Käthe stets ein frisches Taschentuch steckte. Aber die Tasche baumelte nicht am Riemen von ihrer Schulter. »Mist«, platzte sie heraus. »Ich habe meine Tasche bei Maestro Duvenage liegen lassen.« Die Tasche konnte ihr gestohlen bleiben, aber sie war so dumm gewesen, ihre zwei kostbarsten Besitztümer hineinzustecken: das Billett für Los Angeles und ein Foto von Farfalla, das überirdisch schön war.
»Soll ich sie dir holen?«, bot Guste an.

»Lieb von dir, aber ich laufe rasch selbst«, rief sie. Sie wollte ihren Vater vor dem Abendessen erwischen, also nahm sie besser die Beine in die Hand. »Geh ruhig vor, ich hole dich wieder ein!«
Auguste warf einen sehnsüchtigen Blick die Straße zurück. Dann befand sie wohl, dass ein erneutes Abschiednehmen alles noch schlimmer machen würde, und nickte. Mit hängendem Kopf trottete sie weiter, wobei sie ihr leises Summen vom kleinen Haus am Michigansee wieder aufnahm.
Alberta rannte los und vergaß sekundenlang ihre Sorgen. Sie hätte auch Läuferin werden können, im Grunde gab es keinen Sport, in dem sie nicht glücklich war. Maestro Duvenages Tanzschule befand sich im obersten Stockwerk eines Eckgebäudes. Aus den Fenstern der übrigen Etagen fiel elektrisches Licht, das sich im Glanz der Abendsonne verlor. Nur ganz oben, bei Maestro Duvenage, herrschte Dunkelheit hinter verhängten Scheiben. Hatten die Paso-doble-Tänzerinnen nicht gleich im Anschluss an ihre Stunde kommen wollen? Alberta betrat das Gebäude. Statt auf den Paternoster zu warten, spurtete sie die vier Treppen hinauf und stieß außer Atem die angelehnte Tür auf. Auch aus dem Gang schlug ihr völliges Dunkel entgegen. Die schmelzende Tanzmusik, die sonst aus dem Saal drang, war verstummt. Maestro Duvenage musste aber noch hier sein, denn sonst hätte er doch die Tür verriegelt. Alberta hätte nach ihm rufen sollen, doch stattdessen schlich sie auf Zehenspitzen über den Gang.
Vor den Doppeltüren, die in den Saal führten, stand eine weitere Tür halb offen. Dahinter befand sich ein kleinerer Raum, in den Schüler geschickt wurden, um einzelne Schritte zu üben. Ein altes Klavier stand darin, auf dem ein abgehalfterter Filmpianist ihnen Takte vorspielte. »Es ist verstimmt«, hatte Guste erzählt. Alberta, die nicht sonderlich musikalisch war, hatte davon nichts bemerkt.
Jetzt spielte jemand darauf, und nach einem kurzen, perlenden Lauf hob ein Mann an zu singen:

Mein armes Herz lag in deinen lieben Händen
Und wir dachten, das Glück wird niemals enden.
Dort in dem kleinen Haus am Michigansee
Einst im Mai – vorbei.
Das ist vorbei.

Das Klavier mochte verstimmt sein, und das dümmliche Lied ging Alberta auf die Nerven, aber die Stimme war schön. Zart, in der Höhe leicht flatternd, und dennoch von einer Kraft erfüllt, die ihr fremd war. Der Sänger war Karl. Nach dem ersten Refrain brach er ab. Sie hörte Schritte, dann verstummten auch die. Wie von selbst schob ihre Hand die Tür langsam weiter auf. Leise quietschte es in den Angeln, aber die beiden Menschen im Raum hatten dafür kein Ohr.

Es waren Karl und Maestro Duvenage. Karl saß auf dem Klavierhocker, nun dem Maestro zugewandt, der hager und steif wie ein Kleiderständer vor ihm stand und mehr Pomade als Resthaar auf seiner Glatze trug. Er stand vor Karl, stöhnte mit halb geschlossenen Augen und legte die Hände um dessen Gesicht.

»Du bist so schön.«

Alberta stellte fest, dass er recht hatte. Karl trug sein Haar zu lang, die schwarzen Locken wie gemalt. Seine Augen mit den geschwungenen Wimpern waren geweitet, wie um etwas aufzunehmen, das ihm nicht noch einmal begegnen würde.

»Ich liebe dich«, sagte Duvenage.

Karl fasste Duvenages Hände an den Gelenken, befreite sein Gesicht aus der Zärtlichkeit und stand auf. »Es geht so nicht weiter, René.«

»Ich weiß, du hast es mir oft genug gesagt. Aber solange dein kleines Bräutchen verreist ist …«

»Mein kleines Bräutchen ist ein feiner Mensch. Ich werde sie heiraten, René.«

»Das sagst du jetzt. Aber dazu bist du nicht fähig.«

»Ich habe keine Wahl. Die Luft wird dünn. In der UFA sitzen inzwischen Leute, die dich und mich lieber in einem Zinksarg als in einem Studio sehen würden, und diese Leute werden so schnell nicht wieder verschwinden.«

»Wir leben immer noch in einem demokratischen Staat, Karl. Liebe lässt sich nicht verbieten, und irgendwann werden sich sogar die Gesetze ändern.«

Karl lachte bitter auf. »Eher ändert sich der Staat.«

Der andere hob die Hand und strich ihm Haar von der Wange. »Was ist mit dir los? Warum quälst du dich so?«

»Ich mache mir Sorgen«, sagte Karl. »In wenigen Wochen sind Reichstagswahlen, und wer weiß, wer danach in diesem zerrissenen Land die Zügel in die Hand nimmt.«

»Du kannst trotzdem nicht alles verraten, was du bist, und dieses Mädchen heiraten.«

»Ich habe sie gern.« Es klang wie ein Schrei. Abrupt warf Karl die Arme um Duvenages Hals und küsste ihn auf den Mund. Über Duvenages Rücken glitt ein Schauer, dann schlang er die Arme um Karl und erwiderte den Kuss.

Alberta stand still und starrte in den Raum. Sie wollte sich abwenden, aber ihr Körper dachte nicht daran, ihr zu gehorchen. Sie wusste, wie Liebende einander küssten, sie war ein Großstadtkind, das ins Lichtspielhaus ging und in einem liberalen Journalistenhaus aufgewachsen war. Es aber bei zwei Menschen zu sehen, denen es damit ernst war, stand jedoch auf einem anderen Blatt. Ein paar Sekunden lang war es gleichgültig, dass einer der Küssenden ihr unappetitlicher Tanzlehrer und der andere der Liebste ihrer Schwester war, dass sie beide Männer waren und dass das, was sie taten, verboten war. Es waren einfach zwei, die sich liebten. Etwas, das Alberta nie zuvor gesehen hatte, so wenig wie ein Erdbeben oder einen Vulkanausbruch.

Dann setzte der Schock ein. Jäh wünschte sie sich, meilenweit fortzulaufen, übers Meer und um die halbe Welt. Sie machte

kehrt und rannte durch den langen Gang, jagte die Treppen hinunter und hinaus auf die Straße. Auf dem Gehsteig tummelten sich bereits Trauben von Nachtschwärmern, die ihren abendlichen Reigen in einer der Bars rund um den Ku'damm begannen. Nichtsahnend. Unschuldig. Oder gab es überhaupt Menschen, die nichtsahnend und unschuldig waren?
Doch, einen gab es. Ihre Schwester Auguste. Alberta rannte aus Leibeskräften, schlug Haken um Passanten und hielt den Blick starr geradeaus. Dort vorn, im grün geblümten Sommerkleid, das war Guste! Sie rannte schneller und riss die Schwester in die Arme. »Guste, meine Guste«, rief sie zwischen keuchenden Atemzügen.
»Was ist denn los?«, fragte Guste überrascht.
Alberta rang nach Atem. »Nichts. Gar nichts. Ich bin nur so froh, dass ich dich habe und mit dir nach Los Angeles fahre.«
»Hast du deine Tasche gefunden?«
»Die Tanzschule war geschlossen«, beteuerte sie hastig. »Aber das macht ja nichts. Ich gehe morgen vorbei und hole sie ab.«
Sie würde jemanden schicken. Einen ihrer Sportkameraden, die sich darum rissen, ihr gefällig zu sein. Um nichts in der Welt würde sie die Tanzschule von Maestro Duvenage noch einmal betreten. »Morgen Abend will Vater mit uns Koffer kaufen gehen«, sagte sie zu Auguste und hakte sich bei ihr unter. »Für die Reise auf der *Europa*. Haben wir nicht Glück, Guste? Wir sind das muntere Zwillingspaar, und wir fahren nach Los Angeles. Uns steht alles offen. Selbst der Himmel.«

DRITTER TEIL

Bring me my Chariot of Fire

London, Bethnal Green, Herbst 2011

»Is she dreaming?
Yes, I think so.«

Donovan

15

Jennifer beschloss, die Morgenläufe im Park aufzugeben. Um die leichte Zerrung im Oberschenkel auszukurieren, versuchte sie sich einzureden. In Wirklichkeit wollte sie Gregory O'Reilly nicht begegnen. Sie kam sich vor wie ein Teenager, der Haken um einen abgelegten Lover schlug, aber sie hätte beim besten Willen nicht gewusst, was sie zu ihm sagen sollte.

Es tut mir leid?

Für einen Versehrten laufen Sie gar nicht schlecht?

Ich wünschte, ich könnte Ihnen helfen und mich von Ihnen trainieren lassen?

Während sie sich auf dem Rad durch den Verkehr zum Training schlängelte, fühlte sie sich schäbig. Die Wahrscheinlichkeit, dass aus ihr noch eine Olympiasiegerin wurde, strebte gegen null – warum gab sie also diesen Unsinn nicht auf, machte sich nützlich und erlaubte Gregory O'Reilly, sie zu trainieren?

Weil ich nicht aufgeben kann.

Weil ich aus irgendwelchen obskuren Gründen weiß, dass ich dafür geboren bin.

Abe hatte davon in der Oper erzählt: »Diese jungen Leute, die mit ihren Packen von Notenpapier zu uns kommen, leben teilweise von nichts. Rachel hat einmal gesagt, bei ihrem Anblick möchte man ihnen ein Butterbrot streichen. Aber du kennst ja Rachel – sie streicht niemandem Butterbrote. Die jungen Leute bleiben hungrig. Manch einer schreibt ein komplettes Klavierkonzert mit dem Bleistift, weil er sich die Software, mit der Komponisten heute arbeiten, nicht leisten kann. Sie stecken eine Niederlage nach der anderen ein, aber etwas sagt ihnen, dass sie nicht aufgeben dürfen, weil sie am Leben sind, um Musik zu schreiben. Diese erstaunlichen Leute machen mir Mut. Wenn ich sie ansehe, denke ich, dass die Welt überleben wird, auch wenn das meiste, was wir erfunden haben, wieder zerfällt.«

Jennifer wusste, dass sie am Leben war, um durch ein Stadion zu laufen, über dem eine Flamme loderte und fünf Ringe prangten. Wenn dem aber so war, musste sie endlich Nägel mit Köpfen machen. In ihrem Kopf, in dem nie Musik war, hallte das dunkel beschwörende Motiv aus der Olympia-Symphonie, die Abe ihr vorgespielt hatte. Mit Schwung sprang sie vom Rad. Sie wollte ihrem Trainer sagen: Vielleicht bin morgen ich es, der eine Bombe die Beine zertrümmert. Dann will ich wenigstens wissen, dass ich es versucht habe.

Cyrus stand am Rand der Bahn und nahm die Zeiten von Sandra Bonners Tempoläufen über tausend Meter.

Sandra war eine jener Läuferinnen, die sich vor dem Start ihr Haar zum Pferdeschwanz hochbanden und hinter der Ziellinie noch immer mit derselben wippenden Zopfpracht herumliefen. Ein ordentliches Mädchen mit einer ordentlich gepackten Sporttasche und einer ordentlichen Frisur. Sie hatte noch keinen wesentlichen Turniersieg zu verbuchen, doch Gerüchten zufolge bereits einen Werbevertrag. Mit einer Firma für Haarshampoo vermutlich.

»Hi, Jen. Ich dachte, du würdest heute gar nicht kommen.«

»Weshalb sollte ich nicht?«

Cyrus blickte von seiner Stoppuhr nicht auf. »Da du nun schon mal hier bist, warum gehst du dich nicht umziehen?«

»Weil ich vorher mit dir sprechen will.«

Über die Stoppuhr warf er kurze Blicke auf die Bahn. Sandras trommelnde Schrittfolge hallte in der feuchten Luft des Abends.

»Worüber denn? Ich bitte dich, nicht wieder die alte Leier.«

»Doch«, sagte sie. »Cyrus, ich will, dass du mich zu einem der frühen Trials meldest. Ich brauche Wettkampferfahrung, und das so schnell wie möglich. Gib mir eine Chance. Wenn ich sie verpatze, bist du zumindest mein Gejammer los.«

»Und meinen Ruf obendrein«, knurrte er. Dann sah er wieder auf die Bahn, wo Sandra über die Ziellinie spurtete, und drückte den Knopf der Stoppuhr. »Super, Sandy!«, grölte er. »Um ganze drei Sekunden verbessert – das macht dir so schnell keine nach.«
Mit schwingendem Pferdeschwanz machte Sandra kehrt und joggte auf ihn zu. Babyrosa Höschen mit Paspeln, blütenweißes Shirt, die Kapuzenjacke über die Schultern geworfen. »Ehrlich, Cyrus? Dabei war ich heute gar nicht so in Form.«
»Stell mal dein Licht nicht unter den Scheffel, Knöpfchen.« Cyrus schob den Stoff der Jacke beiseite und zwickte Sandra in den Oberarm. Er nestelte an seiner Hüfttasche mit dem Aufdruck *British Athletics* und zog zwei hellblaue Durchschläge heraus. »Hier. Die Meldebögen für deine Trials. Darauf stoßen wir nachher an, das hast du dir verdient. Aber mit Apfelsaftschorle, hörst du?«
»Klaro«, bestätigte Sandra. »Aus Wein und so Zeug mache ich mir sowieso nichts.«
»Gut so«, lobte Cyrus. »Tapfere Menschen kommen ohne Alkohol aus.«
»Du bist ein Schatz, Cyrus.« Sandra machte einen Kleinmädchen-Hüpfer und fiel dem Trainer um den Hals. Der zog sie an sich. An seinem Handgelenk baumelte die Stoppuhr, so dass Jennifers scharfe Augen die Zeit ablesen konnten. Sandra mochte das niedlichste Höschen der gesamten britischen Sportwelt tragen, aber sie war für den internationalen Vergleich zu langsam. Mit Pferdeschwanz-Gewippe machte man keinen Boden gut.
»Geh, zieh dich um.« Cyrus gab Sandra einen Klaps. »Und du auch, Jen. Zeit, dich aufzuwärmen, falls du heute noch trainieren willst.« Er warf einen Blick gen Himmel, wo hinter der dichten Wolkendecke schon Dunkelheit lauerte.
»Ich werde natürlich noch trainieren müssen, wenn ich bei den Trials fit sein will.« Jennifers Stimme klang lächerlich spitz.
»Mädel, wie oft müssen wir das eigentlich noch durchkauen?«

Cyrus schob die Stoppuhr in die Tasche seiner Trainingshose. »Für diese ersten Trials konzentriert sich der Verband auf die Leute für Helsinki. Für dich findet sich auch noch was. Aber das eilt nicht.«

»Und ob das eilt.« Ihre Kehle war wie ausgetrocknet. »Ich habe dir gesagt, dass ich versuchen will, mich zu qualifizieren.«

»Du sagst viel, wenn der Tag lang ist.«

»Ich lass euch zwei Streithammel dann jetzt allein, okay? Ciao, Jen.« Sandra warf Jennifer eine Kusshand zu und hauchte Cyrus ein Küsschen auf die Wange, ehe sie davontrabte.

»Ziehst du für Olympia eigentlich nur Frauen in Erwägung, mit denen du schläfst?«, platzte Jennifer heraus. »Hat Seb Coe für Matratzensport eine eigene Medaille ausgeschrieben?« Die Bemerkung war dumm und primitiv. Hätte jemand Abe erzählt, dass die kostbare Tochter seines Bruders so etwas von sich gab, er hätte ihm nicht geglaubt.

Cyrus starrte sie aus schmalen Augen an. »Du hast es wohl nötig. Weil du es auf der Bahn nicht bringst, musst du andere mit Dreck bewerfen.«

»Sandra Bonner für die Olympiade vorzuschlagen ist ein Witz.«

»Die kleine Sandy lass aus dem Spiel. Die ist ein fleißiges, zuverlässiges Mädel.«

»Und dafür gibt's jetzt Medaillen?«, versetzte Jennifer, auch wenn es klüger gewesen wäre, den Rückzug anzutreten.

»Jedenfalls eher als für hysterische Anfälle«, sagte er ätzend und tippte sich an die Stirn. »Bei dir hat doch einer eingebrochen und vergessen zu klauen. Meinst du, das wüsste nicht inzwischen der ganze Verband? Wir halten dich, weil du die Tochter von diesem Musikheini bist, der alles Mögliche sponsert, sonst hätten wir dir längst das Licht ausgemacht.«

»Besten Dank.« Jennifers Stimme zitterte. »Das Licht mache ich mir jetzt selbst aus, du brauchst dich nicht mehr zu bemühen. Viel Erfolg mit deiner Olympiamannschaft.« Sie drehte sich um und rannte davon, die Augen blind vor Tränen, die Beine schwer wie Blei, und dennoch schneller als Sandra Pferdeschwänzchen, die für die ganze Misere nichts konnte.

16

Das Gefühl, dass etwas ihr fehlte, was sie ihr Leben lang begleitet hatte, war auf einen Schlag verschwunden. Ihr fehlte kein Etwas mehr. Ihr fehlte alles.

Sie hatte keinen Trainer mehr. Sie hatte kein Ziel mehr, keine Termine im Stadion und keine Laufstrecke im Park. Auf einmal waren die Tage endlos, quollen über vor nutzloser Zeit. Sie nahm Stasiek die Aufgabe ab, die Brüder Zac, Phil und Giora zur Schule zu bringen, und sie ging mit den Jungen Regenmäntel kaufen. Für Rachel fuhr sie ans andere Ende der Stadt zu einem Recherchetermin.

»Was ist denn los, Schätzelchen?«, fragte Momma.

»Was soll los sein?«

Momma zog die Stirn kraus. »Wäre ich in deinem Alter im Haus herumgestrichen und hätte mich mit kleinen Brüdern und alten Tanten abgegeben, dann hätte man sicher sein können, dass ich mich mit meinem Herzliebsten gestritten habe.«

»Du hattest doch keine kleinen Brüder«, sagte Jennifer. »Und auch keine alte Tante.«

»Nein, die ist gestorben, bevor ich geboren wurde«, erwiderte Momma versonnen. »Aber ich hatte Onkel Fred. Der hat Verdacht geschöpft, sobald ich mich hingesetzt habe, um mit ihm Schach zu spielen.«

»Du spielst Schach?«, fragte Jennifer verblüfft.

»Eben nicht«, antwortete Momma. »Wann immer ich verzweifelt

versuchte, diese verflixten Figuren aufzustellen, hat Onkel Fred gefragt: ›Tut dir das Herz weh, kleine Taube?‹ Das war typisch für ihn.«

»Mir tut das Herz nicht weh«, behauptete Jennifer. »Ich trainiere derzeit nur weniger, damit meine Zerrung ausheilt.«

»Darüber bin ich froh«, sagte Momma. »Das Wetter wird immer scheußlicher. Dabei fällt mir ein – Abe hat erzählt, du willst nach Buckinghamshire fahren und Grandma Alberta besuchen. Das Treffen mit Grandma Alberta tut dir vielleicht gut – aber warum wartest du nicht bis zum Frühling, Schätzelchen? Da draußen herrscht doch jetzt Totentanz, da treibt sich keine Menschenseele herum.«

Jennifer zwang sich zu einem Lachen. »Wie du weißt, macht mir das nichts aus. Aber ich fahre ja gar nicht. Es war nur so eine Idee.«

Gregory O'Reilly hatte ihr geraten, mit Grandma Alberta über das Problem mit ihren Nerven zu sprechen. Aber wenn es für sie keine Olympiade mehr gab, gab es auch kein Problem mehr mit ihren Nerven. Ein normaler Mensch hätte sich vermutlich dennoch für die Geschichte seiner Urgroßmutter interessiert, aber Jennifer war kein normaler Mensch. Seit sie durch ihren hirnlosen Ausbruch den Trainer verloren hatte, interessierte sie sich für nichts und niemanden mehr.

Sie trug sich für Doppelschichten im *Stuzzicadenti* ein, um aus dem Haus zu kommen. Ihre Kolleginnen freuten sich: Paola, die Nichte des Inhabers Gavino, und Caridade, die brasilianische Studentin. Das Restaurant war immer voll, weil Gavino göttlich kochte, und wenn sie sich zu dritt um den Service kümmerten, blieb mehr Zeit, um mit den Gästen zu schwatzen.

Sie trugen allesamt T-Shirts in der Farbe von milchigem Kaffee, die in dunklerem Kaffeeton mit dem Namen des Restaurants und zwei gekreuzten Zahnstochern bedruckt waren. Jennifer nahm servierfertige Gerichte aus der Durchreiche und füllte die Tabletts, während Paola und Caridade bedienten. Ihr war es recht so: Sie hatte Menschen um sich, die nichts von ihr forderten. Leider forderte die Arbeit auch nichts.

Was sie bisher daran gemocht hatte, wurde ihr jetzt zur Last: Ihr Kopf war frei, um stetig um dieselben Themen zu kreisen. Sie hatte ihren Trainer verloren. Sie hatte ihr Ziel verloren. Sie hatte keine Ahnung, was sie mit dem Rest ihres Lebens anfangen sollte.

Am dritten Tag kamen Paola und Caridade hinter die Theke. Caridade war lang und dünn, und die schwarzlockige Paola sah aus wie ein Schneemann: Sie schien aus zwei Kugeln zu bestehen.

»Falls da ein Typ daran schuld ist, dass du rumschleichst wie trauriges Gespenst, dann er sitzt da hinten.« Paola wies quer durch das Restaurant, ohne sich um neugierig umgewandte Köpfe zu scheren. »Und falls du willst ihn nicht, *non c'è problema* – du ihn schenkst mir.«

»Wir teilen«, sagte Caridade. »Schwesterlich. Erzähl mir, Jenny – sind seine Haare überall rot oder nur auf dem Kopf?«

Drei der Grundschullehrer am Stammtisch grinsten. Jennifer legte Besteck auf ein Tablett und sagte: »Eine von euch macht bitte für mich weiter.« Dann ging sie, ehe noch mehr Worte fielen.

»Gestern er hat auch schon da gesessen!«, flötete Paola ihr hinterher. »Und immer dich angeschmachtet.«

Gregory O'Reilly saß an einem Tisch bei der Tür. Aus seinem Haar tropfte Wasser auf die Tischplatte; es hatte also wieder begonnen zu regnen. »Spionieren Sie mir nach?«

»Was bleibt mir anderes übrig?«, erwiderte er. »Sie sollten diese Arbeit nicht machen. Langes Stehen tut Ihren Beinen nicht gut.«

»Mr. O'Reilly«, begann Jennifer.

»Gregory«, korrigierte er.

»Völlig egal. Hören Sie, ich weiß inzwischen, was Ihnen …« Sie verstummte. Nein, sie wusste nicht, was ihm zugestoßen war. Er hatte mit zerschmetterten Gliedern auf einer Straße gelegen, und eine Bombe hatte seine Verlobte in Stücke gerissen. Wie sollte jemand, der sich um Probleme mit seinem Trainer sorgte, davon etwas wissen?

»Haben Sie im Internet herumgesucht?« Er lächelte. »Und jetzt fragen Sie sich, ob man mit Krüppeln wie mit normalen Menschen sprechen darf.«

»Sie sind kein Krüppel.«

»Nein, denn das Wort darf man ja nicht mehr benutzen. Aber um ehrlich zu sein, ob Sie nun Krüppel sagen oder *unser behinderter Mitbürger* – für meine Beinen macht das keinen Unterschied.«

»Es tut mir leid«, sagte Jennifer. »Ich habe nicht im Internet gesucht, sondern Abe Feldman gefragt. Ich glaube, ich verstehe Sie jetzt besser. Aber ich kann Sie trotzdem nicht als Trainer engagieren.«

»Ich weiß. Sie haben ja Cyrus Devon.«

»Cyrus trainiert mich nicht mehr«, sagte Jennifer. »Wir haben uns gestritten.«

Er blickte auf. »Das tut mir leid, Jennifer. Ehrlich. Aber nur, weil ich weiß, dass Sie auf ihn schwören, nicht weil ich der Ansicht bin, er sei der richtige Trainer für Sie.«

»Er ist der *einzige* Trainer für mich«, erwiderte sie. »Ich bin kein Fall, bei dem alles rundläuft, ich habe Probleme, und ohne Cyrus kann ich das Ganze vergessen. Wer weiß, vielleicht hat es ja sein Gutes, wenn ich diese Besessenheit endlich hinter mir lasse.«

»Vielleicht«, sagte er. »Aber was machen Sie dann?«

Sie lachte auf. »Wenn ich das nur wüsste.«

»Darf ich Ihren Chef fragen, ob er Ihnen eine Viertelstunde freigibt? Und Ihre Kollegin, ob Sie Ihnen auch noch ein Glas bringt?« Er hob die Flasche hoch, die auf seinem Tisch stand. »Ich finde, dieser Weißwein ist ein Genuss. Er ist echtes Understatement, seine Tiefe spürt man erst, wenn man schon einen Schluck genommen hat. Früher habe ich mich von Wein ferngehalten wie der Teufel vom Weihwasser. Ich habe mich von allem ferngehalten, was dem Laufen hätte schaden können, und mich nie gefragt, was mir dadurch entgeht.«

»Was wollen Sie damit sagen? Dass ich froh sein sollte, nicht mehr laufen zu müssen?«

»Nein«, sagte er. »Dass Sie ein Glas Wein mit mir trinken sollten.«

»Tapfere Menschen kommen ohne Alkohol aus«, entfuhr es Jennifer.

»Ach herrje.« Er seufzte. »Erklären Sie mir bitte auch noch, wie man es anstellt, auf dieser Kugel, auf der wir herumkriechen, ein tapferer Mensch zu sein? Und vor allem: was man davon hat?«

»Keine Ahnung«, bekannte sie. »Fragen Sie meinen Trainer.«

»Will ich nicht. Bleiben wir lieber ahnungslos und trinken Wein.«

»Also schön«, sagte Jennifer und setzte sich. »Mit Gavino brauchen Sie nicht zu reden. Er ist kein Chef, sondern ein Heiliger, und er lässt uns Pause machen, wann wir wollen.«

Er war nicht der Mann, der Kellnerinnen herbeiwinkte, sondern er stand auf, um ihr ein Glas zu holen. »Auf Sie«, sagte er, nachdem er es gefüllt hatte. »Auf Ihre Teilnahme an den Olympischen Spielen.«

Ihre Hand mit dem Glas erstarrte. »Lassen Sie das bleiben. Ich habe Ihnen doch erzählt …«

»Ja, erzählt haben Sie es mir. Aber Sie haben es nicht gemeint. Ich glaube, mit dem Traum von Olympia kann man nicht aufhören, wenn man einmal damit angefangen hat.«

»Das ist Quatsch«, sagte Jennifer. »Wenn man nicht gut genug ist, hat man eben keine Wahl. Und schon gar nicht, wenn einem das Leben dazwischenfunkt. Sie mussten doch auch aufhören.«

»Nein«, sagte er.

»Was soll das heißen: nein?«

»Sehen Sie es sich manchmal an?«, fragte er zurück. »Das Olympiastadion, meine ich – in der Presse liest man ja ständig, wer es alles hässlich findet, aber ich kann mir nicht helfen. Sooft ich es ansehe, geht mir das Herz auf.«

»Was Sie mir sagen wollen, weiß ich aber immer noch nicht.«
»Nur, dass es schwer genug ist, einen Traum aufzugeben, den man allein hegt«, erwiderte er. »Ich stelle mir vor, das Leben wäre ein Boot – dann ist so ein aufgegebener Traum wie ein Loch, und woher sollen wir auf hoher See das Holz zum Verschließen nehmen? Olympia ist schlimmer. Ein Traum, den man mit der ganzen Welt teilt – das ist ein Leck im Boot und eine Flutwelle obendrein.«
Genau so kam Jennifer sich vor. Wie in einem Boot mit leckem Boden, während eine Flutwelle über ihr zusammenschlug.
»Sie sind gut genug«, sagte Gregory O'Reilly. »Es gibt nur etwas, das Sie zurückhält. Wie ein Springpferd, dem der Reiter nicht den Kopf freigibt. Wenn es die Hürde reißt, weil eine starre Hand es nicht in die Höhe lässt, sagt das ja nichts über sein Springvermögen aus.«
Sie führte ihr Glas zum Mund und trank. Der Wein war herb und kräftig. ›Er hat Würde‹, hätte Abe gesagt. »Möchten Sie jetzt nicht nur mein Trainer werden, sondern auch mein Psychotherapeut?«
»Dazu fehlt mir die Qualifikation«, sagte er. »Aber wenn Sie einen brauchen, empfehle ich Ihnen meinen.«
Jennifer hielt inne. »Was macht man da? Nur reden, oder?«
Er lächelte. »Bei einer Gesprächstherapie liegt das nahe.«
»Und das hilft?« Sie konnte sich nicht vorstellen, dass Reden half, wenn man verloren hatte, was er verloren hatte. Was immer er sagte, er kam ihr atemberaubend einsam vor.
So wie ich.
Als er ihr Handgelenk umfasste, ließ sie es geschehen. Er legte eine Fingerspitze auf die Vene, in der ihr Blut pulsierte. »Ich glaube, Reden kann helfen, zu begreifen, wie man dort, wo man steht, eigentlich gelandet ist. Das macht es leichter, zu entscheiden, in welche Richtung man wohl am besten weitertrottet.«
»Sie raten mir also, einen Psychotherapeuten aufzusuchen?«

»Nein«, sagte er. »Ich rate Ihnen, mit Alberta Bernhardt zu sprechen.«
Jennifer lachte auf. »Meine Mutter meint, ich solle mit meinem Besuch bis zum Frühling warten, denn in Buckinghamshire herrsche jetzt Totentanz.«
»Ihre Mutter kennt Sie nicht sehr gut, oder?«
Jennifer versuchte, sich einen Menschen ins Gedächtnis zu rufen, den Momma gut kannte. »Meine Mutter ist schon völlig ausgelastet, wenn sie die Namen ihrer Kinder behält«, sagte sie.
»Und gibt es sonst jemanden, der Sie gut kennt?«, fragte er.
Sie dachte an Abe, der sie manchmal zärtlich ›Jennifer, das unbekannte Wesen‹ nannte. An Stasiek, der sie fragte: ›Haben wir gesiegt?‹, und an Rachel, die das Kapitel in ihrem Buch, das ihr gewidmet war, ›*Die Feldman-Saga geht weiter*‹ nennen wollte. Dann schüttelte sie den Kopf.
Gregory O'Reilly streichelte ihr den Puls. Sie hielt still und erschrak, weil sie seine Augen so schön fand. »Wie schade«, sagte er. »Wenn jemand wüsste, wovor Sie zehntausend Meter weit weglaufen müssen, könnte er Ihnen helfen, umzukehren und auf Ihren phantastischen Beinen in die richtige Richtung zu laufen.«
»Ich will das nicht«, brach es aus ihr heraus. »Dass ein anderer weiß, wovor ich weglaufe. Wenn es jemand wissen muss, dann ich!«
»Das ginge mir genauso«, sagte Gregory O'Reilly. »Bitte, Jennifer – darf ich Ihnen noch etwas raten?«
Seine Fingerspitze strich weiter über ihren Puls. Das tun sonst nur Ärzte, dachte sie. Ihren Finger an den Puls eines Menschen legen. Sie nickte.
»Alberta Bernhardt ist Jahrgang 1915«, sagte er. »Bei einem Menschen dieses Alters fände ich es leichtsinnig, mit einem Besuch auf den Frühling zu warten.«
Dem war nichts entgegenzusetzen. Aber was sollte es helfen, ihre fast hundertjährige Urgroßmutter zu besuchen? Ihr Trainer

würde nicht mehr mit ihr arbeiten, weil sie wie ein Trotzkind explodiert war, und ihr Sportverband würde sie fallenlassen. Grandma Alberta mochte die Ikone des Behindertensports sein, aber damit würde sie kaum einen routinierten Sportfunktionär zum Umdenken bewegen.

Ganz leise begann er zu pfeifen. Zwei, drei Takte aus seinem Lied, dessen Text sie gelesen hatte.

Träumt sie?

Ich glaube schon.

»Ich will aufhören, zu träumen«, fiel sie ihm in die Melodie. »Ich will endlich leben, statt mir einzubilden, dass mir ohne diesen Olympiasieg etwas fehlt.«

»Und was ist das, leben?«, fragte er. »Ich habe das Gleiche getan wie Sie. Ich bin gerannt. Jahr um Jahr. Runde um Runde. Ich habe nur die Flamme gesehen. Olympia. Mich auf dem Treppchen, während die Fahne meines Landes aufgezogen und seine Hymne gespielt wird. Irgendwann musste ich feststellen, dass ich nicht einmal wusste, was das war – mein Land.«

»Wissen Sie es denn jetzt?«, fragte Jennifer.

»Nein«, sagte er. »Ich habe noch immer keine Ahnung. Aber ich denke, Sie und ich könnten versuchen, es herauszufinden – was unser Land ist, was unser Leben sein soll, und warum wir so scharf auf Olympia sind.«

»Auf der Laufbahn?«, platzte Jennifer heraus. Dann hielt sie lieber den Mund. Sie hatte ihren Trainer verloren, weil sie ihn beschuldigt hatte, mit dem Schwanz statt mit dem Hirn zu entscheiden. Passierte ihr so etwas jetzt mit jedem Mann in ihrem Umfeld?

»Haben Sie Angst?«, fragte er. »Davor, dass ich mich in Sie verliebt haben könnte?«

Stumm zuckte Jennifer die Schultern.

»Ich will, dass Sie laufen«, sagte er. »So, wie Sie es könnten, wenn nichts mehr Sie aufhält, wenn nur noch der Himmel die Grenze ist. Ich verspreche, ich halte mich zurück. Ich treibe Sie auch nicht mehr zum Wahnsinn, indem ich Sonntage zu Donnerstagen erkläre.«

»Heute ist Mittwoch«, sagte Jennifer.

Er hob die Hände vors Gesicht. »Heute bin ich unschuldig. Ich habe ganz still hier gesessen, aber Ihre Kolleginnen …«

»Schon gut«, hörte sie sich sagen. »Um ehrlich zu sein, bin ich ganz froh, mit Ihnen zu reden.« Etwas an ihm und seinem Wein war beruhigend. So, als müsse sie nur hier mit ihm sitzen bleiben, um über kurz oder lang eine Lösung zu finden, selbst wenn ihr nicht einmal das Problem klar war.

»Haben Sie über den Streit mit Ihrem Trainer mit irgendwem gesprochen? Haben Sie schon einmal mit jemandem über das Gefühl geredet, ohne einen Olympiasieg fehle Ihnen etwas?«

Sie schüttelte den Kopf. »Ich bin umgeben von den reizendsten Leuten der Welt, aber oft komme ich mir vor wie ein Fremdling, der ihnen irgendwie ins Haus geschneit ist. Einer, den sie zwar rührend mit exquisiten Speisen füttern, von dem sie aber nicht wissen, welcher Spezies er angehört und welche Sprache er spricht.«

»Sie sprechen Englisch. Bestens verständlich und so gut wie ohne Londoner Akzent.«

Sie lachte. »Es heißt Cockney. Nicht Londoner Akzent. Und ein bisschen hört man es doch, oder? Ich habe mein ganzes Leben in Londons Osten verbracht und nicht immer in so edlen Vierteln wie dem Village. Eine andere Sprache kann ich nicht. Dass ein Teil von mir deutsch ist, habe ich bis vor ein paar Tagen nicht gewusst.«

»Und da wundern Sie sich, dass Sie sich wie ein Fremdling vorkommen?« Wieder strich er an ihrem Handgelenk entlang. »Hören Sie, Jennifer, wenn Sie derzeit sowieso nichts zu verlieren haben, warum tun Sie mir nicht den Gefallen und fahren nach Mandeville?«

»Ich kann mir das zurzeit nicht vorstellen«, antwortete Jennifer. »Mich auf einen anderen Menschen einlassen. Bei meiner Urgroßmutter wohnen. Den ganzen Tag mit ihr reden müssen.«
»Sie könnten im Ort wohnen«, konterte er. »Dann könnten Sie das Zusammensein zeitlich begrenzen. Und falls Sie zufällig am Donnerstag fahren und gegen einen irischen Klebebildchen-Sammler nichts einzuwenden hätten, käme ich ziemlich gern mit.«
»Sie wollen mit mir zu Grandma Alberta fahren?«
Er grinste. »Ich könnte ihr mein Sammelalbum zeigen.«
Warum nicht?, begehrte etwas in ihr auf. Sie hatte keinen Grund mehr, sich ständig vor etwas zu hüten. Weder vor Weißwein noch vor rothaarigen Männern, und schon gar nicht vor Urgroßmüttern. Sie trank ihr Glas leer. »Warum nicht?«, wiederholte sie dann laut.
»Ist das Ihr Ernst?«
»Muss ich das wissen?«
»Von mir aus nicht.« Sein Gesicht veränderte sich. Es war, als striche eine Hand darüber und zöge eine Maske ab. Auf einmal sah sie, dass er jung war. »Danke, Jennifer.«
»Bedanken Sie sich lieber erst nach der Reise. Vielleicht wollen Sie mich dann ja lieber auf den Mond schießen.«
»Nur wenn der Mond sich um die Austragung der Olympischen Spiele bewirbt. Wann fahren wir?«
Auf einmal hatte sie es eilig, wollte die Reise unter Dach und Fach bringen, ehe sie Angst vor der eigenen Courage bekam. »Ich rede mit Gavino. Wenn er ohne mich auskommt, schlage ich vor ...«
»Nächsten Donnerstag«, beendeten sie den Satz gemeinsam. Paola und Caridade mussten denken, sie hätten das Stadium blödsinnigster Verliebtheit erreicht. ›Wolke sieben bis neun‹, würde Caridade sagen.
»Das ist übrigens ein hübsches Shirt, das sie da tragen«, sagte Gregory O'Reilly. »Was stellt das Bild dar? Gekreuzte Klingen?«

»Zahnstocher«, antwortete Jennifer. »Das Restaurant heißt so – *Stuzzicadenti.*«

»Aha. Ich habe mich schon gefragt, was dieses bemerkenswerte Wort bedeutet.«

»Und Sie haben es nicht im Internet nachgesehen?« Bei der letzten Silbe spürte Jennifer ein summendes Vibrieren am Hintern. Das Handy in ihrer Hosentasche. Sie stand auf, zog es heraus und meldete sich, ohne vorher auf die Nummer zu sehen.

»Jen? Bist du das?« Es war Cyrus Devon.

»Wen hast du sonst erwartet, wenn du auf meinem Handy anrufst?« Ihn anzuschnauzen war das Dümmste, was sie tun konnte, aber ihr Inneres fühlte sich an wie aufgeschürft.

»Scherzkeks«, sagte Cyrus. »Ich versuche seit einer Stunde, dich zu erreichen.«

»Und was willst du mir sagen?«

»Jetzt lass mal das Gefauche. Ich habe über diese Sache, mit der du mir in den Ohren liegst, nachgedacht, und irgendwann habe ich mir gesagt: Hey, wenn die alte Jen es unbedingt will, warum eigentlich nicht?«

»Was soll das heißen?«

»Dein Musik-Dad hat ein Faxgerät rumstehen, oder? Gib mir mal die Nummer, dann lasse ich dir jetzt gleich deinen Meldebogen rüberwachsen. Für Birmingham. Ich brauche ihn aber schleunigst unterschrieben zurück, der Trial ist am Samstag in drei Wochen.«

Jennifer hörte, was er sagte, aber es ergab keinen Sinn.

»Bist du noch da?«, fragte Cyrus.

»Ja.«

»Hat's dir die Sprache verschlagen?«

»Noch mal ja.«

»Kein Grund zur Aufregung. Wenn du's schaffst, komm morgen zum Training. Bring den Meldebogen mit. Gesundheitszeugnis brauchen wir auch noch. Und ansonsten – halt dich wacker.«

Jennifer stammelte irgendetwas zum Abschied und schob das Handy wieder in die Tasche.

Gregory O'Reilly blickte fragend zu ihr auf. Wie das Restaurant um sie schien er bereits meilenweit entfernt.

»Ich kann nicht mit Ihnen nach Mandeville fahren«, sagte sie.

»Schlechte Nachrichten?«

Jennifer schüttelte kurz den Kopf, ehe sie zu Boden blickte. »Ich starte Ende Oktober im Alexander-Stadion in Birmingham. In einem der ersten Trials für die Olympischen Spiele.«

17

Sie trainierte in den Wochen, die ihr blieben, fast rund um die Uhr. Kein Park, nur Bahn, in kleinen Trainingseinheiten und mit sorgsam eingeteilter Energie. Ihr Körper barst vor Kraft, er schien ihr unaufhaltsam, als habe jemand Flügel an ihre Fesseln geschnallt. Sie war in Bestform und konnte gelassen in den Wettkampf gehen: Diese Chance, die sie so dringend gewollt hatte, würde sie nicht in den Sand setzen.

Lediglich einmal konnte sie sich nicht zurückhalten, morgens wie gewohnt loszulaufen. Sie mied jedoch das Tor zum Park und lief stattdessen über die Straße weiter. Cyrus hätte sich die Haare gerauft. Am liebsten hätte er seinen Athleten verboten, Straßenpflaster auch nur zu betreten. Jennifer aber wollte dieses eine Mal sehen, wie über dem Stadion, in dem achtzigtausend Menschen Platz finden sollten, die Sonne aufging. Fuchsienpink. Olympia-Pink.

Der Tag war trüb, und die Leichtstahlstreben, die in den grau und rosa verschwimmenden Himmel ragten, erzählten noch nichts von der olympischen Idee. Aber das Stadion war eine Verheißung. Während sie im dichten Morgennebel, durch den die Sonne noch nicht ihren Weg fand, darauf zulief, fehlte ihr nichts.

Momma war außer sich. Am Abendbrottisch bedrängte sie Abe, mit Jennifer nach Birmingham zu fahren.

»Ich würde das liebend gern tun«, bekundete Abe. »Ich weiß nur nicht, wie ich mir diese Flut von Terminen vom Hals schaffen soll.«

»Geht die Familie denn nicht vor?«, fragte Momma.

»Doch«, gab Abe schuldbewusst zu. »Natürlich. Im Grunde hätten wir diese Olympiakommissionen mit den Wochenendterminen gar nicht übernehmen dürfen.« Urplötzlich verlor er den Faden, fing an, eine Melodie zu summen, und mit den Fingerspitzen auf den Tisch zu klopfen.

»Abe!«, fuhr Momma ihn an.

Erschrocken hielt Abe inne. »Bitte entschuldige, Helen.«

»Das ist cool«, sagte Zac, der an einem Vollkornbrötchen kaute. »Ich weiß, wie das heißt: *Chariots of Fire.*«

»Allerdings«, bemerkte Abe, den es jedes Mal verblüffte, wenn ein Mitglied seiner Familie sich für einen Aspekt seiner Arbeit interessierte. »Die Zeile stammt aus William Blakes *Jerusalem.*« Er faltete die Hände und deklamierte:

»Bring me my bow of burning gold,
Bring me my arrows of desire,
Bring me my spear: O clouds unfold,
Bring me my chariot of fire.«

Jennifer hatte das Gedicht in der Schule lernen müssen und danach sofort wieder vergessen. Jetzt fand sie es schön. *Bringt mir meinen Streitwagen aus Feuer.* Beim Zuhören musste sie an die maßlose Kraft denken, die sie vorhin auf der Bahn verspürt hatte, das Gefühl, ewig weiterlaufen zu können, weil sie gar nicht lief, sondern getragen wurde. *Streitwagen aus Feuer* gefiel ihr besser als *Ausschüttung von Endorphinen,* die der Körper bei jeder Anstrengung in Gang setzte. Ihr Traum war ihr Streitwagen, der vor Entschlossenheit brannte, und leise erklang dazu die Olympia-Symphonie, die Abe verlegte.

»Kenn ich nicht«, sagte Zac. »Das, was du gesungen hast, ist von Vangelis. Aus so 'nem Film.«

»Aus einem Film über zwei Läufer«, erklärte Abe. »Zwei Olympiasieger. Deshalb soll das Stück bei den Spielen von London zu jeder Medaillenübergabe gespielt werden.«

»Gibt es bei uns im Haus eigentlich auch irgendwann wieder andere Themen als diese Olympiade?«, fragte Momma. »Suna ist heute nicht gekommen, weil die U-Bahn nicht fuhr – wird alles neu gemacht, damit die ganzen Sportler mit ihren Surfbrettern und Rennrädern nicht unterwegs steckenbleiben.« Suna war Mommas Aromatherapeutin, ohne deren wöchentliche Massage ihr angeblich eine Depression drohte.

»Surfen gibt's bei Olympia nicht«, bemerkte Zac. »Außerdem fahren doch die Sportler nicht mit der U-Bahn.«

»Da habe ich wohl wieder Unsinn geredet«, gab Momma zu. »Aber was soll die arme Jenny denn jetzt machen? Wegen dieser Olympiade kann sie ja nicht auf die Reise verzichten.«

»Ohne diese Olympiade würde ich überhaupt keine Reise machen«, sagte Jennifer. »Nur falls du es vergessen hast: Ich besuche keinen Herzliebsten, sondern nehme an einem Wettkampf teil. Und zu dem kann ich wunderbar allein fahren.« Mit dem Zug, beschloss sie. Im Auto würde sie die Beine zu lange stillhalten müssen, und außerdem konnte ein Zug sich nicht verfahren.

»Das fände ich nicht gut«, sagte Momma. »Ich hätte zu viel Angst um dich, Schätzelchen.«

Dass Momma sich benahm, als sei ihre Tochter noch im Vorschulalter, war Jennifer gewohnt. Meist ließ sie es über sich ergehen, heute aber setzte ohne Vorwarnung das Gefühl der Leere ein, und ihre Nerven rissen: »Zu deiner Erinnerung, ich bin allein mit dem Zug gefahren, als ich fünf war«, herrschte sie Momma an. »Nicht weil ich Lust dazu hatte, sondern weil du mich vergessen hattest. Zählst du deine Kinder eigentlich ab und zu mal durch, bist du sicher, dass dir nicht eines fehlt?«

»Jenny«, murmelte der bleich gewordene Abe, aber Jennifer konnte nicht aufhören. »Jetzt bin ich dreiundzwanzig«, rief sie, »und die Gefahr, dass ich aus einer Zugtür falle, ist mehr als gering. Du brauchst an mir nichts gutzumachen, Momma. Ich habe vor einer Ewigkeit lernen müssen, auf mich selbst aufzupassen.«

Sie wollte keine Cremesüppchen aus vierfarbigen Biotomaten auslöffeln oder von Momma erklärt bekommen, dass Bananen-Pie bei Männern in Abes Alter die Manneskraft erhielt. Sie sprang so jäh auf, dass Bellini, der sich um ihre Füße geringelt hatte, hochfuhr, rannte hinauf in ihr Zimmer und schlug hinter sich die Tür zu. Wie ein Teenager warf sie sich aufs Bett und vergrub das Gesicht in dem Überwurf aus kindlich gemustertem Patchwork.

Ich sollte hier ausziehen, dachte sie. Aber dazu hätte sie Zeit, Kraft und Geld gebraucht – alles das konnte sie nicht aufbringen, solange sie zweihundert Kilometer in der Woche laufen musste. Sie tat das Gleiche, was Gregory O'Reilly ihr von sich erzählt hatte: Sie hielt sich von allem fern, was ihrem Laufen schaden konnte, sie hatte das schon immer getan: Das Leben verschoben, bis sie eines Tages weit genug gelaufen wäre.

Es dauerte nicht lange, dann klopfte es an der Tür. »Komm rein, Abe«, sagte Jennifer. Von den anderen hätte sich keiner die Mühe gemacht, anzuklopfen. Schon gar nicht derart leise.

Fast lautlos trat er ins Zimmer. »Ich lasse Owen diese Konferenz mit den Leuten von der BOA übernehmen«, sagte er. »Dann habe ich das Wochenende frei und fahre mit dir nach Birmingham.«

»Nein, das tust du nicht.« Jennifer wies auf den Stuhl vor dem Schreibtisch, weil Abe Probleme mit dem Kreuz hatte, sich aber trotzdem nie unaufgefordert auf die Stühle anderer Leute setzte. Nicht einmal, wenn sie mit seinem Geld bezahlt worden waren.

»Doch, Jenny.« Er setzte sich umständlich nieder. »Deine Mutter hat recht. Es ist das mindeste, was ich der Familie schuldig bin.«

Das war zum Lachen. Auch wenn es traurig war. »Abe, tust du überhaupt jemals das, was du gern willst?«

Er überlegte. »Ich denke nicht oft darüber nach«, gestand er. »Du kannst mir aber glauben, dass ich dich gern zu deinem Wettkampf begleiten will. Ich bin froh, dass deine Mutter mich daran erinnert hat …«

»Wieso bedrängt Momma eigentlich dich und fährt nicht selbst mit mir, wenn sie meint, ihre zarte Tochter dürfe unmöglich allein ins wilde Birmingham gelassen werden?«

»Es bedarf einiger Größe, zu erkennen, dass man einem anderen eher schaden als nützen würde«, antwortete Abe. »Unter deinen Brüdern ist jetzt das Gelächter groß: Momma hat Jenny im Zug vergessen! Deine Mutter lässt sie lachen, sie versucht nicht, etwas abzustreiten, und sie verteidigt sich nicht. Dazu gehört auch Größe. Nicht jeder Mensch, dem wir anvertraut sind, ist stark und fähig, aber es haben auch nicht nur starke und fähige Menschen das Recht, uns zu lieben. Ich kenne niemanden, der für seine Fehler einsteht, wie Helen es tut. Wenn sie diese Sache mit dem Zug ungeschehen machen könnte, gäbe sie alles dafür.«

»Ich weiß«, sagte Jennifer. »Es ist in Ordnung, wirklich. Bitte sag Momma, ich liebe sie und es tut mir leid.«

»Dazu besteht kein Grund«, erwiderte Abe. »Deine Mutter weiß, dass sie dir nicht die Mutter war, die du hättest haben sollen. Und wenn es noch etwas gibt – sie wäre da, um mit dir darüber zu sprechen.«

»Es gibt ja nichts!«, rief Jennifer hastig.

»Bist du dir sicher?«

Sie nickte. »Lass uns das vergessen, ja? Ich habe keine Ahnung, warum ich so ausgerastet bin.«

»Die Nerven«, schlug Abe vor. »Die Furcht vor dem Wettkampf. Leider verstehe ich ja nicht das Geringste vom Sport, aber Gespräche mit Menschen, die damit beschäftigt sind, haben mich zumindest durch den Türspalt in eine faszinierende Welt blicken lassen. Von Nerven ist da häufig die Rede, nicht anders als bei Musikern. Du hast im Sport ja ebenfalls nur einen Augenblick, um alles oder nichts zu erreichen, anders als wir hinter unseren Schreibtischen, wo Zeit zum Überdenken und Nachbessern bleibt.«

»Du bist unbezahlbar, Abe. Egal, was es ist – solange Menschen es dir vor die Nase halten, lässt du dich dafür begeistern.«

Er sah sie an. Sein zerknittertes Gesicht mit der immens hohen Stirn war wie ein Gästebuch, in das Scharen von Besuchern sich mit ihren kratzenden Federhaltern eingetragen hatten. »In meinem Alter muss ein Mann dankbar sein, wenn sich die Jugend noch die Mühe macht, ihm etwas vor die Nase zu halten«, sagte er. »Dich und deine Brüder im Haus zu haben ist ein Segen, den ich mir nicht zu erhoffen gewagt hätte, Jenny. Was Birmingham betrifft: Sag mir bitte, wann du losfahren willst. Ich richte mich darauf ein.«

»Du fährst nicht mit mir nach Birmingham«, sagte Jennifer. »Ich fahre allein.«

»Es ist mir wirklich keine Last«, beteuerte er. »Im Gegenteil. Du bist Andrews Tochter, und da er nicht mit dir fahren kann, betrachte ich es als Ehre, dies an seiner Stelle tun zu dürfen.«

Es war nicht das erste Mal, dass er so etwas sagte. Seit siebzehn Jahren erhielt er die Legende aufrecht, sein Bruder sei ein treusorgender Familienvater gewesen, den ein grausames Schicksal Frau und Tochter entrissen hatte. Das Berührendste war: Er war der einzige Mensch, der an diese Legende glaubte.

Mit seiner Treue brachte er sie ins Wanken, aber diesmal fiel sie nicht um. »Ich fahre ohne dich, Abe. Das hier ist kein Teil der Feldman-Saga, sondern etwas, das ich tun muss. Nur für mich.«

Sie konnte förmlich zusehen, wie die zerfurchte Stirn einen neuen Eintrag bekam. »Ist gut«, sagte er endlich. »Ich werde mir Sorgen um dich machen, aber ich glaube, ich verstehe, was du meinst.«

18

Im *Stuzzicadenti* hatten die Stammgäste darüber diskutiert, ob Birmingham der Preis für die hässlichste Stadt Großbritanniens zustehe. Jennifer sah nichts davon. Sie stieg am Bahnhof aus und nahm, ohne den Blick nach rechts oder links zu wenden, ein Taxi zum Hotel. Cyrus hatte angeboten, jemanden vom Verband zu schicken, aber sie zog es vor, mit niemandem sprechen zu müssen und sich ganz auf ihren Körper zu konzentrieren. Vor dem Abendessen blieb ihr eine Stunde für eine leichte Trainingseinheit auf dem Laufband.

Jennifer hasste Laufmaschinen, sie kam sich vor wie ein Hamster im Rad. Wenn man keinen Boden gewann, sondern auf der Stelle trabte, stellte sich kein Streitwagen aus Feuer ein, sondern eher eine Art von Platzangst.

Immerhin zeigten die Messgeräte, die Puls- und Atemfrequenz aufzeichneten, dass ihr Körper wie ein Uhrwerk lief. Ein Organismus in Hochform. Sie hatte keinen Grund, sich vor dem Morgen zu fürchten. Das leichte Abendessen aus Hühnerbrust, Salat und Süßkartoffel hatte der Verband für sie vorbestellt. Zum ersten Mal vor einem Wettkampf konnte sie essen, und sobald sie sich hingelegt hatte, schlief sie ein.

In der Schwärze der Nacht schreckte sie aus einem Traum auf, den ihr Gedächtnis sofort wieder löschte. Ihr Herz raste, aber entscheidend war, dass sie ein paar Stunden Schlaf bekommen hatte. Für gewöhnlich lag sie vor einem Rennen die ganze Nacht wach. Seltsam, dass man erst alles tat, um allein zu sein, und sich dann jäh nach der Nähe von Menschen sehnte. Sie tastete nach dem Handy auf dem Nachttisch und fand Textnachrichten von Momma, Rachel und ihren Kolleginnen aus dem *Stuzzicadenti* vor. Abe, der sich von der Technik der Textfunktion überfordert fühl-

te, hatte ihr einen Gruß auf die Mailbox gesprochen. Sie war nicht verlassen, und sie würde morgen tun, was sie am meisten wollte: laufen. Wieder einschlafen konnte sie dennoch nicht.
Gregory O'Reilly konnte ihr keine Nachricht senden, denn er hatte ihre Nummer nicht. Seit dem Gespräch im *Stuzzicadenti* hatte sie ihn nicht mehr gesehen. »Es ist besser, wir lassen das«, hatte sie gebeten. »Ich möchte Sie nicht jedes Mal als Rettungsring benutzen, wenn ich im heulenden Elend ersaufe.«
»Und wenn ich Ihnen versichere, dass es mir nichts ausmacht?«
»Mir macht es etwas aus. Sie sind ein netter Mann, Mr. O'Reilly, Sie haben Besseres zu tun, als das Trostpflaster zu spielen.«
Sie wollte nicht an ihn denken. Sie wollte an gar nichts denken, nur an die Strecke, die vor ihr lag, an ihren Streitwagen aus Feuer.

Das Alexander-Stadion von Birmingham bot gut zwölftausend Zuschauern Platz. Nur ein Achtel der Menge, die im Olympiastadion erwartet wurde, und an einem nasskalten Sonntag im Oktober würde die Veranstaltung kaum ausverkauft sein. Die Tribünen ragten nicht turmhoch über der Laufbahn auf, sondern erstreckten sich flach, ohne die geringste Bedrohung auszustrahlen. Die Stimmung war entspannt, geradezu chaotisch. Bei der Startnummernvergabe kam es zu Verwechslungen, und die Listen für den Dopingtest waren nirgendwo aufzufinden. Teilnehmer verschiedener Disziplinen wärmten sich auf einem zu kurzen Stück Bahn auf, und die Ordner mussten sich ihre Athleten durch Rufen und Winken aus dem Gewimmel herauslotsen. Sich zu konzentrieren war unmöglich. Die meisten Läufer waren in Gespräche vertieft, aus knacksenden Lautsprechern erfolgten Ansagen, und dazwischen brandete Jubel auf. Es ist gut so, beschwor sich Jennifer. In dieser Volksfestatmosphäre gibt es keinen Grund, nervös zu werden.
Cyrus kam eine Viertelstunde vor dem Start. Mit Sandra Bonner, deren Stirn schweißig glänzte, rannte er auf die Trainingsbahn.

»Wir haben zwei Stunden im Stau festgesteckt«, knurrte er, während sein Schützling sich in fahriger Eile aus der Trainingshose schälte. »Irgendein gottverdammter Unfall.«
»Hi, Jen«, murmelte Sandra kleinlaut, als hätte jemand sie zurechtgestutzt. Ehe Jennifer reagieren musste, erschien der Ordner mit dem Schild, auf dem ihre Disziplin aufgedruckt war: 10 000 Meter. Die magische Zahl.
Sechzehn Läuferinnen würden über die längste Bahnstrecke starten. Jennifer gab sich alle Mühe, statt auf das Getöse um sie herum in sich hinein zu lauschen, auf ihr Herz, das Blut pumpte, und ihren Puls, der spürbar klopfte. Geräusche, die ihr bewiesen, dass sie fit und gesund war. Sandra, die sich an ihrer Seite hielt, erschien zappelig und nervös.
Achte nicht auf Sandra. In ein paar Minuten ertönt der Startschuss, dann bist du mit deiner Strecke allein, egal, wie viele dir zusehen. Am Rand der Bahn nahm der Starter seine Position ein. Der Himmel hing tief und war so schwarz, dass Jennifer sich wünschte, das Flutlicht möge eingeschaltet werden, weil Licht Mut machte. Wenn sie aber erst einmal losgelaufen war, würde sie von dem trüben Wetter nichts mehr bemerken.
In der Bahn neben ihr hoppelte Sandra von einem Fuß auf den anderen. Sie hatte keine Zeit gehabt, sich richtig aufzuwärmen, und fror. Dennoch liefen ihr noch immer Schweißtropfen die Schläfen herab. Cyrus dürfte sie nicht starten lassen, durchfuhr es Jennifer. Für Herz und Atmung war ein Start ohne Vorbereitung so gefährlich wie ein Sprung in eisiges Wasser, und außerdem wirkte Sandra nicht fit. Es machte den Eindruck, als sei sie gegen ihren Willen in diesen Wettkampf gezerrt worden. Jemand hätte ihr sagen sollen, dass sie keine Chance hatte, dass ihr Trainer sie für sein privates Machtspiel missbrauchte.
In diesem Augenblick ertönte der Schuss. Um den Bruchteil einer Sekunde verzögert, erfolgte der Aufprall von fünfzehn Sohlen auf dem Kunststoffbelag der Bahn.

Jennifer sprang mit einer winzigen Verspätung an, doch das war sie gewohnt. Der Start gehörte nicht zu ihren Stärken, doch über zehntausend spielte diese Schwäche keine Rolle. Die Zehntausend waren ihr Zuhause, der Ausschnitt der Welt, auf den sie sich verstand. Trotz der Ablenkung trat ihr Körper wie eine Maschine in Aktion. Der Trommelschlag ihrer Fußsohlen klang krafvoll und gleichmäßig wie das Metronom auf Abes Stutzflügel.
Sie brauchte nicht einmal eine Runde, um zu wissen, dass sie dem Feld überlegen war. Mit kühlem Blut konnte sie ihre Position hinter der Tempomacherin wählen und ihr Rennen machen. Auf ihren Streitwagen aus Feuer springen, als wäre nur der Himmel die Grenze. Der Wind, der ihr in den Ohren pfiff, war ihre Musik, in die sich das dunkle Motiv aus Abes Symphonie mischte. Schwung packte sie bei den Hüften und schleuderte sie in den Schritt. »Die kleine Jenny rennt um ihr Leben«, hatte der Hausmeister in dem Häuserblock, wo sie mit Momma gewohnt hatte, gesagt. »Die holt der Teufel nicht ein.«
So war es noch immer. Solange sie aus Leibeskräften laufen konnte, war ihr Leben gerettet, und der Teufel sollte sie küssen, wo sie schön war.
Kräfte einteilen, Strecke einteilen, Tempo einteilen. Wenn alles gutlief, erledigte ihr Körper das von allein. Instinktiv spürte er, wann sie Tempo zulegen konnte und wann es sich harmonisch drosseln ließ, um Kräfte für den Vorstoß zu sparen. Ihr Vater war Violinist gewesen, einer, den die Fachwelt Jahrhundertbegabung genannt hatte, und wer Jennifer kannte, weigerte sich zu glauben, dass das einzige Kind dieses Genies über keinen Funken Talent verfügte. Einer ihrer Musiklehrer hatte verbissen Gehörtests mit ihr durchgeführt, um am Ende zu kapitulieren: »Du siehst aus wie Andrew Feldmans Tochter. Aber du kannst es nicht sein.«
Der greise Lehrer ihres Vaters hatte ihr nach einer Viertelstunde die Geige aus den Händen gerissen und klagend ausgerufen: »Was für eine Verschwendung!«

Sie hatten recht. Der Genius ihres Vaters war verloren, und doch kam es Jennifer manchmal vor, als stecke in ihren Beinen ein Ersatz für sein an einer tödlichen Leitplanke verloren gegangenes Talent. Seine einzige Tochter war unmusikalisch, aber in Augenblicken wie diesem fühlte sie sich ihm dennoch verwandt: Auf der Laufbahn wurde ihr Körper zum Instrument, dem sie etwas entlockte, das wundervoll und einzigartig war.

Laufen, laufen, laufen. Mit jedem Takt weiter fort von allem, was sie in Fesseln hielt. Dem Himmel entgegen, dessen Schwarzgrau sich lichten würde. Weiter und weiter, hoch aufgerichtet auf ihrem Streitwagen aus Feuer. Jennifer brauchte keine Runden zu zählen. Ihr Körper hatte die Strecke im Blut und spürte, wenn zwei Drittel absolviert waren. Die Läuferin an der Spitze zeigte Zeichen von Ermüdung. Sie war nur als Tempomacherin für ihre Kameradin im Rennen, die auf der Geraden, über die dritte Bahn durchbrach. Jennifers Schritt passte sich automatisch an. Mit der Konkurrentin Schulter an Schulter schloss sie zu der Tempomacherin auf.

Die wich zur Seite, als sie die Linie zur zwanzigsten Runde überquerten. Die Gewissheit, perfekt im Rennen zu liegen, sandte eine Woge von Glückseligkeit durch Jennifers Körper. Jeder Schritt warf sie weiter nach vorn, weg von Sandra, Cyrus und allem, was schwer und undurchschaubar an ihr haftete. Ganz hingeben durfte sie sich jedoch nicht. Sie musste den Lauf drosseln, ohne aus dem Rhythmus zu fallen, die Rivalin vorbeiziehen lassen, damit diese die Arbeit an der Spitze übernahm. Wenn sie sich in ihren Windschatten heftete, würde ihr die Kraft bleiben, um sie in der letzten Runde zu schlagen.

Flüchtig warf sie einen Blick über die Schulter, wo das Gesicht der Rivalin auftauchte. Sie senkte ihr Tempo noch weiter, um der anderen den Platz an der Spitze aufzudrängen. »Olympia«, wisperte der Wind in ihren Ohren, und dabei sang er Abes Symphonie. Die andere aber zog nicht an ihr vorbei. Jennifer war noch nie ein

Rennen von der Spitze gelaufen, allein mit den Zuschauern, deren Grölen sie wahrnahm, deren Erwartung ihr auf den Schultern lastete wie Blei. Ihre Beine trommelten dagegen an, verpulverten maßlos Kraft und ließen sich nicht halten.
Im Augenwinkel registrierte sie einen Schatten, doch die erwartete Läuferin tauchte nicht auf. Jennifers Atemzüge wurden kürzer, flacher, schneller, ihr Herz pumpte Blut, wie um eine Sturzflut auszulösen. Ihre Brust begann zu schmerzen, doch sie erhöhte noch einmal das Tempo und rannte um ihr Leben. Warum es bei diesem Lauf um ihr Leben ging, wusste sie nicht.
Seitenstechen setzte ein, der Atem geriet außer Kontrolle, und die Muskeln sträubten sich. Tausend Stimmen grölten, und die Wände der Tribünen wuchsen über ihr empor. Schwäche machte sich breit, eine Leere im Kopf, die ihr die Beine lähmte. Ihre Knie gaben nach. Ihre Augen füllten sich mit Tränen, bis die Strecke vor ihr verschwamm. Sie streckte die Hände, doch dazu war es zu spät. Krachend schlug sie auf dem Boden auf. Die Symphonie verstummte.
Schmerz durchflutete sie. Jennifer rollte sich zur Kugel, wie um in sich selbst zu verschwinden. Trotz des Getöses vernahm sie den Rhythmus der Sohlen auf dem Pflaster, als fünfzehn Läuferinnen an ihr vorüberzogen. Ein Gewirr von Stimmen drang durch das Grölen des Publikums. Schnelle Schritte näherten sich. Jemand fiel neben ihr auf die Knie, schloss die Arme um sie und hielt sie fest.
»Ganz ruhig, Jennifer«, sagte er, während ihr die Tränen aus den Augen strömten. »Nur keine Sorge, wir bekommen das wieder hin.« Dann begann er, das Lied zu summen, *Jennifer Juniper.*
Is she dreaming? Yes, I think so.
Das Weinen ließ nicht nach, und ihre Rückenmuskeln hörten nicht auf, in Krämpfen zu zucken.

VIERTER TEIL

For the Glory of Sport

Dampfschiff *Europa*, Juli 1932

»Wenn dir die Straße verstellt ist,
Spring über alles hinweg …«

Schlager von Hans Albers,
aus dem Film »Der Sieger«, 1932

19

Herrgott, ich kann's nicht mehr hören, Guste!«
»Was kannst du nicht mehr hören?«
»Dieses blöde Lied von diesem blöden Haus am Michigansee!«, brach es aus Alberta heraus.
»Ich weiß, es gefällt dir nicht«, murmelte Guste, die bäuchlings auf ihrem Kabinenbett lag und mit ihrer Schulmädchen-Handschrift in ihr geblümtes Tagebuch kritzelte. »Es tut mir leid, Albi.«
»Darum geht es doch nicht!«, rief Alberta. »Tagein, tagaus summst du dieses Lied vor dich hin, dabei weißt du gar nicht, wo der blöde Michigansee überhaupt ist, und du willst es auch nicht wissen! Du bist auf einem Luxusdampfer, umgeben von den besten Sportlern deines Landes, du fährst nach Amerika, aber es kratzt dich nicht. Stattdessen liegst du in deiner Kabine, summst banale Liedchen und schreibst Seite um Seite in diesem Buch voll. Du hast nicht einmal gesehen, wie aufregend es war, als sie das Katapultflugzeug vom Oberdeck in den Himmel geschleudert haben!«
Auguste schüttelte den Kopf. »Nein. Hab ich nicht.«
»Natürlich nicht.« Alberta seufzte. »Lieber füllst du dein Tagebuch mit noch mehr Liebesschmalz.«
»Ich habe einen Brief an Karl geschrieben«, sagte Auguste. »Das Katapultflugzeug fliegt doch voraus, um die Post schneller zu befördern, nicht wahr?«
»Ja. Nach Amerika«, versetzte Alberta.
»Aber wenn es zurückfliegt, kann es meinen Brief mitnehmen.«
»Die *Europa* fährt nicht zurück. Sie bleibt in New York und wartet darauf, dass wir aus Los Angeles kommen. Dein Briefchen kannst du Karl also selber bringen, die paar Tage länger wird er wohl darauf warten können.«

Sie sah wie die Augen der Schwester sich mit Tränen füllten, und ihre Heftigkeit tat ihr leid. Aber warum konnte man mit Auguste einfach nicht reden?
Alberta hatte alles versucht, um sie von dem leidigen Thema Karl abzulenken. Das Leben an Bord der *Europa* war mehr als geeignet dazu. Anders als erwartet, hatte die Reichsrundfunkgesellschaft nicht nur für Magnus Bernhardt, sondern auch für dessen Töchter eine Kabine zweiter Klasse gebucht, in der sie tun und lassen konnten, was sie wollten. Nie zuvor hatte Alberta sich so erwachsen gefühlt.
An Unterhaltung herrschte kein Mangel: Auf dem Oberdeck tummelten sich die Olympiateilnehmer bei Sport und Spiel. Unter den knapp hundert Athleten befanden sich nur sieben Frauen, und die Männer hatten nichts dagegen, wenn Alberta sich ihnen beim Kegeln, Federballspielen und Seilspringen zugesellte. Einmal hatte Willy Schnabel, der Bogenschütze, sie bedrängt, ihm ihre Kunst mit dem Bogen zu zeigen, und die Schar der Ringer und Fechter hatte eingestimmt. Zwölf Pfeile hatte Alberta auf die Trainingsscheibe abgefeuert, neun davon in die gelbe Mitte. Ohne Wettkampfabstand war das nicht mehr als ein Kinderspiel.
»Alle Achtung«, hatte Willy Schnabel bekundet. »Schade, dass man in den Wettbewerb keine Teilnehmerin nachmelden kann.«
Wenn Alberta an das Lob des Olympioniken dachte, glühten ihr noch immer die Ohren. Auguste aber wollte davon nichts hören. »Du weißt, ich verstehe nichts davon«, war alles, was sie dazu sagte.
Das Essen nahmen sie nicht mit Funktionären und Sportlern in der ersten Klasse, sondern im Speisesaal der zweiten Klasse ein, doch auch dort ließen sich interessante Bekanntschaften machen. Journalisten der *Sport-Welt*, des *St. Georg* und der Wochenschauen mischten sich mit Betreuern und Schlachtenbummlern. Runden fanden sich zu Gesprächen oder spielten Karten und Scharaden. Es gab Lichtbildervorträge über Amerika und Film-

vorführungen von den Olympischen Spielen in Amsterdam und Paris. Die zweite Klasse verfügte zwar nicht über ein Orchester, aber nach dem Essen wurde ein Grammophon aufgestellt, und Paare drehten sich im Tanz.

Alberta konnte sich vor Tänzern nicht retten. Einer ihrer Verehrer war Herbert Goldschmidt von der *UFA-Tonwoche*. Der Pionier der Wochenschau war älter als ihr Vater und hatte kein einziges Haar mehr auf dem Kopf, aber er war amüsant und ein faszinierender Gesprächspartner.

»Ihr Kollegen vom Sport macht mir Spaß«, hatte er zu Alberta gesagt. »In zwei Wochen sind Reichstagswahlen, und vermutlich bricht unser morsches Gefüge anschließend zusammen, aber euch Ignoranten kratzt nur, dass einen Tag vorher ein Sportfest beginnt.«

»Das Sportfest sind immerhin die Olympischen Spiele«, hatte Alberta gekontert. »Und von denen berichten Sie ja wohl auch.«

Herbert Goldschmidt hatte das Gesicht zu einer ironischen Grimasse verzogen. »Heutzutage ist unsereiner im Sport vermutlich besser dran als in der Politik.«

Alberta hatte nicht darüber nachgedacht, was er mit seiner düsteren Andeutung sagen wollte. Viel zu stolz war sie gewesen, weil der gefeierte Herbert Goldschmidt von der UFA sie eine ›Kollegin vom Sport‹ genannt hatte, obwohl ihre Rolle als Assistentin nur auf dem Papier bestand. Auguste aber hörte auch diesem Bericht nicht zu. Bei den Mahlzeiten saß sie einsilbig am Tisch, rührte die Köstlichkeiten, die ihnen vorgesetzt wurden, kaum an und starrte aus rotgeweinten Augen vor sich hin.

Ihr Vater bemerkte natürlich nichts. Wie üblich ging er in seiner Arbeit auf, war ständig unterwegs, um mit Sportlern und Funktionären Interviews zu führen, und überwachte Tonaufnahmen. Er sammelte nicht nur Informationen für die Sendungen, die er den Hörern nach Berlin mitbringen wollte, sondern bereitete ein brandneues Konzept vor.

»Für eine Sportsendung, wie Deutschland sie noch nie gehört hat«, schwärmte er Alberta vor. »Du wirst sehen, Albi, in vier Jahren übertragen wir die gesamten Olympischen Spiele, wir liefern den Leuten Dramen, Rekorde, Jubel und Tränen mitten in ihre Wohnstuben. Dazu müssen wir lernen, so mitreißend zu berichten, dass die Zuhörer glauben, sie wären im Stadion dabei, wir müssen mit unseren Worten die Bilder zaubern, die die *Wochenschau* mit ihren Kameras einfängt – und obendrein den Schweiß, den keuchenden Atem, den Glanz im Auge des Siegers. Das ist der eigentliche Grund, weshalb das gute Hänschen mich auf diese Reise geschickt hat – zum Blutlecken.«
Wenn es beim Radio jemanden gab, der Zuhörer mitreißen konnte, dann war es Albertas Vater, der sich selbst mitriss. Seine Begeisterung war ansteckend. »Der große Carl Diem ist persönlich an Bord!« Mit diesem Ruf war er am ersten Morgen an den Frühstückstisch gestürmt. »Dieser Mann ist ein Prachtkerl, auch wenn er ständig mit diesen Kriegsvokabeln um sich schmeißt. Er schläft nicht, er macht keine Pause, und er scheint kein Essen zu brauchen. Von morgens bis abends tut er nichts anderes, als Olympia auf die Beine zu stellen.«
»Und Theodor Lewald?«, fragte Alberta, die den alten Mann, der sein ganzes Leben dem Sport gewidmet hatte, verehrte.
Ihr Vater grinste. »Lewald stellt kein Olympia auf die Beine. Lewald *ist* Olympia.«
Mit ihren Tassen voll bittersüßer, schwarzer Schokolade prosteten sie sich zu, ehe sie sich über Hörnchen, Gänseleberpastete, Orangengelee und frische Hühnereier hermachten. Die Verpflegung an Bord war phänomenal. Lebensmittel von solcher Qualität bekam man in Berlin nur noch für ein Vermögen zu kaufen.
»Du bist undankbar«, sagte Alberta zu Auguste, der eine Träne auf die Tagebuchseite tropfte und die Tinte verwischte. »Weißt du, wie viele Mädchen liebend gern mit dir tauschen würden?«
»Und ich würde liebend gern mit einer von ihnen tauschen«,

erwiderte Auguste. »Auch wenn ich weiß, dass das undankbar ist.«
»Würdest du lieber vor der Suppenküche am Bahnhof Grunewald mit einem Henkeltopf Schlange stehen?«
»Ich würde so manches tun, wenn ich dafür in Berlin und bei Karl sein könnte«, sagte Auguste. »Es tut mir leid, Albi. Ich will kein Spielverderber sein, aber du kannst dir nicht vorstellen, wie lang acht Wochen sind, wenn ein geliebter Mensch dir fehlt. Und von den acht Wochen ist gerade erst eine um.«
»Mir fehlt Farfalla auch«, konterte Alberta. »Aber das hält mich nicht davon ab, das Leben zu genießen. Was hätte Farfalla davon, wenn ich mir diese Reise verderbe?«
Jetzt endlich kam Bewegung in Auguste. Sie setzte sich auf und starrte Alberta aus weit aufgerissenen Augen an. »Aber Farfalla ist doch ein Pferd, Albi! Das, was mir im Herzen weh tut, wirst du erst begreifen, wenn du dich in einen Menschen verliebst.«
»Wenn ich dann wie ein Klageweib herumliege und die schönsten Chancen meines Lebens vergeude, kann ich auf die blöde Verlieberei verzichten«, rief Alberta, sprang vom Stuhl und riss die Tür der Kabine auf. »Da liebe ich besser mein Pferd, denn das nimmt mir meine Freiheit nicht weg. Ich gehe nach oben. Hier drin ersticke ich.«
Kraftvoll schleuderte sie die Tür ins Schloss, dann rannte sie über den Gang zur großen Treppe. Sie hatte das nicht gewollt. Im Gegenteil. Hundertmal hatte sie sich vorgenommen, der armen Guste mit Wärme und Verständnis zu begegnen. Dieser Karl war schuld. Sobald sie an die Szene in der Tanzschule dachte, schoss ihr ein Schwall von scharfer Magensäure in die Kehle. Sie wollte, dass ihre Schwester diese Reise auskostete, dass sie sich amüsierte, bis sie nicht mehr wusste, wer Karl Venske überhaupt war.
»Ich will mich nie, nie, nie verlieben«, rief sie aus. »Jedenfalls nicht in einen Mann!«
»Das wäre aber schade.« Ein Steward in weinroter Uniform ver-

trat ihr den Weg. »Weiter geht's hier leider nicht, Fräulein. Es sei denn, Sie haben eine Einladung in die erste Klasse.«

Er war jung, sah mit seinen vielen Sommersprossen aus wie ein Rosinenkuchen und grinste über das ganze Gesicht. Nett. Die meisten jungen Männer waren nett, solange man nichts für sie empfand.

»Ich will ja gar nicht in die erste Klasse«, sagte Alberta und ließ ihren Blick mit seinem tändeln. »Nur aufs Promenadendeck. Frische Luft schnappen.«

Auch wenn sie die Wirkung inzwischen kannte, sah sie noch immer fasziniert zu, wie er unruhig wurde, seine Hände knetete, sich auf die Lippen biss. »So leid es mir tut, das Promenadendeck ist geschlossen. Dauert aber nicht lange. Der Springreiter mit dem verrückten Gaul ist drauf. Länger als 'ne Stunde hält der aber nie durch.«

Albertas Herz beschleunigte seinen Schlag. So ereignisreich die Woche an Bord auch verlaufen war, sie hatte nicht vergessen, dass sich unter ihnen, im Deck, das sonst der dritten Klasse vorbehalten war, die Pferde befanden – die drei Springpferde der Olympia-Reiter! Gewöhnliche Sterbliche durften sich dort nicht blicken lassen, doch ihr Vater besaß eine Sondergenehmigung, um über den Transport der vierbeinigen Olympioniken zu berichten. Wieder einmal war er vor Begeisterung übergesprudelt: Die Pferde seien untergebracht wie königliche Hoheiten, berichtete er. Sogar eine Tretmühle habe man installiert, um ihnen während der Reise Bewegung zu verschaffen: ein hölzernes Rad, wie es in ferner Vergangenheit zum Wasserschöpfen mit Eseln benutzt worden war.

Alberta hätte sonst etwas für einen Besuch bei den Pferden gegeben. Sie hatte alles versucht. Sehnsüchtige Blicke, Betteln, Umarmungen. Diesmal aber war ihr Vater hart geblieben. »Du weißt, Albi, wenn ich könnte, würde ich dich einschleusen. Ich habe mit dem Trainer sogar schon geredet und ihm versichert, dass du vor

Pferdeverstand nur so sprühst. Aber der Mann ist ein Frauenhasser der alten Schule und so unbeweglich wie das Empire State Building. Bei dem beißen wir auf Granit.«

Sie hatte sich abfinden müssen. Das Unterdeck mit seinen Olympia-Pferden blieb für sie versperrt. Jetzt aber befand sich eines dieser Pferde auf dem Oberdeck! Sie musste da hinauf – koste es, was es wolle!

»Ich studiere Tiermedizin«, behauptete sie und strahlte den Rosinenkuchen an. »Andere lügen, dass sich die Balken biegen«, pflegte Tante Käthe zu stöhnen. »Aber die Albi lügt sie wieder gerade, und das ist das Problem.«

»Tiermedizin?«

Alberta nickte. »Ich will mich auf Sportpferde spezialisieren, und Sie wissen ja, wie schwer man es auf diesem Gebiet als Frau hat. Deshalb wäre es unbezahlbar für mich, wenn ich mir unseren Olympiateilnehmer einmal ansehen dürfte.«

Dem Jungen flatterten die Lider. Nervöse Finger rupften an der Krempe seiner Mütze. »Ich würd's ja erlauben ... nur leider geht's wirklich nicht, Fräulein ...«

»Alberta«, sagte Alberta zuckersüß. »Bitte nennen Sie mich Alberta.«

»Wenn Sie sonst mal Hilfe brauchen, kommen Sie jederzeit zu mir, Fräulein Alberta«, sagte er. »Aber das mit dem Gaul, das lässt sich nicht machen. Der ist nämlich nicht richtig im Schädel, deshalb darf der auch nicht in die Tretmühle. Total meschugge ist der.«

»Ja, davon habe ich gehört«, log Alberta. »Deshalb liegt mir ja so viel daran, ihn zu sehen.« Sie strich sich das Haar zurück und senkte die Lider. »Ich forsche nämlich über Nervenkrankheiten beim Pferd, müssen Sie wissen. Eine Gelegenheit wie diese erhält man nur selten, und dann wird sie einem verpatzt, weil niemand die Courage aufbringt, sich über alberne Vorschriften hinwegzusetzen.«

»An Courage fehlt's bei mir nicht!«, protestierte der Rosinenkuchen. »Aber wenn Ihnen was passiert – wer muss dann den Kopf hinhalten?«
»Mir passiert ja nichts.« Alberta legte ihm die Hand auf den Arm und schob sich sachte an ihm vorbei. Als ihre Hüfte die seine streifte, zuckte er zusammen. »Ich bin den Umgang mit schwierigen Pferden gewohnt und weiß, wie ich mich verhalten muss. Sie können sich auf mich verlassen – wie heißen Sie eigentlich?«
»Rudolf Reichelt«, stotterte der junge Mann.
»Danke, Rudi.« Alberta blickte über ihre Schulter und schloss flüchtig die Hand um den dünnen, muskellosen Oberarm. »Wir sehen uns bald einmal wieder, nicht wahr?«
Rudi Reichelt brachte nur noch ein Nicken zustande, bevor Alberta die Treppe hinaufeilte.
Vor der Tür zum Deck hing ein Blechschild, das den Weg versperrte. »Promenadendeck vorübergehend geschlossen. Zutritt für Unbefugte verboten«, stand darauf. Alberta packte es und drehte es um. Auf der Rückseite stand lediglich die Adresse der Blechfabrik. Zufrieden schob sie die schwere Metalltür auf.
Das Pferd ging in der Mitte des Decks an einer verkürzten Longe. Es war nicht gesattelt, trug aber statt eines Kappzaums eine Zäumung auf Trense und dazu Scheuklappen, sogenannte Blinkers, wie sie im Rennsport verwendet wurden. Alberta stockte der Atem. Das Tier war ein Riese. Hannoveraner, dachte sie, die brachten manchmal solche massigen Tiere hervor. Der versammelte Trab wirkte, als würden die Muskeln in jedem Schritt vor Kraft bersten. Es war ein Grauschimmel, das Fell glänzend über prallen Flanken – ein bildschönes Tier!
Die Klinke rutschte Alberta aus der Hand, und die Tür fiel ins Schloss. Der Knall glich einem Schuss. Entsetzt sah sie, wie der Schimmel sich aufbäumte. Der uniformierte Mann, der ihn longierte, war völlig unvorbereitet und wurde zu Boden geschleudert. Entweder entglitt ihm im Sturz die Longe, oder das Tier riss

sich los. Ein Mensch mochte sich einbilden, Herr über sein Pferd zu sein, doch wenn das Pferd sich nicht fügte, besaß kein Mensch die Kraft, es zu halten. Unter den Hufen des Schimmels, der im Galopp auf die Reling zustürmte, donnerten die Planken.

In manchen Augenblicken war es ein Segen, dass für Angst keine Zeit blieb. Albertas Entscheidung war im Bruchteil einer Sekunde gefällt. Was geschah, wenn das Pferd gegen die Reling prallte, war nicht auszudenken. Es mochte über Bord gehen oder sich die Knochen brechen! Sie sprang ihm in den Weg. Ein gesundes Pferd rannte ein anderes Geschöpf nicht um, sondern wich zur Seite aus. Dazu würde es sein Tempo drosseln müssen, und wenn sie Glück hatte, gelang es ihr, es aufzuhalten.

Sie erschrak nicht einmal. Dazu ging alles zu schnell. Als ihr klarwurde, dass der Pferdekörper den ihren berührte, als sie den Duft, das dampfende Fell wahrnahm, kam er schon zum Stillstand. Ihre Hände umfassten die flächigen Wangen. Sie schloss die Augen und murmelte eine Flut von zärtlichen Worten in die geblähten Nüstern, wie sie es auch mit Farfalla tat. Das Pferd schnaubte. Ganz langsam wurde Alberta klar, was hinter ihr lag, und sie verspürte einen Anflug von Übelkeit.

Gleich darauf war der Mann bei ihr, fasste dem Pferd in den Nasenriemen und klopfte ihm den Hals. »Ho, Loki, ho.«

Die angelegten Ohren des Tiers richteten sich auf. Es hörte auf zu tänzeln, und allmählich beruhigten sich die bebenden Flanken.

»Ich würde Sie gern fragen, ob Sie von allen guten Geistern verlassen sind«, sagte der Mann, der sie um gut anderthalb Köpfe überragte und Schultern wie ein Gewichtheber hatte. »Ich würde Sie gern zusammenstauchen, wie Sie in Ihrem Leben noch nicht zusammengestaucht worden sind. Am liebsten würde ich Sie übers Knie legen. Ich habe nur Angst, dass mein Pferd dann wieder scheut, ansonsten hielte mich nichts davon ab.«

»Wir könnten es nachholen«, murmelte Alberta, die sich noch nie so zerknirscht gefühlt hatte. »Es tut mir leid.«

»Es tut Ihnen leid?«, fragte der Mann fassungslos. »Sagen Sie, wissen Sie überhaupt, was Sie hier vor sich haben?«
Im Nu hatte Alberta wieder Oberwasser. »Ein Säugetier?«, schlug sie vor. »Einen Vierbeiner der Gattung *Equus ferus caballus*, auch Pferd genannt?«
»Springpferd, um präzise zu bleiben«, knurrte der Mann. »Meine Olympia-Hoffnung und zugleich der bösartigste Vertreter seiner Art. Aber darauf wollte ich nicht hinaus. Dieses Pferd ist ein Hengst, Fräulein Allwissend.«
Das war Unsinn. Hengste waren für Springturniere auf höchster Ebene ungeeignet. Ein Spähen unter den mächtigen Leib des Tiers bewies Alberta jedoch, dass der Mann die Wahrheit sagte. Entgeistert hob sie den Kopf, und ihr Blick traf seinen. Sie hielten beide noch immer den Zaum des Pferdes und sahen einander an. Der Mann war blauäugig. Er war sogar mit Abstand der blauäugigste Mann, den sie je gesehen hatte, sein Haar leuchtete wie reifes Stroh, und sein Gesicht schlug alles, was man bei Stars im Tonfilm geboten bekam. Selbst Jette Sabotkes blonder Hans kam da nicht mit.
Alberta schnappte nach Luft. »Pferde sind nicht bösartig«, sagte sie dann. »Sie verhalten sich ihrer Art gemäß. Mein Onkel sagt: Sie als böse zu bezeichnen hieße, Menschen aus ihnen zu machen.«
»Aha«, erwiderte der Mann perplex. »Erzählen Sie mir nicht, Sie wollen diese abenteuerliche These beweisen, indem Sie sich auf Loki setzen. Was sind Sie überhaupt? So eine Art Zigeunerin, die Pferde fromm macht, indem sie ihnen Zauberformeln in die Ohren flüstert? Und Ihr Onkel? Ist das der Oberflüsterer?«
Sie hätte ihn gern gebeten, den Mund zu halten. Ein derart hübsch geschwungener Mund, aus dem solcher Unsinn kam, war eine himmelschreiende Enttäuschung. Stattdessen sagte sie gar nichts, sondern streichelte Loki die Nüstern. Noch einmal versuchte der Hengst, den Kopf zu werfen. Um seine Augen hinter

den Scheuklappen zeigte sich das Weiße, doch die Liebkosung beruhigte ihn sofort. »Wer einen Hengst drei Wochen lang in ein Schiffsdeck sperrt, ist selbst schuld«, sagte sie. »Loki wäre ein prächtiger Zuchthengst und gehört auf eine Deckstation.«

»Aha«, platzte der Blonde noch einmal heraus. »Und dass er statt über Wiesen voller Stuten über Hindernisse springen muss, ist Ihrer Ansicht nach meine Schuld, ja?«

Er klang wie ein Schuljunge, der eine unverdiente Strafe kassierte. Die blauen Augen blitzten. Alberta musste lachen.

»Was ist daran komisch?«

»An Ihrem Gerede nichts«, erwiderte Alberta. »Nur an Ihrem Gesicht.«

»An meinem Gesicht?« Ungläubig betastete er seine Wange, die sich unter seinen Fingern rötete.

Wieso starrte sie ihn an? Sie hielt doch ein Pferd am Zaum, das sie bewundern konnte! Hastig wandte sie sich ab und berührte Lokis Nüstern mit den Lippen. Der Hengst war jetzt völlig ruhig, Blick und Ohrenspitzen ihr zugewandt.

»Ein bisschen verrückt sind Sie wirklich«, sagte der schöne Mann. »Wenn Loki Sie beißt, reißen Sie vermutlich mir den Kopf dafür ab.«

»Ihren Kopf können Sie behalten«, sagte Alberta. »Loki beißt mich nicht. Er nimmt mich mit allen Sinnen wahr, also hat er keine Angst. Ich glaube, sein Geruchssinn ist schlecht ausgeprägt, das macht ihn nervös. Sie sollten ihn ohne Scheuklappen reiten.«

»Ohne Scheuklappen? Ich bin doch nicht lebensmüde.« Sein Lachen klang hübsch. Jung und verblüffend schüchtern für einen Mann, der derart blendend aussah.

»Ich glaube, Loki wird weniger scheuen, wenn er sehen kann, was um ihn vorgeht«, sagte sie.

»Er soll ja nicht sehen, was um ihn vorgeht, sondern sich auf die Hindernisse konzentrieren.«

Alberta zuckte die Achseln. »Da er zum Springpferd nicht taugt

und Sie ihn trotzdem zwingen, dürfen Sie sich nicht beklagen, wenn er Ihnen den Hals bricht. Ich an seiner Stelle täte es auch.«
»Ehrlich?« Seine Hand fuhr in den Nacken.
Wiederum trafen sich ihre Blicke, und dann waren sie beide eine kleine Ewigkeit lang still. Es kam Alberta vor, als könnte sie die kleine Ewigkeit in einem Kästchen verschließen wie Auguste ihr Tagebuch.
»Johannes von der Weydt«, sagte er, als die kleine Ewigkeit vorbei war.
»Alberta Bernhardt.«
»Ach – Sie sind das.«
»Ich bin was?«
»Meine Albi«, antwortete er.
»Wie bitte?«
»Die Tochter von Radio-Bernhardt ohne Blatt vor dem Mund – dem Redakteur von der *Funkstunde*. Der Mann ist große Klasse, ein echter Sportsfreund, der was von seinem Fach versteht, nicht so ein Schreibstubenhengst.«
»Allerdings.«
»Aber jeder dritte Satz bei ihm lautet: Meine Albi tut dies. Meine Albi kann das. Wer ihm zuhört, muss glauben, Sie seien so eine Art Super-Amazone, die demnächst Goldmedaillen in ungefähr acht Disziplinen holt.«
»Wirklich?«
Er nickte. »Und? Sind Sie's?«
»Nein«, sagte Alberta. »Ich bin nur die Albi aus Berlin, die gern Pferde mag. Und mein Onkel ist kein Zigeuner, der Zauberformeln flüstert, sondern ein Tierarzt, der sich auf Pferde versteht.«
»Im Gegensatz zu mir, ja?« Jetzt klang er wieder wie der Junge, der zu Unrecht eine an die Ohren bekommen hatte. »Ich bin übrigens nicht der böse Tierquäler, der den armen Loki über Hindernisse zwingt. Bei mir steckt auch ein Onkel dahinter. Major Henning von der Weydt, Trainer der Reitermannschaft. Der be-

steht darauf, um jeden Preis ein Springpferd aus ihm zu machen.«
»Aber Sie sind es doch, der ihn reitet«, sagte Alberta.
»Was würden denn Sie tun? Wenn Reiten Ihr Leben wäre und Sie auf keine andere Art an ein Pferd kämen – aufgeben oder in den sauren Apfel beißen?«
Alberta überlegte. Ihre Hand ruhte auf Lokis samtweichen Nüstern, und ihr Blick hing an Johannes von der Weydts blauen Augen. Die Gedanken entglitten ihr. Sie stellte fest, dass sie nicht wusste, wie die Antwort lautete, und dass sie es auch nicht wissen wollte.

20

Ich will eine schicke, moderne Hochzeit«, hatte Viola gesagt. »Eine mit hauchdünnen Schnittchen vom Büfett, einer echten Swing-Band und kniekurzen Röckchen.«
Ihr Vater Siegmund Wiener, der die Nonchalance in Person war, hatte dazu lediglich genickt. »Besprich das mit deinem Großvater. An mich lässt du bitte nur die Rechnungen schicken.«
Vom überbordenden Luxus in der Stadtvilla der Wieners fühlte sich Giselher wie erschlagen. Eine Sekunde lang wünschte er sich, die Flucht zu ergreifen. Ehe in diesem Haus etwas so Schlichtes wie Tee ausgeschenkt wurde, trippelte ein Hausmädchen herbei und breitete über das Tafeltuch ein blütenweißes Spitzendeckchen. Dies hier war kein Ort für uns' Gisel, sosehr er von einem solchen Ort geträumt hatte – von großzügigen Räumen, gediegenem Inventar und Bewohnern, die über edlen Getränken geistreiche Witze tauschten, ohne sich auf die Schenkel zu klatschen.

»Großpapa überlass nur mir«, hatte Viola gekichert.
»Nichts anderes hatte ich vor«, erwiderte ihr Vater.
Was Giselher, der die Rolle des Bräutigams ausfüllen sollte, dazu zu sagen hatte, danach fragte niemand.
Seit dem Tod von Violas Mutter gab es in der Familie nur noch Männer, deren Lebensziel darin zu bestehen schien, ihr jeden Wunsch von den Augen abzulesen. Männer waren Wachs in ihren Händen. Als er ihr das sagte, wollte sie sich vor Lachen ausschütten. »Hast du Angst, Gis? Davor, dass ich aus meinem Wachs-Goldstück ein Kalb mit drei Köpfen formen könnte?«
Giselher hatte nur vor einem Angst: davor, dass sie vor der Hochzeit erkannte, welche Niete sie gezogen hatte, und dass er sie verlieren würde. Er hatte angefangen, Farfalla zu reiten, die noch immer bei dem Bahntierarzt in Hoppegarten stand. Eine Zeitlang war er in der Lage gewesen, sich einzureden, er schone das Pferd um dessen Verletzung willen, doch von der Lahmheit der Stute war nichts mehr zu spüren. Er war es, der vor Sprüngen schauderte. Wenn er auf ein Hindernis zuritt, begann sich sein Rücken zu verkrampfen und höllisch zu schmerzen, obwohl Doktor Kaltenbach ihm versicherte, dass organisch kein Grund dafür vorliege.
»Denk nicht an die Olympiade, Goldstück.« Viola schmiegte sich an ihn. »Ich wette, die drei Helden, die dieser von der Weydt auserkoren hat, werden die Sache gehörig verpatzen, und du kannst froh sein, dass du dich nicht mit ihnen blamieren musst. Stattdessen heiratest du – ist das etwa ein übler Ersatz?«
»Nein. Natürlich nicht.«
»Na, siehst du. Und in vier Jahren reitest du in Berlin und holst vor aller Augen Gold.«
Er hätte ihr sagen müssen, dass sie sich täuschte, dass der Sturz ihn zum Krüppel gemacht hatte. Dass er schon vor dem Sturz ein Pechvogel gewesen war, der von vielem träumte, aber nie etwas erreichen würde. Weil er sie so sehr liebte, dass sich sein Herz

zusammenzog, hätte er ihr sagen müssen, dass sie sich an eine lahme Ente wie ihn nicht verschenken durfte. Aber eben weil er sie so sehr liebte, brachte er nichts davon über die Lippen. Stattdessen wartete er am Altar, um sie aus ihres Vaters Obhut in die seine zu nehmen.
Die Hochzeit fand auf Jamlitz statt, ohne Schnittchen, Swing-Band und kurze Röckchen, dafür in einem Brautkleid mit meterlanger Schleppe. Die Trauung wurde vollzogen von dem greisen Pastor, der Viola aus der Taufe gehoben hatte. Gefeiert wurde mit zweihundert Gästen und einem achtgängigen Hochzeitsmenü.
»Sie tut sonst nur, was sie will«, raunte sein Schwiegervater ihm über Chateaubriand und Prinzesskartoffeln zu. »Aber sobald es darum geht, dem Herrn Großpapa etwas abzuschlagen, wird ihr Herz butterweich. Richten Sie sich darauf ein: Die Liebe meiner Tochter müssen Sie mit Jamlitz und dessen Besitzer teilen.« Es war das erste Mal, dass Siegmund Wiener das Wort an ihn richtete.
Giselher hatte sich um eine Wohnung im Offiziersviertel am Urbanhafen bemüht, obwohl ihm klar war, dass die zukünftige Frau Mehring in vier Zimmern mit Dienstmädchenkammer kaum ihre Garderobe würde unterbringen können. Nach den Petit Four stand der Herr Großpapa auf und verkündete, er habe für das junge Paar ein Traufenhaus im Holländischen Viertel von Potsdam erworben. »Ein bescheidenes erstes Heim, damit mein Veilchen sich keine nassen Füße holt. Die Schlösser in den Wolken soll der junge Mann ihr gefälligst selbst bauen.«
Er hatte die Lacher auf seiner Seite. Vornehm. Ohne Schenkelklatscher. Viola sprang auf und fiel ihrem Großvater um den Hals. »Nichts für ungut, Junge«, murmelte Giselhers Vater über den leeren Platz der Braut zu ihm herüber. »Muttern und Vatern kratzen Quetschkartoffeln aus dem Blechtopp, und uns' Gisel setzt sich ins gemachte Nest. Damit da bloß nächste Woche bei

der Wahl nischt schiefgeht, bei dem Pech, was du hast, das wünsch ich dir.«
»Was soll bei der Wahl denn schiefgehen?«, fragte Giselher.
»Na, Mensch, wegen dem Hitler«, fuhr seine Mutter so laut dazwischen, dass eine beleibte Baronesse mit dem Likörglas in der Hand erstarrte. »Der sagt doch, dass er mit denen ihren Wuchergeldern aufräumen tut.«
Giselher war zu verwirrt für eine Erwiderung. Die erstarrte Baronesse kam ihm zuvor: »Darf ich fragen, was Sie mit dem Ausdruck *denen ihren Wuchergeldern* zum Ausdruck bringen wollen?«, erkundigte sie sich indigniert. »Die von Siecksdorffs gehören zu den alteingesessenen Familien dieses Landes. Ich wüsste nicht, worauf sich Ihr skandalöser Vorwurf beziehen sollte.«
Giselhers Mutter starrte erst die Baronesse an und dann in hilfloser Verzweiflung ihren Sohn. »Hab ich was Dummes gesagt, Gisel?«, stammelte sie. »Aber ich hab doch nicht von den adligen Herrschaften geredet, sondern von der Sippe vom Wiener – weil die doch Juden sind!«
Giselher war sicher, nie wieder ein Wort hervorbringen zu können. Seine Braut, seine entzückende Viola im Brautkleid, fasste an ihm vorbei und griff nach dem Handgelenk seiner Mutter. »Nur keine Sorge«, sagte sie. »Sie haben ausgesprochen, was Sie denken, und das ist in diesem Haus jedem gestattet. Lassen Sie sich nicht Ihren Pastis verderben, er ist das Einzige, was auf diesem Fest *en vogue* ist.«
Sie ließ ihr Glas mit südfranzösischem Anislikör gegen das seiner Mutter klirren. Selbst ihr Versuch, stillos zu sein, geriet formvollendet. Giselher dagegen hätte gern eine Tarnkappe übergestülpt und sich unsichtbar gemacht. Zu seiner Erleichterung brauchte er nur noch ein paar Tänze durchzuhalten, dann fuhr der Wagen vor, der die Jungvermählten zum Hauptbahnhof nach Berlin bringen sollte.
Sie würden den Nachtexpress nach Venedig nehmen. Auch die

Hochzeitsreise hatte der Herr Großpapa organisiert – drei Wochen durch die kunstträchtigen Städte Italiens, versunken in Flitterwochenromantik und Hochkultur. Und vor allem weit weg von Olympiaden und Reichstagswahlen.
Giselher widerte sich selbst an. Zu seiner Hochzeit hatte er nicht einmal die Ringe aus Weißgold beigetragen, sondern nur ein Elternpaar, das sich schlecht benahm. Er hätte Stärke an den Tag legen müssen wie Loki vor dem Hindernis. Die ganze Schwelgerei verweigern, auf den Putz hauen und verkünden: Meine Braut und ich leben so, wie ich es mir erlauben kann, und wenn ihr das nicht genügt, ist sie mit einem anderen besser bedient. Getan hatte er nichts dergleichen. Wenn man sein Leben als uns' Gisel im Pech gemeistert hatte – weshalb verlangte die Welt dann, dass man vornehm zurücktrat, sobald man ein einziges Mal uns' Gisel im Glück war?
Auf dem Bahnhof stürzten ihnen zwei Träger entgegen, die ihnen das Gepäck entrissen. »Herr und Frau Mehring?«, fragte ein Beamter der Reichsbahn unter Verbeugungen, als wären sie das Prinzenpaar einer verblichenen Epoche. Vor dem Gleis spürte Giselher eine Berührung an der Schulter, drehte sich um und fand seinen Schwiegervater hinter sich.
»Jetzt wissen Sie es«, sagte Siegmund Wiener.
»Was weiß ich?«
Wiener gab keine Antwort, sondern drückte ihm einen Packen Dokumente in die Hände. Auf einen Blick sah Giselher, worum es sich handelte. Verschreibungen. Wertpapiere. Geldgeschenke in schwindelnder Höhe. »Nein«, sagte er mit einem Rest von Stolz. »Ich nehme das nicht an.«
»Sie werden es womöglich brauchen«, entgegnete Wiener nonchalant wie gewohnt. »Gute Reise. Wenn Sie zurück sind, werden Sie ein paar Herren treffen, die der Herr Großpapa Ihnen gern vorstellen würde.«
»Was für Herren?«

»Gemach, Gemach«, erwiderte Wiener. »Genießen Sie erst einmal Ihre Hochzeitsreise, denn die machen Sie nur einmal im Leben. Zumindest hoffe ich das.«
Jetzt wurde Viola aufmerksam und schwang herum. »Paps! Was führt dich denn hierher? Hast du Angst, deine kleine Zuckererbse ist allein nicht imstande, ihre Hochzeitsreise zu bestehen?«
»Ehrlich gesagt, habe ich diesbezüglich keine Bedenken«, antwortete Wiener. »Ich verspürte lediglich den Drang, meinen Schwiegersohn mit einem Segenswunsch auf den Weg zu schicken.«
Viola lachte. »Dann will ich euer Tête-à-Tête unter Männern nicht stören.« Sie übergab ihr Handtäschchen und ihre Hutschachtel dem Schaffner und ließ sich in den Zug helfen. *Viola, warte!*, wollte Giselher rufen, weil er wusste, dass die Entscheidung getroffen war, wenn der Zug erst einmal den Bahnhof verließ. Aber er blieb stumm.
Sein Schwiegervater legte ihm die zierliche Hand auf die Schulter. »Nächste Woche, wenn der Wahlentscheid da ist, sind Sie in Florenz«, sagte er. »Ich sende Ihnen ein Telegramm ins Hotel. Falls Sie es vorziehen, sich von den Ergebnissen nicht die Stimmung verderben zu lassen, sehen Sie es gar nicht erst an, sondern werfen es weg.«
»Warum schicken Sie es, wenn ich es nur wegwerfen soll?«, fragte Giselher, der sich vorkam, als hätte er bisher hinter dem Mond gelebt. Auf einmal glaubte er, die schwarze Wolke zu spüren, die über ihnen hing und Kälte aussandte, doch er wusste nicht, woher sie gekommen war.
»Steigen Sie in Ihren Zug«, sagte sein Schwiegervater statt einer Antwort. »Dass ein Mann vor dem Altar Reißaus nimmt, soll ja vorkommen, aber dass einer vor seiner Hochzeitsreise kneift, habe ich noch nie gehört.«
Giselher war sicher: Wäre er nicht eingestiegen, hätte Wiener ihn in den Zug gestemmt, und vielleicht wäre aus einem Winkel des Bahnsteigs noch Arndt von Siecksdorff aufgetaucht und hätte

ihn unterstützt. Kaum schloss der Schaffner hinter ihm die Tür, fuhr der Zug mit einem Pfeifen an und schob sich schnaufend aus dem Bahnhof. Giselher taumelte den Gang entlang, da versperrte der Oberkörper seiner frisch angetrauten Gemahlin ihm den Weg. »Wo wollen Sie denn hin, junger Mann?«

»Mein Gott, Viola.«

»Nichts da mit ›mein Gott‹.« Zärtlich patschte sie ihm auf den Mund, ehe sie ihm die Arme um den Hals schlang. »Das hier ist deine Hochzeitsnacht, und Probleme gewälzt hast du lange genug.«

Sie zog ihn ins Abteil und schloss hinter ihnen die Tür. Giselher hatte sich inzwischen abgewöhnt, vor Ehrfurcht den Atem anzuhalten. Das Abteil war eine exquisite Komposition aus rotem Samt, Mahagoniholz, Messing und Kristallglas. In den Gläsern auf dem Klapptisch funkelte eine Flüssigkeit, deren blasses Gold den Champagner verriet.

»Warum entspannst du dich nicht?« Sie küsste ihn. »Warum hast du nur so überhaupt kein Talent, es dir gutgehen zu lassen?«

»Weil mir das alles nicht zusteht«, erwiderte er. »Du hast meine Eltern erlebt, du weißt jetzt, woher ich wirklich stamme.«

»Und du weißt, woher ich stamme«, sagte sie. »Schreckt es dich?«

Heftig schüttelte er den Kopf, obwohl es ihn tief im Innern doch schreckte. Es überrumpelte ihn, und die dunkle Bedrohung, die damit einherging, konnte er nicht greifen. Er kam sich dumm vor, aber woran hätte er es merken sollen? Ihr Vater hieß Siegmund, war Mitglied einer protestantischen Gemeinde, und Viola war in der Dorfkirche, die zu Jamlitz gehörte, getauft worden. Sie war zierlich und brünett, betörend exotisch unter semmelblonden Walküren, aber über einen Grund dafür hatte er nie nachgedacht.

»Schaust du jetzt, ob ich eine Hakennase und Glubschaugen habe, wie's im *Rasse-Günther* und im *Stürmer* steht?«

Ihre Nase war fein geflügelt, und sie hatte die schönsten Augen

der Welt. Dennoch fühlte er sich ertappt. »Was ist der *Rasse-Günther?* Und was ist *Der Stürmer?*«
»Der *Rasse-Günther* ist die Fibel, in der ein selbsternannter Rasseforscher namens Karl Günther beweist, dass nur nordische Menschen zu Kameradschaft, Treue und Heldenmut fähig sind.« Sie verzog ihren süßen Mund, als fände sie daran etwas komisch. »Und *Der Stürmer* ist eine Wochenschrift, die aus dem beschaulichen Nürnberg in alle Winkel unseres Landes schwappt. Solltest du lesen, Goldstück. Da kannst du lernen, dass du dir in Liebesnächten mit einer Jüdin das Blut vergiftest, deine Rasse schändest und dir abscheuliche Krankheiten zuziehst.«
»Was für ein Unsinn!«
»Findest du? Auf der Titelseite jeder Ausgabe steht derselbe Satz: *Die Juden sind unser Unglück.* Nun weißt du, was du dir an den Hals geholt hast, mein Herr Gemahl.«
»Das ist der größte Humbug, den ich je gehört habe«, sagte Giselher fassungslos. »Ich kann nicht glauben, dass ich davon bisher nichts mitbekommen habe.«
Auf dem Samtpolster rückte sie zu ihm hin und zog ihn an sich, bis er jede Linie ihres Körpers spürte. »Dafür liebe ich dich. Dafür, dass du den Kopf in den Wolken hast und völlig arglos bist. Vielleicht wirst du das nicht bleiben können, vielleicht wirst du um meinetwillen lernen müssen, was im *Stürmer* steht. Großpapa sagt: Wen wir nicht besiegen können, mit dem müssen wir uns gemein machen. Wenn es so käme – würdest du mich dann noch lieben?«
»Ich werde dich immer lieben«, sagte Giselher. Von allem, was er gesagt hatte, war dies das Einzige, dessen er sich sicher war.
»Dann wird es Zeit, es zu beweisen, mein Süßer!« Ihre Finger lösten seinen steifen Kragen, und ihr Lachen klang wieder befreit und unbeschwert.
In dieser Nacht und in den Tagen und Nächten, die folgten, machte sie ihn vergessen, dass etwas Dunkles sie bedrohte. Von

Venedig fuhren sie nach Siena und dann nach Florenz. Sie wohnten in Hotels, die Palästen glichen, blickten über die Marmorbrüstungen ihrer Balkone auf die Meisterwerke der Städtebaukunst herab, tafelten wie Lukullus und liebten sich auf seidenen Laken. In Florenz registrierte Giselher, dass er anfing, sich daran zu gewöhnen; dass er einen Liftboy anschrie, der sich nicht schnell genug ihr Gepäck schnappte; dass er sich beschwerte, weil der Champagner im Kübel nicht genug gekühlt war.
Der Luxus war die einzige Fassung, in die ein Juwel wie Viola passte. Und ob er es nun verdient hatte, ob er ein Pechvogel war, ob sie hundert Bessere hätte haben können – Viola war seine Frau. *Ich werde dir das, was du mir schenkst, zurückgeben,* schwor er sich. *Ganz egal, was es mich kostet. Etwas, das du mir nicht wert bist, kann es niemals geben.*
In Florenz standen an jeder Straßenecke Zeitungsjungen, priesen mit lautem Geschrei ihre Blätter an und hielten ihnen Titelseiten hin, auf denen das Bild eines Stadions prangte: das Memorial Coliseum, aus dessen Oval eine Wolke weißer Tauben aufstieg, um die Eröffnung der zehnten Olympischen Spiele zu feiern. Grob stieß Giselher einen der Jungen beiseite und zog Viola mit sich fort.
»Nimm es nicht so schwer«, raunte sie. »Bei den nächsten Spielen trägst du den Lorbeer um die Stirn. Und bis dahin, mein Goldstück, darfst du auf anderen Gebieten siegen.«
Am zweiten Tag nach ihrer Ankunft in Florenz stiegen sie Giottos Campanile zu Santa Maria del Fiore hinauf und blickten aus fünfundachtzig Metern Höhe auf die Stadt am Arno herab. Viola klammerte sich an ihn. »Wie leicht es wäre, vornüberzufallen«, sagte sie. »Wenn man in Berlin auf einer Bordsteinkante schaukelt, denkt man an solchen Unsinn nie, aber hier, so hoch oben, kommt es einem vor, als könnte man gar nicht anders, als zu fallen.«
»Du fällst nicht, Viola.«
»Nein, nicht wahr? Du hältst mich ja fest.«

Als sie ins Hotel zurückkehrten, reichte der Portier ihm mit ernster Miene einen Umschlag.
»Ein Telegramm von Paps?«, rief Viola und zupfte ihm den Umschlag aus der Hand. »Lass mich lesen!«
Ehe sie den Umschlag öffnen konnte, hatte er ihn ihr wieder entwunden und in der Mitte entzweigerissen. »Nichts Wichtiges«, beschied er sie zum ersten Mal mit der Strenge eines Ehemanns. »Nur ein Scherz zwischen deinem Vater und mir.«
»Ein Scherz, von dem ich nichts weiß?«
»Allerdings. Ein Scherz, von dem kleine Mädchen nichts zu wissen brauchen.«
Sie lachte hell auf, dann zog sie ihn mit sich zum Fahrstuhl, der sie hinauf in ihre lichtdurchflutete Suite trug. »Wenn es so ist, kann mir euer Scherz gestohlen bleiben. Kleine Mädchen haben es gut – der ganze Unsinn großer Männer geht sie nichts an.«

21

Das Empire State Building in New York, das man von der *Europa* aus erkennen konnte, war das höchste Gebäude der Welt. »Wenn ungefähr zweihundertfünfzig Männer aufeinanderstehen, könnte der oberste gerade die Spitze der Antenne auf dem Dach berühren«, sagte Hannes, der mit Alberta an der Reling stand und auf den gewaltigen Wolkenkratzer deutete. »Die Amerikaner haben dieses Wunderwerk in nicht einmal zwei Jahren hochgezogen. Ist es nicht unglaublich, was Menschen heutzutage zustande bringen? Wir rennen dem Himmel die Tür ein. Uns hält keiner auf.«
Alberta lachte, obwohl sie in den zwei Wochen, die sie sich nun kannten, die Erfahrung gemacht hatte, dass er sich davon schnell

gekränkt fühlte. Dabei lachte sie nicht, um ihn zu verspotten, sondern weil sie seine Fähigkeit, sich wie ein kleiner Junge zu begeistern, schrecklich gern mochte.
Weil sie Hannes schrecklich gern mochte.
Sie mochte ihn so gern, dass die Vorstellung, ihn in den nächsten drei Tagen nicht zu sehen, ihr ein Zwicken im Magen bescherte. Seit sie sich kannten, hatten sie jeden freien Moment zusammen verbracht.
Rudi Reichelt drückte beide Augen zu, wenn Alberta durch verbotene Türen schlüpfen wollte, auch wenn er wusste, dass sie für ihn verloren war. »Haste nicht wenigstens 'ne hübsche Schwester?«, hatte er gemault.
Alberta hatte sehr wohl eine, die interessierte sich jedoch leider nur für kleine Häuser am Michigansee. Rudi Reichelt blieb ihr trotzdem gewogen, doch auf der Zugfahrt gab es keinen Rudi mehr. Drei Tage lang würden sie unterwegs sein, und die Journalisten waren in einem eigenen Wagen, fern der Athleten, untergebracht. Alberta lachte dennoch und mochte Hannes noch ein bisschen lieber.
»Warum lachst du schon wieder über mich?« Wie befürchtet, setzte er seine Schmollmiene auf, die sie aber ebenfalls schrecklich gern mochte. »Findest du etwa nicht, dass New York eine phantastische Stadt ist? In Amerika ist alles so groß, so weit – hier haben die Menschen den Mut, nach den Sternen zu greifen. Weißt du, was ich glaube? Wenn wir in Deutschland so viel Platz hätten wie die Amerikaner hier, wäre bei uns auch nicht alles geduckt und kleinkariert.«
»Findest du es denn so kleinkariert bei uns?«
»Und ob«, antwortete Hannes dumpf. »Das Stadion in Los Angeles zum Beispiel, das Memorial Coliseum, hat Platz für an die hunderttausend Zuschauer. Und bei uns? In Berlin? In diese kümmerliche Schüssel, die sich Deutsches Stadion nennt, passen gerade dreißigtausend. Ich wünschte, unsere Regierung würde

ein neues Stadion bauen – ein Riesending, das der Welt den Atem raubt.«
»Unsere Regierung hat kein Geld, Hannes. Wir haben sechs Millionen Arbeitslose.«
»Da hast du's«, trumpfte er auf. »Dann muss man denen eben Arbeit geben, indem man sie das Olympiastadion bauen lässt.«
»Und woher nimmt man das Geld, um sie zu bezahlen?«
»Genau das ist es, was Deutschland am Boden festhält«, rief er und reckte sich zu seiner vollen Größe. »Diese kleinlichen Bedenken, dieses ewige Wenn und Aber. In Amerika denken die Leute anders. Sie lassen sich keinen Plan vermiesen, weil dieses oder jenes dazwischenkommen könnte. Wenn sie sich ein Gebäude erträumen, das den Himmel berührt, fangen sie einfach an zu bauen – das Geld wird schon von irgendwoher kommen.«
Teilweise musste Alberta zugeben, dass seine Schwärmerei etwas Verlockendes hatte. Und war nicht vielleicht auch etwas Wahres daran, musste man nicht lernen, groß zu denken, um etwas Großes zu erreichen?
Einen Olympiasieg zum Beispiel, durchfuhr es sie. Wenn sie es sich nicht zutraute – wer sollte es dann tun?
»Stell dir vor, die Amerikaner haben sogar ein ganzes Dorf für die Olympiateilnehmer gebaut«, schwärmte Hannes weiter. »Auf solche Ideen würde bei uns keiner kommen.«
»Ein Dorf für die Olympiateilnehmer? Und was ist mit den Journalisten, dürfen die denn auch dort wohnen?«
»Nein, nur wir«, erwiderte er. »Ein Journalist erhält nicht einmal Zutritt, es sei denn, einer von uns Sportlern lädt ihn ein. Das Dorf ist ja dazu gedacht, den Teilnehmern einen Rückzugsort zu verschaffen, wo sie sich auf den Wettkampf vorbereiten und einander kennenlernen können.«
»Ich verstehe«, entfuhr es Alberta. »Dann wünsche ich dir viel Vergnügen dabei, deinen Wettkampf vorzubereiten und deine kostbaren Mitstreiter kennenzulernen. Wie schade, dass du das

nicht bereits auf dem Schiff getan hast, statt deine Zeit mit einer bedeutungslosen Assistentin zu vergeuden.«

Sie wirbelte herum und wollte davoneilen, zurück in ihre Kabine und zu Guste, um die sie sich in diesen Wochen ohnehin zu wenig gekümmert hatte. Hannes hatte ihr zwar versprochen, dass sie ihm in Los Angeles beim Training zuschauen dürfe, und seither brannte sie darauf, ihn endlich auf Loki zu sehen. Aber wenn er ihr nun so kam, konnte er ihr samt seiner Reiterei gestohlen bleiben.

»He, Albi!«

Sie blieb stehen, drehte sich aber nicht um.

»Bitte schau mich wieder an«, sagte er. »Warum wirst du denn so böse? Dass ich dich einlade, ist doch selbstverständlich. Schließlich bist du mein Talisman, den ich jeden Tag bei mir haben muss, wenn ich gewinnen will.«

»Glaubst du das wirklich?«, fragte Alberta. »Dass ausgerechnet du die Goldmedaille gewinnst – auf einem Pferd, das drei Wochen lang kein Training hatte und zum Springen eigentlich nicht geeignet ist?«

»Loki kann springen wie ein Schachtelteufel«, widersprach er. »Er muss nur wollen, und um ihn dazu zu bewegen, sitze ich in seinem Sattel.«

»Der Meisterreiter, der aus dem Stand das gesamte Feld schlägt«, bemerkte Alberta ätzend.

»He.« Mit zwei Schritten war er bei ihr, nahm sie bei den Schultern und drehte sie zu sich herum. Das Sonnenlicht ließ seine Augen leuchten, und eine Sekunde lang hätte Alberta sie ihm liebend gern ausgekratzt. »Ich habe davon geträumt, bei Olympia um Gold zu reiten, seit ich sieben Jahre alt war. Dafür war mir kein Opfer zu groß, und leicht ist es mir beileibe nicht gemacht worden.«

Seine Miene verfinsterte sich, und er verstummte. So plötzlich war die jungenhafte Freude in seinem Gesicht erloschen, dass Al-

bertas Zorn verflog. Sie griff nach seiner Hand. »Erzähl's mir«, bat sie. Es war schön, seine Hand zu halten, die groß und warm in der ihren lag.
»Willst du das wirklich hören? Es ist keine schöne Geschichte.«
»Es ist *deine* Geschichte«, sagte Alberta und drückte seine Hand.
»Mein Vater ist ein Mann, dessen einziges Lebensziel darin besteht, sich und sein bisschen Verstand zu Tode zu saufen«, begann Hannes, in Gedanken weit weg. »Das Gut, das er und sein Bruder hätten übernehmen sollen, hat er so hoch verschuldet, dass es bis auf einen lächerlichen Resthof versteigert werden musste. In seinen Händen wird nichts zu Gold, sondern alles zu Dreck. Deshalb erträgt er es nicht, wenn ein anderer ein Ziel hat und etwas aus seinem Leben machen will. Schon gar nicht sein verhasster Sohn. Er hat mir das Reiten verboten. Sooft er mich auf einem Pferd erwischte, blühte mir eine Abreibung, dass ich die Engel singen hörte.«
»Er hat dich dafür geschlagen?«, fragte Alberta ungläubig.
»Geschlagen. Ha!« Bitter lachte Hannes auf. »Das dürfte die Untertreibung des Jahrzehnts sein. Er hat auf mich eingeprügelt, ohne auch nur die Hiebe zu zählen – so lange, bis er sicher war, dass ich die nächsten Tage nicht im Sattel würde sitzen können. Und um mich obendrein zu verhöhnen, hat er meine eigene Reitpeitsche dazu benutzt.«
Alberta hatte das Gefühl, ihr Magen drehe sich um. Wer diesen kraftvollen jungen Mann betrachtete, konnte sich kaum vorstellen, dass er hilflos der Gewalt seines Vaters ausgeliefert gewesen war, und doch hatte er etwas davon zurückbehalten: eine Unsicherheit, die sie vom ersten Tag an gespürt hatte. »Und du bist trotzdem immer wieder aufs Pferd gestiegen?«, fragte sie. »Obwohl du wusstest, dass du dafür Prügel mit der Peitsche bekommst?«
»Ich konnte nicht anders«, sagte Hannes leise. »Die Pferde gehörten unserem Nachbarn, der froh war, wenn ich sie für ihn bewegte, und sie waren alles für mich. Ich habe davon geträumt,

dass dem Pferd unter mir Flügel wachsen wie dem Pegasus und es mich Meilen weit fortträgt – von meinem Vater, von Pommern, von diesem ganzen abscheulichen Leben. Olympia war für mich der Gegenentwurf dazu: der Triumph, der Gipfel, auf dem die Welt mich feiert, so dass ich meinem Vater ins Gesicht lachen und die Vergangenheit ein für allemal hinter mir lassen kann.«

Der Gedanke an den Schmerz, der ihm zugefügt worden war, wühlte noch immer in Albertas Magen. Ehe sie es sich anders überlegen konnte, hatte sie die Arme um ihn gelegt und ihn an sich gezogen. Er war so viel größer als sie, so viel breiter, und ihr Kopf lag so eng an seiner Brust, dass sie glaubte, sein Herz zu spüren. »Ich wünsche dir, dass du gewinnst«, sagte sie. »Auch wenn es gegen die Amerikaner, die ihre Pferde durchgehend trainieren konnten, eigentlich keine Chance gibt. Du hast die Goldmedaille verdient.«

Wieder einmal überzogen sich seine Wangen mit einem Hauch von Rot, was ihn noch ein bisschen hübscher machte. »Vielleicht gibt es keine Chance in der Einzelwertung«, sagte er. »Aber mit der Mannschaft wäre durchaus ein Sieg möglich. Die beiden Kameraden, die mit mir antreten, sind erfahrene Leute. Werner Pichler auf Troia und Erwin von Rade auf Seenacht. Und wenn der Parcours so einfach ist, wie der in Amsterdam gewesen sein soll …«

Er brach ab, als Alberta ihm mit den Fingerspitzen über die Lippen strich. »Das, was du da machst, kenne ich von mir auch«, sagte sie. »Man redet furchtbar schnell furchtbar viel vor sich hin, damit der andere nicht merkt, wie verlegen man ist. Aber das brauchst du nicht, Hannes. Nicht vor mir. Für mich bist du Olympiasieger. Auch ohne Erfahrung und ohne einfachen Parcours.«

»Danke«, sagte er leise. »Weißt du, dass ich davon noch nie einem Menschen erzählt habe?«

Der Blick seiner blauen Augen ruhte auf ihr. Er senkte den Kopf, und sie reckte sich ihm entgegen. Flüchtig berührten sich ihre

Lippen. Alberta schmeckte einen Hauch von Pfefferminz und Zigarettenrauch, dann ging plötzlich ein Ruck durch das Schiff, ein Gewirr von Stimmen brach los, und Hannes zog sich zurück. Das Anlegemanöver war beendet, sie waren endgültig in der Neuen Welt gelandet, und die Gangways zum Ausstieg der Passagiere wurden ausgefahren.

Tante Käthes Worte schossen Alberta durch den Kopf: ›Wenn einer versucht, euch zu küssen, muss er im Nu eine an den Ohren sitzen haben.‹ Sie blickte Hannes an und wünschte sich alles andere, als ihn zu schlagen. Sie wollte sein Gesicht streicheln, an den Konturen entlangfahren, die blonden Stoppeln und die weiche Haut spüren. Aber er hatte ja auch nicht versucht, sie zu küssen. Sie hatten es beide getan, und der Kuss war vorüber gewesen, ehe sie richtig gekostet hatte, wie er schmeckte.

»Albi.« Fast flüsterte er. »Hast du das schon einmal gemacht?«

Sie schüttelte den Kopf. »Aber du doch wohl.« Er war ein Mann, er sah blendend aus, und gewiss küsste er alle naselang ein Mädchen.

»Nein«, sagte er. »Noch nie. Bitte lach nicht. Ich bin gar nicht auf die Idee gekommen. Ich hatte immer nur Pferde im Kopf.«

Alberta konnte nicht anders. Sie wollte das Lachen schlucken, aber es platzte einfach aus ihr heraus.

»Ich mag das nicht.« Er ließ sie los und wandte sich ab. »Wenn du dich über mich lustig machst.«

»Ich mache mich nicht über dich lustig!«, rief Alberta. »Ich lache, weil wir beide uns so ähnlich sind. Ich hatte bisher nämlich auch nur Pferde im Kopf, wenn es ums Küssen ging …«

»Das habe ich gesehen«, fiel er ein. »Du küsst sogar Loki.«

So war es am schönsten. Wenn sie sich anschauten und zusammen lachten.

»Du lässt mich wirklich in Los Angeles zusehen, wie du mit Loki trainierst, nicht wahr?«, fragte sie. »Ich verspreche, ich küsse danach euch beide.«

»Kommt nicht in Frage.« Scheu streifte er noch einmal ihre Lippen mit seinen. »Loki ist immerhin ein Hengst, und dass du andere Männer küsst, ist von jetzt an nicht mehr erlaubt.«

22

Hinter dem olympischen Dorf lag ein Trainingsgelände, zu dem eine Reitbahn mit verstellbaren Steilsprüngen gehörte. Um es benutzen zu dürfen, musste man sich in eine Liste eintragen, die im Foyer des Speisehauses aushing. Hannes machte sich auf den Weg, noch ehe er seinen Koffer ausgepackt hatte. Er wollte der Erste sein, der sich eintrug, damit er sich gleich morgen die Stunde zwischen sechs und sieben Uhr reservieren konnte.
In der Frühe würde es im Dorf still genug sein, um dem nervösen Loki eine Reihe von Übungssprüngen abzufordern. Nicht nur der Hengst, auch Hannes brauchte dringend Training. Übermorgen war die Eröffnungsfeier, und das Jagdspringen wurde am 10. August ausgetragen. Ihm blieben knappe zwei Wochen. Verdammt wenig Zeit, doch wenn er sicherstellte, dass er so oft wie möglich trainieren konnte, verschaffte er sich den anderen gegenüber einen Vorteil.
Das olympische Dorf entpuppte sich als Enttäuschung: Die hölzernen Häuser wirkten windschief zusammengezimmert, und der gesamten Anlage haftete die Atmosphäre eines Zeltlagers an, wie Hannes sie mit der Bündischen Jugend erlebt hatte. Während die meisten Jungen sich betragen hatten, als seien diese Lager das Paradies auf Erden, hatte Hannes das Zelten gehasst. Nach der Kameradschaft, die dort gepredigt wurde, sehnte er sich, nach Nähe, in der es keine Geheimnisse gab, und nach Zuneigung unter Freunden, die in Not füreinander einstanden. Wie all dies zu

erlangen war, hatte er jedoch nie durchschaut. Er hatte nie einen Freund gehabt, und statt des Gemeinschaftsgefühls, das den anderen mühelos zugeflogen war, war er auf Ablehnung gestoßen, die ihn hatte frösteln lassen.

Das Gleiche erlebte er auch jetzt noch, als erwachsener Mann. Eines der Holzhäuser, die nach den Spielen wie Zelte abgerissen werden würden, teilte er mit seinen Mannschaftskameraden Werner Pichler und Erwin von Rade, von denen er wusste, dass sie ihn nicht mochten. In ihren Augen war er als Neffe des Majors ein Günstling, dem alle Wege geebnet wurden. Zudem spürte er, dass sie ihm noch etwas anderes übelnahmen: Er hatte mehr Talent. Das Pferd, mit dem er in den Wettkampf gehen musste, hätte keiner von ihnen reiten mögen, und doch absolvierte er zuweilen einen Parcours, der sie fassungslos staunen ließ.

Sie wissen, dass ich zu Dingen imstande bin, die ihnen versagt bleiben, sagte er sich trotzig. Wie sollen sie mich da mögen?

Werner Pichler fing ihn an der Tür ab. »Wo willst du denn jetzt hin? Essen ist erst in 'ner Stunde, vorher wird ausgepackt.«

»Ich will mich für die Reitbahn eintragen«, sagte Hannes und wünschte, ihm wäre so schnell eine Lüge eingefallen.

»Jetzt schon? Immer langsam voran, Fähnrich Übereifrig. Du willst dir wirklich nur bienenfleißig ein Stündchen auf der Bahn buchen, nicht etwa ein süßes Mädel treffen, *oh sweet Anona from Arizona*? Das ist nämlich verboten, alter Freund und Kupferstecher. Keine holde Weiblichkeit im olympischen Dorf, und was verboten ist, würde ein Musterschüler wie unser Hannes doch bestimmt nie tun.«

Hannes überragte den anderen fast um Haupteslänge. Manchmal wünschte er sich, einer jener Männer zu sein, die schlicht die Faust hoben, um Gegner in die Schranken zu weisen. Aber ein solcher Mann würde er nie sein. »Bitte geben Sie die Tür frei, Hauptmann«, stieß er hervor. »Ich verspreche, ich bin sofort zurück.«

»Schon gut, Söhnchen. Schließlich sind wir hier nicht in der Ka-

serne.« Pichler trat einen Schritt zur Seite. »Schreib dich ruhig ein in sämtliche Trainingslisten, wir wollen schließlich nicht, dass du uns die Mannschaftswertung kostest. Wer vom Pferd plumpst, wie du es so gern tust, fliegt schließlich raus und nimmt die anderen mit.«
»Wenn einer fliegt und die anderen mitnimmt, bin's bestimmt nicht ich«, murmelte Hannes, sobald er außer Hörweite war. Die Regeln der Wertung bereiteten ihm auch ohne Pichlers Häme leises Magengrimmen: Wenn ein Reiter den Parcours nicht beendete, wurde die gesamte Mannschaft gestrichen. Wie entsetzlich musste sich der Reiter fühlen, der daran die Schuld trug!
Nicht ich, schwor sich Hannes. Zu seiner Erleichterung fand er die Liste im Speisehaus noch fast leer. Lediglich Takeichi Nishi aus Japan hatte sich mit seinem Pferd Uranus für den späten Vormittag eingetragen. Eilig schrieb Hannes seine Angaben in die Spalten:

Time: *6 am*
Rider: *Johannes von der Weydt*
Horse: *Loki*
Country: *Germany*

In der Schule war er nie der Eifrigste gewesen und hatte auch dafür reichlich Prügel bezogen, doch sein Englisch hatte er vor der Reise aufpoliert. Der olympische Traum, das war die Verständigung der Völker, und dazu musste man Fremdsprachen beherrschen. Zudem hatte Englisch etwas Weltmännisches, Gelassenes, es klang ganz nach dem Mann, der er gern gewesen wäre. Jener Mann hätte Freunde gehabt. Er dagegen war immer das Opfer gewesen, dem die Jungen im Zeltlager Spinnen in den Schlafsack gestopft hatten.
Ehe er einschlief, dachte Hannes an Albi Bernhardt. Ein bisschen kam sie ihm vor wie der Freund, den er sich immer gewünscht

hatte, der Kamerad, dem man sich anvertrauen konnte, ohne verachtet zu werden. Aber wie konnte Albi ein Freund sein? Albi war dunkelblond, schlank und alles andere als ein Mann. Hannes lag in seinem Schlafsack wach und wünschte sie sich in seine Arme. Eine solche Sehnsucht hatte er nie zuvor verspürt, sie war süß und qualvoll und ließ kaum Raum für andere Gedanken.
Wie sollte er Albi wiedersehen? Dass sie ihn im Dorf besuchte, war verboten. Nicht einmal Sportlerinnen waren in der Anlage geduldet, sondern mussten im nahe gelegenen Champman Park Hotel logieren. Hannes wollte Albi eine Nachricht zukommen lassen, aber er wusste nicht, wie sich das bewerkstelligen ließe. Pichler und von Rade hätten ihre Offiziersburschen schicken können, ihm aber würden sie kaum behilflich sein.
Schluss mit dem Grübeln, befahl er sich. Wenn er früh am Morgen trainieren wollte, brauchte er Schlaf. Die Sache mit Albi würde sich schon regeln lassen – erst recht, wenn er als Olympiasieger vor ihr stand.

Im ersten Sonnenlicht holte Hannes sich Loki aus dem Stall. Das ganze Dorf schlief noch, und er fühlte sich wie ein König. Er war in Amerika. Er war Teilnehmer der Olympischen Spiele. Der Major war weit und breit nicht zu sehen, und kein Mensch schrieb ihm vor, was er zu tun hatte. Er konnte sein Pferd trainieren, wie es ihm passte, ohne einen Miesmacher im Nacken.
Hannes atmete die schwere Luft des Sommers, die schon am frühen Morgen den Schweiß aus den Poren trieb, und wünschte sich, Albi könnte ihn in diesem Augenblick sehen.
Seine glänzende Stimmung verflog, sobald er die Reitbahn erreichte und feststellen musste, dass dort bereits ein Reiter unterwegs war – einer, der sich nicht wie vorgeschrieben in die Liste eingetragen hatte! Offensichtlich hatte er sich die Hindernisse zu einem Parcours zusammengestellt und alle fünf Steilsprünge auf die oberste Stufe erhöht, obwohl dem Pferd auf dem begrenzten

Platz nur wenig Anlauf zur Verfügung stand. Soeben lenkte der Reiter, der keinen Helm und zur Reithose nur ein weißes, offenes Hemd trug, sein Tier über die Startlinie und ließ es angaloppieren. Hannes wollte den Mann zur Ordnung rufen, doch er verstummte, als Pferd und Reiter über das erste Hindernis glitten. *Pegasus,* durchfuhr es ihn. Der hochbeinige Rappe flog über das Rick, als hätte er Flügel, harmonisch und vollkommen mühelos. In der Landung fing der Mann das Tier auf und legte sich mit ihm in den nächsten Galoppsprung. Das Pferd wirkte schlank und drahtig, der Mann ebenso. Sie schienen wie ein einziger Körper, ein in Bronze gegossener Zentaur, strotzend vor Kraft und Körperbeherrschung

Loki warf den Kopf auf, und Hannes riss ihn hart im Maul, wie um ihn dafür zu strafen, dass er mit ihm niemals eine solche Einheit bilden würde. Von klein auf hatte er sich ein Pferd gewünscht, dem er vertrauen konnte, hatte in dem Pferd den Freund erhofft, den er unter Menschen nicht fand. Er hatte nie ein Pferd geschlagen, wogegen dem fremden Reiter die Gerte auf dem Schenkel ruhte. Der Rappe wirkte dennoch, als würde er auch das Empire State Building überspringen, wenn sein Reiter es von ihm verlangte.

Je wilder Loki am Zügel riss, desto wütender wurde Hannes. »He, Sie!«, brüllte er über den Platz, als der Rappe erneut zum Sprung ansetzte. »Diese Trainingszeit habe ich reserviert!«

Wie erhofft, fuhr der Rappe zusammen, die Schultermuskeln zuckten, und der Schweif schlug aus. Hannes erschrak. Wie konnte er so bösartig sein? Wollte er etwa, dass Pferd und Reiter stürzten, dass einer von beiden sich durch seine Schuld die Knochen brach?

Der Mann, der sich in beneidenswert leichtem Sitz über den Pferdehals beugte, legte sich noch tiefer in die Bewegung, schob das Tier regelrecht über die letzte Sprungphase und zügelte es sacht im Aufsetzen. Neid wühlte in Hannes' Brust, doch zugleich

verspürte er den Drang, den beiden für ihre grandiose Leistung zu applaudieren. Statt den letzten Sprung zu absolvieren, lenkte der Mann das Pferd aus der Bahn und zügelte es zum Schritt.
»Are you talking to me?«, fragte er.
Hannes erkannte den Mann. Es war der englische Captain, von dem der Major vermutet hatte, er sei nicht reinblütig.
Jetzt, wo er ihn vor sich sah, ertappte Hannes sich bei demselben Verdacht: Das Gesicht war schmal und dunkel, es passte nicht zu der Vorstellung von Klarheit und Offenheit, die er von den Briten hatte.
»You don't speak English?«, fragte der Mann noch einmal. Dann verzog er den Mund und wechselte ins Deutsche, so mühelos, wie er über Hindernisse sprang. »Ich habe gehört, Sie haben etwas gerufen. Aber leider, ich habe nichts verstanden. Ihr Pferd sieht nicht sehr glücklich aus. Ich glaube, es geht gleich – wie sagt man? –, es geht gleich durch.«
»Das ist Ihre Schuld«, blaffte Hannes, der verzweifelt kämpfte, den bockenden Loki festzuhalten. »Mein Pferd spielt verrückt, weil Ihres ihm vor der Nase herumtanzt. Sie haben mir meine Zeit gestohlen und haben hier überhaupt nichts zu suchen!«
»Ich habe Ihnen Ihre Zeit gestohlen?«, fragte der Engländer verblüfft. Dann lächelte er. »Aber wir sind jung, keine alten Herren mit Spazierstöcken. Wir haben Zeit genug, oder nicht?«
Hannes wusste auf diese Unverschämtheit keine Antwort.
»Ich mag dieses Wort«, sinnierte der Mann. »Spazierstock. Im Wörterbuch steht: ein Stock, um einen vergnüglichen Gang zu unternehmen. Deutsch ist eine köstliche Sprache. Jedes Wort ist wie ein ernster Herr Lehrer, der alles genau erklärt.«
»Ich habe keine Zeit, mit Ihnen zu palavern«, herrschte Hannes ihn an. Dann sah er, dass der Mann den Rappen nicht unter dem Mundstück hielt, sondern sich die Zügel lose über den Arm gehängt hatte. »Um Gottes willen, halten Sie Ihr Pferd fest«, schrie er.

»Sirio?« Der Engländer drehte sich nach dem Pferd um. »Nur keine Sorge. Sirio geht nirgendwohin. Er ist wie eine Klette – eher man wird Filzläuse los als dieses Schaukelpferd.«
Filzläuse holten sich Soldaten, die zu billigen Huren gingen. Hannes schüttelte sich vor Ekel, während Loki ungebärdig tänzelte. »Sie haben die Bahn zu räumen«, wies er den Engländer an. »Diese Zeit gehört mir. Sie haben sich nicht in die Liste eingetragen.«
»Nicht eingetragen.« Der Engländer hatte ein kehliges Lachen. Es klang nach Whisky, nach zwielichtigen Bars, die erst nach Sonnenuntergang öffneten. »Ich mag die Deutschen gern«, sagte er. »Sie sind so ordentlich. Leider wir anderen sind schreckliche Leute. Ganz schlampig. Wenn einer uns sagt: Da hängt eine Liste zum Eintragen, wir denken uns: schön. Soll sie da hängen.«
Hannes setzte zu einer passenden Erwiderung an, doch in der nächsten Sekunde geschahen drei Dinge gleichzeitig: Loki stieg, Hannes glitt der Zügel aus den brennenden Handflächen, und der Engländer ließ sein Pferd los und schwang sich über den Zaun. Er bekam den Zügel zu fassen, so dass auch Hannes ihn wieder packen konnte, und mit vereinten Kräften brachten sie Loki zum Stehen.
Flanken und Nüstern des Hengstes flogen. Der Engländer tat, was Albi getan hatte: Er umfasste Lokis Wangen und brachte sein Gesicht nah an das des Tieres. Hannes konnte zusehen, wie der Hengst sich beruhigte.
»Sie werden ein Problem bekommen«, sagte der Engländer mit der Stirn an Lokis Nüstern. »Im Wettkampf wimmelt es vor Pferden, und Ihr Hengst wird alles lieber tun, als zu springen über Zäune.«
»Ich werde überhaupt kein Problem bekommen«, versetzte Hannes. »Ich hätte auch jetzt keines, wenn Sie nicht wie ein Anarchist hier aufgetaucht wären, obwohl es Ihnen nicht zustand.«
»Wie ein Anarchist?«, fragte der Engländer. »Das ist etwas Ge-

fährliches, oder? Ich dachte, ich war nur ein bisschen schlampig, konnte nicht schlafen und wollte mit Sirio ein paar Runden drehen. Es tut mir leid. Was meinen Sie, wünschen wir beide uns trotzdem einen guten Tag, wo wir doch bei Olympia sind und Völker sich vertragen sollen – *to the glory of sport?*«

Schon in der Schule, wo die anderen Jungen sich geprügelt und ihn bevorzugt als Opfer ausgewählt hatten, war Hannes nicht imstande gewesen, einen anderen Menschen zu schlagen. Er besaß die Kraft dazu, doch etwas hemmte ihn stets. Bei diesem Kerl jedoch schienen seine Hemmungen zu bröckeln. Er war unverschämt. Er machte sich fortwährend über ihn lustig. Hannes verspürte eine nie gekannte Lust, seinem Gegenüber in das dunkle Piratengesicht zu dreschen, dass ihm das dreiste Lächeln verging.

Der Mann hob den Kopf von Lokis Nüstern und reichte Hannes die Hand. »James Seaton-Carew«, sagte er.

Hannes verweigerte den Handschlag. »Ich muss jetzt trainieren«, sagte er. »Holen Sie Ihr Pferd aus meinem Parcours.«

»Ich glaube, Sie sollten dieses Pferd jetzt nicht reiten.«

»Und ich glaube, das geht Sie nichts an.«

»Nein«, sagte der Engländer. »Wohl nicht. Aber vielleicht Sie sollten die Scheuklappen abnehmen?«

»Wollen Sie, dass ich mir den Hals breche? Wären Sie auf diese Art gern einen Rivalen los?«

Der Gesichtsausdruck des Mannes wirkte geradezu entsetzt. »Sie glauben schlimme Dinge von mir«, sagte er. »Ich muss Sie sehr verärgert haben. In der Zukunft ich werde in alle Listen ordentlich meinen Namen schreiben.«

Mit der Kraft einer Flutwelle wallte der Zorn durch Hannes' Körper. Seine Fäuste ballten sich. Wenn er nicht sofort aufs Pferd kam und sich diese glühende Wut aus dem Leib ritt, würde er den Mann angreifen.

»Ich hole Sirio«, sagte der Engländer, ließ Loki los und ging zurück in den Parcours. Der Rappe trottete ihm entgegen und ließ

sich hinter den Ohren kraulen. Sein Reiter wartete, bis Hannes Loki zurückgedrängt hatte, dann führte er Sirio aus der Bahn.
Hannes zwang sich, sich ganz und gar auf Loki zu konzentrieren. Ohne Zweifel würde der Kerl am Zaun stehen bleiben und ihm zusehen. Er musste ihm zeigen, dass Hannes von der Weydt ein Konkurrent war, mit dem er zu rechnen hatte. Ich kann springen, ermutigte er sich, während er sich in den Sattel schwang. Der Engländer war besser als alles, was er je auf einem Trainingsplatz gesehen hatte, aber das brauchte ihn nicht einzuschüchtern. Er mochte sonst zu nichts taugen, doch beim Springen machte ihm niemand etwas vor.
Hannes zügelte Loki und lenkte ihn in den Parcours. Er nahm sich keine Zeit, Loki warm zu reiten, sondern drehte nur eine Runde im Trab und galoppierte dann dem ersten Hindernis entgegen. Sei dieses eine Mal mein Freund, beschwor er Loki stumm. Mir hat nie jemand beigestanden – lass es dieses Mal anders sein. Loki schien etwas von Hannes' Beschwörungen zu spüren, denn er setzte kraftvoll über die Stange. Ehe Hannes ihn weiterlenkte, berührte er seinen Hals.
Die Wendungen waren zu knapp für den großrahmigen Loki, doch den Sprung zur Linken schaffte er praktisch aus dem Stand. Dann aber kreischte irgendwo ein Vogel und machte alles zunichte. Loki wollte nach der Seite ausscheren, und Hannes musste sein gesamtes Gewicht einsetzen, um ihn in die Bahn zurückzuzwingen. Er wusste, er hätte den nächsten Sprung aufgeben, Loki abfangen und um das Rick herumlenken sollen, doch sein Körper tat nicht, was der Verstand ihm riet. Er trieb sein Pferd in den Sprung und richtete sich in den Steigbügeln auf.
Loki tat, was er immer tat. Verweigerte den Absprung, kam in vollem Galopp zum Stand. Hannes schoss wie ein Pfeil über das Hindernis hinweg und landete hinter dem Rick im Sand. Es tat höllisch weh. Wie die Schläge seines Vaters. Und die Demütigung war genauso tief.

Wo Loki hingelaufen war, interessierte ihn nicht. In diesem Augenblick war es ihm egal, selbst wenn Loki sich den Hals gebrochen hätte. Loki war ein Verräter. Hannes rieb sich den Sand aus den Augen und versuchte sich aufzusetzen. Der Versuch misslang. Er fiel zusammen wie ein Sack.
»Kommen Sie.« Eine Hand umfasste seine Schulter. »Ich helfe Ihnen.«
Hannes hob den schmerzenden Kopf und sah in das Gesicht des Engländers. Als ihre Blicke sich trafen, begann der andere zu lachen. Mit einem Satz war Hannes auf den Füßen, ballte die Faust und schlug zu.
Als sein Arm zum Schlag ausholte, spürte er keinen Schmerz und keine Demütigung mehr, nur noch Wut und Triumph. Er war der Stärkere. Der andere mochte reiten wie ein Gott, aber er konnte ihn zu einem Häufchen Elend zusammenprügeln, wenn er es wollte. Seine Faust traf den anderen mitten ins Gesicht. Unter den Knöcheln spürte Hannes etwas unerwartet Weiches. Der Triumph verflog.
Er war ein Schläger. Einer, der auf dem Fest der Völkerfreundschaft nichts zu suchen hatte. Der Brite würde ihn dem Vorstand des Dorfes melden, und dieser würde für seine Disqualifizierung sorgen. Statt um eine Medaille für sein Land anzutreten, würde er in Schimpf und Schande nach Hause geschickt werden.
Vor seinen Augen lichteten sich die Schleier. Er hatte den Briten am Mund getroffen, aus der geplatzten Lippe schoss das Blut und floss auf die weiße Hemdbrust. Mit zwei Fingern betastete der Brite sein Gesicht, als könne er nicht glauben, dass er verletzt worden war.
»Es tut mir leid«, stammelte Hannes. »Ich weiß nicht, was in mich gefahren ist. Ich habe noch nie einen Menschen geschlagen.«
»Dann wir können uns die Hände reichen«, sagte der Brite. »Ich bin noch nie von einem Menschen geschlagen worden.«
»Wirklich nicht?«

»Nein. Noch nie. Man muss das einmal erlebt haben, damit man kann mitreden, oder nicht?« Er versuchte zu lächeln und scheiterte. Ein Schmerzlaut entfuhr ihm. »Damn. It hurts.«
Etwas daran ging Hannes nahe: Hier war ein Mensch, der an Gewalt nicht gewöhnt war und den der Schmerz von Schlägen verwirrte. Er zog ein Taschentuch aus seiner Hosentasche und drückte es dem anderen auf die geplatzte Lippe. Nie zuvor hatte er einen Mann auf solche Weise berührt. »Sie müssen auf die Krankenstation«, sagte er. »Es muss genäht werden, und natürlich müssen Sie Meldung erstatten.«
»Worüber denn?« Ihre Hände berührten sich, als der andere ihm das Taschentuch abnahm. »Wenn man sich die Visage zerschlägt – muss man das auch in eine Liste eintragen?«
Hannes musste schlucken, ehe er sprechen konnte. »Sie müssen der Dorfaufsicht melden, dass ich Sie angegriffen habe.«
Der andere hob die schmalen schwarzen Brauen. »Dann Sie müssen auch melden mein dummes Lachen«, sagte er. »Ich habe es nicht böse gemeint. Manchmal man lacht, auch weil man jemanden gern mag, oder nicht?«
»Ja«, sagte Hannes überrumpelt. »Hören Sie, es ist in Ordnung, wenn Sie mich melden. Ich habe es verdient.«
Der Brite presste sich das durchnässte Tuch auf die Lippe und lächelte mit den Augen. »Und ich glaube, ich hatte – wie sagt man? – eins in die Fresse verdient.«
Sie lachten beide.
»Wünschen Sie mir jetzt einen guten Tag?«, fragte der Brite. »Ich möchte gern wissen, wer das ist, der hinter mir gewinnt Silber.«
Hannes hätte ewig weiterlachen wollen. »Sie meinen, Sie wollen wissen, hinter wem Sie Silber gewinnen?« Er ergriff die Hand des Briten, die vor Schmerz oder Blutverlust ein wenig zitterte. »Johannes von der Weydt.«
»Guten Tag, Johannes Vondeweit. Sie sind ein verdammt guter Reiter.«

»Soll das ein Witz sein?«
»Nein. Tödlicher Ernst. Ich lieber bin vorsichtig mit meinen Witzen. Ich möchte gern meine Zähne noch eine Weile im Mund behalten.«
»Es tut mir wirklich leid«, sagte Hannes.
»Wie sagt man?«, fragte der Brite. »Halb so schlimm? Aber Gold gewinne ich. Ich habe das bessere Pferd.«
Hannes fiel ein, wie der Major über die Vorherrschaft der englisch-irischen Pferdezucht wetterte. Deutschland fehlten die Möglichkeiten. Zahllose Güter wie das seiner Familie waren nach dem Weltkrieg verloren gegangen, und die, die übrig waren, stellten ihre Wirtschaft um, weil die Pferdezucht ohne ein großes Heer als Abnehmer mehr kostete, als sie eintrug.
»Auf Ihres ich möchte meinen kleinen Hintern nicht setzen«, sagte der Brite. »Sie sind ein mutiger Mann, Johannes Vondeweit.«
Hannes glaubte, sich verhört zu haben. Er war nicht mutig. Feigling und Duckmäuser hatte sein Vater ihn geschimpft, weil er sich unter den Schlägen geduckt und wie ein Wurm gekrümmt hatte.
Der Brite berührte seine Schulter. »Gehen wir unsere Pferde einsammeln?«
»O Gott, ja!«, rief Hannes. Er blickte sich um, sah Loki friedlich im Sand scharren und den Rappen des Briten in einiger Entfernung Gras rupfen. »Wenn jemand gesehen hat, wie wir sie sich selbst überlassen haben, disqualifizieren sie uns beide.«
Der Brite hob das durchtränkte Taschentuch von der Lippe. »Das wäre nicht fair. Wir haben gekämpft für Völkerfreundschaft.« Als er grinste, klaffte die Wunde wieder auf, und noch mehr Blut strömte, doch das kümmerte ihn nicht. »Wir zwei sind hier bei den Reitern die Babys, die kein Mensch ernst nimmt. Halten wir zusammen?«
Hannes fühlte sein Herz klopfen. »Aber klar«, sagte er.

23

Ladies and Gentlemen!« Die Stimme des Stadionsprechers hallte aus Lautsprechern über die Köpfe der Hunderttausend hinweg. »Bitte richten Sie Ihre Aufmerksamkeit auf das Westende des Stadions für den Einmarsch der 1300 Athleten aus 37 Nationen!«

Ein halbes Dutzend Turmbläser setzten ihre Fanfaren an, und wie ein Mann erhoben sich die Zuschauer von ihren Bänken. Alberta, die in einer der Presselogen zwischen Auguste und ihrem von Aufnahmegeräten umgebenen Vater plaziert war, begann auf der Stelle zu hüpfen, weil sie vor Erregung unmöglich stillstehen konnte. Ihr Vater ebenfalls nicht. Deshalb ließ er sich nie in eine Sendekabine zwängen, sondern schleppte die wuchtigen Gerätekästen mit sich herum. Marschmusik löste die Turmbläser ab, und dann betrat der Fahnenträger der griechischen Mannschaft als Erster die Laufbahn.

Tosender Jubel brach los. Alberta und ihr Vater trampelten mit den Füßen, dass die Tribüne bebte. Nur Auguste stand still und klatschte höflich in die Hände. Ich muss mich um sie kümmern, dachte Alberta wieder einmal. Gleich darauf vergaß sie Auguste, sah dem Einzug der Sportler zu und konnte nur noch eines denken: Eines Tages bin ich es, die dort unten geht. Eines Tages ziehe ich in ein Stadion ein, über dem die Fahne mit den fünf Ringen weht.

Was sie bisher in ihrem Sport geleistet hatte, war nur Geplänkel gewesen. Von nun an würde sie Ernst machen. Es war, als begreife sie erst hier und jetzt, über dem Stadionrund, in dem eine Mannschaft nach der anderen auftauchte, wozu sie auf der Welt war. Wer nie den Himmel eines fremden Erdteils gesehen hatte, der konnte doch gar nicht ahnen, wie grenzenlos das Leben war.

Wer nie Menschen erlebt hatte, die nach den Sternen griffen, der konnte wohl auch nie spüren, dass er Flügel besaß.
Ich will bei den Olympischen Spielen antreten. Koste es, was es wolle.
»Und da haben wir die Unseren, in weißen Hosen und marineblauen Blazern – die deutsche Mannschaft!«, rief ihr Vater in sein Mikrophon. Sein Gesicht war rot angelaufen. »So sieht der Held unserer neuen Zeit aus, meine Damen und Herren! Sie finden ihn nicht länger in der verhärteten, von Todesangst gezeichneten Miene des Frontsoldaten, sondern in den offenen Gesichtern junger Sportsmänner, aus denen Siegeswille und Lebensfreude strahlen. Diese kraftstrotzenden Burschen sind stolz darauf, hinter der deutschen Fahne zu gehen, aber sie sind auch stolz darauf, Teil der Völkerfamilie zu sein, Brüder unter Brüdern … ach, und da sehe ich ja auch eine Schwester – ich erkenne den blonden Schopf von Deutschlands bezaubernder Fechterin Helene Mayer!«
Eines Tages wirst du den Schopf deiner eigenen Tochter erkennen, raunte Alberta ihm in Gedanken zu.
Die deutschen Sportler, mit denen sie drei Wochen lang über das Meer gereist war, kamen an ihrer Loge vorbei. Alberta konnte nicht länger an sich halten. »Hannes!«, platzte sie heraus.
Dass er sie bemerkte, war unwahrscheinlich – die Laufbahn lag zu weit entfernt. Und sie wollte ja auch gar nicht, dass er sie bemerkte! Den ganzen gestrigen Tag hatte sie vergeblich auf die versprochene Nachricht von ihm gewartet und war sich vorgekommen wie bestellt und nicht abgeholt. Von ihr würde er kein Wort und gewiss keinen Applaus zu hören bekommen. Wenn der Herr von der Weydt Besseres zu tun hatte, als sich mit ihr abzugeben – bitte sehr. Das hatte sie schon lange.
»Schau mal, Albi.« Augustes Stimme war so leise, dass Alberta sie im allgemeinen Jubel kaum verstehen konnte. »Das wird dir gefallen. Da bringt einer sein Pferd mit.«

Rufe der Empörung mischten sich mit Gelächter. Tatsächlich ging in den Reihen der britischen Mannschaft ein schlanker, hochbeiniger Rappe, der einen Union Jack um den Hals geknotet trug. Zwei der Stadionordner stürzten sich auf den Teilnehmer, der das Tier führte. Der dunkelhaarige Mann, der als Einziger ohne Hut ging, debattierte mit ihnen und war dabei die Gelassenheit in Person. Das Pferd knabberte derweil an seiner Anzugschulter, woran er sich so wenig störte wie am Gezeter der Ordner.

Vermutlich schien es ihnen das kleinere Übel, den Tunichtgut gewähren und seine Mannschaft passieren zu lassen, statt die gesamte Zeremonie aufzuhalten. Sie traten aus dem Weg, und das Pferd umrundete im Block der Sportler die Bahn, dann stellte es sich mit ihnen zusammen in der Mitte des Feldes auf. Dabei scheute es kein einziges Mal, sondern trottete wie ein freundliches Maskottchen hinter dem Mann ohne Hut einher. »Das ist ja unglaublich!«, rief Albertas Vater in sein Mikrophon. »Dieser angelsächsische Teufelskerl schleppt einfach sein Pferd mit ein!«

»Aber recht hat er doch«, entfuhr es Alberta. »Das Pferd gehört zur Mannschaft – warum soll es dann nicht mit einmarschieren dürfen?«

Ihr Vater, der mit seiner Aufnahme beschäftigt war, grinste ihr zu. Weiter wurde über das Ereignis mit dem Pferd nicht gesprochen, weil ein einzelner, weiß gekleideter Athlet das Podium in der Mitte des Stadions betrat. Alberta griff nach ihrem Opernglas.

»Das ist George Calnan«, raunte Herbert Goldschmidt ihr hinter dem Rücken des Vaters zu. »Die amerikanische Medaillenhoffnung im Fechten. Ganz schön fesch, der Kerl, habe ich recht?«

Und ob, dachte Alberta und zwang sich, den amerikanischen Fechter George Calnan anzusehen und den stattlichen deutschen Springreiter Hannes von der Weydt keines Blickes zu würdigen.

Das Gewirr der Stimmen verstummte. Als lausche ein jeder, um die eine Sekunde nicht zu versäumen, in der die Welt den Atem anhielt. George Calnan nahm einen Zipfel der US-amerikanischen Fahne in die linke Hand und reckte die rechte zum Schwur in die Höhe:

»We swear that we will take part in the Olympic games in a loyal competition, respecting the regulations which govern them and desirous of participating in them in the true spirit of sportmanship for the honor of our country – and for the glory of sport!«

Kaum war der Nachhall des letzten Wortes verklungen, da entzündete ein Fackelträger über der Kopftribüne des Stadions die olympische Flamme. Gleichzeitig hob sich ein Schwarm weißer Tauben in den Himmel, der sich kaum merklich zu röten begann. »Die Boten des Friedens!«, rief ihr Vater in sein Mikrophon. »Damit ist der olympische Traum von neuem Wirklichkeit geworden – auf dass der Krieg, die Geißel unseres Jahrhunderts, nie wieder seine grausige Fratze erhebe, sondern die Völker der Welt sich in friedlichem Wettkampf miteinander messen mögen.«
»Geht's auch 'ne Nummer kleiner?« Alberta grinste und stieß Auguste den Ellbogen in die Seite. »Pass auf, gleich fängt er an, vom munteren Zwillingspaar zu schwärmen.« Aber der Versuch, ihre Bewegtheit durch Alberei zu überspielen, schlug fehl, und Auguste schwieg ohnehin. Das Bild von weit mehr als tausend Sportlern auf dem Grün, im letzten Licht des goldenen Sommertages, brannte sich in Albertas Gedächtnis. Sie war nicht ganz sicher, was der olympische Traum bedeutete, aber es war in jedem Fall ein Traum, den sie teilte. Und für sie hatte er gerade erst begonnen.

24

Zwei Tage lang hielt Alberta durch. Die Wettkämpfe in der Leichtathletik, bei denen ein Rekord nach dem anderen erzielt wurde, lenkten sie ab, doch am dritten Tag konnte sie nicht länger die Tatsache ignorieren, dass sie Hannes von der Weydt gern erwürgt hätte. Er hatte versprochen, sie ins olympische Dorf einzuladen, sie an der Vorbereitung auf den Wettkampf teilhaben zu lassen, doch stattdessen sperrte er sie wie eine Unbeteiligte aus. Er mochte ja hübsch sein. Aber kein Mann war hübsch genug, dass er sich so etwas mit Alberta Bernhardt erlauben durfte.
»Dem Lumpenhund erzähle ich jetzt etwas vom Pferd.« Alberta hatte am Fenster ihres Hotelzimmers gesessen und warf nun im Aufspringen den Stuhl um.
»Welchem Lumpenhund, Albi?« Auguste lag auf dem Bett und kritzelte in ihr Tagebuch.
»Diesem Reiter, den ich auf dem Schiff kennengelernt habe – einem ungehobelten Burschen, der es nicht für nötig hält, sich an sein Versprechen zu halten.«
»Bist du verliebt, Albi?«
Verliebt?
Jetzt, wo ihre Schwester es aussprach, wunderte sich Alberta, dass sie sich die Frage nicht selbst gestellt hatte. Natürlich war sie verliebt! Man konnte ja gar nicht anders als verliebt sein – in Amerika, in den Sommer und vor allem in das Spektakel von Olympia. Natürlich auch in einen Schimmelhengst namens Loki und in seinen blauäugigen Reiter, der an diesem Spektakel teilnehmen durfte. War es aber das, was Auguste gemeint hatte?
»Ich singe keine Liedchen von kleinen Häusern am Michigansee«, sagte sie. »Und ich kaufe mir auch kein geblümtes Tagebuch. Ich will mir nur gern ansehen, wie sich dieser Hannes von

der Weydt in einem Parcours schlägt. Er hat es mir versprochen, und er soll sein Wort halten, das ist alles.«
Ob es wirklich alles war, das brauchte sie jetzt nicht zu wissen. Sie würde es sich fragen, wenn sie Hannes gefunden hatte.
Vor dem Hotel standen ständig Wagen bereit, um die ausländischen Journalisten an jedes gewünschte Ziel zu schaffen. Alberta stieg dreist in einen der Wagen ein, schenkte dem Fahrer ein Lächeln und flötete: »Olympic village please.«
»I'm sorry, Miss, but that's impossible. No women allowed.«
Alberta hörte nicht auf zu lächeln. »I won't do any harm«, behauptete sie. »I would just love to have a look at it – once in my life. It is my dream, you know …« Sie achtete darauf, dass ihre Aussprache weich und geschmeidig klang, nicht schroff und abgehackt, wie Deutsche sonst Englisch sprachen. Ihren Blick ließ sie in dem des Fahrers ruhen, während sie die Lider leicht senkte. Der Mann seufzte, drehte sich zum Lenkrad um und fuhr los. Kurz darauf kamen die Holzhäuser des olympischen Dorfs in Sicht, und Albertas Herz begann schneller zu klopfen.
Ihr Triumph währte nicht lange. Vor dem Tor stand ein Wachmann, der sich strikt weigerte, sie einzulassen. Alberta sprach akzeptabel Englisch. Als Kinder hatten sie und Guste ein englisches Mädchen gehabt, weil ihr Vater der Überzeugung war, Fremdsprachen seien der Schlüssel zur Welt. Der amerikanische Akzent des Wachmanns klang jedoch in ihren Ohren wie Kauderwelsch. Klar verständlich waren lediglich zwei Dinge: dass er ihr den Weg versperrte und dass er für ihr Lächeln unempfänglich blieb.
»Ich muss wirklich dringend Hannes von der Weydt sprechen«, beschwor sie ihn. »Es ist wichtig für ihn – er rechnet mit mir.« Sie versuchte, sich mit geübtem Hüftschwung an dem Mann vorbeizuschieben, doch der schob ihr den Arm vor die Brust. Alberta hatte keine Wahl, als stehen zu bleiben.
Wenn ihr kein genialer Einfall kam, musste sie unverrichteter

Dinge ins Hotel zurückkehren – zum kleinen Haus am Michigansee, zu Augustes Tränen im Tagebuch und zu der brennenden Sehnsucht nach Olympia, wo sie zum Zaungast degradiert war. Sie brauchte Hannes! Er war die Eintrittskarte in ihren persönlichen Himmel – wie durfte ein unbeteiligter Wachmann ihr das verwehren?

»Ich wäre Ihnen so dankbar«, verlegte sie sich aufs Betteln. »Ein Mann wie Sie, weit gereist, welterfahren, der klebt doch nicht an einer Vorschrift. Und außerdem können Sie sicher ermessen, was es für ein unbedarftes Mädchen aus Europa bedeuten würde …« Sie hielt inne, weil sie selbst hörte, wie erbärmlich schlecht sie war. Einer ihrer Tanzstundenpartner hatte sie einmal eine Diva der kleinen Säle genannt. »Eine moderne Diva, die sich zum Sport das Haar unter die Kappe stopft – aber unter der Krempe lauert der ewige Blick der Sirene.« Alberta hatte schallend darüber gelacht und gewusst, dass er sie gut getroffen hatte. Hier aber war sie nur noch eine Provinzschauspielerin aus einer stummen Klamotte, die in der schillernden Welt des Tonfilms zur Statistin verkam.

»You will leave now«, sagte der Wachmann. »Or I'll have to force you.«

Sie gehen jetzt. Oder ich muss sie zwingen.

»Aber Mr. von der Weydt hat mich doch herbestellt!«

»I don't care about any Mr. Vandewide. I tell you to leave.«

Als Alberta sich noch immer nicht rührte, versetzte er ihr einen Stoß. Nicht schmerzhaft, aber doch so fest, dass sie einen Schritt rückwärtstaumelte. Vor allem aber erschrak sie. Nie zuvor hatte ein Mann ihr körperlich etwas entgegengesetzt.

»Off you go.« Es klang drohend. Die vernünftige Seite von Alberta wusste, dass es Zeit war, den Rückzug anzutreten, doch die andere, die rebellische, sträubte sich wie ein bockendes Pferd.

»Aber Graham, was machen Sie denn? Sie erschrecken meine arme Verlobte ja zu Tode.«

Die Männerstimme klang völlig sorglos, die Worte wie Sonnenflecken, die auf dem Pflaster tanzten. Alberta wirbelte herum und sah den Mann auf sich zukommen. Warmer Wind zauste sein Haar. In seinem Schlepptau, mit dem Maul über seiner Schulter, ein sehniges schwarzes Pferd.

»Sie schon wieder.« Der Wachmann wischte sich den Schweiß von der Stirn. »Sie sind schlimmer als die spanische Grippe, und ihr Zeitung lesender Gaul macht es nicht besser. Wenn ich mich nach diesen zwei Wochen ins Grab lege, dann sollen Sie wissen, dass es Ihnen zu verdanken ist.«

»Das weiß ich auch jetzt schon.« Der Mann mit dem Pferd legte dem Wachmann eine Hand auf die Schulter. »Aber was kann denn meine arme Arabella dafür? Sie ist liebenswürdig wie ein Frühlingslamm und möchte nur einen Blick auf die Gefilde werfen, in denen ihr Liebster seine Tage bis zum Olympiasieg verbringt.«

»Olympiasieg – im Süßholzraspeln, oder was?«

»Ach, lass es gut sein, Old Grumpy.« Der Mann mit dem Pferd schwang herum wie zum Tanz, lächelte und schlang die Arme um Alberta. Ehe sie begriff, was er vorhatte, zog er sie an sich und küsste sie auf den Mund. Nicht zaghaft und zart, wie Hannes sie geküsst hatte, sondern so, wie jemand sich sein Lieblingsessen schmecken ließ: unbescheiden. Voller Appetit und Genuss. Seine Lippen waren fest, und Alberta kam es vor, als lächelten sie beim Küssen weiter. Seine Zunge war ein Tänzer, und sie tanzte keinen albernen Slowfox, bei dem man ein Glas Wasser auf dem Kopf behalten konnte.

Tante Käthes Anstandsregel hallte ihr in den Ohren: Wenn ein Kerl versucht, euch zu küssen, muss er im Nu eine an den Ohren sitzen haben.

Nicht im Nu, meldete sich ein verführerisches Wispern, während Albertas Zungenspitze sich einen Pfad entlangschlängelte, auf den sie nicht gehörte. Ihre Nase sog den fremden, warmen Duft ein, und die Stimme der Tante im Kopf schwoll zum Donnergrollen. Mit der Rechten, der Bogenhand, stieß Alberta den Mann schließlich vor die Brust, holte schwungvoll aus und klatschte ihm dann die kraftvolle Linke, die Sehnenhand, auf die Wange.

Der Mann zuckte zusammen. »Au«, sagte er. »Das hat weh getan.«

»Das will ich auch hoffen«, entfuhr es ihr auf Deutsch. »Was meinen Sie denn, wozu Backpfeifen gedacht sind?«

»Ich weiß nicht.« Zu ihrer Verblüffung gab er ihr auf Deutsch Antwort, rieb sich die Wange und spielte mit aufgerissenen Augen den Verstörten. »Ich bekomme sonst eigentlich keine.«

Alberta stemmte die Hände in die Hüften. »Sie können gern noch eine haben, um die Erfahrung zu vertiefen.«

Von der misshandelten Hälfte seines Gesichtes rutschte das Lächeln, doch auf der anderen hielt es sich fest. »Sie sind ziemlich undankbar, finden Sie nicht?«

Der Wachmann lachte, obwohl er den Wortwechsel gar nicht verstanden haben konnte. »Recht so, Miss, langen Sie gleich noch einmal hin. Höchste Zeit, dass jemand diesen Flegel Mores lehrt.«

»Und Sie sind gehässig, Graham.« Der Mann drehte sich zu ihm um. »Es genügt Ihnen nicht, dass ich Schmerzen leide, Sie müssen sich auch noch über mich lustig machen.«

»Ach, hören Sie schon auf. Sie wissen doch selbst, dass Sie sich schon längst mal kräftig eine an die Löffel verdient haben.«

»Wofür?« Der Fremde wölbte die Brauen, was seinem Gesicht etwas Diabolisches, ungemein Attraktives verlieh. Hochmütig wandte er sich ab, ohne eine Antwort abzuwarten, und umschlang den Hals des Pferdes. »Sirio findet mich reizend.«

»Was bleibt dem armen Gaul auch anderes übrig, der hat ja keinen Verstand. Und den bedauernswerten Frauen geht's nicht besser. Erst recht so einem kleinen Ding wie der da, die letzte Weihnachten noch mit Puppen gespielt hat. Welche Chance soll die gegen einen Kerl wie Sie haben?«

Alberta wollte protestieren, doch der Anblick des Pferdes lenkte sie ab. Natürlich hatte sie den Rappen von der Eröffnungsfeier längst erkannt. Er hatte einen edlen kleinen Kopf, durchzogen von einem feinen Geäst von Adern, das reichlich Vollblut im Stammbaum verriet. Derart hochgezüchtete Pferde neigten zu Nervosität, aber dieses schien die Ruhe selbst. Wie ein Schoßtier rieb es den Hals an der Schulter des Mannes und heimste Liebkosungen ein.
»Darf Arabella jetzt mit mir ins Dorf?«, fragte der Mann und streichelte sein Pferd. »Wo Sie doch der Ansicht sind, sie könnte meiner mangelhaften Erziehung aufhelfen?«
»Und wenn euch einer erwischt?«
»Dann halte ich die andere Wange hin«, versprach der Mann stoisch. Dann wandte er sich an Alberta: »Nun kommen Sie schon. Sie wollen doch zu Johannes Vondeweit, oder nicht?«

Das Pferd hieß Sirio. Der Mann hieß James Seaton-Carew. Er war der kostbare letzte Spross einer Familie englischer Landadeliger und hatte seines Vaters Besitz bereits geerbt, als er seinen Hintern noch in Windeln spazieren trug. Vielleicht tat er das auch jetzt noch, vielleicht war so ein englischer Landadelshintern zu kostbar, um ihn ungeschützt der rauhen Welt auszusetzen. Er schwamm in Geld und allgemeiner Beliebtheit. Männer wie Frauen verdrehten die Augen, sobald er anfing, sie zu bezirzen, und verstießen um seinetwillen gegen Vorschriften. Er sorgte dafür, dass Alberta Zutritt zum Dorf erhielt, wann immer sie wollte. Jeden Tag. Jeden einzelnen köstlichen Olympiatag.
An jenem ersten Morgen hatte er sie zu dem Platz geführt, auf dem Hannes und Loki trainierten. »Näher ich darf nicht kommen«, hatte er erklärt. »Sirio mag Loki. Aber Loki, armer Teufel mit Scheuklappen, mag nicht einmal sich selbst. Seien Sie nett zu Johannes Vondeweit. Nicht so unbarmherzig wie zu mir.«
»Und was geht Sie das an?«

»Alles«, erwiderte er würdevoll. »Bis zu dem Tag, an dem wir werden Gegner, sind Johannes Vondeweit und ich Kameraden.«
»Und hinterher?«
»Hinterher wir sind noch mehr, my Lady Arabella. Gegner bei Olympia – das hält, bis wir sitzen als Großväter in schaukelnden Stühlen, und ein Freund ist gar nichts dagegen.«
»Warum nennen Sie mich Arabella?«
»Wie sonst soll ich Sie nennen? Kriemhild, die Erbarmungslose? Sie haben sich mir ja nicht vorgestellt, sondern mir nur Ihre Handschrift präsentiert.«
Er war das, was Jette Sabotke einen schlimmen Finger nannte. »Wie der blonde Hans singt«, pflegte sie zu warnen. »Auf die Dauer, lieber Schatz, ist mein Herz kein Ankerplatz.« Das Herz von James Seaton-Carew war zweifellos eher ein Durchgangshafen. Er war unverschämt. Hemmungslos. Nicht im mindesten vertrauenswürdig. Dies alles jedoch auf eine Weise, die Alberta zum Lachen reizte. So als wären die Spielchen, die er trieb, unschuldig und harmlos.
»Es ist nicht harmlos«, erklärte sie ihm. »Dass Sie mir geholfen haben, war nett, aber kein Mann mit Anstand küsst eine Frau, die nicht geküsst werden will. Sie sollten sich dafür schämen.«
Er sah sie großäugig an. »Backpfeife mit Worten tut auch weh«, sagte er. »Aber schämen will ich mich nicht.«
»Denken Sie, Frauen sind auf der Welt, damit Sie sie küssen können, wann es Ihnen passt?«
»Bis heute ich dachte, Männer *und* Frauen sind in der Welt, damit sich können küssen, wann es ihnen passt«, sagte er.
Alberta musste schon wieder lachen, obwohl es bei der Unverschämtheit nichts zu lachen gab. Er war unmöglich. Ein verzogenes Kind in einem Körper, der absolut nichts Kindliches hatte. Aber er war amüsant und behandelte sein Pferd wie einen Bruder – wenn er Zeitung las, stellte er sich so, dass Sirio ihm über die Schulter schauen konnte, und hielt ihm die Seite hin.

»Ich nur lese Artikel über Flugzeuge, Autos und Sport, länger ich kann nicht stillsitzen. Sirio dagegen ist ein Philosoph mit Blick für das Weltgeschehen.«

Und er küsste zum Niederknien. Schon dafür hatte er die Backpfeife verdient, und umso mehr dafür, dass sich ein trotziger Kobold in ihr den Kuss zurückwünschte. Er sollte lieber Auguste küssen. Einer wie James Seaton-Carew, der sich nicht mit kleinen Häusern am Michigansee aufhielt, würde ihr den unsäglichen Karl Venske austreiben. Falsche Fuffziger waren beide. Aber mit dem funkeläugigen Briten hätte Guste wenigstens ein bisschen Spaß.

Hannes war kein falscher Fuffziger. Alberta war zum Platzen wütend auf ihn gewesen, doch als er bei ihrem Anblick Loki zügelte und über das ganze Gesicht strahlte, schmolz ihrer Wut die Spitze weg. »Ich bin so froh, dass du gekommen bist«, sagte er, nachdem er das Pferd weggebracht hatte. »Ich wusste einfach nicht, wie ich dir eine Nachricht zukommen lassen sollte. Gestern habe ich mich endlich James anvertraut, und er versprach, dir heute Nachmittag seinen Burschen zu schicken.«

»Wer ist James?«

»James Seaton-Carew, der Engländer, der dich hereingelassen hat.« Wieder strahlte er, und in seinen blauen Augen leuchtete kindliche Freude. »Ist er nicht großartig, Albi? Er ist der famoseste Kerl, der mir je begegnet ist.«

»Das ist maßlos übertrieben«, sagte Alberta. »Aber ein bisschen mehr Mumm als du hat er offenbar schon.«

»Den hätte ich an seiner Stelle auch.« Hannes' Miene verdüsterte sich. »Wenn er in einen Raum kommt, hat er doch längst gewonnen. Seine Familie entstammt der gleichen Klasse wie meine, nur ist seine nicht verarmt, sondern stinkt vor Geld. Außerdem hat er diese Art an sich, bei der alle in die Knie gehen – die Art eines Mannes, dem nie jemand den Stolz gebrochen hat. Man kann gar nicht anders, man muss ihn einfach mögen.«

»Muss man das?« Alberta war abgelenkt gewesen, weil einer der deutschen Reiter seine Stute in den Parcours gelenkt hatte, doch Hannes' Worte ließen sie aufhorchen.
Hannes nickte. »Und weißt du, was das Unglaublichste ist? Er mag mich.«
»Was soll daran unglaublich sein?«, fragte Alberta. »Ich würde dich auch mögen, wenn du nicht so ein Hasenfuß gewesen wärst, sondern mich wie versprochen ins Dorf geholt hättest. Und zwar lieber als deinen englischen Angeber.«
»Wirklich, Albi? Du würdest mich lieber mögen als Captain Seaton-Carew?« Jäh schloss er die Arme um sie und zog sie an sich. »Ich mag dich auch. Aber dass du James einen Angeber nennst, kann ich dir nicht erlauben. James ist mein Freund.«
»Wie kann er denn dein Freund sein?«, versetzte Alberta, die seinen Duft nach Pferd und frischem Schweiß höchst anregend fand. »Du hast ihn doch gerade erst kennengelernt.«
»Das spielt keine Rolle«, erwiderte Hannes bestimmt. »Ich habe nie einen Freund gehabt, auf mich hat nie ein anderer Mann einen Pfifferling gesetzt. Meine Mannschaftskameraden halten mich für einen Schlappschwanz, über den sie ihre Zoten reißen.« Heftig wies er hin zur Bahn, wo der schwammig wirkende Reiter die Braune über ein Rick lenkte. »Ich habe mir immer ausgemalt, wie es wäre, einen Freund zu haben. Ich würde ihn nie verraten, habe ich gedacht, und ich würde alles mit ihm teilen. Jetzt habe ich einen, und von jetzt an gibt es James und mich nur zu zweit. Wer den einen will, bekommt den anderen dazu.«
Alberta fand ihn albern und rührend zugleich. Solches Gerede dachte man sich am besten eine Nummer kleiner, doch das Gefühl kannte auch sie. Was Hannes da schwatzte, hatte für sie und ihre Schwester schon immer gegolten: Wer Albi wollte, bekam Guste dazu.
»Du würdest alles mit ihm teilen?«, fragte sie, weil ihr durch den Kopf schoss, wie James Seaton-Carew sie geküsst hatte. Hannes

war so hell – nicht nur sein Haar und seine Augen, sondern gerade sein Gemüt, das ihr in dem vor Kraft strotzenden Körper erschreckend zart vorkam. An dem Briten hingegen erschien alles dunkel: Haar und Augen, Wesen und Mund. Sie musste glucksen, weil sie sich selbst zum Lachen fand.
»Lach bitte nicht«, wies Hannes sie zurecht. »James hat mir versprochen, das auch nicht mehr zu tun.«
»Was?«
»Über mich zu lachen.«
Was macht dich eigentlich so sicher, dass ich über *dich* lache?, fragte sich Alberta, aber sie sprach es nicht aus.
»Ja, ich würde mit James alles teilen«, fuhr Hannes fort. »Ich habe es ihm sogar gesagt: Du kannst von mir haben, was du willst – nur meinen Olympiasieg nicht.«
»Und was hat er dazu gesagt?«, fragte Alberta.
»Dass ich mir die Hälfte von meiner Silbermedaille an den Hut stecken kann und er mir die Hälfte von seiner Goldmedaille ganz bestimmt nicht abgibt.«
»Ihr seid zwei Angeber, du und dein James«, sagte Alberta streng. »Euch zwei Möchtegern-Olympiasiegern wünsche ich, dass ihr mit dem Hintern zuerst in den Wassergraben plumpst.«
»Aber Albi!« Flüchtig klang er wie die männliche Ausgabe von Fräulein Gedecke, ihrer Handarbeitslehrerin. »Ein Mädchen aus gutem Hause sollte sich so ein Wort doch wohl verkneifen.«
»Welches Wort? Wassergraben?« Alberta zog eine Grimasse. »Ich bin kein Mädchen aus gutem Hause, ich bin die Tochter von Radio-Bernhardt ohne Blatt vorm Mund. In unserer Familie wird geredet, wie einem der Schnabel gewachsen ist, und als Reiter kommt man ja wohl nicht umhin, diesen Körperteil mal beim Namen zu nennen.«
»Du machst es einem Mann nicht gerade einfach.«
»Wenn es dir nicht passt, kannst du mich ja mit deinem James teilen.«

»Ach, Albi.« Versonnen sah er sie an. »Ich hätte es gern, dass ihr euch mögt. Du und James.«
Sein Blick begann sie zu verwirren wie kürzlich noch auf dem Schiff. Ein Spiel mit einem Mann zu treiben, der die blauesten Augen der Welt hatte, war schwierig genug, aber er besaß noch weitere Trümpfe: eine Arglosigkeit und eine Ernsthaftigkeit, die sie entwaffneten. »Dann sollte ich ihn wohl besser kennenlernen«, sagte sie mit einem Seufzen. »Wie wäre es, wenn du uns gemeinsam ausführst? Dabei könntest du dann auch gleich meine Schwester Guste kennenlernen, dafür wird es nämlich höchste Zeit.«
»Das wäre schön.« Er tat so, als befänden die vier jungen Leute sich nicht in ein und derselben Stadt, sondern an verschiedenen Enden der Welt. »Wenn es nur möglich wäre.«
»Weshalb sollte es nicht möglich sein?«
»Mein Onkel gibt mir niemals die Erlaubnis dazu. Wir dürfen das Dorf nicht verlassen.«
»Und was hat dein Onkel dabei zu melden?«, fragte Alberta. Sie wollte um jeden Preis Guste mit James Seaton-Carew bekannt machen, damit diese in Berlin nicht wieder Karl Venske an die Brust sank. Guste besaß nicht Albertas Robustheit. Wenn sie je herausfand, wie es in Wahrheit um ihren Karl bestellt war, würde das Kostbare, Zerbrechliche in ihr daran kaputtgehen.
James Seaton-Carew war das perfekte Gegengift. Er würde sich nehmen, was ihm schmeckte, und Guste hatte schon in der Tanzstunde bewiesen, dass sie zu den Mädchen gehörte, die sich gern von einem Mann die Richtung vorschreiben ließen. Sie war wie ein williges Pferd, das an den Hilfen ging und von einem schlechten Reiter leicht missbraucht werden konnte. Wie Farfalla, erkannte Alberta. Und wie sie Farfalla unbedingt diesem Giselher Mehring entreißen musste, so musste sie Guste vor Karl Venske retten.
Ich bin anders, dachte sie und lehnte sich gegen Hannes' impo-

sante Brust. Als Pferd wäre ich wie Loki, der bockt um des Bockens willen – aber ich habe eine Schwäche für Sanftmut, und darum stehe ich jetzt da mit meinem Herkules, der sich nicht traut. Sie boxte Hannes in die Seite. »Was soll dein Onkel denn dagegen haben, wenn du mit ein paar Freunden in die Stadt fährst?«

»Mein Onkel ist nun einmal der Trainer der Reiter«, erwiderte Hannes. »Und er fände nur allzu gern einen Grund, mich aus der Mannschaft zu werfen.«

»Warum sollte er? Er ist doch dein Onkel.«

»Mein Onkel und mein Vater sind Todfeinde«, erklärte er grimmig. »Jeder von ihnen gibt dem anderen die Schuld an seinem Unglück, und auf meinem Buckel tragen sie es aus. Wenn ich mir die kleinste Kleinigkeit zuschulden kommen lasse, reibt sich mein Onkel die mit Traubenkernöl gesalbten Hände, und ich bin die längste Zeit Olympiateilnehmer gewesen.«

»Dann dein Onkel ist ein Idiot, Johannes Vondeweit.«

Sie fuhren herum. Keine zwei Schritte hinter ihnen stand James Seaton-Carew.

»Nett, dass du das sagst.« Hannes schenkte ihm einen Blick wie ein dankbarer Hund. »Leider ist er aber einer.«

»Das mag schon sein.« James Seaton-Carew bleckte die Zähne. »Aber aus der Mannschaft er kann dich nicht werfen – dann er hat nämlich keine mehr.«

»Stimmt!«, rief Alberta. »Er muss drei Mann aufbieten, oder er kann einpacken. Also brauchst du auf seine Wichtigtuerei nichts zu geben.«

»Und wenn er recht hat?« Hannes schien sich wie ein Aal zu winden. »Ich trete nun einmal bei Olympia an – vielleicht ist es ja wirklich das Beste, wenn ich früh ins Bett gehe, mich vom Alkohol fernhalte und mich auf mein Training konzentriere.«

»Ich trete auch an bei Olympia«, bemerkte James trocken. »Aber ich wusste nicht, dass ich dafür Klostermönch werden muss.«

»Darum geht es doch nicht«, bemühte sich Hannes, doch der Engländer fiel ihm ins Wort:
»Nein, Johannes Vonderweit«, sagte er beinahe zärtlich. »Es geht um das, was Coubertin gesagt hat, oder nicht? *Ich rufe die Jugend der Welt.*« Er ließ den Satz des Olympia-Begründers in der Luft schweben, ehe er fortfuhr: »Und die Jugend, das sind nicht Klostermönche oder Soldaten, die mit den Hacken knallen und bei drei in der Kaserne verschwinden. Das sind nette Leute wie wir, die ein bisschen Alkohol trinken, bei süßen Mädchen schwachwerden – und ihr Training vergessen.«
Hübsch, dachte Alberta.
»Ich weiß nicht«, sagte Hannes.
»Aber ich.« Der Brite warf ihm einen funkelnden Blick zu, dann wandte er sich an Alberta. »Johannes Vondeweit und ich machen jetzt zwei nett anzusehende Jungen aus uns, dann wir holen Sie ab. Wenn die Jugend der Welt soll Freundschaft schließen, sie muss raus aus der Kiste, oder nicht?«
Alberta lachte. Hannes zog den Briten von ihr weg. »Bist du sicher, James?«
Halb teuflisch, halb verschwörerisch hob er die Brauen in dem dunklen Gesicht. »Aber natürlich. Bevor wir uns sinnlos betrinken, die Lady Arabella haut uns auf die Finger.«
»Alkohol ist in Amerika doch sowieso verboten«, trumpfte Alberta auf, dabei hätte sie gern ein Glas Wein getrunken – wenigstens ein halbes, wie ihr Vater es ihr zu Familienfesten einschenkte, wozu Tante Käthe die Stirn krauste.
Unter leicht gesenkten Lidern sah der Brite sie an, als proste er ihr mit den Augen zu. »Das Wort verboten ist deutsch, oder nicht?«
Sie nickte und glaubte sich unter seinem Blick zu winden.
»Wie gut, dass dann nur Deutsche es verstehen. Bis heute Abend, my Lady Arabella.«
»Sie heißt Alberta«, verbesserte Hannes. »Ich nenne sie Albi.«
James Seaton-Carew ließ die Brauen zucken. »Ich nicht.«

25

Der Abend war zauberhaft. Alberta war sicher: Solange sie lebte, würde sie ihn nicht vergessen.

Auguste hatte anfangs nicht mitkommen wollen – Alberta hatte sie regelrecht erpressen müssen –, doch als sie erst einmal auf dem Rücksitz der Limousine saßen, ließ selbst sie sich von der seltsam erwartungsvollen Stimmung anstecken. In der Dämmerung, deren Rot das Licht verschlang und die Gebäude in Schleier hüllte, fuhren sie durch die weitläufige Stadt, hinaus in die Bucht von Santa Monica. Bis sie das Lokal erreichten, war es dunkel. Es war ein einstiges Bootshaus, auf das ein zweites Stockwerk angebaut worden war, es lag einsam in der Nacht und direkt am Meer. James Seaton-Carew lotste sie hinunter an den Strand, wo er Gläser verteilte und eine Flasche Champagner öffnete. In kühnem Strahl schoss die Flüssigkeit aus der Flasche, beschrieb einen Bogen und stürzte hinab in den Sand, ehe der Engländer Alberta beim Handgelenk fassen und ihr Glas darunterhalten konnte. »Sie können auch Ihren Mund darunterhalten«, raunte er. »Je schöner das Gefäß, desto besser schmeckt der Champagner.«

Dafür hätte er schon wieder eine an die Ohren kriegen müssen. Falsche Komplimente waren laut Tante Käthe nicht weniger schlimm als Küsse, und vorhin hatte sie seinen hohen Wangenknochen nur ansehen müssen, um in der Sehnenhand ein Kribbeln zu verspüren. Jetzt nicht mehr. Das Meer machte sie weich und still, wie sie sich selbst gar nicht kannte. Die schwarze Fläche, auf der Schaumkronen tanzten, spannte sich über die sichtbare Welt bis an die Grenze, an der sie zur schwarzen Fläche des Himmels wurde, auf der silberne Sterne tanzten. Es war kein Bild, vor dem man einen Menschen ohrfeigte, schon gar nicht den, dem man dieses Bild verdankte.

Tante Käthe konnte das ja nicht wissen. Sie hatte nie mit einem Mann, der sich mit zärtlichem Lächeln danebenbenahm, unter dem Nachthimmel am Pazifischen Ozean gestanden.
Außerdem schmeckte sein Champagner himmlisch, und die zwei Männer waren eine Augenweide. Hannes trug Uniform, sein britischer Gefährte einen schwarzen, auf Figur geschnittenen Smoking. Alberta hätte nur allmählich gern einen Tausch vollzogen. Auguste stand mit Hannes vor den Stufen, die zum Lokal führten, und sie selbst war mit James Seaton-Carew zum Meer gelaufen. So nah waren sie dem Wasser, dass sie am liebsten Schuhe und Strümpfe ausgezogen hätte, um es auf der Haut zu spüren. Sehnsüchtig sah sie auf die Gischt, die bei jeder Wellenbewegung den Strand küsste. Warum war sie kein Kind wie in der Sommerfrische an der Ostsee, warum musste sie geschnürte Halbschuhe und Strümpfe tragen?
»Ich helfe Ihnen.« Die Stimme des Briten war leise und sehr nah. »Aber nur, wenn darauf nicht wieder ein herzloser Schlag ins Gesicht steht.«
Alberta sah auf. Sein Gesicht war keine Handbreit von ihrem entfernt, und ihre Blicke verschmolzen. Etwas zwang sie, sein Spiel mitzuspielen, ihn wie einen Gegner im Stadion herauszufordern. »Haben Sie solche Angst vor der Hand eines Mädchens?«
Er neigte sich zu ihr. Sie nahm seinen Duft wahr und glaubte im Mondlicht zu erkennen, dass seine Augen nicht so dunkel waren, wie sie geglaubt hatte. Sie waren braun, topasfarben, ohne einen Hauch von Grün. »Natürlich«, sagte er. »Wovor soll ein Mann denn sonst Angst haben?«
Ehe sie antworten konnte, kniete er sich in den Sand, hob ihren Fuß in den Schoß und begann die Schnürung ihrer Halbschuhe zu öffnen. Seine Hand stützte ihr Bein, und kein Mensch hätte ihm Ungezogenheit unterstellen können, obwohl er zweifellos Ungezogenes im Schilde führte. Unter Haarsträhnen, die ihm in

die Stirn fielen, blickte er auf. Hastig sah Alberta zur Seite, und wie in einer Liebkosung streifte er ihr den Schuh vom Fuß. Dann hob er den anderen Fuß und begann wiederum die Schnürung zu öffnen.

»Lassen Sie das bleiben«, sagte sie ganz leise.

Sofort stellte er ihren Fuß in den Sand. »Wie Sie wünschen.« Er zog sich selbst Schuhe und Strümpfe von den Füßen und krempelte sich die eleganten Hosenbeine bis über die Knie. Das Smokingjackett ließ er achtlos fallen und watete dann ins seichte Wasser.

»Warten Sie!« Alberta hüpfte auf einem Bein, um sich den zweiten Schuh abzustreifen und die Strümpfe herunterzureißen, packte dann ihren Rock und lief ihm hinterher. Das Wasser war warm und schwappte an ihren Beinen empor. Im Dunkeln leuchtete James' weißes Hemd. Er war weit vorausgegangen, stand bis an die Hüften im Wasser und kümmerte sich nicht darum, dass seine Hosen sich klatschnass und ohne Anstand um die muskulösen Hinterbacken schmiegten. Übermut packte Alberta. Sie ließ ihren Rocksaum fallen und rannte weiter hinaus in die sich kräuselnden Wellen.

Er drehte sich um. Im selben Moment glitt sie aus und stürzte vornüber. Er fing sie an den Ellbogen ab und ließ sie nicht wieder los. »Nicht schlagen«, bettelte er mit blitzenden Augen. »Ich wollte nur beschützen Ihre schöne Bluse. Das Wasser ist nicht gut für den Stoff, es macht mit ihm komische Dinge – Sie wissen, was ich meine … Und vielleicht wollen Sie dann nicht mehr mit uns in den Speakeasy gehen.« Jäh senkte er den Kopf, als sei er verlegen. Aber er war überhaupt nicht verlegen, im Gegenteil: Jede Verlegenheit war ihm fremd.

Alberta hatte Mühe, sich das Lachen zu verkneifen. Unter der Weite des Himmels, wo es keine Grenzen gab, fiel es schwerer denn je. Der Duft des Wassers war intensiv, und die Nacht war erfüllt von winzigen Geräuschen. »Was ist ein Speakeasy?«

»Psst.« Er legte sich den Zeigefinger auf die Lippen und neigte sein Gesicht zu ihrem. »Eine Flüsterkneipe«, säuselte er an ihrem Ohr. »Heißt so, weil man darin nur flüstern darf. Damit niemand merkt, dass abgrundtief böse Menschen darin sitzen, verbotenen Champagner trinken, süße Mädchen küssen und sich lassen das Leben schmecken.«

Alberta stieß ihn zurück, doch der Stoß geriet lächerlich sanft. »Sie sind schrecklich«, sagte sie. »Vor einem wie Ihnen sollte man Reißaus nehmen.«

»Aber nein. Ich bin ein netter Mann.«

Alberta konnte das Lachen nicht mehr halten.

Aus weiten Augen sah er sie an. »Glauben Sie, ein so feiner Mann wie Johannes Vondeweit würde mich sonst mögen?«

»Ich glaube, Hannes ist noch sehr jung«, sagte Alberta.

Jetzt lachte er, dass es durch die glitzernde Dunkelheit hallte. »Und Sie? Alt und weise wie meine Nonna mit der Goldrandbrille?«

»Sie wissen genau, was ich meine!«, rief Alberta. »Hannes ist so – so wie meine Schwester. Unschuldig. Unverdorben, fast wie ein Kind. Die zwei haben nichts Falsches an sich, sie tun niemandem Böses und können sich nicht vorstellen, dass andere es tun.«

»Ich verstehe«, raunte er. »Sie sind zwei Engel und passen nach Los Angeles. Und wir? Zwei Seeteufel, die verschlingen die armen Engel mit Haaren und Häuten?«

Alberta beugte sich herab, schöpfte mit beiden Händen Wasser und schaufelte es ihm ins Gesicht. Ob ihre Bluse davon durchsichtig wurde, war ihr egal. Und ob er wütend wurde auch.

Er wurde nicht wütend. Er lachte schallend los, und Alberta fiel ein. Gleichzeitig beugten sie sich nun vor, schöpften Wasser und bespritzten sich, bis sie durchnässt und atemlos einander in die Arme fielen. Er hielt sie fest, und sie ließ sich gegen ihn sinken.

»Bitte nicht böse werden«, sagte er, mit seinem Mund an ihrem Kopf. Es ist doch nur Spaß. Und es ist so schön.«

»Ja«, sagte Alberta. Es war schön. Die fremde Nacht blinkte und zwinkerte voller Vertrautheit. Sie empfand solche Wärme, dass sie am liebsten die ganze Welt umarmt hätte. Als er ihr Herz streichelte, spürte sie, wie es schlug, als wäre seine Hand ein Teil von ihr. Statt sie zu küssen, strich er ihr über die nasse Wange und tupfte sich anschließend das Meerwasser mit der Zungenspitze von den Fingern.

»Sie sind schrecklich«, sagte Alberta und lächelte.

»Muss das sein?«, fragte er. »Ich bin James.«

»Du bist schrecklich«, sagte Alberta und gab ihm einen Klaps auf die nasse Wange. »Beträgst du dich jemals wie ein Mann?«

»Tue ich das nicht immer?«

»Nein, eher wie ein verzogenes Hätschelkind, dem eine Tracht Prügel gutgetan hätte.«

»Das ist hart.«

Sie lachte. »Du wirst es überleben. Jetzt komm. Wir müssen zurück.«

»Wirklich?«

»Ganz wirklich. Und von heute an gibst du dir Mühe und beträgst dich anständig, ja? Hannes glaubt, du bist sein Freund, und wenn du ihm jemals weh tust, würde ich es dir nicht verzeihen.«

»Ich mir auch nicht«, sagte er, legte den Arm um ihre Taille und führte sie zurück an den Strand. »Ich habe viele Freunde, weißt du?«

»Nichts anderes habe ich befürchtet.«

»Aber dass der Ritter Johannes Vondeweit mich zum Freund will, ist eine Ehre für mich.«

»Ist es dir ernst damit? Ist es dir mit *irgendetwas* ernst?«

»Mit allem, glaube ich.«

»Hör auf.« Sie wand sich aus seinem Arm. »Ich will nicht, dass du mit Hannes dein Spiel treibst. Du weißt nicht, was er durchgemacht hat.«

»Nein. Aber du weißt auch nicht, was ich habe durchgemacht.« Er blieb stehen und blickte ihr mit einer Spur von Trotz entge-

gen. Sie sah an ihm herab. So sieht ein Mann aus, dem es gutgeht, dachte sie. Ein tropfnasser, wohlgeratener Mann, der nichts von Suppenküchen, Peitschenhieben und Karl Venskes, die sich als falsche Fuffziger entpuppten, wusste.
»Du bist so süß«, sagte er. »Du hast so eine feine Haut auf der Stirn, dass ich kann lesen, was du denkst.«
»Was denke ich denn?«
»Dieser dumme Angeber glaubt, er kann mitreden. Dabei hat nie im Leben jemand ihm ein Haar gekrümmt.«
»Und?«, fragte Alberta. »Ist es etwa nicht so, oder?«
»Doch«, sagte er, nahm ihre Hand und ging mit ihr weiter. »Ich bin ein verzogenes Hätschelkind, das seine Tracht Prügel nie bekommen hat. Aber das macht nicht zwingend einen schlechten Menschen aus mir.«

Die Kneipe befand sich im Obergeschoss, vor dessen Fenster Meer und Himmel ihre Schönheit verprassten. Zu viert drängten sie sich um einen Tisch im Erker, aßen Kanapees mit scharfem Käse und üppig geschnittenem Schinken und tranken kalifornischen Wein, der nach Kirschen schmeckte. Hannes rauchte seine Juno-Zigaretten, die ein wenig verrucht ihren Duft verbreiteten. Kaum aus dem Wasser, hatte Alberta jämmerlich zu frieren begonnen, bis James ein Plaid aus dem Wagen holte und es ihr um die Schultern legte. Er selbst saß ihr in seinem tropfnassen Hemd gegenüber und kämpfte tapfer darum, nicht mit den Zähnen zu klappern.
»Das geschieht dir recht«, schalt ihn Hannes. »Wie kann ein erwachsener Mann so dumm sein, in den Pazifischen Ozean hineinzulaufen? Du solltest dich schämen – und die arme Albi hast du zu diesem Irrsinn auch noch angestiftet.«
James, dem die Schultern zitterten, zog ein gekränktes Gesicht. »Jetzt ich weiß, warum meine Schwester Harriet sagt, die Deutschen lehren das Fürchten. Seit ich bin mit euch zusammen, mir

zählt ständig jemand meine Sünden auf und sagt, ich soll mich schämen. Allmählich frage ich mich: Gibt es denn nichts, das ich mache gut?«

»Doch, das gibt es.« Alberta fuhr zusammen, so unverhofft hatte Auguste die Stimme erhoben. »Sie sind mit uns an diesen wundervollen Ort gefahren und haben uns wie ein perfekter Gastgeber umsorgt. Außerdem sprechen Sie unsere Sprache, so dass keiner von uns sich mit der Ihren plagen muss.«

»Das bisschen Gestammel ist keine Kunst«, sagte James. »Bei dem Vermögen, das meine Familie für Lehrer bezahlt hat, sagt sogar ein Affe am Ende ein Gedicht von Schiller auf.«

»Ich mag Ihr Deutsch«, sagte Guste. »Und ich mag, dass Sie hier sitzen und frieren, damit meine Schwester sich in Ihre Decke wickeln kann. Sie sind ein reizender Mann, Captain Seaton-Carew, und Grund zum Schämen haben nur wir: Wir haben uns nicht einmal bei Ihnen bedankt.«

Sie wickelte sich aus dem moosgrünen Wolltuch, das sie statt einer Jacke trug, und legte es ihm um. Über den breiten Männerschultern wirkte es albern, dennoch war die Geste entzückend. Sie war durch und durch typisch für Auguste. James nahm ihre Hand, berührte sie mit den Lippen und schenkte ihr aus seinen Topasaugen einen Blick, in dem Verehrung lag. »Ich werde meiner Schwester erklären, dass sie redet dummes Zeug«, beteuerte er. »Deutsche Mädchen sind Engel. Kein Grund zum Fürchten. Nur wenn Sie Captain Seaton-Carew zu mir sagen, rutscht mir Herz in die Hose.«

Diesmal lachten Sie alle. »James«, sagte Auguste, strich ihm das vor Nässe glänzende Haar zurück und tupfte ihm mit einer Serviette die Stirn trocken.

Den Rest des Abends verbrachten sie mit Gesprächen, als würden sie sich seit Jahren kennen, erzählten einander von ihrem Leben, von Zukunftsplänen und von Olympia. Unausgesprochen stand fest, dass sie sich am nächsten Tag wieder treffen würden und am

übernächsten und an jedem Tag, der ihnen blieb. Die Mädchen würden die Männer im Training anfeuern und ihnen vor dem Wettkampf zur Seite stehen. An das, was geschehen würde, wenn die olympische Flamme erlosch, wollte Alberta nicht denken.
Ihr Plan war aufgegangen, das war das Wichtigste. Später, als Guste und sie in ihren Hotelbetten lagen, wirkte die Schwester wie in Träumen versunken, und Karl Venske erwähnte sie mit keinem Wort. Am Morgen fuhr sie mit Alberta ins olympische Dorf und ließ ihr Tagebuch im Hotel. Den ganzen Tag über summte sie kein einziges Mal ihr Lied vom kleinen Haus am Michigansee.

26

Meine Damen und Herren, Sie werden mir nicht glauben, was sich hier abspielt! Das ist Olympia, genau das ist es! Die ganze Halle rast vor Begeisterung.«
Magnus hielt es nicht länger auf seinem Klappsitz. Wie die anderen zehntausend Zuschauer sprang auch er auf und applaudierte der britischen Fechterin, die sich verbeugte und zur Seite trat, um die Siegerehrung abzuwarten. Das war eine weitere Neuerung der Spiele von Los Angeles, diese Siegerehrung, die sofort nach dem Wettkampf stattfand, wenn das Publikum noch vom soeben erlebten Drama berauscht war. Judy Guinness durfte sich frenetischen Beifalls sicher sein.
Dabei war es gar nicht die zierliche Britin, die die Goldmedaille erhalten würde, sondern die Österreicherin Ellen Preis. Judy Guinness musste sich mit Silber zufriedengeben, doch in den Augen der Zuschauer war sie die Siegerin. An ihre großartige Geste würde man sich noch erinnern, wenn der Glanz der Medaillen

verblichen war: Im letzten entscheidenden Kampf war Judy Guinness zur Gewinnerin erklärt worden, sie aber hatte den Kampfrichter darauf hingewiesen, dass er zwei Treffer ihrer Gegnerin übersehen hatte. Damit hatte sie sich selbst um den begehrten Sieg gebracht – *for the glory of sport.*

Noch einmal sprang Magnus auf und applaudierte ihr. Sie war eine wahre Olympionikin, denn bei Olympia ging es um so viel mehr als Rekorde und Triumphe. Wieder einmal wünschte er, er hätte einen Augenblick wie diesen, in dem Judy Guinness ihrer Konkurrentin gratulierte, in alle Welt übertragen können. Wie konnte eine Welt, die dies miterlebte, je wieder vom Hass unter Völkern infiziert und in sinnloses Morden gepeitscht werden?

Welch ein Glück, dass sie als Journalisten heute schon viel mehr Möglichkeiten hatten als bei den Spielen vor dem Krieg. Es gab Film- und Tonaufnahmen, die die ergreifendsten Szenen festhielten. Und bis zur Olympiade von Berlin würden sie noch viel weiter sein! In jeder Wohnstube würde der olympische Traum stattfinden – würden Heldinnen wie Judy Guinness ihre Botschaft gegen Krieg und Feindschaft in die Herzen der Menschen tragen.

»Das müssen Sie gehört haben, meine Damen und Herren!«, rief er und drehte das Mikrophon nach vorn, um den Jubel einzufangen, unter dem die Britin bei der Siegerehrung den Platz für die Zweitplazierte einnahm. Helene Mayer, die deutsche Teilnehmerin, die in Amsterdam Gold geholt hatte, trat zu ihr. Ihr Verlobter, ein Arzt der Marine, hatte auf dem Schulschiff *Niobe* den Tod gefunden, und beeinträchtigt durch ihre Trauer, hatte sie heute nur den fünften Platz erkämpft. Dem zum Trotz lächelte sie Judy Guinness entgegen und umarmte sie.

»Das ist unsere Helene«, rief Magnus hingerissen, ehe ihm einfiel, dass er überhaupt nicht mehr in sein Mikrophon sprach. »Nein, sie bringt uns heute kein Gold nach Hause, aber sie zeigt uns etwas, das noch wichtiger ist: ihr Herz aus Gold.«

Helene Mayer gehörte zu den Sportlerinnen, denen Magnus regelrecht verfallen war. Sie erinnerte ihn an seine Reni – nicht nur weil sie blond und hübsch war, sondern mehr noch durch ihre stille Würde. Die fechtende Arzttochter war eine hochgebildete Frau, die die Männer in ihrer Umgebung nicht spüren ließ, dass sie den meisten von ihnen haushoch überlegen war.
Wie meine Reni. Wie meine Guste.
Dann dachte er an Albi und musste lachen. Wir zwei sind für stille Zurückhaltung nicht gemacht, stellte er fest. Aber ist es nicht herrlich, dass es solche und solche Menschen gibt? Dass er vor Stolz auf Albi platzte, konnte er nicht verhehlen. Wie der kleine Tausendsassa sich Einlass ins olympische Dorf verschafft hatte, wusste der Himmel. Heute früh hatte er sie dort mit dem schneidigen britischen Reiter herumziehen sehen, der in aller Munde war – nicht nur, weil ihm ständig sein schwarzer Gaul hinterherlief. Albi hatte ihren Köcher mit Pfeilen über der Schulter getragen, und die beiden waren unterwegs gewesen zum Übungsfeld der Schützen.
»Nur für Bewohner des Dorfes«, hatte Magnus ihnen warnend nachgerufen.
Der Brite hatte sich zu ihm umgedreht und gegrinst. »Fräulein Bernhardt ist Dorfkönigin. Selbst ernannt.«
Albi hatte einen Pfeil aus dem Köcher gezupft und ihm gehörig eins übergezogen, dann waren sie zankend und lachend weitergegangen. Beim Gedanken an diese Szene musste Magnus mitlachen. Dass ein Mann, in den seine Albi verliebt war, vor den Küssen Hiebe einzustecken hatte, war zu erwarten gewesen. Dem Briten schien es nichts auszumachen. Es sah aus, als amüsiere er sich prächtig – und als sei er Manns genug, es mit Albi aufzunehmen.
Das Orchester spielte die Hymne Österreichs, und Magnus hielt inne. Also war es nun so weit – auch Albi war verliebt. Sollte ihn das als Vater nicht stärker beunruhigen? Der Engländer verfügte

über einen familiären Hintergrund, mit dem die kleine Journalistentochter nicht mithalten konnte. Er galt als Frauenheld, und Magnus hatte nicht mehr als einen Blick gebraucht, um zu wissen, dass er den Ruf nicht zu Unrecht trug. Brauchte seine Albi Schutz?

Die Töne der Hymne verklangen, und Magnus kam zu dem Schluss, dass sie ihn nicht brauchte. Es war das Jahr 1932 – heutzutage durfte eine Frau mit einem attraktiven Mann ihren Spaß haben, ohne ihn gleich vor den Altar zu schleifen. Albi schmachtete den charismatischen Adelsspross nicht an, sondern bot ihm Paroli und maß vergnügt ihre Kräfte mit ihm. Hätte Guste ihr Herz an den Engländer verloren, hätte er sich Sorgen machen müssen, aber Albi war in der Lage, selbst auf sich aufzupassen.

Außerdem waren die zwei ein schönes Paar. Eines, bei dem die Funken sprühten, dem man zusehen wollte, ob es sich nun gehörte oder nicht.

»Und jetzt die Ehrung für Judy Guinness, die heimliche Siegerin dieses Wettbewerbs!«, wandte er sich wieder seiner Aufnahme zu. »Die Sportlerin hat die Herzen des Publikums im Sturm erobert, und wir freuen uns darauf, sie in Berlin willkommen zu heißen. Auch wenn wir dann natürlich unserer Helene Mayer die Daumen drücken werden.«

»Falls die Mayer überhaupt starten darf«, drang eine Stimme durch die Wogen des Jubels. Herbert Goldschmidt, Redakteur der UFA-*Tonwoche,* war vom Aufnahmewagen heraufgekommen und hatte sich neben Magnus geschoben. »Und falls die Spiele von Berlin nicht abgesagt werden.«

»Was soll der Unsinn?« Magnus schaltete das Mikrophon aus. »Warum sollten die Spiele abgesagt werden? Komm mir nicht wieder mit deiner Wirtschaftskrise. Davon ist ja wohl Amerika genauso betroffen wie wir, und sieh dir an, was sie auf die Beine gestellt haben. Olympia tut Gutes, Herbert, gerade wenn ein Land am Boden liegt. Ich dachte, selbst du als alter Miesmacher hättest das inzwischen begriffen – bist du denn der einzige Mensch weit und breit, den das Olympiafeuer kaltlässt?«

»Um das Olympiafeuer geht's nicht«, knurrte Herbert. »Auch nicht um Wirtschaftskrisen, oder vielleicht doch – wer weiß schon, was Ursache und was Wirkung ist, wenn das Kind erst einmal in den Brunnen fällt. Es geht um Wahlen. Um die Reichstagswahlen bei euch zu Hause, die ihr Olympia-Besoffenen so geflissentlich zu ignorieren pflegt.«

»Was soll denn das heißen: bei euch zu Hause?«, blaffte Magnus zurück. »Deutschland samt seinem Reichstag ist ja wohl dein Zuhause ebenso wie meines.«

»Nein, Magnus.« Der kahlköpfige Journalist, der seit Jahrzehnten als Speerspitze kritischer Berichterstattung galt, schüttelte den Kopf. »Ich gehe nicht zurück. Ich habe eine Schwägerin in New York, und die ist bereits informiert, dass sie mich künftig am Hals haben wird.«

»Aber was willst du denn in Amerika?«, rief Magnus. »Du sprichst so gut Englisch wie eine Pellkartoffel, und, mit Verlaub, du bist zuletzt nicht jünger geworden. Glaubst du, die hiesigen Wochenschauen rennen einem bärbeißigen Germanen, der kurz vorm Rentenalter steht, die Tür ein?«

»Eher nicht«, erwiderte Herbert. »Mir ist bewusst, dass ich in meinem Beruf nie wieder werde arbeiten können.«

»Was soll dann dieser Blödsinn mit Amerika? Du liebst diesen verflixten Beruf doch – ach was, du *bist* der Beruf!«

»Ich bin kein Beruf, ich bin Jude.« Herbert sah Magnus unverwandt an. »Damit gehöre ich zu denen, für die nach diesem Wahlergebnis in deutschen Redaktionen bald kein Platz mehr sein dürfte. Wer weiß, vielleicht pfercht man uns ja demnächst wieder in Gettos zusammen, damit wir den edelrassigen Deutschen durch unseren Anblick nicht den Sonntagsspaziergang verderben.«

»Herrgott, was ist denn bloß mit diesem Wahlergebnis?«, platzte Magnus heraus. »Schlimmer kann es doch kaum werden, und wenn es am schlimmsten kommt, dann geht's danach auch wieder bergauf.«

»Es ist schlimmer«, sagte Herbert. »Aber ich fürchte, das Schlimmste ist es noch lange nicht, und bergauf geht's erst im nächsten Leben wieder. Hitlers Nationalsozialisten sind mit fast 38 Prozent die stärkste Fraktion im Reichstag geworden. Sie haben ihren Stimmenanteil verdoppelt, während die demokratischen Parteien sich wieder einmal keinen Rat wissen.«

»Fast 38 Prozent«, wiederholte Magnus stammelnd und versuchte zu verbergen, wie entsetzt er war. »Aber das ist doch noch keine absolute Mehrheit, es macht diesen Irren nicht zum Reichskanzler. Die Leute sind aufgebracht, weil ihnen die Mägen knurren, aber das beruhigt sich auch wieder. In ein paar Monaten, wenn sie gesehen haben, dass ihnen ihr Hitler auch kein Brot vom Himmel regnen lassen kann, ist er wieder weg vom Fenster.«

»Dein Wort in Gottes Ohr«, erwiderte Herbert. »Das olympische Komitee scheint deinen Optimismus leider nicht zu teilen.«

»Weshalb glaubst du das?«

»Weil man sofort nach der Wahl bei Hitler angefragt hat, wie er im Fall einer Regierungsübernahme seiner Partei zur Berliner Olympiade stehe. Offenbar hält das Komitee es also für möglich, dass Deutschlands nächster Reichskanzler ein vor Menschenhass geifernder Nationalsozialist namens Adolf Hitler ist. Und dass dieser auch dein Fest der Völkerfreundschaft eröffnet.«

»Und was hat Hitler geantwortet?«, fragte Magnus.

Herbert lächelte müde. »Das musst du als Erstes wissen, nicht wahr? Nicht was aus Deutschland wird, sondern was aus deinen Olympischen Spielen wird. Und genau aus diesem Grund gebe ich alles auf, was mir daheim etwas bedeutet. Vielleicht behältst du recht, und es kommt nicht so schlimm. Aber wenn es schlimm kommt, wird niemand dagegen aufbegehren, weil ein jeder seine eigenen Schäfchen ins Trockene zu bringen hat.«

»Herbert, so ist es doch nicht ...«

»Schon in Ordnung.« Der alte Journalist winkte ab. »Man kann es ja keinem verdenken. Nur möchte ich ungern das Schaf auf der Schlachtbank sein. Aber jetzt vergiss das mal, die Party hier ist ja noch nicht zu Ende. Kommst du mit ins Pressezelt? Die AIPS hat zu einem Umtrunk geladen, Grund zum Feiern haben wir schließlich.«
Unschlüssig blieb Magnus stehen und ließ die Finger über die Schalter an seinen Geräten spielen.
»Mach dir keine Sorgen«, sagte Herbert. »Die Presseabteilung der NSDAP hat verlauten lassen, Herr Hitler verfolge die Olympia-Bewerbung mit großem Interesse. Berlin 1936 findet statt – ob mit Helene Mayer oder ohne.«
»Was hat denn Helene Mayer damit zu tun?«
»Na, was wohl?« Herbert Goldschmidt wandte sich zum Gehen. »Ihr Vater ist Jude. Da nützen ihr sämtliche blonden Locken, teutonisch blitzende Augen und Verlobte mit Heldentod nichts.«

27

Was gibt es?« Durch dicke Brillengläser, die seine Augen verschwimmen ließen, sah ihr Bruder sie an.
»Was soll es schon geben?«, versuchte Harriet abzuwehren und wies über den Tisch, auf dem Kristallgläser und Spode-Porzellan um die Wette glänzten. »Ich wollte mit meinem Bruder einmal in Ruhe zu Abend essen – ist das so ungewöhnlich?«
Alec ließ die Brille auf die Nasenspitze rutschen und warf ihr über den Rand hinweg einen Blick zu. »Falls es einen Menschen gibt, den du erfolgreich belügen kannst, dann bin es nicht ich«, sagte er. »Du lässt einen Empfang bei der Springreitervereinigung deines jüngeren Bruders sausen, um mit dem langweiligen

älteren Bruder im Hotel kalten Spargel zu essen – und willst mir erzählen, das sei nicht ungewöhnlich?«

»Ich esse gern mit dir«, sagte Harriet ehrlich. »Sogar kalten Spargel. Außerdem bist du nicht langweilig.«

»Doch.«

»Dann bin ich eben eine Frau, die auf die Gesellschaft von Langweilern steht.«

Ihr Bruder Alec, seit frühester Kindheit an den Rollstuhl gefesselt, wurde nicht selten für einen Langweiler gehalten. Er mied Gesellschaften, wo er nur konnte, und drückte sich, wo er es nicht konnte, wortkarg in menschenleeren Ecken herum. Hinter seiner Stirn jedoch tobte ein ganzes Universum.

Alexander Seaton-Carew, damals noch Alexander Belfour, hatte bereits als Zehnjähriger einen Forschungspreis für Mathematik erhalten, der sonst nur erwachsenen Akademikern zugesprochen wurde. Er hatte ihn abgelehnt, weil sein Projekt ihm nicht ausgereift schien. Was er beruflich tat, wusste eher Robert als Harriet. Irgendwelche Entwicklungen auf dem Gebiet der Kryptoanalyse, für die er Buckinghamshire nie verlassen musste und dennoch im ganzen Land für Furore sorgte.

Alec hasste es, sich aus der Sicherheit seiner vier Wände begeben zu müssen. Dass er sich dennoch bereitgefunden hatte, sie nach Los Angeles zu begleiten, rechnete Harriet ihm hoch an. Auch Robert war ihm dankbar gewesen: Ein weiterer Großauftrag für die Royal Air Force hatte ihn davon abgehalten, Harriet selbst zu begleiten.

»Im Grunde sollte man annehmen, dass eine erwachsene Frau wie meine Tochter in der Lage wäre, eine derart luxuriöse Reise allein anzutreten«, hatte Justine, ihre Mutter, sich mokiert.

»Deine Tochter ist dazu durchaus in der Lage, auch wenn du behütete Landadelige aus uns gemacht hast«, hatte Alec gesagt. »Da es allerdings darum geht, das Kronjuwel der Familie zu hüten, dürfte Harri über Beistand froh sein.«

Sie war mehr als froh. Die Liebe zu ihrem Halbbruder James schien sie mit der halben Welt zu teilen, aber es gab niemanden, der dieser Liebe auf den Grund sah, außer ihrem Bruder Alec.
»Spuck es aus«, sagte er jetzt und schob die Amuse-Bouches, die der Kellner vor ihn hingestellt hatte, beiseite. »Was bereitet dir Sorge? Ist es James?«
»Wie kommst du darauf?«
»Das ist wie bei der Entzifferung verschlüsselter Funksprüche«, sagte er. »Man braucht ein mathematisches Modell, um zu einem Ergebnis zu gelangen, aber vor allem braucht man wiederkehrende Zeichen zur Orientierung. So wie die in deinem Gesicht. Ich weiß nicht, was los ist, aber ich erkenne den Ich-sorge-mich-um-James-Ausdruck in der Art, wie du die Wangenmuskeln bis an die unteren Lider hochziehst.«
Harriet zog die Gabel aus ihrem Parmesan-Soufflé. »Ich bin froh, dich zum Bruder zu haben«, sagte sie. »Dich zum Feind zu haben, stelle ich mir vor wie eine Schlinge um den Hals.«
»Es gibt Menschen, die mit ihren Brüdern verfeindet sind.«
»Nicht in unserer Familie«, sagte Harriet und war unendlich dankbar dafür, dass es so etwas gab: unsere Familie. Sie war als uneheliches Kind einer vielbeschäftigten Mutter aufgewachsen, und hatte erst mit vierzehn Jahren erfahren, wie beschützt man sich fühlen konnte: in einem Haus, in dem sich jeden Abend dieselben Menschen um denselben Tisch versammelten, dieselben Eigenarten an den Tag legten und an denselben Beziehungen zueinander festhielten.
Alec schob den Teller mit der Vorspeise noch weiter von sich. »Harri«, sagte er. »Was ist mit James?«
»Ich mache mir Sorgen«, antwortete Harriet.
»Das weiß ich«, sagte Alec. »Das tust du schon, seit man uns in bedeutungsschwangerer Stille ans Kinderbett eines unbekleideten Zweijährigen geführt und uns erklärt hat: Das ist euer Bruder.«
Ein paar Augenblicke lang gab sich Harriet der Erinnerung hin.

Vierzehn Jahre lang war sie ein Kind ohne Vater gewesen. Dann war dieser nicht existente Vater gestorben und hatte auf einmal einen Namen: Ernest Lord Seaton-Carew, Mitglied des Oberhauses und mit Abstand der unpassendste Partner für Justine Belfour, mittellose Schriftstellerin und Kämpferin für die Rechte der Frauen. Mit dem Tod ihres heimlichen Liebhabers blieben auch die Zahlungen aus, die den Haushalt über Wasser gehalten hatten. Justine stand mit zwei halbwüchsigen Kindern, von denen eines im Rollstuhl saß, und ohne Versorgung da. Aber Justine war keine Frau, die sich so etwas gefallen ließ.
Ohne die Regeln der Pietät zu beachten, stürmte sie das Schloss der Hinterbliebenen. Drei Jahre vor seinem tödlichen Herzversagen hatte ihr angejahrter Liebhaber geheiratet: eine hinreißend schöne Tochter aus piemontesischem Adel, die ihm ein Jahr nach der Hochzeit den ersehnten Erben geschenkt hatte. Davon, dass ihr Herr Gemahl bereits im Bett einer anderen Frau einen Sohn und eine Tochter gezeugt hatte, besaß Francesca Benevento, verehelichte Seaton-Carew nicht den Hauch einer Ahnung.
Die Witwe ihres Vaters sah selbst in Trauergarderobe nicht älter aus als sechzehn. Ihre exquisite Zartheit konnte der Nachricht von der Zweitfamilie ihres Gatten unmöglich gewachsen sein. Aber Francesca Seaton-Carew war so zäh, wie sie zierlich war. Kaum hatte sie erfahren, dass ihr kostbarer Stammhalter leibliche Geschwister hatte, bestand sie darauf, diese samt deren Mutter auf den Stammsitz der Familie zu holen. »Die drei haben ein Recht darauf, zusammen aufzuwachsen«, lautete ihre Entscheidung über den siebzehnjährigen Alexander, die vierzehnjährige Harriet und den zweijährigen James. »Und wir auch.« Dies bezog sich auf die fünfundvierzigjährige Geliebte ihres Mannes und auf sie selbst, die vierundzwanzig war.
Wer Francesca Seaton-Carew für ein naives Rehlein hielt, saß einem fatalen Irrtum auf. Dass sie die illegitime Brut des Verstorbenen in ihr Haus aufnahm, war ihr nicht genug. »Die Geschwis-

ter meines Sohnes sind keine Bastarde«, lautete ihre Devise. Da der Mann, dessen Lenden Alec und Harriet entsprungen waren, nicht mehr lebte, um sie adoptieren zu können, tat sie es kurzerhand selbst, ohne sich von dem komplizierten Verfahren abschrecken zu lassen.

Überraschend erklärte Justine sich einverstanden und zog mit Sack und Pack ins liebliche Hügelland um Buckingham. Aus der drahtigen Frauenrechtlerin wurde eine ehrfurchtgebietende Matrone, und sie und Francesca fungierten fortan unter der Sammelbezeichnung ›die Mütter‹. Aus einem Häuflein verlassener Frauen und Kinder war eine Familie geworden – eine Auster, die eine Perle hütete: James.

»Bevor James in unser Leben kam, war ich immer nur ein Problem«, sagte Harriet zu Alec. »Die pummelige, unselbständige Harri, die mehr brauchte, als unsere gehetzte Mutter ihr geben konnte. Dann war James da. Ein Mensch, dem ich nicht lästig war, sondern der vor Lebensfreude krähte, sobald er mich erblickte. Ich kann nicht anders, als mich um ihn zu sorgen. Und dir geht es ebenso, oder?«

»Ja«, sagte Alec. »Auch wenn ich dafür weniger Gründe brauche als du. Womit gibt er dir denn Anlass zur Sorge? Dass er ohne Helm reitet, ist nichts Neues. Wir hätten ihm als Dreikäsehoch den Hintern versohlen sollen, statt ihm zu erlauben, dass er sich den Schädel aufschlägt, aber dafür ist es jetzt zu spät, meinst du nicht?«

»Ich fürchte, ja«, sagte Harriet. »Zum Glück ist dieses schwarze Fohlen, das er irgendwo aufgelesen und mit eingeträufelter Milch aufgepäppelt hat, ihm blind ergeben. Ich mache mir nicht darüber Sorgen, sondern wegen der Frau, mit der er sich herumtreibt.«

»Das tut er aber auch nicht erst seit gestern«, gab Alec zu bedenken. »Willst du, dass wir ihm dafür den Hintern versohlen?«

Harriets Lachen geriet ein wenig hysterisch. »Wir zwei reichen dazu nicht aus, wir bräuchten mindestens noch Robert – ihr beide haltet ihn fest, und die Hiebe bekommt er von mir. Sag nicht, ich brächte das nicht übers Herz. Ich brächte so manches übers Herz, wenn ich sicher sein könnte, er täte sich dadurch weniger weh.«

»So schlimm?«, fragte Alec. »Wir könnten jemanden vom Hotel engagieren, aber erfahrungsgemäß sind Prügel in solcher Lage wirkungslos. Wer ist denn die Frau, die dich an derart radikale Maßnahmen denken lässt? Eine europaweit berüchtigte Lebedame?«

Harriet schüttelte den Kopf. »Eine Deutsche«, antwortete sie düster.

»Oh.«

»Ist das alles, was du dazu zu sagen hast?«

»Liebste Harri«, sagte er, »falls meinen kleinen Bruder das Fell juckt, bekommt er seine Abreibung von mir. Schließlich muss ich meiner Rolle als ältester Mann in der Familie trotz meiner Behinderung gelegentlich gerecht werden. Ich frage mich nur, ob so ein Aufwand erforderlich ist. Die Dame ist eine Deutsche? Das ist nicht eben erfreulich. Aber so wie ich James kenne, hat er nicht vor, seine Familie mit ihr zu behelligen, sondern wird ihrer überdrüssig sein, noch ehe wir ihren Namen in Erfahrung gebracht haben.«

»Ich weiß ihren Namen«, sagte Harriet. »Sie heißt Bernhardt, stammt aus Berlin und ist die Tochter eines Radio-Menschen.«

»Und was macht dir daran Sorgen? Die Tochter von irgendwem ist jeder, der kein Sohn ist, und es muss auch Menschen geben, die aus Berlin stammen. In zwei Tagen tritt unser Sternenreiter bei den Olympischen Spielen an, und in fünf Tagen fährt er nach Hause, um anschließend wieder Mädchenherzen in den Chiltern Hills zu brechen. Weshalb glaubst du, die junge Dame mit dem Radio-Vater sei einen zweiten Gedanken wert?«

»Weil James sie mir gegenüber erwähnt hat«, brach es aus Harriet heraus. »Weil er mit verklärten Augen gesäuselt hat, dass wir sie kennenlernen sollen. Heute Abend, bei diesem Empfang der Springreitervereinigung. Ich habe behauptet, es sei dir zu anstrengend.«

»Das wäre es ohne Zweifel gewesen.«

»Aber Alec – ist James denn je auf die Idee gekommen, uns seine Nymphen vorzustellen? Hat er je die Familie in seine Affären einbezogen?« Sie griff über den Tisch und schloss die Hand um seinen Unterarm. »Ich habe Angst«, sagte sie. »In Deutschland wählen sie einen Faschisten, gegen den der Italiener ein müder Popanz ist, und mein kleiner Bruder spielt mit einer Berlinerin, als sei es ihm ernst.«

»Er kann sie doch erst ein paar Tage kennen.«

»Das habe ich ihm auch gesagt.«

»Und?«

Harriet stieß den Atem aus. »Er hat mir ins Gesicht gelacht und gesagt: Tatsächlich? Dann brauche ich wohl dringend mehr Zeit.«

Die gläserne Drehtür schwang auf und ließ einen Schwall von milder, fast fiebriger Luft ins Restaurant. »Wenn man vom Teufel spricht«, sagte Alec. Im selben Moment sah auch Harriet ihren Bruder James, der das Restaurant betrat wie seine Bühne.

Er trug einen leichten Mantel über dem Arm. Nach Champagner sah er aus, nach Sommer und nach genau der Jugend, die Jean Coubertin zu seinen völkerversöhnenden Spielen rufen wollte. An seinen anderen Arm duckte sich ein weibliches Wesen, und in kurzem Abstand folgte ein weiteres Paar: Der Mann war sehr groß, blond und gutaussehend, die Frau ohne Zweifel die Schwester der Ersten, auch wenn sie sich nicht duckte, sondern lauthals lachte.

»Da«, entfuhr es Harriet.

»Die Deutsche?«, fragte Alec.

»Ein ganzes Rudel davon.«

James reckte sich und blickte sich um. Dann lächelte er und führte seine Schar an ihren Tisch. Er umarmte Harriet zärtlich und ging vor Alec leicht in die Knie, um ihn Auge in Auge zu begrüßen. »Harriet, Alec. Ich möchte euch meine Freunde aus Berlin vorstellen. Auguste und Alberta Bernhardt und Johannes Vondeweit.« Er wandte sich an die Berliner und wechselte ins Deutsche. »Und hier wir haben meine Schwester Harriet, die sich vor Deutschen fürchtet, und meinen Bruder Alec, der sich vor gar nichts fürchtet, weil er kann den Weltuntergang vorausberechnen.«

»James!«

»Ich weiß, ich bin schrecklich und betrage mich nicht wie ein Mann«, sagte er. »Augustes Schwester liest mir von früh bis spät die Leviten.«

»Hast du ihr gesagt, dass das nichts nützt?«

Er lachte. »Das nützt erst recht nichts. Wollen wir tanzen? Ich gönne mir alle drei schönen Damen, und Johannes Vondeweit unterhält inzwischen Alec, weil er nämlich nicht tanzen darf. Er darf gar nichts tun. Nur Milch trinken und trainieren.«

»Recht so«, wandte sich Alec an den Deutschen. »Dann werden Sie wohl übermorgen bessere Chancen haben als mein Bruder, der sich die Beine beim Paso doble verrenkt.«

»Paso doble!«, jubelte das Mädchen, das Alberta hieß. Sie trug ein rotes Kleid und gehörte zu den Menschen, an denen die schlichtesten Kleidungsstücke wirkten, wie eigens für sie erfunden. So wie James, durchfuhr es Harriet. »Kann das hier etwa jemand tanzen?«

James hob die Brauen. »Kannst du's?«

Das Mädchen begann mit dem Fuß zu wippen, als hätte die Musik bereits eingesetzt. »Versuchen wollte ich es schon ewig.«

James verbeugte sich. »Du versuchst es jetzt.« Dann lief er hinüber zu dem Orchester, das in einem Erker träge auf seinen Einsatz wartete.

»Nehmen Sie sich in Acht«, sagte Alec zu Alberta. »An meinem Bruder ist ein Matador verloren gegangen. Er kann es wirklich.«

»Ich auch.«

»Aber Albi!«, rief die stille Auguste. »Maestro Duvenage hat es uns doch noch gar nicht beigebracht.«
Die andere fuhr herum. »Hör mir auf mit Duvenage«, fauchte sie.
Deutsche, dachte Harriet. Ein Benehmen, bei dem man vor Verlegenheit nicht wusste, wohin man den Blick wenden sollte.
Mit wehendem Kleid lief das Mädchen James entgegen. Er fing sie auf, als die Musik einsetzte, und führte sie ohne Erbarmen in den Tanz. Angeblich spielten sie in Spanien diese Explosion von Rhythmus und Passion, wenn ein Kampfstier in die Arena stürmte. Wer James zusah, vermochte es sich lebhaft vorzustellen. Wenigstens würde der Deutschen ordentlich schwindlig werden, aber Harriet hegte keinen Zweifel, dass sie auch das genoss.
»Wäre es ein Walzer, würde ich mich nicht lumpen lassen«, sagte der blonde Hüne zu dem Mädchen Auguste, das James und ihre Schwester anstarrte. »Aber bei diesem spanischen Gewirbel wird mir schon vom Zusehen übel.«
Das Mädchen hatte ein nettes Lachen. Weder forsch noch deutsch. »Machen Sie sich keine Gedanken. Ich habe mich heute schon genug bewegt.«
»Das wird man von Albi wohl nie zu hören bekommen.«
»Nein«, stimmte Auguste zu. »Am Ende ihres Lebens wird sie einmal um die Welt gerannt, geritten, getanzt und gesprungen sein.«
Wenn sie keine Deutsche wäre, fände ich sie reizend, stellte Harriet fest. Und ich würde James auf die Finger klopfen, damit er aufhört, vor ihren Augen mit ihrer Schwester zu flirten. Natürlich hätte sie nichts dergleichen getan, denn James konnte ja nicht anders. Er flirtete mit seiner Großmutter, mit dem Burschen, der die Milch brachte, und mit der Luft. Mit dem Leben. Falls er tatsächlich dieses zarte Wesen ins Visier genommen hatte, musste man sich Sorgen um sie, nicht um ihn machen. Sie sah aus wie eine, die mit ganzer Seele liebte und im Zweifelsfall daran zerbrach.
James und Alberta kehrten an den Tisch zurück, er belustigt und

mit blitzenden Augen, sie erhitzt und überschäumend aufgedreht. Ein Paar, an dem Blicke hängenblieben. Eine Diplomatenwitwe stellte sich ihnen in den Weg und drängte sie, noch einmal zu tanzen, was sie lachend abwehrten. Die Deutsche war taktlos, besaß jedoch unleugbar Charme und passte zu James wie die Sturzflut zum Frühling. Er bot an, auch mit Harriet und Auguste zu tanzen, doch beide lehnten ab. Auguste berührte seinen Arm, als sie ihr Nein aussprach, strich über den schwarzen Stoff des Ärmels bis zum Handgelenk.

Ein Kellner rückte einen weiteren Tisch und Stühle heran, und James bestellte Champagner, der während der Spiele ausgeschenkt werden durfte, damit die Gäste des Luxushotels nicht in ein zwielichtiges Speakeasy abwandern mussten. Die beiden Paare saßen nun wieder richtig geordnet, aber die Worte flogen vor allem zwischen James und Alberta hin und her.

Die junge Frau erzählte halb deutsch und halb englisch von einem Pferd, in das sie verliebt war und das ein Mann namens Giselher um ein Haar zuschanden geritten hätte.

»Heißen in Deutschland tatsächlich Menschen Giselher?«, erkundigte sich Alec. »Heißen womöglich auch welche Walküre? Oder Götterdämmerung?«

Die ganze Gesellschaft lachte.

»Für Farfalla ist er das auf jeden Fall – eine Götterdämmerung«, sagte Alberta. »Ich muss unbedingt jemanden finden, der sie ihm abkauft und mir erlaubt, für sie zu sorgen.«

»Farfalla.« James sprach das Wort italienisch aus. »Wie charmant. Schmetterling.«

»Ist es das, was ihr Name bedeutet?«, rief Alberta. »Sprichst du Italienisch?«

»Ich hoffe es.«

»Wo hast du es gelernt?«

»Wo soll man lernen Italienisch?«, fragte James zurück. »In den Armen einer schönen Frau.«

»Angeber«, versetzte das Mädchen, knüllte ihre Serviette zusammen und warf sie nach ihm. »Ich glaube dir kein Wort.«
Die Serviette traf einen Leuchter und riss ihn um. James fing ihn, ehe die Kerzenflamme das Tischtuch erreichte, und stellte ihn wieder auf. »Es ist die Wahrheit«, sagte er. »Meine Mutter stammt aus dem Piemont.«
Auguste lachte leise und berührte wieder seinen Arm. James schenkte ihr ein Lächeln und streifte ihre Hand mit seiner.
»Ich würde dein Schmetterlingspferd kaufen und dich als Burschen engagieren«, sagte er zu ihrer Schwester. »Aber ich habe Angst um meinen Kopf.«
»Du könntest zur Abwechslung einen Reithelm tragen«, versetzte Harriet spitz.
Er sandte ihr einen seiner Blicke und strahlte sie an. »Übermorgen, Lieblingsschwester. Ich verspreche dir, zum Wettkampf setze ich ihn ordentlich auf.«
»Weil sie dich ohne gar nicht zulassen«, bemerkte Alec trocken.
James grinste. »Das darf ich nicht riskieren. Wenn ich nicht teilnehme, gewinnt ja Johannes Vondeweit.«
Bei der Nennung seines Namens wandte der blonde Hüne den Kopf. Er war schön, genau so, wie sich die deutschen Faschisten einen Menschen vorstellten. »Ich gewinne sowieso«, murmelte er.
»Höchstens in deinen Träumen«, sagte James. »Und geträumt hast du gerade jetzt, oder nicht?«
»Nein, ich habe über das nachgedacht, was Albi uns erzählt hat«, sagte er. »Farfalla. Schmetterling. Als Junge habe ich mir immer ein Pferd gewünscht, das Flügel hat.«
Die drei anderen sahen ihn an. »Dein Loki hat keine«, sagte James ungewohnt sanft. »Aber das Flügelpferd wirst du irgendwann bekommen.«
»Wenn ich bei Olympia gewinne, vielleicht«, murmelte der Hüne.
»Gewiss doch.« James grinste. »Aber bei Olympia gewinne ja ich.«
»Bei Olympia gewinnt einer von den Amerikanern«, schaltete

sich Alberta ein. »Oder dieser Japaner, der sein Pferd beizeiten hergebracht hat und eine Sensation sein soll.«
»Takeichi Nishi«, warf James ein und deutete ein Pfeifen durch die Zähne an. »Ich muss gestehen: der Mann ist verdammt gut.«
»Kunststück!«, rief der Hüne, und sein hübsches Gesicht verdüsterte sich. »Weißt du, was er gemacht hat, als er sein ideales Pferd gefunden hatte und die Armee es nicht bezahlen wollte?«
»Das Gleiche wie ich«, sagte James. »Er hat es selbst gekauft.«
»Du sagst es. So machen es Söhne aus reichem Haus, während unsereinem dazu leider das Kleingeld fehlt.«
»Bitte nicht wieder dieser Streit«, unterbrach Alberta. »Uns bleiben doch nur noch ein paar Tage, die dürfen wir uns nicht verderben. Vergesst nicht, nach der Schlussfeier ist das alles hier vorbei, als wenn es nie stattgefunden hätte. Die Spiele, der Sommer, unser Kleeblatt. Ich will das gar nicht glauben. Und ich weiß auch nicht, wie ich es aushalten soll.«
»Ich noch weniger«, sagte der Blonde dumpf und starrte auf das Tischtuch.
Auguste, die überhaupt wenig sprach, sagte nichts.
»He! Johannes Vondeweit!«, sagte James, legte dem Blonden zwei Finger unter das Kinn und hob seinen Kopf an. »Nicht Trübsal blasen in Olympia! Und Lady Arabella auch nicht. Ein Stadion kann ich euch nicht hinstellen, und hunderttausend Zuschauer passen nicht in mein Haus. Aber wenn es geht um Sommer und Kleeblatt – warum kommt ihr nicht alle nach den Spielen zu mir?«
»Nach England?«, fragte der Hüne, als läge das auf dem Mond.
James lächelte Harriet an wie das sprichwörtliche Unschuldslamm. »Meine Familie würde sich freuen, oder etwa nicht?«

28

Die Nacht vor dem Springen verbrachte Alberta bei Hannes. James half ihnen. Allmählich fragte sich Alberta, ob es irgendetwas gab, das James mit seinem Geld und seinen Beziehungen nicht geregelt bekam. Einen Olympiasieg höchstens. Alles andere schien ihm auf ein Fingerschnippen zur Verfügung zu stehen.

Hannes hatte geklagt, er werde in der Nacht seinen dringend benötigten Schlaf nicht bekommen, weil er zu nervös war, und der Gedanke, mit den beiden Kameraden, die ihn hassten, wach beisammenzusitzen, sei ihm unerträglich. »Ich kann dir ja nicht halten die Hand«, sagte James. »Meine Mannschaft würde glauben, ich bin ein Verräter, schließlich habe ich allzu verdächtige Verwandte.«

»Was für verdächtige Verwandte?«, mischte Alberta sich ein.

»Mein Schwager baut Flugzeuge für die RAF«, sagte James. »Und mein Bruder ist der geborene Codeknacker. Wenn irgendwer wirkt wie ein Spion, dann bin das ich, und obendrein ich ziehe tagein, tagaus mit einem von der gegnerischen Mannschaft herum.«

»Nicht mit einem«, sagte Alberta. »Mit dreien.«

»Das habe ich befürchtet. Morgen früh beim Einreiten sehe ich auf der Tafel stehen: Alberta Bernhardt auf Farfalla tritt für Deutschland an.«

Alles lachte.

»Nicht in diesem Jahr«, sagte Alberta. Sie musste es aussprechen, um zu wissen, dass sie es wahrmachen würde. »Und auch nicht im Springreiten. Aber 1936 in Berlin bin ich als Bogenschützin dabei.«

»Ach, Albi.« Trotz seiner Anspannung lächelte Hannes. »Du bist so süß.«

»Sie ist kein bisschen süß«, sagte James. »Sie ist scharf wie Pfeffer, und ich verwette meinen Kopf darauf, dass sie macht keinen Spaß.«
James und Alberta tauschten einen Blick. Vor Tagen hatte er sie gedrängt, ihm zu zeigen, was sie mit dem Bogen leisten konnte. Er hatte ihr lange zugesehen, eine Folge von Pfeilen nach der anderen, ehe er sagte: »Du brauchst mehr Training, oder nicht? Es fehlt dir an Kraft in den Oberarmen.«
»Pass bloß auf, gleich kannst du erleben, wie es mir an Kraft in den Oberarmen fehlt!«
»Böse Alberta«, sagte er und wiegte den Kopf. »Immer gleich zuschlagen. Dabei wärst du diesmal im Unrecht – ich nämlich nehme dich ernst.«
»Was meinst du damit?«
»Dass du gut bist«, sagte er. »Wir Engländer müssen es wissen, oder nicht? Wir schießen mit Pfeil und Bogen seit Urzeiten. Du bist gut. Eine Schützin von Agincourt. Aber leider so faul wie ich. Meinst du etwa, ich kann bei Olympia gewinnen, wenn ich habe mein Pferd drei Wochen auf einem Schiff gehabt und dann zwei Wochen lang herumgespielt?«
»Ich dachte, du und Hannes würdet euch für zwei unbesiegbare Recken halten, die morgen alle erfahrenen Turnierreiter aus dem Feld schlagen.«
»Ist nur Spaß«, sagte er. »Damit du nicht merkst, wie wir haben Angst.«
»Du hast keine.«
»Wer weiß.« Er zuckte mit den Schultern. »Armer Johannes Vondeweit. Er ist nicht faul wie du und ich, sondern bienenfleißig. Er hat Goldmedaille verdient.«
»Allerdings.«
»Aber sein Pferd … Der Teufel ist mit Scheuklappen noch schlimmer als ohne.«
Alberta musste lachen wie meist, wenn sie mit ihm zusammen

war. Er war ein Tunichtgut, doch sie würde ihn vermissen, wie sie alles vermissen würde, was mit diesen himmlischen Wochen zusammenhing. Sie wünschte, sie könnten tun, was er vorgeschlagen hatte: nach England fahren und zusammenbleiben, bis der Sommer zu Ende war. Aber natürlich konnten sie das nicht. Nicht einmal ihr Vater, der wieder einmal vergessen zu haben schien, dass er Kinder hatte, hätte ihnen so etwas gestattet.

In drei Tagen, nach der Schlussfeier, wäre alles zu Ende. Auch das mit mir und Hannes?, schoss es ihr durch den Kopf. Nach der Zeit, die sie als Kleeblatt verbracht hatten, konnte sie sich nur schwer vorstellen, wie ihre Beziehung sich unabhängig von den beiden anderen weiterentwickeln sollte, aber unmöglich war es nicht. Selbst wenn Hannes an die Kavallerieschule zurückging – für jemanden, der in Los Angeles gewesen war, bedeutete eine Fahrt von Hannover nach Berlin nicht mehr als einen Katzensprung.

Vielleicht würde sich in dieser Nacht entscheiden, ob das Band zwischen ihnen stark genug war. »In diesem Jahr du trittst noch nicht selbst an, also du musst Hannes halten die Hand«, hatte James bestimmt. »Er ist dein Landsmann – und du erfüllst deine vaterländische Pflicht.«

Er hatte ihnen ein Zimmer in einer verschwiegenen Pension reserviert und eine Aufsicht bestochen, so dass Hannes das Dorf unbehelligt verlassen konnte. Alberta brauchte sich nur noch aus dem Hotel zu schleichen und vor dem Portal zu Hannes in den Wagen zu steigen, den James' Bursche fuhr. Es war das Aufregendste, was sie je getan hatte. »Ich an deiner Stelle hätte nicht den Mut«, hatte Guste gesagt.

»Wirklich nicht, Auguste?«, hatte James sie mit seinem Schlimmer-Finger-Augenaufschlag gefragt. »Wenn ich dich würde sehr bitten und die Leiter halten – würdest du nicht für mich aus einem Fenster steigen in der Nacht?«

Auguste musste lachen, was Karl Venske nie bei ihr geschafft

hatte. »Du hast eine Art zu fragen, die es einem sehr schwermacht, nein zu sagen«, entgegnete sie.
»Dann sag ja.«
»Nein«, sagte Auguste zärtlich und strich ihm über die Wange.
Für sie ist es schlimmer als für mich, dachte Alberta. Wie soll sie ihn je wiedersehen? Und selbst wenn sich ein Weg fände – seine Familie würde eine Verbindung zwischen ihnen kaum billigen. Den Blicken seiner Schwester hatte Alberta angemerkt, wie wenig genehm ihr die bürgerlichen Deutschen als Gefährten ihres Bruders waren. Was würden da erst seine Eltern sagen?
»Arme Auguste«, entfuhr es Alberta, während sie neben Hannes durch die nächtliche Stadt fuhr, unter einem Himmel, der nicht richtig dunkel wurde, sondern in einer Art Königsblau leuchtete.
»Warum sagst du das?«
»Weil ich wünschte, sie würde mit deinem Freund James auch irgendwohin in die Nacht fahren. Dann hätte sie wenigstens etwas davon gehabt, ehe sie ihn aufgeben muss.«
»Aber Albi!«
»Tu mir einen Gefallen, sprich nicht mit mir, als wolltest du mir das Häkeln beibringen«, sagte sie. »Was habe ich denn jetzt schon wieder falsch gemacht?«
»Man redet nicht über die eigene Schwester, als würde man sie gern … zu einem Mann ins Bett schicken.«
»Aber ich würde sie doch gern zu einem Mann ins Bett schicken!«, rief Alberta. »Bei euch in Pommern redet man ja vielleicht nicht darüber, aber bei uns in Berlin tut man das durchaus. Ist es nicht Heuchelei, wenn du mit mir in ein Hotel fährst, mir aber gleichzeitig erzählst, man dürfe darüber kein Wort verlieren? Meine Schwester Guste ist in deinen Freund James verliebt, und ich finde es traurig, dass sie nicht ein einziges Mal zusammen sein können, bevor sie auseinandergehen.«
Der Mann mit den blauesten Augen der Welt sah sie an. »Lass uns die beiden jetzt vergessen«, sagte er, packte ihre Hand und

drückte sie zwischen seinen großen Händen. »Albi, ich bin so froh, dass du heute Nacht bei mir bist. Für mich geht es morgen um viel mehr als nur einen Ritt, es geht um Leben und Tod.«

»Um Leben und Tod, Hannes?« Sie konnte sich selbst nichts Größeres als einen Start bei den Spielen vorstellen, doch seine Heftigkeit machte sie beklommen.

»Für mich ist es so«, erwiderte er gepresst. »Ich kann doch nichts anderes als reiten. Wenn ich morgen gewinne, würde mein ganzes Leben sich auf einen Schlag wenden. Sie könnten mir nicht länger im Nacken sitzen, mein Onkel und mein Vater – ich wäre endlich frei.«

»Aber Hannes, du kannst doch nicht gewinnen!«, rief Alberta. Sie hatte geglaubt, er wisse das selbst, so wie James, doch jetzt begriff sie, wie ernst es ihm war. »Die Amerikaner haben ihre Pferde Tag für Tag trainiert, während deines auf einem Schiff übers Meer geschippert ist. Außerdem bist du erst dreiundzwanzig. Du hast noch etliche Olympiaden Zeit, um Gold zu holen, und eines Tages wirst du es auch tun.«

»Glaubst du, mein Onkel gibt mir eine zweite Chance, wenn ich diese vermassele?«

»Dies ist doch gar keine Chance für dich«, sagte Alberta. »Du weißt selbst, dass Loki nicht zum Springpferd geboren ist. Er ist zu schwer in der Hinterhand und hat Angst vor den Hindernissen. Deshalb bockt er. Er wehrt sich gegen etwas, für das er nicht gemacht ist.«

»James sagt das auch.« Hannes kniff die schönen Augen zusammen. »Er sagt, es macht Loki verrückt, wenn sich etwas vor ihm aufbaut und er nicht sehen kann, dass links und rechts alles frei ist. Aber ich habe nun einmal kein anderes Pferd …«

»Du bräuchtest eines wie Farfalla«, fiel ihm Alberta ins Wort. »Einen leichtfüßigen, geborenen Springer.«

»Und wie, bitte schön, soll ich an einen solchen Springer kommen, wenn ich morgen versage? James und dieser Japaner können sich einfach Pferde kaufen, aber ich muss nehmen, was die Armee mir bietet. Und die Armee, das ist mein Onkel. Der nur darauf wartet, dass ich mich wie mein Vater als Enttäuschung erweise.«

»Dein Onkel und dein Vater sind zwei Hornochsen«, bediente Alberta sich des Lieblingsworts von Jette Sabotke. »Aber als Trainer der deutschen Springreiter wird dein Onkel ja wohl etwas vom Reiten verstehen, und deshalb kommt er an dir nicht vorbei. Du bist ein großartiger Reiter, Hannes. Ein echtes Talent, und du wirst dein Ziel erreichen.«

Der Glanz in seinen Augen musste von Tränen stammen. Der Wagen hielt in einer kaum beleuchteten Nebenstraße, und während der Bursche ausstieg und ihnen den Schlag öffnete, sprachen sie kein Wort. Auch am Empfang der Pension zwang die Verlegenheit sie zum Schweigen. Auf dem Rezeptionstisch stand ein Grammophon, das eine schmelzende Melodie spielte – fast so wie Gustes kleines Haus am Michigansee. Im Gästebuch waren sie als Mr. und Mrs. Vondeweit eingetragen und erhielten anstandslos einen Schlüssel. Hannes ging über die schmale Treppe voraus, ohne sich nach Alberta umzudrehen.

Das Zimmer war gediegen und blitzsauber, es hatte in dem bisschen Straßenlicht, das durchs Fenster fiel, etwas Lauschiges und besaß nur ein einziges, riesiges Bett.

Hannes ließ seine Tasche fallen und drehte sich zögernd um. »Albi«, sagte er zwischen zwei schweren Atemzügen. »Ich will, dass du das weißt: Ich bin dir unendlich dankbar, weil du mich heute Nacht nicht alleinlässt und mir Mut machst.«

»Das hast du mir im Auto schon gesagt. Ich bin gern mit dir hergekommen, ich fühle mich dabei, als sei ich auch ein Teil von Olympia.«

»Mein Talisman«, sagte Hannes.

Aber nicht mehr lange, begehrte eine trotzige Stimme in Alberta auf. In vier Jahren in Berlin trete ich selbst an. James hat es auch gesehen: Wenn ich trainiere, bin ich gut genug.

Hannes hob die Hand, wie um sie zu berühren, dann entschied er sich anders und tastete in der Brusttasche nach seinem Zigarettenetui. Schließlich gab er beides auf und ließ die Hand sinken. »Ich würde die Situation nie ausnutzen, um etwas zu tun, das du nicht willst«, sagte er. »Etwas, das dir weh tut und das nicht gut für dich ist.«

Jäh wünschte sie, James wäre hier, und sie könnten zusammen lachen, um die Lage zu entspannen. Aber mit Hannes war Lachen nicht so einfach. Dieser große, schöne Mann stand vor ihr, zitterte und stotterte um den heißen Brei, weil er Angst hatte, ihr ein Leid zu tun. Von einem wie ihm, einem Olympioniken, nach dem die Frauen die Köpfe drehten, erwartete man, dass er forsch ausprobierte, wovor er sich so fürchtete – und worauf Alberta vor Neugier brannte. Eine Welle der Wärme schoss ihr durch den Leib. Sie trat so dicht vor ihn, dass sein Duft nach frisch gewaschener Wäsche ihr in die Nase stieg, und legte die Arme um ihn.

Es war himmlisch. Sein Körper war breit, bepackt mit Muskeln, eindeutig männlich und erregend fremd. Unter der imposanten Schale war Hannes jedoch nicht weniger verletzlich als Auguste. Das war das Betörendste. Sie sah ihm an, wie gern er sie küssen wollte, und weil er sich noch immer nicht traute, küsste sie ihn.

Damit er die Lippen öffnete, musste ihre Zunge ihn verführen. Mit einem so verzagten, unschuldigen Küsschen wie auf dem Schiff würde sie sich dieses Mal nicht zufriedengeben. Sie ließ ihre Zungenspitze über seine Zähne und dann den Gaumen hinauf gleiten und musste sich ein triumphierendes Lächeln verkneifen, als er die Arme um sie schloss und sie an sich riss.

Abrupt stöhnte er auf und ließ sie wieder los. »Albi, wir dürfen das nicht. Ich hätte mich nie von James überreden lassen sollen, mit dir hierherzukommen, und bevor das alles mit uns weitergeht, muss ich mit deinem Vater sprechen.«

»Mit meinem Vater sprechen?« Im ersten Augenblick hatte sie

keine Ahnung, was er meinte. Ihr Vater war auf einem von tausend Empfängen für Sportjournalisten, er würde bis zum Morgen an nichts anderes denken als an Sport. Das Letzte, wozu er jetzt Lust hätte, wäre ein Gespräch mit einem Verehrer seiner Tochter, noch dazu einem so schüchternen wie Hannes.

»Ich muss ihm sagen, dass es mir ernst ist«, erklärte Hannes. »Dass ich mit seiner Tochter kein Spiel treibe, sondern ehrliche Absichten habe. Für uns soll es nicht sein wie für James und Auguste – nicht vorbei, wenn über dem Stadion das Feuer verlischt. James ist anders als ich. Er ist so frei aufgewachsen, er ist auch mit Frauen ganz frei. Für deine Schwester ist es wohl das Beste, wenn sie ihr Herz nicht zu fest an ihn hängt.«

»Das weiß ich«, warf Alberta ein. »Seine Familie würde über Guste ja wohl auch die Nase rümpfen.«

»Ja, leider, das würde sie. Aber für mich gilt das nicht!« Er umfasste ihre Schultern. »Ich bin fest entschlossen, mit deinem Vater zu sprechen, ich bin keiner, der nur spielt. Lass mich erst den Wettkampf morgen hinter mich bringen, es hängt doch alles an diesem einen Tag!«

Alberta musste sich die Stirn reiben, um zu begreifen, was er ihr sagen wollte. »Du meinst – du willst meinen Vater fragen, ob du mich heiraten kannst?«

»Natürlich«, erwiderte Hannes. »Alles andere wäre nicht ehrenhaft. Sicher, es wird eine lange Verlobungszeit geben. Dein Vater wird ja kaum in eine Heirat einwilligen, solange ich ihm nicht sagen kann, mit welcher Tätigkeit ich seine Tochter ernähren will. Von meinem klangvollen Namen kann ich mir nichts kaufen, und der Resthof, auf dem meine Eltern hausen, wirft nichts ab. Aber wenn ich mir morgen einen Namen mache, habe ich eine Zukunft, die ich einem Mädchen anbieten kann. Berlin ist Olympiastadt. Wir Sportler sind in aller Munde, und da wir Amateure bleiben müssen, bietet man uns andere Möglichkeiten. Ich hätte gern eine andere Möglichkeit, Albi. Ich bin bei der Reichswehr

fehl am Platz, und bräuchte ich nicht ein Pferd und ein Auskommen, ginge ich lieber heute als morgen von dort weg.«
Alberta hatte Mühe, seinem Wortschwall zu folgen. In ihren Ohren hallte nur eines nach: Er wollte sie heiraten. Dieser verhinderte Herkules, der sie vom ersten Tag an bezaubert hatte, stellte sich in vollem Ernst hin und wollte sie heiraten!
»Aber ich bin doch erst siebzehn!«, rief sie in seine Atempause hinein. »Bis vor ein paar Wochen war ich ein Schulmädchen, das seine Zeit über Handarbeiten und Haushaltslehre vergeuden musste. Dies ist meine erste große Reise, ich habe gerade erst eine Ahnung bekommen, wie groß die Welt ist und wie viel größer noch der Himmel, und ich weiß jetzt erst, was ich als Nächstes tun will: für Olympia trainieren. Mich ausprobieren, wie ihr Männer es tut, meine Kräfte mit anderen messen. Ich habe dich so lieb, ich hätte nie geglaubt, dass ein biestiges Ding wie ich einen Mann so liebhaben könnte, und morgen drücke ich dir die Daumen, bis sie blau sind, aber ich kann dich nicht heiraten!«
Hannes wich zurück, als hätte sie ihn gestoßen. Er warf den Kopf in den Nacken, ließ sie seine tränennassen Augen nicht mehr sehen. »Und warum nicht?«, rief er. »Bin ich nicht gut genug? Ja, ich weiß, mein Erbe ist nach diesem Vertrag von Versailles in Rauch aufgegangen, und den Rest hat mein Vater versoffen, aber meine Familie ist genauso alt wie die von James. Hätte Deutschland den Krieg gewonnen und England ihn verloren, stünden wir anders da.«
Alberta entfuhr ein Stöhnen. »Bitte, Hannes, was haben denn Deutschland und England mit uns beiden zu tun?«
»Das weißt du so gut wie ich«, herrschte er sie an. »Von James' Familie sagst du, sie würde über Guste die Nase rümpfen, aber meine ist dir nicht gut genug!«
»Beruhige dich«, sagte Alberta. Sie fühlte sich im Innern nun ganz kühl und nicht länger erregt. »Du hast morgen ein olympisches Jagdspringen zu bestreiten, und ich bin hier, damit du schlafen

kannst. Diesen Unsinn über Familien, die nicht gut genug sind, kannst du vergessen. Ich möchte mit siebzehn niemanden heiraten, ich möchte erst einmal kosten, wie das Leben schmeckt. Aber wenn ich hier und heute jemanden heiraten müsste, dann wärst du es – genügt dir das?«
Skeptisch sah er sie an, ließ sich aber von ihr aufs Bett drängen und streckte sich aus. »Es genügt mir«, sagte er schließlich erschöpft. »Aber nur wenn du meinst, was du sagst – dass du noch Zeit brauchst, nicht dass du einen anderen lieber magst als mich.«
Alberta strich ihm das verschwitzte Haar von der Schläfe. »Weshalb glaubst du eigentlich, ein anderer könne dir das Wasser reichen? Hab ein bisschen mehr Selbstbewusstsein, Hannes.«
»Das ist leichter gesagt als getan«, versetzte er. »Ich bin anders aufgewachsen als du oder James. Mich hat nie ein Mensch geliebt, wie dein Vater dich liebt oder wie diese Schwester James vergöttert. Mir hat nie ein Mensch gesagt, dass ich etwas tauge – ich weiß es nur, wenn ich im Sattel eines Pferdes sitze.«
Alberta beugte sich herab und küsste ihn auf die Schläfe. Erregung und Neugier waren einer tiefen Müdigkeit gewichen. »Du taugst sehr wohl. Nicht nur im Sattel. Für mich bist du mein blonder Hans, und ich habe bestimmt keinen anderen lieber als dich.«
»Wirklich nicht, Albi?«
»Wirklich nicht, Hannes.«
Seine Lider flatterten, und sie schloss sie ihm mit den Fingerspitzen. Dann aber schlug er die Augen noch einmal auf. »Und das, was ich dir auf dem Schiff gesagt habe, daran denkst du doch? Dich darf kein anderer Mann mehr küssen. Du würdest das keinem erlauben, nicht wahr?«
Alberta musste daran denken, wie James sie geküsst hatte. Diese lächelnden Lippen, diese tanzende Zunge, diese Unverschämtheit, die ein bisschen zu viel Spaß machte. Aber sie hatte es ihm ja nicht erlaubt, sondern ihn schmerzhaft in seine Schranken gewiesen. Außerdem war es lange her. Was sollte es also zählen?

»Nein, ich erlaube es keinem«, sagte sie. »Und du musst jetzt schlafen. Morgen ist dein großer Tag.«

»Hast du mich lieb, Albi?«

»Ja«, sagte sie und war überrascht, wie ehrlich sie es meinte. Wir müssen uns beide erst beweisen, dachte sie, der Welt zeigen, aus welchem Holz wir geschnitzt sind, und herausfinden, wie weit wir gehen können. Aber das heißt nicht, dass wir uns nicht liebhaben. Gute Nacht, Hannes, mein schöner Olympia-Reiter. Ich habe dich ganz erstaunlich lieb.

29

Oberleutnant Mehring. Hocherfreut. Oberst von Siecksdorff hat uns bereits verschiedentlich von Ihren Leistungen berichtet.«

Von welchen Leistungen?, fragte sich Giselher, aber er sagte nichts, sondern schüttelte beiden Männern die Hand. Ihre braunen Uniformen wiesen sie nicht als Offiziere der Reichswehr aus, und die Abzeichen an ihren Revers waren eindeutig. Das also waren die Herren, mit denen Violas Großvater ihn hatte bekannt machen wollen. Kaum hatte Giselher sein neues Haus in Potsdam betreten – das Gepäck von der Hochzeitsreise war noch nicht einmal ausgepackt –, da hatte der Oberst ihn schon nach Jamlitz beordert.

»Ohne das Veilchen«, lautete die Anweisung. »Vorerst nur zu einem sondierenden Gespräch.«

»Dietrich Hesewitz«, stellte der dürre, leicht gebeugte Mann im Alter seines Vaters sich vor. »Obergruppenführer der SA. Und hier haben Sie Gruppenführer von Tschammer und Osten. Der Gruppenführer und ich haben ein besonderes Interesse am Sport, müssen Sie wissen. Und Sie, so hört man, sind Reiter?«

Giselher nickte. Soweit er wusste, war die SA bis vor kurzem verboten gewesen, was sie in ihrer Entwicklung jedoch offenbar nicht aufgehalten hatte.

»Setzen wir uns doch.« Hesewitz benahm sich, als sei er der Hausherr. Arndt von Sieckstorff hatte sich sofort nach Giselhers Ankunft zurückgezogen – »Ich lasse Sie allein, meine Herren« –, doch ein Hausmädchen hatte einen Wagen mit Kristallkaraffen hereingefahren und eine Reihe von Schalen mit Nüssen und Gebäck auf dem Rauchtisch arrangiert.

»Einen Cognac?«, bot Hesewitz an.

Der zweite Mann, der mittleren Alters war und, von den stechenden Augen abgesehen, völlig durchschnittlich aussah, lehnte mit einer Kopfbewegung ab. Leutselig schwenkte Hesewitz die Karaffe in Richtung Giselher, der dankend nickte. Ihm war flau im Magen; beim Frühstück mit Viola in ihrem hübschen Morgenzimmer hatte er keinen Bissen heruntergebracht.

»Als Reiter hegen Sie zweifellos eine Leidenschaft für den Sport, sehe ich das richtig?

Giselher fragte sich, was für eine Antwort von ihm erwartet wurde. Er entschied sich für ein Murmeln und ein Nicken.

»Wir Deutschen haben einen Hang zum Sport.« Hesewitz schenkte ihm ein mildes Lächeln. »Sport stählt den Körper. Er schärft aber auch den Geist und stärkt den unbedingten Siegeswillen.«

Innerlich stöhnte Giselher auf. Das klang nach Major von der Weydts unsäglichen Parolen. Wenn Hesewitz ihm die jetzt samt und sonders herbetete, würde er die Beherrschung verlieren und aus dem Raum stürmen.

»Über den Sport ist es zudem möglich, das Bild, das man sich im Ausland von uns Deutschen macht, zu gestalten«, fuhr Hesewitz fort. »Wie denken Sie darüber, mein Lieber? Sähen Sie Ihr Volk nicht gern durch das Bild des kameradschaftlichen, ehrlichen, aber unbedingt siegeswilligen Sportlers repräsentiert?«

»Die Verbände«, knurrte von Tschammer und Osten unvermittelt. »Das Problem in diesem Land sind die gottverdammten Verbände. Alles ohne großen Plan dahinter, verjudet und rot durchseucht.«
»Gruppenführer von Tschammer und Osten meint, der Grund dafür, dass der deutsche Sport im Ausland nicht das Ansehen genießt, das ihm gebührt, liege in der Organisation«, erklärte Hesewitz aufgeschlossen. »Stimmen Sie ihm darin nicht zu? Diese ganzen zersplitterten Gruppen, geleitet von irgendwelchen Feierabendsportlern, denen mehr am Bechern gelegen ist als am Training – wie sollen da leistungsstarke junge Athleten herangebildet werden?«
»Soweit ich weiß, haben all diese Vereine, die Sie zersplitterte Gruppen nennen, einen Dachverband«, sagte Giselher. »Den Arbeiter-Turn- und Sportbund. Und der ist gegründet worden, um Menschen aller Schichten für Sport zu begeistern.«
»Rot durchseucht«, wiederholte von Tschammer und Osten. »Wollen Sie sich damit etwa in vier Jahren vor den Augen der Welt blamieren? Mit einem Haufen verdreckter Kommunisten, die auf Fabrikhöfen Wettbewerbe im Sackhüpfen durchführen?«
»Nun mal langsam.« Beschwichtigend lächelte Hesewitz. »Mir fällt gerade ein, mein lieber Oberleutnant, dass wir Ihnen noch gar nicht zur Hochzeit gratuliert haben. Ihre Gemahlin, die Enkelin von Oberst von Siecksdorff, macht ja allenthalben von sich reden.«
Giselher horchte auf. »Was wollen Sie damit sagen?«
»Ja, was will man wohl damit sagen?« Hesewitz lächelte. »Dass Sie ein Glückspilz sein müssen, mein Lieber. Frisch verheiratet, die junge Frau aus bester Familie – was will ein Mann mehr? Nur schade, dass aus Ihrer Olympiateilnahme nichts geworden ist. Ich habe gehört, Sie hatten eine Verletzung auszukurieren?«
»So ist es.« Giselher trank den bernsteinfarbenen Cognac, in dem alle Kultiviertheit des Hauses eingefangen schien.

»Ein Reitunfall?«
Er nickte.
»Wie ärgerlich«, bemerkte Hesewitz. »Ich bin übrigens selbst in jungen Jahren geritten. Leider zeigt es sich ja oft, dass jemand, der böse aus dem Sattel fliegt, danach nicht wieder hineinfindet.«
»Das trifft auf mich nicht zu. Ich hatte lediglich ein Problem mit meinem Pferd.«
»Das auch noch?« Der Dürre lachte. »Sie sind ja ein richtiger Pechvogel, was?«
»Man kann nicht immer nur Glück haben.«
»Das nenne ich die richtige Einstellung«, erwiderte Hesewitz. »Sie sind also entschlossen, uns in vier Jahren bei den Olympischen Spielen auf deutschem Boden zu vertreten?«
Giselher zögerte. Was sollte er diesen Männern erzählen? Dass ihm das Reiten inzwischen verhasst war, dass er sich vor jedem Sprung fürchtete und dem Pferd damit die Sicherheit nahm? »Ja«, rang er sich ab. Er hatte es Viola versprochen – nicht nur in gesprochenen Worten, sondern viel öfter und fester im Geist.
»Sehr überzeugt klang das nicht, mein Lieber.«
»Ich bin nun einmal kein Mensch, der zum Überschwang neigt.«
»Verstehe.« Hesewitz nickte ihm über seinem Cognacschwenker zu.
»Ich habe nicht ewig Zeit«, warf von Tschammer und Osten missmutig ein. »Ich reise heute noch zu meiner Gruppe zurück.«
»Gruppenführer von Tschammer und Osten übernimmt ein Mandat im neuen Reichstag«, erklärte Hesewitz. »Aber er ist zugleich mit seiner Gruppe unermüdlich im Einsatz für uns.«
Giselher wollte nicht wissen, worin dieser Einsatz bestand. Hesewitz fingerte an dem Abzeichen an seinem Revers. »Einem Mann, der so viel Bereitschaft mitbringt, traut man natürlich einiges zu«, fuhr er fort. »Und da dem Sport in unseren Augen eine entscheidende Aufgabe zukommt, wird sich Gruppenführer von Tschammer und Osten künftig als Kommissar diesem Thema

widmen. Nach geeigneten Männern, die ihn dabei unterstützen, sehen wir uns derzeit um.«

Er erhob sich und straffte den gebeugten Rücken. »Um nicht länger drum herumzureden, mein lieber Oberleutnant: Oberst von Siecksdorff hat uns Ihren Namen genannt, und da wir den Stimmen von Männern, die im Krieg für dieses Land ihr Leben riskiert haben, Gehör schenken, wollten wir Sie gern kennenlernen.«

Jetzt sprang auch Giselher auf. »Worum geht es überhaupt?«

»Um das Große, Ganze.« Hesewitz lächelte fein. »Um den Heiligen Gral, mein Lieber – Olympia.«

»Sie … Sie gehören dem Deutschen Olympischen Komitee an?«

»Noch nicht.« Das feine Lächeln hielt sich. »Wir sind vorerst ein parteiinterner Ausschuss, der Gegebenheiten sichtet. Aber die Wahlergebnisse liegen ja vor. Vielleicht gehören wir in Zukunft dem Komitee nicht nur an – vielleicht sind wir das Komitee.«

»Und was wollen Sie von mir?«

»Nichts«, erwiderte Hesewitz. »Schließlich haben Sie uns mitgeteilt, dass Sie Ihre sportliche Laufbahn weiterverfolgen, und das ist ja auch zu begrüßen. Jeder siegeswillige Deutsche, der dazu beiträgt, das schändliche Ergebnis von Los Angeles aus dem Gedächtnis der Welt zu löschen, wird von uns begrüßt.«

»Sie haben die Ergebnisse von Los Angeles schon vorliegen?«, fragte Giselher verwundert. Auf der Fahrt durch die Stadt hatte er nirgendwo Zeitungsjungen gesehen, die etwas davon ausriefen.

»Wir haben telegraphisch Nachricht erhalten«, antwortete Hesewitz. »Deutschland liegt im Medaillenspiegel an neunter Stelle – noch hinter Großbritannien. Zwar stehen die Ergebnisse der Springreiter noch aus, aber um ehrlich zu sein, vergeuden wir darauf nicht unsere Hoffnung. Es wird wohl bei der blamablen Plazierung bleiben. Finden Sie, dass sich ein Land mit unserem Menschenmaterial damit zufriedengeben darf?«

»Es wurde ja wegen der Wirtschaftskrise nur eine begrenzte Zahl von Athleten entsandt«, wandte Giselher ein.
»Begrenzte Zahl, wenn ich das schon höre«, fuhr von Tschammer und Osten auf. »Wenn man Juden, Rote und unfähige Verwandte benennt, kommt es auf die Zahl doch gar nicht an.«
Mit einem Handzeichen bedeutete Hesewitz seinem Gefährten, ihm das Wort zu überlassen. »Wir fragen uns, ob jemand, der zu diesem Land nicht mit ganzem Herzen steht, geeignet ist, es zu vertreten«, erklärte er Giselher in seinem Plauderton. »So wie wir uns fragen, weshalb ein mit der Auswahl beauftragter Offizier seine Verwandten bevorzugt, auch wenn diese die geforderte Leistungsstärke nicht vorweisen.«
Henning von der Weydt.
Mit dieser Andeutung konnte nur der Major gemeint sein. Also trauten diese Leute dessen Neffen offenbar keine Medaille zu. Auch Giselher erwartete nicht, dass der junge Reiter Überragendes leistete. Auf Loki war niemand überragend, nicht einmal wenn er so viel Talent besaß wie der Neffe des Majors.
»Der gottverdammte von der Weydt, dieser Hungerleider, hat die Sache ganz bestimmt verpatzt«, bellte Tschammer und Osten. »Ich bin selbst Rittergutsbesitzer, und ich werde nie begreifen, wie man die Mannschaft einem Mann anvertrauen kann, der das Gut seiner Familie an eine jüdische Bank verloren hat!«
»Der Gruppenführer ist überzeugt, die deutsche Reitermannschaft hätte anders besetzt werden müssen«, ergriff jetzt wieder Hesewitz das Wort. »Nachdem der Parcours in Amsterdam zu leicht war, haben die Gestalter von Los Angeles ihn nun wohl so schwer gemacht, dass er nur für Reiter der Spitzenklasse taugt. Da ist es natürlich besonders bitter, wenn ein Trainer lieber seinen völlig unerfahrenen Neffen in die Mannschaft beruft als einen fähigen Mann.«
Hannes von der Weydt war ein fähiger Mann. Er war jung und brauchte Übung, aber er war zweifellos der begabteste Reiter, der

seit langem in Deutschland herangewachsen war. Dafür hasste ihn Giselher. Zudem packte ihn jähe Angst und trieb ihm den Schweiß aus allen Poren.

Hesewitz stellte sein Glas zurück auf den Servierwagen. »Nun haben wir Ihre Zeit aber lange genug beansprucht, lieber Oberleutnant«, sagte er. »Gewiss wollen Sie schnellstmöglich zurück zu Ihrer Gemahlin, ehe es wieder an die Kavallerieschule geht. Für Ihr Training wünschen wir Ihnen toi, toi, toi.« Er klopfte aufs Holz der Tischplatte. »Wir werden Ihnen dann applaudieren – in Berlin neunzehnhundertsechsunddreißig.«

Giselhers Angst ballte sich zu einem Klumpen im Magen. Sein Rücken schmerzte wie kurz vor einem Sprung.

»Ist Ihnen nicht wohl?«

»Doch, natürlich«, presste Giselher hervor.

»Nur noch eines.« Hesewitz legte ihm die Hand auf den Arm. »Falls Sie Ihren Entschluss ändern sollten, seien Sie bitte gewiss, dass uns ein intelligenter, vaterländisch gesinnter Mann mit Sportsgeist willkommen wäre. Natürlich schätzen wir die Leistung von Major von der Weydt, aber er erscheint uns nicht mehr auf der Höhe der Zeit. Sie verstehen, was ich meine.«

Giselher verspürte Schwindel, wie er ihn seit dem Unfall öfter erlebte. Die beiden waren also gekommen, um ihm von der Weydts Posten anzubieten. Aber wie konnten sie das? Ihre Partei mochte einen lawinenartigen Wahlsieg errungen haben, doch deshalb hatten sie noch lange nicht über Ämter im olympischen Komitee zu entscheiden!

»Wir werden uns ja sicher wiedersehen«, sagte Hesewitz. »Als Rittergutsbesitzer verkehren wir schließlich in denselben Kreisen.«

»Ich bin kein Rittergutsbesitzer!«, rief Giselher.

»Nun ja.« Erneut lächelte Hesewitz. »Ich würde dieses idyllische Fleckchen Erde als Muster eines Rittergutes betrachten. Und Ihre Frau ist, soweit ich weiß, einmal die einzige Erbin. Natürlich mag es Dinge geben, die der Erbberechtigung im Wege stehen können, aber mit gutem Willen wird sich das doch regeln lassen. Für uns jedenfalls sind Sie der Erbe von Jamlitz.«

Nachdem die Männer sich verabschiedet hatten, brauchte Giselher mehrere Minuten, um zu sich zu kommen. Sobald er sich halbwegs gefasst hatte, eilte er aus dem Herrenzimmer, um Arndt von Siecksdorff zu suchen. Violas Großvater kam ihm auf dem Gang entgegen.

»Was haben Sie nur damit bezweckt?« Nie hätte Giselher gedacht, dass er einmal in der Lage wäre, von Siecksdorff, den Helden aus Violas Kindheit, anzuschreien. »Diese Männer sind Nationalsozialisten! Wollen Sie etwa, dass ich mich mit denen gemein mache?«

»Ja, das will ich«, sagte von Siecksdorff, und seine herrische Stimme klang gedämpft. »Ich habe eine erhebliche Summe aufgewendet, damit sie Ihnen ein Angebot machen.«

»Sie haben dafür bezahlt, dass diese Leute mir einen Posten anbieten? Aber die Nationalsozialisten haben doch keine Entscheidungen über die Olympischen Spiele zu treffen. Soweit ich weiß, liegt die gesamte Planung noch immer in den Händen von Theodor Lewald und Carl Diem …«

»Lewald ist Halbjude«, unterbrach ihn von Siecksdorff. »Und Diem hat eine halbjüdische Frau, so militärisch zackig er auch daherkommen mag. Wenn man selbst nicht über jeden Zweifel erhaben ist, setzt man besser auf Männer wie Hesewitz und von Tschammer und Osten. Ich halte Sie für intelligent, junger Mann. Sie geben sich doch wohl nicht ernsthaft der Illusion hin, diese Leute würden wieder verschwinden?«

Giselher starrte den befehlsgewohnten Patriarchen an und erschrak. Arndt von Siecksdorffs Gesicht war grau. »Ich weiß es nicht«, sagte er. »Ich muss mich genauer damit befassen.«

»Dann tun Sie das, ehe es zu spät ist. Und Ihr Reiten? Wie steht es damit?«

Giselher schluckte trocken. »Ich habe einiges an Training aufzuholen.«
»Farfalla ist das beste Pferd aus meiner Zucht«, sagte Arndt von Siecksdorff. »Ich habe mir gewünscht, diese feine Stute unter einem guten Springreiter zu sehen, und ginge es nicht um das Veilchen, hätte ich sie Ihnen nicht gegeben.«
»Sie halten mich also für keinen guten Springreiter? Wer sagt Ihnen, dass es nicht an Farfalla liegt? Ich bin mir nicht sicher, dass ihre Sehne wirklich wiederhergestellt ist …«
»Das machen Sie mit sich selbst aus«, erwiderte Arndt von Siecksdorff. »Sie sind ja kein Dummkopf. Auf dem für Sie geschaffenen Posten könnten Sie sich besser bewähren als jeder andere.«
»Ach ja?«, versetzte Giselher. »Auch besser als dieser von Tschammer und Osten, der doch offenbar als Mann der Stunde gehandelt wird?«
»Von Tschammer und Osten hat keine Ahnung vom Sport«, sagte Arndt von Siecksdorff. »Er ist ein Aufräumer, der mit eisernem Besen auskehrt, wo immer man ihn hinstellt. Die Parteiführung hat ihn für den Sport vorgesehen, aber sie weiß auch, dass man ihm Fachleute an die Hand geben muss, die die Feinarbeit leisten. Sie könnten ein solcher Fachmann sein, junger Mann.«
»Ich heiße Mehring«, begehrte Giselher auf.
»Und?«, fragte Arndt von Siecksdorff. »Haben Sie der Welt einen Grund gegeben, sich Ihren Namen zu merken?«
Giselher hatte das Gefühl, in sich zusammenzusacken. Eine Zeitlang standen sie schweigend vor dem hohen Gangfenster, gegen das der Sommerwind die Zweige der Kastanie schleuderte.
»Ich habe meine Tochter bekniet«, sinnierte der alte Mann vor sich hin. »Heirate, wen du willst, aber nicht den Juden. Sie hat mir nicht zugehört, so wenig wie das Veilchen zuhört. Wenn Sie je eine Tochter haben sollten, wird die Ihnen die Arme um den Hals schlingen, und das wird Sie bestechlich machen. Aber Sie wird nicht zuhören, wenn Sie sie warnen. Mir bleibt nur, nun Sie

zu beschwören: Sie haben das Veilchen geheiratet. Beschützen Sie sie.«

»Sie wollen, dass ich diesen Leuten meine Seele verkaufe?«

»Langsam, langsam«, erwiderte von Siecksdorff. »Es geht um einen Posten als Sportfunktionär, und Sport ist schließlich keine Politik. Und ist ein Mann nicht auf der Welt, um die Seinen zu schützen, ohne sich ewig und drei Tage zu fragen, was es ihn kostet?«

»Aber Viola ist doch gar nicht in Gefahr«, rief Giselher. »Selbst wenn diese Leute eine Zeitlang mehr Macht erhalten, als uns lieb ist, und selbst wenn sie ihre Judenpolitik rigoros durchführen – Viola ist keine Jüdin. Sie ist Ihre Enkelin und meine Frau.«

»Und die Tochter von Siegmund Wiener«, sagte von Siecksdorff. »Entschuldigen Sie mich. Ich leide zuweilen unter Atemnot und muss mir Luft verschaffen. Denken Sie über das, was Sie heute gehört haben, nach, nur darum bitte ich Sie.«

»Und wenn Sie sich täuschen? Wenn ich mir doch einen Namen im Sport mache?«

»Die Sportler sind unsere modernen Helden, wie dieser Radio-Schwätzer sagt«, erwiderte von Siecksdorff. »Wer damit Herzen erobert, dürfte aus dem Schneider sein, aber Sie sind nicht der Mann dafür. Kein strahlender Sieger, der den Leuten das Gefühl gibt, er sei unter einem Glücksstern geboren.«

»Nein«, musste Giselher zugeben.

»Wählen Sie solche Helden aus und schicken Sie sie ins Scheinwerferlicht von Olympia«, sagte von Siecksdorff. »Das ist es, was die Menschen brauchen. Brot und Spiele. Solange Sie ihnen das geben, sind sie gesättigt und fallen nicht wie Kannibalen über ihre Artgenossen her. Da fällt mir ein, die Köchin hat Blaubeerstrudel gebacken, den das Veilchen liebt. Lassen Sie ihn sich einpacken. Und wenn Sie sich eingerichtet haben, sprechen Sie noch einmal bei mir vor, damit wir uns über die Erbangelegenheit unterhalten können.«

»Die Erbangelegenheit?«
»Jamlitz«, sagte Arndt von Siecksdorff und ging.

Als Giselher in sein Haus zurückkehrte, lief ihm Viola schon in der Halle entgegen. Sie war wachsbleich, und zum ersten Mal, seit er sie kannte, wirkte sie nicht wie aus dem Ei gepellt. Das Haar hing ihr feucht und strähnig ins Gesicht, das rostrote Sommerkleid war am Kragen durchnässt.
Giselher erschrak bis ins Mark. Er schloss sie in die Arme und war sicher, für sie alles tun zu können, was immer nötig war. Auch Hesewitz und von Tschammer und Osten zu Diensten zu sein. Sport war nicht Politik, und Viola in seinen Armen war so wehrlos und leicht. »Liebes, was hast du, was ist denn passiert?«
Viola hustete. »Nichts. Mir war nur fürchterlich übel. Ich habe das köstliche Omelette wieder von mir gegeben.«
»Ich rufe den Arzt«, sagte er und hielt sie fest, wie ein Mann in Seenot eine Planke festhalten mochte.
»Gis?« Sie war noch immer bleich, aber ihr Blick kam ihm beinahe schelmisch vor. »Für den Arzt ist es ein bisschen früh, mein Dummerjan, der kann ja so noch gar nichts feststellen. Aber wenn du dem Instinkt deiner Frau traust, haben wir uns aus bella Firenze ein kleines Andenken mitgebracht.«

30

Der Parcours von Amsterdam war als Kinderspiel verspottet worden. Wie um die Scharte auszuwetzen, hatten die Veranstalter in Los Angeles Hindernisse wie Wolkenkratzer aufgebaut. Achtzehn Sprünge zählte Alberta, darunter eine gigantische Mauer und ein Wassergraben von fünf Metern Länge. Das Meer

der Zuschauer raunte. In dem gigantischen Stadion gab es an diesem vorletzten Tag der Spiele keinen einzigen freien Platz mehr.
Wie üblich hatte James seine Beziehungen spielenlassen und dafür gesorgt, dass Alberta und Auguste am Abreiteplatz bei den Pferdepflegern stehen durften. Zum Spaß hatte er ihnen Schiebermützen mitgebracht, wie die Burschen sie trugen. »Jetzt all die armen Kerle werden gefeuert«, sagte er, nachdem er sie ihnen aufgesetzt hatte. »Weil jeder eine Bernhardt-Schwester für sein Pferd haben will.«
Er war der einzige Reiter, der noch Späße machte und mit Sirio im Schlepptau herumspazierte, als sei dies ein gewöhnlicher Tag. Alle übrigen Sportler sahen beim Anblick des Parcours aus, als habe man ihnen zum Frühstück faule Eier serviert. Alberta erkannte, wie Hannes' Onkel mit einem zweiten deutschen Offizier die Hindernisse abschritt.
»Mit null Fehlern kommt da keiner drüber«, sagte der zweite Offizier. »Ich bin schon froh, wenn's alle überleben.«
»Was schicken wir hier ins Rennen? Milchmädchen?«, knurrte Major von der Weydt. »Wer sich hier den Hals bricht, der wäre dem, was die neue Zeit von einem Mann verlangt, sowieso nicht gewachsen.«
Alberta dachte an Hannes, der im Grau der Morgendämmerung vor Angst in ihren Armen geweint hatte.
»Es wird doch niemandem etwas passieren?« Auguste riss die Augen auf.
»Bestimmt nicht«, murmelte Alberta. »Eher bricht sich einer den Stolz als das Genick.«
Über das Stadion senkte sich Stille, als das Springen begann. Die Stangen purzelten in so schneller Folge, dass die Betreuer beim Auflegen außer Atem kamen; die Mauer brach bei jedem Durchgang zusammen; in den Wassergraben platschte jeder Hinterhuf. Der Parcours war dermaßen schwierig, dass niemand sich mit

Ruhm bekleckerte. Gut für Hannes, dachte Alberta. Vor einer Blamage brauchte er sich nicht zu fürchten.
Mit zwölf Strafpunkten lieferte einer der Amerikaner das beste Ergebnis ab. Andere Reiter wurden wegen dreifacher Verweigerung disqualifiziert, und wieder andere kapitulierten freiwillig. Das Pferd des zweiten Amerikaners verletzte sich an dem tückischen Oxer, weswegen die Mannschaft, wie so viele vor ihr, ausschied. Flugs rechnete Alberta nach. Weder der erste deutsche noch der erste britische Reiter hatte einen glänzenden Ritt hingelegt, aber wenn keiner der folgenden Reiter völlig versagte, würden beide Mannschaften auf einem Medaillenrang landen. Hannes auf dem Siegerplatz, unter der deutschen Fahne. Das war die Medizin, die seiner Selbstachtung aufhelfen würde. Der zweite Deutsche, Hannes' Widersacher Werner Pichler, kassierte mit Ach und Krach zwanzig Fehlerpunkte, schied aber immerhin nicht aus. Alberta drückte die Daumen, bis sie schmerzten, und sandte fortlaufend Stoßgebete in den klaren Himmel.
Dann folgte der letzte Amerikaner, Harry Chamberlin auf Show Girl. Die Stute wirkte für die Steilsprünge zu schmächtig, aber bis auf einen Patzer am Wassergraben meisterte sie sämtliche Hürden. Vor der Mauer verließ das beherzte Tier jedoch die Courage, und es verweigerte den Sprung. Im zweiten Versuch sprang es, doch die Knie der Vorderhand streiften die obersten Blöcke. Zwei rutschten nach vorn. Alberta schlug sich die Hand vor den Mund.
Weit über der Kante blieben die Blöcke liegen, aber sie fielen nicht herab. Show Girl galoppierte weiter und nahm die beiden Ricks der Kombination. Sieben Fehlerpunkte. Damit hatte sich Chamberlin auf die Position für Gold gesetzt!
Vier Reiter blieben noch. James und ein weiterer Brite, Hannes und der gepriesene Japaner, der sich jetzt auf seinem Uranus an die Startlinie bewegte. Die Glocke klingelte, und der Braune galoppierte in den Parcours. Im Nu war klar, dass diese beiden sich

nicht Bange machen ließen. Die Mauer erwies sich auch für Uranus als Waterloo, doch ansonsten kam das Tier knapp, fast wie berechnet, über jedes Hindernis. Vier Fehlerpunkte. Tosender Applaus empfing Nishi, der damit Chamberlin vom Platz des Siegers verdrängt hatte.
Dieser Lärm würde Loki zum Wahnsinn treiben. Ängstlich schielte Alberta zum Startbereich, doch zu ihrer Erleichterung machte sich dort nicht Hannes, sondern James bereit für den Ritt. Er trug Helm und Uniform, und Sirio war ausnahmsweise einmal ordentlich aufgezäumt. Pferd und Reiter wirkten völlig ruhig, als brächen sie zu einem Spazierritt durch morgendliche Wälder auf.
Als Sirio über das erste Hindernis setzte, ging ein Raunen durch die Menge. »O Gott, Albi, er kann ja fliegen!«, rief Guste.
Auch Alberta vermochte kaum zu fassen, mit welcher Leichtigkeit der Rappe über die Stangen sauste. Sirio war erst sieben Jahre alt und damit eigentlich zu jung für den mörderischen Parcours, doch er sprang, als habe er nie etwas anderes getan. Über den Oxer, an dem so viele Reiter gescheitert waren, setzte James mit ihm hinweg wie über einen Stein, der nicht der Rede wert war. Sie sind so schön, dachte Alberta. Ihr Herz klopfte. James und Sirio waren wie miteinander verwachsen, ein Pferd-und-Mensch-Wesen aus einer alten Sage, die Gestalt wie aus schwarzem, flüssigem Metall.
Als Nächstes kam der furchterregende Wassergraben! Sirio machte sich lang, und James duckte sich auf seinen Hals. Tiefes Knie, tiefer Absatz und geschmeidig in Hüfte und Rücken – besser konnte ein Reiter nicht sitzen. Wie einer von Albertas Pfeilen schoss das Doppelwesen auf die andere Seite. Die Zuschauer waren angewiesen, sich still zu verhalten, doch jetzt konnten sie nicht länger an sich halten. Etliche sprangen von den Sitzen, und als Sirio ebenso mühelos über die Mauer flog, brachen sie in Applaus aus. Alberta erschrak. Was, wenn Sirio sich ablenken ließ und diesen grandiosen Ritt um Gold verpatzte?

Sirio ließ sich nicht ablenken. Aber James. Kaum drang der Jubel zu ihm, verzog er das Gesicht zum Grinsen, spielte den Clown und nahm eine Hand vom Zügel, um den Begeisterten zuzuwinken. Sirio ging nicht durch, sondern galoppierte weiter. Lässig wirkte das, wie eine Ehrenrunde im Zirkus. Ohne Hilfe sprang der Rappe in die Abschlusskombination – und mit einem Krachen fiel die Stange zu Boden. Als James bemerkte, wie ihm geschah, war es zu spät. Sein Pferd setzte bereits zum letzten Sprung an und riss auch die zweite Stange. Acht Fehlerpunkte. In den Beifall von den Tribünen mischten sich Buhrufe und Gelächter.
Du Idiot, dachte Alberta. Wie kann man einen Olympiasieg nur durch Alberei verspielen? Wenn du dafür noch Bronze und eine Medaille mit der Mannschaft gewinnst, ist das die Ungerechtigkeit des Jahrhunderts. Verdient hättest du etwas ganz anderes.
Auguste wandte sich zu ihr. »Was soll man dazu denn sagen?«
»Am besten nichts«, erwiderte Alberta. »Gib ihm ein paar an die Ohren. Aber saftig.«
»Warum ich?«
»Weil's ihm von dir hoffentlich nicht nur auf den Backen weh tut«, antwortete Alberta grimmig. »Sondern da, wo er empfindlich ist.«
»Du bist ja richtig böse auf ihn.«
»Allerdings. Ich hoffe, seine Mannschaft gibt ihm Saures, und bei mir lässt er sich besser nicht blicken, sonst kriegt er gleich noch etwas ab.«
In der Tat hätte sie James gern geschlagen. Sie war so unendlich wütend auf ihn: Hannes musste mit einem Pferd antreten, das praktisch unreitbar war, sie selbst hatte Nathan verloren und bangte um Farfalla, und dieser verwöhnte Bengel bekam mit einem Fingerschnippen ein Wunderpferd geschenkt und hielt es nicht für nötig, sich auch nur für fünf Pfennige anzustrengen!
»Ich mag ihn gern«, sagte Auguste leise.
»Das bedarf keiner Erwähnung, beste Guste, das sieht ein Blinder mit dem Krückstock«, versetzte Alberta.

»Was du damit sagen willst, weiß ich nicht. Ich mag es, wie er das hier verpatzt hat. Alle sind so besessen, so blindlings auf den Sieg fixiert, aber James liebt Menschen. Er kann gar nicht anders, wenn sie sich ihm zuwenden, muss er mit ihnen schäkern. So hat er ja auch uns aufgelesen.«

»Das verstehst du nicht«, sagte Alberta. »Tausende von Sportlern träumen von einer Chance, wie sie ihm in den Schoß gefallen ist. Ihm fällt alles in den Schoß. Müsste er jemals um etwas kämpfen, würde er vielleicht lernen, es zu schätzen.«

Auguste kam nicht mehr dazu, etwas darauf zu erwidern. Die Glocke ertönte. In ihrer Aufregung über James hatten sie völlig verpasst, dass Hannes auf Loki an der Startlinie stand.

Eine Woge von Zärtlichkeit wallte in Alberta auf. Hannes war anders. Scheu und voll Ehrfurcht. Wäre er mit Liebe und Wohltaten überhäuft worden wie James, hätte er ein Pferd wie Sirio unter sich gehabt, könnte niemand ihn besiegen. Er war fleißig und zielstrebig und hatte sich jeden Schritt hart erkämpft. Loki galoppierte an, und Alberta drückte sich die Daumen blau. Lass ihn gewinnen, flehte sie stumm in den Himmel, er hat es so sehr nötig und so sehr verdient.

Loki warf den Kopf, sobald er das erste Hindernis erblickte. Als ihm klarwurde, dass er an den Seiten nichts sehen konnte, verweigerte er den Sprung. Tapfer hielt sich Hannes im Sattel, wendete Loki und versuchte von neuem, ihn auf das Rick hin zu treiben. Loki widersetzte sich und begann zu buckeln wie ein Bulle. Eine Lachsalve hallte über die Bahn und löste andere aus.

Zorn auf die Zuschauer schnürte Alberta die Kehle zu. Viel eher hätten sie Hannes applaudieren sollen für den vergeblichen Kampf, den er sich mit dem Hengst lieferte, für den Heldenmut, mit dem er sich minutenlang im Sattel hielt. Dann aber schwenkte Loki zur Seite und stieg in derselben Bewegung in die Höhe. Hannes rutschte an Lokis Flanke ab und landete mit einem dumpfen Laut auf dem Boden. Alberta schrie auf und rannte los.

»Zurück, Miss, Sie dürfen da nicht rein!« Vier Ordner sprangen ihr in den Weg und versperrten ihr die Sicht. Als sie zur Seite traten, gerade weit genug, um ihr einen Blick auf den Platz zu gestatten, sah sie, dass Hannes noch immer am Boden lag. »Lasst mich doch zu ihm!«, rief sie. Wie konnten die Ordner sie zwingen, ihn in dieser demütigenden Lage alleinzulassen?
Sanitäter eilten mit einer Trage herbei, aber Alberta glaubte nicht, dass Hannes schwer verletzt war. Er war ein glänzender Reiter und hatte sich instinktiv richtig abgerollt. Nur die Verletzung an seiner Seele wollte sie sich lieber nicht ausmalen.
Ein Mann stürmte an den Sanitätern vorbei und kniete sich zu Hannes in den Sand. James. Alberta sah, wie er ihm auf die Beine half, wie er sich behutsam den Arm des schwereren Mannes über die Schultern legte und sich mit ihm vom Platz schleppte. Ihr Blick hing wie gebannt an den beiden. Sie wirkten nicht elegant, sondern linkisch, aber genauso miteinander verwachsen wie zuvor James und Sirio. Statt Ruhm zu ernten, hatten sie sich beide blamiert, doch den Anblick, den sie boten, gehörte zu den Bildern von Olympia, die im Gedächtnis bleiben würden.
»Er ist ein so netter Mann«, sagte Auguste.
»Er fällt ihm leicht, nett zu sein«, sagte Alberta. »Es kostet ihn nichts.«
James schleifte Hannes auf den Abreiteplatz und lehnte ihn gegen den Zaun. Beinahe zärtlich packte er den Größeren bei den Schultern und schüttelte ihn behutsam. »Du bist gut, hörst du? Du bist der Beste. Wir anderen haben es vermasselt, weil wir sind faul oder schlecht oder ein Trottel wie ich. Aber bei dir es liegt nur am Pferd!«
»Du hast es doch gar nicht vermasselt!«, sagte Hannes, dessen Gesicht gerötet und tränennass war. »Du gewinnst Bronze und mit der Mannschaft obendrein Gold.«
James senkte den Kopf. »Das würde dir gebühren, nicht mir«, murmelte er zerknirscht.

»Stimmt«, bemerkte Alberta, beförderte ihn mit einem resoluten Rippenstoß zur Seite und legte die Arme um Hannes.
»Albi.« Der Schmerz in seinen Augen, als er sie ansah, war kaum zu ertragen. »Gut, dass du nicht ja gesagt hast gestern Nacht. Stell dir vor, du hättest eingewilligt, dich mit mir zu verloben, und stündest jetzt mit einem solchen Versager da.«
»Hannes, du bist ja verrückt!« Sie wusste nicht, was sie sagen sollte, um ihm die Qual zu erleichtern. Radio-Bernhardts Tochter, die wie ein Springbrunnen plappern konnte, fiel beim besten Willen nichts ein. Sie hielt sein Gesicht an den Wangen, wie sie es auch bei einem Pferd getan hätte, und drückte ihm einen Kuss auf die Nase. Dass die halbe Welt zusah, war ihr egal.
»Nicht, Albi. Du solltest dir einen Besseren suchen. Einen wie James, der reiten kann.«
»Ich will einen, der sich beträgt wie ein Mann«, sagte Alberta. »Ein verzogenes Hätschelkind, dem alle Welt Zucker in den Hintern bläst, kann ich nicht brauchen.«
Er protestierte nicht einmal gegen das unanständige Wort. »Hannes, du wirst es schaffen!«, rief Alberta verzweifelt. »In dem Punkt hat dieser adelige Idiot doch recht: Es liegt nur am Pferd. Und vielleicht hättest du doch die Scheuklappen abnehmen sollen …«
»Ohne Scheuklappen hätte ich mir den Hals gebrochen.« Mit einer groben Bewegung machte Hannes sich frei. »Ich habe Glück, wenn ich in der Reichswehr bleiben darf, als gewöhnlicher Unteroffizier, auch wenn das Leben beim Militär die Hölle für mich ist. Aus der Kavallerieschule fliege ich in hohem Bogen, dafür wird mein Onkel schon sorgen. Und ich bin nicht James, ich bekomme nichts geschenkt. Ein Springpferd schon gar nicht.«
»Doch«, kam es gedämpft von James, der den Kopf hängen ließ. »Darf der adelige Idiot etwas sagen?«
»Das hier ist nicht lustig«, wies Alberta ihn schneidend zurecht. »Und es ist auch keine Bühne, auf der du deinen nächsten Auftritt in Szene setzen kannst. Zieh Leine, Lord Seaton-Carew. Geh zu

deinen vielen Freunden, die mit Champagner auf dich anstoßen und dir für dein Bravourstück noch auf die Schultern klopfen.«

»Au«, sagte er wie am ersten Tag. »Das hat weh getan.«

Sie starrte in sein Gesicht, auf seine Augen und Lippen, ohne ein Wort herauszubringen.

»Ich weiß, dazu sind Backpfeifen gedacht«, sagte er heiser. »Ich schäme mich, Alberta.«

Alberta nahm Hannes' Hände und drückte sie in ihren. »Spiel dich nicht auf«, fuhr sie James an. »Was Scham ist, weißt du doch gar nicht, dazu bist du nicht Manns genug.«

»Ich kann es lernen, oder nicht?« Er hob den Kopf und sah sie an. Zurechtgewiesen. Und dennoch stolz. Dann wandte er sich an Hannes. »Ich will nicht meine vielen Freunde, die blasen Zucker in meinen Hintern«, sagte er. »Ich will euch.«

Hannes sah auf und begegnete seinem Blick.

»Du bist ein verdammt guter Reiter«, sagte James. »Ich will dich reiten sehen ohne Trottel von Onkel im Nacken. Ihr kommt mit mir.«

»Was willst du dich mit mir noch herumplagen?«, fragte Hannes bitter. »Ich bin kein Reiter mehr. Mein Onkel feuert mich.«

»Dann du musst reiten so gut, dass dein Onkel hat keine Wahl.«

»Und worauf?«, stieß Hannes hervor. »Auf dem Besenstiel, den mein Onkel gern auf mir entzweiprügeln würde?«

»Auf deinem Flügelpferd«, antwortete James. »Auf Farfalla.«

»Aber das geht nicht …«, stammelte Hannes.

»Warum nicht?«, fragte James. »Ich bin ein adeliger Idiot, der hat ein Pferd, und du bist ein Himmelsreiter, der hat keines. Das ist nicht fair. Ich bin zu faul, um die Welt zu ändern, aber ich kann ein Pferd für dich kaufen. Merke ich gar nicht. Wie viel Geld ich habe, weiß mein Bruder Alec, nicht ich.«

»James, das geht nicht«, sagte Hannes.

James hatte sich abgewandt, um sich um Sirio zu kümmern, doch er drehte sich noch einmal um. »Muss gehen«, sagte er. »In Berlin wir treten wieder an. Dann ich will gewinnen, nicht weil mir klebt Zucker im Hintern, sondern weil ich der Beste bin.«

Die britische Mannschaft gewann kein Gold, denn ihr letzter Reiter nahm eine Wendung falsch und wurde disqualifiziert. Damit fand in der Mannschaftswertung keine Medaillenvergabe statt. In der Einzelwertung errang James Bronze. Bei der Siegerehrung stand er mit hängenden Schultern wie ein geprügelter Hund da. So als hätte er gern ein Erdloch gehabt, um sich darin zu verkriechen.

Es geschah ihm recht.

»Kannst du dem armen Kerl nicht verzeihen?«, fragte Guste. »Er hat doch gar nichts Böses getan, sondern war nur ein bisschen übermütig.«

Warum sie es nicht konnte, war Alberta selbst nicht klar. Sie würde darüber nachdenken müssen. Aber nicht jetzt. Für den Augenblick hatte sie anderes zu tun.

»Lasst mich nur machen«, hatte sie gesagt. Sie würde die Sache regeln, sie hatte es Hannes und Guste versprochen.

Während der Schlussfeier stahl sie sich in die Presseloge, setzte sich neben ihren Vater und wartete, bis der Himmel über Los Angeles sich königsblau färbte und die Flamme über dem Stadion erlosch. Es tat so weh, dass sie sich James und seine dummen Witze herbeiwünschte. Als ihr Vater sein Aufnahmegerät ausschaltete und sich zu ihr umdrehte, liefen ihm Tränen über die Wangen.

»Tut mir leid, Albi.«

»Das muss dir nicht leidtun.«

»War verdammt noch mal eine großartige Zeit, habe ich recht? Olympia, das ist ein ganz großes Ding. Das hat einen Zauber, den man niemandem erklären kann, der's nicht selbst erlebt hat.«

Alberta nickte. Dann fielen sie sich in die Arme und weinten gemeinsam, während das große Stadion immer stiller wurde und sich langsam leerte.

»Zum Teufel, wir waren dabei, Albi! Das kann uns kein Mensch mehr nehmen.«
»Nein«, murmelte Alberta.
»Habt ihr gepackt?«, fragte ihr Vater. »Unser Zug geht morgen früh schon um acht, damit die *Europa* nicht ohne uns ablegt.«
»Paps«, sagte Alberta.
»So nennst du mich nur, wenn du etwas von mir willst.«
Sie schmiegte sich an ihn. »Ich will doch immer etwas von dir.«
»Und was diesmal?«
»Nur einen kleinen Brief, indem du deine Einwilligung erklärst. Guste und ich fahren nicht mit der *Europa*, sondern mit der *Torino*. Unser Zug geht erst morgen Abend.«
»Was redest du denn? Und was, um alles in der Welt, ist die *Torino*?«
»Ein Dampfschiff«, antwortete Alberta. »Die gesamte Entourage der englischen Mannschaft reist darauf. Das Schiff gehört den Seaton-Carews, und James Seaton-Carew hat uns eingeladen, den September mit ihm auf seinem Landgut zu verbringen.«
Ihr Vater lachte auf, wie er es immer tat, wenn er nicht wusste, wie er ihr etwas verbieten sollte. Verbieten wollte er es aber natürlich trotzdem. »Das ist nicht zu machen, Albi. Und das weißt du.«
»Warum nicht? Ich gehe nicht an die Schule zurück, und Guste ist so genial, dass sie ruhig ein paar Wochen länger fehlen kann. Um den Kauf von Farfalla kümmert sich James, und ansonsten haben wir nichts zu bedenken. Wir lernen erstklassiges Englisch, Paps. Und ich kann trainieren – nicht nur mit einem Recurvebogen wie bei Jobst, sondern mit einem echten englischen Langbogen.«
»Junge, Junge.« Ihr Vater spitzte die Lippen. »Aber bei den Olympischen Spielen wird nun einmal mit Recurve geschossen.«
»Vom Training mit dem Langbogen bekommt der Sehnenarm mehr Kraft«, erklärte Alberta. »Außerdem besorgt mir James einen Recurvebogen, wenn ich einen brauche.«

»Er frisst dir aus der Hand, der junge Wirbelsturm von der Insel.«

»Das ist Unsinn«, wehrte Alberta ab. »Er ist nicht einmal richtig zugeritten. Wenn den überhaupt jemand gezügelt bekommt, dann Guste, sie muss nur lernen, die Sporen einzusetzen.«

»Du bist süß, mein Kleines. Aber nicht recht bei Verstand.«

»Ich bin nicht mehr klein. Ich bin hier erwachsen geworden.«

»Das merke ich«, sagte er. »Und deshalb weißt du auch, dass ich euch nicht etwas erlauben kann, das euch in ein schlechtes Licht rückt. Selbst in unseren Kreisen, in denen für Moralapostel kein Platz ist. Dir mag dein Ruf egal sein, aber für Guste sieht das anders aus.«

»Es ist Guste, für die ich dich bitte«, sagte Alberta. »Sie fängt gerade erst an, sich in James zu verlieben, sie kann ihn nicht jetzt schon wieder verlieren.«

»Guste?« Ihr Vater riss die Augen auf. »Aber Guste hat doch ihren Karl, ich dachte, der verrückte Brite und du …«

Jetzt, wo ihr Vater es sagte, wurde Alberta bewusst, wie leicht Außenstehende auf diesen Gedanken kommen konnten. »James amüsiert mich, aber er ist nicht mehr als ein großspuriges Jüngelchen, das nicht erwachsen wird«, erklärte sie. »Dafür habe ich nichts übrig. Ich mag Hannes von der Weydt gern.«

»Den armen Teufel, der vom Pferd gefallen ist?«

»Er ist der Beste«, erwiderte Alberta. »In Berlin, mit einem anderen Pferd, wird er allen zeigen, was er kann. Aber das spielt ja jetzt keine Rolle, Hannes und ich können uns schließlich auch daheim treffen. Es geht um Guste. James ist hin und weg von ihr, und ich bin so froh, dass sie sich darauf eingelassen hat …«

»Aber er hat doch mit unserer Guste keine ernsten Absichten!«, rief ihr Vater. »Und für Guste sind solche Dinge nun einmal wichtig. Albi, ich glaube, von diesen ganzen Komplikationen, mit denen die Liebe einhergeht, verstehst du dann doch noch nicht genug …«

»Ich verstehe mehr, als mir lieb ist«, konterte Alberta. »Nein, er wird Guste nicht heiraten, aber er wird auch nichts tun, was ihr schadet. Erstens sehen Hannes und ich ihm auf die Finger, und zweitens wird das alles völlig ehrenhaft zugehen. Seine Schwester Harriet spricht in Vertretung der Hausherrin offiziell eine Einladung aus – so macht man das offenbar in diesen hochwohlgeborenen Kreisen.«
»Und dann?«, fragte ihr Vater. »Ich weiß, du meinst es gut, aber bei alledem kann unsere Guste doch nur verletzt werden. Der britische Teufelskerl wird sie sattbekommen, und daheim wird das wackere Karlchen von der Treulosen nichts mehr wissen wollen.«
Alberta wappnete sich. Sie würde alle Register ziehen müssen und begriff nicht, warum ihr das auf einmal wie Verrat vorkam. Ihr war, als würde jemand hinter ihr kaum hörbar singen:

Kennst du das kleine Haus am Michigansee?
Darin waren wir zwei
Einst im Mai.

Sie schüttelte alles ab, das Gefühl von Verrat und den dümmlichen Gesang. »Ich selbst würde ja lieber mit dir nach Hause fahren«, behauptete sie und schmiegte sich noch enger an ihn. »Aber um Gustes willen geht es nicht. Ja, ich weiß, James Seaton-Carew ist ein Leichtfuß, aber gegen das sogenannte Karlchen ist er das kleinere Übel. Es gibt etwas, das du nicht weißt. Ich wollte es für mich behalten, doch ich glaube, ich muss es dir erzählen, damit du Guste nach England fahren lässt. England ist wie ein Kurort, an dem sie bleiben muss, bis sie von Karl Venske geheilt ist.«
Sie erzählte ihm alles. Er reagierte genau wie sie selbst: Über Tante Käthes ehrpusseliges Gerede von Treue machte er sich lustig, doch dass der Verehrer seiner Tochter einen Mann umarmte, ließ ihn vor Schreck erbleichen.

Alberta wusste, dass sie ihr Ziel erreicht hatte. Sie blieb noch eine kleine Weile bei ihm sitzen, dann machte sie sich los und sah noch einmal in den von Sternen übersäten Himmel, in den nun kein Feuer mehr loderte.
Sie würde nach England fahren. Sie würde für Olympia trainieren. Ihr Traum fing gerade erst an.

FÜNFTER TEIL

Spirit in Motion

Birmingham Station, November 2011

»Is she breathing?
Yes, very low.
Watcha doing,
Jennifer my love?«

Donovan

31

Überall auf dem Bahnhof, von der meterhohen Decke bis zum Boden, hingen fuchsienpinkfarbene Banner. Selbst hier, obwohl die Spiele in London stattfanden, nicht in Birmingham. *Inspire a Generation.*

»Ich will das nicht sehen«, sagte Jennifer.

»Doch«, beharrte Gregory und zog sie weiter. »Du willst es, weil es sonst nicht aufhört. Es ist wie nach einer Trainingsverletzung. Du fängst an, ein oder zwei Schritte über die Schmerzgrenze hinauszulaufen, dann noch zwei Schritte, und so weiter. So lange, bis der Schmerz Teil des Laufens geworden ist und sich ertragen lässt.«

»Hast du das so gemacht?«

Er gab eine Mischung zwischen Schnauben und Lachen von sich. »Ich hatte ja keine Trainingsverletzung.«

Der Zug nach Buckinghamshire fuhr von Gleis 4. Bis nach Stoke Mandeville würde er nicht viel mehr als zwei Stunden brauchen. Skeptisch schenkte Jennifer dem Mann, der ihr die Tasche abnahm und ihr die Tür öffnete, einen Blick. Sie hatte mit ihm geschlafen. Weshalb erschien es ihr auf einmal unmöglich, zwei Stunden mit ihm in einem Zug zu verbringen?

Er war bisher großartig gewesen, und war es auch jetzt noch. Gregory O'Reilly, der barmherzige Samariter, der keine Gegenleistung forderte. Stemmte ihre Taschen ins Gepäckfach, klappte den Tisch aus und förderte aus einer Einkaufstüte zwei in Plastik geschweißte Portionen Sushi, zwei Pappbecher und eine Flasche Weißwein zutage. »Picknick anno zweitausendelf.«

»Das sehe ich.«

Der Zug fuhr an. Es gab kein endloses Herumstehen. Gregory hielt die zwei schaukelnden Becher gleichzeitig fest und füllte sie mit Wein. »Wir brauchen nicht zu reden, wenn du nicht willst. Ich habe eine Zeitung, hinter der ich mich verstecken kann.«

Er war auch im Stadion großartig gewesen. Hatte sie in ein Taxi verfrachtet, ihre Familie verständigt und ein Zimmer gebucht, in einem Kettenhotel, dessen Unpersönlichkeit ihr entgegenkam. Ein Doppelzimmer. »Ich kann gehen«, hatte er angeboten.

Sie hatte gewollt, dass er blieb. Er hatte beim Zimmerservice eine Platte mit Fingerfood bestellt, die sie beide nicht angerührt hatten. Er hatte den Wein in ihrem Glas mit Wasser gemischt und sie in mehr und mehr Decken gehüllt. Als keine Decken mehr da waren und sie noch immer zitterte, hatte er gesagt: »Ich würde gern mit dir schlafen, Jennifer. Ohne Versprechungen. Nur gegen die Kälte.«

Sie war zu ausgelaugt, um nachzudenken. Er kam zu ihr, und sein Körper war tatsächlich wärmer als die Decken. Kurz verlor sich das Gefühl, dass etwas fehlte, so als hätte er den Platz, die Lücke ausgefüllt. Danach blieb er bei ihr liegen, und solange er sie festhielt, fror sie nur ein bisschen. Er war schön. Ein schlanker, schön gebauter Mann, der wie zum Laufen gemacht war. Seine zerstörten Beine verschlugen ihr jedoch den Atem. Kreuz und quer verlaufende Nähte, ins Muskelfleisch gepflügte Narben. An seinen Beinen war nichts mehr schön, nur die Erinnerung. Sie umarmte ihn.

»Ich will nicht, dass du aus Mitleid mit mir schläfst«, sagte er.

»Das wollte ich zu dir vorhin auch sagen«, erwiderte sie. »Aber es ist nicht so schlimm, wie man denkt. Wenn es gut ist, vergisst man ja das Mitleid.«

Sie lachten beide. Verlegen und verblüfft. Dafür war sie ihm dankbar – dass sie in dieser furchtbaren Nacht, nachdem sie sich die Augen aus dem Kopf geheult hatte, mit ihm lachen konnte. Am Morgen, als sie völlig erschöpft waren, hatte sie gesagt: »Davor habe ich Angst: dass ich jetzt, wo ich nicht mehr weiß, was ich mit meinem Leben machen soll, ein Ziel durch einen Mann ersetze. Meine Mutter hat das gemacht. Mir wird übel davon.«

»Ich bin ja in dem Sinn kein Mann«, sagte er. »Nicht einmal ein Trainer. Nur der Notdienst.«

»Und wie lange gibst du dich damit zufrieden? Es ist dir gegenüber nicht fair, Gregory. Gegen das, was dir geschehen ist, ist meine Unfähigkeit, einen Wettkampf durchzuhalten, Kinderkram. Ich will dich nicht so ausnutzen.«

»Dann tu mir den Gefallen und fahr mit mir nach Mandeville.«

»Was soll das bringen?«

»Lass uns das dort überlegen«, sagte er. »Fahr einfach mit mir hin.«

Sie hatte eingewilligt, weil ihr nichts anderes einfiel. Weil sie ihm etwas schuldete, und weil ein Teil von ihr noch immer wütend war und eine Antwort wollte: Ich bin zum Laufen geboren. Warum hindert etwas mich daran, zu tun, wofür ich geboren bin?

Sie blieben vier Tage in Birmingham, und in dieser Zeit regelte er alles: die Telefonate mit ihrer Familie und dem *Stuzzicadenti*, ein paar Einkäufe, die Reservierung der Zugtickets und die Unterbringung in Buckinghamshire. »Ich habe ein Cottage mit einem Schlafzimmer und einer ausziehbaren Couch gemietet«, erzählte er ihr. »Das erlaubt alle Kombinationen. Und wenn du doch zu Alberta Bernhardt ziehen willst, kann ich auch allein darin wohnen bleiben.«

»Ich komme mir vor wie ein Kleinkind«, sagte Jennifer. »Eins, das von vorn bis hinten umsorgt werden muss.«

»Bist du denn als Kleinkind von vorn bis hinten umsorgt worden?«

Sie erschrak vor der Frage. Dann schüttelte sie den Kopf. »Meine Mutter ist nicht der Mensch dazu. Sie hätte selbst umsorgt werden müssen.«

»Hat sie deshalb Abe Feldman geheiratet?«

»Gut möglich. Bei Abe hat man immer das Gefühl, er habe im Leben keinen Wunsch, als für andere da zu sein.«

»Ich würde dir dieses Gefühl auch gern geben«, sagte Gregory.

Sie tranken Wein. Hinter Regenstreifen flog die Landschaft vorbei.
»Das kannst du nicht«, sagte Jennifer. »Es fällt mir schwer genug, Abe zu glauben, dass er völlig selbstlos ist, aber bei anderen Menschen ist es ganz und gar unmöglich. Wir wollen alle etwas, und du willst etwas von mir. Mir zu überlegen, was das sein könnte, macht mir Angst.«
»Was könnte es denn sein? Macht dir wirklich die Vorstellung Angst, dass ein Mann sich in dich verliebt?«
»Vielleicht«, sagte sie. »Bisher habe ich gedacht: Ich habe dafür keine Zeit, ich will nichts, das mich vom Laufen ablenkt. Jetzt habe ich kein Laufen mehr und will keinen Mann in die Lücke stopfen. Ich muss herausfinden, ob es etwas gibt, das ich stattdessen wollen könnte. Das ist keine günstige Zeit zum Verlieben. Aber es ist nicht das, was ich am meisten fürchte. Du hast schon etwas von mir gewollt, als du mich noch nicht kanntest.«
»Stimmt.«
»Und jetzt willst du es immer noch, richtig?«
»Was meinst du, Jennifer?«
»Du willst, dass ich wieder laufe. Deshalb fahren wir im Regen nach Buckinghamshire. Nicht weil du irgendein bogenschießendes Idol deiner Kindheit aus der Nähe bewundern oder mit einer Frau, auf die du abfährst, ein lauschiges Cottage teilen willst.«
»Ich fände es wundervoll, Alberta Bernhardt aus der Nähe zu bewundern«, widersprach er. »Und noch wundervoller fände ich es, mit dir ein lauschiges Cottage zu teilen. Aber du hast recht. Es ist auch für mich keine günstige Zeit zum Verlieben.«
Tonia Harrison fiel ihr ein, und sie erschrak. »Es tut mir leid«, sagte sie. »Gregory, du darfst nicht darauf hoffen, dass ich wieder laufe, und du darfst nicht versuchen, mich dazu zu bringen. Ich fühle mich wie eine Suchtkranke, die einen Entzug durchstehen muss. Mit meiner Besessenheit habe ich mir jede vernünftige Lebensplanung kaputt gemacht. Ich konnte bei meiner Familie

wohnen, der Feldman-Saga zusehen und im *Stuzzicadenti* jobben, während ich gelaufen bin und auf den Tag X gewartet habe. Jetzt, wo ich auf nichts mehr warte, funktioniert das nicht länger. Mir kommt es vor, als habe es mich nur gegeben, solange es die Läuferin gab. Ich muss mir überlegen, was das sonst noch sein könnte – ich. Und was das ist, was mir schon mein Leben lang fehlt.«

Er sagte nichts.

»Du musstest es auch«, setzte sie an. »Dir etwas Neues überlegen, leben lernen ohne Laufen.«

»Ich hatte keine Wahl«, sagte er. »Alberta Bernhardt hatte eine. Ich hoffe, sie kann dir bei deiner Suche helfen.«

»Weiß sie, dass ich komme?«

Er nickte. »Abe Feldman hat ihr Bescheid gesagt. Sie schickt jemanden, der uns vom Bahnhof abholt.«

»Das ist doch nicht nötig.«

»Das habe ich auch gesagt«, erwiderte er. »Aber Abe Feldman meinte, es komme ihm respektlos vor, der alten Dame ihren Wunsch abzuschlagen. Sie hat ja wohl auch genug Personal. Es macht ihr keine Mühe.«

»Nein. Sicher nicht.«

Sie hörten auf zu reden. Jennifers Magen verknotete sich, als sie nach und nach die Landschaft wiedererkannte. Sie war zuletzt als Kind hier gewesen, als Momma sich nicht um sie hatte kümmern können. Für gewöhnlich hatte sie sich selbst versorgt, aber ein paarmal hatte Grandma Alberta eingegriffen. Das Land war hügelig, sein Grün hatte selbst jetzt, im Herbstregen, noch etwas aus Werbeprospekten für das ländliche England. Der Ort Stoke Mandeville war winzig. Drei Kirchen, kein Hochhaus, dafür Schindeldach an Schindeldach. Als der Zug in den Bahnhof einfuhr, verlangsamte er die Fahrt. Der Bahnhof, der lediglich über zwei Gleise verfügte, war ebenfalls mit Bannern geschmückt, aber sie waren nicht fuchsienpinkfarben und trugen auch keine

olympischen Ringe. Stattdessen waren drei verzerrte Halbmonde in Rot, Grün und Blau darauf abgebildet.
»Agitos«, sagte Gregory.
»Was?«
»Agito ist lateinisch und heißt ›Ich bewege mich‹«, erklärte er. »Die drei Zeichen bilden das Symbol der Paralympischen Spiele. Es passt zum Motto, nicht wahr?«
»Ich weiß nicht, wie das Motto lautet«, bekannte Jennifer. »Ich weiß überhaupt nichts über die Paralympischen Spiele, auch wenn ich es sollte.«
»Warum solltest du? Die meisten Leute befassen sich mit den Paralympics ja nicht, weil sie Lust darauf haben, sondern weil ihnen nichts anderes übrigbleibt. Das Motto lautet *Spirit in Motion*. Geist in Bewegung.«
Jennifer sah eine bemalte Plastik der einäugigen Figur mit dem Fahrradhelm vor dem Kiosk stehen: das Maskottchen, das den Namen Mandeville trug. Daneben stand ein zierlicher alter Mann, der sich an der Figur abstützte. Er hatte schlohweißes Haar, trug eine Brille und hatte sich aus einem Rollstuhl hochgestemmt.
»Großonkel Fred!« Es war mehr als ein Jahrzehnt her, dass sie ihn zuletzt gesehen hatte. »Wie kann sie denn ausgerechnet den armen Großonkel Fred schicken?«
»Vielleicht wollte sie jemanden am Bahnhof haben, der dich erkennt?«
»Er erkennt mich nicht. Wir sind uns nur ein paarmal begegnet, als ich kaum älter war als zehn.«
»Aber du hast ihn erkannt.«
»Ich mochte ihn gern. Er kann nicht laufen, und jetzt steht er meinetwegen in der Kälte. Wir hätten uns doch ein Taxi nehmen können.«
Gregory war aufgestanden, um sich Großonkel Fred anzusehen. »Warum kann er nicht laufen?«

Wie auf ein Zeichen begann Freds rechtes Bein zu zucken, bis er ins Schwanken geriet. Jennifer war acht gewesen, als sie zum ersten Mal Zeugin eines solchen Anfalls wurde. Sie hatte sich zu Tode erschrocken, Großonkel Fred jedoch war daran gewöhnt. Routiniert rückte er sich den Rollstuhl zurecht und ließ sich hineinsinken.
»Er war schon immer so«, sagte Jennifer, während Gregory ihre Taschen von der Gepäckablage angelte. »Was er genau hat, weiß ich nicht. Irgendeine Art von Lähmung.«
»Zerebralparese.«
»Schon möglich. Ich habe dir gesagt, ich weiß über meine Familie so gut wie nichts.«
Sie waren die Einzigen, die in Stoke Mandeville ausstiegen. Großonkel Fred reckte den Hals, und Jennifer winkte. Augenblicklich winkte er zurück und setzte den Rollstuhl in Bewegung.
»Jennifer!« Er strahlte über das zerfurchte Gesicht. »Ich hätte dich unter Hunderten erkannt. Du siehst aus wie deine Urgroßmutter.«
Er war der Zweite, der ihr das sagte. Jennifer hingegen bemerkte einmal mehr, wie sehr sie optisch der Feldman-Seite nachschlug. Dunkles Haar, dunkle Augen, scharfe, asketische Züge. An Großonkel Fred hingegen war alles hell, und sein Gesicht hatte trotz des hohen Alters etwas beinahe Liebliches.
Sie fühlte sich verklemmt, suchte nach Worten und hatte Angst, Großonkel Fred könne sie fragen, was sie eigentlich hier wollte. Er aber machte sich völlig unbefangen mit Gregory bekannt, schwatzte mit ihm und rollte dabei auf die Treppe zu, die auf einen Übergang zur Straße führte.
»Ich habe mein Auto gleich vor dem Portal, unterm Vordach. Nass werdet ihr nicht.«
»Du fährst Auto?«, platzte Jennifer heraus. Dann presste sie sich die Hand auf den Mund.
»Weshalb fragst du?«, erkundigte er sich. »Weil ich keine völlige

Kontrolle über meine Glieder habe, oder weil ich ein vergreister, halbblinder Grottenolm bin?«
»Beides«, gab sie kleinlaut zu.
»Ich fahre gern Auto«, sagte Großonkel Fred. »Ich habe zwar ewig gebraucht, um es zu lernen, aber seither fahre ich unfallfrei. Ich muss eben hellwach sein und auf die Warnsignale meines Körpers hören, doch das musste ich schon mein ganzes Leben lang. Leider befürchtet mein Augenarzt, dass ich das Fahren in absehbarer Zeit werde aufgeben müssen, also vergnüge ich mich damit, solange ich darf. In meinem Auto fühle ich mich sicher. Der Mensch ist ein Fluchttier – das Gefühl, im Notfall losflitzen zu können, tut uns gut.«
Ja, dachte Jennifer und wunderte sich, wie erstaunlich genau er ihr Lebensgefühl beschrieb. Sie hatte sich mit diesem Gedanken schon als Kind beruhigt: Was immer geschieht: wenn es zu schlimm wird, kann ich weglaufen.
»Wir treffen uns oben.« Onkel Fred wies auf die Treppe und grinste. »Im Fahrstuhl ist nur Platz für uns Leute mit Extrawurst.«
Auf ihren Wunsch fuhr Fred sie nicht zu Grandma Albertas Anwesen, sondern zu dem gemieteten Cottage. Er war ganz allein in der Lage, den Rollstuhl zusammenzuklappen, hinten im Laderaum zu verstauen und sich dann auf den Fahrersitz zu stemmen. Als er Jennifer staunen sah, lachte er. »So was lernst du freiwillig, sobald du Fusseln am Mund hast, weil du ständig jemanden um etwas bitten musst.«
Kaum saßen sie in dem geräumigen Austin Mini Countryman, der für Freds Bedürfnisse ausgestattet worden war, als der schwarze Himmel schon aufriss und der Regen zum Sturm wurde, die Tropfen auf dem Autodach lärmten wie Salven aus einem Maschinengewehr. Das Cottage lag ein Stück außerhalb des Ortes im Nirgendwo. Weiß verputzt und winzig, trotzte es den wütenden Sturmböen, die das Gras beugten.

Onkel Fred blieb im Auto. »Ruft an, wenn ihr etwas braucht. Es gibt alles hier, auch wenn es aussieht wie hinter dem Mond. Sogar einen recht ordentlichen Pizza-Service.« Der alte Herr im Maßanzug sah nicht aus, als habe er jemals einen Pizza-Service bemüht, aber sein Schmunzeln weckte immerhin Zweifel.

»Vielen Dank«, sagte Gregory. »Ich glaube, wir sind heute froh, wenn wir nicht mehr nach draußen müssen.«

»Und nehmen Sie sich keinen Leihwagen«, sagte Großonkel Fred. »Wir haben genügend Autos herumstehen, die Sie benutzen können.«

»Das besprechen Sie bitte mit Jennifer«, erwiderte Gregory. »Ich fahre nicht Auto.«

Der Onkel musterte ihn, ließ die Information aber unkommentiert. »Wann bekommen wir Sie denn zu sehen?«, fragte er stattdessen. »Alberta würde es nie zugeben, aber sie brennt schon darauf.«

Als Kind hatte Jennifer es komisch gefunden, dass er seine Mutter beim Vornamen nannte. Ihre eigene Mutter hatte auf der Anrede Momma bestanden, und seit sie die Rolle der Feldmanschen Matriarchin übernommen hatte, ließ sie sich von aller Welt so nennen.

»Das hängt von Jennifer ab«, sagte Gregory.

Es war albern, Angst vor einer fast Hundertjährigen zu haben, vor der Mutter eines Greises, die vermutlich Probleme mit dem Gedächtnis hatte und schlecht hörte. Warum sie hergekommen war, wusste Jennifer immer noch nicht, jedenfalls hatte sie nichts mehr zu verlieren.

»Ich komme morgen Abend«, sagte sie.

32

Es tat überraschend gut, in dem Cottage zu wohnen, in einem überschaubaren Raum und unter einem Dach, auf das der Regen prasselte, weit weg von allem, was sie anging. Der Vermieter hatte ihnen einen Begrüßungskorb mit Käse, Eiern, frischem Brot und Kaffee hingestellt, und Gregory hatte Wein und weitere Lebensmittel in der Tasche. Sie brauchten das winzige, entlegene Haus vorerst nicht zu verlassen, sondern konnten im Kamin ein Feuer anzünden und sich in den Ohrensesseln in Decken wickeln.

»Ich habe das damals auch gemacht«, sagte Gregory.

»Was?«

»Mir einen sicheren Ort gesucht, an dem ich untätig liegen bleiben konnte, ohne dass jemand mich aufrichten wollte«, sagte er. »Damals. Nach Tonias Tod.«

»Ich finde mich so hysterisch, wenn du mich mit dir vergleichst«, sagte Jennifer. »Ich habe niemanden verloren, und mich hat niemand verletzt.«

»Bist du dir da sicher?«, fragte er.

Jennifer war sich nicht sicher und gab dennoch keine Antwort. Am nächsten Abend riefen sie ein Taxi und fuhren nach Mandeville.

Der Anblick des Anwesens erschreckte sie, weil er andere dunkelstürmische Abende heraufbeschwor. Kindheitsabende, an denen sie hier angekommen war und dieses Haus bestaunt hatte, das nicht aussah wie ein Haus, in dem Menschen wohnten. Zumindest nicht Menschen, die mit einer Jenny aus Londons Osten verwandt waren. Und doch war es genau das Haus, das durch die Träume von Jenny aus Londons Osten geisterte:

Meine Urgroßmutter ist eine echte Prinzessin. Sie wohnt auf einem gelben Schloss, und drumherum ist ganz viel Wald und Berge und Weiden mit Pferden, die alle ihr gehören.

Grandma Alberta war keine Prinzessin, sie hatte auch nie wie eine ausgesehen, sondern Hosen und kurzgeschnittenes Haar getragen. Das gelbe Schloss mit dem Säulenportal und dem vielen Land gehörte nicht ihr, sondern der Stiftung, hatte sie stets betont. »Ich verwalte es nur, hole mir einen krummen Rücken und Arthrose, und damit ihr's wisst: Von mir erbt keiner was.«

Seither war viel Zeit vergangen. Inzwischen hatte Jennifer erfahren, dass ihre Urgroßmutter nicht nur keine Prinzessin, sondern auch keine gebürtige Britin war. Sie war Deutsche, hatte an Olympischen Spielen teilgenommen und musste einen Grund haben, beides zu verschweigen.

Als sie jetzt zwischen den Säulen des Portals die Treppe herunterkam und noch genauso aussah wie damals, vollführte Jennifers Herz einen Satz. Hätte sie das Gefühl beschreiben müssen, hätte sie es Zärtlichkeit genannt. Sie kämpfte gegen ein Lächeln und verlor. Wer um alles in der Welt hatte je eine fast Hundertjährige in Jeans gesehen?

»Rein mit euch«, sagte Grandma Alberta und hielt Jennifer und Gregory ihren Golfschirm entgegen, während der Regen auf ihr zum Helm geschnittenes Haar fiel.

»Ich fahre zurück«, sagte Gregory. »Ich habe nur Jennifer begleitet.«

»Sind Sie sicher?« Grandma Alberta runzelte im strömenden Regen die Brauen.

Gregory nickte. »Ich wäre gern ihr Trainer. Aber dann dürfte ich sie auch nur bis an die Bahn begleiten und nicht den Wettkampf für sie laufen.« Zu Jennifer gewandt, sagte er: »Ruf mich an, wenn du mich brauchst. Falls du hier bleibst, lass es mich bitte wissen.«

Sie starrte ihm durch den Regen nach, unfähig zu begreifen, dass er sie allein ließ. Wer hatte sich denn gewünscht, hierherzu-

fahren und mit der Frau, die Alberta Bernhardt hieß, zu sprechen – er oder sie?
»Na komm«, sagte die hagere Frau in Jeans, Herrenreitjackett und schäbigem grünem Schal. »Wir werden uns schon nicht die Köpfe einschlagen. Und wenn doch, könnte dieser wohlerzogene junge Mensch uns kaum daran hindern.«
»Nein. Wohl nicht.«
Sie folgte der Frau, die eine Fremde für sie war, ins Haus und fand sich kurz darauf in einem Zimmer mit einem mannshohen Kamin wieder, in dem ein Feuer loderte. Er war klein, gemessen an den Dimensionen des Hauses, und sie fühlte wieder die Behaglichkeit, sah die dunklen Grün- und Rottöne und roch das duftende Holz. Es war schon in ihrer Kindheit Grandma Albertas Lieblingszimmer gewesen.
»Ich habe mich an so ein Leben, in dem man sich von anderen Leuten den Hintern wischen lässt, nie gewöhnt«, sagte Grandma Alberta. »Aber am Herd bin ich eine Niete, also gibt es nur Schnittchen.« Sie wies auf einen Beistelltisch, auf dem sich Platten mit Sandwiches reihten. »Wenn dir der Appetit vergangen ist, macht es auch nichts. Ich nehme nicht an, dass du zum Essen gekommen bist.«
»Nein«, sagte Jennifer. »Bin ich nicht.«
»Warum also?«
Jennifer gab keine Antwort, sondern sah sich weiter im Zimmer um. Zum Stil des Hauses hätten in Kupfer gestochene Jagdszenen gehört, doch an den Wänden hingen Fotografien in schwarzen Holzrahmen. Bilder von Menschen, die Medaillen an Bändern um den Hals trugen und auf den Lippen ein Lächeln, das die ganze Welt umspannen wollte.
Keiner der Sportler kam ihr bekannt vor. Offenbar waren keine Leichtathleten darunter.
»Ich bin sechsundneunzig«, sagte Grandma Alberta. »Ich fürchte, ich habe zum Schweigen nicht mehr alle Zeit der Welt. Du aber

auch nicht, oder? Zwar bist du nicht sechsundneunzig, aber so eine Olympiade in der eigenen Stadt kommt ja nicht wieder. Da glaubt man, überhaupt keine Zeit zu haben. Wir haben das einmal erlebt.«
»Neunzehnhundertachtundvierzig«, murmelte Jennifer.
Grandma Alberta hob den Kopf und sah sie an.
Sie ist schön, stellte Jennifer erstaunt fest. Graue Augen, harmonische Züge, in der gespannten Haltung noch immer einen Rest der Kraft, die für fast hundert Jahre ausgereicht hatte.
»Neunzehnhundertsechsunddreißig«, sagte Grandma Alberta.
Sie war Deutsche. Die Erinnerung kam wie ein Nadelstich. Jetzt sah Jennifer auch die Bänder, die sie um den Hals trug, und das, was daran hing. Nicht eine, sondern zwei olympische Medaillen.
»Du bist gekommen, weil du Fragen hast«, konstatierte Grandma Alberta. »Also stell sie. Wenn ich kann, gebe ich dir Antwort. Ich trinke ein großes Glas Wein dazu. Barbera d'Asti. Du auch?«
»Tapfere Menschen kommen ohne Alkohol aus«, entfuhr es Jennifer.
Grandma Alberta lachte lauthals los. »Weißt du, was schön ist am Leben im Jahr zweitausendelf?«, fragte sie. »Dass uns scheißegal sein kann, was tapfere Menschen tun.«
Sie schenkte sich Wein ein und hielt Jennifer einladend ein leeres Glas hin. Die schüttelte den Kopf. «Also schön«, sagte Grandma Alberta. »Versuchen wir, tapfer zu sein. Du bist Leichtathletin, ja? Langstreckenläuferin.«
Jennifer starrte auf die beiden Medaillen.
Grandma Alberta bemerkte ihren Blick und nahm die runden Metallscheiben in die Hand. »Du willst auch so eine?«
»Ich weiß es nicht«, sagte Jennifer. »Ich fand immer schon, ich hätte es in den Beinen, also sollte ich es wenigstens versuchen. Es wäre etwas, das mir niemand mehr wegnehmen kann. Ich begreife nicht, warum ich nicht einfach all diese Kraft, die in mir steckt, aus mir herauslaufen kann.«

»Glaub das nicht«, sagte Grandma Alberta.

»Was?«

»Dass so ein Stück Metall etwas ist, das dir niemand mehr wegnehmen kann. Ich habe das einmal zu einem Menschen gesagt, den ich sehr liebte und der glaubte, alles verloren zu haben: ›Vergiss nicht, was du hattest, das kann dir niemand mehr nehmen.‹ – ›Nein‹, hat er gesagt. ›Und das braucht mir auch niemand zu nehmen. Das ist nämlich schon vorbei.‹ Ich habe ihn dafür geschlagen, weil ich nicht ertragen konnte, dass er sich aufgab. Aber ich musste irgendwann einsehen, dass er recht hatte. Von dem, was war, kann ein Mensch nicht leben, unser Geist ist süchtig nach Bewegung. Wir müssen immer nach etwas suchen, das noch kommt.«

»Ich weiß ja nicht, was war«, sagte Jennifer. »Ich weiß nicht, wie ich nach dem, was für mich noch kommen kann, suchen soll, wenn ich keine Ahnung habe, warum ich das, was ich unbedingt wollte, gegen die Wand gefahren habe.«

»Und du meinst, ich kann dir helfen?«

Jennifer zuckte die Schultern.

»Wenn man ein Fest verlässt«, sagte Grandma Alberta, »dann möchte man, dass die, die noch dort sind, denken: Ach, wie schade. Wenn sie doch nur noch geblieben wäre, sie war ein so reizender Gast. Wenn man mit einem Fuß dabei ist, sein Leben zu verlassen, fühlt es sich ähnlich an. Der Gedanke, mein Image vom reizenden Gast anzukratzen, wurmt mich gewaltig. Aber falls du wirklich überzeugt bist, etwas, das ich zu erzählen habe, könne dir nützen, dann versuche ich, ein tapferer Mensch zu sein. Und helfe dir.«

Jennifers Rücken versteifte sich. »Warum spricht niemand darüber, dass du Deutsche bist?«

»Ich dachte, es sei am besten so«, sagte Grandma Alberta. »Für Cully. Dann für Helen. Jetzt für dich. Als ich herkam, wollte ich keine Deutsche sein müssen. Ich dachte, ihr würdet es auch nicht wollen.«

Jennifer fiel auf, dass sie ihre weiblichen Nachkommen, nicht aber Fred, ihren Sohn, erwähnt hatte. Sie ließ es aber auf sich beruhen. »Und du hast geglaubt, wenn du deine Herkunft nie erwähnst und in deinem Bilderbuch-England wie eine Bilderbuch-Engländerin herumläufst, verschwindet sie?«
»Nicht für mich«, antwortete Grandma Alberta. »Aber für euch. Sieh dich doch an. Englischer als eine Tochter des Feldman-Clans kann man wohl kaum sein.«
»Sind alle Familien so?«, fragte Jennifer. »Müssen sie sich alle irgendwelche Legenden und Sagen aus den Fingern saugen, damit das weggeht, was wirklich war? Wolltest du deine Schwester auch um unseretwillen wegschweigen? Und warum? War sie irgendeine Art von Schreckgespenst? Das schwarze Schaf der Familie?«
»Auguste?« Verwundert riss die alte Frau die Augen auf. »Nein. Überhaupt nicht. Im Gegenteil.«
»Warum sprichst du dann nie von ihr?«
»Ich spreche schon von ihr«, murmelte Grandma Alberta. »Manchmal. Mit einem, von dem ich weiß, dass er es aushalten kann.«
»Wer ist das?«
»Fred«, antwortete Grandma Alberta.
»Ich will es auch aushalten«, sagte Jennifer. »Solange ich denken kann, renne ich mit dem Gefühl herum, dass mir etwas fehlt und dass ich nicht stillstehen kann, bis ich es gefunden habe. Ich muss herausfinden, was es ist.«
Grandma Alberta nickte. »Du willst also, dass ich dir von Guste erzähle. Und von Olympia? Ich kann das tun, aber ich verlange etwas dafür.«
»Was?«
»Lauf morgen früh zehntausend Meter«, sagte Grandma Alberta. »Im Morgennebel und auf Gras, das ist gut für die Gelenke. Tu's für dich. Jeden Tag. Dann hast du, wenn du dich anders entscheidest, nicht allzu viel Training aufzuholen.«

»Ich entscheide mich nicht anders. Ich will nicht.«

»Was du willst, weißt du doch noch gar nicht«, sagte Grandma Alberta. »Ich bin nicht taub, ich habe gehört, wie dein Atem sich verändert hat, als ich ›zehntausend Meter‹ gesagt habe. Zuvor klang er ein bisschen flach, als hättest du nicht mehr viel Leben in dir. Jetzt schreib deinem Mr. O'Reilly eine Nachricht, damit er heute Nacht nicht auf dich wartet. Der ist auch ein tapferer Mensch. Vielleicht ein bisschen zu tapfer. So wie meine Guste.«

SECHSTER TEIL

»Ein Wettstreit mit dem Frieden«

Berlin, Buckinghamshire und
etwas dazwischen, Januar 1933

»Auf der Schaukel schweben,
Das ist wie das Leben,
Macht Spaß und macht Bange
Und dauert nicht lange.«

Schlager von Hans Albers,
aus dem Theaterstück »Liliom«, 1933

33

Wenn Alberta in diesem Winter fror, dachte sie manchmal an das Feuer. Auch wenn sie alles versuchte, um nicht daran zu denken.

Sie versuchte, an so vieles nicht zu denken. Ging zum Training, traf sich mit Hannes, sorgte sich um Guste. Das war das Wichtigste in diesem Winter: trainieren, um am Traum von Olympia festzuhalten. Zeit mit Hannes verbringen, damit der Bruch zwischen ihnen heilte. Und Guste aus dem schwarzen Loch der Traurigkeit herausholen, in dem sie sich seit ihrer Rückkehr nach Berlin vergrub. Für anderes blieb keine Zeit. Welchen Sinn hatte es, inmitten von Schneematsch an leuchtende Wiesen im Licht des Spätsommers zu denken? Welchen Sinn hatte es, ein Wort vor sich hin zu flüstern, nur weil es schön klang? Das war nicht weniger albern als törichte Schlagerliedchen im Slowfox-Rhythmus:

Und lag noch der Schnee
Auf dem kleinen Haus am Michigansee,
Schuf die Liebe uns zwei'n
Ewigen Mai.

Um Guste stand es schlimm. So schlimm, dass Alberta sich manchmal sogar den unsäglichen Karl zurückwünschte, damit es ihr nur wieder besserginge. Aber den wollte Guste nicht mehr sehen. Er stand beinahe täglich vor dem Haus in der Bettinastraße, noch Monate nach ihrer Heimkehr, und bettelte um Gehör. Aber Guste blieb hart. »Schick ihn weg«, sagte sie zu Tante Käthe. »Es hat ja doch keinen Sinn, dass er da draußen friert.«

»Solltest du ihm das nicht wenigstens selbst sagen, Grüngemüse? Vielleicht hat er einen Fehler gemacht, aber dass er ein falscher Fuffziger ist, kann ich nicht glauben. Er wirbt ja wie ein Ritter um dich, und du bist doch sonst kein Feigling.«

»Jetzt bin ich eben einer«, versetzte Guste, und damit war das Gespräch für sie beendet.

Tante Käthe, der Karl leidtat, steckte ihm eine Brühwurst zu, aber die wollte Karl nicht haben. Karl wollte Guste. Und was Guste wollte, wusste kein Mensch.

Sie ließ sich gehen, was sie nie zuvor getan hatte, lief regelrecht schlampig herum und zuckte die Achseln, wenn man sie darauf ansprach. Alberta, die Maestro Duvenage im Leben nicht wiedersehen wollte, hatte einen neuen Tanzkurs ausfindig gemacht, aber Auguste, die schwebende Ballerina, wollte überhaupt nicht mehr tanzen. Die Schule schwänzte sie, und schließlich bestand sie darauf, dass der Vater sie genau wie Alberta abmeldete. Der war fassungslos. »Aber Guste, du bist doch Klassenbeste! Du wolltest nächstes Jahr das Abitur machen, studieren, vielleicht ins Feuilleton gehen wie deine Mutter …«

»Klassenbeste bin ich schon lange nicht mehr«, wies ihn Guste zurecht. »Das mit dem Feuilleton hast du dir ausgedacht, und auf die Schule will ich nicht mehr gehen.«

Sie igelte sich im Mädchenzimmer ein, und wenn Alberta kam, drehte sie sich mit dem Gesicht zur Wand. Sie trug James' Pullover, der ausgeleiert und längst nicht mehr weiß war. Zu ihren Füßen ringelte sich Eri, der Dackel, den sie früher nicht in ihrem Bett geduldet hatte. In ihr Tagebuch schrieb sie nichts mehr und summte auch nicht vom Michigansee.

»Ach, Guste, jetzt hab doch Erbarmen mit mir«, hatte Alberta anfangs zu witzeln versucht. »Hannes schmollt, du schmollst, die ganze Schmollerei ist ja mehr, als eine einzelne arme Sünderin aushalten kann.«

»Du musst es nicht aushalten.« Das war alles, was Guste antwortete.

Hätte sie die Beleidigte gespielt und Alberta mit Nichtachtung gestraft wie Hannes, wäre es ihr lieber gewesen. Auguste aber war ein stummer Schatten ihrer selbst. Tante Käthe sorgte sich, weil sie kaum aß, und drängte Onkel Ludger, sie zu untersuchen.
»Sie ist kein Pferd, Käthchen«, hielt ihr der Onkel entgegen. »Sollte ihr körperlich etwas fehlen, gehört sie zu einem Kollegen von der Humanmedizin, aber auch der könnte sie nur untersuchen, wenn sie es ihm erlaubt.«
»Dahinter steckt ein schlimmer Finger, dit sag ick Ihnen«, mutmaßte Jette Sabotke. Der Vater tauschte einen Blick mit Alberta, weil er glaubte, den schlimmen Finger zu kennen, doch Alberta blickte hastig zu Boden.
»Ich schenk ihr meinen Ball«, sagte Ulli Sabotke und wollte lostraben. Der lederne Trainingsball, den Albertas Vater ihm von der *Europa* mitgebracht hatte, war sein kostbarster Besitz.
»Das ist sehr nobel von dir, Ulli«, lobte der Vater. »Aber willst du es dir nicht noch einmal überlegen?«
»I wo, dit kann ick schon machen«, winkte Ulli ab. »Die Juste schenkt mir den ja eh zurück.«
Sie lachten alle. Aber sie hörten schneller als sonst wieder auf. Der Winter wurde kälter, und die Sorge um Guste wurde bedrohlich. Sie sah krank aus. Bleich und mit riesigen, schwarz umschatteten Augen.
Und an alledem ist der verdammte James schuld, fluchte Alberta. Er trieb sein Spiel mit Mädchen wie mit Tennisbällen, und Treue war ihm fremd. Sie selbst hatte ihn erwischt, wie er hinter den Hecken des Tennisplatzes die bildhübsche Piemontesin küsste. Zum Niederknien. Zum Zuschlagen. Die Schöne hatte eine Hand in seinem Haar vergraben, und die andere war ohne jede Scham über seine Gesäßbacke in weißen Shorts gewandert.
Ohne jede Scham.
Geschämt hatte sich Alberta, und James Seaton-Carew hätte sie auf seinen schamlos wohlgeformten Hintern einen der knallhar-

ten Tennisbälle pfeffern wollen. Dann aber hätte er sie hinter der Hecke erwischt und sich ohne Zweifel totgelacht.
Der schlimme Finger war schuld. Wer wusste schon, was die arme Guste zu sehen bekommen hatte! Albertas Gewissen aber stellte sich quer. Es erlaubte ihr nicht, James allein als Sündenbock zu gebrauchen.
An dem, was Guste quält, sind wir beide schuld. James und ich.
Draußen fiel unablässig der Schnee, Alberta fror sich beim Training die Hände blau und ließ sich trotzdem nicht von Jobst in seinem Laubfrosch nach Hause fahren. Der Trainer hatte sich neuerdings wieder ihr zugewandt und ließ Tilly Rebemann links liegen. Offenbar vergab er seine Gunst je nach Leistungsstand seiner Schützlinge, und Alberta hatte Tilly weit hinter sich gelassen. Aber auf ein Geplänkel mit Jobst ließ sie sich nicht ein. Sie konnte keine weiteren Komplikationen gebrauchen, wollte sich nur auf ihr Training konzentrieren und erreichen, dass Hannes ihr verzieh.
Sie war ja froh, dass er sich überhaupt noch mit ihr traf, sooft er nicht in Hannover, sondern in den Kasernen am Truppenübungsplatz Döberitz war.
Sie hatte sich sein Vertrauen verscherzt, und es ging ihm elend. Nur weil er sein Reiten hatte, war er besser dran als Guste, und den Schmerz, den er mit sich herumschleppte, hatte Alberta ihm zugefügt.
Durch die schneidende, lichtlose Kälte lief sie nach Hause. Sie sah das Herbstfeuer auf Mandeville vor sich, obwohl sie sich redlich bemühte, die Erinnerung aus ihrem Kopf zu verbannen. Die Erntearbeiter hatten es entzündet, um Kartoffelkraut und Strünke zu verbrennen. Himmelhoch loderte es über dem kahlen Feld.
»Hast du so einen letzten Erntetag noch nie erlebt?«, hatte James sie gefragt.
Alberta hatte das Feuer angestarrt und den Kopf geschüttelt. »Du schon?«

»Jedes Jahr.« Er grinste. »Du bist eben die weltgewandte Stadtpflanze, und ich bin ein unbedarfter Bauernbursche.«
Sie boxte ihn, er lief ihr davon, und sie stürmte hinterher. Gegen seine langen Beine hatte sie keine Chance, doch er ließ sie bis auf einen Schritt herankommen, ehe er von neuem losschnellte. Dann tat er das Gleiche wieder von vorn. Beim dritten Mal gelang es ihr, ihm ihr Knie mit Wucht in die Kehrseite zu rammen, so dass er kopfüber in einen Heuhaufen fiel. Im Fallen packte er ihren Arm und riss sie mit sich. Das Heu kitzelte, piekte, duftete. Sie lachten, bis es weh tat.
Bereits drei Wochen hatten sie auf dem Gut von James' Familie verbracht, und jeder Tag schien Alberta wie in Gold getaucht. Das Gut hieß Mandeville, es war grenzenlos, und der Sommer gebärdete sich, als wolle er ebenso grenzenlos sein. In den Ställen standen Pferde, die sie reiten durften, wann immer sie wollten. James hatte Alberta zwei Bogen gebracht und ihr auf einer der Wiesen eine Zielscheibe aufgestellt. In der Frühe ging sie dorthin zum Trainieren, während er mit wechselnden Partnerinnen Tennis spielte.
Auf dem Rückweg zum Herrenhaus aus gelbem Stein, wo die anderen schon beim Frühstück warteten, trafen sie sich. In seinem weißen Tennisdress wirkte er bestürzend dunkel. Wie ein Zigeuner, hätte Jette Sabotke gesagt und sich vermutlich nicht geniert, ihm auf die Beine zu starren, hätte die schlanken, spielenden Muskelstränge unter sonnenbrauner Haut bewundert.
Aber Alberta genierte sich. Im Juni hatte ein Spieler in Wimbledon für Furore gesorgt, als er statt in langen Flanellhosen in Shorts aufgelaufen war. James trug seine, als habe er auf der Welt keinen Grund, etwas anderes zu tun. Vermutlich hatte er auch keinen, denn ein ansehnlicher Hintern ließ sich kaum als Grund anführen, in unpraktischen Kleidern Sport zu treiben.
Alberta genierte sich nicht nur, sondern brannte vor Wut, wenn sie ihm nachstarrte. Was hatte er nur an sich, was war bemerkens-

wert an einem eingebildeten Fatzke in auf den Leib geschnittenen Shorts? Er war im Reinen mit sich, das war bemerkenswert. So wie er ging, vor sich hin pfiff und die Hände in die Taschen der Shorts schob, so ging nur einer, der in sich zu Hause war.
Von seinen Gespielinnen, die vor lauter Schmachten bestimmt keinen Ball trafen, brachte er nie eine zum Frühstück mit, sondern gehörte für den Rest des Tages seinen deutschen Gästen. In dem lichten, von Sonne durchfluteten Laubwald gab es einen See mit eiskaltem Wasser, wo sie zum Schwimmen gingen.
Wenn man aus der Kälte wieder auftauchte, prickelte die Haut, und man glaubte zu spüren, wie das Blut darunter sprudelte. Sie wickelten sich in Handtücher und packten die unglaublichen Picknickkörbe aus, die ihnen in Mandevilles Küche bereitet wurden: Sandwiches mit Roastbeef, Räucherlachs und hauchfein geschnittenen Gurkenscheiben. Blauschimmelkäse, gepökelte Zunge, Würstchen in Blätterteig, kaltes Huhn in Estragonsauce, Krebsschwänze und Hummermayonnaise, sauer eingelegte Eier, in Rahm getauchte Teekuchen und zarte, frische Waldbeeren.
Er war nicht treu, James Lord Seaton-Carew, aber mit Guste war er in einer Weise zart, die Alberta nicht kaltließ. Guste, die ewig Bescheidene, gestand verschämt eine Vorliebe für einen Kuchen, der Battenberg hieß, aus Teig in zwei Farben bestand und von Marzipan umhüllt war. James rupfte das Marzipan in kleinen Fetzen von der Umhüllung und wickelte jeden Bissen Kuchen darin ein, ehe er ihn Guste zwischen die Lippen schob. Alberta konnte nicht anders, sie musste dabei zusehen.
»Ich darf nichts mehr essen!«, rief sie und stopfte sich noch eine gerollte, mit scharfem Meerrettich bestrichene Scheibe Rinderzunge in den Mund. »Ich glaube, ich bin bald so fett wie Fräulein Gedecke mit ihrer Häkelnadel.«
»Du doch nicht«, sagte Guste. »Du sitzt ja nie still, an dir bleibt nichts haften.«
»Du hast eine schlanke, sportliche Figur«, sagte Hannes. »Ich mag

das gern. Solche dekadenten, überfütterten Fleischberge wie auf den Bildern von diesem Holländer gefallen mir nicht, aber die zerbrechlichen Püppchen, die die modernen Künstler malen, gefallen mir noch weniger. Du bist gerade richtig.«

James sagte nichts. Aber er war der Einzige, der sie betrachtete. Zu spät wurde Alberta bewusst, dass Handtuch und Decke ihr von den Schultern gerutscht waren und ihre Taille im nassen Badeanzug seinen Blicken ausgeliefert war. Das Prickeln auf der Haut machte sie verrückt, darunter pochte das Blut, und auf ihren Armen stellten sich sonnenbleiche Härchen auf. Langsam verzog sich sein Mund zu einem Grinsen, für das er nicht eine an die Ohren verdiente, sondern mindestens zwei. Links und rechts. In seinen Topasaugen funkelten Blitze von der Sonne wie auf der Oberfläche des Sees.

Er tat ständig Dinge, für die er zurechtgewiesen gehörte, aber Alberta wies ihn nicht zurecht. Ihre Hand glitt über den nassen Stoff bis zu der Stelle, wohin sein Blick gewandert war, und es fühlte sich an, als läge nicht ihre Hand dort, sondern seine. Als liebkose seine Hand das ein wenig zu üppige Fleisch, das sich in den paar Sommerwochen dort gebildet hatte. Ohne den Blick von ihrem Bauch zu wenden, griff er in den Picknickkorb, förderte eine Königskrabbe zutage und knackte sie. Auf der flachen Hand hielt er sie ihr hin. »Noch Hunger, Alberta?«

Er wartete, und Alberta musste die Lippen zusammenpressen, um sich die Krabbe nicht zu holen. Als sie sich nicht rührte, steckte er sich die Krabbe selbst in den Mund, dann zog er sich das Handtuch herunter und kniff sich wie prüfend in die tadellose Taille.

»Du interessierst dich für Malerei, Johannes Vondeweit?«, fragte er mit Unschuldsmiene und sah dabei weiter auf Albertas Mitte.

»Ach was, nein, überhaupt nicht!«, rief Hannes. »Man sieht doch nur jetzt diese Plakate überall. Da kommt man nicht umhin, sich eine Meinung zu bilden.«

»Über Maler?«, fragte James und ließ seinen Topasblick Albertas prickelnde Haut liebkosen. »Oder über Schönheit?«
»Nun ja«, stammelte Hannes eingeschüchtert, und Alberta hätte ihn umarmen wollen. »Wir sprechen ja über Frauen, nicht wahr?«
»Sicher«, sagte James.
»Was denkst denn du darüber?«
»Ich? Ach weißt du, ich finde das schwer zu entscheiden.« Von ihrer Mitte flog der schillernde Blick hoch und tauchte in ihren. »Wenn ein süßes Mädchen verdreht mir den Kopf, ich sehe vor lauter Mädchen gar nicht, ob sie ist dick oder dünn.«
Er war ein schlimmer Finger. Alberta beschloss, auf Abstand zu gehen, damit er sein ständiges Flirten lieber Guste widmete. »Reitest du morgen früh mit mir aus?«, forderte sie Hannes so oft wie möglich auf. Da Guste nicht ritt, zwang es die Paare, sich zu trennen. James und Guste fuhren mit Fahrrädern auf irgendeine Festung, die Guste besichtigen wollte, und Hannes und Alberta ritten in die Wälder.
So war es richtig. Und mit Hannes in den sonnigen Vormittag zu reiten war schön. Aber es war auch schwierig. Hannes zerfleischte sich. Was mit ihm werden sollte, wenn er zurückkehrte, wusste er nicht. Die Kavallerieschule hatte ihn zu Trainingszwecken beurlaubt, doch in Wahrheit, so glaubte er, war dies der Anfang vom Ende. »Sie werfen mich raus. Ich habe die Medaille für Deutschland verpatzt. Wenn ich zurückkomme, lässt mir mein Onkel den Koffer vor die Tür stellen und verpasst mir obendrein einen Tritt.«
»Du hast nichts verpatzt.« Alberta nahm sein Gesicht in ihre Hände und verlor sich in den blauesten Augen der Welt. »Die Medaille hat dein Onkel verpatzt, als er seinen begabtesten Reiter auf ein Pferd gezwungen hat, das fürs Springen nicht gemacht ist. Beim nächsten Mal wirst du dein eigenes Pferd haben, Hannes. Nicht irgendein Pferd. Sondern meine Farfalla.«
»Hör damit bloß auf«, herrschte er sie an. »Ich kann mir doch

nicht von James ein Pferd schenken lassen! Und für dich bin ich auch nicht gut genug. Ihr holt dann in Berlin eure Medaillen, und ich trotte als der arme Verwandte hinterdrein. Dafür bin ich nicht gemacht, Albi. Ich mag sonst nichts besitzen, aber ich habe meinen Stolz, und der hält das nicht aus.«

Ich halte es auch nicht mehr lange aus, dachte Alberta. Gespräche wie dieses führten sie ohne Ende, während der goldene Sommer sich um sie herum verschwendete. Es war Hannes einfach nicht beizubringen, dass sie ihn liebhatte und an ihn glaubte, dass sie keinen anderen wollte als ihn.

»Wäre ich dir wirklich gut genug, hättest du in der Nacht in Los Angeles nicht nein gesagt«, behauptete er. »Aber du bist eine Schlaue, du heiratest keinen Versager, der dir nichts zu bieten hat.«

»Hannes, ich bin siebzehn Jahre alt!«, rief Alberta so heftig, dass die Pferde erschraken. »Ja, ich bin verliebt in dich, und wenn dir das hilft, singe ich dir wie meine Schwester Liedchen von kleinen Häusern am Michigansee vor. Ich kaufe mir sogar ein geblümtes Tagebuch und schreibe *Albi liebt Hannes* hinein. Aber heiraten will ich hier und heute niemanden. Ich bin doch noch so jung und will so gern ein paar Jahre lang ausprobieren, wer ich sein könnte und wozu ich fähig bin!«

»Meine Mutter hatte mit siebzehn schon ihr erstes Kind«, erwiderte Hannes missmutig.

»Aber die Zeiten haben sich geändert«, hielt ihm Alberta entgegen. »Und ist das nicht wundervoll? Dass wir heute viele Wege haben, die wir gehen können, dass nur der Himmel uns Grenzen setzt? Mein Vater hat Guste und mich nun einmal nicht aufgezogen wie zwei Klosterschülerinnen, er wollte, dass wir etwas aus uns machen können …«

»Verstehe«, presste Hannes heraus. »Und mit einem wie mir kannst du nichts aus dir machen.«

Die Traurigkeit in seinem Gesicht tat ihr weh. Sie trieb ihr Pferd wieder nah an seines und umarmte ihn. »Warum bist du nur ein solcher Sturkopf und blind wie Loki mit Scheuklappen? Warum weißt du bloß nicht, was du wert bist, Hannes?«

»Vielleicht weiß ich es ja.« Er machte sich frei und steckte eine Zigarette an. »Mein Vater hat es mir gesagt, im Takt von Peitschenhieben, damit es sich auch richtig einprägt: Du bist Dreck. Du bist nicht mehr wert als der Dung im Hof. Mein Onkel ist übrigens der gleichen Meinung.«

Alberta griff seinem Pferd in die Zügel, zog sich wieder zu ihm heran und schnippte seine Zigarette weg. »Verzeih mir«, sagte sie und legte die Arme um ihn. »Ich bin ein dummes, oberflächliches Ding, aber ich habe dich furchtbar lieb, und wenn es dir etwas bedeutet, dann heirate ich dich jetzt.«

Er machte sich frei und umfasste ihr Kinn. »Ist das dein Ernst, Albi? Machst du keine Witze?«

Die blauen Augen leuchteten. Sein ganzes Gesicht leuchtete. Seit der Demütigung von Los Angeles hatte er ausgesehen, als sei etwas in ihm gestorben, aber jetzt flammte das Leben wieder auf.

»Nein, ich mache keine Witze«, sagte Alberta, sosehr sie auch vor der eigenen Courage erschrak. »Es ist mein Ernst.«

Er zog sie an sich, dass sie um ein Haar vom Pferd rutschte, und küsste sie zart auf beide Wangen. »Wenn wir nach Berlin zurückkommen, spreche ich mit deinem Vater. Ich werde der Welt noch zeigen, dass ich kein Nichts bin, Albi. Immerhin kann ich springen, nicht wahr? Es ist das eine, was ich wirklich kann.«

»Natürlich kannst du springen.«

»Und vielleicht ist es ja doch in Ordnung, wenn James dieses Pferd für mich kauft. Nicht als Geschenk. Aber als Leihgabe. Ihm macht es schließlich nichts aus.«

»Nein. Ihm macht es nichts aus.«

»Ich habe ihm nichts dafür zu geben.« Bitter lachte er auf. »Aber James braucht ja auch nichts von mir, er hat mehr, als irgendein Mensch auf der Erde braucht.«

»Allerdings«, sagte Alberta. »Und er ist dein Freund, er gibt dir gern etwas ab.«

In dieser Nacht konnte Alberta nicht schlafen. Sie hatte Hannes so lieb, sie wollte das, was ihm angetan worden war, wiedergutmachen, aber die Last, die sie sich aufgeladen hatte, machte ihr die Brust eng, bis sie kaum noch atmen konnte.

Anderntags gingen sie zu viert über die Felder, auf deren geschorenen Stoppeln die Erntefeuer brannten. Seit ihrer Ankunft war es der erste trübe, kühle Tag – auf einen Schlag war es Herbst. Auguste war still wie meist. Alberta war still wie selten. Sogar James war still. Nur Hannes war aufgekratzt und erzählte von Plänen für die Heimkehr.

»Aber eine Woche bleibt uns doch noch«, fuhr Alberta dazwischen. »Ich mag nicht von der Abreise reden.«

Am Morgen hatten die Mütter – James' zierliche Mutter Francesca und Justine, die matronenhafte Mutter von Harriet und Alec – entschieden, dass es für ein Picknick zu kalt sei und die jungen Hausgäste mit dem Rest der Familie zu Abend essen würden. Auf einmal schien es Alberta unerträglich, einen der letzten Abende mit James' Verwandten zu verbringen, statt zu viert, als verschworenes Kleeblatt. Auch wenn die beiden Mütter ein hinreißend komisches Gespann abgaben, und die Männer – James' Halbbruder Alec und sein Schwager Robert – interessante Gesprächspartner waren. »Ich wünschte, wir könnten noch einmal draußen essen!«, rief sie. »Warum ist nur das dumme Wetter umgeschlagen?«

»Weil du bist in England.« James lachte dunkel. »Aber draußen essen können wir trotzdem. Wozu haben wir hier überall Feuer? Die Leute sowieso sind froh, wenn jemand passt darauf auf.«

»Wirklich?«, fragte Alberta. »Aber wir haben ja kein Picknick mitgebracht!«

»Kein Problem, my Lady.« Er verneigte sich vor ihr. »Dazu sind doch Laufburschen da, oder nicht?«

Ehe sie antworten konnte, lief er in langen Schritten über die leeren Felder, die sich bis fast zum Haus erstreckten. Wind kam auf. »Ob das eine gute Idee war?«, fragte Auguste.

»Ich komme mir auch unverschämt vor«, stimmte Hannes ihr zu. »Unsere Gastgeber haben bei Tisch mit uns gerechnet, und jetzt werfen wir wieder alles um. Aber Albi muss ja immer ihren Willen durchsetzen.«

Nicht viel später kam James auf Sirio zurück, das edle Springpferd ohne Zaum, jedoch beladen mit Satteltaschen. Er sprang ab und verbeugte sich erneut vor Alberta. »Dinner is served, my Lady.«

Sie rückten um eines der Feuer, von dem die Erntearbeiter bis auf den Aufseher schon abgezogen waren. James schickte auch diesen heim. Das Essen war besonders köstlich, und der Wein war nicht weiß und leicht, sondern rot und schwer. Genau erinnerte Alberta sich nicht mehr. Nur daran, dass es am Feuer warm war und dass sie die Wärme an diesem Abend brauchte. Auf einmal schien das Ende so nah: Winter und Abschied. Die Auflösung ihres Kleeblatts. Vor allem aber lag ihr das Versprechen, das sie Hannes gegeben hatte, wie ein Klumpen im Magen.

Mehrmals mahnte Hannes sie, nicht noch mehr Wein zu trinken, und jedes Mal drängte Alberta James, ihr das Glas erneut zu füllen.

»Willst du zur Trinkerin werden?« Er steckte sich eine Zigarette an. »Mein Vater ist einer. Damit verstehe ich keinen Spaß.«

»Sie wird nicht zur Trinkerin, nur weil sie ein bisschen Weltschmerz in piemontesischen Wein tunkt«, sagte James. »Das ist ein so schönes deutsches Wort, Weltschmerz. Ich glaube, einen Schmerz an der Welt haben alle netten Leute nun und dann …«

»Es heißt dann und wann«, verbesserte Hannes.

»Dann und wann«, sinnierte James. »Dann und wann brauchen alle netten Leute, die nicht ständig vor dem Leben auf der Hut sind, ein bisschen Wein, um ihren Weltschmerz einzutunken.«

Auguste lächelte. »Das ist schön, James. Aber ich bin müde.«

»Und ich kann nicht schlafen«, rief Alberta, die den Gedanken, der Abend könne enden, hasste.
»Ich bin auch müde«, sagte Hannes. »Und ich will morgen zeitig trainieren.«
»Warum du bringst nicht Auguste nach Hause?«, schlug James vor. Seine Stimme klang träge und friedfertig, als überkomme ihn selbst schon die Schwere, die dem Schlaf vorausging. »Und ich harre aus, bis die unermüdliche Lady Alberta streckt die Waffen.«
Hannes fragte noch einmal, ob es James nichts ausmache, und James zog Auguste, die zitterte, seinen weißen Pullover aus seidenweichem Wollgarn über. Dann gingen die beiden. Es wurde dunkel, und James und Alberta rückten näher ans Feuer. Funken sprühten. Der grelle Schein blendete und tauchte die Dunkelheit in Farbe. Als Albertas Rücken sich versteifte, weil die Kälte ihr in den Nacken kroch, zog James sie zwischen seine Beine. Sein Körper wärmte sie, und sie redeten nur, was sie wollten. In dieser Nacht war er nicht unverschämt, sondern ihr guter Kamerad.
»Ich will nicht nach Berlin zurück, James.«
»Warum denn nicht? Ist Berlin nicht großartig? Ich höre überall, es ist die phantastischste Stadt von der Welt, und ich möchte es mir gern einmal ansehen.«
»Ja, natürlich. Berlin ist eine Wolke, und meine Familie ist eine Wolke hoch drei. Ich will nur hier nicht weg. Es klingt verrückt, aber solange wir hier sind, kommt es mir vor, als sei Olympia nicht vorbei.«
»Olympia ist doch auch nicht vorbei«, sagte er mit einem Lächeln in der Stimme. »Es lässt dir nur ein bisschen Zeit zu trainieren, damit du in vier Jahren kannst ins Stadion einmarschieren und uns alle in den Schatten stellen.«
»Meinst du wirklich, ich könnte das – eine Olympionikin sein?«
»In Coubertins hehres Olympia-Bild passten keine Frauen«, sagte er, und das Lächeln trug seine Worte. »Meinst du nicht, es ist

Zeit, dass Alberta Bernhardt ihm einen Strich durch Rechnung macht?«

Alberta starrte in die Flamme, bis ihr die Augen tränten. »Ich weiß, ich bin das dümmste, undankbarste Ding, das auf der Welt herumläuft«, brach es aus ihr heraus. »Hannes ist ein Mann zum Träumen, und ich habe ihn lieb wie von hier bis nach Los Angeles. Jede andere würde Luftsprünge machen, wenn sie ihn heiraten dürfte, aber ich habe doch nie von Männern geträumt, sondern immer nur vom Sport. Ich will nicht heiraten. Ich will bei den Olympischen Spielen antreten!«

James schwieg. Auf ihrem Scheitel spürte sie seinen Atem.

»Du findest mich unmöglich, nicht wahr? Du denkst, eine Kratzbürste wie ich hat Hannes überhaupt nicht verdient.«

»Willst du wissen, was ich denke?«, fragte er. »Oder bist du zufrieden mit dem, was du dir hast zurechtgebastelt?«

»Sag mir bitte, was du denkst.«

»Ich habe Johannes Vondeweit genauso von hier bis nach Los Angeles lieb«, sagte er. »Aber heiraten ich will ihn auch nicht.«

Alberta musste so sehr lachen, dass ihr die Augen noch viel mehr tränten. Zwischen James' Beinen drehte sie sich zu ihm um. »Weißt du was?«, fragte sie. »Du bekommst jetzt einen Kuss. Einen ganz anständigen, an dem nicht einmal meine Tante etwas auszusetzen hätte.« Sie umfasste sein schmales Gesicht, spürte die Knochen und küsste ihn aufs Kinn.

Als sie ihn losließ, betastete er mit zaghaften Fingern die Haut. »Schon vorbei?«

»Nicht unverschämt werden.« Sie lachte.

»Wenn wir nicht wären unverschämt, wir würden von Hochzeit im Kämmerchen träumen, statt von Olympischen Spielen vor der ganzen Welt.«

Alberta spürte wieder die Kälte, blickte über ihre Schulter und sah, dass das Feuer dabei war, herunterzubrennen. Jäh umschlang sie James' Hals, wie um sich festzuhalten. »Lass uns gehen«, sagte sie,

»ich will nicht zusehen, wie es erlischt, so wie im Stadion von Los Angeles.«
»Ist gut«, sagte er sachte, »gehen wir.« Als er sich aber mit ihr erheben wollte, blieb sie am Boden sitzen.
»Gehen will ich erst recht nicht. Ich weiß nicht, was ich will. Kannst du das Feuer nicht noch ein bisschen neu anfachen?«
Er setzte sich wieder zu ihr und schloss sie wärmend in die Arme. Statt einer Antwort fragte er: »Weißt du, warum wir das anzünden, das Feuer? Bei den Olympischen Spielen?«
Sie schüttelte den Kopf. »Sag's mir.«
»Kann ich nicht.« Bedauernd zuckte er die Schultern. »Ich bin ja kein Deutscher wie Johannes Vondeweit, ich bekomme es so zum Seufzen schön und erhaben nicht hin.«
»Sag's mir trotzdem.«
Er schüttelte den Kopf. »Nicht hier. Kalt ist dir auch. Ich könnte es dir dort sagen, wo es hergekommen ist, und dort ich könnte dir auch zeigen, dass Olympisches Feuer geht nicht aus.«
»Wo denn?«
»In Griechenland.«

34

Sie hatten beide jede Menge Wein getrunken. Was sie getan hatten, war nicht nur Verrat an Guste und Hannes, sondern sträflicher Leichtsinn. Sie hatten sich in sein verboten schnelles italienisches Auto gesetzt, einen Alfa Romeo, brandrot und mit acht Zylindern, und waren über die nächtlichen Straßen in eine Hafenstadt namens Southampton gerast. James hat mehr Schuld als ich, versuchte Alberta sich einzureden. Er ist älter, er hätte vernünftig sein müssen. Aber James war nun einmal nicht ver-

nünftig. Sooft sie das dachte, spürte sie wieder den nächtlichen Fahrtwind am Wagenfenster und wünschte sich zurück.
Vielleicht war der Rausch entschuldbar, aber in der grauen Frühe des Morgens hätten sie zu sich kommen müssen. Drei Tage Reisen, um einen einzigen Tag in einem fremden Land zu verbringen, in einem Stadion zu stehen und an leeren Tribünen emporzublicken – wie wollte man einen solchen Akt des Wahnsinns jemandem erklären?
Aber der Himmel über dem Stadion war von einem Blau, das sich ins Herz brannte, und der Marmor, aus dem das Stadion gebaut war, würde noch in tausend Jahren weiß sein.
Als wir dort standen, war es doch längst zu spät! Als wir hätten zur Vernunft kommen sollen, waren wir auf dem Meer, das rote Auto in Southampton abgestellt, und in unserer Tasche nicht mehr als eine Tube Zahnpasta, eine Feldflasche und ein bisschen Wäsche, die wir im Hafen gekauft hatten. Warum kann man niemandem erklären, dass man einmal in seinem Leben so etwas tun muss? Etwas so völlig Verrücktes? Aus keinem Grund als dem, weil es einem gerade eingefallen war, und so als könne man alles tun, was man wollte.
Sie hatte gedacht, er würde sie nach Olympia bringen. Vage war ihr bekannt, dass deutsche Archäologen dort nach der antiken Sportstätte gruben, sie hatte aber keine Ahnung, wo der Ort sich befand. Doch James brachte sie nicht nach Olympia. Sie gingen in Piräus von Bord und nahmen einen Wagen nach Athen. Wenn Alberta an jenen Morgen dachte, an ihren einzigen Morgen in Griechenland, dachte sie an Orangen und Eselskarren, daran, dass die Sonne einen Duft hatte, und an die Farben Weiß und Blau.
»Wohin fahren wir?«
Auf dem Hügel über der Stadt thronte die Akropolis, deren Bild so bekannt war, dass das echte Bauwerk fast unwirklich schien.
»Nicht dorthin«, sagte James. »Das ist für gebildete Bürger. Nicht für uns Banausen.«

»Und wohin fahren wir Banausen?«
Er strich ihr eine verschwitzte Haarsträhne hinters Ohr. »Wohin wohl?«, säuselte er hinein. »In ein Stadion.«
Es hieß Panathinaiko und lag, von Zypressen umringt, im Herzen der Stadt. Aus Ruinen eines antiken Stadions war es rekonstruiert worden, damit im Jahr 1896 dort die ersten Olympischen Spiele der Neuzeit stattfinden konnten. Es war völlig menschenleer, als James und Alberta auf dem Feld bei der Laufbahn standen. Ein leeres Stadion unter vollkommenem Blau. Nicht irgendeines. Sie standen dort, wo ihr Traum geboren worden war, wo Pierre de Coubertin ihn hingetragen hatte, um ihm Leben zu geben.
Damals war der Gedanke, die Länder der Erde sollten sich statt auf Schlachtfeldern in einem Stadion messen, so neu und ungeheuerlich gewesen, dass kaum ein Sportfunktionär darauf einen Pfifferling gab. Nationalisten beschimpften Coubertins Idee als Landesverrat, aber die ganze Welt verliebte sich in die Olympischen Spiele. Sie würde sie sich nie wieder nehmen lassen.
»Die Athener nennen es nicht Panathinaiko«, sagte James, und sie spürte seinen Atem auf der Wange. Obwohl es in der weiten Arena still war, waren sie dicht zueinandergerückt, als könnten sie sich anders nicht verständigen.
»Wie dann?«
»Kallimarmaro. Der schöne Marmor.«
»Kannst du Griechisch etwa auch?«
»Wenn du dann findest, ich bin ein toller Kerl, ich behaupte, ich kann's.«
»Ich finde, du bist ein Angeber, der nie lernen wird, sich wie ein Mann zu betragen«, sagte Alberta.
»Und ich finde, ich habe für das Kallimarmaro keine Backpfeife mit Worten, sondern einen Kuss verdient«, sagte er. »Wenigstens einen anständigen.«
»Findest du das wirklich?«

»Nein«, sagte er. »Aber Küsse sind ja keine Medaillen. Ich bin einer, der sich nicht schämen will, weil er sich steckt in den Mund, was köstlich schmeckt.«
»Das merke ich.« Sie hob sein Kinn und küsste es, schmeckte mit weichen Lippen Haut und Bartstoppeln. Hinterher ließ sie sein Gesicht einfach nicht los. Etwas begann in ihr zu brodeln und zu sprudeln, bis es kaum noch aufzuhalten war.
»Speak easy«, sagte er zärtlich. »Nur flüstern.«
»Erzähl mir von dem Feuer«, bat sie erstickt.
»Feuer von Olympia.« In ihren Händen spürte sie die Bewegung seiner Kiefer. »Ist Symbol für Feuer, das die Götter den Menschen nicht geben wollten, damit Menschen nicht zu unverschämt werden. Oder zu glücklich. Wer weiß. Aber Prometheus, der Titan, dem die Menschen sein Liebstes waren, hat das Feuer für sie gestohlen. Mit einer Holzfackel vom Riesenfenchel. Vom Sonnenwagen.«
In ihren Händen spürte sie sein Lächeln.
»Es bleibt immer bei uns, Albertina. Erlischt nicht. Prometheus wollte, dass wir es haben, denn wer Feuer hat, hat es warm und ist unaufhaltsam. Die Götter haben ihn hart dafür bestraft.«
»Wie?«
»Sie haben ihn im Kaukasus an Felsen gekettet, wo ein Adler frisst seine Leber«, sagte James. »Aber Prometheus hält das aus, damit das Feuer bei uns bleibt.«
Das, was in Alberta brodelte, durchbrach die Schleuse und gewann die Oberhand. Sie begann so sehr zu weinen, dass sie keine Luft mehr bekam, so dass James sie halten und wiegen, ihr das Gesicht trocknen und ihr die Nase putzen musste. Sie hatte noch nie so geweint. Warum auch? Sie war die lustige Albi, der Springinsfeld der Familie. Auch jetzt hatte sie keinen Grund. Keinen, der sich in Worte fassen und aussprechen ließ.
Als sie James wieder sehen konnte, gab er ihr aus der Feldflasche Wasser zu trinken. Sie dachte sich einen Kuss auf seinen Mund

und spürte ein Prickeln und Kitzeln auf ihren Lippen. Die seinen zuckten kurz, dann lächelte er.

Sie nahmen sich bei den Händen und gingen um das Stadion herum, wie zwei Athleten, die mit ihrer Mannschaft einliefen. Nur Sirio fehlte. Anschließend setzten sie sich auf eine der marmornen Bänke und spielten Zuschauer bei den ersten Spielen, sprangen auf wie seinerzeit die Athener, als der Marathonsieger Spiridon Louis keuchend dem Feld vorweg ins Stadion gerannt war: »Es ist ein Grieche, der Sieger ist ein Grieche!«

»Ich will das nie vergessen«, sagte Alberta. »Dass wir hier gestanden haben, das will ich für immer behalten. Das Feuer. Und das Wort. Kallimarmaro. Es kommt mir vor wie ein Zauberwort.«

»Vielleicht es ist eines. Wenn wir es einmal brauchen, wir probieren aus, was wir damit zaubern können.«

»Wir verlieren uns doch nicht, versprich mir das! Irgendwie ist es, als gehörten wir vier zusammen, als hätte Olympia aus uns ein Ganzes gemacht.«

»Das ist die Idee, oder nicht?« Er grinste. »Coubertins Idee, meine ich. Die Freundschaft der Völker.« Vor seinen Lippen formte er die Hände zum Trichter, warf sich in die Brust und grölte über die hallende Leere des Stadions: »Ich rufe die Jugend der Welt!«

Sie kannte niemanden, der sie mit seinen Albereien so sehr zum Lachen brachte. Und der mit ihr lachte. Er war ein britischer Aristokrat, er hätte so laut gar nicht lachen und schon gar nicht den Clown spielen dürfen, aber irgendwie hatte die ihn anbetende Schar seiner Verwandten es versäumt, ihn zu erziehen. Und in Augenblicken wie diesen mochte sie ihn dafür furchtbar gern.

Sie lachten so sehr, dass sie sich festhalten mussten, und sie hörten erst auf, als ihnen Tränen über die Wangen strömten. Alberta tat der Bauch weh. Ihre Augen nahmen das unglaubliche Bild mit. Blau und Weiß. Kallimarmaro. Es war verrückt gewesen, aber es fühlte sich an, als habe sie es unbedingt gebraucht.

Gleich darauf mussten sie aufbrechen und nach Piräus zurück-

fahren, um am Abend ein Schiff zu erwischen. Im Hafen kauften sie eine einzige Postkarte, die das schneeweiße Stadion zeigte, dann gingen sie an Bord. An ihrer Rückkehr war nichts mehr zum Lachen. Nicht einmal zum Weinen. Sie hatten den anderen beiden vor ihrer nächtlichen Abreise nur rasch hingekritzelte Zettel vor die Zimmertüren gelegt und waren in ihr Abenteuer aufgebrochen. Jetzt kamen sie zurück und mussten sich den verletzten Blicken und dem vorwurfsvollen Schweigen stellen.
Auguste verlangte, dass sie mit dem nächsten verfügbaren Schiff nach Deutschland abreisten. Sonst sagte sie kaum etwas. Nur nachdem Alberta ihr hundertmal beteuert hatte, wie leid es ihr tat: »Es ist doch gut, Albi. Du hast ja nichts Böses getan, sondern nur, was dir Spaß macht.«
»Ich habe es doch auch für dich erlebt – Kallimarmaro, Griechenland, das Feuer, das bei uns bleibt. So wie du es dir von mir gewünscht hast.« Sie brach ab. Auguste starrte sie an, als sei sie durchsichtig und jemand stünde hinter ihr.
James.
Hier ging es nicht um griechische Stadien und Feuer. Sondern um einen Mann.
»Herrgott, glaub mir doch, es ist überhaupt nichts passiert«, rief Alberta. »Dein James ist nicht gerade ein Tugendbold, das weißt du ja wohl selbst, aber er hat für zwei Einzelkabinen bezahlt und sich durchweg wie ein Ehrenmann betragen. Und selbst wenn nicht – traust du mir etwa zu, einen Mann an mich heranzulassen, der zu dir gehört?«
»Ich weiß nicht, was du meinst«, sagte Guste mit der erloschenen Stimme, mit der sie auch jetzt, Monate später, noch immer sprach.
»Ich habe ihn nur aufs Kinn geküsst«, beteuerte Alberta verzweifelt. »So wie der Vater auf Geburtstagsfeiern Jette Sabotke küsst. Ist das denn wirklich so schlimm? Dann hau doch ihm eine runter und mir gleich mit, damit wäre die Sache wenigstens erledigt.«

»Ich glaube nicht, dass jemand wissen möchte, wohin du James geküsst hast, Albi.«
Alberta fuhr herum. In der Tür stand Hannes, seinen Koffer in der Hand.
»Ich habe bereits James zu erklären versucht, wie fremd mir das ist, was er getan hat. Für mich ist Freundschaft das kostbarste Gut – wie man so etwas mit Füßen treten kann, weiß ich nicht.«
»Ich doch auch nicht!«, rief Alberta. »Und James noch weniger. Er ist eben ein Leichtfuß, der nicht weiß, wie es sich anfühlt, wenn ein Mensch ihm weh tut.«
»Weißt du es denn, Albi?«, fragte Hannes eisig.
Vor Schreck fiel Alberta keine Antwort ein.
»James weiß nicht, wie es sich anfühlt, einsam zu sein«, sagte Hannes, und sein Ton schnitt ihr schärfer ins Herz als seine Worte. »Ich aber weiß es, und einen Freund, der mir so etwas antut, brauche ich nicht. Dann habe ich lieber keinen. Wie all die Jahre zuvor.«
»Du hast James deine Freundschaft entzogen, weil er mir das Kallimarmaro-Stadion gezeigt hat?«, rief Alberta entsetzt. James konnte es gewiss nicht schaden, für sein Handeln einmal eine Strafe einzustecken, aber diese war zu hart. »Er hat dich lieb, Hannes. Er hat eine Dummheit begangen, aber dafür kannst du ihn doch nicht von dir stoßen.«
»Dass du das nicht begreifst, habe ich erwartet«, sagte Hannes. »Er behauptet, er begreift es. Ob ich ihm je wieder vertrauen kann, weiß ich nicht, aber ich muss anerkennen, dass er darum kämpfen will. Was nun dich betrifft …« Er ließ den Rest des Satzes unausgesprochen und starrte in den Raum.
»Hannes!«, rief Alberta. Im nächsten Augenblick hatte sie es ausgesprochen. Zum ersten Mal. »Ich liebe dich.«
»Worte, Albi«, sagte Hannes. »Nichts als Worte. Ich liebe dich auch, daran lässt sich bei Gott nichts ändern. In diesen furchtbaren Tagen habe ich lernen müssen, dass man sich sogar von einem

untreuen Freund noch leichter trennt als von einer untreuen Frau, die man liebt.«
Albertas Herz raste. »Aber James und ich sind doch nicht untreu gewesen«, rief sie. »Wir haben euch weh getan und gehören zusammengestaucht – aber du stempelst uns ja zu Unmenschen!«
Hannes warf den Kopf zurück, dass das blonde Haar ihm aus der Stirn fiel. »Vielleicht ist unsere Auffassung von Treue nicht die gleiche, liebe Albi. In einem muss ich dir allerdings recht geben: Für eine Heirat bist du wirklich nicht reif genug. Wenn du es überhaupt je sein wirst.«
Er drehte sich um und ließ sie stehen. Bis zur Abreise am nächsten Tag sprach er nicht mehr mit ihr. Alberta hingegen sprach nicht mehr mit James. Sie wich ihm aus, weil sie es nicht ertragen hätte, ihm in die Augen zu sehen. Als er versuchte, sie zu stellen, rief sie ihm entgegen: »Lass mir meinen Frieden, ich bitte dich.«
James hielt sich daran. Er fuhr sie nicht nach Harwich zum Schiff. Stattdessen fuhr ein Chauffeur, und James' Bruder Alec, der selbst nicht Auto fahren konnte, begleitete sie. Die Fahrt zog sich ewig hin. Als sie endlich den Hafen erreichten und der Chauffeur begann, das Gepäck auszuladen, bat Alec Alberta, kurz sitzen zu bleiben. Sie ließ Hannes und Guste vorausgehen.
»Ich beabsichtige nicht, etwas zur Verteidigung meines Bruders vorzubringen«, sagte der Mathematiker, der viel älter wirkte, als er tatsächlich sein konnte. »Dass ich als Bruder voreingenommen bin und mein Urteil somit wenig Gewicht hat, ist mir klar. Wenn einem von Ihnen ein Leid geschehen ist, das mit Geld gelindert werden kann, so lassen Sie es mich bitte wissen.«
Alberta wusste beim besten Willen nicht, was er meinte. »Aber nein!«, rief sie. »Um Geld geht es da überhaupt nicht. Ich muss einfach selbst sehen, wie ich es ausbügle, und ob Ihr Bruder Hannes als Freund zurückgewinnen kann, weiß ich nicht.«
»Ich verstehe«, sagte Alec Seaton-Carew. »Dann kommen Sie gut nach Hause. Es war sehr erfreulich, Sie als Gäste zu haben.«

»Das glaube ich kaum. Wir haben Ihnen nichts als Unordnung ins Haus gebracht.«
Beim Lächeln legte sich sein Gesicht in Falten wie bei einem viel älteren Mann. »Das ist ja eben das Erfreuliche. Von den Deutschen fürchten wir vor allem, dass sie allzu ordentlich sein könnten.« Er langte in seine Jacketttasche und förderte einen winzigen, in ein Seidentuch geschlagenen Gegenstand zutage. »Ich soll Ihnen dies von meinem Bruder geben.«
»Was ist das?«
»Kallimarmaro«, antwortete Alec Seaton-Carew. »Mein Bruder lässt Ihnen sagen, wenn Sie trotz des Zaubers je seine Hilfe brauchen, sollen Sie sich bitte melden. Und wenn es schnell gehen muss, rufen Sie diese Nummer an.«
Er reichte ihr den kleinen Gegenstand und eine Visitenkarte. »Ein Freund unseres Vaters und James' Taufpate«, erklärte er, ehe sie fragen konnte. »Er gehört zum diplomatischen Corps in Berlin, und sollte es nötig sein, verständigt er uns im Handumdrehen.«
Alberta bedankte sich und folgte den anderen, die an der Gangway warteten. Die Karte und das kleine Stück Marmor vom Olympiastadion in Athen stopfte sie in ihren Koffer, ohne sie noch einmal anzusehen.

35

»Du musst etwas wegen der Guste unternehmen. Das Grüngemüse verfällt mir ja unter den Augen.«
Magnus seufzte. Es war beileibe nicht das erste Mal, dass seine Schwester ihm Gustes wegen in den Ohren lag, und natürlich hatte sie recht. Guste sah wirklich elend aus, aber war das bei jungen Mädchen nicht öfter der Fall? Sie hatte Liebeskummer,

das setzte einem empfindsamen Gemüt wie Guste zu. Magnus hätte diesem Karl gern den Hals umgedreht. Vielleicht war es auch nicht die beste Idee gewesen, Albi gewähren zu lassen und den amüsanten britischen Windhund als Gegengift zu verwenden. Aber wie auch immer, das alles würde sich ja wieder legen, wenn seine Guste einen neuen Kavalier fand. Andere Dinge waren weniger leicht zu verdrängen, so sehr Magnus auch versuchte, sich einzureden, dass nichts so heiß gegessen wie gekocht wurde.

In seinem Sender flogen die Fetzen, und die Köpfe purzelten. Während er auf der *Europa* heimgefahren war, war sein Freund Hänschen Flesch ohne Vorwarnung seines Postens als Intendant enthoben worden. Nachfolger war Richard Kolb, der Jagd auf alles machte, was nur im mindesten nach Fleschs Stil roch. Von dem Material aus Los Angeles, auf das Magnus so stolz gewesen war, seiner *Olympia-Parade,* wurde kaum etwas gesendet.

»Sie sind nicht schlecht«, sagte Richard Kolb, der ihn wie einen Schulbuben einbestellt hatte. »Und die Leute mögen Ihre Sprechstimme. Die hat dieses Mitreißende, genau das, was wir suchen, aber Sie machen zu viel Firlefanz. Ihre Sachen haben kein Ziel, keine klare Linie. Sie wissen, dass wir in vier Jahren in der Lage sein werden, aus Sportarenen simultan in die ganze Welt zu übertragen. Dann wird das Radio weit mehr sein als Geräuschkulisse für Leute, die zu viel Zeit haben. Ein Propagandainstrument. Deutschlands Aushängeschild vor der Welt.«

Kolb musste nach Luft schnappen, aber er ließ Magnus nicht zu Wort kommen. »Falls Sie nicht weiter im Trüben fischen, sondern an einer derart ungeheuren Bewegung teilhaben wollen, wird es Zeit, dass Sie sich den Gegebenheiten anpassen.«

»Und was soll das bitte schön heißen?«, fragte Magnus.

»Wenn Sie nicht genug Grips haben, sich das selbst zu überlegen, sind Sie für uns der falsche Mann«, sagte Kolb. »Es weht ein neuer Wind in diesem Land, und es ist kein Wind für Verlierer.«

Von dem neuen Wind bekam Magnus mehr zu spüren, als er ohne Magengrimmen verkraften konnte. Auf dem Heimweg lief er inzwischen Slalom, um den Aufmärschen der Braunhemden zu entgehen. In seiner Stammkneipe *Tausendschön*, einer Weinstube am Savignyplatz, die als Journalistentränke galt, blieben die Plätze von Hans Flesch und Herbert Goldschmidt leer. Andere verabschiedeten sich früh, weil sie in keine Saalschlacht geraten wollten. »Lokale wie unseres hat die braune Pest doch auf dem Kieker«, unkte ein Redakteur von der gemäßigten *Vossischen Zeitung*. »Für die ist das hier ein Nest, in dem sie einen Haufen Ratten auf einen Schlag ausräuchern können.«
»Das ist doch übertrieben«, hob Magnus an, aber der Kollege war schon im Mantel. Magnus setzte sich mit seinem Frankenwein neben Gloria, die eigentlich Gretel hieß und als freie Journalistin ab und an für die *Funkstunde* schrieb. Die Welt des Klatsches war ihr Element, sie kannte alle und jeden. Nebenbei verfasste sie unter Pseudonym bissige politische Satiren für das Münchener Magazin *Simplicissimus*. Gloria trank keinen Wein, sondern Absinth. »Steht mir besser«, behauptete sie. »Macht die Stimme rauchig.«
Wie Magnus war sie seit langem verwitwet und hatte nie aufgehört, um ihren Mann zu trauern, während die meisten sie für die Lebedame hielten, als die sie sich stilisierte. Magnus hatte im Laufe der Jahre manche Nacht mit ihr verbracht, wenn die Einsamkeit sie beide übermannt hatte. »Radio-Bernhardt«, sagte sie. Seit Los Angeles hatten sie sich nicht gesehen, aber sie fragte ihn nicht nach seinen Erlebnissen. »Warst du letztens bei Hänschen?«
Ertappt schüttelte Magnus den Kopf. Er hatte sich des Öfteren vorgenommen, den Freund zu besuchen, hatte sich aber bisher nie durchringen können. »Es geht zur Zeit ein bisschen hektisch zu, ich stecke bis über beide Ohren in Arbeit. Dabei fällt mir ein – ich mache eine Sonntagsserie über die Vorbereitung der Olympi-

schen Spiele, da könnte ich eine gute Reporterin brauchen. Wenn du willst, rede ich mit Kolb …«

»Ich schreibe nicht für Kolb«, fiel ihm Gloria ins Wort. »Ich schreibe gar nicht mehr für euch. Mit der braunen Jauche teile ich nicht den Kübel, Magnus.«

»Ich doch auch nicht!«, fuhr er empört auf.

»Ach nein? Hat dich Kolb etwa nicht darauf aufmerksam gemacht, dass du besser seiner Partei beitrittst? Dich den Gegebenheiten anpasst, wie er sich auszudrücken pflegt, wenn du von seinem neuen Wind nicht umgepustet werden willst?«

»Der Kolb redet viel, wenn der Tag lang ist«, sagte Magnus. »Meine Tochter Albi würde fragen: Geht's auch ne Nummer kleiner? Wartet doch erst einmal die Wahlen ab, danach ist der braune Mob auch wieder weg vom Fenster.« Neuwahlen waren für den November 1932 angesetzt, weil die Regierung nach den Wahlen im Juli keine tragfähige Mehrheit hatte. Nach etlichen Querelen und Krisen hatte der Kanzler den Reichstag schließlich aufgelöst.

»Dein Wort in Gottes großes Ohr«, sagte Gloria. »Aber in der Zwischenzeit besuchst du besser Hänschen. Der kann seine Freunde jetzt brauchen.«

Magnus nahm es sich fest vor. Dann aber fielen Kollegen aus der Politikredaktion ausgerechnet zu den Wahlen aus, und er musste deren Sendezeiten übernehmen. Reichstagsabgeordnete hielten Ansprachen, es gab Interviews und Berichte, und die Programme platzten aus den Nähten. Bei der Wahl verlor die NSDAP mehr als vier Prozent der Stimmen. »Abwärts mit Hitler«, lautete die Schlagzeile des sozialdemokratischen *Vorwärts*. Der Bann schien gebrochen, der kometenhafte Aufstieg aufgehalten.

Vielleicht würde jetzt wieder Ruhe einkehren, so dass Magnus sich um seine Familie, seine Freunde und sein eigentliches Ressort, den Sport, kümmern konnte. Politik war und blieb ihm zuwider – sie war wie ein Ballspiel, von dem niemand die Regeln kannte, ein Fechtduell ohne Schutzmaske, ein Boxkampf, bei dem alle Schläge unter die Gürtellinie zielten.

Während Schnee fiel und das aufgewühlte Berlin samt seiner Arbeitslosen und Straßenkämpfer sich in eine Weihnachtsstadt wie aus dem Bilderbuch verwandelte, sah es aus, als sollte Magnus recht behalten. Bei der Gemeindewahl in Thüringen verloren die Nazis bald die Hälfte ihrer Stimmen. Irgendein hoher Funktionär legte sämtliche Ämter nieder, worauf das Fußvolk mit Massenaustritten reagierte. Die Hitler-Partei stand vor dem Zerfall.

Zugleich meldete die Wirtschaft endlich Zeichen der Erholung. »Die Talsohle ist durchschritten«, jubelten die Zeitungen. Jette Sabotke berichtete stolz von ihrem Schwager: »Seit neunundzwanzig is der stempeln jejangen, und nu' hamse'n einjestellt. In Tegel, bei Borsig, Dampfmaschinen soll er bauen, und wenn die wieder jebaut werden, muss doch wat voranjehen.«

Die Wirtschaft fasste wieder Tritt, und sobald mehr Menschen das zu spüren bekamen, würde Hitler verschwinden wie andere Größenwahnsinnige vor ihm.

Auch im Sender ließ sich nichts so übel an, wie die Schwarzmaler befürchtet hatten. Nach der anfänglichen Kraftmeierei hielt Kolb sich zurück, und eines musste man dem unangenehmen Zeitgenossen sowieso lassen: Für den Sport hatte er etwas übrig. Er erhöhte den Anteil an Sendezeit und sorgte dafür, dass reichlich Geld zur Verfügung stand. Eine Woche vor Weihnachten erhielt Magnus unverhofft eine Sonderprämie. »Lass uns in diesem Jahr groß feiern«, sagte er zu Käthe und zahlte ihr den Betrag aus. »Kauf, was dir Spaß macht, die Zeit der Dürre ist vorbei.«

»Solange ich mich erinnere, hat in diesem Haus keine Dürre geherrscht«, entgegnete ihm seine Schwester scharf. »Willst du dir damit dein Gewissen reinwaschen, Magnus?«

»Und wieso sollte ich das nötig haben? Weil ich meine Arbeit tue? Für meine Familie sorge?«

»Deine Familie braucht deine Zeit«, versetzte Käthe. »Deinen

Judaslohn braucht sie nicht. Zu Weihnachten bringe ich wie jedes Jahr Würstchen auf den Tisch und meinen Kartoffelsalat, den das Grüngemüse liebt. Wenn die Guste nichts anrührt, dann bestimmt nicht, weil ihr meine Kost auf einmal nicht mehr fein genug ist.«

»Hat sich das denn noch immer nicht gebessert mit Guste?«

»Es hat sich verschlechtert«, erwiderte Käthe. »Wenn du ab und zu nach deiner Tochter sehen würdest, wüsstest du das selbst.«

Es hat sich verschlechtert.

Das Gleiche hatte sie drei Tage nach dem Ausbruch von Renis Erkrankung gesagt, als er aus der Redaktion nach Hause gekommen war. Vorwurfsvoll, weil er seine kranke Frau alleingelassen hatte. »Herrgott, andere Männer sind im Krieg«, hatte er geschimpft. »Und wer weiß, wie lange ich noch zurückgestellt bin, wenn ich meine Arbeit schleifenlasse und stattdessen Krankenpfleger spiele.«

In derselben Nacht war Reni gestorben. Panik erfasste ihn jetzt. »Guste hat doch nichts Ernstes! Ein gebrochenes Herz wird ja auch wieder heil.«

»Geh zu ihr und bilde dir selbst ein Urteil. Ich bin nicht Zwerg Allwissend, und Ludger weigert sich, sie zu untersuchen.«

Dieses Mal schob Magnus es nicht auf, sondern eilte zum Zimmer der Mädchen, aus dem eine seiner Töchter soeben heraustrat.

»Albi!«, rief er. »Ist Guste auch da?«

»Guste ist immer da«, antwortete Alberta. »Ich habe alles versucht, aber es gibt nichts, womit ich sie aus diesem Zimmer locken kann. Oh, Paps, was habe ich nur getan?«

Ehe er sich's versah, fiel dieses hochgewachsene Mädchen, fast achtzehn Jahre alt und im Grunde schon eine Frau, ihm um den Hals. Wie ein Schwall sprudelte die Geschichte aus ihr heraus.

»Du warst in Griechenland?«, fragte er fassungslos. »Du kleines Fräulein Macht-was-sie-will bist einfach auf ein Schiff gestiegen

und hast dir mal eben das Panathinaiko-Stadion angeschaut? Sag mal, weißt du überhaupt, wie lange ich davon schon träume?«
»Kallimarmaro«, sagte Alberta leise. »Ich weiß, ich hätte das nicht tun dürfen. Und James schon gar nicht. Wir können beide froh sein, dass wenigstens Hannes noch mit uns redet. Jemand sollte uns mit den Köpfen in den Boden rammen.«
»Nun mal eine Nummer kleiner«, beschwichtigte Magnus und strich ihr das zerraufte Haar wieder glatt. »Etwas zu tun, das einem Spaß macht, ist ja keine Todsünde. Mit dem kleinen Kavalleristen, den Jette Sabotke den blonden Hans nennt, ist es dir also ernst, ja?«
»Hannes ist doch nicht klein«, begehrte Albi auf. »Er ist der größte Mann, den ich kenne. Nicht nur äußerlich. Auch wenn man seine innere Größe auf den ersten Blick nicht bemerkt.«
»Junge, Junge. Das klingt ja wirklich ernst.« Skeptisch musterte er sie. Vor achtzehn Jahren, als sie und Guste zwei schreiende Bündel voller Bedürfnisse gewesen waren, war es ihm unmöglich erschienen, herauszufinden, was ihnen fehlte. Er war heilfroh gewesen, dass Käthe es ihm abgenommen hatte, und jäh wünschte er, sie würde es jetzt wieder tun. Aber für diese Aufgabe war Käthe ungeeignet. »Bist du dir sicher, dass es das ist, was du willst, Albi? Dich mit deinem blonden Hans wieder gutstellen und reumütig in seine Arme sinken?«
»Natürlich will ich das«, gab sie unwirsch zurück. »Aber das, was ich mit Hannes mache, hat doch nichts mit Guste zu tun.«
»Vielleicht nicht. Ich wollte nur einen Fakt überprüfen, wie man das so macht als Reporter.«
»Und welchen?«
»Ob es wirklich Hannes ist, für den dein Herz schlägt.«
Sie packte seine Hand und presste sie sich auf die Brust. »Da kannst du's hören. So fest schlägt das für ihn.«
Dem schlagenden Argument ließ sich nichts entgegensetzen.
»Weißt du, was ich überlege?«, fragte Alberta. »Wo es mit Guste

doch nicht besser wird und ich überhaupt nichts bei ihr ausrichten kann – wäre es nicht das Beste, James herkommen zu lassen? Ich kann ihn erreichen. Er hat mir eine Nummer gegeben, die ich anrufen soll, wann immer ich seine Hilfe brauche.«

»Aber seit eurer Rückkehr habt ihr beide keinen Kontakt mehr zu ihm, weder du noch Guste?«

Alberta schüttelte den Kopf. »Er war im vergangenen Oktober hier, um Farfalla zu kaufen, er hat Hannes gesprochen, aber ich habe ihn gar nicht gesehen. Ich wusste, dass Hannes es nicht wollte, und ich wollte es auch nicht.«

»Aha«, bemerkte Magnus. »Und du glaubst trotzdem, dass Captain Seaton-Carew so einfach alles stehen und liegen lässt und springt, wenn Alberta Bernhardt pfeift?«

Keine Sekunde lang überlegte Alberta. »Ja«, sagte sie dann. »Das glaube ich. Frag mich nicht, warum.«

»Das brauche ich dich nicht zu fragen«, sagte Magnus und küsste seiner Tochter den Schopf. »Ich rede mit Guste, ja? Wenn sie ihn sehen will, bestellst du ihn her. Sag ihm, ich passe auf, dass ihm keine von euch beiden den Kopf abreißt.«

»Das sage ich ihm nicht.« Erleichtert lachte sie auf. »Ein bisschen Muffensausen geschieht ihm ganz recht, aber wenn er Guste hilft, darf er von mir aus seinen Kopf behalten. Danke, Paps. Wenn mich hier keiner mehr braucht, gehe ich zum Training. Ich habe übermorgen Wettkampf.«

Er sah ihr nach, wie sie die Treppe hinunterstürmte. Sie war schön geworden im letzten Jahr. Nicht klassisch und üppig mit weiblichen Reizen bestückt, sondern so, wie er das Bild einer jungen Sportlerin vor sich hatte: strahlend vor Lebensfreude und erfüllt von einem Selbstbewusstsein, das den Frauen früherer Generationen gefehlt hatte.

In jenen ersten Jahren nach Renis Tod, als er nächtelang wachgesessen hatte, war er daran verzweifelt, dass seine Töchter Kriegskinder waren. Was würde es aus ihnen machen, dass sie umgeben

von Tod und Hass aufwuchsen, und warum hatte seine Generation ihre Kinder nicht davor bewahrt? Jetzt dachte er: Sie sind Republikskinder. Töchter der Freiheit, die einem britischen Peer den Kopf verdrehten, dass der arme Kerl einem leidtun konnte. Wir haben es gut gemacht in unserem wilden Berlin, in das es die Jugend der Welt zieht. Das ist kein ordentliches Kaiser-Deutschland mehr, und was im Haushalt Bettinastraße stattfand, war keine ordentliche Kinderaufzucht, aber unsere Kinder haben die Courage, sie selbst zu sein.
Er hätte gern durch die Zähne gepfiffen, doch stattdessen ging er zu Auguste.
Sie lag auf ihrem Bett, Renis schmucke, gepflegte Tochter, gehüllt in einen weiten, schmuddeligen Pullover, das Haar strähnig und ungewaschen über dem Gesicht. Ludgers Dackel sprang aus den Kissen und flitzte aus dem Zimmer. Gustes Gesicht kam Magnus teigig und aufgedunsen vor.
»Ach«, sagte sie. »Vater.« Das zärtliche Wesen, das ihn von klein auf Väterchen genannt hatte.
»Mein Gustemädchen«, sagte er. »Was ist denn nur mit dir? Wir machen uns alle solche Sorgen.«
»Müsst ihr nicht.« Sie drehte sich wieder zur Wand.
»Aber wenn du nicht mit uns sprichst! Wenn du nicht isst, nicht lachst, nicht zum Tanzen gehst – einfach nicht mehr unsere Guste bist, die wir alle ganz fürchterlich vermissen!«
Er setzte sich zu ihr auf die Bettkante und begann, ihr Haar zu ordnen. Es war strähnig, und seine Finger zitterten, als er sich erinnerte, wie er das Gleiche mit dem Haar der todkranken Reni getan hatte.
Nun mal eine Nummer kleiner!, rief er sich zur Ordnung.
»Kleines, ich habe mit Albi gesprochen«, sagte er. »Ich weiß, sie hat sich da wirklich etwas erlaubt, das nicht fein war, aber ist es denn wirklich so schlimm? Bist du ihr derart böse, dass du gar nicht siehst, wie leid es ihr tut?«

»Ich bin ihr überhaupt nicht böse«, sagte Auguste, ohne ihn anzusehen. »Sie ist Albi, sie hat getan, was Albi eben tut.«
»Also liegt für dich die ganze Schuld bei dem jungen Mann?«, tastete Magnus sich vor. »Du hattest ihn lieb, vielleicht noch lieber als deinen Tanzstundenherrn, und er hat dich enttäuscht? Das tut weh, Guste. Glaub mir, wir alle haben das in deinem Alter durchgemacht, auch dein alter Tattergreis von Vater.«
»Radio-Bernhardt«, sagte Guste.
»Wie bitte?«
»Du sprichst mit mir, wie Radio-Bernhardt seine Sendungen moderiert. Das musst du nicht. Du musst gar nichts. Ich will nur meine Ruhe, und James Seaton-Carew gebe ich bestimmt keine Schuld.«
»Du hast ihn immer noch lieb?«, fragte Magnus.
»Er ist ein reizender Mann«, sagte Guste. »Er ist erst dreiundzwanzig, aber er hat Lachfältchen in den Augenwinkeln.«
Wenn das nicht nach Liebe klang, dann hatte Magnus noch kein Liebesgesäusel gehört.
»Möchtest du denn, dass er zu dir kommt?«, fragte er. »Vielleicht nach Weihnachten? Ich bin sicher, er würde dich sehr gern um Verzeihung bitten.«
»Dazu besteht kein Grund«, sagte Auguste. »Und ich will nicht, dass er herkommt.«
»Aber er würde doch sicher gern …«
»Ich will es nicht!« Sie schoss zu ihm herum. Ihr Gesicht war vor Schmerz oder Zorn verzerrt. »Hast du gehört? Ich will ihn nicht sehen. Ich will niemanden sehen. Lasst mich alle in Ruhe.«
Magnus war so erschrocken, dass er ihr ihren Willen ließ. Überhaupt dachte er hinterher: Sollten wir nicht öfter tun, was Menschen von uns wollen, statt ihnen aufzudrängen, was wir für richtig halten, wie Käthe mit ihren Bouletten in Blaukraut? Er zählte zwei und zwei zusammen. Guste hatte ihr Herz an den wertlosen Karl verschenkt, der zu denen gehörte, die sich ›das

dritte Geschlecht‹ nannten. Hinterher hatte sie ihr Herz James Seaton-Carew geschenkt, der es ihr gleich noch einmal brach. Dass ein gutaussehender Mann in diesem Alter nun einmal nichts anbrennen ließ, konnte man einer jungen, treuen Seele wie Guste nicht erklären. Sie hatte Pech gehabt. Sie würde das nächste Mal Glück haben.

Über Weihnachten wollte er es sich mit seiner Familie gutgehen lassen und ein Auge auf seine Guste haben. Wenn es ihr im neuen Jahr auch nicht besserging, war noch immer genug Zeit, um etwas zu unternehmen.

Dazu, etwas zu unternehmen, kam er nicht mehr. Als das Jahr 1933 begann, überschlugen sich die Ereignisse. Zwar bekam er noch mit, dass seine Tochter Guste im Februar zum ersten Mal einer Geburtstagsfeier samt Rede vom munteren Zwillingspaar fernblieb, doch die Sorge darüber musste er verschieben. Später sollte es nicht nur Magnus schwerfallen, zu erklären, was in diesen vier Wochen eigentlich geschehen war.

Die Regierung, die der Notkanzler Schleicher im November 1932 gebildet hatte, kämpfte auf verlorenem Posten. Die NSDAP gewann irgendwo auf dem Land eine unbedeutende Wahl. Ex-Kanzler Papen traf sich mit Hitler, und Gerüchten zufolge wurde der größenwahnsinnige Österreicher beim Verlassen der Villa des Reichspräsidenten Hindenburg gesichtet. Unangenehm. Aber besorgniserregend? Magnus berichtete über den Sichtungsbesuch am Deutschen Stadion und tat das Gerede der Kollegen im *Tausendschön* als übertrieben ab. »Wenn ihr um jeden Preis einen Teufel an die Wand malen wollt – muss der unbedingt ein derart affiges Schnurrbärtchen haben?«

Am 28. Januar wurde Magnus' Sportsendung für eine Meldung aus der Politik unterbrochen. Schleichers Regierung war zurückgetreten. Gerüchten zufolge hatten die nationalistischen Parteien bereits ein neues Kabinett zusammengestellt, um es dem Reichspräsidenten schmackhaft zu machen. In den Aufnahmesälen las-

tete das Schweigen wie Blei. Wer nichts wusste, war hilflos. Wer es hatte kommen sehen, fürchtete, es auszusprechen.
Als Magnus nach Hause flüchten wollte, stellte sich ihm einer der Kabelträger in den Weg. »Intendant Kolb möcht' Sie sprechen, Herr Bernhardt.«
Ich aber ihn nicht, fuhr es Magnus durch den Kopf, ehe er sich aufmachte.
Auf Kolbs Schreibtisch türmten sich Magnus' Bänder. Seine Lieblingsaufnahmen, die Höhepunkte aus Los Angeles. Kolb klopfte darauf. »Wir haben das noch einmal angehört«, sagte er. »Kein übles Material, zum Teil durchaus in unserem Sinn. Es muss nur geordnet und ausgekämmt werden. Mit dem Nissenkamm.«
»Besser Nissenkamm als Laus im Pelz«, murmelte Magnus und konnte kaum glauben, was er da von sich gab. Er war Radio-Bernhardt ohne Blatt vorm Mund, weshalb verpasste er diesem Schleimpfropfen nicht die Antwort, die ihm gebührte?
»Sehr witzig«, konstatierte Kolb. »Ich würze übrigens selbst gern meinen Alltag mit einer Prise Humor. Nur gibt es so etwas wie den Ernst der Stunde, der Witzeleien geschmacklos macht. Eine gewisse Schwäche für Ihre Arbeit leugne ich nicht. Deshalb rate ich Ihnen, sich aus Ihrem Winterschlaf zu reißen und die nötigen Schritte einzuleiten. Wenn ich richtig informiert bin, haben Sie eine Familie zu versorgen.«
Wie gebannt starrte Magnus auf das Parteiabzeichen, die schwarze Spinne, die Kolb absurderweise nicht am Revers, sondern auf der Hemdbrust trug. Er zwang sich zu Gelassenheit. »Meine Familie ist abgesichert. Ich denke, ich habe mir in der Welt des Rundfunks einen Namen gemacht, so dass mir auch in Zukunft nicht um mein Auskommen bange ist.«
»Sie verkennen die Lage.« Kolb kniff einen Mundwinkel ein. »Sie haben eine frische, noch nicht von ausländischen Profitinteressen verfälschte Passion für den Sport, die meiner Vision für diesen Sender entspricht. Aber Sie müssen handeln. Uns ist

klar, dass es einen Sturm auf die Parteibüros geben wird, wenn erst einmal klar ist, wer künftig in diesem Land die Zügel führt. Für Opportunisten haben wir jedoch keinen Platz. Wir werden eine Aufnahmesperre verhängen, von der Sie betroffen sein könnten. Als Sportler dürfte Ihnen doch klar sein, dass es immer nur zwei Seiten gibt. Die des Siegers. Und die des Verlierers.«

Ich werde nicht in eure Partei eintreten, schwor sich Magnus. Dieser Spuk verzieht sich wieder, und außerdem mache ich Sport, nicht Politik.

»Ich möchte, dass Sie übermorgen dabei sind«, sagte Kolb. »Am Wilhelmplatz. Vor dem Palais des Reichspräsidenten. Für einen Aufnahmewagen wird gesorgt.«

Magnus brach der Schweiß aus. »Was ist denn übermorgen?«

»Reichspräsident Hindenburg empfängt Adolf Hitler«, antwortete Kolb. »Hitler hat mit von Papen und Hugenberg eine Einigung erzielt, die er dem Präsidenten darlegen wird. Das Ergebnis dürfte für unsere Hörer von Interesse sein.«

»Aber das ist doch überhaupt nicht mein Ressort!«, rief Magnus.

Kolb verzog den Mund und zeigte seinen Goldzahn. »Es fragt sich, wer künftig hier noch ein Ressort innehat. Gewiss keiner, der allzu zimperlich darauf pocht.«

Zwei Tage später vereidigte Reichspräsident Hindenburg Adolf Hitler als Reichskanzler und beauftragte ihn mit der Bildung einer Koalitionsregierung.

Auf dem Wilhelmplatz drängten sich Tausende von Anhängern der NSDAP, ohne dass jemand wusste, wer sie benachrichtigt hatte. Etliche von ihnen waren halbstarke Burschen der Hitler-Jugend, die trotz der Winterkälte in kurzen Hosen steckten. Im Schritttempo bahnte sich der schwarze Wagen seinen Weg durch die Massen und brachte Hitler die paar Meter weiter zur Reichskanzlei.

Magnus hatte Kopfschmerzen und fühlte sich unfähig, direkt

nach Hause zu gehen. In den Straßen tobten Tumulte, ganz Berlin schien auf den Beinen, und im Getümmel wurden die Extrablätter den Zeitungsjungen aus der Hand gerissen. Ins *Tausendschön* drängten die Chefredakteure aus dem Zeitungsviertel, die Mäntel trotz der Kälte offen, die Gesichter schweißbedeckt. Carl Misch von der *Vossischen Zeitung* blickte auf, als Magnus eintrat. »Also Hitler«, sagte er. »Die Zeichen stehen auf Sturm.«
Magnus sah zur Seite und beschloss, nicht lange zu bleiben. »Wo ist Gloria?«, fragte er zwei Bekannte an der Theke.
»Nach München, zum *Simplicissimus*«, antwortete einer. »Wir haben ihr gesagt, sei nicht dumm, Mädchen, den machen die doch zuerst platt. Aber sie wollte nur so schnell wie möglich weg.«
Auf dem Heimweg sah Magnus die Kolonne von Lastwagen, die die Straße verstopften. Auf ihre Planen waren Hakenkreuze gemalt. »Was haben die geladen?«, fragte er Passanten.
»Fackeln«, antwortete einer, der seinen Hund auf dem Arm trug. »Die haben sämtliche Brennstoffhandlungen leer gekauft und treffen sich am Großen Stern zu einem Fackelzug.«
Als er endlich in die Bettinastraße einbog, war es bereits dunkel. Von der Hauptstraße hallte gedämpftes Grölen herüber. Im Licht der Straßenlaterne sah er Albi, die am Gartenzaun mit Jette Sabotke sprach. Die Sabotke kam wohl vom Einkaufen, wie zwei Taschen mit Lauchstangen vermuten ließen. Albi kam sicher vom Training, doch sie trug das Futteral mit dem Bogen nicht über der Schulter. Magnus fiel in Laufschritt und rief ihre Namen.
»Mann, hier is' wat los«, sagte Jette Sabotke. »Der blonde Hans war auch schon da. Wenn ick den sehe, wird mir janz blümerant, da möcht' ick immer singen: *Flieger, grüß mir die Sonne …*«
Mit zitterndem Sopran intonierte sie ihren Filmschlager, bis sie bemerkte, wie Magnus und Alberta einander ansahen. Sie brach ab und hob die Einkaufstaschen auf. »Na, ick jeh denn mal rinn. Aufruhr hin oder her, der Mensch muss ja wat essen.«

»Dein Hannes war hier?«, fragte Magnus, als sie gegangen war. Alberta zuckte die Schultern. »Ich habe ihn verpasst.«
»Wo warst du denn? Training, bei dem Wetter?«
»Nein«, sagte sie seltsam kalt. »Ich war in der Wilhelmstraße.«
»Bei der Reichskanzlei?«, rief er entsetzt, obwohl ihr ja sichtlich nichts passiert war.
»Im Palais Strousberg«, erwiderte Alberta. »In der Britischen Botschaft. Dort war auch der Teufel los, aber Sir Gilbert hat mich trotzdem empfangen.«
»Sir Gilbert? Wer ist das?«
»Gilbert Chad, ein Freund der Seaton-Carews und Mitglied des diplomatischen Corps von Großbritannien. Wegen dieser Hitler-Sache waren die Telefonleitungen völlig überlastet, also bin ich einfach hingefahren.«
»Meine Tochter ist eine Staatsaffäre.« Magnus stöhnte. »Aber was, um Himmels willen, wolltest du denn dort?«
»Ich wollte Sir Gilbert bitten, James zu verständigen«, antwortete sie. »Du hast gesagt, du wirst dich um Auguste kümmern, wenn es ihr schlechtergeht. Aber du hast dich nicht gekümmert, und jetzt geht es ihr so schlecht, dass ich vor Angst nicht schlafen kann. Ich weiß mir allein keinen Rat mehr. Ich brauche James.«

36

Liebend gern wäre Alberta hinaus zu den Kasernen nach Döberitz gefahren, um Hannes zu sehen. Sie hatte nicht gewusst, dass er wieder in Berlin war. Wann immer er kam, trainierte er hier mit Farfalla, da sein Onkel ihm noch immer nicht gestattete, die Stute nach Hannover zu verlegen. Major von der Weydt ließ seinen Neffen für die Niederlage bei Olympia teuer

bezahlen – umso mehr, als auch er selbst hatte herbe Kritik einstecken müssen und gezwungen worden war, Loki als Deckhengst an ein Gestüt in Ostpreußen abzugeben. Alberta hatte den Mann inzwischen flüchtig kennengelernt, und bei seinen reibenden Bewegungen, mit denen er sich das Öl in die Hände massierte, waren ihr Schauer über den Rücken gelaufen.
Offiziell war Hannes jetzt wie ein gewöhnlicher Fähnrich in Döberitz stationiert und konnte froh sein, dass sein Onkel ihn wenigstens gelegentlich nach Hannover berief. So blieb die Tür der Kavallerieschule für ihn noch offen. Sollte er nicht mit Farfalla dort in Gnaden wieder aufgenommen werden, würde er über kurz oder lang keine Möglichkeit mehr haben, zu trainieren und die Stute zu halten.
Derzeit stand Farfalla immer noch in Hoppegarten, wo Hannes ein Trainingsgelände zur Verfügung hatte. Zwar gab es keinerlei Grundlage für ihren Verbleib in der Bereitschaftsbox des Bahntierarztes, aber Onkel Ludger war bei Vorstand und Aufsicht der Rennbahn beliebt, so dass er mit deren Kulanz rechnen durfte.
Alberta war froh, Farfalla besuchen zu können, wann immer ihre Zeit es erlaubte. »Du rettest mich vor dem Wahnsinn«, flüsterte sie der Stute ins Ohr und rieb ihr Gesicht an den weichen Nüstern. »Manchmal kommt es mir vor, als seien außer uns beiden alle verrückt geworden. Ist es denn wirklich unverzeihlich, wenn einem eine Dummheit unterläuft? Eins rate ich dir, Farfalla – tunk bloß nie deinen Weltschmerz in piemontesischen Wein, schon gar nicht, wenn ein englischer Tunichtgut neben dir sitzt.«
Würde James Verantwortung für sein Handeln übernehmen, würde er kommen und ihr bei Guste zur Seite stehen? Alberta hatte sich nie derart einsam gefühlt. Insgeheim hoffte sie, dass Hannes gestern vor ihrem Haus aufgetaucht war, um ihr zu sagen, dass er ihr verzieh. Sie wollte am liebsten zu ihm fahren, doch stattdessen musste sie vor Sonnenaufgang in Jobsts Auto steigen, um zur Qualifikation für die Meisterschaft nach Leipzig

zu fahren. Der Wettkampf war wichtig. Auch wenn sie ständig an Guste und Hannes dachte, durfte sie ihr Ziel nicht aus den Augen verlieren.

Zu ihrer Verwunderung saß Jobst allein im Auto. »Leg den Bogen auf den Rücksitz. Da ist Platz genug.«

»Wo ist denn Tilly?«, fragte Alberta. »Holen wir die nicht ab?«

Jobst fuhr an. »Tilly kommt nicht.«

»Warum denn nicht, ist sie krank?«

Jobst beschleunigte und preschte durch die erwachenden Straßen der Stadt. »Lass mal die Fragerei nach Tilly. Die ist nicht mehr im Verein.«

»Wie bitte?« Tilly liebte den Bogensport wie Alberta, sie gehörte dem ASV Eibe seit Jahren an und trainierte mit allem Ehrgeiz.

Jobst antwortete nicht mehr, sondern jagte weiter die vereisten Straßen entlang, dass Alberta auf und ab geschleudert wurde. »He, Jobst, jetzt mach doch mal den Mund auf. Dass Tilly ausgetreten ist, kannst du jemandem erzählen, der keine Krempe am Hut hat!«

»Pass auf, was du sagst«, erwiderte Jobst scharf. »Wenn ich dir sage, hör mit der Fragerei auf, solltest du dich besser daran halten. Ihr könnt alle froh sein, dass ich mich rechtzeitig umgetan habe. Ich bin Parteimitglied. Mit mir kann euch nichts passieren.«

»Und was sollte uns ohne dich passieren?«

»Die Partei macht reinen Tisch«, antwortete Jobst. »Da werden jetzt andere Saiten aufgezogen. Auch im Sport, der ist Hitler wichtig. Diese ganzen roten Nester, die keine Leistung bringen, werden plattgemacht.«

»Was denn für rote Nester?«, fragte Alberta.

»Die Vereine in diesem sogenannten Arbeiter-Turn- und Sportbund«, antwortete Jobst.

»Im ATSB?«, rief Alberta. »Aber dazu gehören wir selbst doch auch!« Ihr Verein war kurz nach Ausrufung der Republik gegründet worden, und das ASV in seinem Namen stand für Arbeitersportverein.

»Nicht mehr lange«, erwiderte Jobst. »Wie gesagt, wir brauchen uns keine Sorgen zu machen, weil ich mich beizeiten neu orientiert habe. Die Partei wird dem Sport auf die Sprünge helfen, und nur darum geht es doch: um unseren Sport. Deshalb kann ich mir Juden und Kommunisten unter meinen Athletinnen nicht mehr leisten.«

»Du hast Tilly aus dem Verein geworfen, weil sie Jüdin ist?«

»Ich habe ihr geraten, aus freien Stücken zu gehen. In ein paar Wochen werden unerwünschte Elemente sowieso entfernt, und was soll es ihr bringen, darauf zu warten? Sie würde uns und sich selbst nur schaden.«

»Aber sie war deutsche Jugendmeisterin! Der Verein hat ihr zu Ehren ein Bankett gegeben!«

»In diesem Jahr gibt er keines«, entgegnete Jobst. »Und aus der Jugendklasse seid ihr ja jetzt raus.«

Alberta war zu verstört, um das Gespräch fortzusetzen. Ihre Gedanken rasten, sie konnte sich später im Wettbewerb kaum konzentrieren. Obwohl das Feld nicht stark besetzt war, verschoss sie Pfeile und belegte einen enttäuschenden dritten Platz. Immerhin genügte es für die Qualifikation.

Auf der Rückfahrt wechselte sie mit Jobst nur die nötigsten Worte und war froh, als er sie am Bahnhof Grunewald absetzte. Durchgefroren und zu Tode erschöpft kam sie in der Bettinastraße an. Aus dem Wohnzimmerfenster drangen Licht und ein paar Takte Musik: von einer der Swing-Schallplatten, die ihr Vater in Los Angeles gekauft hatte. Alberta erinnerte sich, dass Onkel Ludger irgendwelche Freunde aus Schlesien, von wo er herstammte, zu Gast hatte. Sicher saßen sie alle oben bei einem Schwatz, der sich bis in die Nachtstunden hinziehen würde.

Solche Abende waren typisch für ihre Familie. Oft kannte ihr Vater die Gäste selbst gar nicht, aber Menschen und ihre Geschichten waren ihm immer willkommen. Für gewöhnlich liebte Alberta diese improvisierte Geselligkeit, aber heute fühlte sie

sich ihr nicht gewachsen. Sie wünschte, sie hätte nach Hoppegarten fahren und bei Farfalla in der Box übernachten können.
Ein Bremsgeräusch ließ sie herumfahren. Ohne dass sie es bemerkt hatte, hatte sich eine dunkle Limousine genähert. Der Schlag des Wagens flog auf, und ein Mann im hellen Staubmantel stieg aus. Er trug keinen Hut. »Albertina«, sagte er und breitete die Arme aus.
Ihre Erleichterung war unbeschreiblich. Endlich war sie nicht mehr allein, sondern hatte den zweiten Verursacher dieser Misere bei sich. Sie warf sich in seine Arme, erzählte ihm völlig ungeordnet alles, was geschehen war, und schniefte ein bisschen. Die Tränen wischte sie am Aufschlag seines Mantels ab. »Und an dem ganzen Fiasko sind wir schuld, James. Du und ich mit unserem Kallimarmaro!«
»Na, ich weiß nicht.« Er lächelte wie in Los Angeles. Wie in Mandeville, in Athen, in einer Welt, die in Ordnung gewesen war. »Ich finde nicht, ich bin schuld, dass du warst wieder einmal faul und hast Wettkampf verpatzt.«
Alberta schlug nach ihm, und er duckte sich unter ihrer Hand hinweg. Ihre lachenden Augen trafen sich. *Kallimarmaro.* Besser als Abrakadabra. Die Welt würde wieder in Ordnung kommen.
»Und nur damit du weißt: dass ihr verrückten Deutschen wählt diesen Herrn Hitler und werft Jugendmeisterin aus Verein, daran ich bin auch nicht schuld. Meine Schwester fürchtet zu Tode und wollte mich einsperren, damit ich nicht fahre nach Deutschland, wo Herr Hitler reißt das Maul auf und verschlingt ihr Brüderlein.«
»O Gott, James – dein Deutsch ist ja grässlich!«
»Was ich soll machen, wenn meine deutschen Freunde mir sind bitterböse und mich nie besuchen?«
»Wenn du Guste hilfst, bin ich dir nicht mehr böse«, versprach sie. »Du hast sie doch lieb, nicht wahr?«
»Wie soll man Auguste nicht liebhaben?«

»Da hast du recht.« Kurz lehnte sie sich an seine Brust, spürte den weichen Stoff des Mantels und seinen Herzschlag. »James, ich bin so froh, dass du da bist. Wie bist du überhaupt so schnell hergekommen? Geflogen?«
»Natürlich«, sagte er. »Alles andere hätte gedauert zu lange.«
»Du spinnst ja!«, rief Alberta. »Sag, dass das nicht dein Ernst ist.«
»Mein Schwager baut Flugzeuge«, erwiderte er. »Und ein feiner Kerl ist er außerdem, sagt nicht alles, was er erlaubt mir, brühwarm meiner Schwester weiter.«
Fassungslos schüttelte sie den Kopf. »Du bist nicht zu fassen. Bei dir weiß ich allmählich wirklich nicht mehr, wozu du noch imstande bist.«
»Das ich weiß auch nicht«, sagte er. »Aber ich komme immer zu dir, wenn du brauchst mich. Von überall.«
»Hör auf, dramatisch daherzuschwätzen«, rief sie, obwohl ihr ein Kribbeln unter die Kleider und über die bloße Haut kroch. »Das steht meinem Hannes. Dir nicht.«
Er grinste. »Nur weil Johannes Vondeweit spricht besser Deutsch. Was ist, lässt du mich in dein Haus, bevor alle heiligen Körperteile sind mir abgefroren?«
Alberta gab ihm einen Klaps auf die Lippen. Lieber hätte sie ihn an sich drücken und mit ihm durch die eisige Nacht Paso doble tanzen wollen. »Wenn du da drinnen weiter von deinen heiligen Körperteilen redest, kommt meine Tante dir mit dem Besenstiel«, drohte sie und schloss die Gartentür auf.

Onkel Ludgers Gäste aus Schlesien waren ein Frauenarzt namens Otto Kaluza und dessen jüngerer Kollege, der Neurologe Ludwig Guttmann, der soeben Chefarzt an einer Klinik in Breslau geworden war. Die beiden besuchten in Berlin einen medizinischen Kongress und waren begeistert vom Leben in der Hauptstadt.
»Aber nicht von Herrn Hitler, oder?«, fragte James und zog die Brauen hoch.

»Was mich betrifft, so bin ich entschlossen, diesem Hitler keine Beachtung zu schenken«, antwortete Guttmann. »Ein Wichtigtuer. Für derlei Gestalten haben wir Mediziner keine Zeit.«
»Schade«, sagte James. »Ich gerne hätte gelernt, wie sich Gehirn von Herrn Hitler neurologisch erklärt. Damit ich hätte in England vor meinen Freunden angeben können.«
Guttmann, der nicht im mindesten weltgewandt, sondern eher wie der possierliche Bewohner eines Elfenbeinturms wirkte, errötete. »Da muss ich Sie leider enttäuschen. Ich bin auf Verletzungen des Rückenmarks und der Wirbelsäule spezialisiert.«
James runzelte seine schwarzen Brauen. »Und Sie sind sicher, das nicht liegt vor bei Herrn Hitler? Ist keine Verletzung, wenn einer statt Wirbelsäule hat Spazierstock im Leib?«
Alle lachten. James fügte sich in ihre Runde, als hätten sie sich immer schon gekannt. Für ein Glas von Tante Käthes Bowle, in der Dosenpfirsiche schwammen, bedankte er sich höflich, während Alberta bei seinem skeptischen Blick gern losgeprustet hätte. Er erlaubte Eri, auf seinen Schoß zu springen, und versprühte einen Charme, dem sich selbst die Tante nicht entziehen konnte. Als er beteuerte, in Berlin sei es eisig wie am Nordpol und er habe sich auf dem Flug ganz sicher erkältet, stapfte sie in die Küche und machte ihm heiße Schokolade.
Im Nu war es nach acht, und Tante Käthe trug Buletten, saure Gurken, die sie Gärtnerwürste nannte, und Rote-Bete-Salat zum Abendessen auf. »Die Guste hat wieder gesagt, dass sie nichts mag«, jammerte sie. »Jetzt haben wir doch zwei Ärzte im Haus – könnten denn Sie die arme Kleine nicht mal untersuchen?«
»Nicht ohne Zustimmung der Patientin, Käthchen«, mahnte Onkel Ludger wie bereits etliche Male zuvor.
James setzte Eri zu Boden und erhob sich. »Wenn es ist recht, ich gehe und wünsche Auguste guten Abend«, sagte er.
»Wisch dir den Mund ab«, rief Alberta. Über seiner Oberlippe prangte ein dunkler Rand aus Schokolade.

James wischte sich über die Lippen, ohne die Schokoladeschicht zu beseitigen, senkte die Lider und tauchte seinen Blick in ihren. »Steht mir etwa nicht Schnurrbart? Wird jetzt doch sehr *en vogue*.«
»Die Guste lässt Sie nicht ein«, sagte Käthe. »Sie will niemanden sehen, das arme Ding. Eher wirft sie mit ihrem Schuh nach Ihnen.«
»Dann ich lasse Herrn Doktor Guttmann behandeln meine Verletzung der Wirbelsäule«, erwiderte James, deutete eine Verbeugung an und ging hinüber zu dem Zimmer, an dessen Tür ein von Kinderhänden gebasteltes Blechschild mit der Aufschrift ›Albi & Guste‹ hing.
»Mein lieber Schwan«, verkündete Jette Sabotke, kaum dass er verschwunden war. »Ein blonder Hans isser nich'. Aber ick befürchte, für den blüh'n trotzdem an allen Küsten Rosen.«
»Das fürchte ich allerdings auch.« Echauffiert wischte Tante Käthe sich die Stirn. »Der junge Mann ist ohne Frage einer zum Liebhaben, aber das weiß er auch, und für mein Grüngemüse Guste ist der das völlig falsche Kaliber.«
Alberta horchte auf. Ihre Tante hatte vergessen, James einen falschen Fuffziger zu schimpfen. Und zum Liebhaben waren bei ihr normalerweise kleine Mädchen, keine ausgewachsenen Männer.
»Jetzt lasst dem armen Kerl mal ein bisschen Luft.« Ihr Vater, der bedrückt gewirkt hatte, strahlte wie nach einem Glanzauftritt. »Wenn ihr mich fragt, ist der Junge goldrichtig. Der passt in die Welt. Und dass so ein Frischling, der hinter den Ohren noch nicht trocken ist, hier und da mal nascht …«
»Nicht an meiner Guste!« Tante Käthe sprang auf. Ihr Gesicht war gerötet, und sie war auf einmal keine putzige Tante mehr, sondern eine zornige, erregte Frau. »Ich kann nicht glauben, dass du so von deiner Tochter sprichst. An meiner Guste nascht keiner! Egal, ob er nun Nachbars Lumpi ist, der blonde Hans oder Prinz von Arkadien.«

»Aber Käthe«, stammelte Albertas Vater. Weiter kam er nicht.
»Nenn mich nicht Käthe!«, schrie seine Schwester ihn an. »Wenn du so denkst, mag ich dich nicht mehr als Bruder, und dann bin ich für dich gefälligst Katharina!«
Onkel Ludger wandte sich seinen Freunden zu: »Wie ihr seht, lassen wir uns in diesem Haus von Adolf Hitler nicht die Stimmung verderben.« Dann ging er zu Käthe und legte den Arm um sie. »Jeder von uns liebt Guste«, sagte er. »Und jeder von uns macht sich Sorgen um sie. Dass dein Bruder sich manchmal ein bisschen unverblümt ausdrückt, weißt du nicht erst seit gestern. Damit verdient er sein Geld. Aber es bedeutet nicht, dass er für seine Tochter nicht wie ein Löwenvater eintreten würde.«
»Und du willst Tierarzt sein?« Käthes wütende Haltung sank in sich zusammen. »Dann müsstest du doch wissen, dass es die Löwenmütter sind, die um ihre Jungen kämpfen. Und ihre Mutter haben diese beiden armen Geschöpfe nun einmal verloren.«
Onkel Ludger, der sonst vor anderen Menschen zurückhaltend war, küsste sie auf die Stelle, wo ihr Haar sich scheitelte. »Ich halte nächste Woche eine Vorlesung«, sagte er. »Ich denke, ich wähle als Thema die Löwentante.«
Er liebt sie ja, dachte Alberta und fand es schön und beruhigend, den beiden zuzusehen. Sie hatte bisher nie den Wunsch verspürt, ein Liebespaar zu betrachten, und hatte über die Liebe nicht nachgedacht. Seltsamerweise fielen ihr nun Karl Venske und Maestro Duvenage ein, und zu dem leisen Swing vom Grammophon sang ein Tenor vom Haus am Michigansee.
»Wir hätten ihn nicht so einfach zu ihr ins Zimmer lassen dürfen«, beharrte Käthe.
»Herrgott, sie ist erwachsen«, erwiderte der Vater gereizt. »Und was bitte soll er ihr so Schreckliches antun, mit uns als versammelten Anstandsdamen vor der Tür?«
»Reinstürmen und den feschen schlimmen Finger rausholen, dit könn' wa eh nich'«, konstatierte Jette Sabotke. »Ick wär' da stin-

kig, wenn ick die Juste wär. Also schlag ick vor, wir machen uns derweilen ans Essen. Werden zwar nich' kalt, die guten Buletten, aber soll sich ja kein Schimmelpilz druff ausbreiten.«

»Eine brillante Idee, Frau Sabotke« stimmte Magnus erleichtert zu. »Wir haben unsere Gäste lange genug hungern lassen. Ich fürchte, Ihnen hängt der Magen mittlerweile in den Kniekehlen, Herr Dr. Guttmann?«

»Aber nicht im mindesten«, erwiderte der unbeholfene Guttmann, den Alberta reizend fand, und wies auf die Bowle. »Ich habe mich an die Pfirsiche gehalten.«

Sie lachten ein bisschen, und sie aßen ein bisschen, und die Zeit verstrich. Immerhin hat Guste ihm nicht die Tür gewiesen, dachte Alberta. Sie redet mit ihm schon seit einer knappen Stunde – das ist mehr, als einer von uns in den letzten Monaten erreicht hat. Die Doktoren Kaluza und Guttmann verabschiedeten sich und gingen, um ein Taxi ins Hotel anzuhalten. Ulli war im Flur beim Ballkicken eingeschlafen, und Jette musste ihn hinunter in die Hauswartswohnung tragen. Die vier Familienmitglieder blieben am Tisch sitzen und warteten. Ihr Vater, der selten rauchte, steckte sich eine Zigarette an der anderen an, bis die Rauchschwaden in der Luft standen.

»Ist bei dir alles in Ordnung?«, fragte Käthe ihren Dauerverlobten.

»Was soll bei mir nicht in Ordnung sein?«, fragte Ludger zurück.

»Die alte Böttger vom Schlachter hat gehört, dass die Nazis den Ärzten die Zulassung entziehen wollen«, sagte Käthe.

»Was, allen Ärzten?« Ludger lächelte. »Ist es in Hitlers Deutschland dann verboten, krank zu werden?«

»Den jüdischen Ärzten«, sagte Käthe, ohne zu lächeln.

»Ich bin ja kein Arzt. Mach dir nicht so viele Gedanken.«

Nach geschlagenen zwei Stunden, als Alberta gerade beschloss, sie habe nun lange genug Geduld bewiesen, öffnete sich die Tür ihres Zimmers, und James kam heraus. Den rostroten, seidenweichen

Pullover, den er über dem Hemd und unter dem Tweedjackett angehabt hatte, trug er nicht mehr. Alberta war sicher, aus dem Zimmer Schluchzen gehört zu haben, doch nun war alles still.
Die Frauen sprangen auf. Die Männer blieben sitzen.
»Kommst du auf eine Zigarette mit nach draußen, Alberta?«, fragte er in makellosem Deutsch. »Ich würde dich gern sprechen.«
»Rauchen Sie doch hier«, sagte Albertas Vater.
»Ich rauche nicht«, sagte James.
»Was die Guste betrifft, das geht uns alle an!«, rief Käthe und versuchte, sich ihm in den Weg zu stellen.
»Selbstverständlich«, erwiderte James. »Nur bin ich nicht der Richtige, um es Ihnen zu sagen.« Er bot Alberta seinen Arm und ging mit ihr die Treppe hinunter.
Alberta begann schon zu zittern, noch ehe er die Tür öffnete und die kalte Nachtluft sie traf. »Sie hat es dir gesagt, ja? Ist es schlimm? Ist es unsere Schuld?«
»Bitte lass einmal beiseite, wessen Schuld es ist«, sagte James und streichelte mit beiden Händen ihr Gesicht. »Ich finde nicht, dass es schlimm ist. Aber für Auguste ist es schlimm.«
»Sag mir, was es ist!«
»Auguste bekommt ein Kind«, sagte er.
Alberta schrie auf. Sie konnte kaum fassen, dass sie es war, die diesen schrillen, hysterischen Schrei ausstieß. An Kindern starb man nicht. Tilly Rebemanns Schwester hatte einen Jungen bekommen, der dieses Jahr in die Schule kam – die Welt war kurz untergegangen und gleich danach wieder auf. Warum war sie dann so außer sich, warum schrie sie immer weiter und trommelte dem Mann, der vor ihr stand, mit den Fäusten auf die Brust?
»Hast du ihr das angetan?«, schrie sie. »Sag mir, ob du ihr das angetan hast, sag, sag, sag.«
Irgendwann, als ihre Kräfte erlahmten, hielt er ihre Fäuste fest. »Ich kann dir nichts sagen, wenn du so schreist«, sagte er. »Aber ich glaube, du willst auch nichts von mir hören.«

Alberta befreite sich und trat einen Schritt zurück. Schnee knirschte unter ihren Sohlen. Sie standen sich gegenüber wie Kämpfer.
»Du solltest das deine Schwester fragen, nicht mich«, sagte er. »Deiner Schwester wirst du vielleicht glauben.«
»Sag's mir. Ich bitte dich. Wenn du es warst, musst du sie heiraten. Du darfst dich nicht einfach aus dem Staub machen oder für sie bezahlen, als sei unsere Guste nicht gut genug für dich! Und wenn deine Familie auch so alt wie ganz England ist und in Pferden, Schiffen und Flugzeugen schwimmt, unsere Guste ist das Allerbeste, was einem Mann wie dir passieren kann!« Tränen erstickten ihre Worte, und sie hasste sich für ihre Schwäche.
»Das weiß ich«, sagte James. »Aber sie will mich nicht heiraten. Gute Nacht, Alberta. Du musst mit Auguste und deiner Familie sprechen, und ich suche mir ein Hotel.«
»Du kannst dich doch jetzt nicht verdrücken!«
»Doch«, sagte er. »Meine Familie ist alt wie ganz England und schwimmt in Schiffen und Flugzeugen. Ich kann tun, was ich will.« Damit wandte er sich um und ging zu der schwarzen Limousine, die am Rinnstein wartete.

37

»Berlin-Grunewald,
den 2. Mai 1933

Lieber Hannes,
glaubst Du mir, dass nichts, aber auch gar nichts in diesem letzten Dreivierteljahr geschehen ist, was mich so sehr gefreut hat wie Dein Brief? Und Du deutest an, Du sähest es nicht ungern, wenn ich nach Aachen komme? Zu Deiner ersten großen Prüfung mit Farfalla? Glaub mir, Hannes, wenn Du das wirklich

willst, werde ich alles tun, was ein Mädchen tun kann, um an diesem Tag bei Euch beiden zu sein. Ich selbst will es ja so sehr! Dass ihr für Aachen gemeldet seid, heißt noch nicht, dass Dein Onkel Dir endlich die Chance gibt, die Du Dir so sehr verdient hast, nicht wahr? Aber es ist ein Anfang, und ich weiß, Du wirst das Beste daraus machen. Mein Trainer liegt mir ständig in den Ohren, wie viel für den Sport jetzt getan wird, und wir bekommen es ja auch zu spüren. Bei dem Eifer kann ich mir kaum vorstellen, dass man mit dem Vorgehen Deines Onkels noch lange zufrieden sein wird.
Denkst Du schon manchmal an Olympia, Hannes? An unser Olympia in Berlin – weißt Du noch, wie wir es uns in Los Angeles versprochen haben? Auch wenn James und ich danach so viel kaputt gemacht haben, dieses eine darf nicht kaputt sein. Es muss uns bleiben.
Für Deinen Glückwunsch zu meinem Meisterschaftstitel danke ich Dir. Ich gebe zu, ich bin ein bisschen stolz, zumal ich die Jüngste bin, die den Titel je errungen hat. Die Europameisterschaft in England ist das nächste Ziel, aber bis dahin fließt noch viel Wasser die Spree hinunter. Man wird sehen. Und Du weißt ja, wovon ich wirklich träume.
Momentan haben wir hier allerdings die Köpfe voll mit anderem. Du wirst Dir schon denken können, womit. Vor knapp zwei Wochen, morgens früh um halb drei, hat Guste einen kleinen Jungen zur Welt gebracht. Die Geburt kam so schnell, dass überhaupt keine Zeit mehr war, jemanden zu Hilfe zu rufen. Guste redet ja mit niemandem, sie hatte sich vermutlich schon Stunden lang in Wehen auf dem Bett gewälzt, aber ich habe nun einmal einen Schlaf wie ein Bär.
Glücklicherweise hatten wir bereits einen Arzt im Haus, Dr. Guttmann, einen Freund von Onkel Ludger, der auf der Durchreise bei uns übernachtet hat. Er ist zwar Neurologe, aber er hat gesagt, wenn er kein Kind auf die Welt holen kann, wechselt er

besser den Beruf, denn das schafft ohnehin die Mutter so gut wie allein.
Letztlich war es aber eine glückliche Fügung, dass gerade Dr. Guttmann da war. Dem Kleinen ging es nämlich gar nicht gut, als er so dünn und zusammengekrümmt in die Welt gerutscht ist. Er sah nicht aus wie ein Kind, sondern wie ein kleiner Greis, und er war das winzigste Baby, das man sich vorstellen kann. Gemacht hat er nichts. Nicht geschrien und auch kein Glied bewegt. Tante Käthe hat sich bekreuzigt, weil sie geglaubt hat, er ist tot, aber Dr. Guttmann hat sich seiner angenommen, und auf einmal hat unser kleiner Friedrich einen mächtigen Atemzug getan und war endlich angekommen auf der Welt.
Friedrich, so heißt er. Guste hat gesagt, ihr ist es egal, also hat Vater den Namen Friedrich August ausgesucht. Guste kann ihn nicht stillen, eigentlich kann sie gar nichts mit ihm tun. Ich sage es Dir ganz ehrlich: So schlimm, wie es in den ersten Tagen um Friedrich stand, um Guste steht es schlimmer. Sie ist stumm und teilnahmslos, wie sie es in all den Monaten zuvor war. Eine Fremde. Oder eher noch ein Geist in einem roten Pullover, der inzwischen genauso grau und ausgeleiert ist wie vorher der weiße.
Ich weiß, es ist Dir nicht angenehm, wenn ich über den Vater von Gustes Kind spreche. Schreiben muss ich es dennoch: Ich möchte dem Kerl, der ihr das angetan hat, den Hals umdrehen. Wir haben sie bestürmt, ihn uns suchen zu lassen, aber sie beharrt darauf, dass sie es nicht will. Und weißt du was? Ich kann sie verstehen. Was sollte es bringen, wenn wir diesem Rosinenkuchen eine Tracht Prügel verpassen? Und wie Guste nun einmal gestrickt ist, hätte sie mit dem Menschen auch noch Mitleid. Heiraten will sie ihn nicht, und tatsächlich ist unsere Guste sowieso hunderttausend Mal zu gut für ihn.«

Der letzte Absatz war mit dicken, schwarzen Tintenlinien durchgestrichen. »*Bitte entschuldige*«, hatte Albi an den Rand gekritzelt. »*Denk Dir das einfach weg, als hätte ich es nie geschrieben.*« Sie hatte kreuz und quer mit dem Füllfederhalter herumgeschmiert, aber die Worte blieben trotzdem lesbar. Es war so typisch für Albi, dass Hannes innehalten und die Schrift berühren musste, ehe er weiterlas.

»*Unsere Hauswartin, Frau Sabotke, sagt, es wird mit Guste schon besser werden, wenn sie erst einmal begriffen hat, dass so ein Kleines nicht das Ende der Welt bedeutet. Aber für Guste ist es das Ende der Welt. Unsere Guste hat immer von einer Hochzeit in Weiß geträumt, von einem Prinzen, der sie mitnimmt in irgendein Haus am Michigansee, doch mit diesen Träumen ist es jetzt vorbei.*
Lieber Hannes, ich glaube, ich komme jetzt zum Ende und schicke den Brief gleich ab. Es gibt hier noch vieles andere, was uns Sorgen macht, aber mit unseren Problemen habe ich Dich schon genug belästigt. Du sollst Dir ja nicht mit meinem Brief den Tag verderben, sondern Dich konzentrieren und gut achtgeben auf Farfalla. Und auf Dich selbst natürlich auch! Ich lese Deinen Brief immer wieder, ich bin so froh, dass Du ihn mir geschrieben hast, und ich würde mich von hier bis nach Los Angeles freuen, wenn ich Dich in Aachen wiedersehen dürfte. Bitte, lieber Hannes, schreibe mir doch noch einmal, und wenn es nur eine Zeile ist. Schreibe mir, ob Du es wirklich willst.
Sei umarmt, ob Du's mir erlaubst oder nicht – die Gedanken sind frei. Deine Albi.

Noch einmal streichelte Hannes über die rasch hingeworfenen Zeilen. Dann hob er den Brief auf und legte ihn sich an die Wange. Albi, dachte er, geliebte, unsägliche Albi. Die Sehnsucht nach ihr wurde zu einem spitzen Pfeil, der sich in seine Brust bohrte. Dieser Schmerz war ihm nicht neu. Er nannte ihn Albi-Schmerz, und er war so heftig, dass er sofort aufspringen und etwas unternehmen musste, weil er ihn sonst nicht ertrug. Am besten Reiten. Einen scharfen, harten Trainingsritt, ohne sich oder das Pferd zu schonen. Das erste Mal hatte er diesen Schmerz auf James' verfluchtem Gut Mandeville verspürt, und seither suchte er ihn immer wieder heim.

All das stand zwischen ihnen. Jener tückisch milde September in der Fremde. Würde seine Liebe stark genug sein, darüber hinwegzukommen, Albi zurück an seine Seite zu holen und nach vorn zu schauen?

Ich will es ja, durchfuhr es ihn. Oder richtiger: Ich will es nicht nur, ich habe gar keine andere Wahl. An Avancen fehlte es ihm nicht. So schwer es ihm fiel, es zu glauben, er war das, was man einen Mädchenschwarm nannte. Bei seinen Turnieren standen junge Frauen in der vordersten Reihe und jubelten ihm zu. Seit er auf Farfalla von Sieg zu Sieg ritt, erst recht. Natürlich war er noch immer ein Habenichts, und kein Vater, der ein ordentliches Haus führte, hätte seiner Tochter gestattet, sich von ihm den Hof machen zu lassen. Aber wenn er das Debakel von Los Angeles hinter sich ließ und das Springen in Aachen gewann, mochte sich das ändern. Das, was weder sein Vater noch sein Onkel ihm zugetraut hatte, rückte in greifbare Nähe: Erfolg und ein Leben, über das er selbst der Herr war.

Sportlern, die ihren Amateurstatus beibehalten sollten, eröffnete man dieser Tage andere Wege. Für einen Reiter lag die Laufbahn beim Militär nahe, die Hannes hasste, doch solange man ihn nur reiten ließ, sollte ihm alles recht sein. Dass sein Onkel endlich nachgegeben, ihn von Döberitz fortgeholt und ihm gestattet hatte, Farfalla mitzubringen, war ein gutes Zeichen. Als Nächstes stand seine Beförderung zum Offizier an, und danach würde er eine akzeptable Partie sein, der ein entsprechender Schwiegervater noch ein wenig auf die Beine helfen konnte.

Es würde ein Leichtes sein, ein Mädchen zu finden, das mitbrachte, was er an Albi vermisste: bedingungslose Treue und Verlässlichkeit ohne himmelstürmende Ideen, die ihm Angst machten. Wenn er wollte, konnte er ein Mädchen für sich gewinnen, das keinen fernen Traum, sondern ihn als ihren Traummann anhimmelte und ihm die Sicherheit gab, dass er kein Versager war. Die Kränkungen, die ihm zugefügt worden waren, würden der Vergangenheit angehören, und mit der Zeit würden sogar die Narben verblassen.

Aber all das Würde-Hätte-Könnte nützte nichts. Er war kein Mann, der zwischen Mädchen wählen konnte, sein Herz vergab sich nur ganz und endgültig. So wie er in Farfalla das eine Pferd, sein Flügelpferd, gefunden hatte, erging es ihm auch mit der einen Frau. Er wollte Albi. Sie mochte nicht gerade Balsam für den verletzten Stolz eines Mannes sein, aber ihre Träume waren auch die seinen. Sie teilte seine Welt, und wenn er sich ihr Bild heraufbeschwor, hatte er das Gefühl, überall unter der Haut seinen Pulsschlag zu spüren, sein Blut rauschte wie über Stromschnellen durch die Adern. Er wollte Albi. Das ließ sich nicht zum Schweigen bringen, so wie der Frühlingssturm vor dem Fenster sich durch nichts zum Schweigen bringen ließ.

Hatten sie trotz allem eine Chance?

Er hatte gelitten wie ein Tier, und wenn er ihr glauben durfte, dann hatte auch sie gelitten, seine quirlige, vom Leben verwöhnte Albi. Es hatte ihn stärker gemacht, und ihr mochte es Reife verliehen haben. Ihr gemeinsamer Weg würde nicht einfach sein, zerstörtes Vertrauen ließ sich nicht in ein paar Tagen neu aufbauen, aber wenn sie entschlossen waren, zu kämpfen, mochten sie die Vergangenheit vielleicht besiegen.

Er wollte Albi.

Er hatte sie damals, im Januar, gewollt, als er alle Vernunft über den Haufen geworfen hatte und quer durch die außer Rand und Band geratene Stadt gestürmt war, um mit ihr zu sprechen. Zu Fuß war er gegangen, weil Hitler Reichskanzler geworden und auf den Straßen jeglicher Verkehr zum Erliegen gekommen war.

Er hatte sie nicht daheim angetroffen, und später hatte ihn dann der Mut verlassen. Seither war so vieles geschehen, im Februar war der Reichstag in Flammen aufgegangen, doch letztendlich hatte sich die Aufregung um die Hitler-Partei gelegt. War es nicht häufig so? Das menschliche Herz regte sich schrecklich über etwas auf, doch am Ende kam es nicht so schlimm wie befürchtet, sondern alles renkte sich wieder ein.

Er war mit Farfalla an die Kavalleriehochschule gekommen, das Training begann sich auszuzahlen, und sein Onkel hatte ihn für das Springturnier in Aachen gemeldet. Ein lobendes Wort bekam er von dem Mann nach wie vor nicht zu hören, und er hasste sich, weil er noch immer darauf hoffte, noch immer mit ihm verkehrte, als stünden sie wie gewöhnliche Verwandte zueinander. Die Meldung für Aachen war jedoch immerhin ein Zeichen der Anerkennung. Noch im Februar, als James ihn in Hannover besucht hatte, war die Welt ihm schwarz und hoffnungslos erschienen. Jetzt aber war es Mai, und sie bekam zaghaft wieder Farbe.

Ja, beschloss er, er würde Albi noch einmal schreiben und sie bitten, nach Aachen zu kommen. Ganz unverbindlich, als Freundin, die Anteil an seiner Laufbahn nahm. Aus dieser Unverbindlichkeit aber konnte alles werden, wenn sie sich beide darum bemühten.

Zwei Monate später, im Juli, gewann Hannes auf Farfalla den Großen Preis von Aachen, das wichtigste Springturnier des Landes.

Unter den Zuschauern, die während der Siegerehrung vor der Tribüne standen, erkannte er Giselher Mehring, der ihm die Stute verkauft hatte. Das heißt, nicht ihm selbst natürlich, sondern James. Ihm hätte der Oberleutnant, der ihm sein Talent neidete, das Pferd nie gegeben, und ohnehin hätte Hannes die Kaufsumme nicht aufbringen können. Dennoch war Farfalla sein Pferd, sie gehörten zusammen wie Pech und Schwefel, wie eine Zeitung

kürzlich geschrieben hatte. Nach diesem Sieg würden es alle Zeitungen schreiben. Was Giselher Mehring auf seiner Siegerehrung zu schaffen hatte, konnte ihm egal sein. Für Beklommenheit gab es nicht den geringsten Grund.
Ein anderer Zuschauer hingegen war hundertmal wichtiger: Albi. Sie war braungebrannt, trug ein gelbes Kleid und im sonnengebleichten Haar ein gelbes Band. Als sie sich auf die Zehenspitzen reckte und ihm zuwinkte, drehten sämtliche Männer die Köpfe nach ihr. Sogar Giselher Mehring, der mit irgendeiner Millionenerbin verheiratet war. Albi war im ganzen Stadion die begehrenswerteste Frau, blond und schlank und voller Jugend, wie ein Symbol für alles, was jetzt endlich wieder möglich war.
Hannes hatte Aachen gewonnen, und er wollte Olympia. Er hatte sein Flügelpferd gefunden, und er wollte Albi.

38

»Kommen Sie in die Hardenbergstraße«, hatte Hesewitz gesagt. »Wir fahren von dort gemeinsam.«
Dass mit der Hardenbergstraße das Haus 42–43 gemeint war, in der das Organisationskomitee für die Olympischen Spiele seinen Sitz hatte, verstand sich von selbst. Im Januar, wenige Tage vor Hitlers Machtergreifung, war das Komitee mit Theodor Lewald als Präsidenten und Carl Diem als Generalsekretär begründet worden. Hans von Tschammer und Osten, der zum Reichssportführer ernannte »Aufräumer«, hielt sich nur selten dort auf, doch als Ersatz war stets Hesewitz in seinem Büro anzutreffen. Welche Funktion er bekleidete, blieb unklar. Strippenzieher, dachte Giselher. Der, der die Fäden aller Puppen in der Hand hielt und sie zum Tanz ums olympische Feuer verknotete.

»Oberleutnant? Sind Sie noch dran?«
»Ja, natürlich«, murmelte Giselher. »Ich kann, wenn Sie wollen, gleich nach Grunewald kommen.« Hesewitz und Konsorten würden eine Begehung am Deutschen Stadion durchführen und über Pläne für den Umbau sprechen wollen. Sie hatten ihn schon zu mehreren solcher Begehungen bestellt, ohne dass Giselher klargeworden war, welchen Zweck seine Gegenwart erfüllte. Er war kein Architekt, höchstens ein Laie mit rascher Auffassungsgabe. Bisher war er immer direkt zum Stadion gefahren, um die Sportfunktionäre dort zu treffen.
»Ich möchte heute gern mit Ihnen zusammen fahren«, sagte Hesewitz.
»Warum das denn?«
»Das werden Sie dann ja sehen, mein Lieber.« Hesewitz lachte. »Seien Sie um acht Uhr hier. Passt Ihnen das?«
Was er um diese Uhrzeit zu sehen bekommen sollte, war fraglich. Der November war schwarz und regnerisch, und um acht Uhr abends war es bereits dunkel wie in schwärzester Nacht. Aber sich darüber den Kopf zu zerbrechen war sinnlos. Er brauchte Hesewitz. Was immer der Goldfasan vorschlug, war ihm Befehl.
Giselher legte den Hörer auf und kehrte in den Salon zurück. Seine Wohnstube Salon zu nennen, daran hatte er sich gewöhnt. So wie das Möbelstück, auf dem Viola ihre hübschen Beine ausstreckte, nicht etwa Sofa hieß, sondern Chaiselongue. »Ich muss noch einmal weg«, sagte er.
Sie blickte zu ihm auf. »Bei diesem Wetter? Mein armes Goldstück!«
Dies war der Anblick, der ihm die Welt bedeutete und für den er seine Seele verkauft hätte. Viola trug ein zart geblümtes, seidenes Tageskleid, und die dunklen Locken fielen offen auf ihre Schultern. Beate, in einem Spielkleidchen aus demselben Stoff, war in Violas Schoß eingeschlafen. Sie hatten selbstverständlich ein Kindermädchen; seine frivole Viola war zur Vollzeitmutter nicht

geschaffen, doch sie beschäftigte sich entzückend mit der Kleinen, und die beiden gaben ein Bild ab, das niemanden kaltlassen konnte.

Meine Familie. Meine beiden Frauen.

Giselher hatte befürchtet, einen Sohn zu bekommen. Insgeheim war er sicher gewesen, ein Sohn von ihm könne nichts anderes als ein zweiter *uns' Gisel im Pech* werden. Stattdessen hatte er ein rundliches, rosiges Mädchen bekommen, das sich mit fröhlicher Lungenkraft ins Leben krähte. Beate war ganz gewiss kein *uns' Gisel im Pech,* sie war vom ersten Tag an das Selbstvertrauen in Person. Hübsch war sie jedoch auf ganz andere Art als ihre Mutter – wo Viola brünett und zierlich war, war die kleine Beate hell und stämmig, wie zwei Seiten derselben Medaille.

Eine Vierteljüdin, dachte Giselher und starrte auf sein Kind, dessen Löckchen im Lampenschein Schatten auf die runde Wange warfen. Das aber war wohl kein Grund zur Besorgnis. Zwar waren die Gesetze, die all diese Fragen verbindlich regeln sollten, noch in Arbeit, aber Hesewitz hatte ihn im Vertrauen wissen lassen, dass Vierteljuden Ariern praktisch gleichgestellt werden sollten. »Damit der hohe rassisch wertvolle Blutanteil nicht verloren geht«, hatte er ihm erklärt.

»Und wie steht es mit Halbjuden?«

»Nun ja.« Hesewitz rieb sich das Kinn. »Ein Halbjude ist natürlich ein Halbjude, da beißt die Maus keinen Faden ab. Aber lassen Sie es mich so ausdrücken: Wie ein Glas sowohl als halb voll wie auch als halb leer angesehen werden kann, ließe sich unter gewissen Umständen ein Halbjude auch als Halbarier betrachten.«

»Unter welchen Umständen denn?«

»Nun mal nicht so aufgeregt, mein Lieber.« Hesewitz hatte ihm die Schulter getätschelt. »Noch ist ja nichts spruchreif, und bis dahin ist es doch gut, dass Sie bei uns an der Quelle sitzen. So wissen Sie immer Bescheid und können sich beizeiten einrichten. Warum lassen Sie das, was Ihnen Sorge macht, eigentlich nicht erst einmal überprüfen? Womöglich sind Sie besser dran, als Sie fürchten?«

Giselher war nach Hause gekommen und hatte zu Viola gesagt: »Wir machen das jetzt. Wir beantragen diesen Ariernachweis.« Sie war erschöpft von der Geburt und ungewöhnlich bleich gewesen, und er hatte sie so fest in die Arme genommen, wie er nur konnte. Nie zuvor hatte er so sehr das Gefühl gehabt, sie schützen zu müssen. »Vielleicht sind wir besser dran, als wir fürchten.«

Sie waren schlimmer dran. Unendlich viel schlimmer. Als die Dokumente von der Reichsstelle für Sippenforschung kamen, sah er seine Frau zum ersten Mal in Tränen aufgelöst. »Diese Gesetze sind doch noch gar nicht erlassen«, hatte er sie zu beruhigen versucht. »Wer weiß, ob sie je in Kraft treten, und außerdem werden wir dagegen Widerspruch einlegen.«

Am selben Abend war er zu Arndt von Siecksdorff nach Jamlitz gefahren und hatte ihm das Dokument auf den Rauchtisch geworfen. »Ich brauche Nachweise. Sämtliche Urkunden, die Sie in Ihrem Besitz haben, damit ich gegen diesen Schrieb Protest einlegen kann.«

Der Gutsbesitzer, der um ein Jahrzehnt gealtert schien, schüttelte den Kopf. »Ich hatte es befürchtet. Damals wusste ich es nicht, für mich war meine Braut ein evangelisch getauftes Fräulein. Man hat über so etwas ja gar nicht nachgedacht.«

»Und seit wann wissen Sie es?«

»Dass Trudes Eltern als Juden galten? Ich habe es erst erfahren, als sie gestorben war und ich mich um die Eintragungen aus dem Geburtsregister kümmern musste. Deshalb habe ich zu Ihnen damals gesagt, Sie hätten die Pflicht, das Veilchen zu schützen. Was sind Sie? Ein Mann, der sich vor seine Familie stellt? Oder ein Weichling, der sich verkriecht, weil ein persönliches Opfer ihm weh tun könnte?«

Anderntags war er Hesewitz' Ersuchen nachgekommen und in die Partei eingetreten. Es bestand ein Aufnahmestopp, aber in

seinem Fall wurde glaubhaft versichert, dass ein bereits im Herbst gestellter Aufnahmeantrag verloren gegangen war. Mit sofortiger Wirkung wurde er als Parteigenosse aufgenommen.
»Ich werde mit Hesewitz reden«, hatte er Viola versprochen. »Sobald sich eine günstige Gelegenheit ergibt.«
»Es geht um Beate.« Violas schmale Schultern hatten gezittert. »Halbjuden dürfen keine Beamten werden.«
Trotz aller Qual hatte er lächeln müssen, weil er sie so sehr liebte. »Irgendein Instinkt lässt mich daran zweifeln, dass meine bezaubernde Tochter später in einer Amtsstube vertrocknen möchte – sofern sie ihrer bezaubernden Mutter nachgerät. Aber wenn es ihr Wunsch ist, soll ihr nichts im Weg stehen.«
»Oh, Gis, du bist ja erwachsen.« Viola öffnete ihm Krawatte und Kragen und küsste ihn auf den Ansatz der Schulter. »Gleich am ersten Abend, als ich mich in dich verliebt habe, wusste ich: Diesen süßen, tolpatschigen Jungen muss ich haben, denn aus dem wird einmal ein wundervoller Mann.«
Jetzt lag sie mit ausgestreckten Beinen auf der Chaiselongue und blickte zu ihm auf. Sie schlief oft schlecht und hatte sich das Rauchen angewöhnt, doch die meiste Zeit über vertraute sie auf seinen Schutz. »Wohin musst du denn?«
»In die Hardenbergstraße und anschließend zur Begehung ins Stadion. Leg dich schlafen, warte nicht auf mich. Es wird sicher spät.«
Sie sah ihm zu, wie er das Parteiabzeichen am Revers des Mantels befestigte. »Du nimmst so viel auf dich«, sagte sie. »Weißt du, was ich neulich gedacht habe? Ein Mann wie du hat so ein Pech nicht verdient.«
»Das ist Unsinn.« Er ging zu ihr, küsste erst sie und dann Beate. »Ein Mann wie ich hat so ein Glück nicht verdient! Es macht mir nichts aus, Vi.«
»Wirklich nicht?«
Er schüttelte den Kopf. »Warum sollte es?«

Unterwegs, als er seinen elegant dahingleitenden Mercedes durch den feuchtschwarzen Abend lenkte, dachte er das Gleiche wie sie: Kein Mann hat so ein Pech verdient. Welche Schicksalsmacht konnte so brutal sein? Wer nichts besaß, der hatte nichts zu verlieren, aber ihm war das höchste Gut geschenkt worden. Die Grausamkeit gipfelte in dem einem Satz: Wir könnten so glücklich sein!

Warum hatten andere Männer Glück, warum wurde ihnen alles in die Wiege gelegt? Sooft ihm die Frage durch den Schädel hallte, sah er Johannes von der Weydt vor sich. Geboren als Sohn eines Gutsbesitzers, beschenkt mit begnadetem Talent und blendendem Äußeren – warum hatte ein solcher Mann nicht das Pech, eine Frau zu lieben, der die Machthaber ihrer Zeit das Recht auf Leben absprachen?

Viola war kultiviert und bildhübsch, eine liebevolle Enkelin und Tochter, eine zärtliche Mutter und betörende Geliebte. In den Augen der Partei aber war sie nur eines: Ungeziefer, das bekämpft werden musste.

Er konnte sich hundertmal einreden, er sei nur hysterisch, aber er war zu intelligent, um das zu glauben. Außerdem standen die Schaukästen des *Stürmer* mit ihren mörderischen Hetzparolen an allen Ecken, und wer Ohren hatte, hörte die SA in den Straßen grölen:

»Und wenn's Judenblut vom Messer spritzt,
Dann geht's nochmal so gut.«

Johannes von der Weydt musste nicht ertragen, dass grölende Horden das Blut seiner Liebsten und seines Kindes vom Messer spritzen sehen wollten. Stattdessen turtelte er mit seinem Prinzesschen, dem kleinen Lügenmaul, das Giselher mit Hilfe des durchtriebenen Briten seine Farfalla abgeluchst hatte, um sie dann von der Weydt zuzuschanzen.

Gut, Giselher hatte die Stute verkaufen wollen. Zum Schluss hatte er sich eingeredet, sein Versagen müsse am Pferd liegen, die Angst, mit der er sich vor dem Hindernis verkrampfte, rühre von der Sorge um Farfallas geschädigte Sehne. Er hatte dem Briten einen Phantasiepreis genannt, den der ohne Wimpernzucken zahlte. Hätte er gewusst, dass das Pferd für von der Weydt bestimmt war, hätte er es niemals weggegeben. Inzwischen nannten die Sportzeitungen Farfalla »die Wunderstute« und von der Weydt »den Pegasusreiter«. Seine Blamage von Los Angeles war Schnee von gestern.
Einst hatte Giselher sich für einen Mann gehalten, dem Hass fremd war, aber er hasste Johannes von der Weydt. Nicht, weil der ihm etwas getan hatte, sondern weil er das Gegenteil von *uns' Gisel im Pech* war: ein Hans im Glück. Vom Kaufpreis für Farfalla hatte er sich einen Holsteiner Wallach aus erstklassiger Zucht gekauft, um nach vier Wochen jedoch zu begreifen, dass er das Springen aufgeben musste. Vor Angst verkrampfte sich sein Rücken derartig, dass er tagelang nicht aufrecht gehen konnte. Ihm blieb nur der Weg, den Arndt von Siecksdorff ihm bei Hesewitz erkauft hatte. Warum geschah so etwas nie Männern wie von der Weydt? Warum war dieser goldene Unschuldsengel nicht dazu gezwungen, seine Seele dem Teufel zu verkaufen?
Als er den Wagen in der Hardenbergstraße parkte, trat Hesewitz gerade in Begleitung eines Offiziers aus der Haustür. »Mein lieber Oberleutnant«, begrüßte er ihn. »Pünktlich wie ein Maurer, wie wir das von Ihnen gewohnt sind. Ich darf Ihnen Hauptmann Fürstner vorstellen? Oder kennen die Herren sich bereits?«
Wolfgang Fürstner! Um ein Haar hätte Giselher aufgestöhnt. Major von der Weydts Lieblingsprediger mit seinen Hymnen auf Zucht und Ordnung. Giselher hatte gehört, dass die Reichswehr in die Vorbereitung der Spiele eingebunden werden sollte und dass Fürstner sich mit Leib und Seele auf diese Aufgabe warf, aber bisher hatte Giselher es vermieden, ihm zu begegnen. Fürst-

ner sah unauffälliger aus, als er sich einen solchen Krakeeler vorgestellt hatte: Rücken gerade, Haar kurz, Schultern steif, als sei das Militär nur für ihn erfunden worden. Er schüttelte Giselher die Hand und presste dabei die Lippen zusammen. Früher, als er sich Humor noch leisten konnte, hatten Männer wie Fürstner, die ihrer Verbissenheit ihren Zahnschmelz opferten, Giselher leidgetan.

»Hauptmann Fürstner ist leider verhindert und muss sich schon verabschieden«, erklärte Hesewitz. »Aber er hat mir sein Konzept bereits erläutert. Es gehört zu den neuen Ideen, mit denen ich Sie heute Abend vertraut machen möchte.« Er wies auf eine Anzahl gerollter Bauzeichnungen, die er unter dem Arm trug. Nach Fürstners Verabschiedung stiegen sie in Hesewitz' Limousine, die der Chauffeur vorgefahren hatte.

Die Innenausstattung des Wagens war eine Sonderanfertigung mit einem Klappfach in der rückwärtigen Sitzbank. Hesewitz öffnete es wie ein Zauberkünstler und entnahm ihm einen Champagnerkühler samt Flasche und Kelchen. »Ich bin kein Mann, der sich häufig in Festtagslaune fühlt«, sagte er. »Aber heute würde ich gern mit Ihnen anstoßen. Haben wir Sportsfreunde nicht schon etliches erreicht? Sämtliche Verbände im Land sind gleichgeschaltet und unter dem Dach des DRA vereint. Störende Glieder sind entfernt, und von jetzt an steht uns der Himmel offen. Für mich hat sich vor wenigen Tagen ein Traum erfüllt. Wer weiß – vielleicht auch für Sie?«

Er reichte Giselher ein Glas. »Auf die Olympischen Spiele von Berlin. Auf das Schöne und Großartige, was wir hier auf die Beine stellen, um der Welt vor Augen zu führen, wozu das neue Deutschland fähig ist.«

Die Kelche klirrten gegeneinander. Im flackernden Licht der Straßenlaternen kam es Giselher vor, als glänzten Tränen in Hesewitz' Augen. Er wusste nichts über den Mann, nicht, wen er liebte, und nicht, wem er etwas schuldig war. Alles, was er denken

konnte, war: Vielleicht ist heute die Gelegenheit, auf die ich warte. Es musste heute sein. Die ständige Sorge zermürbte ihn wie Viola.
»Sie haben einen so schönen Vornamen«, sagte Hesewitz. »Wäre es Ihnen recht, wenn wir uns, solange wir unter uns sind, beim Vornamen nennen?«
»Natürlich.«
»Dietrich«, sagte Hesewitz, straffte den gebeugten Rücken und ließ sein Glas noch einmal gegen Giselhers klirren. »Und nun Hand aufs Herz. Was halten Sie vom Deutschen Stadion, mein lieber Giselher?«
Blitzschnell wog Giselher seine Antwort ab. »Es ist solide«, sagte er. »Deutsche Wertarbeit. Dass es nicht besonders groß ist, weil man seinerzeit nicht ahnte, welche Wellen die olympische Idee schlagen würde, ist bedauerlich, doch der Umbau wird hier ja Abhilfe schaffen.«
»Die olympische Idee«, sinnierte Hesewitz. »Hat das nicht einen herrlichen Klang? Diese Worte von de Coubertin habe ich schon als Jungspund im Herzen getragen: *Eigenschaften anderer Völker schätzen und bewerten. Sich gegenseitig messen, übertreffen, das ist das Ziel. Ein Wettstreit mit dem Frieden.* Zum Wohle, Giselher.«
»Zum Wohl.«
»Sie glauben vielleicht, mein Interesse gelte Ihnen einzig aus dem Grund, weil sich der Herr Gutsbesitzer für Sie verwendet hat. Aber dem ist nicht so. Ich schätze Sie, weil Sie ein intelligenter Mann sind. Einer, der die Lage erkennt, auch wenn sie ihm nicht genehm ist. Echte Intelligenz ist nicht auf ein Feld beschränkt, sondern lässt sich einsetzen, wo immer sie gebraucht wird. Die Bewegung braucht Sie, Giselher.«
Sie erreichten das Sportforum, das der Wirtschaftskrise wegen nie vollendet worden war, und der Chauffeur hielt an. Giselher stellte sein Glas ab, um auszusteigen, aber Hesewitz füllte es ihm

nach bis an den Rand. »Nehmen Sie das mit. Wir haben noch einen Grund zum Anstoßen.«
Mit den Gläsern in den Händen traten sie hinaus in die einsame Dunkelheit des Feldes. Eine Weile lang stapften sie stumm durch feuchtes Gras, auf die Silhouette des Stadions zu. »Wissen Sie, was es war, das Fürstner mir da mitgegeben hat?«, fragte Hesewitz dann. »Der Entwurf für das olympische Dorf. Kein Lager für Knäblein, wie die Amerikaner es hingepfuscht haben, sondern ein echtes deutsches Dorf mit steinernen Häusern um einen Teich voller Enten. In Döberitz soll das stehen, bei den Kasernen, damit es später der Wehrmacht zugutekommt. Der ist ja ein Mann, der immer ans Militär denkt, dieser Fürstner. Aber er ist auch ein Mann, der einen Traum hat. Wovon träumen Sie, Giselher?«
Giselher ballte die Fäuste. »Ich habe alles, was ein Mann sich erträumen kann.«
»Was für eine charmante Antwort. Aber Charme ist den Franzosen eigen, den Deutschen liegt etwas Handfestes näher. Soll ich Ihnen übrigens sagen, was wir mit diesem Stadion aus deutscher Wertarbeit machen? Wir reißen es ab. Wir stampfen es in Grund und Boden und bauen ein neues, das größte, das die Welt je gesehen hat. Und nicht nur das. Überall hier, wo Sie Ihre Füße setzen, entstehen Sportstätten. Ein Schwimmstadion, eine Radrennbahn, eine Freilichtbühne – ein riesiges Reichssportfeld mit einem Glockenturm, der alles überragt.«
Er hatte sich außer Atem geredet und blieb stehen. Aus Giselhers Glas war Champagner geschwappt und lief ihm über die Hände.
»Wir waren vor ein paar Tagen mit dem Führer hier«, sagte Hesewitz dann. »Wir haben geredet wie Sie gerade eben, haben das deutsche Stadion samt der Umbaupläne gepriesen, aber der Führer hat alles über den Haufen gefegt. Das Stadion wird vom Reich gebaut, hat er gesagt. Wer die ganze Welt als Gast lädt, muss etwas Schönes und Besonderes erschaffen. Was es kostet, ist gleich-

gültig, schließlich haben wir ein Land voller Menschen, die Arbeit brauchen. Prosit, Giselher. Auf die Olympischen Spiele des Jahrtausends.«

In Stille und Schwärze erstand das Bild der gigantischen Bauten. *Metropolis.* Stein gewordener Größenwahn.

»Sie liegen mir am Herzen«, sagte Hesewitz. »Sie und Ihr rührender Kampf darum, ein braver Bürger zu sein. Aber brave Bürger wälzen keine Welt um. Und was tun wir denn Verwerfliches? Wir feiern ein Sportfest. Brot und Spiele. Oder wie de Coubertin sagt: ein Wettstreit mit dem Frieden. Und nebenbei geben wir zahllosen Männern Arbeit, damit sie ihre Familien ernähren können.«

Giselher schwieg. Vor den imaginären Riesenbauten fühlte er sich klein, wie erdrückt.

»Nun kennen Sie meinen Wunsch und den Weg hin zur Erfüllung«, sagte Hesewitz. »Im Gegenzug möchte ich jetzt wissen, was Giselher Mehring sich wünscht. Ohne Blatt vor dem Mund, wie dieser Clown aus dem Radio es ausdrückt.«

»Meine Frau«, stieß Giselher hervor. »Wir haben getan, was Sie mir geraten haben, wir haben beim Amt für Sippenforschung den Ariernachweis beantragt …«

»Gut so, gut so.« Dietrich Hesewitz berührte Giselhers Arm. »Nur die Ruhe, mein Lieber. Sprechen Sie sich aus.«

Giselher sprach nicht, sondern schrie: »Das Amt hat meine Frau zur Volljüdin erklärt! Damit wurde meine Tochter zur Halbjüdin, meine blonde Tochter, geboren an Adolf Hitlers Geburtstag!«

»Das bedeutet, Ihre Frau müsste drei jüdische Großelternteile aufweisen«, sagte Hesewitz. »Das kann doch wohl kaum seine Richtigkeit haben?«

»Die Großmutter mütterlicherseits ist als Jüdin ausgewiesen«, murmelte Giselher. »Oberst von Siecksdorffs Gattin, in Brandenburg geboren und protestantisch getauft.«

»Leider ändert ja die Taufe nichts am Blut, mein Lieber.« Hesewitz' Hand glitt seinen Arm hinauf. »Aber selbstredend sind wir trotzdem in der Lage, für unsere Leute etwas zu tun. Zumindest wenn klar ist, dass sie mit Herz und Hand für die Bewegung einstehen. Erinnern Sie sich, was ich Ihnen über Lewald und Diem gesagt habe? Der eine Halbjude, der andere jüdisch versippt. Und haben wir sie deshalb fallenlassen? Im Gegenteil, sie erfreuen sich ihrer Posten im Organisationskomitee. Und ganz unter uns: Auch der Ariernachweis von Hauptmann Fürstner konnte noch nicht zu voller Zufriedenheit erbracht werden.«

»Sie meinen, Sie könnten dafür Sorge tragen, dass meine Frau als Halbarierin ausgewiesen wird, wenn ich beweise, dass ich für die Bewegung einstehe?«

Sachte klopfte ihm Hesewitz den Arm. »Ich habe es Ihnen doch gesagt: Sie liegen mir am Herzen. Wir versprechen uns Großes von Ihnen. Sie werden aus unserem Gespräch ja geschlossen haben, dass der Führer ebenso wie Joseph Goebbels die propagandistischen Möglichkeiten erkannt haben, die die Olympischen Spiele uns bieten. Was das Architektonische betrifft, sind wir startbereit, aber wir wollen die Bevölkerung mitnehmen. Das Olympiafieber entfachen. Dazu fehlt uns das, was wir den menschlichen Faktor nennen, verstehen Sie, was ich meine?«

Giselher schwieg. Er war sicher, zu wissen, was Hesewitz meinte.

»Der Glaube an den deutschen Sport liegt nach Los Angeles darnieder«, fuhr Hesewitz fort. »Was wir jetzt brauchen, ist ein junger Athlet, der ihn wieder weckt. Ein neuer Held, wie dieser Radio-Fritze sagt, ein Muster des ansehnlichen deutschen Sportlers und im besten Fall die passende deutsche Sportlerin. Obwohl der wahre olympische Held natürlich männlich ist – männlich, arisch, hell und gesund.«

»Warum soll ich Ihnen dann eine Frau bringen?«

Hesewitz zuckte die Achseln. »Weil Frauen Zeitschriften kaufen und ihre Männer ins Lichtspielhaus schleifen«, sagte er. »Und weil sich mit nichts so viele faule Eier verkaufen lässt wie mit einem zu Herzen gehenden Liebespaar. Keine volksfremden Elemente, versteht sich. Nichts Dunkles, Schmächtiges, und die Sportarten aus dem heroischen Feld. Kurz gesagt: Wir brauchen das Traumpaar des deutschen Sports. Haben Sie uns so etwas zu bieten?«

»Ja«, sagte Giselher und leerte sein Glas. »Ich denke, das habe ich. Und im Gegenzug bieten Sie mir Schutz für meine Familie?«

Hesewitz lächelte. »Wir bieten Ihnen einen führenden Posten bei der Vorbereitung der Spiele, in engster Zusammenarbeit mit dem Propagandaministerium. Ihre Bedingungen nennen Sie uns, und ein heikles Dokument zu ersetzen ist kein Problem. Verlassen Sie sich da ganz auf uns.«

»Und Sie verlassen sich auf mich«, sagte Giselher. Vor seinem geistigen Auge sah er Johannes von der Weydt auf Farfalla und Alberta Bernhardt mit dem Bogen. Womit hatten diese zwei es verdient, ohne jedes Opfer glücklich sein zu dürfen? Wenn ihr es bleiben wollt, verkauft eure Seelen. Käuflich ist auch der bravste Bürger, nur auf den Preis kommt es an.

39

Den ASV Eibe gab es nicht mehr, auch wenn auf seinem Platz intensiver trainiert wurde als je zuvor. Seinen Namen hatte der Verein einst nach den Sträuchern um das Gelände erhalten, aus deren Holz die Menschen seit mehr als tausend Jahren Bogen und Pfeilschäfte fertigten. Inzwischen war der ASV im Deutschen Schützenverband aufgegangen und Mitglied im DRA, dem deutschen Reichsausschuss für Leibesübungen. Gab es im Land überhaupt noch etwas, das nicht die Worte »deutsch« und »Reich« im Namen trug?

Das windschiefe Vereinslokal war renoviert worden und hatte ein Türschild mit der Aufschrift »Zur Schützenliesl« erhalten. Alberta ging nur hin, wenn sie sich nicht herausreden konnte, was an diesem Abend der Fall zu sein schien.

»Heute musst du einfach kommen«, setzte Jobst ihr zu. »Ein Weihnachtsumtrunk. Da darfst du nicht fehlen.«

»Du weißt doch, ich habe keine Zeit«, unternahm Alberta einen zum Scheitern verurteilten Versuch. »Meine Schwester braucht meine Hilfe. Der kleine Friedrich ist nicht richtig gesund.«

»Friedrich«, sprach Jobst vor sich hin. »Ihr hättet ihn wenigstens Adolf nennen sollen, wo das Gör schon am Geburtstag des Führers zur Welt gekommen ist.«

»Friedrich bedeutet der Friedensreiche«, erwiderte Alberta. »Mein Vater fand das olympisch.«

»Zeitgemäß ist es deshalb noch lange nicht«, konterte Jobst. »Aber wie auch immer, dieses eine Mal wird deine Schwester ja wohl allein mit ihrer Rotznase fertig werden. Wenn du nicht kommst, ist der Umtrunk für uns alle verdorben.«

Alberta seufzte. Jobst hatte keine Ahnung von ihrem Leben, aber es ging ihn auch nichts an. Guste wurde mit nichts allein fertig. Sie war schwer krank, obwohl niemand benennen konnte, was ihr fehlte. Die Arbeit mit Friedrich überließ sie Tante Käthe, während sie sich tief in sich selbst vergrub. Onkel Ludger hatte an Ludwig Guttmann in Breslau geschrieben, und der hatte erklärt, dass so etwas manchmal nach Geburten vorkomme. Besonders bei Frauen, die ihre Kinder in schwierigen Umständen zur Welt bringen mussten – wie Guste, deren Kind keinen Vater hatte.

Natürlich hatten alle Kinder Väter. Aber nicht alle Väter verdienten diesen Namen.

Alberta hatte es nicht glauben können, als die schwangere Guste nach endlosem Betteln schließlich den Namen des Schuldigen preisgegeben hatte. Sie tat es erst, als Alberta wieder einmal Karl Venske von der Gartentür vertrieben und er im Gehen hinaufge-

rufen hatte: »Aber es ist doch mein Kind, und ich bin bereit, dafür einzustehen!«
»Ist das wahr?«, fragte Alberta entsetzt. »Hat dieser furchtbare Mensch dir ein Kind gemacht?«
»Wie kommst du nur dazu, ihn so zu nennen?«, fragte Auguste tonlos zurück. »Wenn irgendwer ein furchtbarer Mensch ist, dann bestimmt nicht Karl.«
»Es tut mir leid, dir das sagen zu müssen, aber das weiß ich besser als du.«
»Karl wollte mich heiraten. Und er hätte mich vor der Hochzeit nicht angerührt.«
Hinterher vermutlich auch nicht, dachte Alberta. »Also ist das Kind von James«, konstatierte sie, und ihre Enttäuschung war grenzenlos.
Den Verdacht war sie nie ganz losgeworden. Seit jener Nacht vor bald einem Jahr hatte sie James nicht mehr gesprochen, aber zu Friedrichs Geburt hatte er ein völlig unangemessenes Geschenk geschickt: ein handgefertigtes Schaukelpferd, einen prachtvollen Rappen mit Zaum und Sattel aus echtem Leder. So etwas schenkte man keinem Kind, mit dem man im Grunde nichts zu tun hatte.
»Bitte lass das doch endlich!«, rief Guste gequält. »Wenn du sonst partout nicht aufhörst, unbescholtene Menschen zu beschuldigen, werde ich dir eben sagen, wer es war. Aber du musst mir versprechen, dass du den Mann nicht suchst. Geld für das Kind ist bei ihm nicht zu holen, und ich will nichts mit ihm zu tun haben.«
Widerstrebend ließ sich Alberta darauf ein.
»Also schön«, sagte Auguste. »Es war Rudi.«
»Welcher Rudi?«
»Der Steward, den du auf dem Schiff kennengelernt hast.«
»Der Rosinenkuchen? Aber Guste, das war doch nur ein dummer Junge, der kann dir nicht das Wasser reichen!«
»Ich bin kein so großes Tier wie du, Albi. Für mich war er gut

genug. Ich habe Karl so vermisst, und ich habe mich so einsam gefühlt, da ist es eben passiert.«

Damit war das Thema für Guste abgeschlossen, und sie weigerte sich, noch ein einziges Wort darüber zu sprechen. Das mickrige Geschöpf, das nie schrie, sondern höchstens wimmerte, war der Sohn einer Zufallsbekanntschaft, der sie sich hingegeben hatte, weil Alberta sie von ihrem Karl getrennt und dann über den blauen Augen von Hannes von der Weydt vergessen hatte, dass sie existierte.

Das Gewissen quälte sie, wann immer sie Guste ansah, aber das Leben ging weiter. Dr. Guttmann hatte gesagt, es könne lange dauern, doch bei den meisten Frauen lege sich die Schwermut irgendwann wieder. Darauf mussten sie hoffen, und bis dahin mussten sie alles versuchen, um Guste zu helfen. »Also gut, ich komme«, sagte Alberta zu Jobst. »Aber nur für eine halbe Stunde.«

»Das wird sich zeigen.« Seine Miene hellte sich auf. Er reichte ihr den Arm und führte sie ins Lokal, wo die Kameraden sich drängten wie sonst nur zur Vollversammlung. »Was willst du trinken?«

»Eine Sportmolle«, bat Alberta. Seit der verhängnisvollen Nacht mit dem piemontesischen Wein machte sie um Alkohol einen großen Bogen.

»Jetzt hab dich nicht so! Wir stellen für dich eine Feier auf die Beine, und du willst dich an einer laschen Sportmolle festhalten?«

»Jetz' lass dem Mädel doch mal Luft«, mischte sich Max Seipold, der Vereinsvorsitzende, ein. »Liebe Albi, bitte stell dich in unsere Mitte.« Zwei Kameraden bemächtigten sich ihrer Arme und bugsierten sie in einen Kreis, den die Versammelten auf ein Zeichen hin bildeten. Im selben Augenblick bemerkte sie das Surren der Filmkameras. Neuerdings schafften sich immer mehr Leute zu privaten Zwecken ein solches Gerät an, aber die beiden riesigen Ungetüme, die auf Stativen herangerollt wurden, gehörten kei-

nem Vereinsmitglied, das beim Sport ein paar Aufnahmen machte. *UFA-Tonwoche* stand in blauen Lettern auf dem Metall!
»Und hier haben wir unsere Albi Bernhardt, die deutsche Meisterin im Bogenschießen.« Max Seipold sprach in das Mikrophon, das ein Reporter ihm entgegenhielt. »Wenn sich jemand in diesem Jahr um unseren Sport verdient gemacht hat, dann ist es dieses kleine Mädel.«
»Maxe, du spinnst ja«, stammelte Alberta, aber das hörte keiner. Jobst drückte ihr ein Glas Sekt in die Hand, und sie war zu verstört, um es zurückzuweisen. Außerdem war sie von Menschen, die Sektgläser hoben, umringt.
»Auf unsere Albi mit dem Zauberbogen«, rief Max. »Und damit sich das Feiern auch lohnt, haben wir noch eine Überraschung für dich.« Alberta erkannte den sonst so gelassenen Mann nicht wieder. Hinter seinem Rücken holte er einen Umschlag hervor, den er theatralisch öffnete. »Hiermit bestätigen wir die Nennung Ihres Mitglieds Alberta Bernhardt als Vertreterin des Deutschen Schützenverbands bei der Damen-Europameisterschaft im Bogenschießen …«
Der Rest ging im Jubel der Kameraden unter. Alberta versuchte, sich zu sammeln. Sie würde im März nach London fahren und um die Europameisterschaft kämpfen! Dafür hatte sie trainiert, es war ein weiterer Schritt hin zur Erfüllung ihres Traums. Jetzt aber war sie nicht fähig, vor den surrenden Kameras Freude zu zeigen. Max Seipold beugte sich zu ihr. »Tu mir einen Gefallen und spiel mit«, raunte er ihr ins Ohr. »Auf meinem Mist ist das hier nicht gewachsen, aber ich kann mir keinen Ärger leisten.«
Jäh erinnerte sie sich: Max war ein Vorkämpfer der Arbeitersport-Bewegung und Mitglied der kommunistischen Partei gewesen. Jobst hatte bereits einmal angedeutet, dass Leute wie er ersetzt würden, wenn sie sich nicht schnell genug anpassten. Verkrampft grinste sie in Richtung Kamera. »Ich weiß gar nicht, was ich sagen soll, aber ich freue mich sehr …«

»Du wirst dich gleich noch mehr freuen, denn hier haben wir noch einen Gratulanten, der heute Abend eigens angereist ist!«
Alberta wandte sich nach links, wo sie eine Bewegung wahrnahm, und lag im nächsten Augenblick in den Armen von Hannes. Sekundenlang war ihre Welt in Ordnung, roch nach Juno-Zigaretten und Pfefferminz, hatte mächtige Schultern und die blauesten Augen aller Zeiten. »Mein lieber, lieber Hannes!«, Alberta sprang in die Höhe und drückte ihm einen Kuss auf den Mund. Die Kameras surrten, und die Versammelten applaudierten. Alberta kümmerte sich nicht um sie. »Das ist ja himmlisch – wo kommst denn du auf einmal her?«
Nachsichtig lächelte er. »Aus Hannover. Woher sonst?«
»Ich dachte, dein Onkel gibt dir bis Weihnachten keinen Urlaub.«
»Hat sich was mit meinem Onkel. Dem haben sie jemanden vor die Nase gesetzt, dass ihm vor Schreck sein Traubenkernöl-Tiegel umgefallen ist. Und jetzt rate einmal, wen.«
»Das kann ich doch nicht raten, Hannes, ich kenne mich bei euch ja gar nicht aus.«
»Oberleutnant Mehring«, sagte er.
»Um Himmels willen«, platzte sie heraus, »da kommst du ja vom Regen in die Traufe.«
»Das habe ich auch befürchtet«, erwiderte er. »Aber wie es aussieht, hat er seine Meinung über mich geändert. Er ist bei uns als Vertreter des Organisationskomitees für die Olympischen Spiele, und als solcher weiß er offenbar, dass er an mir nicht vorbeikommt.«
»Und Giselher Mehring hat dich hierhergeschickt?«
Hannes nickte. »Um dir zu gratulieren.«
»Dann war es auch Mehring, der für diesen ganzen Zauber hier gesorgt hat?« Misstrauen beschlich Alberta, das ihre Freude lähmte. Onkel Ludger hatte ihr erklärt, dass Mehring in seinen Augen kein Tierquäler sei, aber sie hatte sich in der Gegenwart des Mannes gefühlt wie ein Pferd, das die Ohren anlegte.

»Er hat mich gefragt, ob ich einverstanden sei, dass jemand von der UFA ein paar Aufnahmen macht«, sagte Hannes. »Und warum sollte ich damit nicht einverstanden sein? Ich bin ja froh über jede Gelegenheit, mein Bild in der Öffentlichkeit aufzupolieren. Als Versager von Los Angeles dazustehen war kein Zuckerschlecken.«
»Aber so stehst du doch schon lange nicht mehr da!«
Hannes zuckte die Schultern. »Außerdem ist das hier Werbung für unseren Sport. Die Olympiade wirft ihre Schatten voraus, und uns kann es schließlich nur recht sein, wenn unsere Disziplinen von der Begeisterung etwas abbekommen.«
Damit hatte er recht. Für Leichtathleten gab es Trainingslager und Hilfsgelder, doch davon konnten Bogenschützen und Reiter nur träumen. Dennoch fühlte sich Alberta noch immer wie Farfalla mit angelegten Ohren. »Lass uns von hier verschwinden«, sagte sie und küsste seine frischrasierte Wange. »Ich muss sowieso nach Hause, ich habe Tante Käthe versprochen, ihr Friedrich abzunehmen.«
»Aber doch nicht jetzt«, rief Hannes entgeistert. »Albi, begreifst du denn nicht? Die Wochenschau der UFA ist unseretwegen hier. Da wird deine Tante ja wohl ein Weilchen ohne dich zurechtkommen.«
Daran hatte Alberta ihre Zweifel. Tante Käthe hatte sie und Guste wie eine Glucke umsorgt, doch bei Gustes kleinem Sohn war es anders. Die Tante war müde und gereizt, und neulich hatte sie wie aus heiterem Himmel losgepoltert: »Ich denke, ich habe genügend Kinder aufgezogen, die nicht meine eigenen waren. Was glaubt ihr eigentlich alle? Dass ich selbst keine Sorgen habe, sondern nur auf der Welt bin, um eure zu richten?«
Alberta hatte sich daraufhin fest vorgenommen, ihr öfter zu helfen. Dennoch ließ sie sich an diesem Abend von Hannes zum Bleiben überreden, trank ein Glas von dem zu süßen Sekt und beantwortete dem Reporter der UFA seine Fragen.

»Sie haben eine sehr besondere Ausstrahlung«, sagte der, als die Geräte ausgeschaltet waren. »Von Frauen wie Ihnen sagen wir Filmleute: Die Kamera liebt sie. Ich würde gern ein Programm mit Ihnen beiden drehen. Nichts Gekünsteltes, sondern einen Film voll schöner Bilder, der Sie als junge Sportler in Ihrer natürlichen Umgebung vorstellt.«
Alberta kam sich vor, als sei von Nilpferden im Zoo die Rede, aber um rasch wegzukommen, sagte sie zu. Als sie sich endlich mit Hannes an der Straße wiederfand, war es längst stockdunkel, doch ein Wagen stand für sie bereit. »Wo kommt denn der her?«
»Den hat das Organisationskomitee zur Verfügung gestellt«, antwortete Hannes. »Der Chauffeur fährt dich nach Hause und setzt dann mich am Hotel ab.«
»Aber du kommst doch mit zu mir nach Hause!«, rief sie.
»Ich weiß nicht, ob das gut ist, Albi. Es ist schon spät, und ich habe mich bei deiner Familie ja nicht angemeldet.«
»So ein Quatsch – bei meiner Familie meldet sich kein Mensch an. Du gehörst zu mir, also gehörst du dazu.«
»Wir sind nicht verlobt«, gab er zu bedenken. »Ich habe noch nicht mit deinem Vater gesprochen.«
»Willst du das denn?« In der stillen Winternacht klopfte ihr Herz sehr laut. »Heißt das, du hast mir verziehen, Hannes? Und du kannst diesen Mist, den ich verzapft habe, vergessen?«
»Vergessen nicht«, sagte er. »Aber ich kann versuchen, einen neuen Anfang zu machen. Natürlich muss ich das im Einzelnen erst mit deinem Vater besprechen.«
Ihr Vater legte auf solche Formalitäten keinen Wert, aber wenn es Hannes wichtig war, sollte er es tun.
»Dann sprich heute Abend mit ihm«, sagte sie und verteilte Küsse über sein Gesicht.
»Ich glaube, das ist keine gute Idee«, widersprach er. »Besser, ich treffe deinen Vater morgen in der Stadt. Es kommt mir nicht richtig vor, wenn wir als glückliches Liebespaar in euer Haus stürmen,

während es Auguste so elend geht. Ich müsste ständig daran denken, wie sie sich dabei fühlt.«

»Mein Hannes.« Sie warf die Arme um den großen Kerl und drückte ihn an sich. »Dafür habe ich dich noch ein bisschen mehr lieb, weißt du das? Sind wir das jetzt? Ein glückliches Liebespaar?«

»Oh, Albi.« Hannes stöhnte, dann presste er seine Lippen auf ihre und küsste sie, wie sie es nicht von ihm kannte. Hart und fordernd. Ausgehungert. Es tat ein bisschen weh und nahm ihr die Luft, aber es war ein unglaublich süßer Triumph. Hinterher standen sie beieinander und streichelten sich die Gesichter. Unvermittelt musste Alberta lachen.

»Was ist denn so komisch?«

»Nichts. Nur fange ich bald an, Gustes Lied vom Haus am Michigansee zu singen, wenn du weiter so himmlisch zu mir bist.«

»Albi«, sagte er. »Liebe ist nicht zum Lachen. Dass du sie auf die leichte Schulter nimmst, das will ich nicht.«

»Ich auch nicht«, erwiderte sie hastig und kam sich wie ein gescholtenes Schulmädchen vor.

»Was dabei herauskommt, haben wir erlebt. Wenn ich jetzt noch einmal wage, dir zu vertrauen, könnte ich es nicht ertragen, wieder enttäuscht zu werden.«

»Nein, Hannes, mein Liebster. Natürlich nicht.«

Er gab ihr noch einen Kuss, dann stieg er mit ihr ins Auto.

Daheim war die Luft zum Schneiden dick. Tante Käthe saß mit Friedrich in den Armen am Tisch und stritt sich mit Albertas Vater. »Ach, der Herr beklagt sich, dass er keinen gefüllten Teller vorgesetzt bekommt!«, rief sie. »Der Herr ist pikiert, weil kein Glühwein gebraut ist und es nicht nach Plätzchen riecht …«

»Ich beklage mich doch gar nicht!«, verteidigte sich Magnus. »Ich habe mich nur gewundert, weil du sonst im Advent immer Plätzchen bäckst, bis die gesamte Nachbarschaft verdorbene Mägen hat, und weil das Abendessen doch deine heilige Kuh ist. Selbst damals mit der Lungenentzündung hast du dich an den Herd gestellt.«

»Dann ist die heilige Kuh wohl geschlachtet worden«, versetzte Käthe giftig. »Mit einem Kind auf dem Arm kann ich keine Kartoffeln schälen. Und da die eine Tochter in der Weltgeschichte herumgondelt und die andere auf ihrem Bett liegt und die Decke anstarrt, bleibt die Küche eben kalt.«

»Es tut mir leid«, warf Alberta schnell ein. »Bei uns im Verein war die Wochenschau zu Besuch. Und Hannes ist aus Hannover gekommen. Er würde dich morgen, bevor er zurückfährt, gern sprechen, Paps.«

»Ach – ist es so weit?«

Alberta bemühte sich um ein sibyllinisches Lächeln und hoffte damit die Stimmung zu entspannen. »Ich gehe rasch zum Wurstmaxen, ja?«, sagte sie zu Tante Käthe. »Damit du nicht kochen musst. Und warum legst du Friedrich denn nicht ins Bettchen? Er sieht doch aus, als ob er längst schon schläft.«

Käthe zuckte die Achseln und wirkte nicht länger zornig, sondern müde und hilflos. »Er kommt mir nicht in Ordnung, der arme kleine Strunk. Isst nicht, schläft nicht richtig, wird aber auch nicht richtig wach. Vielleicht hätt' ich mit ihm zum Arzt gehen sollen, aber bei Gott, ich hab' den Kopf voller eigener Sorgen.«

»Was ist denn los?« Alberta setzte sich neben sie und nahm ihre Hand.

»Was los ist, fragst du mich?« Sie fuhr so heftig auf, dass Friedrich in ihren Armen mit einem Wimmern zusammenzuckte. »Sag mal, lebst du eigentlich im selben Land wie ich? Ludger ist entlassen worden, das ist los. In Hoppegarten, wo er sich seit Jahr und Tag den Buckel krummschuftet, haben sie ihn mit einem Tritt vor die Tür gesetzt.«

Weder Alberta noch ihr Vater kam dazu, etwas dazu zu sagen,

weil auf der Treppe Schritte laut wurden. Gleich darauf trat Onkel Ludger ins Zimmer.
»Guten Abend, die Herrschaften«, sagte er und lüftete den Hut. Auf seinen Anzugschultern schmolzen Schneeflocken. »Kein Duft nach Nelken? Kein Glühwein? Käthchen, du bist doch nicht etwa krank?«
»Nein.« Käthe drückte Alberta den Kleinen in die Arme und stand auf. »Ich bin nicht krank. Ich will, dass wir heiraten.«
Onkel Ludger brauchte eine Reihe von Sekunden, bis er begriff. Sein Hund hüpfte schwanzwedelnd an seinem Bein hoch, doch diesmal schien es, als bemerke er ihn gar nicht. Etwas geschah mit seinem Gesicht. Es wurde weich wie bei jemandem, der mitten im Traum die Augen öffnet. Er streckte die Arme aus und schloss sie fest um Käthe. »Mein kleines Käthchen. Mein heldenhaftes Käthchen von Heilbronn, das für ihre Lieben durchs Feuer geht. Nein, mein Herz, wir heiraten nicht, so verlockend die Aussicht auch ist. Ich hätte dich vor Jahren beknien sollen, mich zu nehmen, aber dich Süße aufs Standesamt zu führen, um mich hinter deinen Röcken zu verstecken, das kann ich nicht.«
»Lieber Himmel«, schrie Käthe, »solchen Luxus kannst du dir nicht länger leisten.«
»Aber ja doch«, sagte er lächelnd und küsste sie wieder auf die Stelle, wo ihr Haar sich scheitelte. »Ich werde meine Pferde vermissen, das sicher, aber mir bleibt doch meine ständig überlaufene Praxis. Am Hungertuch werde ich also nicht nagen.«
»Und was war im April? Bei diesem sogenannten Judenboykott, als sie deine Praxis gestürmt und dir alles verwüstet haben?«
»Das war in zwei Tagen wieder aufgeräumt.« Er küsste sie noch einmal. »Und seither ist nichts mehr vorgekommen.«
»Das alles ist doch erst der Anfang, Ludger!«
»Vielleicht der Anfang vom Ende«, sagte er. »Und wenn die Lage sich beruhigt hat und du einen alten Zausel, der immer kahler wird, noch willst, dann heiraten wir.«

Was Tante Käthe antwortete, verpasste Alberta, weil der kleine Friedrich sich in ihren Armen zu regen begann. Sie hatte keine Erfahrung mit Babys, war nie eins der Mädchen gewesen, die hingerissen in Kinderwagen schauten, und doch spürte sie sofort, dass an den Bewegungen des Kleinen etwas nicht stimmte. Er hielt den Kopf in unnatürlicher Weise zur Seite gestreckt und zuckte mit allen vier Gliedmaßen. Seine Augen standen halb offen, schienen aber nichts wahrzunehmen. Ein Schreckenslaut entfuhr ihr.
Im Nu war Onkel Ludger bei ihr. »Was ist mit dem Jungen? Wie lange macht er das schon?«
»Ich weiß nicht«, murmelte Käthe. »Ich hätte mit ihm zum Arzt gehen sollen, aber ich kam vor lauter Sorgen nicht zum Denken.«

40

Sie waren auf der Stelle losgefahren. Alberta, ihr Vater, Tante Käthe mit dem Kleinen im Arm und Ludger. Niemand hatte daran gedacht, Guste Bescheid zu geben, die im Mädchenzimmer auf dem Bett lag.
Statt zum brandneuen Martin-Luther-Krankenhaus, das nur einen Katzensprung entfernt lag, war Onkel Ludger quer durch die Stadt nach Gesundbrunnen gefahren, um Friedrich ins Jüdische Krankenhaus zu bringen. Alberta war sich vorgekommen, als hätte sie tatsächlich bis zu dieser Nacht in einem anderen Land gelebt. Sie erfuhr erst jetzt, dass die jüdischen Ärzte des Krankenhauses keine sogenannten Arier mehr behandeln durften. Warum Onkel Ludger Friedrich dennoch dorthin brachte, begriff sie in ganzer Tragweite sogar erst Wochen später. Dr. Guttmann war dort. Anfangs nahm sie an, Ludger glaubte Friedrich bei ihm einfach in den besten Händen.

»Wieso ist der Guttmann denn schon wieder hier?«, fragte ihr Vater. »Ich dachte, er ist Chefarzt in Breslau.«
»Leider nicht mehr«, erwiderte Onkel Ludger bedrückt.
Ludwig Guttmann war entlassen worden. Jüdische Ärzte und Wissenschaftler wurden aus ihren Stellungen gedrängt wie Tilly Rebemann aus dem Verein. »Aber darüber ist noch nicht das letzte Wort gesprochen«, versuchte Ludger zu beschwichtigen. »Guttmann übernimmt hier für ein paar Wochen eine Vertretung, dann geht er nach Breslau zurück. Ich bin sicher, die Leitung wird ihn wieder einstellen, wenn auch vielleicht nur als Oberarzt. Ohne ihn kommen sie nämlich nicht aus. Er ist ein großartiger Neurologe und wird Friedrich bestimmt helfen können.«
Der Kampf um Friedrichs Leben dauerte sieben Tage und Nächte. Dr. Guttmann hatte Tante Käthe drei Fragen gestellt: »Der Junge kann noch immer nicht sitzen? Er richtet sich nicht auf? Er krampft im Schlaf?« Mit verschlossener Miene hatte er sich Käthes Antworten angehört, dann war er mit dem Kleinen in einem Behandlungsraum verschwunden.
In der Zeit des Wartens hatte Alberta sich bei der Frage ertappt, was wäre, wenn Friedrich starb. Gab es überhaupt einen Menschen, der um ihn trauern würde? Guste konnte ihn offenbar nicht lieben, vielleicht weil sie den Rosinenkuchen nicht geliebt hatte. Sie wäre von einer Bürde befreit – und war es um den Rest der Familie anders bestellt? Sogar Tante Käthe empfand Friedrich als Last, und Alberta war der Kleine fremd. Er schien am Leben keine Freude zu haben, sondern sich lediglich zu quälen. Wäre es nicht für alle das Beste, wenn er so plötzlich, wie er in ihr Leben gekommen war, auch wieder verschwände?
Mit jäher Heftigkeit begehrte etwas in ihr auf. Sie hätte es niemandem erklären können, doch sie wusste, dass ihre Gedanken zum Himmel schrien, so verkehrt waren sie. Menschen verschwanden nicht. Menschen starben. Und Friedrich war ein ganz junges Menschlein, das vom Leben noch nicht einmal gekostet

hatte. Er war ihr Neffe, Gustes Sohn, der erste Enkel ihres Vaters. Ein Mitglied der Familie.
An diesem Tag stürmte Alberta trotz aller Vorsicht, zu der Ludger sie angehalten hatte, auf die Station, um Friedrich zu sehen.
»Du gehörst zu uns«, sagte sie zu dem starren Körperchen, dem selbst das kleinste Krankenbett zu groß schien. »Du bist Friedrich Bernhardt. Und du stirbst nicht. Eines Tages fahre ich mit dir nach Athen und zeige dir das Kallimarmaro.«
Sie hatte das Zauberwort nie mehr benutzen wollen. Doch es half. Friedrich starb nicht. Als das neue Jahr begann, durften sie ihn nach Hause holen.
»Es wird nicht einfach werden«, erklärte Dr. Guttmann. »Aber ich bin zuversichtlich, dass der kleine Friedrich ein Leben wird führen können, das diesen Namen verdient. Seit der Entwicklung von Phenobarbital sind wir in der Lage, Anfallsleiden wie das seine zu behandeln, auch wenn wir keinen Olympiasieger aus ihm machen.« Er sandte Alberta ein Lächeln. Offenbar wusste neuerdings jeder, dass sie für die Spiele trainierte.
»Wer weiß«, presste sie hervor, weil ihr sonst nichts einfiel.
»Sehr richtig«, sagte Dr. Guttmann. »Wer weiß. Bis Friedrich alt genug ist, sind wir hoffentlich noch weiter – sowohl was die Medizin als auch unsere Einstellung zum Sport betrifft.«
Er gestand ihr, dass er Sport liebte, was sie bei seinem zur Korpulenz neigenden Körperbau nicht vermutet hätte. Weil er es sich wünschte, erlaubte sie ihm, ihr beim Training zuzusehen, obwohl ihr der Sinn nicht nach Sport stand. Er hatte es mehr als verdient dafür, dass er das Risiko eines Gesetzesbruchs auf sich genommen und Friedrich gerettet hatte. Und dafür, dass er sich bemühte, der Familie zu erklären, was dem Kleinen fehlte.
Mit einem neuartigen Gerät, das Hirnströme maß, hatten die Ärzte festgestellt, dass Friedrich an einem Gehirnschaden litt. Die Folge waren Lähmungen und jene furchtbar anzusehenden Krämpfe, die als Fallsucht bezeichnet wurden. Vermutlich würde

er das meiste, was andere Kinder konnten, nie lernen, aber Gewissheit gab es nicht. »Viele Kinder überraschen uns«, erklärte Dr. Guttmann. »Sie eignen sich Fertigkeiten an, die ihnen niemand zugetraut hätte. Es ist möglich, dass Friedrich nie sprechen wird. Es ist aber ebenso möglich, dass er eines Tages den Nobelpreis für Literatur gewinnt.«
»Das ist mir egal«, sagte Käthe mit vom Weinen verschwollenen Augen. »Dass er lachen lernt, das will ich. Und das bringe ich dem kleinen Strunk schon bei.«
Was die Schädigung verursacht hatte, würde ein Rätsel bleiben. Häufig waren Kinder betroffen, die zu früh geboren waren, doch da das bei Friedrich nicht der Fall war, tappten sie weiter im Dunkeln. »Das ist mir auch egal«, sagte Käthe. »Wenn wir's wüssten, könnten wir's ja nicht rückgängig machen, also schauen wir besser nach vorn.«
Die Devise war klug, denn sie würden alle Hände voll zu tun bekommen. Wenn sie Friedrich in seiner Entwicklung unterstützen wollten, musste die ganze Familie helfen. Dr. Guttmann erklärte, was sie tun konnten, um ihn zu fördern. Er selbst wollte regelmäßig nach Berlin kommen und für die ärztliche Betreuung Sorge tragen, doch vor allem brauchte der Kleine Zeit, Geduld und Liebe. Ende Januar kehrte Guttmann nach Breslau zurück, wo er – wenn auch in untergeordneter Stellung – seine Forschungsarbeit wiederaufnehmen durfte. Inzwischen hatte Onkel Ludger der Familie klargemacht, in welcher Gefahr Friedrich schwebte – einer Gefahr, die nicht von seinem geschädigten Gehirn herrührte.
»Hat einer von euch vom Gesetz zur Verhütung erbkranken Nachwuchses gehört?«, hatte er gefragt. »Es ist im Juli dreiunddreißig erlassen worden und entspringt den verdrehten Hirnkästen von Eugenikern. Aber damit will ich euch nicht langweilen. Wissen müsst ihr nur, dass meinesgleichen leider nicht die einzige Bevölkerungsgruppe darstellt, die unsere Regierung als Schädlinge betrachtet und aus ihrem Volkskörper entfernen will.«

Nach Ansicht der Nazis war Fallsucht eine Erbkrankheit, auch wenn Dr. Guttmann dies ausgeschlossen hatte. Und nach Ansicht der Nazis durften Menschen mit Erbkrankheiten keine Kinder bekommen. »Sie werden sterilisiert«, sagte Onkel Ludger und hielt dabei Tante Käthes Hand fest. »Gegen ihren Willen. Bei der Operation sind bereits Menschen gestorben, und über das, was man ihnen womöglich noch antut, will ich lieber nicht nachdenken. Wer sich das Recht zuspricht, zu entscheiden, welches Leben wert und welches unwert ist, schwingt sich zum Gott auf, und Götter haben keine Hemmschwellen.«
Deshalb hatte er Friedrich in jener Nacht ins jüdische Krankenhaus gebracht und wollte, dass er auch weiter von Dr. Guttmann behandelt wurde. »Mit seiner Behinderung taucht er besser in keiner Krankenakte auf, denn damit wäre er im System erfasst.« Sie sollten Friedrich ein unauffälliges Leben führen lassen, damit sein Zustand bei keiner offiziellen Stelle bekannt würde.
»Aber wie stellst du dir das denn vor?«, rief Käthe. »Der Junge wird irgendwann zur Volksschule gehen, er muss zum Zahnarzt, er braucht vielleicht eine Brille, der Himmel weiß, was noch alles …«
»Bitte versuch dich nicht aufzuregen«, sagte Onkel Ludger. »Wir leben nicht in einem Land voller Geisteskranker, sondern in einem voller zeitweilig verblendeter Menschen. Über kurz oder lang kommen sie wieder zur Vernunft und erkennen, dass auch solche wie Friedrich und ich im Kaleidoskop des Lebens ihren Platz haben.«
Es tat gut, ihn so sprechen zu hören, es machte nach allem, was so viel Angst verbreitet hatte, neuen Mut. Dennoch blieb die Stimmung zum Bersten gespannt. Während sie miteinander um den Tisch saßen und über Friedrichs Zukunft sprachen, kam die emsige Jette Sabotke mit dem Einkauf nach oben und trällerte auf der Treppe einen ihrer Schlager vom blonden Hans:

»Kind, du musst nicht weinen,
Du hast ja einen,
Und der bin ich.«

In ihrem Schlepptau folgte Ulli in lächerlich kurzen Höschen und braunem Hemd – der Uniform von Hitlers Jungvolk.

»In diesem Aufzug betrittst du meine Wohnung nicht!«, brüllte Albertas Vater, der sonst aus seiner Schwäche für Ulli nie einen Hehl gemacht hatte. Ulli, der Magnus Bernhardt anhimmelte, erschrak und flüchtete die Treppe hinunter.

»Wat soll denn das nu'?«, fragte Jette Sabotke. »Bei den Pimpfen, da sind die Jungs doch jetzt alle.«

»Nicht in meiner Wohnung«, beharrte Albertas Vater, dem der Schweiß ausbrach.

»Und dieses ewige Geträller vom blonden Hans kann ich auch nicht mehr hören!«, fiel Käthe ein. »Wissen Sie überhaupt, mit wem der all die Jahre gelebt hat, Ihr blöder blonder Hans? Mit einer Jüdin, so wie ich mit Herrn Dr. Kohn. Und was macht er jetzt? Lässt seine Jüdin fallen wie eine heiße Kartoffel, weil die Nazis es ihm sagen. Ich will nicht, dass Sie den in unserer Wohnung noch einmal erwähnen, haben Sie verstanden?«

»Jott nee, sei'n Se doch still.« Jette Sabotke sprang auf Käthe zu und presste der größeren die Hand auf den Mund. »Hier wohn' doch noch mehr Leute im Haus, Mensch, woll'n Se, dat die Sie verpfeifen? Wissense denn nich', dat schon welche eingesperrt worden sind, weil se über den Führer mal bloß 'nen harmlosen Witz jerissen haben?«

»Vielen Dank, Frau Sabotke.« Ludger trat hinzu und löste Jettes Hand von Tante Käthes Mund. »Sie hat recht, Käthchen. Wir müssen mit dem, was wir sagen, ein bisschen vorsichtig sein.«

Albertas Vater senkte den Kopf. »Ich bedanke mich auch«, sagte er. »Und ich entschuldige mich. Es sind die Nerven, die blank liegen. Die ständige Angst. Seit einem Jahr ist mir zumute, als sei der Boden, auf dem ich stehe, zu einer Insel geworden, die im Meer treibt und an allen Enden wegbröckelt. Man weiß nicht, was man zuerst festhalten soll, wen man schützen soll, ehe die Fluten ihn erfassen ...«

»Gloobense, ick hab die nich', die Angst?«, fragte Jette Sabotke. »Ick bin alleene, mir steht kein Kerl zur Seite, und der Ulli ist sowieso schon außen vor, weil er keinen Vater hat. Ick hab ihm jesagt: Wenn du zu die Pimpfe willst, geh zu die Pimpfe. Besser, du bist bei denen, die dazujehören, denn dit, wat da auf uns zurollt, is' für uns zwee alleene ne Nummer zu groß.«

»Ich verstehe«, sagte Albertas Vater. »Sie sind nicht allein, Frau Sabotke. Wir stehen Ihnen zur Seite. Und Sie uns.«

»Wir müssen aufpassen, dass uns die Angst nicht verrückt macht«, sagte Onkel Ludger. »Mit etwas Vorsicht wird keinem von uns etwas passieren. Dass jetzt gerade dieser Wirbel um Albi als Liebling der Sportwelt entsteht, dürfte uns auch zugutekommen.«

»Ist das denn so?«, fuhr Alberta auf. »Lenkt es nicht zu viel Aufmerksamkeit auf uns und damit auch auf Friedrich?«

»Ich glaube, es wird uns schützen«, erwiderte Onkel Ludger. »Die Nazis präsentieren dich als ihre heitere, blitzsaubere Heldin. Da werden sie in deiner Familie nicht allzu tief herumstochern.«

»Jenauso isset doch auch mit dem blonden Hans!«, rief Jette Sabotke dazwischen. »Dit gloob ick nämlich nich', dat der seine jeliebte Hansi Burg im Stich lässt.«

»Die Geliebte von diesem blonden Hans heißt auch Hans?«, fragte Onkel Ludger ungläubig und erntete damit zum ersten Mal an diesem Tag ein wenig Gelächter.

»Hansi!«, verbesserte Jette Sabotke eifrig. »Hans und Hansi, die kriegt ooch keen Hitler auseinander. Klar, nach vorne sagt der blonde Hans ja und amen, aber dit macht der nur, damit er seine Süße schützen kann.«

»Na, wenn das schon der blonde Hans so macht«, sagte Albertas Vater lächelnd, »dann schafft das unsere Albi mit links, was?«

Alberta nickte, auch wenn sie nicht die geringste Ahnung hatte, was auf sie zukam. Dieser kleine Kreis von Menschen war ihre Welt, die sie schützen wollte, egal, was dafür notwendig war. Der kleine Kreis von Menschen und Hannes, dem in der Aufregung um Friedrichs Krankheit niemand Bescheid gesagt hatte. Jette Sabotke hatte erzählt, er sei hier gewesen und habe nach dem Vater gefragt, jedoch nur Guste angetroffen. Aus Guste war wie üblich nichts herauszubekommen, und erst an Silvester hatte Alberta die Zeit gefunden, Hannes in Hannover anzurufen.
Er war einsilbig gewesen, meilenweit fort von ihr. Ja, Guste habe ihm Bescheid gesagt, und ja, natürlich verstehe er, dass Alberta mit dem Kleinen ins Krankenhaus gemusst hatte. »Es tut mir sehr leid für Guste«, sagte er. »Ich hoffe, ihr kommt zurecht.«
»Du fehlst mir, Hannes.«
»Du mir auch. Ich komme zu dir, wenn der Trainingsplan hier mir ein wenig Luft zum Atmen lässt, ja?«
Wie hart er trainieren musste, wusste sie. Giselher Mehring ließ ihn kaum je aus der Mühle, dennoch wünschte sie sich jäh, ihn bei sich zu haben und sich anzulehnen.
Da spürte sie eine Berührung an der Schulter und fand Onkel Ludger hinter sich. »Nicht so ein von Angst zerfurchtes Gesicht ziehen, Albi. Du brauchst deine Kraft, und wir alle brauchen jetzt ein bisschen Heiterkeit.«
»Genau!«, rief Albertas Vater. »Und deshalb werden wir den Geburtstag von Albi und Guste demnächst groß feiern. Lad deinen Hannes ein. Schließlich wird es Zeit, dass wir den Burschen mal unter die Lupe nehmen. Tante Käthe backt auch ihre berühmte Puddingtorte, nicht wahr, Schwesterherz?«
»Nur wenn du deine Rede vom munteren Zwillingspaar hältst«, entgegnete Käthe.
»Und ob ich die halte. Ihr glaubt doch wohl nicht, dass ich die meinem künftigen Schwiegersohn erspare!«
Der Abend fand auf einer leichteren, hoffungsvollen Note sein

Ende, doch der Alltag, der folgte, war knochenhart. Die Woche über musste Alberta zu allen möglichen Terminen mit Sportzeitschriften und Illustrierten und hatte zu wenig Zeit, sich um Friedrich zu kümmern. Dem ging es elend, und es war unschwer zu erkennen, dass Tante Käthe, die sich weiter mit den Sorgen um Onkel Ludger quälte, überfordert war. Nur die Vorbereitungen für die Geburtstagsfeier hielten sie aufrecht. Alberta kämpfte mit ihrer Enttäuschung, weil Hannes keinen Urlaub bekam, aber sie war entschlossen, um Käthes willen so zu tun, als freue sie sich auf das Fest.

Der Kameramann von der UFA traf sich mit ihr, um Einzelheiten für den geplanten Film zu besprechen. Anschließend fuhr sie noch für eine Stunde in den Verein. Die Europameisterschaft stand vor der Tür, sie konnte es sich nicht erlauben, das Training schleifenzulassen. Im Schneetreiben lief sie nach Hause. Als sie die Wohnung betrat, fand sie Tante Käthe in Tränen aufgelöst am Tisch. »Ist was mit Friedrich?«, rief sie erschrocken. »Mit Onkel Ludger?«

»Der arme Kleine hat sich in den Schlaf geweint«, sagte Käthe. »Und dem Onkel Ludger hat seine Vermieterin gekündigt. Gegen einen Juden unter ihrem Dach sträubt sich jetzt, nach zwanzig Jahren, auf einmal ihr rassereines Blut.«

»Was für eine ekelhafte Schabe«, rief Alberta und schlang ihre Arme um die Tante. »Und was für ein Blödsinn – wie haarig ist denn das Blut von der Rassereinen, dass es sich sträuben kann? Aber weißt du, was? Dass Onkel Ludger bei der auszieht, finde ich nicht schlimm. Es wird sowieso Zeit, dass er mit Eri bei uns wohnt. Platz ist genug, und gemütlicher wird es auch, wenn die Familie komplett ist.«

»Wie schwierig es ist, das einem Mann mit seinem kreuzdummen Stolz beizubringen, das weißt du aber, ja?«

»Doch, schon«, sagte Alberta. »Mein Hannes ist nämlich auch so einer. Aber wir wollen sie nicht anders, stimmt's?«

»Ich weiß nicht«, sagte Tante Käthe. »Wenn es sich anders sicherer lebt, dann doch.«
Alberta drückte die Tante so fest wie als Kind. »Wir beide zusammen kriegen das schon hin. Ich sage Onkel Ludger, ich wünsche mir zum Geburtstag, dass er hier einzieht, und wenn er mir den Gefallen nicht tut, ist mir der ganze Geburtstag verdorben. Und jetzt nicht mehr weinen, in Ordnung?«
Tante Käthe schluchzte in ihren Armen laut auf.
»Herrje, was ist denn?«, rief Alberta. »Ich habe dir doch erklärt, wie wir's mit Onkel Ludger machen …«
»Das ist ja auch nicht das Schlimmste.« Käthe weinte.
»Was dann?«
»Die Guste … sie sagt, sie will den Geburtstag nicht feiern. Sie kommt nicht zum Fest, und wir sollen sie in Ruhe lassen.«
»Verflucht, jetzt habe ich aber die Faxen dicke!« Ohne innezuhalten, stürmte Alberta los und riss die Tür zum Mädchenzimmer auf.
Ihre Schwester lag wie üblich auf dem Bett und drehte sich nicht nach ihr um. Ihr Haar hing strähnig über den Bettrand, und am Leib trug sie den ausgeleierten roten Pullover, den James ihr bei seinem Besuch gelassen hatte. Vermutlich stank er. Alberta sprang zu ihr und riss sie an den Schultern hoch.
»Weißt du überhaupt, was du der Tante und der ganzen Familie antust?«, schrie sie Guste in das blasse Gesicht. »Weißt du, was du deinem Sohn, der seine Mutter dringend bräuchte, antust? Weißt du, was für eine Schande das ist, wie du dich gehenlässt und dein Leben in den Dreck wirfst, während andere um ihres zittern?«
Auguste wehrte sich nicht, sondern hing schlaff in Albertas Händen. »Ja, ich weiß, für dich ist einiges schiefgelaufen«, schrie sie weiter. »Erst hast du dich in diesen Karl verliebt, der nichts taugte, dann hast du dir von diesem Rudi ein Kind machen lassen, und dann hast du dich in James Seaton-Carew verliebt, der nicht weiß,

was Treue ist. Daran bin übrigens nicht ich schuld. Ich werde mir nie verzeihen, dass ich mit ihm nach Athen gefahren bin, aber eine Dummheit ist noch keine Todsünde! Willst du mich bis ans Lebensende bestrafen, weil ich ein Olympiastadion sehen wollte? Ja, ich habe deinem verfluchten James einen Kuss aufs Kinn verpasst, aber weiter war nichts. Ich mache mir nichts aus ihm, ich liebe Hannes von der Weydt und sonst keinen.«

Sie holte Atem. Erschöpft lockerte sie ihren Griff und ließ Guste zurück in die Kissen sinken. »Weißt du, was da draußen los ist?«, fragte sie, nun eher traurig als wütend. »Weißt du, mit welchen Ängsten die Leute sich quälen? Du denkst, Tante Käthe ist nur für uns auf der Welt, und das werfe ich dir nicht vor, denn ich habe es auch gedacht. Aber sie ist eine Frau wie wir, und sie liebt Onkel Ludger wie ... wie wir vielleicht erst lieben lernen müssen. Wenn du wirklich meinst, du müsstest mich noch immer für einen Fehler, der anderthalb Jahre zurückliegt, bestrafen, dann bestraf nicht die anderen gleich mit. Nicht Tante Käthe und nicht den Vater, denen so viel daran liegt, dass wir übermorgen feiern. Und nicht das Würmchen, das du in die Welt gesetzt hast und das für all das nichts kann.«

Die Schwestern sahen sich an. Gustes Blick, der Alberta auf der Welt der vertrauteste gewesen war, schien ihr fremd, weil sie sein Ziel nicht mehr kannte. »Der Kleine ist krank, weil ich ihn nicht haben wollte, nicht wahr?«, fragte die Schwester leise.

»Was soll das denn?«, rief Alberta. »Warum Friedrich krank ist, weiß kein Mensch. Hättest du dich nicht hier vergraben, hättest du dir das von Dr. Guttmann erklären lassen können.«

»Ich wollte ihn loswerden«, murmelte Guste. »Ich habe gedacht, wenn ich hungere, einfach nicht dicker werde, verschwindet das, was da in mir wächst. Aber es ist nicht verschwunden. Es ist zur Welt gekommen und muss meinetwegen leiden.«

»Hör doch auf, Guste. Warum Friedrich nicht gesund ist, werden wir nie erfahren, und viel wichtiger ist, dass wir jetzt für ihn da

sind. Tante Käthe schafft das nicht mehr allein. Sie braucht uns. Und als Erstes braucht sie, dass du übermorgen zur Geburtstagsfeier kommst und ein fröhliches Gesicht machst. Wofür soll denn die Rede vom munteren Zwillingspaar gut sein, wenn nur ich allein dasitze?«
Guste sagte lange Zeit nichts und wischte sich mit dem Handrücken über die ausgetrocknete Gesichtshaut. »Gut«, sagte sie dann. »Ich komme. Am Donnerstag, ja?«
Vor Erleichterung lachte Alberta laut auf. »Du wirst ja wohl noch wissen, wann dein eigener Geburtstag ist.«
Guste zuckte die Achseln.
»Ich bin so froh, dass du dich besonnen hast«, sagte Alberta. »Du wirst sehen, ein bisschen Feiern tut uns allen gut. Und Guste – mach dich hübsch, ja? Tante Käthe hat mir immer vorgehalten, wie adrett du bist, und jetzt liegst du hier in diesem Wischlappen. Warum denn? Weil der Herr Seaton-Carew ihn einst auf den edlen Schultern trug? Das hat der Filou nicht verdient, und wenn er hundertmal von Adel ist und sich in weißen Shorts sehen lassen kann. Er war deine Gefühle nicht wert. Aber Tante Käthe ist sie wert. Kauf dir ein neues Kleid.«
Sehr langsam nickte Guste. »Wenn du meinst.«
Alberta wollte sie umarmen, aber die Schwester entzog sich ihr.

Der Morgen des Geburtstags war klar und klirrend kalt. In der Frühe schickte die UFA jemanden vorbei, der Alberta wissen ließ, dass der Kameramann das harte Licht nutzen wolle, um auf dem Trainingsgelände zu drehen. Alberta küsste Tante Käthe, die sich in der Küche über die Rührschüssel beugte, und versprach ihr, pünktlich zum Kaffee um vier zurück zu sein. Es roch nach Vanille. Tante Käthe hatte Mehl an der Wange und strahlte.
»Weißt du, wer da im Bad rumort?«, raunte sie verschwörerisch. »Die Guste, die sich stadtfein macht. Zum Osthafen will sie, zu Mode-Rothert. Weißt du noch? Da hat sie sich damals, zum sech-

zehnten Geburtstag, dieses hübsche Kleid aus Chiffon ausgesucht.«

Alberta tauchte den Finger in die Puddingschüssel und leckte ihn ab. Dann tauchte sie ihn noch einmal ein und steckte ihn Tante Käthe in den Mund. Sie lachten sich an.

Die Filmaufnahmen waren harte Arbeit. Alberta musste sich mit gespanntem Bogen in Position stellen und ewig stillhalten, wie es kein Schütze je tat. Hinterher schmerzten sämtliche Muskeln, aber der junge Kameramann, der Christoph Lachmann hieß, war hingerissen und erklärte ihr, die Aufnahmen in dem eisklaren Licht seien großartig. »Sie sind ein Naturtalent«, sagte er. »Wie ich es Ihnen erklärt habe, die Kamera liebt Sie, möchte Sie umarmen, und dieses zärtliche Sehnen nach der Schönheit überträgt sich aufs Publikum. Das ist das Geheimnis des Films. Haben Sie von Leni Riefenstahl gehört? Das ist eine Regisseurin, die ein Auge für so etwas hat und die ich gern mit Ihnen bekannt machen würde.«

Alberta bedankte sich und fuhr zu spät nach Hause. Sie würde nicht vor fünf in der Bettinastraße sein, und es tat ihr weh, Tante Käthe zu enttäuschen. Aber die anderen würden ja da sein, allen voran ihre Guste im neuen Kleid.

Daheim stürmte sie die Treppe hinauf. Warum war keine Musik zu hören, kein Geschwätz und Gelächter, nicht einmal Friedrichs Wimmern? Alles, was sie wahrnahm, war der Duft nach Vanille. Wenn es aber bis ins Treppenhaus nach Tante Käthes Puddingtorte roch, dann konnte doch nichts Schlimmes geschehen sein.

Oben auf dem Treppenabsatz standen Ulli Sabotke und Eri. Über der fipsigen Pimpfuniform trug der Junge nur eine Strickjacke, und der Dackel drückte sich an sein streichholzdünnes Bein. Sie zitterten beide. In seinen Armen hielt Ulli den kleinen Friedrich. »Der hat so jebrüllt, der Fritze«, sprudelte er ihr entgegen. »Da musste ick'n rausnehmen. Aber jetz' isser wieder still.«

Friedrich? Gebrüllt? Bisher hatte der Kleine nie mehr als küm-

merliche Laute von sich gegeben. »Wo sind denn die anderen?«, fragte Alberta. »Mein Vater, meine Tante, Auguste?«
In diesem Augenblick schoss Ullis Mutter unten aus der Tür der Hauswartswohnung. »Allet in Butter, Junge?«, rief sie nach oben. »Ick komm und nehm dir den Kleenen ab.«
Sie wollte loseilen, da bemerkte sie Alberta und erstarrte. »Der flotte Feger«, murmelte sie, die Stimme gedrückt.
»Warum sind Sie denn nicht alle oben?«, stieß Alberta hervor. »Wir haben doch heute Geburtstag, Guste und ich. Wo sind die anderen?«
»Die anderen«, stammelte Jette Sabotke und sah von einer Wandbemalung im Treppenhauses zur nächsten. »Ja, die sind zum Bahnhof jefahren.«
Zum Bahnhof? War etwa Hannes doch noch gekommen, um sie zu überraschen, waren die anderen unterwegs, um ihn abzuholen? »Alle zusammen?«, fragte sie. »Auch Guste?«
»Die Guste«, kam es von Jette Sabotke, deren Blick noch immer wie gehetzt über die Wände flog. Dann sah sie Alberta aus weit aufgerissenen Augen an. »Die Polizei war da. Die haben jesagt, die Guste ist tot.«

SIEBTER TEIL

Live as One

Mandeville, Buckinghamshire,
November 2011

»Jennifer Juniper
Longs for what she lacks.
Do you like her?
Yes, I do, Sir.«

Donovan

41

Wie ist sie gestorben?«, fragte Jennifer.
Es war die dritte Nacht, in der sie beieinandersaßen und bis zum Morgen redeten. Anschließend würde Jennifer aufbrechen, um wie vereinbart in der Morgendunkelheit zehn Kilometer zu laufen, und dann versuchen, trocken, warm und entspannt genug zum Schlafen zu werden. Am Abend würden sie sich wieder hier einfinden, bei Sandwiches und loderndem Feuer, um über eine Zeit zu reden, die achtzig Jahre zurücklag. Grandma Alberta sprach, ohne ihr den Blick zuzuwenden. An die Scheiben donnerte sintflutartiger Regen und machte das Haus zu einer Arche, die auf Wellen schwankte.
»Sie ist zum Osthafen gegangen, auf den Hochbahnhof«, sagte Alberta. »Ich bin nie wieder in Berlin gewesen, aber Fred ist für die Stiftung einmal hingefahren. Er hat gesagt, am Osthafen ist vom Bahnhof nichts mehr zu sehen außer ein paar Mauerresten. Kurz vor Kriegsende hat ihn eine Bombe getroffen und auseinandergerissen.«
Sie unterbrach sich. »Das willst du gar nicht wissen. Aber mir ist es immer vorgekommen, als müsse ich alles über diesen Bahnhof in Erfahrung bringen. Wenn ich schon nicht hinfahre.«
»Sie ist da gestorben? Auf diesem Bahnhof?«
Alberta nickte. »Die Polizisten waren nett zu uns. Mein Vater war der Radio-Bernhardt, den die Berliner liebten, und ich war Albi mit dem Bogen, die zur Heldin von Olympia-Berlin stilisiert werden sollte. Man wollte aus dem Unglück unserer Familie keine Tragödie machen. ›Sie muss gefallen sein‹, hat einer der Beamten zu Tante Käthe gesagt. ›Unsere Bahnhöfe sind die sichersten der Welt, aber alles lässt sich leider nicht verhindern.‹ Geglaubt hat es keiner. Heute würde man uns erklären, sie habe an einem

Ungleichgewicht der Hormone gelitten, einer postnatalen Depression. Damals blieb uns nur die Schlussfolgerung: Wir haben versagt.«

Alberta trank einen Schluck Wein, dann legte sie den Kopf in den Nacken, bis der Kehlkopf hervortrat und Jennifer zu sehen glaubte, wie der blutrote Wein die zarte Kehle hinunterrann. »Im bitteren Kriegswinter des Jahres neunzehnhundertfünfzehn war es«, deklamierte sie. »Da kam in der damals noch kaiserlichen Hauptstadt ein munteres Zwillingspaar zur Welt und sorgte inmitten von endlosem Tod für Leben … Mein Vater hat diese Rede nie wieder gehalten. Aber ich halte sie mir in jedem Jahr.«

Jennifer war nicht sicher, ob sie verstand, was Grandma Alberta ihr da erzählte, aber sie glaubte es in ihrem Körper zu spüren. Da, wo sie sonst die Leere empfand, das fehlende, wie amputierte Stück.

»Wie war dein Lauf heute?«, fragte Grandma Alberta dann. Sehr alte Leute taten das häufig: in Sprüngen denken und sprechen, ohne die Übergänge mitzuliefern.

»Schlecht«, antwortete Jennifer. »Ich laufe, weil ich es dir versprochen habe. Weil das mein Teil der Abmachung ist.«

»Das glaubst du doch selbst nicht, oder? Du läufst, weil du laufen musst. In dem Moment, wo du beschließt: Es ist zu viel, ich kann nicht darüber hinweglaufen, läufst du schon los. Bei mir war es auch so. Wir können uns glücklich schätzen. Es hilft beim Weiterleben.«

»Ich will nicht«, sagte Jennifer. »Momma hat mich einmal gefragt: Was für einen Sinn hat es eigentlich, so viel herumzulaufen, wenn man nirgendwo ankommen will? Damals war ich wütend – heute frage ich mich dasselbe.«

»Du willst ja ankommen«, sagte Alberta. »Du hast nur Angst vor dem Weg.«

»Er ist so endlos«, brach es aus Jennifer hervor, mit einer Heftigkeit, die sie überraschte.

Genauso überraschend war Albertas Lachen. »Und das sagt ausgerechnet eine, die sich für die zehntausend Meter entschieden hat?«

Jennifer lachte auch, weil es ein Gefühl von Gemeinschaft entstehen ließ. Lachen war etwas, was kein Mensch allein tat. »Als Kind hat sich das richtig angefühlt«, sagte sie. »Das endlose Einsamsein. Aber ich habe es satt, ich will endlich etwas, das irgendwohin führt. Ein Ziel. Andere Leute in meinem Alter sind mit dem Studium fertig und werden nützliche Mitglieder der Gesellschaft. Ich fülle in meiner sardischen Zahnstocher-Kneipe die Besteckkästen auf.«

Alberta zog die beiden Medaillen unter ihrem grünen Schal hervor und spielte damit. »Die meisten Leute würden sagen, eine dieser Metallscheiben wäre ihnen Ziel genug.«

»Die Olympischen Spiele? Ich habe dieses Ziel aufgegeben.«

»Hast du nicht. Du glaubst nur, dass du es nicht erreichen kannst. Aber aufgeben darfst du es nicht.«

»Warum nicht?«

Alberta wandte ihr das Gesicht zu, und Jennifer glaubte förmlich zu sehen, wie die Gedanken hinter ihrer Stirn wieder einen Sprung machten. »Man geht zu uralten Leuten, weil man glaubt, die haben alles schon durchgemacht und kennen deshalb die Antworten«, sagte sie. »Aber die Tatsache, dass uralte Leute schon einen Haufen Fehler begangen haben, bedeutet nicht, dass sie wüssten, wie sie sie hätten vermeiden können. Ich habe so oft gedacht: Wäre ich doch nicht nach Griechenland gefahren, hätte ich doch Guste an jenem Abend nicht angeschrien, hätte ich doch nur dieses oder jenes anders gemacht. Aber ob Guste dann am Leben geblieben wäre, weiß ich nicht.«

»Wenn du nicht nach Griechenland gefahren wärst …«, entfuhr es Jennifer.

»Was dann?«

Jennifer fühlte sich ertappt. »Ich weiß es nicht. Ich mochte nur deine Geschichte aus Griechenland so gern. Abe nennt unseren

Balkon mit der Marmorbrüstung Kallimarmaro, um mir eine Freude zu machen, aber wirklich Freude macht es mir erst jetzt.«

»Abe Feldman ist ein Segen«, sagte Alberta. »Und nach Griechenland fahren kannst du doch auch. Ich bin sicher, dein Mr. O'Reilly begleitet dich mit Freuden. Aber du musst dich beeilen, denn spätestens im Januar musst du Trials laufen und gewinnen.«

»Warum glaubst du mir nur nicht, dass ich keine Trials mehr laufe?«

»Weil du hergekommen bist, damit ich es dir nicht glaube. Kein Mensch besucht ausgerechnet eine Olympiasiegerin, wenn er wissen möchte, wie man von Olympia loskommt.«

»Gregory hat gesagt, man kommt überhaupt nicht davon los«, sagte Jennifer. »Weil es ein Traum ist, den man mit der ganzen Welt teilt.«

»Das klingt nicht übel«, erwiderte Alberta. »Nur neigt die ganze Welt dazu, Träume zu haben, von denen sie nicht weiß, was drinsteckt. Und das macht die Träume gefährlich. Ich denke, du kannst entscheiden, ob du von Olympia loskommen willst, wenn du weißt, was Olympia tatsächlich bedeutet. Lass mich jetzt deine Fragen beantworten. Weil ich so uralt bin, erlauben mir die Leute, aus meinen Geschichten ein riesiges Durcheinander anzurichten, aber davon hast du nichts. Du brauchst etwas, das du mitnehmen kannst, wenn du morgen abreist.«

»Ich reise doch morgen gar nicht ab!«

»Du könntest bleiben, klar«, sagte Grandma Alberta. »Dann müsstest du auf unserer Bahn laufen, aber das besprichst du am besten mit deinem Trainer. Ich denke allerdings, es wäre vernünftiger, vorerst daheim, auf deinem vertrauten Grund zu trainieren. Wenn es dir bessergeht, wenn du deinen ersten Trial gewonnen hast, kannst du wiederkommen. Vorher erzähle ich sowieso nicht weiter. Dieses Mal gebe ich dir nur, was dir gehört. Für das, was mir gehört, musst du dich anstrengen.«

»Und warum gehört die Geschichte von deiner Schwester mir?«

»Nicht die von meiner Schwester, sondern die von deiner«, sagte Grandma Alberta. »Ich fand nur, meine Geschichte könnte dir helfen. Guste hat einmal gesagt, es sei ihr aufregend genug, wenn sie alles durch mich erlebt. Das war es, was ich im Ohr hatte, wann immer ich aufgeben wollte: Ich darf nicht, ich habe es Guste versprochen, und es ist meine Schuld, dass sie nur noch in mir weiterleben kann. Ich habe Karl vor mir gesehen, der weinte wie ein kleines Kind und über unser Gartentor hinweg schrie: Warum habt ihr das getan, warum habt ihr mich nicht zu ihr gelassen? Wenn ich für sie und das Kind hätte sorgen dürfen, wäre sie noch am Leben.«

»Aber ich dachte, Karl hat …«

»Karl hat Männer geliebt«, fiel Alberta ein. »Aber auf eine Weise, die mich nichts angeht, liebte er Guste. Er hätte mit ihr leben wollen – mit ihr und dem Kind.«

»Wollte er sich nicht nur schützen?«, fragte Jennifer.

»Was heißt denn ›nur‹?«, fragte Alberta zurück. »Ja, vielleicht hoffte er, eine Ehe werde ihn davor bewahren, als entartet kastriert zu werden oder mit dem rosa Winkel im KZ zu landen, aber ist das denn verwerflich? Wir alle haben viele Gründe, uns einem Menschen zuzuwenden, und die meisten davon sind nicht sonderlich selbstlos. Ich habe mich das so oft gefragt: Warum habe ich mich zum Schicksal aufgeschwungen, statt Guste und Karl in Frieden zu lassen? Heute denke ich, Guste hat das mit Maestro Duvenage gewusst und ihr Karlchen weitergeliebt. Auf dem Bahnhof Osthafen hat sie ihre Tasche stehen lassen, ehe sie auf die Schienen fiel. Darin war ihr Pass, damit die Polizei keine Scherereien hat. Und ihre Schallplatte mit dem Lied vom kleinen Haus am Michigansee.«

»Es tut mir so leid«, sagte Jennifer leise.

»Mir auch«, sagte Alberta. »Ich habe mir so gewünscht, es irgendwie wiedergutzumachen, und erst als ich sterbensmüde hier ankam, habe ich zu ihr gesagt: Guste, lass mich jetzt los, denn ich

kann nicht mehr. Und zu deiner Schwester sagen wir das jetzt auch.«
Ich habe gar keine Schwester, wollte Jennifer protestieren, aber sie brach ab, als sie plötzlich begriff, dass das nicht stimmte. Sie hatte eine Schwester. Ihr Körper hatte es ein Leben lang gespürt.
»Ich weiß ihren Namen nicht«, sagte sie.
»Melody«, sagte Alberta. »Den hat natürlich der Wundergeiger ausgesucht.«
»Ist sie bei der Geburt gestorben?«
»Drei Tage danach«, antwortete Alberta. »Sie war viel zu klein und unterversorgt. Fetofetales Zwillingssyndrom nennt man das. Eine Störung im Blutaustausch, durch die der eine Zwilling zu viele und der andere zu wenige Nährstoffe bekommt.«
»Um es ungeschönt zu sagen: Der eine Zwilling frisst den anderen auf.«
»Dass du es so siehst, wundert mich nicht«, sagte Alberta. »Aber du hättest an der zu großen Blutmenge genauso sterben können. Meister Feldman hat natürlich die Gelegenheit genutzt, sich mit einer pittoresken Tragödie zu umgeben. Fortan hat er behauptet, in seiner Tochter Melody sei die Erbin seiner Begabung gestorben. Armer Wundergeiger – das eine Kind schlägt seiner stockunmusikalischen Urgroßmutter nach und läuft um den Block, statt zu trällern, also muss das andere ein musikalisches Genie gewesen sein. In Wahrheit hat ihn keines seiner Kinder interessiert. Und seine arme Frau, die nicht dazu gemacht war, mit all dem fertig zu werden, schon gar nicht.«
»Melody«, murmelte Jennifer dem Feuer zu, das kaum merklich heruntergebrannt war. »War es deshalb für meine Mutter so schwer, sich um mich zu kümmern? Weil sie eines ihrer Kinder verloren hatte und das andere daran schuld war?«
»Deine Mutter ist einer der warmherzigsten Menschen, die ich kenne«, sagte Alberta. »Ich halte es für ausgeschlossen, dass sie zu so einem Gedankenkonstrukt fähig ist. Aber sie kam nicht zu-

recht, das ist richtig. Mir erschien sie wie ein Küken, das fortwährend unter die Fittiche irgendeines Mannes floh.«
Jennifer nickte. In gewisser Weise erschien Momma ihr immer noch so, nur hatte ihr endlich jemand unter seinen Fittichen ein Nest gebaut.
»Den Ärzten zufolge litt auch sie an einer postnatalen Depression«, sagte Alberta. »Und in schweren Fällen dauert die auch mal Jahre. Vielleicht ist es aber auch ganz normal für eine Frau, die mit zehn den Krebstod ihrer Mutter miterlebt, deren Vater sich absetzt, die eines ihrer Babys sterben sieht und die obendrein einen geigenden Superegoisten heiratet, der im Herzen nie erwachsen geworden ist.«
Jennifer entfuhr ein Lachen. »Sag das bitte nicht Abe«, bat sie. »Sein Bruder steht für ihn auf einem himmelhohen Sockel.«
»Und da bleibt er auch«, sagte Alberta. »Abe Feldman ist einer der intelligentesten Männer, die ich je gekannt habe. Er braucht nicht mich, um ihn über seinen Bruder aufzuklären, und auf einen Sockel stellt er ihn, weil er glaubt, dass es dir hilft. Du lebst bei feinen Menschen, Jennifer. Deine Mutter mag nicht zu den nützlichsten Frauen des Planeten gehören, aber sie würde für dich durchs Feuer gehen. Und deine Schwester lässt dich jetzt los. Du kannst sie mitnehmen, aber du schuldest ihr nichts mehr. *Live as one*. Weißt du, dass dies das Motto der Londoner Olympiade sein sollte, ehe man sich für *Inspire a Generation* entschied?«
»Es war meins«, sagte Jennifer wie zu sich selbst. »Olympia. Das Laufen. In der ganzen Zeit, in der ich nicht wusste, ob es irgendwen gibt, zu dem ich gehöre, habe ich immer gewusst: Die, die läuft und zu den Olympischen Spielen will, das bin ich.«
»So war es auch für mich«, sagte Alberta. »Ich hatte in der Familie meine Rolle, ich war die lustige Albi, aber wenn ich durch das Leder meine Bogensehne spürte und von Olympia träumte, dann war ich ich. Damals, im Kallimarmaro, habe ich wie ein Schlosshund geheult, James' Hemd war triefend nass, und ich habe nicht

mal gewusst, warum. Begriffen habe ich es erst viel später. Man ist von all den Rollen, die man zu spielen hat, so erschöpft in den Momenten, in denen man sich endlich findet, dass man sich nur selbst in den Armen halten und ausheulen möchte. *Live as one.*«

Jennifer meinte, sich nach ihren Stürzen auf der Laufbahn liegen zu sehen und den rauhen Boden an der Wange zu spüren. Sie empfand noch einmal ihre Erschöpfung, den Wunsch, sich selbst in den Armen zu halten und sich auszuheulen. Dann war es vorüber, und sie stand auf. Der Raum erschien ihr auf einmal überheizt, und sie sehnte sich nach der Kühle der Nacht. »Ich möchte laufen«, sagte sie. »Nicht, weil ich rechtfertigen muss, dass meine Schwester gestorben ist und ich lebe. Sondern weil ich Lust zum Laufen habe.«

»Im Dunkeln?«

»Im Dunkeln, im Regen, das ist mir egal.«

Alberta nickte. »Pass auf, dass du nicht stürzt. Für eine Verletzung wäre das kein guter Zeitpunkt.«

»Nein. Wohl nicht.« Jennifer stand schon an der Tür, weil sie das Zittern in den Muskeln spürte, das sie kannte und liebte. »Und wenn ich morgen nach London zurückfahre und mich von Gregory trainieren lasse – darf ich dann wiederkommen und den Rest von deiner Geschichte hören? Den, der zu den zwei Medaillen gehört und mir beibringt, was Olympia bedeutet?«

Alberta sah sie lange an und kniff die Augen schmal. »Ich freue mich, wenn du wiederkommst«, sagte sie schließlich. »Und falls ich nicht mehr da bin, kann dir Fred erzählen, was du wissen willst.«

»Ich will, dass du noch da bist.«

»Ich auch«, sagte Grandma Alberta. »Ich habe gerade beschlossen: Wenn wir im nächsten Jahr in London noch einmal Olympische Spiele haben, wäre es doch gut, wenn ich noch da bin.«

ACHTER TEIL

»Ich rufe die Jugend der Welt«

Berlin, September 1935

»Wer aber nicht viel fragt
Und geht los unverzagt,
Für den gibt's kein Fragezeichen
Und dergleichen.«

Schlager von Hans Albers, aus dem Film
»Der Mann, der Sherlock Holmes war«, 1936

42

Der Tag war klar und golden, aber es war kein Sommertag mehr. Ins leuchtende Grün der Baumkronen, die sich um das Vereinsgelände neigten, mischten sich Rot und Gelb, und in die Stille stahl sich ein Rascheln. Alberta liebte solche Tage, doch seit Gustes Tod fand sie die Schwermut ihrer Schönheit schwer erträglich. Weltschmerz, dachte sie. Dann und wann brauchten alle netten Leute etwas Wein, um ihren Weltschmerz einzutunken, hatte James gesagt. Aber James, sein Wein und sein Weltschmerz waren das Letzte, woran sie denken wollte.

Sie hatte allein trainiert, wozu sie in letzter Zeit selten kam, und war dabei, ihre Pfeile im Köcher zu verstauen, als Jobst am Zaun auftauchte. Er war jetzt nicht nur Trainer, sondern auch Dietwart des Verbands und wachte über das, was die Mitglieder dachten, so scharf wie über ihre Technik beim Bogenspannen. »Besuch für dich«, bemerkte er mürrisch. »Dein Reiter.«

Hannes? An einem Wochentag, an dem kein Termin anstand?

Sie konnte sich nicht helfen. Trotz allem, was zwischen ihnen stand, schlug ihr Herz heftiger. Sie stopfte die Pfeile in ihren Köcher und rannte los. Hannes stand hinter dem Tor, an den Stamm einer Eiche gelehnt. Alberta musste innehalten und das Bild in ihr Gedächtnis brennen. Die übereinandergeschlagenen Beine, die breiten Schultern in der Uniformjacke, die Schatten der Zweige, die auf seinen Wangen tanzten, und das scheue Lächeln. Mit den Augen ein Foto knipsen und aufbewahren, wo es niemand fand.

»Hast du Urlaub?«, fragte sie statt einer Begrüßung. Für gewöhnlich sahen sie sich zu vereinbarten Terminen, umgeben von Leuten und surrenden Filmkameras.

»Den ganzen Tag und auch noch die Nacht«, sagte Hannes. »Nach

Hannover muss ich erst morgen zurück. Ich wollte dich abholen, um ein Stück mit dir durch den Wald zu schlendern und in der Eisdiele am Bahnhof Eis mit Himbeeren zu essen.«

»Wald und Eis und nur du und ich? Das klingt ein bisschen zu himmlisch, um wahr zu sein.«

»Das hast du lange nicht mehr gesagt«, bemerkte Hannes.

»Was?«

»Himmlisch. Ich wollte dich außerdem fragen, ob du heute Abend im Kaiserhof mit mir essen gehst.«

Der Kaiserhof war der letzte Ort, an dem Alberta gern aß. In der Welt der Luxushotels fühlte sie sich fehl am Platz und sehnte sich zwischen knisternden Roben und Parfümwolken nach Gerüchen von Bogenholz und Pferdestall. Wenn aber ein solches Hotel unvermeidlich war, zog sie die weltläufige Nonchalance des Adlon vor. Der Kaiserhof, den die Parteibonzen zu ihrem Lieblingshotel erkoren hatten, war steif und überladen und bedrückte sie.

»Ich gehe liebend gern mit dir essen«, sagte sie. »Aber muss es der Kaiserhof sein?«

»Leider ja.« Er hörte auf zu lächeln und senkte den Kopf.

»Also essen nicht wir beide allein?«

»Nein«, gab Hannes zu. »Giselher Mehring hat mich gebeten, ihn und seine Frau dort zu treffen. Falls seine Frau überhaupt mitkommt. Sie leidet an Migräne.«

»Für Giselher Mehring bin ich die falsche Gesellschaft. Du weißt, der Mann schlägt mir auf den Magen, und wenn ich seine Frau sein müsste, hätte ich mehr als nur Migräne.«

»Ja, ich weiß«, sagte er. »Aber kannst du nicht um meinetwillen über deinen Schatten springen? So schrecklich ist Giselher beileibe nicht. Ich verdanke ihm diesen Urlaub – und nicht nur den.«

»Giselher. Ist er jetzt dein Duzfreund?«

»Er ist überhaupt nicht mein Freund. Kein Mensch ist mein Freund. Aber ohne ihn wäre ich noch immer ein Niemand, den jeder nach Belieben herumschubsen darf, und was er mit mir besprechen will, könnte nicht nur mir, sondern auch dir zum Vorteil gereichen.«

Alberta betrachtete ihn. Obwohl er stillstand, entging ihr nicht, wie er sich innerlich wand. In diesen zwei Jahren, in denen er und sie zum Traumpaar des deutschen Sports aufgestiegen waren, hatte sie ihn oft genug so erlebt. Er kannte die Regeln, wie man sich zwischen den Größen aus Politik und Gesellschaft zu bewegen hatte, seine Galauniform stand ihm prächtig, doch Alberta wusste, dass er so wenig dafür geschaffen war wie sie. Seine Familie mochte aus ältestem Adel stammen, Hannes aber war zwischen Dunghaufen und Hühnerstall eines Resthofs aufgewachsen.

Und er mochte Giselher Mehring auch nicht. Das beklemmendste an dem Mann war seine Undurchschaubarkeit. Seit sein Förderer, Dietrich Hesewitz, als Stellvertreter des Reichssportführers fungierte, war Mehring seine rechte Hand. Einer der Männer, deren Macht im Staat schier unbegrenzt schien.

»Du siehst gut aus«, sagte Hannes unvermittelt. »Noch schöner als in Hamburg.«

In Hamburg hatten sie sich im frühen Sommer zum letzten Mal gesehen, umtost von Presserummel und ausgestellt als das glückliche Liebespaar, das sie nicht waren. Obwohl sie sich liebten. Obwohl Alberta sich sehnlichst wünschte, mit Hannes glücklich zu sein. In den Hamburger Nächten, in denen die Reporter sie in Hannes' Armen vermuteten, hatte sie in der Pferdebox gestanden, die Arme um Farfallas Hals gelegt.

Hannes hatte in Hamburg-Klein Flottbek das Deutsche Springderby gewonnen. Das Turnier galt als inoffizielle Weltmeisterschaft, da im Springreiten keine internationalen Meisterschaften ausgetragen wurden. Hannes und Farfalla hatten die gesamte Konkurrenz in den Schatten gestellt, einschließlich Harry Chamberlin und Takeichi Nishi auf seinem Wunderpferd Uranus.

»Du siehst auch gut aus«, sagte sie. Das war eine maßlose Untertreibung. Er war noch immer der schönste Mann, den sie kannte, und das zaghaft erwachende Selbstbewusstsein stand ihm gut. Er hatte sich die Anerkennung, nach der er sich so sehnte, mit schonungslosem Einsatz erkämpft. »Was will denn Mehring im Kaiserhof von dir?«

»Albi.« Seine blauen Augen suchten ihren Blick, dann stieß er sich vom Baumstamm ab und trat vor sie hin. »Du weißt, woran Mehring gelegen ist. In organisatorischer Hinsicht werden die Spiele von Berlin alles bisher Dagewesene übertreffen, aber in sportlicher Hinsicht lässt sich das nun einmal nicht so leicht planen. Mehring will Rekordleistungen – mehr als in Los Angeles. Für den Fall eines Olympiaerfolgs hat er mir einiges in Aussicht gestellt.«

Albertas Kehle wurde eng. »Was denn?«, krächzte sie.

»Einen Posten unter General von Poseck«, antwortete Hannes.

»Poseck? Ist das nicht einer von denen, die im *St. Georg* ständig über Blutreinheit und Zuchtauswahl schwadronieren?«

»General von Poseck ist Vorsitzender des Reichsverbandes für Zucht und Prüfung deutschen Warmbluts.« Hannes' Stimme klang pikiert. »Für mich wäre eine Stellung in seinem Verband die Chance, auf die ich all die Jahre gewartet habe. Weißt du, was für eine Qual das Leben beim Militär für mich ist? Bei von Poseck könnte ich mich dem widmen, wofür ich geschaffen bin – den Pferden. Und ich bräuchte nicht länger in Hannover zu bleiben, sondern käme nach Berlin.«

Er wartete ab. Als Alberta nichts sagte, berührte er ihren Arm. »Ist es nicht das, was uns kaputtgemacht hat – die ewigen Trennungen? Für mich war es unerträglich, dich nicht bei mir zu haben, wenn ich dich brauchte. Ging es dir nicht genauso?«

Alberta konnte nur nicken. Die Frage tat weh, auch jetzt noch. Es war das, was sie kaputt gemacht hatte. Das gerade erst geflickte, noch fragile Vertrauen war daran zerbrochen. Die Liebe nicht. Sie brauchte diesen Mann noch immer nur anzusehen, um ihn in die Arme schließen zu wollen. Doch auf welchen Füßen sollte das stehen?

»Da ist noch etwas«, sagte Hannes. »Mehring hat die Villa seines Schwiegervaters geerbt und siedelt dorthin um. Sein Haus in Potsdam will er vermieten. Vier Schlafzimmer. Dienstbotenräume im Souterrain. Der Garten im englischen Stil.«

»Schön für Mehring.« Alberta kämpfte um einen trockenen Ton, obwohl ihr die Kehle immer enger wurde.

»Er hat mich gefragt, ob ich es mieten will«, meinte Hannes. »Ich habe gesagt, ich könne es mir nicht leisten, aber er würde es mir bis zu den Spielen mietfrei überlassen. Danach, wenn ich für den Reichsverband arbeite, könnte ich das Geld gut aufbringen.«

»Du wärst also vollkommen von ihm abhängig.«

»Herrgott, das bin ich doch sowieso«, rief Hannes. »Was glaubst du denn? Wenn du in die Olympiamannschaft willst, kommst du an Mehring nicht vorbei. Im Übrigen hätte ich eine andere Reaktion von dir erwartet. Ein bisschen Freude, um ehrlich zu sein.«

Alberta senkte den Kopf und starrte auf den Waldboden. Sie wusste, dass jetzt kam, was sie sich einst sehnlich gewünscht hatte. Sie wünschte es sich auch jetzt noch, aber sie war nicht mehr sicher, ob sie beide dazu in der Lage wären. So viel war geschehen. So viel stand zwischen ihnen, mehr noch, als Hannes ahnte. »Mir macht das Sorge«, sagte sie. »Du setzt alles auf eine Karte, auf deinen Olympiasieg – und was passiert, wenn du nicht gewinnst?«

»Glaubst du nicht an mich?«, fuhr er auf. »Ich habe jeden Rivalen geschlagen, ganz Deutschland sieht in mir den Sieger, aber das Mädchen, das ich liebe, glaubt, ich hätte dazu nicht das Zeug.«

Er hatte es ausgesprochen. *Das Mädchen, das ich liebe.* Ihre Hand hob sich und überschritt eine Grenze. Sie strich ihm über die Wange, dort, wo seine Haut zart und bloß war. »Ich liebe dich auch«, hörte sie sich sagen. »Und natürlich glaube ich an dich.

Aber dass man im Sport nichts vorausberechnen kann, das weißt du selbst. Schon gar nicht im Pferdesport.«

»Ich habe es vorausberechnet, seit ich ein Kind war und die Schläge meines Vaters aushalten musste. Du kannst dir selbst denken, dass ich für mich allein kein Haus mit vier Schlafzimmern brauche. Ich will Mehrings Haus mieten, damit ich dich fragen kann, ob du meine Frau wirst. Ob du bei mir sein willst, wann immer einer von uns den anderen braucht.«

Alberta glaubte, bei jedem seiner Worte ein Echo hallen zu hören, und sah die belaubten Baumkronen vor ihren Augen verschwimmen.

Dahinter schimmerte eine Ahnung von Himmel. Beieinander sein, wenn einer von ihnen den anderen brauchte – war das nach allem, was geschehen war, noch möglich? Sie hatten einander im Stich gelassen. Selbst wenn Hannes keine Schuld daran trug – ließ sich das ausradieren?

Albertas Gedanken flogen zurück an den gefährlichen Punkt. Zu Gustes Tod. Wer Hannes verständigt hatte, wusste sie nicht, doch sie würde nie vergessen, was sie empfunden hatte, als sie am Telefon in der Hauswartswohnung seine Stimme vernahm. Die Gewissheit, mit dem Grauen nicht länger allein zu sein.

Seit Jette ihr die Nachricht überbracht hatte, hatte sie nur mit größter Mühe überhaupt ein Wort sprechen können. Tante Käthe schrie. Ihr Vater heulte wie ein kleines Kind. Alberta blieb stumm.

»Bitte komm!«, rief sie nun ins Telefon, als sie seine Stimme erkannte. »Ich halte es allein nicht aus.«

»Ich kann doch nicht!«, erwiderte er verzweifelt. »Ich bekomme keinen Urlaub. Albi, deshalb rufe ich an.«

Seine Worte hatten nur eine dumpfe Resonanz in ihr ausgelöst. Wirklich erfasst hatte sie lediglich einen einzigen Satz: *Ich kann doch nicht.* Er würde nicht zu ihr kommen. Sie war allein. Irgendwann, als sie das Geräusch seiner Stimme im Ohr nicht länger ertrug, hatte sie einfach den Hörer aufgelegt.

Während der nächsten Tage, die lichtlos ineinander übergingen, war die Hoffnung, er werde doch noch vor der Tür stehen und sie in seinen Armen auffangen, immer wieder aufgeflammt. Von dieser Hoffnung konnte sie nicht lassen, denn etwas anderes hatte sie nicht, um sich in der Finsternis zu orientieren. Sie musste sich ja weiterschleppen. Für den Vater. Für Tante Käthe. Für Friedrich. Sie hatte Guste im Stich gelassen – wie konnte sie nun im Stich lassen, was von ihrer Familie übrig war?
Kein munteres Zwillingspaar mehr. Nur ein Häufchen haltlose Verzweiflung.
Der Einzige, der handlungsfähig blieb, war Onkel Ludger. Er half Alberta, das Begräbnis zu organisieren und Bekannte zu verständigen. Sie musste der Presse eine Erklärung zum Unfalltod ihrer Schwester abgeben und Friedrich versorgen. »Vergiss die Europameisterschaft nicht«, hatte Jobst gesagt. »Du musst trainieren. Davon, dass du in London versagst, wird ja deine Schwester nicht wieder lebendig.«
»Ich trete nicht an.« Die Vorstellung, nach London zu fahren und einen Bogen abzufeuern, war völlig absurd.
»Du willst es hinschmeißen?« Jobst hatte sie angesehen, als ekle er sich. »Bilde dir aber nicht ein, dass hinterher noch irgendjemand im Verband einen Pfifferling für dich gibt.«
Alberta hatte sich winzig und allein einer Welt ausgesetzt gefühlt, deren Regeln sie nicht länger begriff.
An dem Tag, als Guste auf dem Parkfriedhof in Lichterfelde begraben wurde, ging die Sonne nicht auf. Der Himmel war schwarz, und es goss seit dem frühen Morgen in Strömen.
Alberta hatte ganz allein am Grab stehen müssen. Jette Sabotke und Ulli, die laut schluchzten, standen ein Stück von ihr entfernt, weil sie offiziell nicht zur Familie gehörten. Tante Käthe war in der Kapelle zusammengebrochen, und Onkel Ludger, der draußen im Regen hatte warten müssen, hatte sie nach Hause gefahren. Ihr Vater hatte die Kraft, mitzukommen, nicht aufgebracht.

Er war daheim geblieben, bei Friedrich, um den sich eine Kinderschwester kümmerte.
Selbst auf dem Friedhof hatte Alberta noch gehofft, Hannes werde kommen. Doch Hannes kam nicht. Statt seiner stand als Letzter in der Reihe der Kondolierenden ein Mann, der zum schwarzen Mantel ein grünes Wolltuch um den Hals trug und sich nicht recht traute, näherzukommen.
»James.«
Sofort war er bei ihr und schloss sie in die Arme. Als sie spürte, dass jemand sie festhielt, dass sie sich ihrer Schwäche hingeben durfte, begann sie zu weinen. James weinte mit ihr. Laut und ohne Hemmungen. Er knöpfte seinen Mantel auf und hüllte die zitternde Alberta darin ein. Aber es war nicht der Mantel, der sie wärmte, sondern seine Haut, sein Herz und sein Blut, die sie durch den Stoff hindurch spürte. Die Körperwärme eines anderen Menschen. Sie drängte sich an ihn, wie sich ein Schaf in schwerem Sturm an ein anderes drängt.
Als Alberta keine Kraft zum Weinen mehr hatte, trocknete er ihr mit einem Zipfel des grünen Tuchs, das Auguste ihm damals im Speakeasy umgelegt hatte, das Gesicht. Sein eigenes blieb tränennass, und Albertas wurde auch wieder nass, weil es fortwährend regnete. »Oh, James!«, schrie sie auf. »Warum hast du dich nur nicht um sie gekümmert, warum warst du denn nicht für sie da? Sie hatte dich doch lieb, und sie hätte dich so sehr gebraucht.«
»Das frage ich mich auch«, sagte James. »Sie war ein süßes, wundervolles Mädchen, und ich wünschte, ich hätte ihr helfen können. Tut dir das gut, Alberta? Die Schuld mir zu geben? Dann kannst du es machen. Ich würde dich nur gern ins Trockene bringen.«
»Wohin denn?«
»Wohin du willst. Zu dir nach Hause?«
»Nein, nicht nach Hause«, rief sie. »Ich kann den anderen so nicht unter die Augen treten.«

»Aber warum denn nicht? Du hast deine Schwester verloren, du hast doch jedes Recht, todtraurig zu sein.«
»Sie sind alle zusammengebrochen«, sagte Alberta. »Dass auch ich zusammenbreche, das halten sie nicht aus.«
»Dann brich bei mir zusammen, ja?« Er breitete den Mantel und seinen Arm um sie und führte sie zu seinem Wagen. Das war eins von den Dingen, die das Leben mit James so unglaublich und so einfach machten – er schien immer und überall ein Auto, ein Schiff, ein Flugzeug oder ein Pferd aus dem Hut zu zaubern.
Er fuhr mit ihr in sein Hotel in einer Seitenstraße vom Kurfürstendamm. An der Rezeption sagte er: »Bitte, ich brauche mein Zimmer so schnell wie möglich und so warm wie möglich. Vorgewärmte Handtücher, einen Morgenmantel, Tee und eine Flasche Barbera d'Asti. Sie bekommen das doch hin, Herr Walz?« Er sprach mit dem grauhaarigen Empfangschef nicht wie ein Hotelgast, der zweifellos ein Vermögen für seine Suite zahlte, sondern wie ein Junge, der seinen Lieblingslehrer um ein kleines Wunder bittet.
»Selbstverständlich, Lord Seaton-Carew«, sagte der Mann an der Rezeption mit leisem Amüsement. »Und alles, womit wir Ihnen sonst noch behilflich sein können.«
In seiner Suite setzte er Alberta wie ein Kind auf das Bett. Er zog die Vorhänge zu, um den Regen, der gegen die Fenster stürmte, auszusperren, und wartete, bis das Bestellte gebracht wurde. Dann schälte er Alberta Teil um Teil aus ihren triefenden Kleidern. Als sie zitternd in Unterwäsche vor ihm saß, breitete er den Morgenrock um sie. »Du musst das auch noch ausziehen«, sagte er. »Das ist alles nass.«
»James«, sagte Alberta, »bitte geh nicht weg.«
»Eher lasse ich mich von dir schlagen«, sagte er. »Zieh das jetzt aus.«
»Ich kann nicht«, sagte Alberta kläglich. Ihre Finger waren steif und zitterten.

James schob den Morgenrock zurück, öffnete ihren Hüfthalter und begann behutsam, ihr Strümpfe und Wäsche abzustreifen. Seine Hände waren kundig wie die von Onkel Ludger, wenn der ein verletztes Pferd aus Zaum und Sattel schälte, und jede Berührung glich einem Streicheln. Unter seinen Liebkosungen spürte sie plötzlich, wie sehr jedes Glied ihres Körpers schmerzte und wie wund jeder Zoll ihrer Haut war. Danach wickelte er sie in sämtliche Handtücher und in die seidigen Decken. Er gab ihr dampfenden Tee, doch ihr wurde nicht warm.
»Ich würde dich gern in die Arme nehmen«, sagte er. »Weil du so frierst. Aber ich will dir armem, tapferem Bogenmädchen nicht tun noch etwas an, das dich quält.«
Bis dahin hatte er fast fehlerlos gesprochen, aber der komplizierte Satz überforderte ihn. Sie rückte zu ihm, er öffnete die Arme, und sie kroch hinein. So saßen sie lange da. Irgendwann schenkte er ein einziges Glas voll Wein, hielt sie weiter im Arm und teilte es mit ihr.
»Du bist auch nass.«
»Jetzt nicht mehr so sehr. Meiste Nässe ist in der Decke um dich.«
»Du erkältest dich.«
»Vielleicht.« Er zog die Brauen in die Stirn. »Ich glaube, du kannst heute Nacht einen brauchen, der für dich den Helden spielen will.«
In der Tat, dachte Alberta. Dann begann sie, mit Fingern, die noch immer zitterten, sein Hemd aufzuknöpfen. Er trug nichts darunter, die Haut auf seiner Brust war dunkel, und zwischen den schwarzen Haaren glänzte Nässe.
Ich will etwas Schlechtes tun, dachte sie. Das Schlechteste, was mir einfällt. Ich habe etwas getan, das ein bisschen schlecht war, und ich habe dafür eine Strafe bekommen, die gnadenlos ist. Ich wollte Guste nicht weh tun, ich wollte Hannes nicht weh tun. Jetzt will ich's bei beiden.
Sie streichelte ihn.

»Was du da vorhast, ist gut gegen Kälte«, sagte er, trank Wein und hielt dann das Glas an ihre Lippen. »Und gut gegen Tod. Aber wenn es dir hinterher geht elender als vorher, ich möchte das nicht tun.«

Auf einmal musste sie ihn küssen. Für die Deutschfehler, die er machte, weil dieser souveräne Weltmann auf einmal verlegen war. Sie legte die Arme um ihn und küsste ihn auf den Mund. Es war gut gegen Kälte. Es war unendlich gut gegen Tod.

Sie schlief mit ihm. Die Engländer sagten das nicht, miteinander schlafen, sondern stattdessen: *to make love*. Das passte besser, denn was sie mit James tat, war genau das: umarmen, packen, halten, wollen, nehmen und festklammern. Alles Erdenkliche, nur nicht schlafen. Sein Körper war fest und sehnig vom Sport, er hatte lange Beine, eine pfeilförmige Narbe unter dem Schlüsselbein und ein Paar Hinterbacken, die sich nackt noch hübscher machten als in Tennisshorts. Sie blutete ein bisschen, und er küsste ihr das kleine Rinnsal Blut vom Schenkel. Er küsste zum Niederknien. Nicht nur auf den Mund. Dabei schlief kein Mensch. Die Müdigkeit kam erst hinterher. Als sie in James' Armen lag und spürte, wie der Schlaf sich über sie ausbreitete, dachte sie: Etwas, das so wohltut, habe ich nicht gespürt, seit Guste gestorben ist. Und vorher auch nicht. Etwas, das so sehr ich war, habe ich nicht gekannt.

Als sie erwachte, war er bereits tadellos angezogen, und ihre Kleider lagen getrocknet und gebügelt bereit. Ihrer Verlegenheit half das nicht ab. Sie druckste ein wenig herum, er erriet, was sie quälte, und kniete sich vor dem Bett auf den Boden. »Du musst nicht Sorge haben, Alberta. Man kann so eine Art Strumpf aus Gummi nehmen, und nichts passiert. Kein kleiner Junge entsteht, für den gar kein Platz ist.«

Sie sah ihn an und konnte nicht fassen, dass er so mit ihr sprach. »Wie kannst du behaupten, für Friedrich sei kein Platz? Und wie kannst du mit mir reden wie mit einem von deinen Tennismäd-

chen, die du benutzt und beiseiteschiebst? Heute Nacht habe ich geglaubt, du seist mein Freund!«
Er hob die Hände. »Bitte nicht«, sagte er.
Auf einmal schrie sie. »Hast du den bei Guste vergessen, deinen Strumpf aus Gummi? Ist das eine Lüge, die sie mir über Rudi erzählt hat, um die kostbare Haut von Lord Seaton-Carew zu schützen?«
Seine Hand fuhr an seine Brust. »Das tut weh«, sagte er. »Aber ich bin sicher, dazu war es gedacht.« Er stand auf und zog sein Jackett von der Stuhllehne. »Ich gehe jetzt und lasse dich in Frieden. Ruf die Rezeption an, Herr Walz schickt dir zum Frühstück herauf, was immer du willst.«
»Du hast mir versprochen, nicht zu gehen!«, rief sie. »Nicht einmal, wenn ich dich schlage.«
»Auf meine Backen, Alberta«, sagte er und streifte das Jackett über die Schultern. »Nicht auf mein Herz.«
Albertas Herz zuckte, als habe es ebenfalls einen Schlag abbekommen. »Du hast mir zuerst weh getan«, begehrte sie auf. »Mit deinem Gerede über Gummiüberzieher – nur um mir zu zeigen, was für ein toller Hecht du bist. Aber zieh ruhig Leine. Ich habe euch alle satt. Meine Schwester wollte nicht mehr leben, und ihr denkt, ich habe Zeit, mich um den kreuzdummen Stolz von Männern zu scheren.«
Er schoss herum und fiel wieder auf die Knie. »Tut mir leid«, sagte er und zog den Kopf ein. »Eigentlich ich habe so etwas gar nicht, weißt du? Kreuzdummen Stolz von Männern. Vor schönen Frauen kriech ich immer zu Kreuz, und wenn ich habe Blödsinn gesagt, dann nur, weil ich nicht so gut Deutsch kann.«
Sie musste lachen, obwohl in ihrer Welt nichts mehr zum Lachen war. »Das ist unverschämt gelogen. Meine Tante hat immer gesagt, die Albi lügt die Balken wieder gerade, aber du lügst Knoten hinein.« Noch im Lachen fing sie noch einmal an zu weinen, weil Tante Käthe so etwas nie mehr sagen würde.

»Und dabei sage ich die Wahrheit. Ich wollte dir nicht lästig fallen. Wenn du mich behalten willst, ich bleibe hier bis zum Jüngsten Gericht.«
»Du musst sicher gehen – also ab mit dir«, sagte sie, obwohl sie ihn in die Arme schließen und festhalten wollte. »Zum Spaß wird Lord Seaton-Carew ja kaum nach Berlin gekommen sein.«
»Nein«, sagte er. »Seaton-Carews Jüngster ist gekommen, weil ein zauberhaftes Mädchen ins Grab gelegt wurde und er ihr wollte letzte Ehre erweisen. Lieber er wäre zum Spaß gekommen und hätte Battenberg-Kuchen mit ihr gegessen.«
»Ach, James.« Ihr war schon wieder zum Weinen. »Warum können wir verdammt noch mal nicht diesen blöden Kuchen mit ihr essen?«
»Ich habe keine Ahnung, Bogenmädchen. Warum schmeckt das Leben wie Marzipan, und dann auf einmal es friert uns die Zunge ab?« Er küsste ihre Hand und stand auf. » Du weißt ja, ich lebe in den Tag, und mich braucht kein Mensch, also könntest du gern Gebrauch von mir machen. Aber das willst du nicht. Deshalb ich gehe jetzt und fliege heute Abend nach Hause.«
Über sein blütenweißes, frisch gebügeltes Hemd und das edle Jackett wickelte er sich Gustes zerknittertes Tuch. »Ich wäre gern ein frommer Priester aus dem italienischen Bergland, aus dem meine Mutter stammt«, sagte er. »Dann ich würde dich segnen. Aber ich bin nur ein unheiliger Junge von einer nasskalten Insel. Nimm das stattdessen.«
Er nahm ihre Hand und ließ ein paar trockene Körnchen hineinrieseln.
»Was ist das?«
»Fenchelsamen. Setz sie in Erde, falls du irgendwann Feuer stehlen musst.« Er neigte sich zu ihr und flüsterte in ihr Ohr: »Wenn du mich brauchst, sag Gilbert Chad Bescheid. Pass auf dich auf, Bogenmädchen. Kallimarmaro.«

43

Einen Monat nach Augustes Begräbnis fuhr Alberta nach London zur Europameisterschaft. Sie redete sich ein, sie müsse es tun, um Ludger und Friedrich zu schützen, aber vielleicht tat sie es vor allem, weil sie nicht anders konnte.

Sie versagte kläglich. Verschoss Pfeile, dass Zuschauer in lautes Gelächter ausbrachen, und qualifizierte sich nicht einmal für die Endrunde. Nach dem Wettkampf waren weder Jobst noch die Zeitungsleute, die mit ihr hierhergefahren waren, aufzufinden. Nur James war da.

»Ich bin eine Niete«, sagte sie.

»Du bist eine Heldin«, entgegnete er.

Er brachte sie in ein Hotel an der Themse, in ein Zimmer in der höchsten Etage, rückte das Bett unters Fenster und riss beide Flügel weit auf. In der eiskalten Märznacht knieten sie nebeneinander und blickten hinaus auf den Fluss, in dessen Schwärze sich Laternen und Leuchtreklamen spiegelten. Vor dem offenen Fenster, splitternackt und starr vor Kälte, liebten sie einander.

Am Morgen sah sie ihm zu, wie er fest und unbekümmert schlief, ein behüteter Mann, mit dem das Leben es gut meinte. Auf dem weißen Kissen schimmerte sein Haar beinahe schwarz. Sie strich ihm über den Kopf und küsste ihn auf die Schläfe. »Danke, mein schlimmer Finger«, flüsterte sie. »Lass dich vom Leben weiter hätscheln und mit den besten Bissen füttern.« Dann verließ sie das Hotel.

Das stand zu all dem anderen zwischen ihnen, zwischen ihr und dem Mann, den sie liebte. Alberta wusste, sie würde Hannes nie erklären können, wie sehr sie James in diesen beiden Nächten gebraucht hatte.

Danach hatte sie in eine Art von Leben zurückgefunden, hatte gekämpft, um ihrer Familie Halt zu geben und ihren sportlichen Ruf nach dem verpatzten Wettkampf wieder aufzubauen. Christoph Lachmann von der UFA half ihr dabei. Er sorgte dafür, dass in der Wochenschau über eine Verletzung berichtet wurde, die sie sich auf der Reise nach London angeblich zugezogen hatte. »Tapfere Bogen-Albi kämpft trotz heftiger Schmerzen«, titelten am nächsten Tag die Zeitungen unter einem gestellten Foto von ihr beim Sehnenspannen.

Außerdem stellte er sie der Regisseurin Leni Riefenstahl vor, die sie anlässlich eines Hallenturniers im Sportpalast filmte. In dem kurzen Streifen erkannte Alberta sich kaum wieder. Sie sah nicht aus wie ein hilfloses, kummervolles Menschlein, sondern wie ein Meisterwerk der Natur, nicht aus Fleisch, nicht verletzlich, sondern aus glänzendem Stahl und so stark, als gehöre ihr der Himmel.

Immer öfter präsentierte die Presse sie und Hannes als das strahlende Traumpaar. Jetzt, an diesem warmen Septembertag, aber standen sie einander ohne Reporter und Kameras gegenüber.

»Hast du gehört, was ich gesagt habe?«, fragte er.

»Ja, Hannes.«

»Ist das alles, was du mir zur Antwort gibst? So wie damals in Los Angeles, als jede vage Idee dir wichtiger war als die Heirat mit mir? Denkst du noch immer so? Sag es mir, Albi, denn dann kann ich nicht mehr um dich kämpfen. Das hält mein Stolz nicht aus.«

Seine gequälte Miene strafte seine Worte Lügen. Selbst wenn sie es beide für klüger hielten, sich zu trennen, brachte keiner von beiden es über sich. »Bitte gib uns noch Zeit«, sagte sie. »Ich liebe dich, und ich will mit dir leben, aber ich weiß nicht, ob wir das schaffen – gut füreinander zu sein.«

»Was glaubst du denn, warum ich Mehrings Haus miete?«, rief er. »Um dir ein Zuhause zu bieten, unsere eigene Welt, wo wir all das Schlimme, das uns geschehen ist, hinter uns lassen können.«

Es klang ein bisschen nach Paradies. Und dieser große Mann, der schon so vieles durchgestanden hatte, war bereit, es mit ihr zu erkämpfen. Als er die Arme um sie legte, gab sie sich hin. Sie küssten sich, wie um anderthalb Jahre nachzuholen.
Als sie sich voneinander lösten, streichelte er ihr Gesicht und tauchte seinen blauen Blick in ihren. »Wollen wir es üben, mein Schatz – gut füreinander zu sein? Bis zu den Olympischen Spielen? Und wenn ich dich dann noch einmal frage, dann sagst du nicht wieder nein.«
Sie war überwältigt, weil er um ihretwillen über seinen Schatten sprang, doch die Sorge packte gleich wieder zu: »Was ist mit meiner Familie, Hannes? Du weißt, sie brauchen mich, sie kommen seit Gustes Tod nicht gut zurecht.«
»Dabei helfe ich dir«, sagte er. »Als dein Mann wird deine Familie hoffentlich auch meine sein, und natürlich sind sie alle in unserem Haus jederzeit willkommen.«
»Und was ist mit Fritze?«
»Was soll mit ihm sein? Er ist dein Neffe und gehört zur Familie.«
»Er braucht mich sehr«, sagte sie. »Fritze ist knorke, er ist der klügste und netteste Junge auf der Welt, aber seine Pflege kostet Kraft, die meine Familie nicht hat. Er ist Gustes Sohn, Hannes. Du musst verstehen, dass ich ihn nie im Stich lassen könnte.«
Noch einmal zog Hannes sie an sich. »Das sollst du auch nicht«, sagte er. »Ich könnte gar kein Mädchen lieben, das Menschen im Stich lässt. Wenn du willst, nehmen wir den Kleinen zu uns.«
Albertas Gedanken überschlugen sich: Fritze würde das Kind des Sportler-Traumpaars sein und damit so sicher wie nie zuvor. Sie konnten Reporter in ihr Haus einladen und sich mit Fritze auf seinem schwarzen Schaukelpferd ablichten lassen. Der Junge konnte nicht ohne Hilfe laufen, aber er schwatzte Radio-Bernhardt an die Wand, und wenn man ihm auf sein Pferd half, schaukelte er fröhlich krähend den halben Tag. Das Bild von ihnen als glückliche Familie würde die Menschen berühren, und niemand

würde es wagen, Fritze auch nur ein Haar zu krümmen. Die ständige Angst um das Kind wäre endlich vorüber.
»Danke«, sagte sie leise.
Hannes nahm ihre Hand, und unter den raschelnden Blätterkronen gingen sie in Richtung Stadt. »Ich will für dich sorgen«, sagte Hannes. »Dir die Last von den Schultern nehmen. Ich würde das gern sofort tun, aber wenn du noch Zeit brauchst ...«
»Nur noch ein bisschen«, rief Alberta und verspürte zum ersten Mal seit Gustes Tod wieder einen Anflug von Übermut. »Bis zur Olympiade. Damit wir sicher sein und unter Vergangenes einen Strich ziehen können.« Flüchtig meldete sich ihr Gewissen: War es nicht ihre Pflicht, ihm von James zu erzählen? Sofort aber verwarf sie den Gedanken wieder. Lieber verbarg sie das Geheimnis in sich, als Hannes neuen Schmerz zuzufügen.
»Diesen Strich will ich auch ziehen«, sagte Hannes gedankenverloren. »Zur Olympiade wird James kommen.«
»Verzeih ihm«, bat Alberta hastig. »Lass uns das alles begraben.«
Langsam nickte er. »Sein Treuebruch hat mich verletzt, aber er hat mir Farfalla gegeben«, sagte er. »Bei den Spielen schlage ich ihn, und dann versuche ich, ihm zu verzeihen.«
Sie erreichten den Bahnhof, an dem kaum Leben herrschte. Die Suppenküche war geschlossen worden, denn sie wurde jetzt, wo die Wirtschaft Aufschwung nahm, nicht mehr gebraucht. Aber die Eisdiele war noch da, die einst so aufregende Erfindung aus Italien gehörte längst zum Alltag. »Setz dich schon hin«, sagte Hannes und wies auf ein Tischchen. »Ich will nur rasch eine Zeitung kaufen.«
Alberta aber setzte sich nicht, sondern schlenderte neben ihm zum Kiosk, wo er eine *BZ am Mittag* verlangte. »Die bringen einen großen Bericht mit Bildern von mir und Farfalla«, erklärte er.
Sie hörte kaum noch, was er sagte. Ihr Blick haftete an der Ausgabe des *Völkischen Beobachters*. Berichte vom Reichsparteitag

der NSDAP bedeckten die Titelseite. »Die Gesetze von Nürnberg« stand als fette Schlagzeile oben auf dem Blatt.
»Hannes«, presste sie hervor. »Kauf mir das bitte.«
»Den *Völkischen Beobachter*? Seit wann liest du denn den?« Als er den Blick des Zeitungshändlers bemerkte, setzte er hastig ein Lächeln auf. »Meine Verlobte liest nämlich sonst nur die Sportberichte. Für Politik interessiert sie sich nicht. Heil Hitler!«
Mit spitzen Fingern nahm Alberta die Zeitung von ihm entgegen. Er war schon in seinen Artikel vertieft, während sie das Blatt zum Tisch trug, ohne es anzusehen. Erst als sie auf dem Stuhl saß, begann sie richtig zu lesen.
Hannes ließ seine Zeitung sinken. »Was ist denn los?«
Alberta wies auf einen Abschnitt.
»*Gesetz zum Schutze des deutschen Blutes und der deutschen Ehre*«, las Hannes vor. »*Durchdrungen von der Erkenntnis, dass die Reinheit des deutschen Blutes Voraussetzung für den Fortbestand des deutschen Volkes ist, und beseelt von dem unbeugsamen Willen, die deutsche Nation für alle Zeiten zu sichern, hat der Reichstag einstimmig das folgende Gesetz beschlossen.*« Er unterbrach sich. »Das übliche Geschwafel«, raunte er hinter vorgehaltener Hand. »Was regt dich daran so auf?«
Albertas Finger wanderte ein paar Zeilen weiter nach unten, wo der Wortlaut des neuen Gesetzes abgedruckt war.
»*Eheschließungen zwischen Juden und Staatsangehörigen deutschen oder artverwandten Blutes sind verboten*«, las Hannes, ehe er auffuhr: »Ja, sind die denn verrückt geworden? Ausgerechnet jetzt, wo in Amerika schon Stimmen laut werden, die fordern, unsere Olympiade zu boykottieren! Das IOC hat Hitler ausdrücklich nahegelegt, die Spiele im olympischen Geist stattfinden zu lassen und mit der Hetzerei gegen Juden aufzuhören.«
Zwei Passanten blieben stehen. Alberta hätte Hannes mahnen sollen, seine Stimme zu dämpfen, doch stattdessen überschrie sie ihn noch: »Ist das alles, was dir dazu einfällt? Deine Olympiade?«

Verdutzt sah er sie an. »Du weißt doch, dass die Spiele schon einmal auf der Kippe standen«, sagte er. »Ohne die Bemühungen von Diem und Lewald hätte man Berlin die Austragung entzogen.«

»Aber das ist doch nicht das Wichtigste auf der Welt!«.

»Für mich schon«, beharrte Hannes. »Ich dachte, für dich auch. Es ist unser Traum, und wenn dieses Gesetz dazu führt, dass die amerikanischen Verbände sich zu einem Boykott entschließen, zieht die halbe Welt mit, und unser Traum platzt. Ich habe alles gegeben, um da hinzukommen, wo ich heute stehe – für mich hängt meine ganze Zukunft daran. Was soll denn bitte noch wichtiger sein?«

»Onkel Ludger.« Statt zu schreien flüsterte Alberta. »Tante Käthe drängt ihn seit Jahren, sie zu heiraten, weil sie ihn schützen will. Aber jetzt ist es zu spät. Das Gesetz verbietet es.«

Hannes erbleichte unter der Sonnenbräune. Er blätterte zur dritten Seite, auf der das Gesetz erläutert wurde, und überflog die Zeilen. »Auch unverheiratet darf sie nicht länger mit ihm leben«, sagte er tonlos und schob das Blatt Alberta hin. Außerehelicher Geschlechtsverkehr zwischen Juden und Nichtjuden gelte ebenfalls als verboten, las sie, ein Verstoß gegen das Gesetz sei Rassenschande und werde mit bis zu fünfzehn Jahren Zuchthaus bestraft. *Rassenschande.* Wie konnte irgendjemand auf die Idee kommen, das, was Onkel Ludger und Tante Käthe verband, mit einem derart abscheulichen Begriff zu belegen?

»Sie leben seit zwanzig Jahren zusammen«, sprudelte es aus Alberta hervor, »sie schleichen noch immer wie Klosterschüler umeinander herum und werden rot, ehe sie sich küssen, aber sie sind das zärtlichste Liebespaar der Welt. Onkel Ludger haben sie doch schon das halbe Leben verboten: Er darf nicht mehr bei seinen Rennpferden arbeiten, nicht in den Zoo gehen, auf keiner Parkbank sitzen, und Eri gehört jetzt offiziell meinem Vater, weil ein Jude kein Haustier halten darf. Sie schreiben ihm vor, was er von seinem Konto abhebt – aber sie können ihm doch nicht verbieten, meine Tante zu lieben! Sind wir noch Menschen? Oder sind wir etwa Zuchtpferde, bei denen dein Poseck aufpasst, welcher Hengst welche Stute bespringen darf?«

Hannes zuckte zusammen. Eine Kellnerin kam, fragte nach ihren Wünschen und äugte neugierig auf die Zeitungsseite, die Alberta in der Faust zerknüllte.

Mit einem Schlag war Hannes wieder Herr der Lage, gab irgendeine Bestellung auf und schickte die Frau ihrer Wege. Dann umfasste er Albertas Handgelenk. »Er muss aus eurer Wohnung«, sagte er. »So schnell wie möglich, Albi.«

Ehe Alberta aufbegehren konnte, legte er ihr einen Finger auf den Mund. »Sprich leise, Schatz. Wir müssen vorsichtig sein.«

»Aber wo soll Onkel Ludger denn hin?«

»Er zieht zu mir.« Hannes streichelte ihre Hand. »In Mehrings Haus. Falls wirklich jemand nachfragt, kann ich glaubhaft versichern, dass es für mich allein zu teuer ist und ich deshalb Räume untervermiete. Bei mir wird er in Sicherheit sein – und deine Tante erst recht. Zwar stellt dieses Gesetz nur Männer unter Strafe, aber Begünstigung oder Falschaussagen können sie auch einer Frau anhängen. Lass uns schnell handeln. Wir gehen heute Abend mit Mehring essen und machen die Sache mit dem Haus klar.«

»Das würdest du für uns tun?« Albertas Kehle fühlte sich an wie ein Reibeisen. »Du würdest für meine Familie so ein Risiko eingehen?«

»Ich habe es dir vorhin schon gesagt«, erwiderte Hannes. »Ich wünsche mir, dass deine Familie künftig auch meine Familie ist. Ich hatte nämlich noch nie eine.«

Ich hab dich so lieb, dachte sie und drückte seine Hand. Deine Liebe will ich dir hundertfach vergelten, und ich werde dir nie wieder weh tun. »Nur noch eines«, sagte sie leise.

»Was denn?«

»Wäre es nicht doch gut, wenn die Amerikaner und andere Länder sich zu dem Boykott entschließen? Und wenn wir sie hier im Land unterstützten? Vielleicht käme Hitler dadurch zur Besinnung, und dieser Wahnsinn hätte bald ein Ende.«

Wieder legte Hannes ihr den Finger auf die Lippen. »Du musst vorsichtig sein. Und ein Boykott wäre das Ende. Wir sind Sportler, wir stehen nur einen kurzen Augenblick lang auf dem Gipfel. Wenn diese Olympiade nicht stattfindet – weißt du denn, ob du in vier Jahren noch gut genug bist, gegen die Besten der Welt anzutreten?«

Der Gedanke, auf die Spiele zu verzichten, schmerzte heftiger als erwartet. Dennoch zwang sie sich, ihn noch einmal zu fragen: »Aber wenn wir jetzt einfach schweigen und weitertrainieren – tragen wir dann nicht all das Furchtbare mit und sind schuld an der Not von Menschen?«

»Wir machen keine Politik«, wies Hannes sie zurecht. »Wir geben etwas, das gerade die, die in Not sind, dringend brauchen: Mut und Lebensfreude. Hast du nicht in Los Angeles gesehen, was die olympische Idee den Menschen bedeutet? Wenn wir sie ihnen nehmen, haben sie womöglich keine Kraft mehr zum Kämpfen.«

Alberta schwieg und lauschte den Worten nach. Es klang so einfach und überzeugend. Hannes hatte recht, beschloss sie. Olympia war das Fest des Friedens, das sie nicht verlieren durften. Dass ein Rest von Unwohlsein in ihrem Magen rumorte, lag an dem widerlichen Gesetzestext. Sie aß ihr Eis nicht auf. Es war sowieso halb geschmolzen.

44

Es war das schönste Haus, das Giselher kannte. Schon als er es das erste Mal betreten hatte, hatte er das gedacht. Es lag zurückversetzt am Ende der stillen Straße und bot ein Bild des Friedens. Von den zwei Balkonen überblickte man den verwunschenen Garten, der mit seinen Brunnen, Bogen und Pavillons im persischen Stil angelegt war und mit den Effekten von Licht und Schatten spielte. »Mein Paradies«, hatte Siegmund Wiener gesagt. Dass ein Mann ein solches Haus sein Eigen nannte, war Giselher wie der Gipfel des Glücks erschienen. Jetzt, wo es ihm gehörte, fragte er sich, ob es sich dabei nicht eher um einen besonders ausgeklügelten Coup seines Pechs handelte.

Sie hatten hier einziehen müssen, es war das, was erwartet wurde. Auch die Firma hatte er übernommen, hatte *Damen-Wiener* in *Wiener & Mehring* umbenannt und einen Geschäftsführer eingesetzt. Er war der Erbe. Siegmund Wiener war tot.

»Seien Sie froh«, hatte Hesewitz gesagt. »Damit sind Sie ein prekäres Problem los. Dass mit der Herkunft Ihrer Frau etwas nicht ganz astrein ist, braucht niemand außer uns zu wissen, und wie der Jude gestorben ist, interessiert sowieso keinen Menschen.«

Der Jude war aus dem Fenster gefallen. Vom Dachfenster seines Hauses war er auf den oberen Balkon aufgeprallt und hatte sich auf den Marmorfliesen den Schädel eingeschlagen. Der offiziellen Version nach hatte er bei einem verträumten Blick in den Garten das Gleichgewicht verloren. »Himmelschreiender Irrsinn«, hatte Viola gesagt, die Augen vor Entsetzen aufgerissen, das Gesicht gespenstisch bleich.

Ihr Vater hatte das Dachzimmer kaum je betreten. Wenn er in seinen Garten blicken wollte, setzte er sich auf einen der Balkone, und er war weder ein Trinker noch ein Tölpel, der aus seinem eigenen Fenster purzelte. Arndt von Siecksdorff war gekommen und hatte versucht, Viola zu trösten. »Er hat es für dich getan, Veilchen. Um dich nicht länger zu belasten. Indem du dein Leben lebst, respektierst du seinen Entschluss.«

»Was willst du damit sagen?«, schrie Viola. »Dass Papa sich umgebracht hat? Das hätte er nie getan!«

»So etwas sagt sich leicht. Aber wir können in andere ja nicht hineinblicken, und aus Liebe zu dir hätte Siegmund alles getan.«

»Papa war doch kein Idiot«, sagte Viola. »Hätte er sterben wollen, hätte er sich in sein bequemes Bett gelegt und Gift geschluckt, statt einen Sturz zu inszenieren, bei dem er sich verletzt, aber nicht stirbt. Papa hasste Schmerzen.«

Viola war überzeugt, dass ihr Vater ermordet worden war. Zum Sprung aus dem Fenster gezwungen, und danach auf dem Balkon erschlagen. »Für uns, Gis.« Am ganzen Körper bebend, klammerte sie sich an ihn. »Die Partei hat ihn beseitigen lassen, damit an dir kein Schandfleck haftet. Sie haben ihm gesagt, er soll aus Deutschland verschwinden, aber dazu war er nicht fähig. Das Haus und die Firma waren sein Lebenswerk!«

»Das ist doch Unsinn«, versuchte Giselher, sie zu beruhigen, aber er wusste, dass es kein Unsinn war. Todesfälle wie dieser ereigneten sich fortwährend.

»Ich habe solche Angst, Gis.«

Er hatte sie an sich gedrückt. »Du musst nie Angst haben, Liebste. Ich werde alles tun, um dich und Beate zu schützen.«

»Was immer es kostet?«

Er nickte. »Ich liebe dich.«

Sie blieb ein Nervenbündel, rauchte zu viel und trank schon am Vormittag Sekt. Er hasste es, sie allein zu lassen.

Für diesen Nachmittag hatte Hesewitz wieder eine Begehung auf dem Olympiagelände, das jetzt Reichssportfeld hieß, angesetzt, die erste seit dem Richtfest im August. Die gigantische Anlage schoss in unglaublicher Geschwindigkeit aus dem Boden. Der

Glockenturm, der fünfundsiebzig Meter hoch werden sollte, würde wie eine Art moderner Turm zu Babel das gesamte Gelände überragen.

Ich rufe die Jugend der Welt – de Coubertins Botschaft – sollte in die zehn Tonnen schwere Glocke geprägt werden. Sooft Giselher an dem Rohbau des Glockenturms hinaufblickte, hallte ihm jedoch eine Strophe des Schiller-Gedichts *Die Glocke* in den Ohren, das er in der Schule hatte aufsagen müssen:

Gefährlich ist's, den Leu zu wecken,
Verderblich ist des Tigers Zahn,
Jedoch der schrecklichste der Schrecken,
Das ist der Mensch in seinem Wahn.

Reichssportführer von Tschammer und Osten war zu der Begehung gekommen, dazu Lewald und Diem sowie die beiden Architekten. Was Giselher zu sagen hatte, betraf nicht den Fortschritt des Baus und war für deren Ohren nicht bestimmt. Er würde es wie üblich mit Hesewitz allein besprechen, der es dann nach eigenem Gutdünken weitergab. Zu seiner Erleichterung dauerte es nicht lange, bis sie zu zweit zurückblieben. Das Haus des Deutschen Sports, in dem die Reichssportführung einmal residieren sollte, war noch nicht fertiggestellt, also standen sie wieder einmal auf freiem Feld.

»Ist es nicht großartig?«, fragte Hesewitz mit verklärtem Blick und drückte den Rücken durch. »Da sieht man, was die Kraft der Gedanken bewirkt, wenn der Denker nur genug Größe besitzt.«

»Die Kraft der Gedanken wird gar nichts bewirken, wenn die Boykottbewegung sich durchsetzt«, gab Giselher zurück. Er hatte zu wenig Schlaf bekommen, um Pathos zu ertragen.

»Sie machen sich Sorgen um die Bestrebungen aus den USA, sich in die inneren Angelegenheiten des Reiches einzumischen?«

»Natürlich mache ich mir Sorgen«, sagte Giselher. »Seit der Reichs-

parteitag diese Gesetze erlassen hat, stehen die Zeichen auf Sturm. Sie wissen selbst, dass die Spiele daran scheitern könnten.«
»Ach, daher weht der Wind.« Hesewitz lächelte. »Mein lieber Giselher, wegen der Nürnberger Gesetze brauchen doch Sie sich nicht zu ängstigen. Die betreffen Sie gar nicht. Ihre Ehe ist vor Inkrafttreten geschlossen worden, also bleibt sie gültig, solange Sie das wünschen. Außerdem habe ich Ihnen ja nun wohl oft genug versichert, dass Sie sich ganz auf uns verlassen können.«
»Solange ich Ihnen liefere, was Sie von mir wollen.«
»Aber das tun Sie doch. Geben wir Ihnen denn nicht zu verstehen, wie begeistert wir von Ihrer Arbeit sind?«
»Wenn die Spiele abgesagt werden, wird Ihre Begeisterung sich wohl kaum halten«, sagte Giselher. »IOC-Präsident de Baillet-Latour hat sich besorgt geäußert, weil jüdische Sportler in Deutschland nicht für Olympia trainieren dürfen.«
»Aber das dürfen sie doch«, rief Hesewitz. »Sie selbst haben schließlich einundzwanzig Juden für die Trainingseinheiten nominiert.«
Giselher schnaubte. »Sie wissen genau, dass diese Sportler zwar nominiert, aber trotzdem nicht zugelassen sind.«
»Muss man das im Ausland merken? Dieser de Baillet-Latour ist doch selbst kein Judenfreund, und Brundage, der Chef des amerikanischen Olympiakomitees, ebenfalls nicht. Manchmal glaube ich, Sie sind der Einzige, mein Lieber.« Hesewitz kicherte. »Jedenfalls ist von den Herren keiner scharf auf einen Boykott.«
»Das nicht«, stimmte Giselher zu, »Es könnte sich aber das Gefühl einstellen, wir ließen ihnen keine andere Möglichkeit.«
»Aber warum denn? Genügt es nicht, dass wir mit Lewald einen Halbjuden an der Spitze unserer Organisation haben? Einen Mann, der sich bedingungslos in unseren Dienst gestellt hat?«
»Wir müssen aufhören, mit Nachrichten wie denen aus Nürnberg an die Öffentlichkeit zu treten«, erwiderte Giselher. »Und wir sollten ausländischen Journalisten keine Möglichkeit mehr

geben, in unseren Städten judenfeindliche Plakate zu fotografieren, Schaukästen des *Stürmer* oder Schilder, die Juden das Sitzen an Bushaltestellen verbieten.«

Hesewitz sah ihn an. »Sie kennen unser Programm, nicht wahr? Auch das, was nicht in jedem Käseblatt steht? Sie versuchen nicht zufällig, mit Ihrer zarten Hand eine Lawine aufzuhalten?« Er vollführte eine Bewegung in Richtung Stadion. »Inzwischen sollten Ihnen die Größenordnungen, in denen wir denken, ja bekannt sein.«

Giselher nickte müde und zog eine gefaltete Zeitungsseite aus der Manteltasche. Sie stammte aus dem *Dietwart*, einer Zeitschrift des Reichssportverlags. »›*Würde man nicht wilde Tiere, wenn sie Menschen fräßen, sofort töten, auch wenn sie menschenähnlich wären?*‹«, las er aus dem Artikel vor. »›*Und sind denn die Juden etwas anderes als Menschenfresser?*‹ Sie sehen, ich kenne Ihre Lawine, und ich mache mir nicht vor, sie ließe sich aufhalten. Ich suche nur nach Wegen, sie bis nach den Spielen zurückzustauen.«

»Zurückzustauen!« Hesewitz' Lachen hallte über das Baugelände. »Giselher, Sie sind göttlich, wissen Sie das? Sie entdeckt zu haben, rechne ich mir als persönlichen Geniestreich an. Mit dem Wind segeln kann jeder, aber Sie sind ein Mann, der seine Jolle noch durch die Wellen steuert, wenn ihm der Wind ins Gesicht schlägt. Also los, mein Guter, ich bin ganz Ohr – wie gehen wir vor, um unsere Lawine vor den Augen des Auslands als harmlosen Schneeball zu tarnen?«

»Wie Sie dieses Gesetz erklären, überlasse ich Ihnen«, erwiderte Giselher. »Sorgen Sie bitte dafür, dass weitere Schritte dieser Art bis nach den Spielen verschoben werden, und lassen Sie antijüdische Hetzereien entfernen. Wegen der Teilnahme jüdischer Sportler habe ich mit Charles Sherill von der amerikanischen IOC-Vertretung gesprochen. Er riet uns, wenigstens einen einzigen jüdischen Sportler in die Mannschaft zu berufen – da niemand den Boykott wirklich wolle, wäre damit allen Genüge getan.«

Hesewitz' gönnerhafte Miene rutschte ihm vom Gesicht. »Das geht nicht«, stammelte er. »Stellen Sie sich das vor, diese herrlichen Arenen, in denen wir unseren Triumph der Schönheit inszenieren wollen – und mittendrin ein hakennasiger Itzig, der den Hundertmeterlauf gewinnt. Was denn als Nächstes? Zigeuner? Neger? Das wäre ein Massaker an der eigenen Moral!«

»Mit diesem Einwand habe ich gerechnet«, sagte Giselher. »Und da Sie mich dafür bezahlen, dass ich die Rollen Ihrer Inszenierung mit passenden Darstellern besetze, habe ich über einen Kandidaten nachgedacht.«

»Wie kann es dafür denn einen Kandidaten geben?«

»Es gibt einen«, erwiderte Giselher und händigte Hesewitz einen Stoß Fotografien aus. »Der Kandidat ist eine Kandidatin, und zwar die Fechterin Helene Mayer.«

»Die Mayer? Ist die nicht inzwischen Amerikanerin?«

»Sie lebt in Amerika, nachdem ihr als Halbjüdin das Stipendium sowie die Mitgliedschaft in ihrem Fechtclub entzogen wurden«, sagte Giselher. »Aber sie wäre bereit, im Interesse der Spiele zurückzukehren und für Deutschland zu fechten.«

»Tatsächlich?« Hesewitz begann, die Fotografien der blonden, hochgewachsenen Athletin durchzusehen. »Giselher, Sie sind ein Genie. Das wird den Moralaposteln vom IOC die Mäuler stopfen, und unsere eigenen Leute werden es uns schwerlich verdenken können, dass wir bei dem appetitlichen Mädel ein Auge zudrücken.«

»Schwerlich«, wiederholte Giselher. Der Rollentausch war vorüber. Hesewitz war wieder obenauf.

»Gehen wir noch auf ein Glas? Oder werden Sie zu Hause erwartet?«

»Wir haben Gäste«, log Giselher.

»Wie schade.« Hesewitz klopfte ihm den Rücken. »Dann ein andermal, mein Lieber. Geht denn ansonsten alles nach Wunsch, läuft unser Traumpaar allmählich zur Höchstform auf?«

»Die Bernhardt und von der Weydt?«

Hesewitz nickte. »Leni Riefenstahl hat sich ja höchst angetan geäußert. Die Bernhardt ist das reinste Naturtalent, und ihr Gefährte wird sich in dem Olympia-Film ausnehmend hübsch machen. Die Presse ist sowieso begeistert. Unser Pärchen verleiht den Spielen, was die Leute brauchen: ein Herz und ein Gesicht.«

»Geplant ist, dass von der Weydt während der Spiele die Verlobung bekannt gibt«, sagte Giselher. »Verbunden mit der Siegerehrung – Goldring und Goldmedaille.«

»Ich wiederhole mich, Giselher – Sie sind ein Genie.« Noch einmal tätschelte der andere ihm den Rücken. »Und mit einem malerischen Nest haben Sie die beiden ja schon ausgestattet.«

»Ja, das Traufenhaus ist sehr fotogen«, stimmte Giselher zu. »Lediglich in den Familienverhältnissen wird man irgendwann ein wenig auskehren müssen. Aber das hat bis nach den Spielen Zeit.« Er spürte, wie er vor Genugtuung innerlich bebte. Dem Saubermann von der Weydt das anzutun, was ihm selbst angetan wurde, war zu seinem Morphium geworden: Das einzige Schmerzmittel, das seine Wirkung tat, sofern man die Dosis beständig erhöhte.

»Meiner Treu, Giselher – bitte keine weiteren jüdischen Großelternteile, die in der Kiste zu verschwinden haben.«

»Nein, keine Sorge. Darauf, dass die beiden rasserein sind, habe ich bei der Auswahl geachtet. Aber ein wenig Dreck am Stecken hält uns die Leute leichter am Zügel.«

»Einmal Reiter, immer Reiter, was?« Hesewitz hakte sich lachend bei ihm ein und ging mit ihm zurück zur Straße. »Ich wüsste ja zu gern, woher Sie Ihre haarfein abgestimmten Informationen beziehen.«

»Das bleibt mein Geheimnis«, sagte Giselher und glaubte, den Geruch von Traubenkernöl in der Nase zu spüren.

»Wenn man lang genug stochert, wird man bei jedem fündig«,

sinnierte Hesewitz. »Zuweilen fragt man sich, ob es den makellosen Deutschen überhaupt gibt. Der Fürstner ist ja auch so ein Fall.«

»Ja, wo steckt der heute überhaupt?«, fragte Giselher.

Hesewitz machte eine wegwerfende Handbewegung. »Ich kann nicht das ganze Land weißwaschen. Wer für uns unentbehrlich ist, steht unter unserem Schutz, aber des Herrn Fürstner werden wir uns demnächst entledigen müssen. Das olympische Dorf ist schließlich so gut wie fertig – stellen Sie sich vor, der Zoo liefert uns nicht nur Enten für den Teich, sondern sogar ein echtes Storchenpaar.«

»Sie wollen Fürstner loswerden?«, fragte Giselher ehrlich erstaunt. »Ich dachte, der Mann vergöttert die Partei und ist der geborene Soldat. Wo fehlt es denn bei ihm?«

»Am Ariernachweis.« Hesewitz spreizte die Hände. »Nach den Gesetzen von Nürnberg ist Fürstner Halbjude. Und seine Gemahlin ist nicht so heldenhaft wie Sie, sondern trägt sich mit dem Gedanken an Scheidung.«

Ich bin nicht heldenhaft, dachte Giselher, als ihre Wagen samt Chauffeuren in Sicht kamen. Ich bin uns' Gisel im Pech und liebe meine Frau.

Hesewitz' Chauffeur öffnete seinem Chef den Schlag, und dieser streckte Giselher die Hand hin. »Wissen Sie, was ich mich bei Ihnen allen – egal, ob bei Lewald, Diem, der Mayer oder Ihnen – frage?«, sagte er mit einem feinen Lächeln. »Warum sind Sie eigentlich so willfährig und spielen uns so emsig in die Hände? Der Boykott oder das Einschreiten des IOC wäre doch zumindest ein Versuch, sich der Lawine entgegenzustemmen. Ist diese seltsame olympische Idee nicht einst dazu geboren worden?«

Giselher stand schweigend, und Hesewitz lachte. »Aber Sie fahren lieber Schlitten, nicht wahr? Lassen Sie mich nicht vergessen, Ihnen und Ihrer Frau Gemahlin Karten für die Winterspiele in Garmisch-Partenkirchen zu schicken.«

45

Das kleine Flugzeug mit den tief am Rumpf angesetzten Tragflächen war in gerader Bahn über den blassen Julihimmel gezogen. Jetzt setzte es, ohne zu stocken, zu einer Schleife an und kreiste gleich darauf in einer Folge engster Wendungen über das Flugfeld. »Alle Achtung«, rief Robert und schloss den Arm um Harriets Taille. »Es wäre mir lieb, wenn dein Bruder die Hasardeur-Allüren ablegen könnte, aber ein Pilot vor dem Herrn ist er so oder so.«

»Ein Hasardeur ist er nur, weil Harriet und ich ihn als Dreikäsehoch nicht oft genug versohlt haben. Von den Müttern ganz zu schweigen.« Alec, der im Rollstuhl ebenfalls an Harriets Seite saß, drückte ihre Hand. Sie waren alle so gottverdammt nett zu ihr, dass sie am liebsten laut aufgeschrien hätte.

»Ich wette, ihr habt ihn gar nicht versohlt«, sagte Robert.

»Doch, einmal«, behauptete Francesca. »Als er mit seiner Zündelei fast das Haus in Brand gesteckt hätte. Ich war wirklich wütend, ich wollte ihn windelweich klopfen, aber er war so herzzerreißend tapfer, dass ich nach ein paar Klapsen Gnade vor Recht ergehen lassen musste.«

»Und deshalb zündelt er noch heute«, bemerkte Justine. »Herzzerreißend.«

Alle lachten. Dabei starrten sie unverwandt in den Himmel, wo die Avro Anson, die neue Vielzweckmaschine, an deren Entwicklung Robert beteiligt war, ihre halsbrecherischen Runden drehte.

»Manchen Menschen gelingt es, von allein aus den Kindereien herauszuwachsen«, sagte Robert. »Das Leben verteilt ja keine Klapse, sondern schlägt beinhart zu, und für die, die davor nicht den Schwanz einziehen, ist es kein übler Erzieher.«

Dass das Leben dich schlägt, will ich nicht, dachte Harriet. Das

Leben ließe nicht Gnade vor Recht ergehen, und wenn du noch so herzzerreißend tapfer bist. Sie allein erkannte, was die Linie, die das Flugzeug zog, bedeutete. Es war ein Schriftzug: *Harriet*. Du bist verrückt, dachte sie. Und wenn es einen Gott gibt, soll er dich dafür segnen.

»James zieht vor gar nichts den Schwanz ein«, bekundete Mabel St. Thomas, die derzeitige Favoritin unter den Mädchen, die den Boden anbeteten, auf dem James wandelte. »Und im Grunde ist er kein Pilot, sondern mit Leib und Seele ein Tänzer.«

»Ich dachte, das britische Olympiakomitee schickt ihn als Reiter nach Berlin«, bemerkte Justine trocken. »Aber das ist eben das Possierliche an unserem James. Man kann sich nie sicher sein. Wenn es ihm schmeckt, geht er im letzten Augenblick als Ballettmädchen. Wäre es nicht ein Jammer, wenn wir das aus ihm herausgeprügelt hätten?«

Wieder versicherte Robert Harriet durch einen Druck in der Taille seiner Gegenwart. Vermutlich glaubte er, es setze ihr zu, dass ihre Mutter – die sie nie anders als Justine nannte – dem Unglück ihrer Tochter so wenig Anteilnahme entgegenbrachte. Harriet aber war froh, dass Justine für Mitleid kein Talent besaß.

»Fahren Sie eigentlich alle mit?«, fragte Mabel in schmelzendem Tonfall. »Nach Berlin? Zu den Olympischen Spielen?«

»Nein, keiner von uns«, antwortete Francesca. »Meine Stieftochter hat befunden: Wenn die Sportwelt diese Spiele schon nicht boykottiert, müssten wenigstens die Seaton-Carews es tun.«

»Und Sie lassen sich das vorschreiben?«, rief Mabel. »Wollen Sie denn Ihrem Sohn in seiner großen Stunde nicht zur Seite stehen?«

»Meinem Sohn? In seiner großen Stunde?« Francesca hob die Brauen bis an den Ansatz ihrer ergrauenden Haarpracht. »Man kann gegen unsere lasche Erziehung sagen, was man will, aber er kommt durchaus ohne Mütterchen, das ihm das Höschen hochzieht und das Händchen hält, zurecht.«

Das Gelächter der Familie schloss Mabel aus. »Ich gäbe sonst etwas dafür, mitzufahren«, beteuerte sie mit einem Seufzen. »Aber James wünscht es nicht. Er sagt, er habe dort drüben nicht die Möglichkeit, angemessen über meine Moral zu wachen.«
Wiederum lachten alle bis auf Mabel. Und Harriet. Sie sah dem kleinen Flugzeug zu, wie es einen letzten Bogen beschrieb und dann in den Anflug zur Landung glitt. Sachte setzte es auf, und noch ehe die Propeller zum Stillstand kamen, öffnete sich das Verdeck. James schwang sich heraus und riss sich die Schutzbrille und die lederne Kappe herunter. Die Versammelten stürmten ihm entgegen, nur Robert und Alec blieben bei Harriet zurück.
»War das ein bisschen schön für dich, Liebes?« Mit gekünsteltem Lächeln wandte Robert sich ihr zu. Gab es irgendwo eine Regierungsbroschüre, die zuriet, Frauen, die ein Kind verloren hatten, wie Kinder zu behandeln?
»Wie bist du mit der Maschine zufrieden?«, fragte Harriet zurück.
»Alles in allem ein solider Tiefdecker«, sagte Robert. Sobald er über sein Thema sprach, schwand wenigstens die Süßlichkeit aus seinem Ton. »Zur maritimen Aufklärung ist er bestens geeignet. Die RAF hat für einen Versuchslauf hundertfünfundsiebzig Stück davon bestellt.«
»Und was machst du als Nächstes? Wieder etwas für Avro?«
Robert schüttelte den Kopf. »Ich soll helfen, den neuen Eindecker für Hawker zu optimieren, in den ich James ganz gern einmal setzen würde, wenn er aus Berlin zurück ist.«
»Was ist das für eine Maschine?«
»Eine Hawker Hurricane.« Robert war kein Schwärmer, aber eine Spur von Stolz konnte er nicht verhehlen. »Ein Jäger mit dem Merlin-Motor. Wenn er so schnell ist, wie wir hoffen, kauft die Air Force innerhalb der nächsten drei Jahre fünfhundert Stück.«
»Hat diese plötzliche Geschäftigkeit etwas zu bedeuten?«, fragte Harriet. »Bisher war ich der Überzeugung, unsere Air Force gebe

sich damit zufrieden, ein paar veraltete Doppeldecker über das Königreich Irak tuckern zu lassen.«

»Da musst du deinen Bruder fragen«, sagte Robert. »Ich baue Flugzeuge, aber für ihren Bestimmungszweck ist Alec der Experte.«

Harriet wandte sich Alec zu.

»Was soll die Frage heißen?«, erkundigte der sich nach einem Seitenblick auf Robert. »Soll ich dir sagen, ob es Krieg gibt?«

»Ja«, sagte Harriet.

»Soweit ich informiert bin, trifft sich vorerst die ganze Welt in Deutschland zur Friedensparty«, sagte Alec. »Grund, guten Mutes zu sein, meinst du nicht?«

»Meinst du es denn?«

Alec hob die Brauen. »Wenn ich es nicht meinte, dürfte ich dir ja nichts sagen.«

Im Kreis seines Gefolges kam James auf sie zu. Auf halbem Wege entledigte er sich der Horde mit Worten und Kusshänden. Allein ging er weiter, das Haar zerzaust, die schmalen Wangen gerötet, der Schritt beschwingt, als habe er nicht eine Sorge auf der Welt. Ich will nicht daran denken, beschloss Harriet einmal mehr – und kam doch nicht umhin: So wie ihren Bruder James, so ganz ins Leben gehörig, so hatte sie sich ihr Kind vorgestellt.

»Nicht übel«, sagte Robert, sobald James auf Hörweite herangekommen war. »Auch wenn ich es zu schätzen wüsste, wenn du mit den Maschinen meiner Auftraggeber …«

»Sorry, Rob.« James hob die Hände. »Können wir die Strafpredigt bitte eine halbe Stunde aufschieben? Ich möchte gern mit meiner Schwester sprechen. Allein.«

Alec grinste. »Ist es ernst?«

James grinste zurück. Robert packte die Griffe des Rollstuhls, den Alec in der feuchten Erde nicht allein bewegen konnte, und schob ihn den anderen hinterher in Richtung Haus. Harriet schloss flüchtig die Augen und spürte James' Arme um sich und seinen federleichten Kuss auf der Wange.

»Danke für den Schriftzug«, sagte sie.

»Ich wollte dir eigentlich ins Krankenhaus einen Liebesbrief schreiben«, sagte er. »Aber du weißt ja, mit dem Schreiben habe ich es nicht so.«

»Du warst jeden Tag da«, sagte sie. »Was wolltest du mir denn noch schreiben?«

»Frag mich nicht. Dass ich dich liebe. Dass du die großartigste Lieblingsschwester aller Zeiten bist, und dass ich diesen kleinen Burschen von dir und Rob verdammt gern getroffen hätte.«

Sie gab ihm einen Klaps auf den Hinterkopf. »Hey. Ein Junge weint nicht.«

»Doch«, sagte er so trotzig und mit blitzenden Augen wie als Fünfjähriger.

Sie hielt sich ein bisschen an ihm fest und grub die Nase ins weichgewetzte Leder seiner Jacke.

»Ich war zu alt«, sagte sie. »Dr. Meade hat auch gesagt, die Chancen standen schlecht. Und Rob und ich hatten ja auch gar nicht mehr damit gerechnet.« Sie hatte nie darüber nachgedacht, ob sie sich ein Kind wünschte, weil sie die Möglichkeit, ihr könne ein solcher Wunsch offenstehen, nie in Betracht gezogen hatte. Während ihrer Schwangerschaft hatte sie sich allerdings gefragt, warum sich irgendein Mensch etwas anderes als diese Seligkeit wünschen sollte.

»Dr. Meade ist ein Idiot«, sagte James. »Und du bist nicht alt. Du kannst es noch einmal …«

Sie gab ihm noch einen Klaps. »Nicht lügen. Dazu fühlen sich schon die anderen ständig bemüßigt.«

»Verdammt«, sagte er. »Ich liebe dich, Harriet, ich will nicht, dass ausgerechnet dir so etwas passiert, und ich wünschte, ich könnte dir aus dem Himmel ein Kind stehlen.«

»Irgendwie tust du das ja«, sagte Harriet tief traurig und doch ein bisschen getröstet. »Erst recht, wenn du irgendwann eine Horde kleiner Ebenbilder von dir in die Welt setzt, die ich genauso hemmungslos verziehen darf wie dich. Kopf hoch, Kleiner. Und jetzt sag mir, warum du mich sprechen wolltest.«

»Kommst du mit mir nach Berlin?«, fragte er mit einem Anflug hörbarer Sehnsucht.

»Du weißt, dass ich das nicht tun werde. Wir haben dir jeden Unfug durchgehen lassen, aber dass wir dabei noch mitmachen sollen, geht zu weit.«

»Nimmt mich einer von euch überhaupt ernst?«

Sie lachte und versetzte ihm einen Nasenstüber. »Nein.«

»Kannst du's bitte tun? Drei bis höchstens fünf Sekunden lang?«

Harriet hielt den Atem an und nickte.

»Ich will heiraten.«

»Heiliger Bullenhaufen«, sagte Harriet. »Etwa Mabel St. Thomas? Ich bin mir nicht sicher, ob das eine gute Idee ist, aber zumindest hattest du schon schlechtere.«

»Ich hatte noch nie eine, die auch nur halb so gut war«, sagte er und lächelte mit leuchtenden Augen. »Ich habe sie schon seit vier Jahren, nur habe ich mich bisher nicht getraut.«

»Soll das ein Witz sein? Wann hättest du dich in deinem Leben jemals etwas nicht getraut?«

»Diesmal schon«, gab er kleinlaut zu. »Ich schlottere vor Angst, weil ich nicht weiß, was ich tue, wenn sie mir einen Korb gibt. Mich von diesem fünfundsiebzig Meter hohen Glockenturm stürzen?«

»Von was für einem Glockenturm? Wenn ich dich ernst nehmen soll, verkneif dir die dümmlichen Witze.«

»Bitte nimm mich ernst«, beschwor er sie.

»Dann sprich mit mir wie ein vernünftiger Mann.«

»Ich bin aber keiner. Ich bin verliebt.«

Sie sah ihn sich an. Alles an ihm vibrierte vor Leben, und mit der Wärme, die er verschenkte, ließe sich eine Eiszeit überstehen. »Die Frau, die dir einen Korb gibt, muss erst noch geboren werden«, sagte sie. »Eins steht fest: Mabel St. Thomas ist es nicht.«

»In der Tat«, sagte er und senkte den Kopf. »Die ist es nicht.«
»James!« Harriet wurde kalt. »Sag mir, dass das, was ich jetzt denke, nicht wahr ist.«
»Es ist wahr«, sagte er.
Er wollte sie wieder umarmen, doch sie stieß ihn zurück. »Fährst du deshalb nach Berlin, obwohl du weißt, dass diese Olympiade abgesagt gehört? Hilfst du deshalb den Faschisten, der Welt Sand in die Augen zu streuen? Um diesem Mädchen zu imponieren?«
Kaum merklich zuckte er zusammen. »Vielleicht«, sagte er, halb von ihr abgewandt.
»Wir hätten dir wirklich öfter Prügel verpassen sollen«, fuhr sie ihn an.
»Und wofür?«, fragte er stolz und erstaunlich verletzt. »Habe ich einem von euch etwas getan?«
»Nein, hast du nicht.« Ihr Zorn erlosch. »Aber wir hätten dir beibringen müssen, dass Leben weh tut. Hast du dir in letzter Zeit auch nur einmal die Mühe gemacht, mit deinem Bruder zu sprechen? Hast du eine Ahnung, was in Deutschland los ist?«
Er hob den Kopf, ohne sich ihr wieder zuzuwenden. Über das Flugfeld hinweg sah er nach der Maschine. »Ich habe mit Alec und mit Rob gesprochen«, sagte er. »Die RAF sucht Freiwillige, die sich für mindestens fünf Jahre verpflichten. Gemustert bin ich schon, und meinem Abschied von den Royal Dragoons ist stattgegeben. Aber ehe ich mit der Fliegerei anfange, hole ich Alberta aus Berlin.«

46

Berlin 1936

Zwei Jahre lang war Magnus sicher gewesen, dass es das, was er Leben genannt hatte, für ihn nicht mehr gab. Kein Lachen, keine Begeisterung, keine rechtschaffene Erschöpfung am Abend und kein frohes Erwachen am Morgen, keinen Genuss beim Essen und keine unbändige Freude beim Anblick eines geliebten Menschen. Dass der verzehrende Schmerz in diesen zwei Jahren allmählich ein wenig lebbarer geworden war, hatte er nicht bemerkt.

Doch jetzt bemerkte er es. Das, was er als gänzlich unmöglich ausgeschlossen hatte, war geschehen: Er hatte überlebt.

Er saß in einem Olympiastadion und hielt einen dreijährigen Jungen auf dem Schoß, der zwar nicht laufen konnte, aber vor Aufregung zappelte, bis Magnus die Oberschenkel schmerzten. Er hatte hundert Tauben, die Frieden versprachen, in den Himmel steigen sehen, und dem bewegenden Einzug der Sportler aus neunundvierzig Nationen beigewohnt. Neben ihm saßen seine Schwester Käthe und Jette Sabotke, die jetzt aufsprang und johlte: »Da vorn, da kommt unser flotter Feger! Und ihren blonden Hans hatse ooch dabei!«

»Heb mich hoch, Opa!«, rief Fritze. »Ich kann Albi sonst nicht sehen!«

Magnus hatte zur Eröffnungsfeier nicht mitgehen wollen, doch die anderen hatten ihn bestürmt, das dürfe er Albi nicht antun. Als er jetzt aufstand und seinen Enkel über sämtliche Köpfe hinweg hochhob, war er dankbar dafür.

Gemäß der Tradition zog die Mannschaft der Gastgeber zuletzt ein. Die Italiener waren in den Schwarzhemden der Faschisten aufmarschiert, aber die Deutschen erschienen in strahlendem

Weiß. Der Farbe des Friedens. Und ganz vorn, gleich hinter dem Fahnenträger, ging seine Tochter!
Er hatte sie nicht gesehen, seit sie vor Tagen in ein Gebäude auf dem Sportforum umgesiedelt war, in dem die Sportlerinnen wohnten, weil Frauen im olympischen Dorf nicht zugelassen waren. Jetzt konnte er kaum fassen, dass sie hier war: seine Albi. Olympiateilnehmerin im Bogenschießen.
An ihrer Seite ging Hannes von der Weydt. Magnus hatte gewisse, schwer erklärliche Vorbehalte gegen den jungen Reiter, doch er musste zugeben, dass er ein Bild von einem Mann war. Mehr noch, er hatte Ludger in sein Haus aufgenommen, und heute hatte er sogar dafür sorgen wollen, dass Ludger mit ihnen zusammen Zutritt ins Stadion erhielt. Ludger jedoch hatte dies abgelehnt. »Ich bereite euch schon genügend Scherereien. Außerdem will ich unbedingt einmal eine dieser Fernsehstuben ausprobieren, in denen man angeblich alles sehen kann, als sei man dabei.«
Diese Fernsehstuben, die überall in der Stadt eröffnet hatten, waren bis vor kurzem ebenfalls für Juden verboten gewesen. Seit sich jedoch das ganze Land im Olympiarausch befand, fing der Wahn endlich an, sich zu legen. Die beschämenden Schilder und Hetzplakate waren verschwunden. Stattdessen zierten meterlange Banner mit den olympischen Ringen die Straßen und öffentlichen Gebäude, und viele Fenster waren mit den Flaggen der Teilnehmerstaaten geschmückt. Von Angst und Bedrückung war nichts mehr zu spüren, vielmehr gab ganz Berlin sich einem Festtaumel hin.
Um die Bevölkerung ins Olympiafieber zu versetzen, hatte Carl Diem, dieser Teufelskerl, einen genialen Einfall umgesetzt: Das Feuer, das zwei Wochen lang im Stadion brennen würde, war von einer Stafette von Fackelläufern aus Olympia geholt worden. Auf einer Strecke von fast dreitausend Kilometern hatten die Läufer, die sich abwechselten, die heilige Flamme über Belgrad, Budapest, Wien und Prag nach Berlin getragen. In allen Städten und

Dörfern hatten begeisterte Menschen die Straßen gesäumt, und in Deutschland wurde der Fackellauf vom Jubel eines ganzen Volkes empfangen.
Ließ sich eindrucksvoller beweisen, wie ernst die Regierung den olympischen Gedanken nahm? Monatelang war im Ausland über Boykott oder Absage debattiert worden, und wäre Magnus nicht in seinem Schmerz gefangen gewesen, hätte er diesen Überlegungen vermutlich zugestimmt. Jetzt aber, in diesem Stadion von nie dagewesener Größe, spürte er den alten Zauber und dachte: Olympia tut gut. Wer fremde Länder und Völker hautnah erlebte, zettelte keinen Krieg an, und wer mit anderen Menschen Sport trieb, schlug sie nicht tot. Sein Leben lang hatte er die olympische Idee dafür geliebt.
Magnus setzte sich Fritze auf die Schultern und spähte hinüber zur Ehrenloge, wo Adolf Hitler inmitten seiner engsten Vertrauten stand. Wirkte der Mann in seiner übertrieben zackigen Haltung denn nicht eher komisch als furchterregend? Als habe er statt einer Wirbelsäule einen Spazierstock im Rücken, hatte Albis amüsanter britischer Freund damals gesagt. Der schnurrbärtige Gernegroß würde sich beruhigen, und mit der Zeit würde Deutschland seinen Weg zurück in die Republik finden. Nicht einmal unter der Regierung der Nazis wurde etwas so heiß gegessen, wie es gekocht wurde.
Die Nationalhymne, die die deutsche Mannschaft im Stadion begrüßt hatte, klang aus, und darauf ertönte tosender Jubel. In diesem Augenblick wünschte sich Magnus seinen Beruf zurück. Nach Gustes Tod war er nicht mehr in der Lage gewesen, seinen Hörern den spritzigen Radio-Bernhardt vorzuspielen. Er hatte Kolb seine Kündigung übergeben, und eine Zeitlang hatte die Familie von den Einkünften aus Ludgers Praxis gelebt. Als das nicht länger ging, hatte Magnus einen öden Aushilfsposten bei der *Deutschen Turnerzeitung* angenommen, in dem er sich nicht engagieren musste. Er war froh darüber gewesen.

Jetzt aber konnte er sich auf einmal wieder vorstellen, am Mikrophon zu stehen. Diese Stimmung für die Ewigkeit zu bewahren, sie den Menschen an den Radioapparaten zu übermitteln! Mit dem Volksempfänger hatte die Regierung ein Gerät in Umlauf gebracht, das jeder Haushalt sich leisten konnte, und außerdem übertrug der Rundfunk heute zum ersten Mal in alle fünf Kontinente. Und ausgerechnet er, der Radio-Bernhardt, war nicht dabei!
Sollte er morgen früh einmal Richard Kolb aufsuchen und fragen, ob für die Olympia-Sendungen noch ein erfahrener Mann gebraucht wurde? Jetzt, wo die Hetze offenbar ein Ende fand, würde ja wohl auch Hänschen Flesch wiederkommen, dem die Nazis die künstlerische Betätigung untersagt hatten. Und Gloria? Gerüchten zufolge, war sie beim Sturm der SA auf den *Simplicissimus* verhaftet worden, aber das lag nun schon mehr als drei Jahre zurück. Die Trauer hatte Magnus gelähmt, so dass er sich nicht um seine Freunde hatte kümmern können. Im *Tausendschön* war er seit einer Ewigkeit nicht gewesen, doch plötzlich glaubte er zu spüren, wie das Leben ihn zu sich zurücklockte.
»Guck mal, Opa! Albi winkt uns!« Fritzes kleine Füße in den brandneuen Salamander-Schuhen trommelten gegen seine Rippen. Dass der Steppke an Lähmungen litt und seine Bewegungen nicht kontrollieren konnte, bedeutete noch lange nicht, dass in seinen dünnen Beinchen keine Kraft steckte. »Huhu, Albi, hier sind wir alle! Nur Ulli ist beim Ehrendienst, und Eri hat nicht reingedurft!«
Tatsächlich, Albi winkte zu ihnen herauf. Trotz der Entfernung war Magnus einen Moment lang sicher, dass ihre Blicke sich trafen. Sein Stolz auf seine Töchter war immer laut und überschwenglich gewesen, doch der, den er jetzt empfand, war still. Seine Tochter hatte einen harten Weg zurückgelegt, um dort unten im Stadion anzukommen, wo sie jetzt ging. Über weite Strecken hatte sie die Familie getragen, und was ohne sie aus ihnen

geworden wäre, wollte Magnus sich gar nicht vorstellen. Aus dem sorglosen Backfisch von Los Angeles war eine junge Frau geworden, deren Schönheit selbst ihren Vater verblüffte.
»Albi, Albi«, schrie Fritze selig und krallte sich in Magnus' Haarschopf fest. Albi, Albi, wäre Magnus am liebsten eingefallen. Er hatte nicht die Kraft gehabt, ihr zu helfen, aber dieses Mädchen da unten hatte unermüdlich gekämpft und sein Ziel erreicht. Seine Freude über Albi brachte ihm Guste zwar nicht zurück, so wie das Glück mit seinen Töchtern ihm Reni nicht zurückgebracht hatte. Aber sie zeigte ihm, dass das Leben sich so schnell nicht totkriegen ließ. Fritze versetzte ihm noch einen Tritt, und jäh wurde ihm bewusst, dass er den Leuten hinter sich die Sicht versperrte. »Du musst absteigen, Sportsfreund. Sonst bekommen wir Ärger.«
»Geht nicht!«, rief Fritze. »Dann kann ich Albi nicht sehen.«
»Du hast sie jetzt ja gesehen. Und die Leute hinter uns verpassen sonst die ganze Eröffnung.«
»Aber Albi muss mich sehen!«, protestierte der Junge, und die kleine Stimme klang nach Tränen. »Sie muss doch sehen, dass ich ihr die Daumen drücke!«
Jemand berührte Magnus am Arm. Er drehte sich um. »Lassense nur«, sagte die Frau, die hinter ihm stand und eine bedruckte Broschüre schwenkte. »Sie sind der Vater von Albi mit dem Bogen, stimmt's?«
Früher hatten die Leute ihn gefragt, ob er Radio-Bernhardt sei, aber heute war er stolz darauf, mit Fritze auf den Schultern zu nicken. »Der bin ich, meine Dame.«
»Kommt Ihre Tochter denn später vielleicht hierher nach oben?«, fragte die Frau atemlos. »Meinense, sie würde mir auf dit hier ihren Namen schreiben?« Sie hielt ihm die Broschüre hin. ›*Amtlicher Führer*‹ stand über einem Bild der olympischen Flagge auf dem Brandenburger Tor.
»Versprechen kann ich nichts«, erwiderte Magnus galant wie in

alten *Funkstunde*-Zeiten. »Aber wenn Albi es nicht schafft, nachher noch aufzutauchen, geben Sie mir einfach Ihre Adresse, und ich sorge dafür, dass Sie Ihr Autogramm bekommen.«

»Ehrlich?« Ein Leuchten wie das in den Augen der Frau hatte Magnus viele Male gesehen. Menschen brauchten Helden, und in der neuen Zeit ohne Kriege brauchten sie die friedlichen Helden des Sports. Helden wie seine Albi. »Meinense wirklich, dit jinge?«

»Selbstverständlich, meine Dame. Aber natürlich nur, wenn Sie Alberta in drei Tagen die Daumen drücken.«

»Und ob ick die drücke! Meine Schwestern und ick, wir lieben ja die Albi und ihren Hannes.« Die drei Frauen an ihrer Seite brachen in bestätigenden Jubel aus.

»Es tut mir leid, dass wir Ihnen die Sicht versperrt haben«, sagte Magnus.

»Ach wo. Ihr Kleener ist doch so schnafte, da haben wir uns bestens amüsiert. Ein Schlaumeier ist der, wa?«

»Albi sagt, ich bin Fritze Oberschlau!«, krähte der Junge und erntete Salven von Gelächter. Er war erst drei Jahre alt und klein für sein Alter, aber er hatte das Mundwerk seines Großvaters geerbt. Du bist schon richtig, dachte Magnus und tätschelte seinem Enkel das Knie. Einen, der so viel Grips hat wie du, den kriegen wir groß, ob er nun laufen kann oder nicht.

»Aber jetzt stille!«, rief eine der Schwestern. »Pst, pst, pst. Der Führer spricht.«

Der sprach nicht gleich, sondern zuerst wurde eine Ansprache des erkrankten Pierre de Coubertin von der Schallplatte abgespielt. Der Vater der Spiele lobte die deutsche Organisation in höchsten Tönen und überzeugte damit gewiss auch die letzten Zweifler. Als nächstes kam Theodor Lewald an die Reihe, der seine Rede mehrmals unterbrechen musste, weil die Tränen ihn übermannten. So sah ein Mann aus, der sich seinen Lebenstraum erfüllt hatte, dachte Magnus.

Die lang erwartete Rede des Führers bestand schließlich nur aus einem einzigen Satz: Er erklärte die Spiele von Berlin zur Feier der XI. Olympiade für eröffnet und rang dabei rotgesichtig nach Atem. Gleich darauf machte er wieder seine zackigen Bewegungen und tat Magnus jetzt beinahe leid. Dich haben sie als Steppke zu heiß gebadet, dachte er. Mach mal 'ne Nummer kleiner, würde Albi sagen. Dann achtete er nicht länger auf den Mann, der sich Führer nannte, weil der letzte Fackelläufer mit der Flamme von Olympia ins Stadion einlief. Der Jubel war ohrenbetäubend, und die Olympiaglocke läutete ein tiefes, erhabenes Fis: *Ich rufe die Jugend der Welt*. Eine Sekunde lang war die Menschheit vereint. Später, als der Himmel sich rötete und die berauschte Menge sich widerstrebend aufzulösen begann, kam sie tatsächlich zu ihnen nach oben. Seine Albi. Das Haar zerzaust, das Gesicht gerötet, vor Leben glühend in ihrer weißen Uniform. Fritze, der vor Müdigkeit kaum noch die Augen offen halten konnte, streckte die Arme nach ihr aus, und sie pflückte ihn von Käthes Schoß. Erst da bemerkte Magnus, dass sie ihren Hannes im Schlepptau hatte. Bis dahin war er viel zu bezaubert von seiner Tochter gewesen, um Augen für deren Verehrer zu haben.

Albi und Hannes gaben den Schwestern und etlichen anderen, die sich dazudrängten, die ersehnten Autogramme und warteten, bis die Reihen sich geleert hatten. Dann bettete Albi den schlafenden Fritze wieder in Käthes Schoß und wandte sich Magnus zu. »Paps«, sagte sie, und alles an ihr strahlte. »Du weißt ja, so nenne ich dich nur, wenn ich etwas von dir will. Zwar will eigentlich Hannes etwas von dir, aber ich will es auch. So, so sehr!«

Sie schob den blonden Hünen, in den sie verliebt war, nach vorn. So verliebt war ich auch einmal, dachte Magnus. In deine Mutter, die einzige Frau meines Lebens, und das Schönste an der Liebe ist, dass man sich dabei in sich selbst verliebt. Kann dein Adonis dir das geben? Macht er dich glauben, dass du das anbetungswürdigste Geschöpf auf der Welt bist? Dann soll er mir recht sein, ob ich nun jemals warm mit ihm werde oder nicht.

»Herr Bernhardt«, begann Hannes von der Weydt.

»Ist ja schon gut«, unterbrach ihn Magnus. »Ich schlage vor, wir machen's uns einfach und sagen du. Den Umtrunk holen wir nach.«

Der junge Mann machte eine verlegene Verbeugung. »Sie kennen ja mein Haus«, sagte er, ohne auf Magnus' Angebot einzugehen. »Meine Verhältnisse hoffe ich nach den Spielen noch deutlich zu verbessern, so dass sie wohl ausreichen, um angemessen für eine Frau zu sorgen. Ich möchte Sie daher um die Hand Ihrer Tochter Alberta bitten.« Er atmete heftig aus wie jemand, der zehntausend Meter gelaufen war, aber noch nicht wusste, ob er gewonnen hatte.

Magnus musterte den künftigen Schwiegersohn von Kopf bis Fuß. Jeder Vater wünscht sich für seine Tochter einen Helden, dachte er, und du bist ja wohl einer. Siehst aus wie Siegfried, der Drachentöter, hast unserem Ludger geholfen und reitest um olympisches Gold. Weiß steht dir blendend. Fehlt nur noch der Lorbeerkranz um die Stirn.

Alberta knuffte Magnus in die Rippen. »Wie lange willst du meinen armen Hannes denn noch zappeln lassen, Paps?«

Ja, wie lange noch? Und warum? »Wenn du ihn haben willst, sollst du ihn haben«, sagte Magnus.

Albi warf ihm die Arme um den Hals und küsste ihn.

»Danke, Herr Bernhardt«, sagte sein künftiger Schwiegersohn.

Dann nahmen die beiden Frischverlobten sich zart in die Arme und küssten sich noch zarter auf die Lippen.

»Herrje.« Jette Sabotke seufzte. »Wie der blonde Hans mit seiner Königin in *Bomben auf Monte Carlo.*«

»Ich würde ja klatschen«, bekundete Käthe. »Aber dann wecke ich den Fritze.«

Albi löste sich vom Hals ihres Liebsten und schenkte ihnen ihr Lächeln. »Wo ist denn Ulli? Noch bei seinem Dienst?«

»Klar doch«, antwortete Jette. »Der is' stolz wie Bolle uff'm Milch-

wagen, dat se ihn ausjewählt haben für den Jugend-Ehrendienst. Und nu' muss er doch bis zum Schluss aufpassen, dat keener Menkenke macht.«
»Dann warten wir auf ihn«, sagte Alberta. »Und hinterher holen wir Onkel Ludger ab und gehen irgendwo feiern. Schließlich müsst ihr es Hannes hoch anrechnen, dass er nicht abwartet, sondern mich ohne Medaille nimmt.«
»Verkündet wird unsere Verlobung aber erst, wenn wir unsere Medaillen haben«, sagte Hannes. »Wegen der Presse. Die Feier heute ist nur für die Familie.«
Den Mann, der dich nicht ohne Medaille nimmt, möchte ich sehen, dachte Magnus. Oder lieber nicht. Was wäre an einem solchen Idioten schon sehenswert?

47

Ich muss ihn mir ansehen!«, rief Alberta. »Ich muss, ich muss, ich muss! Warum kommst du nicht mit, Jobst, nur für die paar Minuten.«
»Du hast wohl den Verstand verloren!« Jobst sah aus, als hätte er sie gern geschüttelt. »In zwei Stunden steht dir der wichtigste Kampf deines Lebens bevor, und du willst da raus, um einen Neger zu beglotzen?«
»Ich will den Weltrekordhalter im Hundertmeterlauf beglotzen!«, gab Alberta wütend zurück. Gleich darauf entdeckte sie ihren Verlobten, der seinen blonden Kopf durch den Türspalt der Kabine steckte. »Hannes, hilf mir!«, rief sie. »Erklär bitte meinem Trainer, dass kein Mensch, der Sport liebt, sich die Gelegenheit entgehen lassen kann, Jesse Owens zu sehen.«
Jesse Owens war der Star der Spiele, sein Name wurde mit ange-

haltenem Atem geraunt. In seinem ersten Wettkampf, dem Hundertmeterlauf, hatte der Leichtathlet aus den USA den Weltrekord gebrochen. Es wurde getuschelt, Hitler habe sich bei der Siegerehrung geweigert, ihm die Hand zu reichen, aber vielleicht war er auch nur vor dem beginnenden Regen geflüchtet.

Alberta hatte für das alles kein Ohr. Gleich trat Owens im Finale des Weitsprungs an, und sie musste dabei sein, auch wenn ihr eigener Wettkampf kurz darauf auf dem nahe gelegenen Maifeld stattfand. Owens war ein Wundersportler, die Sensation, von der jeder bei Olympischen Spielen träumte. Wie konnte sie die Chance, diesen Mann zu sehen, ungenutzt verstreichen lassen?

»Jetzt mal ganz ruhig, Albi«, sagte Hannes.

»Du kommst mit, nicht wahr?« Sie wollte mit ihm hinaus ins Stadion stürmen. »Du willst ihn sicher genauso gern sehen wie ich.«

Hannes vertrat ihr den Weg und legte die Arme um sie. »Schau, dein Trainer hat doch recht, du solltest so kurz vor dem Kampf keine Kraft mehr vergeuden. Außerdem hat Giselher mir soeben gesagt, es sei nicht erwünscht, dass wir alle am Rand stehen und einen Amerikaner bewundern. Schließlich sollen wir doch unsere eigenen Kameraden anfeuern.«

»Einen Amerikaner?«, stieß Alberta hervor. »Wolltest du nicht eher Neger sagen?« Schroff riss sie sich los und stieß Hannes zur Seite. »Für mich geht's um den Sport«, rief sie, als sie aus der Tür rannte. »Und einen Sportler wie Jesse Owens gibt es nur einmal, er ist der Größte, egal, woher er kommt.«

Blindlings rannte sie über den Platz. Am Rand der Sprunggrube stand bereits eine Anzahl Sportler aus aller Herren Länder versammelt, denen es offenbar nicht anders erging als ihr. Ordner des Jugend-Ehrendienstes drängten sie von der Laufbahn zurück, ließen sie ansonsten aber gewähren. Albertas Herz raste vor Enttäuschung – vor allem über sich selbst. Sie hatte sich etliche Male vorgenommen, Hannes und sich mehr Zeit zu geben, nicht immer wutentbrannt loszustürmen, sondern Dinge ruhig zu erklären, aber ihr Zorn behielt viel zu oft die Oberhand. Bei aller Liebe. Bei allem Mut, den Hannes für sie aufgebracht hatte, und bei allem Glück, das sie empfand, weil sie ihn nach den Spielen heiraten würde.

Jetzt stand sie hier, allein und ernüchtert, und sah den Männern beim Weitsprung zu. Jesse Owens' Anlauf war grandios, eine Explosion von Kraft, doch er übertrat die Linie, und der Sprung wurde für ungültig erklärt. Luz Long, der deutsche Vertreter, sprang hingegen richtig ab und legte einen beachtlichen Sprung hin. Kurz herrschte Atemlosigkeit, bis das Ergebnis verkündet wurde, dann setzte der Jubel ein: 7,87 Meter. Das war ein neuer olympischer Rekord. In der Ehrenloge sprangen Hitler und seine Gefolgsleute auf und applaudierten. Aus dem Knäuel der Wettkämpfer löste sich die dunkle Gestalt Jesse Owens'. Er trat zu Long und gratulierte ihm.

»Alberta.« Von hinten legte sich ein Gewicht auf ihren Kopf, so weich, dass sie im ersten Augenblick an Farfalla dachte. Dann spürte sie ein menschliches Kinn und fuhr herum. »James!«

Er steckte in einer blaugrauen Uniform, in der er eine ziemlich umwerfende Figur machte, obwohl er dazu Gustes grünes Wolltuch um den Hals trug. Lächelnd tippte er sich auf den Mund. »Scht. Erst wir sehen uns den Gott der Leichtathletik an, dann wir wünschen uns einen guten Tag.« Er blieb hinter ihr stehen, hielt die Arme leicht um sie gelegt und ließ sein Kinn auf ihrem Kopf ruhen.

Gebannt, ohne den Blick von der Anlaufstrecke zu wenden, sagte sie: »Ach, James. Wie kann das nur sein: Es sind Olympische Spiele, und ich habe nicht einmal daran gedacht, dass du irgendwo herumlaufen musst.«

»Das ist in der Tat schändlich«, sagte er. »Dabei wir haben uns einmal versprochen, uns hier wiederzutreffen – vor vier Jahren.«

»Ich weiß. Es ist so furchtbar viel passiert seither. Ich habe dich auch gar nicht einlaufen sehen.«

»Ich bin nicht eingelaufen«, sagte James. »Sirio durfte nicht mitkommen, also ich bin auch draußen geblieben.«
Alberta lachte. »Du wirst wirklich nie ein Mann. Mein dreijähriger Neffe hat auch geweint, weil unser Dackel nicht mit ins Stadion durfte.«
»Ich finde, dein Neffe und ich sind wahre Männer. Wenn sie deinem Kameraden die Tür verbieten, und du gehst trotzdem hinein – das wäre nicht sportlich, oder doch?«
Alberta war froh, über diese Frage nicht nachdenken zu müssen. Jesse Owens setzte zum zweiten Versuch an und absolvierte in wenigen mächtigen Sätzen seinen Anlauf. Wie schwerelos flog er über den Sand der Grube hinweg, doch die Flagge des Kampfrichters war längst in die Höhe geschossen. Wieder hatte Owens die weiße Linie übertreten und einen Sprung verschenkt.
»Wie schade«, sagte James. »Er ist der Beste, er kann weit über acht Meter springen. Aber ihn plagen seine Nerven. Der Lärm im Stadion, all die Zuschauer, die wollen, dass nicht er gewinnt, sondern Long.«
Und Luz Long würde gewinnen, wenn Jesse Owens auch seinen dritten Sprung verpatzte. An der Startlinie machte sich Owens für den letzten Versuch bereit. Long, mit einem Handtuch um den Nacken, trat zu ihm und berührte seine Schulter. Die Worte, die sie tauschten, ehe sie nebeneinander zur Grube gingen, hörte außer ihnen niemand. Vor der Absprunglinie zog Long sich das Handtuch herunter und legte es daneben, um die Linie zu markieren. Er ließ Owens einmal kurz davor den Fuß aufsetzen, dann trat er aus der Bahn, während der Rivale im leichten Dauerlauf an den Start zurückkehrte.
Owens sammelte sich, den Blick auf die Linie mit dem Handtuch gerichtet. Aus dem Stand schnellte er los, nahm in langen Schritten Anlauf und sprang vor der Linie ab. Der Sprung war wundervoll. Ein Mensch, der so etwas vermochte, war unendlich viel schöner als all die überlebensgroßen Statuen muskelbepackter

Sporthelden, die rings um das Stadion errichtet worden waren. Dass Owens' geschmeidiger Körper hinter der Acht-Meter-Markierung landete, erkannte auch ein ungeübtes Auge. Als er aus der Sandgrube kletterte, wartete Luz Long am Rand und umarmte ihn. James und Alberta umarmten sich ebenfalls.

»War das nicht himmlisch?«

Er nickte, hatte ein bisschen Glanz in den Wimpern, der von Tränen stammen konnte, und grinste über sich selbst. »Schön, Sie wiederzusehen, Fräulein Radio-Bernhardt.«

»Dich auch, schlimmer Finger.«

Sie hauchte ihm einen Kuss in den Mundwinkel, und er schloss genießerisch die Augen und hielt still.

»Ich würde dich gern mit zum Stall nehmen, damit du kannst Sirio guten Tag wünschen«,sagte er dann. »Aber ich glaube, du hast eine Verabredung mit einer Medaille, oder nicht?«

»Um Himmels willen, James! Mein Trainer bringt mich um.«

»Dann ich komme besser mit und bringe deinen Trainer um, ja?«

Vom Tunnel zu den Kabinen kam ihnen Christoph Lachmann samt Assistenten mit Kabelwagen entgegengerannt. »Gott sei Dank, dass Sie da sind, Alberta – die halbe Welt sucht nach Ihnen. Ihr Trainer befürchtet, dass Sie in diesem Durcheinander gar nicht mehr antreten können.« Dann wurde er James' gewahr und sagte in abgehacktem Englisch: »I am sorry, Sir. Es tut mir leid, aber ich muss Miss Bernhardt jetzt zu ihrem Wettkampf bringen.«

»I'm coming with you«, bestimmte James. »Ich muss Alberta begleiten und vor ihrem mörderischen Trainer beschützen.«

Alberta hatte sich gefragt, wie man einen Augenblick durchstand, auf den man vier Jahre lang hingearbeitet hatte. Sie hatte befürchtet, sie werde vor Nervosität jeden Pfeil verschießen, ähnlich wie Jesse Owens, der über die Linie trat. »I'm so scared«, sagte sie zu James, während Ordner, Betreuer und Reporter um sie herumtanzten. Es war das erste Mal, dass sie mit ihm Englisch

sprach. »Ich habe solche Angst, ich will hier für Guste gewinnen, aber ich schaffe es nicht, ich bin nicht gut genug.«
Er beugte sich zu ihr, ehe die Ordner ihn zurückdrängten. »Stell dir vor, das hier ist das Kallimarmaro«, flüsterte er auf Englisch. »Vollkommen leer, nur du und dein Bogen. Und Auguste hat sich aus Sport sowieso nichts gemacht.«
Als sie auf das sonnenüberflutete Maifeld trat und die Zielscheiben in ihren leuchtenden Farben vor sich sah, war sie mit einem Schlag ruhig. Rings um den Platz waren in aller Eile weitere Tribünen errichtet worden, weil der Andrang der Zuschauer viel größer war als erwartet. Ich habe mir dies hier gewünscht, sagte sie zu sich selbst, und mein Wunsch ist in Erfüllung gegangen. Jetzt kann ich nicht mehr tun, als mein Bestes zu geben. Sie hatte nie zuvor so leicht einen Wettkampf gewonnen. Kaum begriff sie, dass alles vorüber war, als auch schon Hannes bei ihr war, um zu gratulieren.
Hannes im Olympiarausch. »Du hast es geschafft, Albi! War das nicht alles wert?«
Alberta wusste auf die Frage keine Antwort, aber das musste sie in diesem himmlischen Augenblick auch nicht.
»Man kann sagen, was man will.« Hannes hielt sie in den Armen und blickte sich um. »Aber diese Olympiade ist einzigartig. Sie haben gehalten, was sie versprochen haben – etwas wirklich Großes und Schönes haben sie geschaffen, das die Welt nie vergessen wird.«
»Und du bist mir nicht mehr böse?« Alberta schmiegte sich an ihn. »Ich weiß, ich hätte das mit dem Neger nicht sagen dürfen, aber ich wollte doch so gern Jesse Owens sehen.«
»Wie könnte ich dir böse sein?«, fragte Hannes lächelnd, während die Kameras surrten und klickten. »Du bist doch jetzt mein Mädchen mit der Goldmedaille. Dieser Jesse Owens hätte lieber kommen sollen und dir zusehen.«

48

Viel zu schnell rauschten die Tage vorüber. Alberta wollte jeden einzelnen auskosten und nicht zulassen, dass auch nur der Anflug einer Missstimmung aufkam. Alles, was das strahlende Glück hätte stören können, unterdrückte sie. Ich benehme mich albern, dachte sie. So als käme das alles nie wieder. Dabei sind Hannes und ich in vier Jahren noch jung genug, um ein weiteres Mal teilzunehmen. Und James auch. Sie würden sich erneut versprechen, sich bei Olympischen Spielen wiederzusehen – in Tokio, im Jahr 1940!

Der arme Hannes war entsetzlich nervös und trainierte von früh bis spät, so dass ihm keine Zeit blieb, die Spiele zu genießen. Alberta musste ihn daran erinnern, dass er, wenn schon nicht sich selbst, doch wenigstens die Kräfte seines Pferdes ab und an zu schonen hatte. Während er auf seinem Ersatzpferd an einem Übungsturnier teilnahm, gönnte sie sich und Farfalla in der Augustsonne einen Spaziergang hinter dem Trainingsgelände.

»Du musst mir versprechen, dass du deinen Herrn zum Sieg trägst, meine Schöne«, sagte sie und rieb ihre Wange an den weichen Nüstern der Stute. »Für ihn hängt doch so viel daran. Ohne diese Goldmedaille kann er das, was sein Vater und sein Onkel ihm angetan haben, nicht hinter sich lassen und nicht lernen, an sich zu glauben. Mir erzählt er, seine Familie bedeute ihm nichts, und er hoffe nicht länger auf ihre Anerkennung, aber dann würde er wohl kaum mit dem Onkel verkehren. Er wünscht sich diesen Sieg auch, damit der Onkel einmal zu ihm sagen muss: Das hast du gut gemacht.«

»So wichtig ist ihm das? Dann es nützt nichts, das Flügelpferd zu beschwören. Du solltest mit mir reden, Bogenmädchen.«

Alberta erschrak. James, mit Sirio im Schlepptau, zog lässig mit ihr gleichauf. Wie sie ihn kannte, spazierte er einfach vorneweg, ohne den Rappen am Halfter zu führen. Vom Stadion drang der Lärm der Zuschauer herüber, aber Sirio störte sich daran nicht, sondern knabberte weltvergessen seinem Herrn am Kragen.

Verlegen lachte Alberta auf. »Wirst du je lernen, dich zu benehmen? Es gehört sich nicht, andere Leute zu belauschen.«

»Du und das Flügelpferd, ihr seid nicht andere Leute, oder doch?«

Sie schlug mit dem Zügelende nach ihm. »Du bist ein unverbesserlicher Flegel.«

James blieb stehen und sah ihr geradewegs in die Augen. »Das stimmt nicht. Ich bin ein netter Mann, und ich gebe mir Mühe.«

Alberta musste lächeln. »Lass stecken. Du bist, wie du bist, erwachsen wirst du nicht mehr, und manchmal mag ich dich trotzdem.«

Etwas zuckte über sein Gesicht. »Wenn es Johannes Vondeweit so wichtig ist, ich lasse ihn gewinnen«, sagte er.

»Angeber.« Seine Selbstherrlichkeit war der Zug an ihm, den sie am wenigsten mochte. »Glaubst du, Hannes hat es nötig, dass du ihn gewinnen lässt? Weißt du eigentlich, wie gut er ist? Er hat in den letzten Jahren alles besiegt, was im Reitsport Rang und Namen hat.«

»Mich nicht«, sagte James.

»Dann wird es Zeit. Mir scheint, du brauchst gehörig eins aufs Dach.«

»Willst du, dass ich ihn gewinnen lasse?«, fragte er unbeirrt.

»Ach, ich habe genug von dir und deiner Prahlerei«, versetzte sie. »Außerdem muss ich Farfalla zurückbringen und Fritze aus dem Schwimmstadion holen. Ich habe ihm versprochen, mir mit ihm in der Deutschlandhalle die Entscheidungskämpfe im Damenflorett anzusehen.«

»Ich weiß«, sagte er. »Er hat mir erzählt, Fechten ist sein Lieblingssport, und er will einmal für Deutschland fechten.«

»Daraus wird wohl nichts werden«, erwiderte Alberta mit einer

Spur von Traurigkeit, die sie nicht schnell genug unterdrücken konnte.
»Wer weiß«, sagte James. »Er ist so schlau wie mein Bruder, und vielleicht die beiden erfinden eines Tages künstliche Beine, die taugen besser als unsere. Ich komme mit euch zum Fechten, ja?«
Alberta musste schon wieder lachen. Statt wie Hannes fleißig zu trainieren, schwänzelte er unentwegt um ihre Familie herum.
»Also schön – aber nur wenn du aufhörst, herumzuprotzen und ein schlechtes Beispiel abzugeben«, sagte sie. »Dass du dich um Fritze kümmerst, ist nett von dir, und er ist mächtig stolz darauf.«
»Ich kümmere mich nicht«, sagte James. »Ich mag deinen Neffen, und ich hätte selbst gern einen gehabt, aber leider meine Schwester hat ihren kleinen Jungen tot zur Welt gebracht.«
»Das tut mir leid.«
»Danke.« Unter seinen Blicken wurde ihr warm. »Ich darf also mit, ja? Ich verspreche, ich gebe gutes Beispiel ab und benehme mich vorbildlich.«
Sie brachten die Pferde in ihre Ställe und gingen dann mit Fritze in die Deutschlandhalle. Die Fechtkämpfe waren so spannend, dass es niemanden ruhig auf seinem Platz hielt, und die blonde Helene Mayer focht großartig. Fritze verehrte sie glühend, und James trug ihn die ganze Zeit über auf den Schultern, damit ihm keine Einzelheit entging. In einem nervenzerfetzenden Finale unterlag sie schließlich um Haaresbreite der Ungarin Ilona Elek. Den Kampf um Bronze gewann Ellen Preis aus Österreich.
Fritze weinte ein bisschen. »Meine arme Helene.«
»Nichts da, arme Helene«, sagte James, der ihn sich von den Schultern angelte und auf den Schoß setzte. »Sie hat Silber gewonnen, das ist großer Erfolg, darüber muss sie nicht weinen.«
»Und wenn du am Sonntag gegen Hannes verlierst und nur Silber kriegst?«, fragte Fritze. »Weinst du dann nicht?«
»Doch«, bekannte James. »Aber ich bin ja ein Mann, und Männer

weinen über solche Sachen. Helene weint nicht, und Alberta hätte auch nicht geweint.«
»Ehrlich nicht?«, fragte Fritze ungläubig. »Du hättest nicht geweint, Albi?«
Alberta schluckte ein bisschen. »Pierre de Coubertin hat gesagt, bei den Olympischen Spielen geht es nicht ums Siegen, sondern ums Dabeisein«, drückte sie sich um die direkte Antwort.
Beinahe ehrfürchtig sah der Junge zu ihr auf. »Ich will aber siegen«, murmelte er.
»Wir sind eben Männer, Kamerad.« James klopfte ihm auf die kleine Schulter. »Schöne Worte von Coubertin sind für uns zu hoch.«
Die drei Fechterinnen bestiegen das Siegerpodest, die Fahnen wurden aufgezogen, und die Zuschauer erhoben sich von ihren Plätzen, als die Hymne Ungarns erklang. Durch Helene Mayers Körper ging ein Ruck, sie streckte den rechten Arm und entbot den Hitlergruß. James, der sich bisher mehr mit Fritze als mit der Veranstaltung beschäftigt hatte, sah zu ihr wie gebannt. Hinterher war er ungewohnt schweigsam und sprach erst wieder, als er Alberta und Fritze beim Rest der Familie abgeliefert hatte und sich verabschiedete.
»Armes Mädchen«, sagte er. »Mir tut mein Herz weh um sie.«
»Um wen?«
»Um die schöne, tapfere Helene Mayer. Sie ist Jüdin, oder nicht? Ich frage mich, was sie denkt. Dass Herr Hitler sie lässt bleiben und sie wie einen Menschen behandelt, weil sie hat artig gegrüßt?«
»Natürlich darf sie bleiben«, fuhr ihm Alberta über den Mund. »Sie ist ein Mitglied der deutschen Mannschaft, genau wie Hannes und ich. Außerdem sagt Hannes, durch die Spiele wird sowieso alles besser, und Helenes Medaille trägt dazu bei. Sicher nehmen die Sportverbände jetzt wieder jüdische Sportler auf.«
»Armes Mädchen«, sagte James noch einmal. Jäh fragte sich Al-

berta, ob er immer noch Helene Mayer meinte oder sie. Dann schlang er blitzschnell den Arm um sie und murmelte an ihrem Ohr: »Das leider nicht stimmt, Alberta. Gar nichts wird besser. Du und Johannes Vondeweit, ihr müsst mir das glauben.«

»Und woher willst du das wissen?«

»Ich sollte nicht schwatzen«, erwiderte er. »Aber mein Bruder ist ein Kryptoanalytiker für GC&CS und weiß mehr, als ihm ist lieb.«

»Ich habe nicht einmal eine Ahnung, was das bedeuten soll.«

»Ich weiß«, antwortete er und küsste ihr Ohrläppchen. »Sonst ich dürfte dir kein Wort sagen. Aber du könntest dich einmal fragen, warum dieser Mann Fürstner, der hat entzückendes olympisches Dorf mit Störchen auf Dächern gebaut und der schreit von früh bis spät Heil Hitler, ist abgesetzt worden als Kommandant vom olympischen Dorf. Und warum Theodor Lewald soll ausscheiden aus olympischem Komitee.«

Heftiger als nötig stieß sie ihn weg. »Hör endlich auf, dich wichtig zu machen. Wenn es wirklich so schlimm steht, weshalb amüsierst du dich dann hier wie Bolle, statt unsere Spiele zu boykottieren?«

Er zuckte die Schultern. »Ich bin ja kein Mann, nur ein verzogenes Hätschelkind, das tut, was ihm macht Spaß. Aber vielleicht du hast recht, liebste Alberta. Ich sollte nicht antreten. Und Johannes Vondeweit gewinnen lassen.«

»Zieh lieber Leine«, sagte Alberta. »Sonst jaulst du mir gleich wieder vor, dass dir die Backe weh tut. Ich kann anmaßende Männer nicht leiden, und außerdem bin ich nicht deine Liebste.«

Mit seinen schimmernden Augen sah er sie schweigend an. »Doch, Alberta. Das bist du«, sagte er dann und trollte sich.

Die Nacht vor dem Jagdspringen hätte Alberta gern wie damals in Los Angeles mit Hannes verbracht, der entsetzlich litt. Aber Deutschland war nicht Amerika. Das Frauenverbot im Dorf wurde strengstens überwacht, zumal die deutsche Mannschaft nicht in den eigens errichteten Häusern, sondern in angrenzenden Kasernen des Truppenübungsplatzes untergebracht war, die sich noch strikter überwachen ließen.

»Es hat auch sein Gutes«, sagte Hannes, der fahl im Gesicht war und sich vor Nervosität übergeben hatte. »Wenn ich dich heute Nacht in meinen Armen hielte, hätte ich Angst, mich nicht beherrschen zu können«

»Das bräuchtest du doch nicht.« Alberta strich über das kleine Stück Haut, wo sein Kragen am Hals offen stand, und küsste ihn. Sie sehnte sich danach, ihm endlich ganz zu gehören, und nur ihm allein.

»Noch sind wir nicht verheiratet«, mahnte Hannes.

Alberta musste lachen. »Ach, mein Liebster. Wie kommt es eigentlich, dass ausgerechnet ich mir den tugendhaftesten, anständigsten Mann von ganz Deutschland geangelt habe? An dir fände nicht einmal meine Tante Käthe etwas auszusetzen.«

»Das soll sie ja auch nicht«, sagte Hannes und presste die Lippen aufeinander. »Oh, Albi, wenn das doch erst vorbei wäre und ich meine Medaille hätte – dann legen wir sofort den Hochzeitstermin fest, in Ordnung?«

»Den legen wir auch fest, wenn du keine Medaille hast.«

»Glaubst du noch immer nicht an mich?«, fuhr er auf. »Bin ich in deinen Augen selbst jetzt noch nicht gut genug?«

»Das ist doch Unsinn.« Sie nahm sein Gesicht in die Hände und streichelte ihm so liebevoll, wie sie konnte, die Wangen. »Für mich bist du der größte Reiter aller Zeiten. Ich will nur nicht, dass du dich so furchtbar quälst. Du bist gut, du hast ein gutes Pferd, und du hast Tag und Nacht trainiert. Jetzt versuch doch, deinen großen Tag zu genießen. Es sind die Olympischen Spiele in Berlin – und in zwei Tagen ist alles zu Ende und kommt nicht wieder!«

»Ich werde das nie können«, sagte Hannes grimmig. »Die Dinge so leicht zu nehmen, wie du es kannst. Du hattest eine Familie,

die dich mit Liebe umgeben hat, aber ich habe etwas anderes hinter mir.«
Alberta erkannte, dass sie jetzt nicht mehr zu ihm durchdringen konnte. Sie gab ihm noch einen Kuss, sagte gute Nacht und ging. Am nächsten Morgen fand sie sich schon früh bei den Stallungen ein, weil sie hoffte, ihren Liebsten anzutreffen und ihm viel Glück wünschen zu können. Stattdessen ließ einer der Pferdepfleger sie wissen, dass Hannes sich mit seinem Ersatzpferd bereits wieder im Trainingsparcours befand. Da sie somit nichts für ihn tun konnte, stahl sie sich in Farfallas Box und verbrachte eine halbe Stunde mit dem geliebten Pferd. Dann kehrten James und Sirio von einem morgendlichen Spazierritt zurück.
»Ich habe gehofft, ich treffe dich hier«, sagte James. »Kann ich dich sprechen?«
»Was willst du? Dich entschuldigen?«
»Eigentlich nicht«, sagte er. »Ich bin mir ja keiner Schuld bewusst. Aber wenn ich dich gekränkt habe, ich entschuldige mich, denn das wollte ich nicht.«
»Lass stecken«, sagte Alberta. »Wo keine Einsicht ist, ist auch kein Weg zur Besserung.«
James führte Sirio in seine Box, dann trat er wieder in den Gang. »Alberta, das tut weh«, sagte er ohne den geringsten Schalk. »Von jedem anderen ich würde es amüsant finden, dass er sich fortwährend über meine Erziehung ereifert, aber von dir es tut mir weh. Ich habe nichts gesagt, um dich zu kränken, ich habe auch nichts gesagt, um anmaßend sein. Nur um zu erklären: Ich will nicht, dass du in Herrn Hitlers Deutschland bleibst.«
Alberta sah über die Tür der Box hinweg und bemerkte seinen Blick, den sie so ernst nicht kannte. Er lieferte sich ihr aus. Ein seltsamer Drang, ihn zu berühren, regte sich in ihr, und zugleich erschrak ihr Herz. »James«, begann sie, »bitte vergessen wir das doch. Es steht mir gar nicht zu, an deiner Erziehung etwas auszusetzen, und es geht mich auch nichts an …«

»Doch«, sagte er, ohne den Blick von ihr zu wenden. »Es geht dich etwas an. Ich würde dir gern beweisen, dass an meiner Erziehung so viel gar nicht auszusetzen ist.«
»James«, begann sie noch einmal, weil sie ihn am Sprechen hindern wollte, aber ihr fiel nichts weiter ein, und er ließ sich ohnehin nicht aufhalten.
»Liebste Alberta«, sagte er. »Mein Bogenmädchen. Werde meine Frau.«
Gelähmt vor Schreck starrte sie ihn an.
»Wenn du meinst, ich soll hier nicht antreten, du hast recht. Ich trete nicht an. Wir lassen Johannes Vondeweit gewinnen, packen deine Familie ein und reisen ab. Bitte, du musst mich nicht ansehen wie zu Tode erschrocken.« Er lächelte, trat zu ihr und streichelte ihr mit den Fingerspitzen Wange, Lid und Braue. »Ich liebe dich sehr, Alberta. Und ich verspreche, ich bin kein Angeber mehr, sondern lerne, mich wie der wohlerzogenste Mann von ganz England zu betragen – falls dir der nicht zu langweilig ist.«
Die Topasaugen sprühten Funken und warben um sie, lockten, bettelten und versprachen ihr das Blaue vom Himmel. Das Blaue über dem Kallimarmaro. Er tat etwas, das noch nie ein Mann mit ihr getan hatte; er spielte ein Spiel mit ihr, das todernst war. Alles an ihm wirkte mit, sein Duft, seine Wärme, die Brust, die sich vor ihr hob und senkte und die sie auf einmal nackt vor sich zu sehen glaubte, dunkel, von Schweiß glänzend und so nah, dass sie sein Herz schlagen hörte.
Sie spürte, wie der Haarflaum auf ihren Armen sich aufstellte. »Das Leben ist schön, wenn man ein bisschen schlecht ist«, sagte er zärtlich und spielte mit ihrem Haar. »Man ist kein Unmensch, weil man schmuggelt süße Mädchen durchs Dorftor, trinkt verbotenen Wein in flüsternden Kneipen und vergisst vor lauter Glück, seinen Namen in Listen zu schreiben. Ein Unmensch ist einer, der wirft Menschen aus Sportvereinen, schlägt ihre Scheiben kaputt und tritt sie ins Gesicht, weil ihre Nase ihm nicht

passt. Ich bilde mir ein, ich kann besser reiten als andere, und dafür ich bekomme von dir eins aufs Dach und basta. Aber ich bilde mir nicht ein, ich bin mehr wert als andere, und ich wünsche mir keinen aus der Welt.« Seine Lippen berührten ihre Stirn. »Bitte vertrau mir. Ich bin nicht so schlimm, wie du denkst.«

Eine Schwere überkam sie, eine Art betäubender Süße, die ihr die Sinne vernebelte. Sie musste all ihre Willenskraft aufbringen, um sich aus dem Taumel zu reißen. Mit Wucht schlug sie ihm die Fäuste vor die Brust und stieß ihn zurück. »Hast du den letzten Rest Anstand verloren?«, schrie sie. »Ich dachte, du wolltest Hannes' Freund sein, und dann versuchst du, ihm sein Mädchen zu stehlen?«

»Zu stehlen?« Er spielte den Verblüfften. »Aber du bist doch nicht Johannes Vondeweits Besitz. Wenn wir sind beide in dich verliebt, dürfen wir nicht beide um dich antreten?«

»Ich bin ein Mensch und keine Olympiamedaille!«, schrie sie ihm ins Gesicht.

»Augenblick«, sagte er und hob die Hände. »Wenn ich ein falsches Wort benutzt habe, weil mein Deutsch …«

»Hör auf, dich auf dein Deutsch herauszureden!«, schnitt sie ihm blind vor Zorn das Wort ab. »Wenn es dir passt, ist dein Deutsch perfekt, du machst aus diesen Fehlern ein Spiel, um Menschen zu verführen, wie du aus allem ein Spiel machst, und das einzige falsche Wort, das du benutzt hast, war *verlieben.*«

Ein Damm brach, und mit ungeheurem Druck spülte alles, was sie verzweifelt unterdrückt hatte, hervor. »Du weißt doch gar nicht, was das ist«, schrie sie. »Du denkst, ein Mädchen zu lieben, das ist ein bisschen Tennis in zu kurzen Hosen, ein bisschen Tanzen mit zu nahen Hüften und ein bisschen von dem, was du Liebe machen nennst, mit einem Strumpf aus Gummi. So hast du's mit Guste gemacht, und vielleicht hast du den Strumpf dabei vergessen, dann schaust du treuherzig drein und sagst, das ist doch

nicht so schlimm. Oder du schickst deinen Bruder, der Geld und einen Mittelsmann in der Botschaft anbietet. So funktioniert deine Welt, nicht wahr? Schon dein Leben lang. Aber nicht bei mir.«
Er stand wie erstarrt, riss die Augen auf, spielte den Erschreckten.
»Guste und Hannes haben dich beide geliebt, weißt du das?«, schrie Alberta. »Aber du hast ja keine Ahnung, was Treue ist. Nein, ich bin nicht besser als du, aber wenigstens schäme ich mich, und das, was wir getan haben, wird mir bis an mein Lebensende leidtun. Du dagegen bekommst den Hals nicht voll und denkst, als Nächstes nimmst du dir mich.«
Sie hörte auf zu schreien und rang nach Atem. »Also, pass auf, mein Hübscher«, sagte sie leise und schneidend. »Das, was dir in deiner Selbstherrlichkeit unmöglich scheint, ist leider Tatsache: Ich will dich nicht. Mitsamt deinem Landsitz, deinem Adelstitel, deinen charmanten Deutschfehlern und deinen Paso-doble-Hüften lasse ich dich stehen und nehme den schüchternen Hannes von der Weydt, der sich jeden Schritt seines Weges erkämpfen muss. Keinen halbgaren Flegel, sondern einen Mann. Hannes und ich haben uns nach der Eröffnungsfeier verlobt. Bekannt geben wir es erst heute Abend, wenn er seine Medaille hat, weil dieser wundervolle Mann glaubt, er müsse mir etwas bieten. Auch wenn ich finde, er bietet mir schon lange mehr als genug.«
»Alberta, das geht nicht.« Er streckte die Hände nach ihr aus, ließ sie jedoch wieder sinken. »Ja, du hast recht«, sagte er. »Ich bin ein hohler, selbstherrlicher Angeber, und ich kann nicht glauben, dass du mich nicht willst. Aber selbst wenn es so ist – du kannst doch nicht Johannes Vondeweit heiraten!«
Alberta verschränkte die Arme vor der Brust. »Und warum nicht, wenn ich fragen darf?«
»Du hast gesagt, du hast ihn lieb, aber du willst ihn nicht heiraten«, stammelte er. »Alberta, tu das nicht. Wartet ab. Kommt beide mit mir nach Mandeville und …«
Weiter kam er nicht. Im Bruchteil einer Sekunde sah Alberta Han-

nes in den Stallgang stürmen, und im nächsten traf seine Faust auf James' Wange. Der Hieb krachte, dass Alberta um den Knochen fürchtete, und James' Kopf flog zur Seite. »Albi ist mein Mädchen!«, schrie Hannes. »Ich habe sie geliebt, bevor sie dich überhaupt kannte, und du Dreckschwein machst mir das nicht kaputt.« Wieder holte er aus.

»Nein!«, schrie Alberta.

Hannes drosch zu.

In dem Augenblick, als die Faust zum zweiten Mal sein Gesicht traf, bäumte James sich auf und packte Hannes am Arm. Hannes mühte sich, ihn abzuschütteln, aber James griff auch nach seinem anderen Arm und zwang ihn so, still zu halten. Ein paarmal versuchte Hannes noch, sich durch Tritte und Schläge zu befreien, doch schnell war klar, dass sein Gegner wusste, was er tat. James' Griffe waren eisern. Wenn Hannes sich aufbäumte, bog er ihm den Oberkörper hintüber und machte deutlich, dass er ihn, wenn nötig, zu Boden zwingen würde.

»Wir müssen reden, Johannes Vondeweit«, sagte James.

Hannes keuchte.

James lockerte seinen Griff und wandte sich halb zu Alberta um. Im selben Moment holte Hannes mit beiden Fäusten aus, doch ehe er wieder zuschlagen konnte, hatte James von neuem seine Handgelenke umfasst und zwang ihn, den Oberkörper nach hinten zu beugen. Ohne Hannes loszulassen, wandte James noch einmal den Kopf zu Alberta. Über seiner Braue war die Haut aufgeplatzt, und Blut lief ihm übers Gesicht. »Ich habe damals meinen Bruder geschickt, weil du nicht wolltest, dass ich mit dir nach Harwich fahre«, sagte er. »Bitte, Alberta, geh zu Gilbert Chad, wenn du Hilfe brauchst. Jederzeit. Du musst mich nicht sehen. Gilbert kann einen anderen finden, der dir hilft.«

Er zog Hannes' Oberkörper wieder hoch und ließ ihn los. Hannes versuchte nicht noch einmal, ihn zu prügeln, sondern beide verließen den Stall.

Alberta war lange nicht fähig, sich zu rühren. Als die Starre sich endlich löste, ging sie zu Farfalla, vergrub das Gesicht am Hals der Stute, konnte aber nicht weinen. Irgendwann riss sie sich zusammen und schleppte sich über das Reichssportfeld, auf dem sich die Menschen drängten, hinüber zum Stadion. Sie hatte ihrer Familie versprochen, mit ihnen zusammen den letzten Wettkampf der Spiele anzusehen. Das Jagdspringen. Den Preis der Nationen. Sie hatten gerade erst begonnen, sich wieder am Leben zu freuen, und den kleinen Fritze durfte sie nicht enttäuschen.
An diesem letzten Tag waren so viele Menschen zum Stadion geströmt, dass die Veranstalter die großen Freitreppen als zusätzliche Tribünen freigaben. Wie viele Zuschauer zu den Hunderttausend hinzukamen, wurde nicht gezählt.
Der Parcours bestand aus zwanzig Hindernissen und erwies sich als härter als der von Los Angeles. Reiter um Reiter scheiterte, kein Einziger schaffte einen fehlerfreien Ritt. Wieder schieden so viele Teilnehmer aus, dass die Zahl der Mannschaften kläglich zusammenschrumpfte. Den beiden ersten Deutschen gelang es jedoch, ihre Pferde mit ordentlichen Ergebnissen über die Hürden zu bringen. Wenn der dritte Reiter sich nicht mehr als acht Punkte erlaubte, war Deutschland die Goldmedaille sicher.
Der dritte Reiter war Hannes von der Weydt auf Farfalla.
An Alberta glitt das Geschehen wie im Nebel vorüber. Er kann es nicht schaffen, war alles, was sie dachte. Nach dem, was er gerade eben durchgemacht hatte, konnte er diesen Ritt, auf den er alles setzte, unmöglich meistern. Ihre Angst erwies sich als unbegründet. Hannes und Farfalla absolvierten den Ritt ihres Lebens, schafften den Parcours ohne Fehlerpunkte und rissen die Zuschauer in dem vollbesetzten Stadion zu Beifallsstürmen hin.
Als letzter Teilnehmer startete James Seaton-Carew auf Sirio für die bereits ausgeschiedene britische Mannschaft. Vor einem atemlos schweigenden Stadion gingen sie ohne Fehler ins Ziel.
Um die Goldmedaille der Einzelwertung kam es zum Stechen.

Hannes ritt wiederum großartig, doch vor der Mauer verließen ihn die Nerven. Er trieb Farfalla zu früh zum Absprung und kassierte vier Fehlerpunkte. James absolvierte seinen Ritt so kühl und fehlerlos, als wisse er nicht, was Nerven waren.
Damit ging das Gold an die Mannschaft aus Deutschland, das Gold in der Einzelwertung jedoch an Großbritannien. Unter dem Applaus der Welt fanden die Olympischen Spiele von Berlin ihren Abschluss. Im Stadion erloschen die Lichter, die Banner wurden aus dem Straßenbild entfernt, und der Taumel der Festtage verebbte.
Drei Tage später nahm sich Hauptmann Wolfgang Fürstner, der abgesetzte Kommandant des olympischen Dorfes, in seiner Wohnung das Leben. Nach den Nürnberger Gesetzen war er als Halbjude eingestuft worden und hatte mit seiner Entlassung aus der Reichswehr, die jetzt Wehrmacht hieß, zu rechnen.
Theodor Lewald musste auf Drängen Hitlers das IOC verlassen und wurde in Pension geschickt.
Carl Diem, der Erfinder des Fackellaufs, behielt hingegen seine Ämter, wenn auch seine halbjüdische Frau nicht mehr in ihrem Beruf als Sportpädagogin arbeiten durfte.

NEUNTER TEIL

»The Practice of Sport is a Human Right«

London, Juli 2012

»I'm thinking of
What it would be like
If she loved me.«

Donovan

49

»Silber-Jenny auf Goldkurs!
Zwei Tage nach Abschluss der Europameisterschaften in Helsinki steht unsere Olympiamannschaft in der Leichtathletik fest: Die British Olympic Association (BOA) benennt einundsiebzig Sportlerinnen und Sportler, die als Team GB bei den Olympischen Spielen in London antreten. Unter ihnen befindet sich die 24-jährige Zehntausend-Meter-Läuferin Jennifer Feldman, die mit ihrer phantastischen Leistung bei der Europameisterschaft in Helsinki die Nation in Begeisterung versetzte. Die junge Sportlerin war im letzten Drittel ihres Rennens gestürzt, setzte den Lauf aber unbeirrt fort und errang einen sensationellen zweiten Platz. Unsere Silber-Jenny ist die Tochter des tragisch verunglückten Wundergeigers Andrew Feldman und die Urenkelin von Lady Alberta, der ›Mutter der Paralympics‹. Wird die Londonerin dem Andenken ihres Vaters bald eine Goldmedaille zu widmen haben?«

Jennifer schob die Ausgabe der *Daily Mail* auf den Stoß der übrigen Zeitungen. Insgeheim dankte sie Rachel, die den gesamten Stapel vom Kiosk besorgt hatte, diejenigen eingeschlossen, die sie selbst nicht zu verlangen gewagt hätte.
»Keine Sorge«, hatte Rachel gesagt. »Bei dem, was ich für die Feldman-Saga schon alles habe kaufen müssen, ist mir nichts mehr peinlich.«
Sie hatte Rachel lediglich gebeten, ihr ein oder zwei Zeitungen mitzubringen, doch jetzt war sie froh, sie alle gesehen zu haben. Langstreckenläuferinnen sind keine Tennisstars, dachte sie verblüfft. Aber Silber-Jenny, Vize-Europameisterin – das bin ich! Bereits nach den beiden Trials, die sie zu Beginn des Jahres gewonnen

hatte, hatte sie nicht mehr im Park laufen können, ohne dass jemand sie ansprach.
Nicht: »Sind Sie mit den Feldmans verwandt?«
Nicht einmal: »Sie sehen aus wie Alberta Bernhardt.«
Sondern: »Sie sind doch Jenny Feldman – werden Sie bei der Olympiade laufen?«
Inzwischen war die gesamte Stadt ein fuchsienpinkfarbenes Olympiastadion. Meterlange Banner mit den olympischen Ringen hingen von öffentlichen Gebäuden, und an jeder Ecke waren Hinweisschilder aufgestellt, damit kein Besucher sich verlief. Eine Fluggesellschaft hatte die üblichen Werbeplakate sonnenüberfluteter Ferienstrände mit dem Slogan *»Bleiben Sie zu Hause und feuern Sie Team GB an!«* überklebt. Zeitungen und Fernsehsender verkündeten, dies sei »der Sommer, um in Großbritannien zu sein«.
Die Wellen der Begeisterung waren nicht immer so hochgeschlagen. Es hatte Fragen gegeben, Kontroversen, Proteste – nicht nur gegen die ständigen Zusammenbrüche des öffentlichen Verkehrsnetzes. Stimmen gegen die ungeheuren Finanzinvestitionen inmitten einer Wirtschaftskrise waren laut geworden. Ein Verband zum Schutz von Obdachlosen wies nach, dass Menschen aus ihren Wohnungen gedrängt wurden, um in Londons ärmstem Bezirk ein Stadion hochzuziehen. Menschenrechtsorganisationen verlangten, dass Staatschefs, in deren Ländern gefoltert wurde, die Einreise zu verweigern sei, und eine Debatte entbrannte, weil das IOC eine Schweigeminute für die Todesopfer der Olympischen Spiele von München verbot.
Die vermutlich heftigste Woge der Empörung richtete sich gegen den Verkauf der Eintrittskarten: ein System, das es den meisten Menschen unmöglich machte, auch nur einen einzigen Wettkampf zu besuchen. Lediglich für die nachfolgenden Paralympics gab es wie üblich noch jede Menge Karten, weil die Veranstaltungen kaum einen Menschen interessierten.

Alle Verdrossenheit legte sich jedoch, als am 18. Mai auf eigens entworfenen Aluminiumfackeln das Feuer aus Olympia geholt wurde. Auf einer Streckte von fast dreitausend Kilometern trugen die insgesamt achttausend Läufer die heilige Flamme erst durch Griechenland, dann übers Meer nach Land's End und von dort schließlich durch ganz Großbritannien. In allen Städten und Dörfern säumten begeisterte Menschen die Straßen, und der Fackellauf wurde vom Jubel eines ganzen Volkes empfangen.
Woher wir die haben, diese Idee mit dem Fackellauf, das fragt kein Mensch, stellte Jennifer fest. Das Olympiafieber hatte das Land erfasst. Wer dies auslöste, hielt ein Machtinstrument in den Händen und trug ein hohes Maß an Verantwortung. Vor Grandma Albertas Bericht war ihr das nie bewusst geworden.
Zu Grandma Alberta war sie wie vereinbart nach dem ersten Trial gefahren, und Gregory hatte sie wieder begleitet. Sie hatten auf Mandeville gewohnt, waren eine Woche geblieben, und erst in der letzten Nacht hatte Grandma Alberta ihnen von den Olympischen Spielen 1936 in Berlin erzählt. Von dem Schnitt in ihrem Leben, den sie stets verborgen hatte und den sie jetzt offenlegte, damit Jennifer erfahren konnte, von wo sie aufbrach und wohin sie wollte.
Gregory hatte die beiden Frauen allein lassen wollen. »Ich möchte nicht stören«, hatte er gesagt.
»Mich stören Sie nicht«, hatte Alberta erwidert. »Falls ich überhaupt noch vor etwas Angst habe, dann vor Jennifers Urteil. Sollte ich das überleben, wird mich Ihres nicht schrecken. Die Entscheidung liegt bei Jennifer.«
Fragend hatte Gregory sich ihr zugewandt.
»Es ist ja Donnerstag«, hatte Jennifer gesagt, obwohl es ein Sonntag gewesen war. Sie hatte gewusst, dass sie es ihm schuldete, dass er die Geschichte ebenso brauchte wie sie. Hinterher war sie heilfroh gewesen, dass sie das alles nicht allein hatte anhören müssen.

Am folgenden Morgen hatte Alberta darauf bestanden, dass die beiden nach London zurückfuhren. Jennifer hatte protestiert. Bis zu dem Trial, mit dem sie sich für die Europameisterschaft zu qualifizieren hoffte, war noch Zeit, und außerdem hatte sie begonnen, auf der Laufbahn im Gelände der Stiftung zu trainieren. Die Anlage war für den Behindertensport errichtet worden, und es hatte Jennifer verblüfft, dass der Belag der Bahn sich von dem, den sie gewohnt war, überhaupt nicht unterschied. Sie hatte erwartet, dass Rollstuhlfahrer und Läufer mit Beinprothesen mehr Griff benötigten.

»Unter den modernen Blades tragen amputierte Sprinter heutzutage Spikes wie andere auch«, erklärte Alberta. »Es ist wie bei euch: Dem einen liegt die Bahn, dem anderen nicht.«

»Die Paralympischen Spiele finden schließlich im selben Stadion statt wie die Olympischen«, sagte Gregory.

»Das habe ich nicht gewusst«, gestand Jennifer. Sie hatte angenommen, dafür seien eigens Stätten errichtet worden – wenn sie sich überhaupt je über diese Spiele Gedanken gemacht hatte.

»Dafür haben wir gekämpft«, sagte Alberta. »Erst seit 1991 ist durch eine Vorschrift geregelt, dass jede Stadt, die sich um die Olympischen Spiele bewirbt, auch die Paralympics austragen muss. Zuvor hatte eine Stadt sich nämlich geweigert, und zwar ausgerechnet Los Angeles für die Olympiade 1984. Behindertensport passte ihnen nicht ins professionelle Bild der Veranstaltung. Also haben wir einen Teil der Spiele noch einmal zurückbekommen. Hierher. Nach Stoke Mandeville.«

Es kam Jennifer vor, als wehre sie sich gegen ein Lächeln – und verlor.

»Es war schön, die Paralympics noch einmal hier zu haben«, sagte sie. »Aber es ist wichtig, dass sie dort abgehalten werden, wo der olympische Zirkus ist, der Medienrummel, die Sponsoren. Behindertensport ist teuer, und wer Geld braucht, braucht Aufmerksamkeit. Deshalb haben IOC und IPC in ihrer Charta festgeschrieben, dass beides zusammen stattzufinden hat. Die Sätze darin sind hübsch, nicht wahr? ›*Die Ausübung von Sport ist ein Menschenrecht. Jede Form der Diskriminierung aufgrund von Rasse, Religion, Politik, Geschlecht oder anderem ist mit der olympischen Bewegung unvereinbar.*‹«

Die Sätze, die Grandma Alberta als hübsch bezeichnet hatte, waren in Jennifers Kopf verankert. Ihr Blick wanderte noch einmal über die Zeitungen mit den *Silber-Jenny*-Schlagzeilen, in denen viel von Medaillen und Spitzenzeiten, aber nichts von diesen Sätzen stand. Bemerkenswert, dass man sein Leben lang von Olympia besessen sein konnte, ohne die Charta je gelesen zu haben. Bemerkenswert, dass sie selbst Albertas Geschichte hatte hören müssen, ehe sie sie las.

Aus diesem wie aus anderen Gründen hatte sie an jenem Märzmorgen, an dem noch ein wenig schütterer Schnee fiel, nicht abreisen wollen. Alberta aber hatte sich nicht umstimmen lassen.

»Ich brauche jetzt Zeit für mich«, hatte sie gesagt.

»Ich hätte gern wenigstens das Ende gehört«, erwiderte Jennifer und kam sich kindisch vor, fand aber, sie habe ein Recht darauf.

»Was für ein Ende?«

Die Antwort blieb ihr im Hals stecken. Was sollte sie sagen? *Ich will wissen, wer überlebt hat, wie du hier gelandet bist und wie wir alle damit zusammenhängen. Ich will den Rest von meiner Familiengeschichte.*

»Ich habe kein Ende für dich«, sagte Alberta. »Du musst es dir selbst suchen. Aber noch eine Olympiade hätte ich.«

»Erzähl.«

»Na, hör mal«, erwiderte Alberta. »Ich habe dir zwei meiner Olympiaden gegeben und biete dir noch eine dritte. Dafür steht mir von dir ja wohl wenigstens eine einzige zu.«

Jennifer war zu perplex, um zu erfassen, was die alte Frau von ihr wollte. »Für Jennifer steht jetzt erst einmal die Qualifikation für Helsinki an«, half Gregory so routiniert aus, wie es ein normaler

Trainer getan hätte. »Wir haben uns vorgenommen, einen Schritt hinter uns zu bringen, ehe wir an den nächsten denken.«

»Vernünftig«, sagte Alberta. »Und wenn ihr mit eurem Schritttempo fertig seid und die Olympiateilnahme in der Tasche habt, kommt ihr noch einmal hierher.«

»Ich weiß nicht, ob ich das alles noch will«, hatte Jennifer sich sagen hören. »Ich muss das, was du mir erzählt hast, erst bei mir ankommen lassen. Ich brauche Zeit.«

»Genau das habe ich auch gedacht«, erwiderte Alberta. »Wenn du so weit bist, kommst du zurück, und ich erzähle dir den Teil, der dich von Berlin nach London bringt. Vielleicht hilft er dir, zu entscheiden, was du willst, und dann fahre ich mit euch nach London und sehe mir ein letztes Mal Olympische Spiele an. Falls du dich nicht schämst, mit mir gesehen zu werden.«

»Weshalb sollte ich mich schämen?«, entgegnete Jennifer, aber sie wusste, was Grandma Alberta meinte.

»Ich habe mich geschämt«, sagte diese. »Ich hatte mich von Hitlers Maschinerie missbrauchen lassen, deshalb bin ich nie wieder in einem Olympiastadion gewesen. Nicht einmal, um unsere Sportler zu den Paralympics zu begleiten. Ich habe hier draußen meine Arbeit getan und alle öffentlichen Auftritte Fred überlassen. Er hat mich hin und wieder angestoßen, aus meinem Schneckenhaus zu kommen. Es sei gut für die Stiftung, hat er gesagt, es sei gut für dich. Ich aber hatte zu viel Angst davor, dass jemand all den Schlamm aufwühlen könnte. Aus der Lady von Mandeville wieder Alberta Bernhardt machen und fragen: Warum?«

Schneeregen fiel. Sie schwiegen alle drei.

»Ich kann die Frage noch immer nicht beantworten«, sagte Alberta. »Aber vielleicht ist es gut, sie mir stellen zu lassen, bevor ich sterbe. Gut für Olympia. Seit du hergekommen bist, ist mir klargeworden, dass das meine eigenen Urenkel sind, die diese heikle Fackel weitertragen. Vielleicht ist es gut, in einem Olym-

piastadion zu erklären: Ich weiß die Antwort nicht. Ich schäme mich. Ich will, dass ihr es anders macht als wir.«
Dabei hatte sie es belassen. Jennifer und Gregory würden nach Mandeville kommen, um sie abzuholen, falls Jennifer sich für die Olympischen Spiele von London qualifizierte. Auf dem Rückweg im Zug hatte sie Gregory gefragt: »Hat sie damit wirklich gemeint, sie will sich in das Stadion stellen und reden? Bei der Eröffnungsfeier?«
»Ich denke schon«, sagte Gregory. »Dort reden schließlich alle möglichen Leute und darunter nur wenige, die so viel für den Sport getan haben wie sie. Außerdem kennt sie Gott und die Welt. Ich bin sicher, dass Seb Coe es ihr ermöglichen wird, wenn sie es wünscht.«
Sie waren nach Glasgow gefahren, wo sie ihr Rennen in beeindruckender Manier gewann. Die Meldung für Helsinki hatte sie damit in der Tasche. Sandra Bonner versagte auch diesmal und saß hinterher weinend in der Kabine, den blonden Pferdeschwanz zerrauft, das rosa Höschen schlammbespritzt und das Gesicht verschwollen.
»Ich verliere meinen Sponsor«, heulte sie. »Ich kann nicht mehr weitermachen, mir fehlt einfach das Geld. Die regen sich doch alle darüber auf, dass wir Sportler keine Amateure mehr sind und ein Vermögen scheffeln. Aber wissen die auch, dass wir verdammte zweihundert Kilometer in der Woche laufen müssen, *jede* Woche, auch wenn Weihnachten ist? Wissen die, dass man daneben gar keinem vernünftigen Beruf nachgehen und sein Geld verdienen kann, weil man ständig platt ist und die Füße nicht mehr hochkriegt?«
Jennifer hatte sich neben sie gesetzt und gedacht: Bevor ich das nächste Mal jemanden als hirnlose Barbiepuppe abtue, tausche ich mit ihm die Laufschuhe und laufe eine Runde in seinen.
»Ich laboriere seit Birmingham an einer Verletzung. Habe ich mir eine Pause gegönnt? Ein halbes Jahr vor den Spielen? Cyrus

hätte mir schneller einen Tritt verpasst, als ich piep sagen kann.«
Sandra hörte auf zu schluchzen, und ihre Stimme klang jetzt hart. »Jeder denkt, das ist ein Traum, bei Olympia zu laufen. Natürlich ist es das, und so ein Traum gibt irre viel Kraft. Aber er macht auch erpressbar. Irgendwann macht man jeden Scheiß mit, nur um nicht rauszufliegen.«
Jennifer sagte nichts und dachte an Grandma Alberta.
»Du hast es ja clever gemacht mit deinem Trainerwechsel«, sagte Sandra. »Seitdem läuft's bei dir wie geschmiert.«
»Ich habe nicht den Trainer gewechselt«, korrigierte Jennifer, »Cyrus hat mir einen Tritt verpasst, und Gregory hat mich aufgesammelt. Außerdem funktioniert es nicht so – man wechselt den Trainer und auf einmal läuft es.« Man fand auch nicht heraus, dass man eine Schwester hatte, und auf einmal lief es; man ließ sich keine Geschichten von 1936 erzählen und war seine Sorgen los. So war es nicht, und so würde es auch in Zukunft nicht sein.
»Wie ist es denn dann?«, fragte Sandra. »Ich meine, im letzten Jahr hast du einen Wettkampf nach dem anderen geschmissen. Und jetzt läufst du um die Europameisterschaft.«
»Ich habe ein Nervenproblem«, sagte Jennifer. »Das verschwindet nicht. Ich kann nur Rennen für Rennen versuchen, es in den Griff zu bekommen.«
»Und wie machst du das?«
Ich kann die Fragerei verstehen, dachte Jennifer. Ich hätte das auch gern getan und würde es noch immer gern tun: Fragen stellen und Antworten bekommen. Leben mit Gebrauchsanweisung. »Ich probiere herum«, sagte sie stattdessen. »So wie alle Leute. Ich glaube, vor allem hilft es mir, zu wissen, dass es mir wieder passieren wird und dass es nicht das Ende der Welt ist. Zu lernen, dass es noch anderes gibt. Ich bin einmal eine Woche lang nicht meine zweihundert Kilometer gelaufen, sondern mit meinem Trainer nach Athen geflogen und habe mir das Kallimarmaro angeschaut.«
»Das *was*?«

»Ja«, sagte Jennifer. »Genau das hab ich auch gefragt.« Sie stand auf, nahm ihre Sporttasche und berührte Sandra am Arm. »Alles Gute für dich. Wie dämlich das klingt, weiß ich selbst.«
Sie grinsten sich an.

50

Jennifer war zur Europameisterschaft nach Helsinki geflogen und hatte die Worte wie ein Mantra vor sich hin gesagt: Es kann dir wieder passieren, es ist nicht das Ende der Welt. Sie war zum ersten Mal vor fünfzigtausend Zuschauern gelaufen, an der Bahn entlang hatten Fernsehkameras gestanden – und es war ihr wieder passiert. Und es hatte sich angefühlt wie das Ende der Welt. Es gab keine eindeutigen Antworten, keine Gebrauchsanweisung. Leben war Ausloten. Jedes Mal aufs Neue.
In Helsinki hatte sie sich gerade noch gefangen, ehe ihr Körper den Boden berührte. Ich schaffe es. Ich komme wieder hoch und laufe mein Rennen zu Ende. Eine Kühle war in ihrem Kopf, die ihr erlaubte, glasklar zu denken: Es geht hier um nichts. Nicht um meine Zwillingsschwester, nicht um Grandma Albertas Onkel oder ihren Neffen. Nicht darum, einen Völkermord zu verhindern, und nicht um mein Recht, zu leben, auch wenn ich unmusikalisch bin. Nur um ein kleines Stück Laufbahn, das ich zu Ende laufen kann.
Als sie stürzte, hatte sie an der Spitze gelegen, und ihr Körper hatte Kraft genug. Die Portugiesin war an ihr vorbeigezogen, aber die Übrigen holte sie ein und belegte schließlich den zweiten Platz. Tags darauf hatte British Athletics die Mannschaft für die Olympischen Spiele benannt.

Silber-Jenny auf Goldkurs.

Jennifer warf noch einen Blick auf die Zeitungen, dann entschied sie, sie nicht in die Reisetasche zu stecken. Gregory hatte sie sich zweifellos selbst gekauft. Sie sah auf die Uhr und stellte fest, dass sie aufbrechen musste, wenn sie ihn rechtzeitig am Bahnhof Marylebone treffen wollte. Gleich darauf klopfte es an der Tür. Sicher Abe, der ebenfalls auf die Uhr gesehen hatte und sich verabschieden wollte. »Komm rein.«
Er schob auf seine typische lautlose Art die Tür auf. »Dies hier kommt mir außerordentlich viktorianisch vor«, sagte er. »Der jungen Dame, bei der ich Vaterstelle vertrete, mitzuteilen, dass unten ein junger Herr auf sie wartet. Auch wenn er mir keine Visitenkarte für dich mitgegeben hat.«
»Was für ein junger Herr?«
»Mr. O'Reilly.«
Jennifer musste lachen. »Das hätte ich mir denken können. Mit einem anderen würde dieses viktorianische Szenario nicht funktionieren, weil er einfach heraufgekommen wäre. Und gibt's außer euch noch mehr Leute, die sich nach einem halben Jahr Bekanntschaft noch beim Nachnamen nennen?«
»Ich gebe zu, der Gedanke kam mir auch schon«, sagte Abe. »Wenn beide Seiten sich damit schwertun, macht das die Lage kompliziert. Nebenbei finde ich Mr. O'Reilly höchst angenehm.«
»Er dich auch.«
»Ich habe ihm angeboten, zu dir nach oben zu gehen, aber er wollte warten. Um ehrlich zu sein, passt es mir heute so recht gut, denn ich wollte dir gern etwas mitgeben. Ich gehe doch recht in der Annahme, dass du nach deiner Rückkehr aus Mandeville direkt ins olympische Dorf umsiedeln willst?«
»So ist es zumindest geplant. Grandma Alberta hat gesagt, sie sei froh, wenn ich dort unten bis zum Ende trainiere. Ein bisschen Werbung für das Gelände und die Stiftung.«
Erst jetzt sah sie, dass er etwas hinter seinem Rücken verborgen hielt. Ebenfalls erst jetzt fiel ihr auf, wie merkwürdig es doch war,

dass Gregory sie abholen kam. Sie hatten ausgemacht, sich auf dem Bahnhof zu treffen. Unruhe beschlich sie, doch sie wollte Abe, der verlegen herumdruckste, nicht unterbrechen. Umständlich förderte er ein in dem Grün seines Verlages gebundenes, großformatiges Buch und einen armlangen Gegenstand aus Aluminium zutage.
»Wir haben dies hier als Souvenir von der BOA bekommen«, sagte er und hielt ihr den Gegenstand hin. Es war ein längliches Behältnis mit einer dreieckigen Öffnung und perforierten Seitenwänden. »Ein Modell dieser Fackelhalter, auf denen das Feuer aus Griechenland unterwegs ist. Der Projektleiter hat mir erklärt, was es mit der Form auf sich hat. Das Dreieck steht für die drei olympischen Werte – Respekt, Leistung und Freundschaft –, außerdem für die drei Olympischen Spiele von London: 1908, 1948 und 2012. Und die achttausend Löcher in jeder Fackel repräsentieren die achttausend Fackelläufer. Eine schön durchdachte Idee, findest du nicht auch?«
Jennifer schwieg.
»Ich dachte, du hättest es vielleicht gern«, fuhr Abe fort. »Aber natürlich verstehe ich, wenn du nichts damit anfangen kannst. Wie gesagt, ich finde die Idee schön durchdacht, aber die Form scheint mir dennoch ... wie soll ich sagen ... nicht ganz geglückt.«
Jennifer, die die Fackel nicht hatte ansehen wollen, weil sie Bilder aus Grandma Albertas Erzählung im Kopf hatte, blickte auf.
»Den meisten Leuten geht es offenbar ähnlich«, sagte Abe. »Im Volksmund wird die Fackel Käsereibe genannt.«
»Das ist himmlisch«, entfuhr es Jennifer. »Weißt du, dass Leni Riefenstahl in Berlin den ganzen Fackellauf noch einmal nachgedreht hat, weil die ersten Aufnahmen ihr nicht heroisch genug geraten waren? Doch, Abe, ich will das Ding haben. Ich bin ganz fürchterlich froh, dass wir keine hehren Heldenfilme zustande bringen, sondern nur ulkige Käsereiben.«
»Das war mir nicht bewusst«, sagte Abe. »Aber ich glaube, mir

geht es ähnlich.« Er gab ihr den Fackelhalter und das grüne Buch, dann nahm er seine Brille ab und rieb die Gläser sauber, ohne sie hinterher wieder aufzusetzen. Mit seinen rot geränderten Eulenaugen sah er sie an. »Das andere ist die Partitur dieser *Olympia-Symphonie*, bei der du mich damals beraten hast.«
»Ach, Abe, ich habe dich doch gar nicht beraten. Von Musik verstehe ich noch immer nichts, und Partituren kann ich gar nicht lesen.«
Unverhofft verzog er den Mund zu einer Art Schmunzeln, das genauso schnell wieder verschwand. »Ich würde mich trotzdem freuen, wenn du sie nimmst. Das Programm des Festivals ist noch einmal umgestellt worden, und dieses kleine Stück wird nun am Abend vor der Eröffnung aufgeführt. In der Albert Hall. Zusammen mit Beethovens Neunter, die, wie ich mir sagen ließ, zu jeder Olympiade gehört.«
Sie hörte den Anflug von Stolz, stand auf und umarmte ihn. »Wenn du dich freust, freue ich mich auch. Es tut mir leid, Abe. Du interessierst dich für jeden Blödsinn, der uns betrifft, und wir sollten an deiner Arbeit auch Interesse zeigen. Zumal sie uns alle ernährt.«
Abe winkte ab. »Das mit diesen Olympiakommissionen war eine Ausnahme, aber ansonsten ist meine Arbeit ja eher etwas für Bewohner von Elfenbeintürmen. Gute Reise, Jenny. Bitte richte der Lady von Mandeville meine Bewunderung aus. Sie hat sich übrigens tatsächlich von Lord Coe auf die Rednerliste setzen lassen.«
»Für die Eröffnungsfeier?«
Er nickte. »Sie wird als älteste Mitwirkende angekündigt, und soweit mir berichtet wurde, soll ihr Grußwort vier Minuten dauern.«

51

Gregory saß mit Momma im Morgenzimmer und duldete ergeben Bellinis Kopf auf seinen Schenkeln, statt Momma zu sagen, dass er allergisch gegen Hundehaare war. Als Jennifer kam, nieste er und stand auf. »Es hat mich sehr gefreut«, sagte er zu Momma.

»Und mich erst. Sie bringen uns Jenny heil wieder, nicht wahr?«

Er lächelte und wirkte auf einmal verblüffend charmant. »Jetzt im Moment kommt mir das Unterfangen ein wenig vermessen vor, aber heute Morgen habe ich es mir noch zugetraut.« Er trug ein dunkelgrünes Hemd, das seinen Augen stand. Aus den kurzen Ärmeln ragten seine muskulösen Arme, auf denen sich rötlicher Flaum aufstellte. Nicht übel, dachte sie und gab ihm einen Kuss, ehe sie sich von Momma verabschiedete.

»Das hast du noch nie getan«, sagte er vor der Tür. »Mich ohne Aufforderung geküsst. Hat das einen Grund?«

»Ja.«

Mit ihrer Reisetasche in der Hand blieb er stehen. »Wo ist eigentlich dein Gepäck?«, entfuhr es ihr.

»Im Auto«, sagte er und wies mit dem Kopf auf einen geparkten Geländewagen, der so grün war wie sein Hemd.

»Das ist nicht dein Ernst!«

»Ganz sicher bin ich mir nicht«, sagte er. »Aber ich fand, wo du eine Mutprobe nach der anderen bestehst, müsse ich mich zumindest an einer einzigen versuchen.«

»Wäre ich ein Mann, würde ich dir auf die Schulter klopfen«, sagte sie. »Und falls es dir mit dem Fahren zu viel wird, löse ich dich ab.«

»Ich denke, das geht in Ordnung«, sagte er. »In Panik versetzt mich ja weniger das Fahren als der Gedanke ans Einsteigen. Und

da ich das jetzt schon mehrmals überlebt habe, denke ich, wir schaffen es bis Mandeville.«
Sie verstauten Jennifers Tasche und fuhren los. Das Wetter an diesem Sommertag war geradezu unenglisch, das strahlende Licht genau richtig, um pinkfarbene Banner zu beleuchten. Auf dem Fluss glitzerten goldene Reflexe, und unter der Tower Bridge hingen die fünf olympischen Ringe. »Ehrlich gesagt, bin ich froh, wenn wir aus der Stadt raus sind«, sagte sie.
»Wegen meiner Fahrkünste?«
»Nein«, sagte sie. »Weil ich das Gefühl habe, hier kribbelt alles vor Erwartung. Keine drei Wochen mehr – mir kommt es vor, als müsse das ein Irrtum sein.«
»Das wäre aber schade«, sagte er. »Ich kann mir keine Athletin vorstellen, die perfekter in Form ist als du.«
»Gregory«, sagte sie. »Wenn ich es nicht schaffe, wenn ich einfach hinschmeiße – was machen wir dann?«
»Ich weiß es noch nicht«, sagte er und fädelte den Wagen an der Auffahrt zur Autobahn ein. »Vielleicht werde ich Taxifahrer. Oder du könntest in deinem Zahnstocher-Restaurant fragen, ob die einen Lieferfahrer brauchen.« Als sie nicht lachte, sagte er: »Es macht mir nichts aus, in Ordnung? Doch, natürlich, es macht mir etwas aus und dir auch, aber es macht uns nicht kaputt. Vor einem Jahr habe ich gedacht, ich werde verrückt, wenn sie diese Olympiade feiern und mich nicht mitspielen lassen, ich liefere mich selbst in die Psychiatrie ein. Du hast mich mitspielen lassen, und dafür bin ich dir dankbar. Es war eine tolle Zeit, und ich habe das Gefühl, ich bin im Leben wieder angekommen. Wie es weitergeht, warte ich einfach ab.«
»Erinnerst du dich, dass du gesagt hast, mit Olympia kann man nicht aufhören, weil man den Traum mit der ganzen Welt teilt?«
»Das sage ich immer noch«, antwortete er. »Aber das heißt ja nicht, dass man unbedingt mitlaufen muss. Stell dir mal vor, wie voll sonst die Laufbahnen wären.«

»Weißt du, was ich gestern Nacht gedacht habe?«, fragte Jennifer. »Vielleicht geht das gar nicht, *bei* Olympia laufen. Nur *für* Olympia laufen. Was ich damit meine, muss ich mir allerdings erst überlegen.«

»Deshalb fahren wir ja nach Mandeville«, erwiderte er. »Sagst du mir jetzt, warum du mich eben im Haus deiner Eltern geküsst hast?«

»Weil du mir gefällst, so wie du im Leben wieder angekommen bist«, sagte Jennifer. »Weil ich in dich verliebt bin.«

Er sah sie nicht an, sondern musste sich auf die Straße konzentrieren. »Schade, dass wir nicht mit dem Zug gefahren sind«, sagte er.

In Buckinghamshire schien ebenfalls die Sonne, und Jennifer, die auf derlei sonst nie achtete, fiel auf, wie hoch und golden das Getreide stand. Sie kurbelte das Fenster herunter, spürte die Wärme auf den Wangen und atmete den süßen Heuduft ein. Der Wagen rumpelte über den schlecht befestigten Zufahrtsweg. »Mandeville ist unglaublich schön«, sagte Gregory. »Überleg mal, wenn Alberta Bernhardt es nicht der Stiftung überschrieben hätte, würdest du es erben.«

»Onkel Fred würde es erben«, berichtigte Jennifer. »Nach ihm Momma und dann erst Zac, Phil, Giora und ich. Wenn du die Erbschaftssteuer und die ganzen Unterhaltskosten abziehst, lohnt sich dafür vermutlich keine Erbschleicherei.«

»Nein, vermutlich nicht«, sagte er und lächelte sie an. »Wer, meinst du, hat entschieden, dass das Gut der Stiftung zufallen soll: sie oder ihr Mann?«

»Ihr Mann?« Jennifer stockte. »Ich fürchte, ich habe meinem Ruf als Ignorantin mal wieder alle Ehre gemacht. Über ihr Olympia sechsunddreißig denke ich ununterbrochen nach, aber an den Vater von Fred und Cully habe ich noch keinen Gedanken verschwendet.«

»Ich habe Angst, du könntest es mir übelnehmen, Jennifer Juniper«, sagte er. »Ansonsten würde ich dir jetzt einen Heiratsantrag machen.«
Er pfiff sein Lied, und sie lachte, weil die Sommerluft eine Ausgelassenheit verbreitete, die sie sonst nicht kannte. »Ich würde dich verdächtigen, es auf mein nicht vorhandenes Erbe abgesehen zu haben.«
»Ich habe es auf dein vorhandenes Erbe abgesehen«, sagte er.
Das Haus kam in Sicht, der gelbe Stein in der Sonne schimmernd.
»Ich habe dir doch gesagt, das Gut und das Vermögen erbt die Stiftung.«
»Ich rede ja nicht von dem Gut und dem Vermögen.«
»Wovon dann?«
»Von der Stiftung«, antwortete er. »*Mandeville Foundation for the Support of the Paralympic Movement.*«
Sie fuhren auf den gepflasterten Vorplatz. Vor dem Portal mit den Säulen saß Onkel Fred in seinem Rollstuhl. Als sie ausstiegen, versuchte er nicht wie sonst, sich in die Höhe zu stemmen. Holly, eine Hausangestellte, reckte den Kopf aus der Tür, und dahinter wurde ein Mann in einem Arztkittel sichtbar. Onkel Fred aber sandte die beiden mit raschen Worten wieder nach drinnen.
»Jennifer«, sagte er. In seinem Schoß lag Papier, ein Stoß beschrifteter Seiten. Onkel Fred hielt ihr die geöffnete Handfläche hin, auf der ein weißes Stück Stein lag. Sein Arm begann zu zucken, so dass die Hand hüpfte und der kleine Stein herunterfiel.
Erschrocken lief Jennifer zu ihm und griff instinktiv nach seinem Arm. Onkel Fred schüttelte den Kopf, wobei ihm auch die Kontrolle über die Nackenmuskeln zu entgleiten schien. In zuckenden Bewegungen wies er auf den Stein, der zwischen den Kieseln am Boden glänzte. Jennifer hob ihn auf. Es war ein sehr weißes Stück Marmor. Kallimarmaro.
Gregory war hinter Onkel Fred getreten und massierte ihm den

Nacken. Eine Weile rang der alte Mann nach Atem, dann fing er sich. Krächzend sagte er etwas auf Deutsch, besann sich dann und wiederholte es auf Englisch: »Sie muss es gewusst haben. Sie hat mir gestern Abend ihr Stück vom Panathinaiko-Stadion für dich gegeben und in der Nacht noch alles zu Ende geschrieben. Dann saß sie am Fenster und hat auf dich gewartet. Vor einer halben Stunde ist sie gestorben.«

ZEHNTER TEIL

Die Sehnsucht der Welt

Berlin, November 1938

»Die Bombe machte ›bumm‹,
Da fiel mein Johnny um.«

Schlager von Hans Albers, aus dem Film
»Wasser für Canitoga«, 1939

52

Fritze zur Schule zu schicken war ein Risiko. Fritze nicht zur Schule zu schicken war ein Ding der Unmöglichkeit.
Er war erst fünf, und niemand wusste, wie er überhaupt Lesen gelernt hatte. Weder Alberta noch Hannes waren Menschen, die viel lasen, und in ihrem Haus gab es kaum Bücher.
»Dem Fritze, dem ist eben langweilig«, mutmaßte Jette Sabotke. »So Jungs, die haben ja keene Puppen, die spielen halt Fußball oder Soldat. Und dit kann er nich'.«
Dass er sich allein Lesen und Schreiben beigebracht hatte, war Alberta aufgefallen, als er noch nicht einmal vier war und im Sattel seines geliebten Schaukelpferdes wieder einmal auf und ab schwang. Wenn niemand ihn herunterhob, war er gezwungen, dort sitzen zu bleiben, und beschäftigte sich stundenlang.
»Hü, Sirio, hü!«, rief er an jenem Abend, als Alberta von Filmaufnahmen nach Hause kam und feststellen musste, dass Hanne-Lore, das Mädchen, das sie für Fritze eingestellt hatten, das Haus ohne Erlaubnis verlassen hatte. Die strohblonde Achtzehnjährige, eine Bauerntochter, die von irgendeiner entlegenen Insel in der Nordsee stammte, war herzlich und lustig, aber sie war die Unzuverlässigkeit in Person.
»Mensch, Fritze«, rief Alberta, fiel vor dem Pferdchen auf die Knie und zog den Kleinen in die Arme. »Haben Sie dich tapferen Reiter hier vergessen?«
»Ach, wenn ich will, kann ich schon allein absteigen«, behauptete Fritze tapfer. »Ich will bloß nicht. Sirio und ich, wir müssen trainieren.«
»Warum nennst du dein Pferd denn Sirio?«, rief Alberta erschrocken, zwang sich dann jedoch zur Ruhe. Die Olympischen Spiele lagen vier Monate zurück, und Fritze hatte sich damals allzu eng

an James angeschlossen. Außerdem war über den Olympiasieg lange geredet worden, ob die Regierung es wollte oder nicht. Der kleine Junge musste den Namen des Rappen aufgeschnappt haben.

»Na, steht doch hier«, rief Fritze triumphierend und wies auf den Schriftzug, der in den Kehlriemen des Schaukelpferdes geprägt war: *Sirio.* Niemand hatte die Buchstaben zuvor bemerkt, und niemand konnte sich erklären, wie Fritze sie entziffert hatte.

Drei Abende später kam Hannes müde und abgekämpft von einer Sitzung im Haus des Deutschen Sports. Fritze schaukelte weiter auf dem Pferdchen und feuerte es aus Leibeskräften an: »Hü, Sirio, hü, hü, hü!«

Hannes stürzte in das Kinderzimmer, das er selbst bei Heinemann, dem teuersten Einrichtungsgeschäft von Potsdam, ausgesucht hatte, riss Fritze aus dem Sattel und gab ihm drei rasche Schläge aufs Hinterteil. Alberta hatte in der Küche gerade Schmalzbrote geschmiert. Sie hörte den ersten Schlag, rannte sofort die Treppe hinauf und riss Hannes den Kleinen weg. »Bist du von Sinnen? Du rührst Fritze nie wieder an!«

»Ich will das in meinem Haus nicht hören«, sagte Hannes, aber er klang kaum weniger erschrocken als sie.

Alberta beachtete ihn nicht, sondern versuchte, Fritze zu trösten, der keinen Trost wollte. Stattdessen zappelte er, um sich zu befreien und wieder auf sein Pferd gesetzt zu werden. »Ist ja nichts passiert«, sagte er. »Ich geb Sirio einen neuen Namen.«

Als der Junge im Bett lag, hatte Alberta Hannes angeschrien, ohne nachzudenken: »Willst du unsere Kinder erziehen, wie du erzogen worden bist? So dass sie sich als Erwachsene noch immer ducken, weil sie Angst vor Prügeln haben?«

»Ich hab dem Jungen keine Prügel gegeben«, verteidigte sich Hannes. »Mir ist die Hand ausgerutscht. Verstehst du nicht, dass ich außer mir war, dass ich es nicht ertrage, wenn dieser verfluchte Name mir ins Ohr gellt?«

»Dafür kann Fritze nichts.« Sie baute sich vor ihm auf. »Was ist mit dir los? Du kannst kein Pferd schlagen, aber du schlägst ein dreijähriges Kind, das nicht gesund ist und bei dem man jede Rippe zählen kann?«

»Es tut mir leid.« Er sackte in sich zusammen. »Ich bin so müde, das ewige Kämpfen ist so anstrengend. Weißt du, was diese Männer bei der Reichssportführung von mir verlangen?«

»Das ist kein Grund, unser Kind zu schlagen.«

»Herrgott, geschlagen habe ich ihn nicht!« Hannes strich sich den Schweiß von der Stirn. »Ein paar mit der Hand, das ist kein Schlagen, und es schadet nicht. Was soll aus ihm denn werden? Ein treuloser, verweichlichter Tagedieb wie James Seaton-Carew?«

»Jedenfalls kein Duckmäuser!«, schrie Alberta. »Mein Kind soll nicht zusammenzucken und den Rücken krumm machen, sobald jemand die Hand hebt.«

»Dein Kind ist er doch gar nicht«, sagte Hannes. »Auch wenn wir ihn aufziehen, so gut es eben geht. Du weißt, ich würde einem Kind von uns beiden nie ein Haar krümmen, nicht wahr? Ich will nicht, dass mein Sohn das Gleiche durchmachen muss wie ich. Mein Sohn soll ein Kerl sein, der sich vor nichts fürchtet, der sich nichts sagen lässt, sondern losmarschiert, als gehörte ihm der Himmel. Ein Olympiasieger.«

In seinen Augen glänzten Tränen. Einen Sohn wünschte er sich mit jeder Faser seines Herzens, und in jener Nacht gab er alles, um einen zu zeugen. Am nächsten Abend brachte er Fritze einen Fußball mit, einen echten, wie die Spieler von Hertha ihn benutzten. Fritze konnte nichts damit anfangen, aber er nahm die Entschuldigung an. Seinem Pferd hatte er in die andere Seite des Kehlriemens das Wort *Farfalla* geritzt.

»Hü, Farfalla, hü.«

Alberta sprach bei nächster Gelegenheit mit Onkel Ludger. Der wiederum sprach mit Rektor Redlich von der Hauptmann-Volksschule in Potsdam, den er persönlich kannte. Trotz seiner be-

drängten Lage schien Onkel Ludger noch immer halb Berlin zu kennen. »Der Deutsche liebt seinen Dackel«, sagte er zu Alberta. »Und rund um Berlin gibt es kaum einen Dackel, dessen Zipperlein ich in den letzten dreißig Jahren nicht behandelt habe.«
Rektor Redlichs Dackel hieß Rosinante. Der Schulleiter sah sich Fritzes Versuche beim Lesen und Schreiben an und erklärte sich bereit, ihn in seiner Unterklasse sitzen zu lassen. »Sofern es darüber kein Gerede gibt. Nachher wird der ja doch ausgeschult oder muss auf die Hilfsschule für Idioten, auch wenn's nicht der Kopf ist, an dem es fehlt. Warum soll er nicht vorher etwas lernen?«
Also trug Alberta ihren Fritze morgens in seine Bank in der Volksschule und trug ihn nachmittags wieder nach Hause. Es war oft schwierig, die Zeit aufzubringen, und es war immer schwierig, die Furcht im Zaum zu halten, aber Fritze blühte in der Schule auf. Ihm diese Freude zu nehmen brachte Alberta nicht über sich.
Sie hielt Hanne-Lore an, Fritze abzuholen, wenn sie selbst verhindert war. Sie und Hannes waren das Traumpaar des deutschen Sports, ihr Bild klebte an Litfaßsäulen, sie hatten sich zur Verfügung zu halten. Hanne-Lore versprach, zur Stelle zu sein. Sie war ein nettes Mädchen, das mit Fritze herumalberte, doch wenn sie sich vergnügte, vergaß sie die Zeit. Oft genug tauchte sie in der Schule nicht auf, und Fritze saß in seiner Bank, bis Alberta am Abend keuchend zur Tür hereinstürmte, um ihn aufzulesen.
Rektor Redlich beschwerte sich nicht bei ihr, sondern bei Hannes. »Das geht so nicht weiter.« So gereizt wie in diesem Herbst hatte sie Hannes nie erlebt. »Wenn du nicht dafür sorgen kannst, dass der Junge abgeholt wird, kann er eben nicht mehr in die Schule gehen.«
»Hannes, du weißt doch selbst, was derzeit los ist. Christoph Lachmann dreht diesen Lehrfilm mit mir, ich komme kaum einmal bei Tageslicht nach Hause.«
»Und wozu bezahle ich das Mädchen? Wenn sie ihre Arbeit nicht ordentlich tut, entlass sie und such eine andere.«

Wir bezahlen sie beide, dachte Alberta. »Den Mann, der so spricht, erkenne ich nicht wieder«, sagte sie. »Hanne-Lore hat ihre Fehler, aber sie ist ein liebenswertes Mädchen. Sie mag Pferde gern, weil ihr Vater Ponys hält, und Fritze liebt sie sehr.«
»Und warum ist sie nicht zuverlässig?«
»Beim Himmel, was weiß denn ich? Sie ist ein hübsches Mädchen, umschwärmt, sie amüsiert sich.«
»Das heißt, sie treibt sich herum. Eine Schlampe will ich nicht im Haus haben.«
»Es ist nicht so einfach, eine andere zu finden! Du weißt, was mit Fritze los ist und wie viele Leute der Meinung sind, wir sollten ihn in ein Sanatorium geben.«
Er wandte sich ab und stöhnte auf. »Vielleicht sollten wir darüber nachdenken, Albi. Für den Jungen könnte es das Beste sein. Er bekäme endlich ärztliche Behandlung, und wir beide würden aufhören, uns ständig zu streiten.«
Alberta packte ihn am Arm und riss ihn zu sich herum. »Du hast mir in die Hand versprochen, dass Fritze bei uns im Haus bleibt. Dafür habe ich Onkel Ludger im Stich gelassen!«
»Was heißt denn im Stich gelassen? Herrgott, Albi, ich habe nicht die Macht, die ganze Welt zu schützen, und Ludger Kohn geht es da, wo er ist, doch nicht schlecht.«
Es war nicht das erste Mal, dass sie deswegen aneinandergerieten. Gleich nach der Olympiade hatte Giselher Mehring ihn bedrängt, sich der »unerwünschten Elemente« in seinem Haushalt zu entledigen. Acht Wochen später hatten sie geheiratet. Von Hannes' Familie war lediglich sein unsäglicher Onkel erschienen, aber Mehring war dagewesen und hatte ihm von neuem zugesetzt.
»Ich habe eben verloren«, hatte Hannes bitter herausgepresst. »Ich darf mir nicht erlauben, Bedingungen zu stellen, sondern muss froh sein, wenn man mich nicht fallenlässt.«
»Du hast nicht verloren! Du hast eine Silbermedaille gewonnen

und das Gold der Mannschaft obendrein. Du bist Deutschlands liebster Sportheld. Warum hätte die Riefenstahl sonst mit dir nachgedreht, warum bekämst du sonst Angebote vom Film? Mehring kann dich gar nicht fallenlassen. Nach ihm kräht kein Hahn, die Leute wollen dich!«

»Glaubst du das wirklich?«

Sie hatte genickt. »Aber du bist auch ein Vorbild, Hannes. Jungen wie Ulli Sabotke blicken zu dir auf und können von dir lernen, wie ein Mann sich beträgt. Zeig Mehring dein Rückgrat, sag ihm, du bist keiner, der seine Familie auf die Straße setzt, und du lässt dir nicht vorschreiben, wer zu deiner Familie gehört.«

»Es geht doch nur darum, Ludger eine andere Wohnung zu verschaffen«, hatte Hannes sie bedrängt. »Wir müssen an den Jungen denken. Wenn wir Mehring gegen uns aufbringen, weil wir uns seiner Empfehlung widersetzen, ist auch der Junge in Gefahr. Wenn wir Mehring dagegen in diesem Punkt nachgeben, bekomme ich meine Stellung bei Poseck und kann dir und dem Jungen ein schönes Leben bieten. Und unserem eigenen Sohn erst recht.«

Wann immer er von dem Sohn sprach, trat eine Sehnsucht in seine Stimme, die sie im Innersten berührte. Sie wollte ihm diesen Sohn ja geben, sie wollte, dass er seine Stellung bekam, und vor allem wollte sie, dass Fritze in Sicherheit leben konnte wie jeder andere Junge in seinem Alter. Nein, nicht wie jeder andere Junge. Fritze war nicht gesund, doch ihm schien das nichts auszumachen. Er saß auf seinem Schaukelpferd und verschlang Bücher, sammelte Bilder der Olympiahelden und träumte noch immer davon, eines Tages für Deutschland zu fechten.

Ludger selbst hatte schließlich die Entscheidung getroffen. »Das ist doch kein Problem, mein Mädchen«, sagte er und hielt sie lange im Arm. »Ihr jungen Leute sollt eure Bude für euch haben, und ich habe schon ein Zimmer gefunden, in einer ansprechenden Wohnung in Schöneberg.«

Dass die ansprechende Wohnung eine sogenannte Judenwoh-

nung war, in der sieben Menschen in drei Zimmern hausten, spielte er herunter. »Es ist ja alles nicht für die Ewigkeit.« Alberta aber entging nicht, dass Tante Käthe seither mit ihr nur noch das Nötigste und mit Hannes überhaupt nicht mehr sprach.
Sie hatte Onkel Ludger verraten, aber sie hatte es für Fritze getan. Hannes hatte seine Stellung bei Poseck bekommen, auch wenn Alberta nicht klar war, was er dort eigentlich machte. Ihm war es auch nicht klar: »Die brauchen mich nicht, die trauen mir nichts zu. Dass ich den Jungen im Haus behalte, macht es nicht besser.«
»Das hier ist Fritzes Zuhause«, versetzte Alberta. »Du wirst mich nicht dazu bringen, ihn aus seinem Zuhause zu reißen, es sei denn, du willst, dass ich mitgehe.«
»Herrgott, dann betrag dich mit ihm nicht so auffällig! Behalt ihn im Haus, er muss ja nicht zur Schule gehen. Er ist zu klein, und ein Professor wird sowieso nicht aus ihm.«
Als er in dieser Nacht mit ihr schlafen wollte, wies sie ihn zum ersten Mal zurück. Wie sehr sie ihn damit verletzte, stand ihm ins Gesicht geschrieben, und es schnitt ihr ins Herz, doch sie war nicht in der Lage, sich von ihm berühren zu lassen.
Anderntags schärfte sie Hanne-Lore noch einmal ein, Fritze pünktlich aus der Schule zu holen. »Wenn Sie das nicht schaffen, müssen wir Sie entlassen.«
»O nein, bitte nicht!«, rief das Mädchen verzweifelt. »Ich hab's doch so schön bei Ihnen und mag den Fritze so gern. Und wenn Sie mich wegschicken, muss ich heim nach Baltrum, wo es mehr Dünen als Leute gibt und selbst die Grütze nach Fisch stinkt.«
Alberta musste lachen. Zu Fischgestank und Dünen wollte die kokette Hanne-Lore wirklich nicht passen, und fortan besserte sie sich, so dass Fritze nicht mehr in der Schule warten musste. Doch neue Probleme taten sich auf, weil seine Gesundheit so zart war und er sich von der Erkältung bis zum Furunkel alles Mögliche zuzog. Einen gewöhnlichen Arzt aufzusuchen war zu gefähr-

lich, denn der würde Fritzes Behinderung amtlich registrieren. Einem jüdischen Arzt, der sich neuerdings Krankenbehandler nennen musste, war es jedoch bei Strafe verboten, ein Kind, das als arisch galt, zu behandeln.

Die Familie traf nur noch selten in der Bettinastraße zusammen, weil Onkel Ludgers Angst, Tante Käthe zu gefährden, sich zur Paranoia auswuchs. Anfang November aber war Tante Käthes Geburtstag. Sie lud zu Streuselkuchen und Würstchen ein und drohte Ludger, sie werde ihm nie vergeben, wenn er nicht erschiene. Hannes war für Poseck nach Ostpreußen gefahren, aber Alberta ging mit Fritze zur Feier. Seit langem hatte sie endlich wieder einmal das Gefühl, frei atmen zu können, ohne ein Gewicht auf der Brust zu spüren.

Sie nutzte die Gelegenheit, Onkel Ludger nach Dr. Guttmann zu fragen. »Kommt er nicht wieder einmal auf Besuch? Ich würde ihn gern bitten, mir für Friedrich etwas zur Stärkung zu geben. Er gedeiht mir so schlecht und ist ständig krank.«

»Sieh an, unser flotter Feger wird 'ne richtige Mutti«, bemerkte Jette Sabotke. »Ist denn so langsam mal ein blondes Hänseken unterwegs?«

»Wer weiß«, tat Alberta den wunden Punkt hastig ab und sah wieder Onkel Ludger an.

Der schüttelte bedauernd den Kopf. »Dr. Guttmann hat Schwierigkeiten, Albi. Um es offen zu sagen, er versucht derzeit, mit seiner Familie das Land zu verlassen.«

»Der Mann hat Verstand!«, fuhr Tante Käthe auf. »Wie oft habe ich dir gesagt, in diesem Land kannst du nicht bleiben, aber du hörst ja erst, wenn dein Hals schon in der Schlinge steckt.«

»Käthe hat in letzter Zeit schlecht geschlafen«, murmelte Albertas Vater. »Was ist, spielen wir Schlesische Lotterie, statt uns den Geburtstag zu verderben?«

»Davon, dass man's verschweigt, wird doch nichts besser«, versetzte Käthe. »Ludger würde gern schweigen, bis er im Grab liegt,

aber ich mache das nicht mit. Und was ist mit Gustes Jungen? Den holen sie auch bald ab, und keiner kriegt ihn mehr zu sehen. Wie die Anna vom Schlachter. ›Unheilbares Irresein‹ haben die bei dem Mädchen festgestellt, aber davon stirbt doch keiner.«
Die mondsüchtige Tochter von Tante Käthes Schlachter war in der Heilanstalt Berlin-Buch an Herzversagen gestorben. Sie war keine fünfzehn Jahre alt gewesen.
»Übertreib doch nicht alles«, sagte Albertas Vater. »Damit machst du es keinem von uns leichter.«
»Ich will es euch nicht leichtermachen, ich will, dass ihr etwas tut.«
»So einfach ist es nicht«, kam es gepresst von Onkel Ludger, der sonst immer der Erste war, sie zu beschwichtigen. »Ich habe versucht, die Praxis zu verkaufen, aber eine jüdische Praxis darf nicht mehr verkauft, sondern nur noch aufgegeben werden.«
Albertas Herz begann zu hämmern. Onkel Ludger wollte seine Praxis verkaufen, die er mit so viel Liebe aufgebaut hatte?
»Dann gib sie auf«, herrschte Käthe ihn an. »Wenn du in einem ihrer Lager verschwindest, nützt dir das Geld auch nichts mehr.«
»Ohne Geld gibt es keine Auswanderung«, erwiderte Ludger tonlos. »Selbst Ludwig Guttmann, der die Summe für die Reichsfluchtsteuer aufbringen kann, braucht jemanden, der in Großbritannien für ihn und seine Familie bürgt.«
»Wozu das denn?«
»Großbritannien hat im Mai die Visumspflicht wieder eingeführt, die in anderen Ländern längst gilt«, sagte Ludger, noch immer tonlos. »Und ein Visum bekommt nur, wer nachweisen kann, dass er dem Staat, der ihn in Gnaden aufnimmt, nicht auf der Tasche liegen wird.«
»Aber Dr. Guttmann ist doch ein angesehener Arzt«, stammelte Tante Käthe. »Er muss doch Geld haben.«
»Seine Einnahmen gehen auf Sperrkonten«, antwortete Ludger. »Und seine Wertsachen hat er abliefern müssen. So wie wir alle.«

»Was denn für Wertsachen?«, fragte Alberta.
Onkel Ludger zuckte die Achseln. »Ein paar silberne Löffel, die meine Großmutter mir hinterlassen hat. Meines Vaters Taschenuhr und die Münzen, die ich als Junge gesammelt habe. Die Nazis möchten zwar uns gern loswerden wie die siebzehntausend polnischen Juden, die sie vor zwei Wochen deportiert haben, aber nicht unser Kapital. Und um mittellose Juden reißt sich kein Land der Welt.«
»Jetzt mal Schluss damit.« Albertas Vater stand auf. »So weit kommt es doch gar nicht, Ludger. Du gehörst hierher. Zu uns. Und es wird nichts so heiß …«
»Sprich's nicht aus.« Tante Käthe fischte eins der Würstchen, denen vor Hitze die Haut geplatzt war, aus dem Kessel und stopfte es ihm in den Mund, dass er einen quiekenden Laut von sich gab. »Deinen Mist von gegessen und gekocht habe ich mir bei dieser Olympiade zum letzten Mal angehört. Von jetzt an will ich den nie wieder hören.«
Als Alberta aufbrach, dunkelte es bereits. Ein Taxi war nicht zu bekommen, also nahm sie die Bahn. Ihr gegenüber beugten sich drei Männer über eine Zeitung und debattierten erregt über einen Anschlag, der sich in der deutschen Botschaft in Paris ereignet haben sollte. Ein Botschaftssekretär war angeschossen und schwer verletzt in ein Krankenhaus gebracht worden.
»Fünfmal hat der Jude auf ihn geschossen«, ereiferte sich einer der Männer.
»Wieso haben die den überhaupt in die Botschaft gelassen? Das weiß man doch nun, dass man keinem Juden über den Weg trauen kann, und solche Ostjuden riecht man ja noch gegen den Wind.«
»Das ist es, was die wollen. Das deutsche Volk vernichten. Der Führer sagt's ja nicht erst seit gestern.«
Ich kann's nicht mehr hören, dachte Alberta und war heilfroh, als der Zug den Bahnhof Potsdam erreichte. Sie lud sich Fritze auf die Hüfte und trabte los. Der Kleine hatte sich mit Ulli Sabotke müde

gespielt und hing schläfrig in ihrem Arm. Alberta hatte sich in dem großen Haus, das Giselher Mehring gehört hatte, nie richtig eingelebt, aber sie mochte das Holländische Viertel, die hübschen rot-weißen Häuser mit ihren altmodischen Giebeln, die liebevoll geführten Geschäfte und die friedliche Gediegenheit.

Die aber schien jetzt wie ausgelöscht. Durch die von Straßenlaternen erhellte Dämmerung drang Gebrüll und Gegröle und schreckte Fritze aus dem Schlaf. Auch wenn sie kein Wort verstand, war ihr klar, dass es sich um kein fröhliches Lärmen handelte, dass das Lachen, das aufklang, keine Heiterkeit verriet. Der Radau war zornig, angriffslustig, gewaltbereit. Flucht war Albertas erster Gedanke. Dann nahm sie sich zusammen. Bis zu ihrem Haus war es nicht mehr weit, und an ein paar Betrunkenen würde sie schon vorbeikommen.

Die paar Betrunkenen waren eine Horde von bestimmt dreißig Menschen, die ihr auf der Straße entgegenpolterten. Sie hatten einen Mann und eine Frau in ihrer Mitte, die sie mit Stöcken und Fausthieben vorantrieben. Im Näherkommen sah Alberta, dass der Mann schwarzes und die Frau sehr helles Haar hatte, dass ihre Kleider zerrissen waren und dass sie an Stricken Schilder um den Hals trugen.

»Albi«, weinte Fritze und klammerte sich an ihr fest.

Das Klügste wäre, in die Nebenstraße auszuweichen und dort zu warten, bis der Mob vorbeigezogen war. Unter denen, die das Paar mit Schlägen und Tritten traktierten, erkannte Alberta auch Frauen und einen Jungen, der nicht älter sein konnte als Ulli Sabotke. Der Mann blutete aus einer klaffenden Wunde am Auge, das helle Haar der Frau sah aus, als hätten ihre Peiniger es ihr in Büscheln ausgerissen. Die Leute johlten, sangen ein hässliches Lied, bei dessen Text sich Alberta am liebsten die Ohren verstopft hätte. Die Polizei war nirgendwo zu sehen, und bis zur Wache in der Breiten Straße waren es zehn Minuten zu Fuß. Wenn sie es jedoch bis nach Hause schaffte, konnte sie von ihrem neuen Telefonanschluss aus die Polizei zu Hilfe rufen. Ich muss hier weg, beschwor sie sich. Ich habe Fritze bei mir. Doch sie stand wie angewurzelt.

Wie eine Welle, die niemand aufhielt, wälzte der Mob sich heran. *Ich bin ein Rassenschänder*, stand auf dem Schild, das der schwarzhaarige Mann um den Hals trug.

Auf dem des Mädchens stand:

Ich bin so blond, ich bin so nett,
Doch leg zum Juden mich ins Bett.

»Albi«, jammerte Fritze noch einmal, ein winziger, gequälter Laut. Die Finger seiner Linken bohrten sich wie Klauen in ihren Arm, während die zuckende Rechte auf den Menschenpulk wies. Auch die Beine begannen zu zucken, als führten sie ein Eigenleben. Das Mädchen, das jetzt ein Faustschlag am Hals traf, war Hanne-Lore.

Es gehörte überhaupt kein Mut dazu, nur Entsetzen, das so groß war, dass Alberta keine Angst verspürte. Sie setzte Fritze auf den Boden und stellte sich dem Zug in den Weg. »Was machen Sie da? Lassen Sie die Leute gehen.«

Aus dem Haufen löste sich ein stämmiger Mann, der sie nicht einmal unfreundlich ansah. »Wat willste denn, Mädchen? Geh lieber nach Hause, das hier is' nischt für dich.«

»Die Judendirne war fällig, die kriegt's jetzt!«, rief eine Frau, die Alberta erkannte. Sie bediente in der Bäckerei am Rathaus, bei der schon ein Pfefferkuchenhaus im Fenster stand. Ihr Mann drängte sich neben sie. Hatte sie nicht erzählt, der sei Polizist?

»Ich bin Albi Bernhardt«, sagte Alberta fest. Auch wenn sie inzwischen Hannes' Namen trug, war es dieser, unter dem die Leute sie kannten.

»Albi mit dem Bogen«, murmelte der Stämmige und sein Gesichtsausdruck veränderte sich.

»Das Mädchen gehört zu mir, ich nehme sie jetzt mit nach Hause. Lasst sie gehen. Und den Mann auch.«
Sie stieß ein paar Leute beiseite, packte Hanne-Lore beim Arm und zog sie aus dem Pulk. Sie war aschfahl und starrte blicklos vor sich hin. Alberta zerrte sie mit sich und hob Fritze wieder auf ihre Hüfte. Es war wichtig, völlig ruhig zu handeln, sich nicht die kleinste Unsicherheit anmerken zu lassen. »Vorwärts«, zischte sie Hanne-Lore zu und ging mit ihr und Fritze an dem Pulk vorbei. Aus den Augenwinkeln sah sie, dass niemand mehr den Mann anrührte. Sie konnte nur beten, dass sie ihn ebenfalls ziehen ließen, denn die Polizei zu rufen wäre sinnlos. Dies hier war keine spontane Untat, begangen von einem Haufen betrunkener Barbaren. Es war im beschaulichen Potsdam geschehen, es war gewollt geschehen, und die Polizei sah dabei zu.
In Hanne-Lore kam erst wieder Leben, als Alberta sie ins Haus geschoben hatte. Sie schaltete sämtliche Lichter ein und schloss die Riegel an der Tür. Das Mädchen, dem blutverschmiertes Haar in Büscheln vom Kopf stand, ließ sich zu Boden fallen und brach in haltloses Weinen aus. Alberta konnte ihr nicht helfen, weil sie sich um Fritze kümmern musste, der wimmerte und dem die Glieder zuckten. Sie brauchte einen Arzt, aber sie durfte keinen rufen. Sie brauchte ihren Mann, aber der war irgendwo in Ostpreußen. Sie brauchte ihre Familie, aber sie konnte sie nicht noch mehr belasten. Es kam ihr vor, als gebe es auf der Welt keinen Menschen, der ihr hätte helfen können.
Ihrem Gefühl nach vergingen Stunden, ehe die beiden sich ein wenig beruhigten und Fritzes Krampfanfall überstanden war. Sie brachte ihn zu Bett, deckte ihn fest zu und schaltete den Hebel der Dampfheizung auf die höchste Stufe. Häufig schlief Fritze nach solchen Krämpfen wie leblos, und sie würde die ganze Nacht hindurch Angst haben, dass der Anfall sich wiederholte.
Hanne-Lore kauerte am Boden und zitterte. Alberta wickelte sie in sämtliche Decken, die sich im Haus befanden, kochte Tee für

sie und gab fünf Würfel Zucker hinein. In sämtlichen Schränken suchte sie nach Alkohol, aber da Hannes sich vor den Gefahren des Trinkens fürchtete, war keiner im Haus.
»Bitte schicken Sie mich nicht weg.« Hanne-Lore weinte. »Ich weiß, Sie ekeln sich vor mir, aber dass der Leo Jude ist, hab ich doch nicht gewusst. Man fragt das ja nicht. Man verliebt sich in einen. Und wenn man dann doch fragt, ist es längst passiert.«
»Ich ekle mich nicht vor dir«, sagte Alberta. »Ich ekle mich vor uns allen.« Hanne-Lore trug noch immer das Schild mit den hingeschmierten Buchstaben um den Hals, wohl weil keine von ihnen wagte, es anzufassen. Alberta zog eine der Decken darüber.
»Frau von der Weydt ...«
»Ich bin Albi«, sagte Alberta. »Hör zu, du bleibst hier im Haus, solange du willst, aber ich kann dich nicht mehr mit Fritze auf die Straße lassen.«
»Auch nicht zur Farfalla, nicht wahr?«
Alberta schüttelte den Kopf. »Es ist zu gefährlich. Nicht einmal die Polizei hat euch beschützt.«
»Die Polizei hat das überhaupt erst angefangen«, murmelte Hanne-Lore. »Die haben die Leute von der Straße herbeigewinkt.«
Alberta verspürte Widerwillen, aber keine Überraschung. »Wenn du mich fragst, dann tätest du gut daran, auf deine Insel zurückzukehren«, sagte sie. »Ein Ort, an dem es mehr Dünen als Menschen gibt, erscheint mir im Augenblick wie das Paradies. Ich glaube, wenn ich hier keine Familie hätte, würde ich dich bitten, mich mitzunehmen.«
Hanne-Lore nickte tapfer. Dann fiel sie Alberta um den Hals. »Danke«, stieß sie weinend hervor. »Du hast recht, ich gehe nach Hause. Bei uns bekommt man den halben Tag lang keinen Menschen zu sehen, und ich kann auch keinen mehr ertragen.«
Alberta streichelte ihr den zerschundenen Kopf, doch das Haar ließ sich nicht glätten. »Ich glaube, ich auch nicht«, sagte sie.
»Ich würde dich gern mitnehmen«, sagte Hanne-Lore. »Dich und

Fritze. Meine Eltern gehören zu den Leuten, die kaum mal den Mund aufkriegen, aber wenn ich denen erzähle, was du für mich getan hast, ist unser Haus wie deins. Die würden alles für dich tun.«

»Danke«, sagte Alberta. »Leg dich jetzt hin, versuch dich auszuruhen.« Sie hätte Hanne-Lore gern beigestanden, doch sie konnte sie nicht länger anschauen. Sooft sie es tat, glaubte sie Tante Käthe vor sich zu sehen, die mit einem Schild um den Hals und geschorenem Haar eine Straße entlanggetrieben wurde.

In der Frühe kaufte Alberta sich Zeitungen, um zu sehen, ob sie etwas über den Vorfall brachten, doch die Blätter waren voller Meldungen über den Anschlag in Paris. Ernst vom Rath, der angeschossene Botschaftssekretär, war seinen Verletzungen erlegen. Der Attentäter, den die Presse einen feigen Meuchelmörder nannte, war ein aus Hannover stammender Jude namens Herschel Grynszpan, dessen Familie nach Polen deportiert worden war. Er war siebzehn Jahre alt. *»Es ist klar, dass das deutsche Volk aus dieser neuen Tat seine Folgen ziehen wird«*, stand im *Völkischen Beobachter. »Es ist ein unmöglicher Zustand, dass in unseren Grenzen noch Hunderttausende von Juden ganze Ladenstraßen beherrschen.«*

Alberta ertrug es nicht länger und stopfte alles Papier ins Feuer. Dann lud sie sich Fritze auf den Arm, den sie heute nicht in die Schule gebracht hatte, und fuhr in den Grunewald, in den Springstall, wo Farfalla jetzt zu Hause war. Sie holte die Stute aus der Box, gurtete Fritze auf dem Sattel fest und führte ihn spazieren, wie er es liebte. Fritze war ungewöhnlich in sich gekehrt, doch die Stille zwischen den kahlen Bäumen und die Nähe des Pferdes taten ihnen beiden gut.

Als sie nach Hause zurückkehrten, hatte sich die Stadt, in der sie aufgewachsen war, in eine Hölle verwandelt. Durch die Straßen, die mit den olympischen Ringen geschmückt gewesen waren,

jagten randalierende Horden. Sie schlugen Schaufenster ein, stürmten Wohnungen, zerrten Menschen die Treppen hinunter und prügelten sie zu blutigen Bündeln. Wo man das Feuer aus Olympia entlanggetragen hatte, brannten jetzt Häuser. Gotteshäuser. Die Synagoge am Wilhelmplatz loderte wie eine Riesenfackel in den Nachthimmel.
Alberta floh in ihr Haus, riegelte sich mit Fritze und Hanne-Lore ein und saß die ganze Nacht mit ihnen wach.

Das Wüten fand in jener Nacht seinen Höhepunkt, doch auch am Morgen danach zogen noch Gruppen durch die Straßen, die prügelten und verwüsteten, plünderten und schmähten. Mit Planen verhängte Lastwagen hielten vor Hauseingängen, und mit Peitschen und Stahlruten wurden Männer auf die Ladeflächen hinaufgetrieben. Wenn die Wagen wieder anfuhren, blieben Frauen auf den Straßen zurück, die vor Schmerz heulten und die Hände ausstreckten, als könnten sie die Fahrzeuge aufhalten. Auf dem Kopfsteinpflaster vor Albertas Haus lag eine zertretene Brille mit runden Gläsern, die niemand aufhob.
Sich von Fritze zu trennen war kaum erträglich, doch sie musste wissen, was mit ihrer Familie war. Schweren Herzens ließ sie ihn in Hanne-Lores Obhut und machte sich durch die schwelende, vor Qualm stinkende Stadt auf den Weg in die Bettinastraße.
Als Jette ihr die Tür öffnete, sah sie Onkel Ludger, der am Tisch saß, und Tante Käthe, die die Arme um ihn geschlungen hielt, wie um ihn nie mehr loszulassen. Nie zuvor hatte sie eine solche Erleichterung empfunden. Ludgers Tierarztpraxis war wie Tausende anderer jüdischer Betriebe zerstört und geplündert worden, und ein Knüppelhieb hatte ihn am Kopf getroffen, doch die Verletzung war nicht schwer.
»Ich muss wohl von Glück sagen«, murmelte er. »Davon geht man als zivilisierter Mensch immer aus, nicht wahr? Dass der eigene Körper eine Burg ist, deren Unantastbarkeit jeder andere

Burgherr selbst im größten Zorn achtet. Geschlagen werden wir als Kinder, und sobald wir in diese Burg unseres erwachsenen Körpers hineingewachsen sind, glauben wir uns davor gefeit. Dabei genügt eine Sekunde, uns zu lehren, wie haltlos dieser Glaube ist.«
»Onkel Ludger«, sagte Alberta. »Ich finde jemanden, der in Großbritannien für euch bürgt. Für dich und auch für die Familie Guttmann. Ich gehe sofort los und kümmere mich darum.«

53

September 1939

»Seit fünf Uhr fünfundvierzig wird jetzt zurückgeschossen. Von jetzt an wird Bombe mit Bombe vergolten, und wer mit Gift kämpft, wird mit Giftgas bekämpft.«
Alberta war mit dem Rundfunk aufgewachsen. Häufig zu faul zum Lesen, hatte sie die Hörspiele des Hans Flesch geliebt, die ihr Vater ihr vorspielte, hatte mit heißen Ohren Sportberichterstattungen verfolgt und war zu Tanzmusik durch die Wohnung gehüpft. Ich werde nie wieder Radio hören, dachte sie, als die Stimme Adolf Hitlers schnarrend aus dem Gerät drang, das sie Volksempfänger nennen mussten. Wenn dieser Wahn überhaupt je ein Ende hat, will ich nie wieder Stimmen hören, die aus einem Kasten kommen.
Hitlers Ansprache aus der Krolloper wurde im ganzen Land ausgestrahlt. Es war eine seiner typischen Reden, bei denen man förmlich hörte, wie ihm der Geifer aus dem Mund sprühte. Es hatte Zeiten gegeben, damals, vor den Olympischen Spielen, da hatten sie über diese Reden gelacht. Obgleich vieles geschehen war, das sie hätte warnen müssen, hatten sie nicht glauben kön-

nen, dass jemand einen Mann ernst nahm, der sich derart verbissen und speichelnd in Raserei steigerte. Jetzt lachte niemand mehr.

Was genau passiert war, ließ sich, wie so oft, nicht durchschauen: An der polnischen Grenze war es zu einem Zwischenfall gekommen, in einem Ort namens Gleiwitz war ein Rundfunksender von polnischen Aufständischen überfallen und besetzt worden. Den langen heißen Sommer über hatten Radio und Zeitungen über solche Ausschreitungen an der Grenze berichtet, ohne dass etwas geschehen war. Das hatte sich auf einen Schlag geändert: *Seit fünf Uhr fünfundvierzig wird zurückgeschossen.*

Die Wehrmacht marschierte in Polen ein. Eine Woche zuvor hatten das Deutsche Reich und die Sowjetunion einen Nichtangriffspakt geschlossen, der sicherstellen sollte, dass Stalin sich nicht entschloss, auf polnischer Seite einzuschreiten.

»Das bedeutet Krieg, nicht wahr?« Tante Käthes Nase wirkte spitz in dem bleichen Gesicht.

Niemand gab Antwort. Albertas Vater verschränkte die Finger, bis die Gelenke knackten.

Sie saßen alle in dem eleganten, lichtdurchfluteten Zimmer, das Hannes Salon nannte. Dafür, dass sie beieinander waren, mussten sie dankbar sein. Jäh schlang Alberta einen Arm um Hannes. Er tat es ihr gleich, und sie drängten sich zusammen, die Hüften aneinandergepresst, bis es schmerzte. Warum hatten sie wieder nichts bemerkt, nichts gespürt als leises Unbehagen, als Hitler sich erst Österreich und dann die Tschechoslowakei einverleibte? Hatten sie trotz allem wieder einmal die Augen verschlossen, zu beschäftigt damit, ihr Leben zu leben?

Sie waren immer noch das Traumpaar des deutschen Sports, und nächstes Jahr standen wieder Olympische Spiele bevor. Als Japan China den Krieg erklärte, war der Austragungsort von Tokio nach Helsinki verlegt worden. Die Zeit verflog zwischen Wettkämpfen, Training und Terminen mit der Presse. Hätten sie sich

weigern sollen? Ihrer Familie den Schutz entziehen, den ihre Popularität ihnen bot?
Wir sind Sportler, schrie alles in ihr, Politik interessiert uns nicht, wir haben mit eurem Krieg nichts zu schaffen! Hannes war Offizier der Reserve. Wenn sie ihn an die Front schickten, würde er zerbrechen. Sie drückte sich noch enger an ihn und spürte das leise Beben seines Körpers. Er mochte aussehen wie der germanische Held, den sie an allen Ecken propagierten, doch er war im Innern so verletzlich, wie ihre Schwester Guste es gewesen war. Dafür liebte sie ihn. Jetzt noch mehr als zuvor. Alberta war schwanger.
Sämtliche Zeitschriften hatten darüber berichtet und Fotos abgedruckt: Zu Weihnachten sollte ihr Kind zur Welt kommen, genau rechtzeitig, dass der stramme Stammhalter oder das blitzsaubere Sportmädel seine Eltern bei den Olympischen Spielen bewundern konnte. Albertas Hände schmiegten sich um ihren Bauch, um die pralle Kugel, die vor Leben hüpfte und ihr trotzdem nie groß genug für einen ganzen Menschen schien. Ich kriege keinen Stammhalter, begehrte es in ihr auf. Und erst recht kein Sportmädel. Ich kriege ein Kind. Wenn ihr die Welt in Stücke schlagt, wo soll ich meinem Kind dann einen Sandkasten bauen?
Hannes sah, was sie tat, und schob seine große Hand über ihre viel kleinere. Fast konnte sie sich die dritte, die ganz kleine, dazu vorstellen. Und Fritzes Hand natürlich! Wenn jemand ihn fragte, ob er sich freue, bald großer Bruder zu werden, erklärte er, er werde großer Cousin, aber Alberta wusste, er würde der beste Bruder auf der Welt sein.
Hannes' Hand zitterte. Alberta umfasste sie und hielt sie fest. Ich lasse dich nicht weg. Du arbeitest für die Pferdezucht in diesem Land, du bist unentbehrlich, selbst Goebbels sagt, Deutschlands Stellung als erste Nation im Reitsport ist ein bedeutender Erfolg. Sie streichelte ihm über den Handrücken. »Du gehst mir in keinen Krieg«, flüsterte sie ihm zu. »Du bist mir zu kostbar dafür.«

Er wandte ihr das Gesicht zu, und einen Herzschlag lang hellte seine Miene sich auf. Seit das Kind in ihr wuchs, waren sie sich von Tag zu Tag nähergekommen, aber dies war ein Höhepunkt, von dem sie spürte, dass er sich nicht mehr überschreiten ließ.
»Deutschland wird diesen Krieg verlieren.« Onkel Ludgers Stimme hatte sich so plötzlich erhoben, dass Alberta zusammenzuckte. »Vielleicht ist es gut so, vielleicht ist in ein paar Wochen dieses Tausendjährige Reich vorbei.«
»Bist du verrückt?« Albertas Vater, der bis soeben lethargisch bei ihnen gesessen hatte, sprang auf. »Haben sie uns das damals, neunzehnhundertvierzehn, nicht auch erzählt: Es dauert nur ein paar Wochen, und danach wird alles schön und neu? Kriege sind die schlimmste Geißel der Menschheit und bedeuten zahllose Tote, Ludger. Wenn Menschen sinnlos getötet werden, kann danach nie wieder etwas neu und schön und besser sein.«
»Darin gebe ich dir nicht unrecht«, erwiderte Ludger. »Nur stehe ich gezwungenermaßen auf der Seite eines Volkes, gegen das dieser Staat schon lange Krieg führt. Für mich bedeutet der Angriff auf Polen die Hoffnung, der Rest der Welt könnte endlich die Augen öffnen. Juden, Tschechen, Österreicher, sie alle waren es nicht wert, dass man einen Finger krumm machte, aber vielleicht sieht das bei einem Land, mit dem ein Beistandsvertrag besteht, ja anders aus.«
Eine Antwort fiel niemandem ein.
Ludger, der mit Leib und Seele in diese Stadt gehörte, hatte nach der Schreckensnacht im November, die inzwischen Reichskristallnacht genannt wurde, seine Ausreise nach Großbritannien beantragt. Käthe hatte ihn begleiten wollen, doch das lehnte er ab. »Ich kann dich nicht zur Bettlerin machen, Käthchen. Wenn ein fremdes Land mir altem Zausel die Möglichkeit gibt, noch einmal Fuß zu fassen, hole ich dich nach.«
Alberta war zur britischen Botschaft gelaufen, um mit Gilbert Chad zu sprechen, auch wenn sich alles in ihr dagegen sträubte.

Ihre Freundschaft mit James hatte ein hässliches Ende gefunden, und so wenig wie Hannes seinen Namen hören wollte, so wenig wollte sie es. Ihn nun um Hilfe zu bitten, kam sie hart an, doch Onkel Ludger und die Guttmanns waren wichtiger. James reagierte im Handumdrehen. Über die Botschaft erhielt sie eine Anzahl von Schriftstücken, die bestätigten, dass Lord Seaton-Carew, Captain der Royal Air Force, für die Ausreisewilligen bürgen werde. Affidavit nannte man so etwas. Onkel Ludger begann, seinen aufs Nötigste geschrumpften Haushalt aufzulösen.
Dass sein Visum nicht erteilt wurde, beruhte auf einer Formsache: Tage zuvor waren sämtliche jüdischen Pässe für ungültig erklärt worden. Onkel Ludger musste auf die Erteilung eines neuen, des sogenannten Judenpasses warten, der mit einem roten ›J‹ gestempelt war. Als der Pass endlich kam, wurde Tante Käthe ins Krankenhaus eingeliefert, weil sie blutigen Schleim erbrach. Ludger blieb bei ihr, bis sie sechs Wochen und eine Magenoperation später entlassen wurde. Die stattliche Käthe, die immer mit Leidenschaft gekocht und gegessen hatte, kehrte als fahler Schatten ihrer selbst in die Bettinastraße zurück.
»Ich lasse dich nicht allein, Käthchen«, hatte Ludger gesagt.
»Und ich werde nicht gesund, ehe du es tust«, hatte sie gekontert.
Also hatte er im Juli ein neues Visum beantragt, auf dessen Erteilung er nun wartete. Jetzt war September. Und es war Krieg.
Jette Sabotkes Schluchzen unterbrach Albertas Gedankenfluss. »Mensch, der Ulli«, stieß sie hervor. »Wat tu ick denn bloß, wenn se den einzieh'n? Ick hab doch sonst keinen als den.«
»Ulli ist doch erst vierzehn«, sagte Albertas Vater und legte den Arm um sie.
»Dit is richtig«, erwiderte Jette schniefend. »Bloß, vierzehn is' man ja nich' für die Ewigkeit, und wenn die da Krieg anzetteln, haben die doch mit Polen den Hals nicht voll.«
Alberta hatte aus dem Hotel Excelsior ein mehrgängiges Essen bestellt, das in Wärmebehältern geliefert wurde. Sie konnte noch

immer nicht kochen, wollte aber ihrer Familie etwas Gutes tun. In der Bettinastraße war seit langem Schmalhans Küchenmeister. Ihr Vater schrieb für verschiedene Sportzeitungen, tat sich jedoch schwer und schaffte nur noch hin und wieder einen Artikel. Ludger hatte seine Praxis zwar notdürftig wieder hergerichtet, aber da Juden keine Haustiere mehr halten durften, bekam er höchstens unter der Hand noch ein paar dürftig zahlende Patienten.
Von den üppigen Speisen brachte kaum jemand etwas hinunter. Also packte Alberta alles ein, um es Käthe mitzugeben. Die wartete in der Küche, und Alberta tat es weh, dass sie demütig wie eine Dienstbotin in der Ecke stand. Sie wünschte sich, die Kälte zu überwinden, die seit Ludgers Auszug zwischen ihnen herrschte. »Ich bin ja so froh, dass einmal ich dir etwas zum Abend einpacken kann«, sagte sie. »Ich weiß nicht, wie wir das erste Jahr nach unserer Hochzeit ohne deine Fresspakete überlebt hätten.«
»Albi«, sagte Käthe, sie presste die zwei Silben hart hervor. »Dieser Bekannte von dir, der Engländer, bei dem die Augenwinkel lachen, kann der meinem Ludger einen neuen Affidavit ausstellen? Die Guttmanns sind vor vier Wochen ausgereist, und die Reichszentrale für jüdische Auswanderung behauptet, für Ludger liegt nichts vor.«
Alberta nickte mechanisch und fuhr fort, die Rouladen einzeln in Butterbrotpapier zu wickeln.
»Und würde der Engländer vielleicht Ludger auch Geld für die Überfahrt geben? Er sagt, er kann mich nicht zur Bettlerin machen, aber ich mache mich gern selbst zur Bettlerin, wenn er mir nur nicht stirbt. Sie bringen die Juden um, weißt du das? Sie sagen, die sind Unkraut, das rupfen sie aus, und die meisten von denen, die sie nach der Kristallnacht in ihre Lager geschleppt haben, sind schon tot.«
»Tante Käthe.« Alberta ließ die Rouladen stehen und umarmte die ältere Frau. An ihrem gerundeten Leib, in dem ihr Kind wuchs, spürte sie den Bauch der Tante, der seit der Operation wie

eine leere Hülle war. »Bitte fühl dich vor mir nicht als Bettlerin, bitte lass mich wieder zur Familie gehören. Ich gehe morgen früh zur britischen Botschaft, und für Ludgers Überfahrt bezahlen wir.«
»Dein Hannes wird das nicht wollen.«
»Psst«, machte Alberta und hob eine Hand. »Hannes ist ein wundervoller Mann, sonst hätte ich ihn nicht geheiratet. Er hat es nie leichtgehabt, aber er kämpft ohne Unterlass darum, das Richtige zu tun. Und er hat sich gewünscht, dass meine Familie auch die seine ist.«
Käthe gab darauf keine Antwort, aber sie wehrte Albertas Umarmung nicht ab. Erst als das Kind mit erstaunlicher Kraft zutrat, wich sie zurück. »Wen hast du denn da im Bauch? Ulli Sabotke, den Zweiten?« Hilflos lachten sie beide.
Später, als Alberta und Hannes im Bett lagen, vergrub er den Kopf zwischen ihren Brüsten, die nicht mehr klein und amazonenhaft waren, sondern ihr schwer wie zwei Kürbisse vorkamen.
»Ich habe solche Angst, Albi.«
Ich auch, dachte sie und streichelte sein dichtes, blondes Haar.
»Ich kann nicht in den Krieg, ich überlebe das nicht.«
»Ich weiß, Liebster. Eher gehen wir von hier fort.«
»Aber wo sollen wir denn hin?«, schrie er auf. »Ich habe hier doch alles, was ich mir aufgebaut habe, und anderswo nichts. Soll ich um Almosen betteln wie dein Onkel? Dazu bin ich nicht gemacht. Albi, dazu bin ich einfach nicht gemacht.«
Ist irgendein Mensch dazu gemacht?, fragte sie sich.
»Es ist ja nicht Deutschland alleine schuld«, sagte er unvermittelt. »Hätten die anderen uns damals nach dem Krieg nicht gedemütigt, müssten wir uns nicht derart zur Wehr setzen.«
Sie barg seinen Kopf in ihren Armen. Sprichst du von Deutschland?, dachte sie. Oder von dir selbst?
»Vielleicht ist ja wirklich alles gleich vorbei«, sagte Hannes. »Bis unser Alexander geboren ist, hat es sich sicher beruhigt.«

»Sicher.«
Auf den Namen Alexander hatte er sich versteift. Alberta hätte gern etwas Einfaches wie Max oder Paul gehabt, nichts, das an ›der Große‹ denken ließ, aber sie mochte Hannes diesen Wunsch nicht abschlagen. Sein Sohn, so hatte er ihr erklärt, solle keiner sein, der sich von irgendwem kleinmachen ließ. Dass James' Bruder Alexander hieß, hatte er darüber wohl vergessen.
»Wir müssen noch einmal über den Jungen sprechen, Albi.«
»Fritze?« Sie hatte es kommen sehen. Nach der Reichskristallnacht hatte sie ihn nicht mehr zur Schule gebracht, und seit April lag der Brief des Reichsministeriums für Erziehung in der untersten Küchenschublade. Vermutlich hatte Hannes ihn gefunden. »Ich kann ihn nicht offiziell zur Schule anmelden«, sagte sie. »Rektor Redlich hat es auch gesagt: Er ist laut Akte ein völlig gesundes Kind. Wenn bekannt wird, was in Wahrheit mit ihm los ist, nehmen sie ihn uns weg.«
»Und was soll nun werden? Willst du ihn hier verstecken? Wie lange soll das gutgehen, zumal Mehring von ihm weiß?«
»Woher eigentlich?«, platzte Alberta heraus und wunderte sich, warum sie die Frage nicht längst gestellt hatte. »Hast du ihm je von Fritze erzählt?«
Hannes schüttelte den Kopf. »Einem wie Mehring braucht man nichts zu erzählen, er bekommt alles heraus. Ich habe den Jungen beschützt, wo ich konnte, Albi, ich habe vieles auf mich genommen, aber jetzt habe ich für mein eigenes Kind zu sorgen. Willst du, dass Mehring mich in den Krieg schickt und dein Sohn ohne Vater aufwachsen muss? Willst du das lieber, als den Jungen in eine Heilanstalt zu geben, wo man für ihn sorgt, wie wir es nicht können?«
»Mehring schickt dich nicht in den Krieg.« Alberta versuchte, lauter als ihr Herz zu sprechen, das in harten Schlägen gegen ihre Rippen hämmerte. »Im nächsten Jahr sind Olympische Spiele, und du bist der Mann, auf den das ganze Land wartet.«

»Ja«, sagte er dunkel und in Gedanken. »Das ganze Land wartet darauf, dass ich James Seaton-Carew schlage. Vielleicht hast du recht. Vielleicht schützt mich das.«
Anderntags hatte Alberta einen Termin bei einer Frauenzeitschrift, den sie absagen wollte, um Gilbert Chad aufzusuchen. Ehe sie aber dazukam, stand ein rothaariger junger Mann vor der Tür und bat auf Englisch, sie sprechen zu dürfen. »Ich komme von Gilbert Chad. Ich habe Anweisung, nur mit Ihnen allein etwas zu besprechen. Gibt es einen Ort, an dem wir ungestört sind?«
Sie nahm ihn mit in den Wintergarten, von dem aus man die kahlen Rosenstöcke des Gartens überblickte. An einem einzelnen blühte eine letzte dunkelrote Rose.
»Wir werden abgezogen«, sagte der junge Mann. «Die gesamte Botschaft. Nevile Henderson, der Botschafter, ist heute früh bereits abgereist. Sir Gilbert hoffte, Sie noch sprechen zu können, doch da es ihm leider unmöglich ist, schickt er mich.«
Großbritannien und Frankreich würden ihre Beistandsverträge mit Polen, das ohne Kriegserklärung überfallen worden war, einhalten. Ein an Deutschland gestelltes Ultimatum war verstrichen. Von morgen an würden die beiden Mächte mit Deutschland im Krieg stehen.
»Aber wie kann man denn jetzt noch ausreisen?«, rief Alberta, während ihr Magen sich zusammenkrampfte. Entsetzt bemerkte sie, dass ihre Englischkenntnisse sie verließen und sie sich dem Mann kaum verständlich machen konnte.
»Lord Seaton-Carew hat telegraphisch Anweisungen geschickt«, sagte der Mann. »Sie reisen mit uns aus, es ist für alles gesorgt.«
»Um mich geht es nicht.« Vor Albertas Augen tanzte der verglaste Raum auf und ab, und ihr Magen schmerzte höllisch. »Es ist mein Onkel, der das Land verlassen muss.«
»Das bleibt Ihnen überlassen, Madam. Wichtig ist, dass die Person sich schnellstmöglich unter der Adresse, die ich Ihnen gebe, einfindet.« Er reichte ihr eine Karte mit der Anschrift eines Ho-

tels. »Sollte der Betreffende bis heute Abend sechs Uhr nicht vor Ort sein, gibt es leider nichts mehr, was wir derzeit tun können.«
»Ich verstehe.« Vor Schmerzen fiel ihr das Sprechen schwer. »Mein Onkel wird rechtzeitig dort sein.«
»Zudem besteht weiter die Möglichkeit, über das Rote Kreuz Post zu versenden«, sagte der Mann und erhob sich. »Wir werden Ihnen den Namen einer Kontaktperson und geeignete Adressen zukommen lassen. Wichtig ist es, den Brief zu verschlüsseln. Sie haben ein Codewort. Wenn Sie Hilfe brauchen, benutzen Sie es, bauen Sie es unauffällig in Ihre Nachricht ein.«
Alberta kam es vor, als spreche eine Gestalt in einem Traum zu ihr, in einer Sprache, von der sie nur Fetzen verstand. Sie schaffte es, sich von dem Mann zu verabschieden. Danach musste sie sich auf den Boden legen und zur Kugel krümmen, um der Schmerzen Herr zu werden, die nicht aus ihrem Magen, sondern aus ihrem Unterleib kamen. Ich muss Onkel Ludger verständigen, das war alles, was sie denken konnte, doch sie brachte die Kraft nicht auf, sich aufzurappeln. »Hilfe!«, schrie sie, so laut sie konnte.
Aus dem oberen Stockwerk drang eine Antwort. »Albi! Albi! Ich komme und helfe dir!«
Es war Fritze. An guten Tagen konnte er sich ein paar Schritte weit fortbewegen. Er mochte es schaffen, sich am Treppengeländer hinunterzuhangeln, langsam zwar, doch er würde sie erreichen. Sie konnte ihn bitten, in der Bettinastraße anzurufen und jemanden zu Onkel Ludgers Praxis zu schicken. Aber in der unteren Wohnung in der Bettinastraße wohnten jetzt neue Leute, und es gab einen Blockwart, der seine Ohren überall hatte. Fritze musste aufpassen, durfte nur sprechen, wenn er die Stimme erkannte.
Sie hörte ihn auf der Treppe, er kam, auf dem Hinterteil rutschend, die Stufen herab und rief unablässig ihren Namen. Dann raubten die Schmerzen ihr die Sinne.

54

April 1941

Leichtfüßig setzte Farfalla über das letzte Rick. Hannes lenkte sie in einen Bogen und ließ sie ausgaloppieren. Der Boden war weich vom Regen und dämpfte den Aufprall der Hufschläge. Dass der Frieden täuschte, wusste er. Ohne Täuschung gab es schon lange keinen Frieden mehr, und außerdem hatte er Giselher Mehring längst am Zaun des Trainingsfeldes entdeckt. Die paar Minuten, in denen er eins mit seinem Pferd gewesen war, hatte er dennoch genossen. So wie als Junge. Als flöge das Tier mit ihm davon und brächte ihn an den Ort der Qual nie mehr zurück.

Hannes stieg ab und führte die dampfende Stute zum Tor. Giselher Mehring erwartete ihn. Er hatte sein Kind mitgebracht und trug es auf der Hüfte, wie Frauen es tun. »Guten Ritt gehabt?«

»Danke. Sehr.«

»Sie haben doch nichts dagegen?« Mit einem Nicken wies er auf das Kind. »Ich habe meinem Felix versprochen, mit ihm einen Sonntagsausflug zu machen und ihm dabei Deutschlands bestes Springpferd zu zeigen.«

Das war Unsinn. Der Junge konnte nur wenig älter sein als ein Jahr und hätte von einem solchen Versprechen kein Wort verstanden. *So alt wie Alexander.*

»Denn die Beste ist und bleibt sie ja nun einmal, unsere Farfalla. Da haben Sie damals Glück gehabt, was? Und ich hatte Pech.«

»Ich bin Ihnen zu Dank verpflichtet«, sagte Hannes wie schon etliche Male zuvor. Herrgott, was willst du?, hätte er den anderen am liebsten gefragt. Du hast deinen Jungen auf dem Arm. Glaubst du, ich würde nicht mein Pferd dafür eintauschen? Dennoch umklammerte er Farfallas Zügel fester. Was war er denn noch, wenn er sie verlor? Er konnte reiten. Etwas anderes hatte er nie gekonnt.

Seit die Olympischen Spiele in Helsinki abgesagt worden waren, begann sein Glanz zu verblassen. Statt einen neuen Termin festzusetzen, hatte das IOC seine Arbeit eingestellt. Der olympische Traum war zu Ende geträumt. Hannes hätte zum Film gehen sollen, wie es zahlreiche Sportler taten, denn an Angeboten hatte es nicht gemangelt. »Sie als Siegfried in einer zeitgemäßen Version der Nibelungensage«, hatte ein Regisseur zu ihm gesagt. »Die Zuschauerinnen würden uns reihenweise in Ohnmacht sinken, und von der Filmprüfstelle bekämen wir das Prädikat besonders wertvoll.«

Einen Versuch hatte er gemacht, doch zur Verstellung fehlte ihm von jeher das Talent. »Sieht aus wie ein Gott, aber spielt wie ein Stück Holz«, hatte er eine Komparsin tuscheln hören. Er war Sportler. Zu nichts anderem geboren. Wenn man ihm den Sport nahm, verlöre er seinen Kompass und fände im verstörenden Gewirr des Lebens keinen Weg mehr.

»Dürfen Felix und ich Sie noch zu den Stallungen begleiten?«, fragte Mehring.

Hannes nickte.

»Ich danke Ihnen. Mein Felix liebt Pferde. Unter anderen Umständen wäre er womöglich auch Olympia-Reiter geworden. Aber die ganze Friedensseligkeit passt eben nicht mehr in unsere Zeit.«

Hannes tat so, als müsse an Farfallas Zaum etwas gerichtet werden.

»Das bedeutet natürlich nicht, dass wir unsere Sportler nicht mehr brauchen«, sagte Mehring. »Wie hat Ihr Schwiegervater in dieser Radiosendung immer gesagt? Der Sportler ist der Held der neuen Zeit, und wann hätten wir Helden je so gebraucht wie jetzt? Ich höre, dass gerade unsere Spitzensportler an der Front Großes leisten. Zum einen natürlich, weil Sport den Körper stählt

und das Herz siegeswillig macht. Zum anderen, weil sie ihren Kameraden ein Vorbild bieten. Selbst wenn sie fallen wie ihr Reiterkollege Stubbendorf, stärken sie noch die Moral der anderen.«
Hannes durchliefen eisige Wellen. Früher einmal hatte er geglaubt, Mehring sei gar kein echter Nazi. Er hatte ihn sogar einmal gebeten, ihn beim Vornamen zu nennen, und ihm durch die Blume zu verstehen gegeben, dass er sich genau wie Hannes nur um des Sports willen anpasste. Jetzt aber klang er wie Hannes' Onkel, wie von Tschammer und Osten, wie alle anderen. Und das war das Schlimmste an dem Mann: Er war undurchschaubar, zeigte nie sein wahres Gesicht und noch weniger sein Herz. Manchmal kam er Hannes vor wie ein Automat, den die Nazis erfunden hatten und der gar kein Herz besaß.
»Ich weiß nicht, was Sie mir damit sagen wollen«, rang er sich ab. »General von Poseck braucht mich, ich bin vom Fronteinsatz zurückgestellt.«
»Leider irren Sie sich«, erwiderte Mehring. »Der General hat Sie freigestellt. Wie Sie sich denken können, steht Pferdezucht derzeit nicht oben auf der Liste der Notwendigkeiten. Wir haben einen Krieg, wie er nie dagewesen ist. Und dabei sind die Erfolge, die in Polen und im Westen erzielt worden sind, ja erst der Anfang. Der Einsprung sozusagen, ehe die wirklichen Hindernisse folgen.«
Hannes verspürte Übelkeit.
»Natürlich werden auch weiterhin Pferde für den militärischen Einsatz benötigt«, fuhr Mehring fort. »Doch ihre Bedeutung ist zu vernachlässigen, und bei Bedarf gibt es genügend Tiere, die beschlagnahmt werden können. Uns Offiziere braucht unser Land derzeit anderswo.« Er hob die Hände und brachte es fertig, zu lächeln. »Sehen Sie mich nicht so entgeistert an. Sie sind ja nicht allein, mich trifft es genauso wie Sie.«
Auf dem Abreiteplatz kam ihnen ein Bursche entgegengelaufen. Für gewöhnlich schickte Hannes ihn weg und versorgte Farfalla

selbst, aber heute hatte er keine Nerven, sich um sie zu kümmern. Er überließ sie dem Burschen, dann stützte er sich an einem Pflock ab, um sich zu sammeln. »Heißt das, Sie gehen an die Front?«

»Es heißt, dass ich als Sportfunktionär überflüssig bin und meinem Vaterland künftig anders zu Diensten sein werde.« Mehring setzte seinen Jungen zu Boden und sah zu, wie das Kind in tapsigen Schritten davonstapfte. »Eigentlich schade, dass wir so selten Gelegenheit hatten, privat zusammenzukommen«, sagte er. »Dabei haben wir Kinder im selben Alter, nicht? Ihr Ältester ist doch im selben Jahr geboren wie meine Beate. Und ihr Jüngster …« Er brach ab. »Verzeihen Sie. Ich vergaß. Ihrer Frau geht es doch inzwischen besser, hoffe ich?«

Hannes nickte. Albi hatte damals viel Blut verloren, doch die Ärzte hatten ihre körperliche Verfassung gelobt.

»Dann wird sich ja sicher bald wieder Nachwuchs einstellen«, sagte Mehring. »Zumindest wenn Sie sich beeilen, ehe Sie sich Ihrem Regiment anschließen.«

»Ich gehe nicht an die Front«, entfuhr es Hannes. Das Blut pochte in seinen Schläfen.

»Ich denke, das habe ich besser nicht gehört.«

»Ich bin für den Krieg nicht geschaffen!«, rief Hannes. «Zur Reichswehr bin ich nur wegen der Pferde gegangen, das hat doch damals jeder so gemacht.«

»In der Tat.« Mehring lächelte. »Mir geht es nicht anders als Ihnen, Hannes. Für den Einsatz an der Front eigne ich mich nicht, zumal ich mich seit meinem Sturz mit einem Rückenleiden quäle.«

Ausgemustert. Der Kerl hatte sich ausmustern lassen!

Mehring ließ den Blick über Hannes' Gestalt gleiten. »Nicht jeder verfügt über Ihre beneidenswerte Verfassung. Daher habe ich mich einer anderen Aufgabe zugewandt, um meinem Land von Nutzen zu sein. Ich gehe nach Bernburg. Wir werden uns also in Zukunft kaum noch sehen.« Er hob seinen Jungen in die Höhe, warf das lachende Kind in die Luft und fing es wieder auf. »Es hat mich gefreut, Sie vor der Abreise noch zu sprechen. Und Felix wird einmal stolz darauf sein, Johannes von der Weydt und Farfalla getroffen zu haben.«

»Helfen Sie mir«, stieß Hannes hervor. Er wollte nicht betteln, doch die Worte sprudelten ohne sein Zutun heraus. »Sie haben doch Einfluss, Sie können dafür sorgen, dass ich noch einmal zurückgestellt werde …«

»Ja, ich denke, das könnte ich.« Mehring tat, als überlege er. »Ein kleiner Stab Funktionäre bleibt ja vor Ort, denn Sport werden die Menschen immer brauchen, gerade in Zeiten der Härte. Nur handelt es sich bei diesen Funktionären natürlich um unsere vertrauenswürdigsten Männer, die mit den saubersten Westen sozusagen, an denen kein Fleck zu finden ist.«

»An mir ist auch kein Fleck zu finden!«, rief Hannes. »Falls das eine Anspielung auf diesen Onkel meiner Frau ist – ich habe ihm damals die Tür gewiesen, wie Sie es verlangt haben. Wir verkehren seit Jahren nicht mehr mit ihm, und er ist ja auch gar nicht ihr richtiger Onkel.«

»So wie der Junge, der bei Ihnen lebt, nicht Ihr richtiger Sohn ist, nicht wahr? Was nun den unrichtigen Onkel betrifft, ist uns anderes zu Ohren gekommen. Es heißt, er gehe in Ihrem Haus aus und ein.«

»Er war ein paarmal bei uns, weil meine Frau zu gutmütig ist«, protestierte Hannes.

»Da müssen Sie aber ein Machtwort sprechen. Albi mit dem Bogen hat doch wohl bei Ihnen zu Hause nicht die Hosen an?«

»Natürlich nicht«, murmelte Hannes. »Ich werde es ihr verbieten. Sie können sich auf mich verlassen.«

»Das würde mich freuen«, erwiderte Mehring. »Ich wüsste Sie nämlich gern im Kreis der Männer, die hier die Stellung halten. Schließlich will man ja eines Tages all das wieder aufnehmen – Sportfeste, Wettkämpfe, das große Ringen zwischen Tränen und Triumphen. Leider gibt es da noch ein Problem, und das wiegt womöglich schwerer als die Sache mit dem Onkel. Ist Ihnen klar, dass Sie gegen ein Gesetz verstoßen?«

»Das ist nicht möglich. Ich habe mein ganzes Leben als gesetzestreuer Mann verbracht.«

»Sie haben den Meldebogen nicht ausgefüllt«, sagte Mehring.

»Welchen Meldebogen?«

»Den, den der Reichsausschuss zur Erfassung von erb- und anlagebedingtem Leiden herausgegeben hat«, erwiderte Mehring. »Sie haben doch ein Kind in Ihrem Haushalt, bei dem ein solches Leiden vorliegt. Sie hätten den Bogen ausfüllen und das Kind bei der entsprechenden Fachabteilung vorstellen müssen.«

»Meine Frau hat mich angefleht, es nicht zu tun.« Seine Stimme klang jämmerlich. »Hören Sie, Sie müssen das verstehen – dieser Junge ist der Sohn ihrer verstorbenen Schwester, deshalb hängt sie an ihm und hat Angst, man holt ihn von uns weg.«

»Und was denken Sie selbst?«, fragte Mehring.

Hannes schwieg. Seine Kehle war wie zugeschnürt.

»Ich verstehe Sie«, sagte Mehring. »Schließlich bin ich selbst verheiratet und gehöre nicht zu den Männern, die ihrer Frau, wenn sie weint, etwas abschlagen können.«

Hannes atmete auf. »Ich habe Albi etliche Male gesagt, dass das mit dem Jungen so nicht weitergeht, aber sie will ihn nicht hergeben.«

»Ich würde Ihnen gern helfen.« Mehring warf ihm über den Kopf seines Kindes hinweg einen warmen Blick zu. »Uns ist doch beiden klar, dass es für den Jungen das Beste ist, wenn er in kundige Hände gelangt und die Pflege erhält, die ein krankes Kind nun einmal braucht. Wie es der Zufall will, bin ich in der Lage, Ihnen einen solchen Pflegeplatz zu verschaffen. Ich habe Ihnen doch gesagt, ich gehe nach Bernburg, Sie haben mich aber nicht gefragt, was ich dort machen werde.«

»Es tut mir leid. Ich bin zu sehr mit meinen eigenen Sorgen beschäftigt.«

»Das ist ja kein Wunder, Hannes. Sie müssen endlich einmal zur Ruhe kommen. Ich gehe nach Bernburg, um die Neugestaltung der Heil- und Pflegeanstalt zu überwachen.«
»Sie? Aber Sie sind doch gar kein Arzt!«
»Das nicht«, erwiderte Mehring. »Aber ich komme vom Sport, und somit ist die Gesundheit für mich kein ganz fremdes Feld. Etwas Zeit werde ich brauchen, doch dann sorge ich dafür, dass Ihr Kuckuckskind in meiner Anstalt einen Platz bekommt. Ihrer Frau sagen Sie nichts davon. Ich lasse den Jungen abholen, sobald wir in Bernburg vorbereitet sind, und Sie stellen sie vor vollendete Tatsachen. Und wenn Albi mit dem Bogen erst einmal begreift, dass es dem Jungen gutgeht, wird sie froh sein. Schließlich braucht eine Frau, die selbst bald Mutter werden will, ihre ganze Kraft.«
»Warum tun Sie das für mich?«, fragte Hannes. »Wir waren doch nie Freunde, und Sie hatten wegen des Pferdes immer einen Groll auf mich.«
»Aber nicht doch«, protestierte Mehring. »Sie sind mein Held, Hannes. Olympia neunzehnhundertsechsunddreißig. So etwas vergisst ein Mann, der Sport liebt, sein Lebtag nicht.«

55

Oktober 1941

Alberta hatte geschrien, bis ihre Stimme versagte. Als nur noch ein Krächzen aus ihrem Mund kam, ging sie mit erhobenen Fäusten auf Hannes los. Er schlug sie mit einer Wucht zurück, dass sie rückwärtstaumelte. Hart prallte ihr Kopf gegen die Wand.
»Ich wollte dir nicht weh tun, Albi.« Gegen die erschreckende Kraft seines Körpers wirkte seine Stimme kläglich. »Aber ich er-

laube keinem Menschen, mich zu schlagen. Nicht einmal dir. Außerdem musst du zur Vernunft kommen.«

Sie tat genau das, während der Schmerz in ihrem Kopf hämmerte. Kam zur Vernunft. Begriff, dass sie, indem sie auf Hannes losging, Fritze nicht wiederbekam.

Sie durfte keine Zeit verlieren. Hannes hatte ihren Jungen im Auftrag von Giselher Mehring aus dem Haus holen und in eine Pflegeanstalt in Bernburg schaffen lassen. Es bestand kein Zweifel daran, dass in dieser Anstalt niemand gepflegt wurde. Kinder wie der neunmalkluge Fritze waren in den Augen der Nazis lebensunwertes Leben. Er passte nicht in ihr Menschenbild, würde nie aussehen wie die Statuen vollkommener Körper, die sie sich vor ihr Olympiastadion gestellt hatten, wie die makellos gebauten Athleten, mit denen Leni Riefenstahl den Fackellauf, der ihr nicht perfekt genug gewesen war, nachgedreht hatte. Sie wollten Fritze in Bernburg nicht pflegen. Sie wollten ihn aus der Welt schaffen.

Seit sie ihr Kind verloren hatte, hatte sie wie in einem Taumel gelebt, hatte funktioniert und Fritze versorgt, ohne richtig zu erfassen, was um sie geschah. Wenn sie ehrlich war, hatte sie auch vorher wenig mitbekommen: Sie hatte Sport getrieben. Auf die Olympischen Spiele gewartet und gehofft, dass alles andere von selbst wieder ins Lot käme. All die Leute, die sie gekannt hatte und die nicht ins Menschenbild der Nazis passten – Tilly Rebemann, Karl Venske, Hans Flesch –, wo waren die, und was war aus ihnen geworden? Sie hatte nichts getan und nichts erfasst. Aber sie erfasste es jetzt. Und sie würde jetzt etwas tun.

Sie musste Fritze aus der Anstalt holen, ehe es zu spät war, und wenn sie ihn wiederhatte, musste sie ihn aus Deutschland hinausschaffen. Und nicht nur ihn. Sie hätte es längst tun sollen, denn jetzt war Krieg und das Unterfangen erschien wie der Plan einer Wahnsinnigen. Aber sie musste es tun.

So beherrscht wie möglich ging sie aus dem Zimmer. »Albi!«, rief

Hannes ihr hinterher. »Warum verstehst du denn nicht – die haben mir doch keine Wahl gelassen! Hätte ich Mehring nicht nachgegeben, hätten die mich an die Front geschickt! Nach Russland! Die haben doch im April schon gewusst, dass es bald gegen die Russen geht.«

In der Tür drehte Alberta sich um. »Das ist deine Entscheidung«, sagte sie ruhig. »Die musst du tragen, und ich trage meine.« Es tat entsetzlich weh. Alles in ihr wollte ihn bitten, mit ihr zu kommen, aber sie wusste, dass es keinen Sinn hatte. Er hatte seine Entscheidung getroffen, und sie traf ihre.

Im Schlafzimmer packte sie ein paar Sachen für sich und Fritze in eine Tasche. Nichts Schweres, nur das Notwendige: ein paar Kleidungsstücke, alles Bargeld, das sie finden konnte, und sämtliche Papiere, auch die Lebensmittelmarken. Flüchtig erwog sie, eines von Fritzes Steiff-Tieren mitzunehmen, doch er hing an keinem der Tiere so sehr wie an dem Schaukelpferd, für das er längst zu groß war. Kurzerhand schnitt sie das Zaumzeug mit den Schriftzügen ab und stopfte es in die Tasche. Dann trat sie an den Sekretär, den sie zur Hochzeit bekommen und nie benutzt hatte, weil sie kein Mensch war, der Briefe schrieb.

Was sie suchte, lag in der verschließbaren Schublade. Einmal hatte sie alles zerreißen und wegwerfen wollen, doch stattdessen hatte sie die Nachricht, die ihr über das Rote Kreuz zugestellt worden war, dazugelegt. Jetzt holte sie beides hervor. *Sie haben ein Codewort,* hatte der rothaarige Gesandte von der Botschaft damals gesagt. *Wenn Sie Hilfe brauchen, bauen Sie es unauffällig in Ihre Nachricht ein.* Das Codewort stand vorn auf der Karte. Nicht in Buchstaben, sondern als Bild – und für den, dem die Nachricht galt, unverkennbar: Kallimarmaro. Es war die Postkarte, die sie vor bald zehn Jahren im Hafen von Piräus gekauft hatten.

Albertas Hand zitterte, als sie ansetzte, auf den leicht vergilbten Karton zu schreiben:

Liebe Harriet!
Soeben musste ich an unsere gemeinsamen Ferien in Griechenland denken und hoffe, wir werden eines Tages wieder zusammen reisen können. Auch hoffe ich, Du und Deine Lieben seid wohlauf. Ich plage mich leider mit meinen Bronchien, weshalb ich mich eine Zeitlang bei einer Freundin am Meer erholen werde. Wenn Du mir eine Nachricht schicken kannst, schreibe mir doch an ihre Adresse. Meine Freundin hat übrigens Bilder vom Onkel und dem Kleinen, die Du Dir gewünscht hast. Wenn möglich, werde ich sie Dir von dort zusenden.

In Freundschaft,
Deine Alberta

Noch immer zitternd, setzte sie den letzten Punkt, als Hannes die Tür aufstieß. »Was machst du da, Albi?«
Hastig schob sie die Karte in den Ausschnitt ihrer Bluse, aber Hannes' Blick ruhte gar nicht auf ihr, sondern auf der gepackten Tasche. »Ich ziehe ein paar Tage in die Bettinastraße«, sagte sie.
»Zu deiner Familie.« Er spuckte das Wort aus und stellte sich in den Türrahmen. »Zu denen hast du immer mehr gehört als zu mir.«
»Das ist Unsinn«, sagte sie. »Ich brauche nur Abstand und ein bisschen Ruhe.« Der Schmerz in ihrem Kopf klopfte wieder stärker. Er durfte ihr nicht den Weg versperren, sie musste fort aus diesem Haus.
»Liebst du mich noch?«, fragte er.
Die Albi lügt die Balken wieder gerade, hatte Tante Käthe gesagt. Sie hätte auch jetzt gelogen, nur um ihn weg von der Tür zu bekommen. »Ja, Hannes«, sagte sie. Es war die Wahrheit. Aber es nützte ihnen nichts.
»Ich brauche dich«, flehte er. »Wenn ich dich nicht hätte, wäre ich längst verrückt geworden. An alldem sind doch wir nicht schuld. Es ist diese gottverdammte Zeit.«
»Ja, Hannes«, sagte sie und dachte: Wer nie Schuld auf sich nimmt,

braucht auch nie Verantwortung zu tragen. Sachte schob sie ihn aus dem Weg, strich ihm dabei durchs Haar, wie sie es auch bei Fritze immer gemacht hatte. »Ich bleibe nicht lange weg.«

»Ich will, dass wir ein Kind haben, Albi. Ich will es so sehr.«

»Ja«, sagte Alberta. »Bald.« Dann verließ sie das Haus und brachte die Karte aufs Postamt.

Sie wusste weder, ob der Verbindungsmann beim Roten Kreuz James die Karte tatsächlich zustellen würde, noch ob James die Möglichkeit hatte, ihr zu helfen, und erst recht nicht, ob er nach allem, was geschehen war, überhaupt noch dazu bereit war. Sie wusste ja nicht einmal, ob James noch lebte. Die Luftschlacht um England hatte Monate gedauert, und fast zweitausend britische Flugzeuge waren angeblich abgeschossen worden. Sie wusste gar nichts, nur dass James ihre einzige Chance war. Er hatte ihr immer wieder seine Hilfe zugesagt. Sogar an dem Tag, als der Krieg ausbrach, hatte er ihr einen Boten geschickt.

In der ganzen Zeit hatte sie keinen Menschen gehabt, der ihr half. Sie konnte nur hoffen, dass sie diesmal einen hatte.

56

Schon in der Schule hatte Alberta das Schreiben gehasst. In ihrem ganzen Leben hatte sie nie so viel geschrieben wie an diesem Tag. Sie durfte kein Risiko eingehen und nicht gerade jetzt, nachdem sie so viel Zeit vergeudet hatte, einen Fehler machen, der ihrer Flucht vorschnell ein Ende setzte. Deshalb hielt sie Jette Sabotke den Mund zu, als diese mit einem Wortschwall herausplatzen wollte, legte einen Notizblock auf den Tisch und begann zu schreiben: »Falls die Wände Ohren haben – lasst uns irgendetwas Belangloses reden und alles Wichtige aufschreiben.«

Sie war buchstäblich im letzten Moment gekommen. Tante Käthe riss ihr den Bleistift weg und schrieb in krakeligen Buchstaben quer über den Block: »Onkel Ludger muss sich morgen früh melden. In der Levetzowstraße, die machen die Synagoge zum Sammellager, verschleppen ihn nach Polen und bringen ihn um.«
Alberta hatte schon am Bahnhof Grunewald, zwischen der Eisdiele und dem Zeitungskiosk, zwei Frauen darüber reden hören.
»Jetzt kommen die ja weg, die Juden. Von unserem Bahnhof bringen sie die in den Osten.«
»Davon hab ich nichts gehört.«
»Deshalb machen sie's ja in der Frühe. Damit keiner das Geschrei mitkriegt.«
Mehr nicht. Die Leute waren mit anderem beschäftigt, mit der Rationierung, mit der sich schwer auskommen ließ, und mit der Angst, die Briten könnten neue Bombenangriffe auf Berlin fliegen. Gerüchte über geplante Judentransporte in die eroberten Ostgebiete kursierten seit langem. Seit dem Sommer galt für Juden ein Auswanderungsverbot. Dass sie tatsächlich gewartet hatten, bis die Falle zugeschnappt war, erschien Alberta unfassbar. Hätte ich das Kind nicht verloren, wäre Onkel Ludger mit Gilbert Chad ausgereist, versuchte sie ihr Gewissen zu beruhigen, doch seither waren mehr als zwei Jahre vergangen. Aber sie wollte nun nicht mehr nach Ausreden suchen. Nur nach vorn blicken wie beim Bogenschießen. Schnell sein und so gut wie möglich zielen.
Sie nahm Tante Käthe den Bleistift ab. »Warum spielen wir nicht Schlesische Lotterie?«, fragte sie ihren Vater mit lauter Stimme. »Das haben wir schon ewig nicht mehr gemacht.« Zugleich begann sie, ihren Plan für die anderen aufzuschreiben. Zeile um Zeile. Bis ihr die Hand weh tat.
»Ich muss in eine Stadt in Sachsen-Anhalt, um Fritze zu holen. Ich nehme Onkel Ludger mit.«
»Weshalb ist denn Fritze …«, begann Tante Käthe, aber Alberta schüttelte den Kopf und schob ihr die Karten hin, die ihr Vater

mit dem Spielbrett auf den Tisch gelegt hatte. »Du kannst schon mal mischen. Haben wir genug Pfennige, oder brauchen wir Spielgeld?«
»Onkel Ludger reist mit Vaters Pass, in Kleidern ohne gelben Stern«, schrieb Alberta, nachdem sie in knappen Sätzen aufgeschrieben hatte, was mit Fritze geschehen war. »Wir sind Vater und Tochter, die einen kranken Verwandten besuchen. Wenn wir Fritze haben, reisen wir weiter nach Ostfriesland, auf eine Düneninsel, auf der keine tausend Menschen leben. Ich habe dort eine Freundin, bei der wir uns eine Zeitlang verstecken können. Und ich habe eine Nachricht nach England gesandt.« Dann fügte sie Einzelheiten an, von denen sie sich die meisten erst beim Schreiben ausdachte. Das Schreiben tat gut. Es fühlte sich an, als habe irgendetwas an dem Plan Hand und Fuß.
Ihr Vater nahm der zitternden Käthe die Karten weg und begann einige auszuteilen, indem er sie klatschend auf den Tisch warf. Dann zog er einen Stift aus der Tasche und schrieb: »Meinst du, die lassen dich Fritze überhaupt sehen?«
»Ich bin Albi mit dem Bogen«, schrieb Alberta. »Ich muss hoffen, dass von diesem ganzen Zirkus noch etwas seine Wirkung tut.«
»Und in England kann jemand dir helfen, glaubst du? Es ist doch Krieg, Albi, es ist doch jetzt alles anders.«
»Ich muss daran glauben«, schrieb Alberta. »Daran, dass *nicht* alles anders ist.« Weil ihr nichts mehr zu schreiben einfiel, zeichnete sie die fünf Ringe auf das Blatt. Sie hatte begonnen, das Symbol zu hassen, doch als sie es jetzt zeichnete, dachte sie nicht an Berlin, sondern an Los Angeles. Und an Kallimarmaro.
Tante Käthe presste die Lippen zusammen und schüttelte den Kopf, aber in dem Blick, den der Vater Alberta zuwarf, lag fast so etwas wie ein Lächeln. »Ick hätt' jern drei Karten«, sagte Jette Sabotke und warf klirrend drei Pfennige auf die Tischplatte.
»Gibt es etwas, das wir für dich tun können?«, schrieb ihr Vater. Alberta schüttelte den Kopf und schrieb dann: »Seid vorsichtig.

Erzähl du bitte allen Nachbarn, dass du mit mir an die Nordsee fährst, und lass dich eine Woche lang nicht draußen blicken. Danach sagst du, ich sei dort oben geblieben, um mich noch etwas zu erholen. Bring es in einem deiner Artikel, schreib etwas über Training und gute Seeluft, aber nenn den Namen der Insel nicht. Behaupte einfach, ich bräuchte mal ein bisschen Ruhe.«

»Und wann kommst du wieder?«

»Wenn Fritze und Ludger in Sicherheit sind.«

»Ich habe Angst um dich«, schrieb ihr Vater.

Alberta drückte seine Hand, die so verschwitzt war wie ihre. Sie war die blöde Schreiberei nicht gewohnt. Und sie hatte Angst um sie alle.

»Bitte passt auf Farfalla auf«, schrieb sie an den untersten Rand des Blattes. »Ich fürchte, Giselher Mehring wird sie beschlagnahmen und an die Front nach Russland schaffen lassen.«

»Dieser Mehring kommt mir vor wie der Teufel«, quetschte ihr Vater daneben. »Was habt ihr dem denn getan?«

»Keine Ahnung«, schrieb Alberta. Für sich dachte sie: Vielleicht stirbt er vor Neid, weil er glaubt, uns habe der Himmel gehört. Wir haben es selbst einmal geglaubt. Und vielleicht ist es ja wahr. Sie riss das Notizblatt ab, knüllte es zusammen und warf es in den Muckefuck in Jettes Tasse. Auf ein neues Blatt schrieb sie: »Versprecht ihr mir, auf Farfalla zu achten?«

»Versprochen«, schrieb ihr Vater.

»Das ist doch wohl nicht euer Ernst«, platzte Käthe los. Dann besann sie sich und kritzelte auf den Block: »Um euch herum werden Menschen in Scharen ermordet, und ihr sorgt euch um ein Pferd?«

Alberta streichelte ihre Hand, nahm ihr den Bleistift weg und schrieb so ordentlich, wie sie es in der Schule nie fertiggebracht hätte: »Pferde ermorden niemanden. Pferde zetteln keinen Krieg an. Pferde legen keinen Wert darauf, durch ein Olympiastadion zu hüpfen, aber ehe sie sich zanken, tun sie sogar das.«

57

Dezember 1941

Im sachten Schneeregen stand Harriet vor dem Portal, um ihren Bruder willkommen zu heißen. Über der Tür hing eine Girlande aus Efeuranken und Stechpalmenzweigen, auf die die Mütter auch in diesem Jahr bestanden hatten.

Von Bletchley Park war es nach Mandeville nicht mehr als eine Viertelstunde Fahrt. Der Landsitz, auf dem die GC&CS, die Kommunikationszentrale der britischen Regierung, ihre Dienststelle eingerichtet hatte, war ausgewählt worden, weil er verkehrstechnisch günstig lag. In der Nähe gab es einen Bahnhof, auf dem fortwährend Züge nach London, Oxford und Cambridge verkehrten, damit Wissenschaftler, die an den renommierten Hochschulen lehrten, bei Bedarf sofort anreisen konnten. Experten wie Alec, die laufend mit der Entzifferung feindlichen Nachrichtenverkehrs beschäftigt waren, stellte die GC&CS sogar Cottages auf dem Gelände zur Verfügung. Man wollte die Fachleute Tag und Nacht bereit zum Einsatz wissen.

Die GC&CS hatte Alec auch eine Betreuerin aus dem Stoke Mandeville Hospital angeboten, damit er trotz seiner Behinderung in der ungewohnten Umgebung zurechtkam. Alec hatte das amüsant gefunden: »Denken die, ich habe zu Hause jemanden, der mir den Hintern wischt? Etwa dich?«

»Sei froh, dass sie deinem Hintern überhaupt einen Gedanken widmen«, hatte Harriet entgegnet. »Die meisten Leute glauben, du seist ein auf deinen Stuhl geschraubtes Gehirn, das durch die Zuführung von Codereihen ernährt wird.«

»Und das erzeugt keine Verdauungsrückstände?«, hatte Alec gefragt.

Jetzt half der Chauffeur dem »geschraubten Gehirn« aus dem

Wagen und in den Rollstuhl. Harriet hatte das Gefühl, seit Tagen zum ersten Mal einen tiefen Atemzug zu tun. Wenn es jemanden gab, der das, was sie am meisten fürchtete, noch verhindern konnte, dann war er soeben eingetroffen.
Was hätte sie getan, wenn die Postkarte zuerst in ihre Hände gelangt wäre? Sie hätte sie weggeworfen, gestand sie sich ein. Doch statt in ihrem war die Karte im Poststapel ihres Mannes gelandet, und der hatte darauf bestanden, sie James auszuhändigen. »Ich bin stolz auf alles, was du mich sein lässt«, hatte Robert gesagt. »Du weißt, wie gern ich der Vater deines Kindes geworden wäre, und wenn es sein muss, bin ich auch dein Gewissen, das dich hindert, einen Schritt zu weit zu gehen.«
»Weshalb sollte mein Gewissen mich hindern, meinen kleinen Bruder vor einer selbstmörderischen Wahnsinnstat zu bewahren?«
»Weil dein kleiner Bruder anderthalb Köpfe größer ist als du«, hatte Robert geantwortet. »Du weißt, dass diese Postkarte für James bestimmt ist, auch wenn dein Name daraufsteht. Ich liebe dich, Harriet. Schon deshalb kann ich dir nicht erlauben, eine Entscheidung an dich zu reißen, die James zusteht, nicht dir. Wie willst du damit leben, wenn durch diese Entscheidung ein Mensch stirbt?«
»Der Mensch ist mir gleichgültig!«, hatte sie ihn angeschrien. »Ich will nicht damit leben, dass James stirbt!«
Hinterher hatte sie darüber nachgedacht, wie viel Vertrauen dazu gehörte, einem anderen einzugestehen, dass ihr der Tod eines Menschen gleichgültig war. Wie dankbar sie doch für das Vertrauen sein musste, das zwischen ihnen allen vieren herrschte und das vermutlich nicht alltäglich war. Aber das nützte ihr jetzt nichts. Sie brauchte Alec, damit er James aufhielt.
Mit sichtlicher Anstrengung rollte Alec über den knirschenden Kies auf sie zu. Sie ging ihm entgegen und half ihm. Alec brauchte sich nichts zu beweisen. Er saß schon fast sein ganzes Leben

lang im Rollstuhl, und an das Zugunglück, bei dem er durch seine Verletzungen jedes Gefühl in der unteren Körperhälfte eingebüßt hatte, konnte er sich nicht erinnern. »Fröhliche Weihnachten«, sagte er.

»Alec.«

»So heiße ich.«

»Kannst du dich erinnern, wie du mir versprochen hast, James eine Abreibung zu verpassen, wenn er sie nötig hätte?«

»O ja«, antwortete Alec. »Das war in süßer Vorkriegszeit, sogar noch vor Mr. Hitler – es war neunzehnhundertzweiunddreißig in Los Angeles. Richtig?«

»Tu's jetzt«, sagte sie.

»Dein Ernst?«

Sie kämpfte mit ihrer Stimme. »Ja.«

»Oho«, sagte er. »Das hört sich nicht an, als würdest du dich mit dem üblichen Dutzend Klapse auf die Erziehungsfläche begnügen.«

»Nein.« Sie blieb stehen. »Alec, ich habe mein Kind verloren. Ich halte es nicht aus, wenn James ums Leben kommt.«

»James fliegt einen Bomber«, sagte Alec. »Mit den spezifischen Eigenschaften der Hawker Hurricane ist mein Schwager besser vertraut als ich, aber wenn du mich als Experten für Hitlers Luftkrieg gelten lässt, dann hat er leider eine nahezu fünfzigprozentige Chance, dabei ums Leben zu kommen.«

»Er kommt nicht dabei ums Leben.« Ihre Stimme klang wie ein Heulen.

»Und warum nicht, Harri? Weil er James Seaton-Carew ist, der Liebling der Grafschaft und geboren unter einer Glückshaube? Wenn Hitlers Flaks darauf etwas geben, sind sie weit besssere Kryptoanalytiker als wir.«

Harriet setzte an, etwas zu sagen, entschied sich dann jedoch anders und begann ihn die Rampe hinaufzuschieben. »Warte ab, bis du alles weißt. Dass James sein Leben riskiert, um dieses Land vor einem Einmarsch von Faschisten zu bewahren, muss ich hinnehmen. Dass er sein Leben riskiert, um die Schlappe wettzumachen, die ein Mädchen ihm verpasst hat, nehme ich nicht hin.«

»Oho«, sagte Alec noch einmal, während sie ihn in die Halle schob, in der die Mütter weitere Girlanden aus Stechpalme und Efeu hatten aufhängen lassen. Zumindest auf den deckenhohen Weihnachtsbaum hatten sie in diesem Jahr zugunsten einer Spende für das Stoke Mandeville Hospital verzichtet. Dort behandelte der deutsche Wunderarzt und benötigte Geld wie Heu.

»Du bist mein nächster Verwandter«, sagte Harriet. »Bevor du deine Entscheidung triffst, denk an das, was ich dir gesagt habe: Ich will nicht mehr leben, wenn ich James verliere.«

»Harri, lass uns bitte nicht melodramatisch werden«, sagte ihr Bruder, das kryptoanalytische Genie, hörbar aus dem Konzept gebracht. »Du glaubst doch wohl nicht im Ernst, ich müsse diesen kraftstrotzenden Burschen nur einmal gehörig über meine knochigen Knie legen, damit er etwas, das er tun will, *nicht* tut.«

»Nein«, sagte Harriet. »Aber die Entscheidung liegt dennoch bei dir. Und damit die Verantwortung, Alec.«

Sie stieß die Tür zu dem behaglichen, in Rot und Grün gehaltenen Raum auf, der ihres Vaters Herrenzimmer gewesen war. Er verfügte über einen hohen Kamin und ein weites Fenster, war aber nicht so groß, dass man sich darin verloren fühlte. Die in Kupfer gestochenen Jagdszenen hatte Harriet von den Wänden nehmen lassen und durch Fotos von James' sportlichen Erfolgen ersetzt.

Robert stand beim Servierwagen und unterbrach das Nachfüllen seines Schwenkers. »Alec. Welche Freude. Bei einem Mann deiner Kompetenz erscheint es mir immer banal, ihm fröhliche Weihnachten zu wünschen, aber …«

»Fröhliche Weihnachten«, fiel ihm Alec ins Wort. »Ich habe mich sehr darauf gefreut, uns vier Musketiere wieder einmal beisammen zu wissen. Wo steckt der kleine D'Artagnan?«

Robert deutete mit dem Kopf auf die Tür, und sie alle schwenkten herum. James trat ein, durchmaß mit seinen langen Schritten das Zimmer und tat, was er immer tat, aber außer ihm kein anderer: Statt sich zu Alec hinunterzubeugen, knickte er in den Knien ein, um mit ihm auf Augenhöhe zu gelangen. »Fröhliche Weihnachten«, sagte er. »Ziemlich schön, dich zu sehen.«

»Findest du? Obwohl ich von unserer Schwester den Auftrag habe, mir dich zur Brust zu nehmen?«

»Ja«, sagte James, ohne die halb hockende Stellung, die in den Knien schmerzen musste, zu verändern.

Verblüffend zärtlich versetzte Alec ihm einen Klaps auf die Wange. »Das beruht auf Gegenseitigkeit, Kleiner.«

James richtete sich auf. Harriet sah ihn sich an und stellte fest, dass sie ihn verändert fand. Er war James Seaton-Carew, der Liebling der Grafschaft, aber die Uniform saß ihm nicht mehr so straff wie sonst auf dem Leib. Er war schlecht rasiert, und in dem Gesicht eines jugendlichen Verführers glaubte sie einen Anflug von Müdigkeit zu entdecken. Aus der Brusttasche zog er die Postkarte und legte sie auf den Tisch. »Ich nehme an, Harriet hat dich bereits umfassend unterrichtet?«

»Ich bin mir nicht sicher«, sagte Alec. »Sie hat gesagt, du seist im Begriff, eine Wahnsinnstat zu begehen, für die du eine Tracht Prügel verdientest, weil du den einzigen Korb, den dir je eine Frau verpasst hat, nicht wegstecken kannst. Wenn das stimmt, dann duck dich. Wenn es nicht stimmt, erzähl mir den Rest.«

James duckte sich nicht, sondern zog auch noch eine Landkarte aus der Brusttasche und faltete sie vor Alec auf. »Ich muss vor einer Nordseeinsel, vor der sich mit ziemlicher Sicherheit eine Flakstellung befindet, landen, drei Personen an Bord nehmen und wieder starten. Hältst du das für machbar?«

»Was für eine dämliche Frage. Natürlich nicht.«

»Ich muss es trotzdem tun«, beharrte James. »Ich habe mit Robert gesprochen, und wir sind uns einig, dass es am klügsten ist, die alte Scapa dafür umzurüsten. Vor allem der Tank muss vergrößert werden, damit ich in Deutschland nicht aufzutanken brauche. Nicht ganz unkompliziert, aber Robert hat gesagt, er bekommt es hin.«

Alec wandte den Kopf zu seinem Schwager. »Was denn, du auch, Rob? Soll ich euch etwa alle beide übers Knie legen?«

»Willst du darauf eine ehrliche Antwort?«, fragte Robert.

»Selbstredend. Immer.«

»Dann lass mich dir sagen, dass es in meinen Augen schändlich ist, wie du und Harriet diesen Mann behandelt«, versetzte Robert. »Er ist der Jüngste von uns, und wir alle haben keine Kinder, aber deshalb ist er noch lange nicht auf der Welt, um sein Leben lang für uns in die Windeln zu scheißen. Er mag den Clown spielen, aber er fliegt seit zwei Jahren einen Bomber im Krieg gegen Hitler. Wenn er darin abgeschossen wird, stirbt er im Ernst.«

»Vielen Dank für die Schützenhilfe.« James' Grinsen war eher ein Zähnefletschen. »Ich denke, ich komme jetzt allein zurecht.«

»Ich höre«, sagte Alec.

»Diese Flak«, sagte James, »die ist mit höchstens einem halben Zug besetzt, oder nicht?«

»Davon ist auszugehen.«

»Und sie ist vermutlich im Watt stationiert, also nicht bei jedem Wetter und Wasserstand einsetzbar.«

»Stimmt ebenfalls. Mach weiter. Was ist mit Horchgeräten, mit Blendscheinwerfern?«

»Unter den bewohnten Inseln der Region ist diese die kleinste«, sagte James und wies auf die Karte. »Vor der Bucht erhebt sich eine hohe Düne, die die Einwohner Kuckucksdüne nennen, und was überhaupt eingesetzt wird, dürfte dort gruppiert sein. Nebel gibt es um diese Jahreszeit reichlich. Für eine Wasserung auf der anderen Seite müsste ich eine solide Chance haben, und wenn ich die Scapa in die Dünen gezogen bekomme, ist sie halbwegs geschützt. Um mehr zu erfahren, habe ich auf meinen kryptoanalytischen Bruder gehofft, aber wenn das für dich nicht in

Frage kommt, beende ich gern das Thema und singe Weihnachtslieder.«
»Das heißt, du bist an meiner Meinung zu deinem Vorhaben gar nicht interessiert, sondern lediglich an Informationen, die es eventuell absichern?«
»Ja«, sagte James.
»Und du bist entschlossen, es zu tun, egal, was ich dir sage?« Unverwandt beobachtete Harriet ihren jüngeren Bruder, der zurück ans Fenster trat, als gehöre er nicht zu ihnen. »Nein«, sagte er. »Kannst du mir schlüssig erklären, es sei für die drei Menschen weniger gefahrvoll, in Hitlers Deutschland zu bleiben, als sich mit mir in ein Flugzeug zu setzen? Dann lasse ich es bleiben. Wenn ich die Nachricht richtig deute, ist einer von ihnen Jude, und sie haben ein epilepsiekrankes Kind bei sich.«
»Und der dritte ist deine Paso-doble-Tänzerin, die den beneidenswert gutaussehenden germanischen Recken geheiratet hat«, bekundete Alec.
»Ist eigentlich irgendetwas privat in diesem Haus?«, gab James zurück.
»Diese Frage nimmt sich aus dem Mund eines Mannes, der mich um kriegswichtige Informationen der höchsten Geheimhaltungsstufe erleichtern möchte, ein bisschen lächerlich aus«, sagte Alec. »Findest du nicht?«
James senkte den Kopf. »Sie heißt Alberta Bernhardt«, sagte er, und in dem Satz lag schon die ganze Antwort. »Ich liebe sie, und sie liebt mich nicht, dafür soll sie mich bitte küssen, wo ich schön bin, und bleiben, wo der Pfeffer wächst. Aber nicht in Hitlers Deutschland, und schon gar nicht mit einem gelähmten Neunjährigen, der gern Olympiasieger im Florettfechten werden will.« Es war so still, dass Harriet das Knistern der Scheite im Feuer hörte, vermutlich das heimeligste Geräusch der Welt. Im Krieg erst recht. Dann flog die Tür auf. In der Öffnung stand Francesca und stemmte die Hände in die Hüften. »Es ist übrigens Weih-

nachten«, bemerkte sie. »Falls die *jeunesse* darauf keinen Wert legt, essen Justine und ich lieber allein als kalt.«
»Zwei Minuten?«, versuchte Alec zu verhandeln.
»Keine Minute länger«, erwiderte Francesca. »Oder ihr geht ohne Abendessen ins Bett – alle vier.«
»Du hast recht, Rob«, sagte Alec, nachdem seine Stiefmutter die Tür ins Schloss geknallt hatte. »Wie wir den Kleinen behandeln, ist schändlich.« Er rollte zu James hinüber, zog ihn am Revers zu sich herab und klopfte ihm zweimal zart auf die Schulter. »Wir sehen uns nach dem Essen in meinem Arbeitszimmer, ja? Und nimm uns nichts krumm. Vor lauter Affenliebe haben deine Schwester und ich nicht mitbekommen, dass du längst gelernt hast, deinen Reithelm aufzusetzen.«

58

Januar 1942

Die Insel war ein Krumen Land, den irgendwer verloren haben musste, umtobt von weißen Gespenstern – von Gischt der Sturmfluten, Schneewehen und Nebelschwaden aus dem Watt. »Im Winter sind wir hier von der Welt abgeschnitten«, hatte Hanne-Lore gesagt. »Dass ihr uns gefunden habt, ist ein Wunder.«
Die ganze Flucht war ein Wunder, von der Zugfahrt angefangen, auf der Alberta und Ludger als Vater und Tochter den Pflaumenkuchen einer Mitreisenden teilten, bis zum Pfleger in Bernburg, der das mit heißer Nadel gestrickte Märchen von der verlorenen Besuchserlaubnis glaubte. Albertas Gesicht tat noch immer seine Wirkung. Kallimarmaro. »Nach den schönen Zeiten sehnt man sich doch zurück«, hatte der Pfleger sinniert. »Olympia. Albi mit dem Bogen. Gott, Kind, hab' ich für Sie geschwärmt.«

Einen Neunjährigen in eine Decke gewickelt aus einer Klinik zu schmuggeln, war keine Kühnheit mehr, sondern schierer Wahnsinn. Hätte ich Zeit gehabt, es zu planen, hätte ich es nie gewagt, stellte Alberta fest. Aber Bernburg war keine Heilstätte, sondern eine Tötungsanstalt. Was Fritze in den paar Tagen dort mitangesehen hatte, würde er womöglich nie einem Menschen erzählen können. Sie hatte keine Wahl, was ihr zumindest das Nachdenken ersparte.
Nach dem Husarenstück begann der lange Weg von Bernburg hoch an die Nordseeküste. Noch einmal wagten sie sich in einen Zug und verbargen sich zwischen Milchkannen, doch als sie nur knapp einer Kontrolle der Sicherheitspolizei entgingen, beschlossen sie, sich besser zu Fuß weiterzuschleppen. Von Scheune zu Scheune, und wo sich nichts Scheunenähnliches fand, suchten sie nach Schlafplätzen im Wald. Fritze wurde abwechselnd von Alberta und Ludger huckepack oder auf den Schultern getragen. Das Wetter wurde von Tag zu Tag abscheulicher. Von einer solchen Strapaze konnte man hinterher niemandem glaubhaft erzählen. Es klang immer wie ein Abenteuer, und vielleicht war das auch gut so.
Käthe, Jette und der Vater hatten Alberta ihren gesamten Besitz an Lebensmittelmarken mitgegeben, davon kehrten sie nun gelegentlich in Dorfgasthäusern ein, um sich dort auf den Toiletten zu waschen. Als sie schließlich den Ort Neßmersiel erreichten, waren sie alle drei krank, zu Tode erschöpft, verdreckt und abgerissen, und dennoch jauchzte Fritze auf, als er zum ersten Mal das Meer zu Gesicht bekam. Der hohe Wellengang ließ Gedanken an eine Sintflut aufkommen, und es schien undenkbar, die See bei solchem Getöse zu überqueren. Doch sie erwischten die letzte Fähre, die noch ging, und Alberta wurde prompt seekrank. Wieder und wieder drehte sich ihr leerer Magen um, und unter Krämpfen spie sie dreißig Minuten lang Galle.
Als sie auf Baltrum anlegten, konnte sie nicht mehr gerade ste-

hen. Ludger, dem jeder Knochen weh tun musste, trug Fritze. Es dunkelte und begann zu stürmen, so dass sie unmöglich im Freien hätten übernachten können. Aber das Wunder hielt immer noch an: Ein Mädchen kam auf einem Pony vorbeigeritten und hatte sich zum Schutz gegen den Regen einen Sack auf den Kopf gelegt. »Hanne-Lore!«, schrie Fritze ihm hinterher.

»Du spinnst «, sagte Alberta. »Oder spinne ich?«

»Albi und Fritze!« Das Mädchen mit dem Sack auf dem Kopf wendete das Pony und sprengte wild winkend auf sie zu.

Diese Nacht verbrachten sie im Haus der Familie Kaspers, in Decken gehüllt, vor dem Feuer aneinandergeschmiegt. Sie bekamen starken Tee mit braunen Zuckerbrocken, die Kluntjes hießen, grobes Brot mit selbstgemachter Butter und jeder einen Fingerhut voll Schnaps. »Ich habe eine Goldmedaille gewonnen«, sagte Alberta zu Ludger, als Fritze eingeschlafen war. »Aber ich weiß, ich war noch nie so glücklich wie jetzt.«

»Das gilt auch für mich«, erwiderte Ludger. »Dass ich es einmal selbstverständlich fand, wie ein Mensch behandelt zu werden, kann ich mir gar nicht mehr vorstellen. Ich hätte dir nicht erlauben dürfen, dein Leben für mich zu riskieren, Albi, aber ich bin unendlich froh, dass du es getan hast.«

»Ich auch«, sagte Alberta. »Vielleicht ist so ein Leben ja nichts wert, wenn man es nicht für jemanden riskieren würde.«

Auf Baltrum lernte Alberta den wilden Seegang lieben. Er schlug hoch, bildete einen Wall um die Insel und schützte sie. Ob irgendwann einmal Hilfe kommen und ob sie überleben würden, war ungewiss, doch in diesen paar Wintertagen waren sie sicher und erholten sich. Soldaten zur Flugabwehr waren im Watt stationiert gewesen, solange das Wetter sich aber derart wild gebärdete, waren ihre Geräte nicht brauchbar. Da die Welle der Luftangriffe ohnehin abgeflaut schien, waren sie zum Festland abgezogen. Die Fähren verkehrten nicht mehr, und auf Baltrum blieben nur Frauen, Kinder und alte Männer zurück.

Alberta und Ludger wollten Hanne-Lores Familie nicht gefährden und lehnten es ab, in ihrem Haus zu wohnen. Die Kaspers, die teils von Viehwirtschaft, teils vom Fischfang lebten, besaßen jedoch eine Kate hinter dem Dünengürtel, die sie im Sommer an Feriengäste vermieteten. Dort kamen die drei Flüchtlinge unter und wurden vor den anderen Inselbewohnern als Bremer Verwandte der Kaspers ausgegeben, die mit ihrem kranken Kind Schutz vor den Bombardierungen suchten. Die Kate ließ sich schwer heizen, und zu essen hatten sie nur, was die Kaspers entbehren konnten, doch das Glück, Fritze unversehrt bei sich zu haben, wog alles auf. Erst nach Tagen in Sicherheit konnte Alberta den Gedanken zulassen, dass sie ihn um ein Haar verloren hatte.
Aus dem lebhaften Plappermäulchen war ein schweigsamer, grüblerischer Junge geworden, der sich enger denn je an sie anschloss. Hanne-Lore zog in allen Häusern der Insel umher, um Bücher für ihn aufzutreiben. Wenn das Wetter es zuließ, saß Alberta mit ihm in den Dünen und sah dem Meer zu, dessen er nie überdrüssig wurde.
»Ich habe dich so lieb, Albi«, sagte er. »Ich will mich nie von dir trennen.«
»Ich mich auch nicht von dir«, sagte sie. »Aber wenn wir uns einmal trennen müssen, weil es sicherer für dich ist, dann haben wir uns lieb genug, es auch zu tun, ja?«
»Das hört sich wie Quatsch an, Albi.«
»Stimmt«, gab sie zu. »Und heulen muss ich auch noch über den Quatsch. Am besten man denkt nicht so viel und hat sich nur lieb.«
Kalter Wind kam auf, Alberta stützte Fritze, und sie gingen zum Häuschen zurück, um mit Ludger Karten zu spielen.
Lass es nie Frühling werden, dachte sie. Wenn das Wetter besser wurde, wenn die Glasglocke, die der Eiswind um sie formte, zersprang, würden Leute auf die Insel kommen und sie finden. In den Nächten, wenn sie allein war, kehrte die Angst zurück. Sie

presste den kleinen Stein in den Händen, murmelte ihr Zauberwort und betete, dass ihr Wunder weiter anhielt.
Es hielt an.
An einem Tag Ende Januar sprengte Hanne-Lore auf ihrem Pony durch Schnee und Sand zur Kate hinauf, das Gesicht vor Kälte und Erregung gerötet. Alberta lief ihr entgegen, sie war sicher, dass etwas geschehen und ihre Schonzeit in dem kleinen Haus vorüber wäre.
»Du hast wirklich einen Mann mit einem Flugzeug erwartet, nicht wahr?«, rief Hanne-Lore ihr atemlos entgegen. »Du hast mir gar kein Märchen erzählt.«
»Ich weiß es selbst nicht.« Alberta glaubte zu spüren, wie ihr Herz Blut pumpte, mit all der Kraft, die das Herz dafür aufbrachte.
»Jedenfalls kann dein Flugzeugmann besser fliegen als schwimmen«, sagte Hanne-Lore. »Bei Flut wär' er nicht wieder aufgetaucht, und die Verkühlung, die der Düvelskerl sich geholt hat, die möchte ich nicht haben.«

59

Ein paar alte Fischer, Freunde von Hanne-Lores Vater, zogen das Flugboot aus dem Watt und in den Schutz der Dünen. Am Abend kam Hinnerk Kaspers in die Kate, um mit Alberta zu reden.
»Pass up, Deern«, sagte er, ohne sie noch länger zu siezen. »Ik wollt di helpen, weil du meiner Deern geholpen hest und weil ik bi der Schweinerei nech' mitmach'. Aber dat geit to weit. Gloövst du, wi sön Dösköppe, die nech' sehn, dat dat een Tommy is, und wenn der hundertmal seinen Fleeger bemolt? Wenn die Fähre geit, müssen wir das melden, und denn wird der ingestekt.«

»Was heißt ingestekt?«, fragte Alberta.
»Eingesperrt«, sagte Ludger. »Wenn sie ihn nicht erschießen, kommt er in ein Lager, in dem man am Ende vermutlich um den Tod winselt. Herr Kaspers, hat es Sinn, Sie anzuflehen? Der Mann ist hier, weil er Fritz und mich nicht unserem Schicksal überlassen will. Wir haben Sie in Gefahr gebracht, das ist unentschuldbar. Ich hätte nie geglaubt, dass man um sein nacktes Leben so sehr fürchten kann, dass alles Denken sich ausschaltet.«
»Er fliegt ab«, rief Alberta. »Ich verspreche es, er nimmt meinen Onkel und meinen Neffen an Bord und ist wieder weg, als wäre er nie hier gewesen.«
»Der fleegt so snell nech' ab«, sagte Hinnerk Kaspers. »Der is' um ein Haar afgesupt, und der Fleeger sieht ok nech' better ut.«
»Wer ist um ein Haar afgesupt?« Fritze war im Schlaf aufgeschreckt und hatte sich in seinem Bett aufgesetzt.
»Was heißt denn afgesupt?«, fragte Alberta verzweifelt.
»Ertrunken«, erklärte der sprachbegabte Fritze, der das ostfriesische Platt längst aufgeschnappt hatte. »Und von wem redet ihr jetzt?«
»Von James Seaton-Carew«, sagte Alberta. »Kannst du dich an ihn erinnern? Er ist hergekommen, damit du mit ihm in einem Flugzeug nach England fliegen kannst.«
»James!«, rief Fritze selig. »In einem richtigen Flugzeug, Albi? Und du und Onkel Ludger kommt auch mit?«
»Es war unsere einzige Chance«, sagte Alberta zu Hinnerk Kaspers, der abwechselnd Fritze und dann wieder sie ansah.
Irgendwann zuckte der Friese die schweren Schultern. »Ik wet nech', wat werden soll.« Damit ging er.
Am nächsten Morgen kam Hanne-Lore in der Frühe und umarmte sie. »Mach dir keine Sorgen, Albi. Mein Vater liefert keinen verletzten Mann aus, schon gar keinen Helden, der Fritze das Leben retten will. Und die Leute hier haben genug mit sich selbst zu tun, erst recht jetzt, wo alle Jungen im Krieg sind. Wenn dein

schmucker Tommy wieder verschwindet und ihnen keinen Ärger macht, schert sich kein Mensch.«
»Ist er schwer verletzt?«, fragte Alberta. »Wir sollten ihn hierherschaffen, damit wir uns um ihn kümmern können und ihr nicht noch Arbeit habt.«
Hanne-Lore lachte. »Der macht ja keine Arbeit, der Seuten.«
»Was ist das?«
»Ein Seuten?« Wieder lachte sie. »Ein Süßer, einer, der übers saure Leben ein bisschen Zucker streut. Er macht uns Spaß, dein Tommy, und uns allen hat nichts mehr Spaß gemacht, seit Krieg ist. Meine Mutter füttert ihn mit Leckerhäppchen aus der eisernen Reserve, und wenn du ihn ihr wegholen willst, wird sie in Tränen ausbrechen und ihn dir nicht herausgeben.«
Alberta seufzte. »Das klingt ganz nach James Seaton-Carew.«
»Er hat sich die Schulter ausgekugelt, als das Flugzeug auf dem Watt zur Seite gekippt ist«, sagte Hanne-Lore. »Die hübsche Snuut hat er sich bös' zerschlagen, aber ein Lächeln wie Kluntjes hat er trotzdem, und auf die Blessuren schmiert meine Mutter ihm ihre Honigsalbe. Warum kommst du nicht vorbei und gibst ihm einen Kuss, wo er etwas so ganz und gar Wundervolles für dich getan hat? Das passiert auch nur Albi mit dem Bogen: ein Mann, der derart verliebt ist, dass er für sie aus dem Himmel fällt.«
Du weißt doch gar nicht, was das ist, Verlieben, hatte sie zu ihm gesagt. Seither war so viel geschehen, dass die Worte unmöglich noch Bedeutung haben konnten. Alberta fürchtete sich trotzdem davor, ihn zu sehen, doch Hanne-Lore hatte recht. Es war das mindeste, was sie ihm schuldete. Am Nachmittag ging sie hinüber zum Haus der Kaspers.
James lag in der Wohnküche auf einem Feldbett und setzte sich auf, als Alberta eintrat. Er trug ein verschossenes Hemd, das ihm Hinnerk Kaspers geborgt haben musste, und den Arm in einer Schlinge, die aus Gustes grünem Tuch geknüpft war. Der Erbe der

Seaton-Carews, sonst die Eleganz in Person, war zerschunden und unrasiert und senkte den Kopf auf die angewinkelten Knie, damit sie sein Gesicht nicht zu sehen bekam.
Sie bekam dennoch alles zu sehen, vergaß Angst und Schuldgefühle und lachte laut auf. »Um Himmels willen, James. Du siehst zum Fürchten aus.«
Er nieste.
Sie lief zu ihm und legte die Arme um ihn, ließ die Hände über die Muskeln auf den Schulterblättern gleiten und war sicher, nie etwas so Warmes, zappelig Lebendiges an ihrem Leib gespürt zu haben.
»Lass mich los, Alberta.«.
»Tue ich dir weh?«
»Das ich würde wie ein Held ertragen, aber ich lasse mich von schönen Frauen nicht aus Mitleid umarmen.« Wieder nieste er. »Und schon gar nicht aus Dankbarkeit.«
»James, das geht nicht. Mit dieser Nieserei und in diesem Hemd kannst du unmöglich den Erhabenen spielen.« Alberta verstand nicht, woher dieser ungeheure Drang kam, loszulachen. Sie hatte seit einer Ewigkeit nicht mehr gelacht, und sie hatte zum Lachen auch keinen Grund. »Außerdem hast du mir einmal erzählt, du hast den gar nicht, den kreuzdummen Stolz von Männern.«
»Ich erzähle viel, wenn der Tag ist lang.«
Sie lachte und blies ihm einen kleinen Wirbel in das Haar über dem Ohr. »Danke«, sagte sie.
»Ich mag nicht, dass du das sagst.«
»Aber ich«, versetzte sie. »Wo immer ich dich treffe, machst du mir mein Leben ein bisschen leichter. Ob ich nun in ein olympisches Dorf eindringen will, ob ich auf einem Friedhof ertrinke oder ob ich meinen Jungen vor einem Volk von Massenmördern retten muss.«
»Wer sagt dir, ich tue das für dich?«
»Für wen sonst?«

Unter dem Hemdstoff zuckte die unverletzte Schulter. »Ich habe mit den Massenmördern in ihrem Riesensandkasten gespielt wie du. Um zu beweisen, dass man nicht dazugehört, genügt es nicht, zu beschließen, man ist dagegen, oder doch?«
Der Hemdstoff verrutschte. »Nein. Wohl nicht«, murmelte Alberta, streichelte ihm über das entblößte Schlüsselbein und musste nicht mehr lachen. »Hanne-Lore hat recht. Du hast einen Kuss verdient, und den sollst du auch bekommen. Sag mir, wohin du ihn haben willst.«
Er hob den Kopf und sah sie mit einer Sehnsucht an, bei der sich alles in ihr zusammenzog. »Ich will keinen.«
Ihre Blicke trafen sich. Mit dir konnte ich das schon immer, fiel ihr auf. Küssen, ohne unsere Münder zu benutzen. Sie schickte ihm in Gedanken einen Kuss auf die Lippen, und weil er ihr schmeckte, schickte sie ihm Küsse auf die Augen, in die kleine Grube am Hals, das Schlüsselbein entlang und das Brustbein hinunter. Dann kehrte sie wieder zurück zu seinem Gesicht, weil sie sich danach sehnte, dass seine Augen ihre Küsse erwiderten. Wir haben einmal mit unseren unschuldigen Küssen so großes Unheil angerichtet, dachte sie, und jetzt begreife ich, warum. Du und ich, wir haben nichts Unschuldiges an uns, James, wir haben zur Unschuld kein Talent.
»Wenn du laufen kannst, komm zu uns«, sagte sie. »Dann wasche ich dir das Haar. Mit eiskaltem Wasser.«
»Und du glaubst, das schreckt mich? Ich bin Soldat, Alberta.«
»Ach ja, das vergesse ich immer. Ich kann mir dich einfach nicht beim Essen aus Blechnäpfen vorstellen.«
»Meistens wir essen von Tellern«, sagte er. »Vor der Morgendämmerung, wenn wir von Nachtflügen kommen – denen, die noch am Leben sind, stellen die Frauen von der Auxiliary Air Force Teller mit Eiern und Schinken hin.«
Sie wollte ihn küssen. Sein Gesicht in den Händen halten und seine Lippen küssen, ihn beschwören, während der Nachtflüge nicht

zu sterben, sondern in der Morgendämmerung heimzukehren und Eier und Schinken zu essen, sterbensmüde, still und im Innern starr vor überstandener Todesangst. »Ich wette, dir geben sie doppelte Portionen«, sagte sie. »Diese Frauen reißen sich gewiss darum, dir alles, was dir schmeckt, in den Mund zu stecken.«
Er wand sich los. »Wenn ich habe Glück und wir überleben Herrn Hitler, bin ich eines Tages neunzig und mein Bart ist weiß«, sagte er. »Aber in deinem Kopf ich bin für alle Zeit ein verzärteltes Balg von drei Jahren, auch wenn mir fallen alle Zähne aus.«
»Dann erst recht.« Sie versuchte sich an einem Lachen, das missglückte, und stand auf. »Komm zu uns, ja? Wir verzärteln dich in unserer Kate weiter, damit Frau Kaspers keine Mühe mit dir hat.«
Er nieste, und sie drehte sich in der Tür noch einmal um. »Du bist in meinem Kopf verzärtelt«, sagte sie, die Stimme so rauh, dass sie kratzte. »Aber kein Balg von drei Jahren.«

Am Abend humpelte er hinüber in die Kate, und ein paar Tage lang lebten sie darin zu viert, während er versuchte, die in den Dünen versteckte Maschine wieder flottzubekommen. Er musste unbedingt von hier weg, ehe das Wetter umschlug und diese seltsame Atempause, zu der Krieg und Wahn gezwungen waren, ein Ende fand. Niemand wusste das besser als Alberta, und dennoch oder gerade deshalb wollte sie die Zeit anhalten.
Sie alberten herum und spielten Karten, liefen über den schneeverwehten Strand und durch die Morgennebel auf dem Watt, aßen Kartoffelbrot mit einem abscheulichen Sirup aus Rüben, tranken Tee aus Gläsern, die die Kaspers zur Hochzeit bekommen hatten, taten so, als sei der Tee piemontesischer Wein, und tunkten Herrn Hitler, den Krieg und allen Schmerz der Welt hinein. Sie nahmen das Leben, das bleischwer war, in beide Hände und gaben vor, es sei leicht. Während James an der Maschine arbeitete, musste sie zu ihm laufen und ihn von hinten in die Arme schließen.

»Warum tust du das, Alberta? Das ist nicht sehr klug.«
»Ich bin so müde«, sagte sie und lehnte sich an seinen Rücken, voll Bedauern, dass sie durch das Leder seine Wärme und das Spiel der Muskeln nicht fühlte. »Ich kann nicht sehr klug sein.«
In der Nacht fror sie, bekam Angst und schlich sich zu ihm. Er schlief auf einem Lager in der Kammer, auf dem für kaum mehr als seinen Körper Platz war. »Bitte lass mich zu dir. Ich halte das Alleinsein nicht mehr aus.«
Er schlug die Decke zurück. »Speak easy.«
Sie drängte sich an ihn, spürte die festen Muskeln der Brust und die straffe, seidenglatte Haut der Taille. Was für ein prächtiges Stück Mensch du bist, dachte sie, auf der Welt, um sich daran zu erfreuen. Als spanne sich über dir eine Glasglocke, unter der es keinen Krieg und keinen Mord gibt, nur Lächeln und Zärtlichkeit. »James, kannst du bitte Liebe mit mir machen? So wie damals – als mein Freund?«
»Ich habe nie als dein Freund mit dir Liebe gemacht«, antwortete er. »Und ich kann es auch jetzt nicht. Ich weiß, ich habe keine Ahnung, was Treue ist, aber du bist Johannes Vondeweits Frau.«
Sie musste weinen und wusste nicht, warum. Er hielt sie in den Armen, und je fester er sie hielt, desto mehr wollte sie ihn ganz. Er aber verweigerte sich, bog seinen harten, schönen Schwanz, den sie an ihrem Leib spüren wollte, von ihr fort. Irgendwann sprang er aus den Decken, stand splitternackt und von ihr abgewandt in der Kälte und befriedigte sich selbst. Mondlicht fiel ins Fenster und brachte seine Haut zum Schimmern.
Alberta ließ ihren Blick an seinem bebenden Leib herabgleiten, von den gespannten Schultermuskeln über den Rücken und die beinahe zarte Taille bis auf die Wölbung der Hinterbacken und die festen Schenkel. Ihr Körper krümmte sich, weil er ihr so sehr fehlte.
»Komm wieder zu mir«, bat sie ihn leise.
Er schob sich unter die Decken, erschöpft wie nach einem Lauf.

Sie schlang die Arme um ihn und presste sich an ihn, fühlte seine ausgekühlte Haut an ihrer, sein Zittern vor Kälte an ihrem Zittern vor Furcht. Sein Körper um ihren kam ihr vor wie ein Harnisch. Er konnte ihr die Angst nicht nehmen, aber er umgab sie mit seinem Schutz. Wer ihr zusetzen wollte, musste zuerst diesen Körper und diese entschlossene Kraft durchdringen. Als sie wieder zu weinen begann, tupfte er ihr kleine Küsse auf den Hals. Irgendwann siegte die Müdigkeit, und sie schlief in seinen Armen ein.

Als sie erwachte, war es heller Tag, und James war draußen beim Flugzeug. Das Wetter hatte sich geändert. Es stürmte nicht mehr, und der Schnee auf dem Strand begann bereits zu schmelzen. Gegen Mittag kam James zurück und berichtete, die Maschine sei startklar, er wolle am Abend fliegen. »Pack deine Sachen, ja?«

»Aber ich komme doch nicht mit!« Die Vorstellung, ihn gehen zu lassen, der Gedanke an die Einsamkeit, die auf sie wartete, nahmen ihr fast den Atem.

Er begriff blitzschnell und packte sie. »Das geht nicht, Alberta! Du kannst nicht bleiben.« Seine Finger bohrten sich in ihre Arme, und ihr fiel auf, dass er ihr nie zuvor weh getan hatte. Was immer sie getan hatte, er hatte nie aufgehört, zärtlich und respektvoll mit ihr umzugehen. Wie ein Mensch mit dem umging, was ihm kostbar war.

Im nächsten Atemzug gab er sie frei und ließ die Arme sinken. »Entschuldige.«

»Ist schon gut«, sagte sie und meinte es so. Strich ihm in Gedanken das Haar aus der Stirn und die steile Furche glatt, die nicht zu ihm passte.

»Alberta, das du darfst von mir nicht verlangen. Ich kann dich nicht hierlassen, vielleicht sie suchen dich und sperren dich in eines dieser Lager. Mein Bruder hat Bilder davon, die wirst du im Leben nicht mehr los. Ich habe um dich solche Angst gehabt, jeden Tag, jede Nacht. Bitte komm mit mir. Ich lasse dir deinen

Frieden, und wenn Herr Hitler und sein Tausend-Jahre-Reich sind vorbei, du gehst zurück zu Johannes Vondeweit.«
Seine Stimme bebte, und jedes Wort war wie eine Zärtlichkeit. Er liebt mich ja!, dachte sie. Mich hat noch nie ein Mensch so geliebt. Sie hob die Hände und streichelte ihn, strich ihm mit allen zehn Fingern über die Wangen und zeichnete die Linien seiner Brauen nach.
»Ich kann hier nicht weg«, sagte sie. »Ich muss zurück nach Berlin und mich um meine Familie kümmern. Und um Farfalla, damit dieser Giselher Mehring sie nicht beschlagnahmen lässt.« Sie hielt inne, schluckte und senkte den Kopf. »Und ich kann Hannes nicht im Stich lassen«, murmelte sie. »Ich bin dir unendlich dankbar, dass ich mich wenigstens um Ludger und Fritze nicht mehr sorgen muss. Was ich in Berlin zu dir gesagt habe, nehme ich zurück. Du bist ein feiner Kerl, James, und wenn Herr Hitler und sein Reich vorbei sind, sehen wir uns wieder.«
Er verzog den Mund zu einem halben Lächeln, so wie damals vor dem olympischen Dorf, als sie ihn geohrfeigt hatte. Dann biss er sich auf die Lippen und wandte sich ab. »Pass wirklich auf, ja?«
»Ich versprech's dir!«, rief sie ihm nach und wollte, dass er blieb.
Sie hatte den Nachmittag über damit zu tun, Fritze vorzubereiten, der nicht fassen konnte, dass sie nicht mitfliegen würde. Auch ihm versprach sie, dass sie sich wiedersehen würden, wenn alles vorbei war, ohne zu wissen, woher sie die Kraft für all die leeren Versprechungen nahm. Dann kam der Abschied von Ludger. »Gib mir bitte acht auf mein Käthchen«, sagte er. »Und auf dich. Danken kann ich dir nicht, denn es ist ja zu viel.«
Wie ein Boot glitt das Flugzeug über die Meeresoberfläche und ließ sich von der schützenden Dunkelheit verschlingen. Es hob erst himmelwärts ab, als Alberta es schon nicht mehr sehen konnte.

60

Im Frühling kam die Gestapo nach Baltrum und durchsuchte Hinnerk Kaspers' Haus. Aber sie suchten nur nach einer einstigen Heldin des Sports, nicht nach Spuren eines britischen Flugboots, denn auf solch eine absurde Idee kam kein Mensch. Die Kaspers hatten Glück und kamen glimpflich davon. Sie hatten glaubhaft machen können, dass Alberta Bernhardt zwar ihrer Tochter einen Besuch abgestattet habe, nach einer Woche jedoch wieder abgereist sei. Von der Entführung eines Kindes und der Begünstigung eines flüchtigen Juden hätten sie nichts gewusst.
Alberta war in diesen Tagen von einem Versteck ins nächste geflohen. Stundenlang lag sie unter der Plane eines eingedeckten Bootes, verbarg sich im Dünengras und in einer Tonne, die zum Erbrechen nach Fisch stank. Dann zogen die Männer ab. Ein Vorteil der kleinen Insel lag darin, dass sich zweifelsfrei feststellen ließ, wann ein Boot ablegte und ob alle, die angekommen waren, auch wieder an Bord gingen. Ein Nachteil lag darin, dass die Zahl der Verstecke begrenzt war. Die Männer würden wiederkommen. Alberta konnte nicht länger auf Baltrum bleiben.
»Dich verstehe, wer will«, sagte Hanne-Lore. »Da kommt ein waschechter Prinz mit Funkelaugen, dass einem schwummrig wird, um dich im Flugzeug in sein Schloss zu holen, und du fliegst nicht mit – warum?«
Weil das meine Schwester Guste war, die einen Prinzen wollte, dachte Alberta. Außerdem ist James kein Prinz, sondern mein schlimmer Finger, und er fehlt mir mehr, als ich befürchtet habe. »Weil ich verheiratet bin«, sagte sie. »Weil mein Mann mich braucht.«
»Dein Mann braucht dich?«, fuhr Hanne-Lore auf. »Mit der Fähre sind Zeitungen gekommen, vielleicht solltest du dir mal die

Mühe machen, eine zu lesen. Darin hat nämlich dein Mann offiziell erklärt, dass er mit deinen Verbrechen nichts zu tun hat. Und mit dir auch nicht mehr. Du wirst schuldig geschieden, Albi, in einem Fall wie eurem geht das ohne deine Einwilligung und auch ohne deine Anwesenheit.«
Alberta wurde eiskalt. »Steht das in der Zeitung? Dass Hannes sich von mir scheiden lässt?«
Hanne-Lore nickte und legte den Arm um sie, doch Alberta ertrug die Berührung nicht. Ihr Verstand versuchte zu begreifen, dass Hannes keine Wahl gehabt hatte. Ihr Herz aber begehrte dagegen auf. Sie wollte über das Meer hinausschreien: Du hast Fritze verraten, du hast mich in diese Lage getrieben, und jetzt lässt du mich im Stich?
So zu denken war nicht fair. Hannes hatte schließlich nicht unrecht gehabt: Sie hätten Fritze nicht für immer verstecken können. Dennoch blieb etwas in ihr zurück, ein Fieberherd, der sich nicht bekämpfen ließ. Wir leben in einem Land, das Verräter züchtet, dachte sie, und für jeden Verrat hat es eine Rechtfertigung parat.
»Ich glaube, du hast noch immer nicht begriffen, in welcher Gefahr du schwebst«, warnte Hanne-Lore. »Wegen Begünstigung kommst du ins Konzentrationslager, und das Schlimme ist, dass dein Gesicht jeder kennt. Wir müssen eine ganz andere Person aus dir machen, deine Haare färben, dir eine Brille verpassen, und dann müssen wir einen Ort finden, an dem du als diese andere Person leben kannst. Aber was soll denn werden? Ich wünschte, dein Prinz mit den Kluntjes-Augen käme noch einmal zurück und holte dich ab.«
Ich auch, dachte Alberta.
»Nur würden sie ihn diesmal vom Himmel schießen«, fuhr Hanne-Lore fort. »Die ganze Küste entlang sind jetzt Flakstellungen.«
Alberta hatte ohnehin keine Möglichkeit mehr, James zu erreichen, und das war gut so. Vom Himmel schießen darf dich keiner,

mein schlimmer Finger. Du hattest recht, damals in Los Angeles. Dass du als Junge mehr Liebkosungen als Prügel bekommen hast, macht alles andere als einen schlechten Menschen aus dir. Lass dich daheim nach Strich und Faden verzärteln für das, was du für mich getan hast. Kallimarmaro.

Den Kaspers fiel schließlich jemand ein, bei dem Alberta untertauchen konnte. Hinnerk Kaspers Schwester hatte auf einen Hof in der Nähe von Aurich eingeheiratet, wo ständig Hilfskräfte gebraucht wurden. »Die schicken ihr ja immer junges Volk vom Reichsarbeitsdienst, aber dich bringen wir da auch noch unter.«

»Ich weiß nicht, warum Sie das alles für mich tun«, sagte Alberta. »Jetzt bringen Sie sogar noch Ihre Schwester in Gefahr.«

»Ik wet et ok nech'«, sagte Hinnerk Kaspers. »Aber wenn man nu mol damit angefangen hat, kann man so 'ne Deern ja nech' im Regen stehen lassen.«

So landete sie als Gerda mit kurzgeschnittenem, braungefärbtem Haar auf dem Hof der Oltmanns, und es begann die einsamste Zeit ihres Lebens. Klagen durfte sie nicht: Obwohl sie nicht gemeldet war und keine Lebensmittelmarken bekam, wurde sie auf dem Bauernhof satt, und von den Bomben, die die Städte zerstörten, blieb das flache, fast menschenleere Land verschont. Sie war in keinem Lager gefangen, niemand misshandelte sie, und die Arbeit, ob mit dem Vieh oder auf den Feldern, gefiel ihr. Aber Gerda war niemand, und somit gab es niemanden, der Gerda kannte. Sie gehörte zu keinem Menschen auf der Welt.

Nur in den Nächten wurde Gerda zu der Frau, die sich nach ihrem Kind, ihrem Mann, ihrer Familie sehnte, und die vor Angst um die, die sie liebte, wach lag.

Waren Fritze und Ludger heil in England angekommen? Half Dr. Guttmann ihnen, Fuß zu fassen? Durften sie auf Mandeville bleiben? Ließ die Gestapo ihren Vater und Käthe in Frieden? Gelang es ihnen, Ruhe zu bewahren? Wie kam Hannes zurecht? Hatte er nicht gesagt, er werde ohne sie verrückt? Zudem hieß es,

Berlin werde unablässig beschossen. Waren die Menschen, die sie liebte, überhaupt noch am Leben?
Sie hatte keinen Besitz mehr, keine Erinnerungsstücke, nur einen kleinen Brocken Marmor, an dem sie sich in den Nächten festhielt. Jeden Morgen war sie überzeugt, Angst und Sehnsucht keinen Tag länger ertragen zu können. Doch die Tage fragten nicht danach und verstrichen weiter.

61

Herbst 1944

»Sie führen die Lageraufsicht ja nicht, um Menschen zu schinden«, hatte Giselher Mehring beteuert. »Sie tun es, um eine Wehranlage zu bauen. Der Friesenwall ist wichtig, um die Bevölkerung zu schützen. Sehen Sie es doch einmal so.«
Sehen Sie es doch einmal so. Wie oft hatte Mehring diesen Satz zu ihm gesagt? Manchmal kam sich Hannes vor wie Loki, dem er Scheuklappen angelegt hatte. Loki aber hatte dennoch gespürt, dass links und rechts von ihm etwas nicht in Ordnung war, und hatte den Gehorsam verweigert. Hannes wünschte, er hätte die gleiche Courage besessen. Engerhafe, wo er als Aufseher fungieren sollte, wurde als Außenstelle des Konzentrationslagers Neuengamme eingerichtet. Unter unmenschlichen Bedingungen würden dort zweitausend Arbeiter zusammengepfercht leben und die als uneinnehmbar gepriesene Wehranlage errichten. Anfangen würden sie mit der Aushebung von Panzergräben um die Stadt Aurich, die zur Festung erklärt worden war. Wie viele der untererernährten, misshandelten Menschen dabei starben, spielte keine Rolle, denn in Neuengamme wartete Nachschub in Hülle und Fülle.

»Sagen Sie mir nur eines«, bat Hannes in einem seltenen Anflug von Mut. »Warum tun Sie mir das eigentlich an, warum heften Sie sich mir all die Jahre an die Fersen? Ist das immer noch, weil ich Ihnen vor mehr als einem Jahrzehnt ein Pferd abgekauft habe und ein paar Triumphe feiern konnte, die Ihnen nicht vergönnt waren?«

»Pferd? Triumphe?« Mehring sah ihn an wie einen Idioten. »Nein, mein Freund«, sagte er dann. »Weil es mir angetan worden ist und ich nicht der Einzige sein wollte. Dass ich Sie hatte, hat mich durchhalten lassen. Es stand Ihnen aber immer frei, sich zu entziehen, und das tut es auch jetzt noch. Zurzeit haben wir ja noch eine Front, an die wir Sie stattdessen schicken können.«

Mehring reiste zurück an seinen Posten, und die Transporte in das Außenlager Engerhafe wurden vorbereitet. Menschentransporte. Vernichtung durch Arbeit. Jeder Tag wurde Hannes zur Hölle. Er stürzte sich in Aufgaben, die ihn vom Lager fortführten. So besichtigte er Höfe in der Umgebung, die dem Reichsnährstand angehörten und als Lieferanten für Engerhafe in Frage kamen. Er sah die Feldarbeiter, die die letzten Ernten des Jahres einbrachten, und fühlte sich von Neid gepackt. Diese Leute mochten arm sein und im Leben nie in einer Zeitung gestanden haben, aber an ihren Händen klebte nur Dreck, keine Schuld.

Und dann entdeckte er sie. Selbst so hager und schäbig, wie sie war, in Kittel und Kopftuch, hätte er sie unter Tausenden von Frauen erkannt. Sie war seine Einzige, und sie hätte ihn retten können, hätte er sie nicht verraten und verloren.

»Albi!«

Sie ließ ihre Forke sinken und blickte auf. Ihre Züge waren kantig geworden, und das Haar, das aus dem Tuch lugte, wirkte struppig. Er aber fand sie so schön wie damals auf dem Schiff, als dieses verrückte, lebendige Geschöpf den Satan Loki geküsst hatte. Für ihn hatte es nie eine andere gegeben.

Die Forke fiel zu Boden, und sie rannten beide gleichzeitig los.

Sekunden später lagen sie sich in den Armen, und einen einzigen seligen Herzschlag lang war die Welt wieder heil. Oder es war zumindest eine Welt, die wieder heil werden konnte.
»Ich lasse dich nicht mehr los, Albi. Du musst bei mir bleiben.«
Ihren Versuch zu widersprechen erstickte er. »Ich habe eine Wohnung hier in der Nähe. Du kommst mit mir dorthin. Mit der Bäuerin spreche ich.«
Die Bäuerin war eine grobschlächtige Frau, die sich nicht darum scherte, ob er eine Hilfskraft namens Gerda mitnahm. Hannes wollte nicht wissen, wie Albi hier gelandet und was ihr widerfahren war. Er wollte nur wissen, dass sie lebte. Ihr in seiner Wohnung ein duftendes Schaumbad einlassen und die vergangenen Jahre von ihr abwaschen. Die Fenster verhängen, damit sie nicht sah, wohin er geraten war. Aber Albi sah alles. Solange er sie kannte, hatte sie sich Scheuklappen abgestreift.
Sie war immer gesprächig gewesen, die reinste Plaudertasche, und nicht selten hatte er sie dafür gerügt. Jetzt kam sie ihm vor wie eine Frau, die das Reden verlernt hatte. Vielleicht war sie so erstarrt wie er. Sie waren nicht dafür gemacht, ohne den anderen zu sein, sie würden sich lange festhalten müssen, um sich aus der Starre zu lösen. Er riss sie an sich und küsste ihren stummen Mund. Um sie in ein duftendes Bad zu setzen, war keine Zeit. Erst musste er diese Starre durchbrechen, musste ihre steifen Glieder wieder zum Leben erwecken.
Er riss ihr die verdreckten Kleider herunter, küsste jeden Zoll ihrer einst so schönen Haut, die spröde geworden war und nicht mehr schimmerte. »Albi, meine Albi.«
Sie schob ihn von sich. »Sag mir, was du hier machst, Hannes. Was aus dir geworden ist.«
Er wehrte sich, versuchte von neuem, sie zu umarmen, aber sie blieb hart. »Du musst sprechen. Irgendwem musst du es erzählen.«
Erst als sie ihn an sich zog, brach alles aus ihm heraus. Er erzählte ihr, was er getan hatte, von dem Tag an, als er Mehring den

Jungen als Pfand überlassen hatte. »Man kann ja seine Haut nicht in Streifen verkaufen«, heulte er auf. »Sobald man einmal anfängt, hat man sie schon ganz zu Markte getragen. Und dabei habe ich nie etwas anderes gewollt als reiten. Bei den Olympischen Spielen, wo alles voller Licht und Frieden und Freude ist.«
»Ich weiß«, sagte Albi. »Das haben wir falsch gemacht. Wer nur Sport will, will zu wenig für Olympia.«
Er erzählte ihr, wie Mehring Schritt für Schritt weitergegangen war, wie der Teufel die ganze Hand genommen und ihn mitgezogen hatte – bis ins Lager Engerhafe. »Er macht mich zum Menschenschinder, Albi, zum Mörder. Er nimmt mir das Letzte, was ich habe.«
Dann schlief er mit ihr. In seiner Erinnerung waren sie nie so eins miteinander gewesen, hatten nie ein so inniges Glück erlebt. Als es viel zu schnell vorüber war, weinte sie wie er zuvor. Hannes schmiegte sich an sie und weinte mit ihr, bis sie beide keine Kraft mehr hatten. Dann schlief er in ihren Armen ein.
Als er erwachte, herrschte Dunkel vor den Fenstern, und auch im Zimmer brannte kein Licht. Alberta saß nackt auf einem Schemel. Hannes setzte sich ebenfalls auf und steckte sich eine Zigarette an. »Du zitterst. Komm zu mir.«
»Nein, Hannes«, sagte sie. »Ich ziehe mich an und gehe zurück auf den Oltmann-Hof.«
»Das kannst du nicht! Du darfst mich nicht allein lassen!«
»Doch«, sagte sie. »Ich kann dir nämlich nicht helfen. Das kannst nur du.«
»Nein, Albi, ich kann nicht! Ich habe alles versucht, aber ich bin nicht stark genug. Mein Vater hat mich schwach gemacht, er ist schuld, dass ich mich vor allem fürchte und dass jeder mich herumstoßen kann.«
Sie kam zu ihm und strich ihm übers Haar. »Was dein Vater dir als kleinem Jungen angetan hat, war grausam. Aber du bist kein Junge mehr. Es steht dir frei, dich zu betragen wie ein Mann.«

Er starrte in ihr Gesicht. »Ich weiß nicht einmal, was das ist.«
»Was du tun musst, kann ich nicht für dich entscheiden«, sagte Albi. »Nur dir sagen, dass ich weiß: Du bist kein Mörder und kein Menschenschinder. Du bist ein wundervoller Mensch, und diesen Menschen habe ich geliebt. Ich habe mit Giselher Mehring um dich gekämpft, und ich bin noch immer sicher, dass ich gewinne. Viel sicherer als damals in Berlin, vor dem Kampf um meine Goldmedaille.«
Sie ließ ihn stehen und stieg in ihre Kleider. Er wollte schreien und sie aufhalten, weil er den Gedanken, wieder allein zu sein, nicht zu ertragen glaubte. Vor dem Fenster graute der Morgen.
»Auf Wiedersehen, Hannes«, sagte sie. »Schöner Olympia-Reiter.«
Hannes schrie nicht und hielt sie nicht auf. Er sagte: »Auf Wiedersehen, Albi. Meine Liebste.«
Dann rauchte er seine Zigarette zu Ende und wusste, was er zu tun hatte.

62

Mai 1945

Er hatte so viel im Reich herumziehen und in Dienstwohnungen ohne persönliche Note hausen müssen, dass er sein schönes Haus mit den zwei Balkonen und dem Garten im persischen Stil nicht oft genug hatte genießen können. Seine Familie aber hatte das Haus all die Jahre über bewohnt. Mehrmals hatte er Viola gedrängt, mit Beate und Felix aufs Land zu gehen, wo sie vor der Bombardierung in Sicherheit waren. Nach Jamlitz, wenn sie es wollte, zu ihrem geliebten Großpapa. Aber Viola hatte sich geweigert.

»Großpapa war der Held meiner Kindheit, mein Goldstück. Der Held meines Lebens als Frau bist du, und dies ist das Haus, das du mir erhalten hast.«

Sie hatte es wunderbar geführt, obwohl sie aufgrund ihrer Nervenschwäche nur selten Gesellschaften geben konnte. Mit ihrem erlesenen Geschmack hatte sie es vervollkommnet und mit ihrer Persönlichkeit ausgefüllt. Sie war selbst jetzt noch die schönste Frau, die Giselher sich denken konnte, auch wenn ihre Zartheit zur Zerbrechlichkeit geworden war und man ihr ansah, dass sie sich mit einem Magenleiden quälte. Geklagt hatte sie nie. Wie ein Pferd, dem die Natur keinen Schmerzenslaut gegeben hat, fiel Giselher ein.

Sie war oft müde. Das Mädchen hatte ihnen Kaffee gebracht, und sie begab sich mit ihrem Tablett auf die Chaiselongue. Giselher betrachtete sie. Er liebte sie über alles und bereute nichts.

Das Haus lag so weit von der Straße zurückversetzt, dass man vom Lärmen des Volkssturms nichts hörte. Dafür war er dankbar. Dass es zu Ende ging, machte ihm nichts aus, aber das Geballere von kleinen Jungen und kreuzlahmen Greisen, die Beutegewehre abfeuerten, klang in seinen Ohren wie das Röcheln eines verendenden Tieres. Es war das Letzte, was er heute hören wollte.

Er sah hinaus in seinen Garten, nicht weil er noch einmal die Aussicht auf die Anlage genießen wollte, sondern weil er sich nach dem Anblick seiner Kinder sehnte. Seine Tochter Beate war zwölf, sie saß in einem der Pavillons und las. Ihr einst blondes Haar war zu mittlerem Braun nachgedunkelt, und auch in ihren Zügen zeigte sich die Ähnlichkeit mit Viola. Ein hübsches, bestens erzogenes Mädchen, ausgestattet mit einer beachtlichen Mitgift. Welche Männer auch immer als gute Partien galten, wenn sie ins passende Alter kam, sie würde unter ihnen freie Auswahl haben.

Weiter hinten galoppierte der fünfjährige Felix auf seinem Steckenpferd durch den Garten. Er war eigentlich zu alt dafür, er besaß längst ein Pony und erhielt Reitstunden, aber Giselher ließ ihn gewähren. Er war ein schlanker, fast graziler Junge mit dunklen Locken, der nicht im mindesten arisch aussah. Ein Platz auf der Napola, der Eliteschule der Nationalsozialisten, wäre ihm sicher gewesen, doch jetzt war es ein Segen, dass er dort noch nicht angefangen hatte. An ihm haftete kein Makel, und mit dem vorhandenen Geld würde ihm in der neuen Welt jede Bildungseinrichtung offenstehen.

Nicht zu vergessen war Jamlitz, dessen Erbe er sein würde, wenn Arndt von Siecksdorff das Zeitliche segnete. Vorerst aber traf es sich gut, dass der Alte noch lebte und Viola bei allen amtlichen Schritten behilflich sein konnte. Andere Männer in Giselhers Position würden enteignet und als Verbrecher abgeurteilt werden, wären gezwungen, ihre Kinder gebrandmarkt und mittellos zurückzulassen. Felix und Beate aber hatten nicht dieses Pech. Sie waren Glückskinder, denen niemand ihren Besitz entreißen konnte: Ihre Mutter war Jüdin. Ein Opfer, keine Täterin.

»Gis!« Leise vernahm er Violas Stimme, in der all die Liebe lag, mit der sie seinen Namen stets gerufen hatte. Streit und harsche Worte hatte es zwischen ihnen nie gegeben. »Mein Goldstück, woran denkst du denn? Du siehst aus, als hättest du geträumt. Und dein Kaffee wird kalt.«

Lächelnd wandte er sich zu ihr. »Ja, vielleicht habe ich geträumt, meine Liebste. Von dir. Davon, wie glücklich ich mit dir in all den Jahren war.«

Er setzte sich zu ihr, in seinen Lieblingssessel, der so plaziert war, dass er beim Kaffeetrinken ihr Haar streicheln konnte. »Es geht jetzt zu Ende, nicht wahr?«, fragte sie.

»Ja, mein Herz.«

»Ich wollte dir etwas sagen. Das Gleiche wie du mir.« Sie nahm seine Hand. »Ich war glücklich mit dir all die Jahre, und ich vergesse nie, was du für mich getan hast. Du hast mich und die Kinder geschützt. Wenn jetzt die Zeit kommt, da ich dich schützen muss, sollst du wissen, dass mich nichts erschüttern kann.«

»Ja, Liebste. Das weiß ich.« Er küsste ihre Hand und entzog ihr seine. Unauffällig befingerte er die Kapsel in seiner Jacketttasche. Er besaß etliche solcher Kapseln, hatte sie Verhafteten abgenommen, die sich damit einem Verhör entziehen wollten. Ihm würde sie es ermöglichen, seine Familie auch dieses letzte Mal noch zu schützen. Er trank seinen letzten Kaffee mit Genuss. Beate und Felix würden nicht als Kinder eines verurteilten Nazis leben, sondern als Halbjuden, im Haus ihres ermordeten Großvaters Wiener.

»Gis?«

»Was, mein Herz?«

»Ich liebe dich. Mehr als alles. Wenn wir das Haus verlieren, wenn uns die Leute schmähen, weil sie nicht verstehen, was wir gelitten haben – mir macht es nichts aus. Solange wir zusammen sind, bin ich glücklich. Und die Kinder sind zäh. Die beißen sich schon durch.«

Er lächelte sie an. Das Gift würde sehr rasch wirken. Er musste ins Souterrain gehen und die Kapsel dort einnehmen, damit nicht Viola, sondern eine der Angestellten ihn fand. Ein letztes Mal wollte er sich an ihrem Bild erfreuen. Sie lächelte zurück. Wir waren so glücklich, dachte er. Wieso sind wir eigentlich nie auf die Idee gekommen, auszuwandern?

63

Juni 1945

Unterwegs hatte Alberta daran gezweifelt, ob sie es bis Berlin schaffen würde. Wege werden dadurch kürzer, dass man sie geht, hatte der Vater ihr als kleinem Mädchen beigebracht, aber dieser Weg schien mit jedem Schritt länger zu werden. Das bisschen Proviant, das sie vom Oltmann-Hof mitbekommen hatte, war im Nu verzehrt. Brot aus Kartoffelmehl, ein Klumpen Käse, ein paar rohe Rüben. Das Essen einzuteilen war unmöglich. Sobald man das Bündel aufknotete und der Geruch nach Essbarem daraus aufstieg, musste man alles hinunterschlingen.

Zu ihrem Glück waren Ströme von Flüchtlingen kreuz und quer in dem zerstörten Land unterwegs, und unter ihnen fand sich immer wieder jemand, der ihren Zustand bemerkte und ihr aus seinem eigenen Vorrat etwas abgab. »Alles Gute für Sie«, wünschten ihr die Leute, die ihr Brot abschnitten und mit dem Blick an ihrem gerundeten Leib hängenblieben, als trüge sie darin die Hoffnung spazieren.

»Vielen Dank«, erwiderte Alberta. »Ihnen auch.«

Alles Gute.

Vermutlich bedeutete das für die meisten der Männer, Frauen und Kinder, die ebenfalls versuchten, sich in ihre Heimatorte durchzukämpfen, das Gleiche wie für sie: Sie alle wollten noch einen Menschen finden, der überlebt hatte. Einen Einzigen, der auf sie gewartet hatte und sie beim Namen rufen würde.

Wenn das Haus nicht mehr stand, konnte man irgendwo unterkriechen, das hatte sie in den letzten Jahren gelernt. Wenn es nichts zu essen gab, musste man findig werden, um etwas aufzutreiben. Aber wenn es keinen Menschen mehr gab, keinen, der sie gekannt hatte – wie sollte sie sich dann selbst noch kennen?

Der Gedanke, nach Berlin zurückzukehren und die Menschen zu suchen, die sie liebte, hatte sie aufrecht gehalten. Drei Jahre lang, von denen jeder Tag schwer wog wie Blei. Sie war noch jung, gerade dreißig, und die ganze Zeit über hatte sie keinen Spiegel gehabt. Ihr Haar war gewachsen, und als der einst kecke, kurze Bubikopf lang genug geworden war, dass sie sich die Strähnen bis vor die Augen ziehen konnte, sah sie, dass sich Grau ins Blond mischte wie bei einer viel älteren Frau. Vor einer Ewigkeit, in der Schule, hatten die anderen Mädchen den Gefühlen Farben zugeteilt – Rot für die Liebe, Blau für die Treue, Grün für die Hoffnung und Gelb für den Neid. Damals hatte Alberta Sport getrieben und nichts auf solchen Firlefanz gegeben, aber heute wusste sie, dass Grau die Farbe der Sehnsucht war.

Sehnsucht war ein Halm, der im Wind umknickte und immer wieder neu aufgerichtet werden musste. Jede Nachricht von Bombardierungen und Endkämpfen hatte Albertas dürrer Hoffnung einen Schlag versetzt, und sie danach wieder aufzurichten hatte ihr oft mehr Kraft abverlangt, als sie zu besitzen glaubte. Als ob sie den Verstand verloren hätte, hatte sie den kleinen weißen Steinbrocken umklammert und ein Wort vor sich hin gemurmelt: Kallimarmaro. Wenn es vorbei ist, gehe ich nach Berlin, versprach sie sich. Wenn es vorbei ist, finde ich noch einen Menschen, den ich umarmen kann.

Gleich dahinter lauerte eine weitere Sehnsucht, die noch viel dürrer und zugleich so viel stärker war, dass sie Alberta überwältigte, sooft sie ihr Raum gab. Deshalb sperrte sie sie in eine Kammer, gegen deren Tür sie sich stemmte, solange sie auf dem Oltmann-Hof tagein, tagaus ihre Arbeit verrichtete. Nun aber, während ihr auf dem endlosen Weg die Füße schmerzten und der Staub der Straße ihr wie in Schleiern vor den Augen tanzte, gab es keine Kraft mehr, die diese Sehnsucht hätte bändigen können.

Ich möchte James noch einmal sehen.

Nur noch ein einziges Mal.

Ich möchte noch einmal hinter ihn springen und seinen Rücken umarmen, den Kopf an seine Schulter lehnen und wissen: Diesen Kerl, zu dem das Leben gut war, den haut das Gewicht meiner Sorgen nicht um.

Dieser Schultermuskel von dir ist wie ein schönes, schläfriges Tier, das sich viel zu sicher wähnt. Ich möchte einmal in dieses unvorsichtige Fleisch beißen, James, und danach die Abdrücke meiner Zähne in deiner dunklen Haut entdecken. So dass es dich zwickt, aber dir nicht weh tut. Ich will dich noch einmal sehen,

alles von dir, und dir etwas sagen, ganz egal, wie du inzwischen zu mir stehst.
Mein liebster schlimmer Finger, möchte ich dir sagen, ich hätte dich doch damals, mit gerade siebzehn Jahren, nicht lieben können, denn einer wie du, der hätte mir viel zu viel Angst gemacht. Einen so lauten, stürmischen Kerl, der schon mit knapp über zwanzig Lachfältchen in den Augenwinkeln hatte und mit dem Leben um Goldmedaillen spielte, den hätte ich mir nicht zugetraut. Schon gar nicht einen, der blendend ohne mich zurechtkam. Ich wollte dich bei mir haben, so nah wie zusammengeschmiedet, aber allein das Kitzeln deines Atems hat mich in Schrecken versetzt. Danke für dein halbes Lächeln und die Größe, mit der du mir erlaubt hast, dich zu schlagen. Berühren musste ich dich um jeden Preis – und um dich zu streicheln, war ich noch lange nicht mutig genug.
Ich wollte einen, der schwächer ist als ich und der mich braucht. Einen, den ich an die Hand nehmen und vor dem Leben beschützen musste wie meine Schwester Guste. Wie hätte ich denn da das Herz aufbringen und ausgerechnet dich lieben sollen? Treu warst du schon gar nicht, in deinen Tennisshorts und in den Armen der piemontesischen Schönheit, die ihre Finger überall an dir hatte. Ich stand als albernes Gestänge hinter der Hecke und wusste nicht, wem ich zuerst den Hals umdrehen sollte, ihr oder dir. Sie war entbehrlicher, aber dein Hals war hübscher.
Außerdem hatte ich uns doch längst ordentlich eingeteilt, und du hattest gefälligst meiner Schwester Guste zu gehören.
Und dennoch, James. Obwohl ich es dir und mir nicht gestatten wollte, hast du mir den schönsten Augenblick meines Lebens geschenkt.
Nicht den, als ich vor einer johlenden Zuschauermenge meine Goldmedaille entgegennahm, sondern den, als wir beide, vor Ehrfurcht still, im Kallimarmaro standen. *Speak easy*. Wie habe ich denn nicht spüren können, dass du mir unter die Haut gehst wie

kein anderer? Wenn ich vor Lachen geplatzt bin, hast du eines deiner Witzchen gerissen, und wenn ich vor Heulen nach Atem rang, waren deine Augen nass.

Weißt du, was ich anders machen würde, wenn ich heute noch einmal mit dir dort stünde? Ich würde dich küssen. Mir einen Kuss nicht nur denken, sondern ihn dir geben, so laut, dass es schnalzt, so lang, dass dir die Luft wegbleibt, und so nass, dass du dir hinterher die Lippen wischst. Nicht einen Kuss, sondern viele, mitten auf deinen hübschen Mund, der mir erzählt, wie Prometheus die harte Strafe der Götter aushält, damit das Feuer immer bei uns bleibt.

Uns haben sie auch hart bestraft. Nicht die Götter, aber Guste und Hannes. Da hätte ich dich erst recht nicht lieben können, weil ich ja dir die Schuld zusprechen musste. Ich war noch nicht erwachsen genug, um diesen Berg von Schuld selbst zu schultern, deshalb musste ich dir vorwerfen, du seist dazu nicht Manns genug. Dabei habe ich nie einen gekannt, der so sehr ein Mann war wie du. Mit deinen albernen Witzchen hast du mich manchmal zur Weißglut getrieben, aber du hast dich nie wie ein verängstigtes Kind vor der Schuld weggeduckt.

Als ich am dringendsten einen Menschen brauchte, bist du einfach zu mir gekommen, hast mich ins Leben zurückgewiegt und mit mir Liebe gemacht. Vielleicht hätte ich mich wenigstens da fragen sollen, warum ich unbedingt *Liebe machen* dazu sagen wollte und warum ich dich, als du schliefst und ich ging, noch einmal küssen musste. Hätte ich den Mut gehabt, wenn in meinem Hinterkopf nicht permanent der Verdacht gebohrt hätte, nicht Rudi sei der Vater von Fritze, sondern du?

Dein Liebemachen, dein bisschen Schlechtigkeit, die das Leben schön macht, dein Lächeln mit dem ganzen Körper, das hat mir danach so gefehlt, James. Immer. Auch in den Nächten mit Hannes. Das sage ich dir nicht, denn es wäre gegenüber Hannes nicht fair. Aber ich möchte es so gern in deiner Nähe einmal denken.

Dann hast du mir erklärt, dass du mich liebst, und ich wollte dich schlagen, nicht auf die Backen, sondern aufs Herz, denn das warf sämtliche Beschlüsse um. Warf *mich* um. Da stand dieser Kerl, der alles haben konnte, und wollte nichts als mich. Wollte die kleine Albi lieber als die Goldmedaille. Ich wollte dich kränken, James. So tief, dass du nie mehr wagen würdest, mir nahezukommen und mir deinen Verführeratem ins Ohr zu hauchen. Kallimarmaro. Ich hatte vergessen, dass du erwachsen bist. Dass du etwas wagst, auch wenn du Angst hast und dein Herz dabei einen Schlag kassieren könnte.

Ich bin eine dumme Gans, James. Aber der Rest von mir ist klüger als mein bisschen Verstand. Die ganze Welt hat mir erklärt, mein Plan sei völlig verrückt, und trotzdem habe ich keine Sekunde daran gezweifelt, dass du nach Baltrum kommen und mir helfen würdest.

Mein Flugzeugmann, der aus dem Himmel fällt, und so etwas passiert nur Albi mit dem Bogen. Als du in dieser Kate völlig derangiert auf dem Bett saßest, Captain Seaton-Carew, da schlug mein Herz Purzelbäume. Unsere Welt brannte längst zum Himmel, jeder Augenblick war unser letzter – wie idiotisch muss ein Mädchen sein, selbst dann noch Zeit zu vergeuden? Statt hanebüchenes Zeug von guten Freunden und feinen Kerlen zu erzählen, hätte ich über dich herfallen sollen, endlich kurzen Prozess mit dir machen und dir dabei ins Ohr flüstern: Du bist einer zum Liebhaben, Lachauge. Du bist genau das richtige Kaliber für mich.

Und ich für dich. Bei dir habe ich immer ich sein dürfen. Ob ich die lustige Albi sein wollte oder die, die dir Kontra gab, oder die, die sich vor Angst an dich krallte, oder die, die im heulenden Elend zerfloss. Du hast mich immer gemocht, hast mich angeschaut und deinen Mund verzogen, ein bisschen unverschämt und endlos zärtlich. Wie schön das ist, von einem Mann geliebt zu werden, der nichts an einem auszusetzen hat. Wie habe ich

denn eine solche Idiotin sein können, das in all den Jahren, in all der Seligkeit und all der Verzweiflung nicht zu bemerken?
Gewusst habe ich es schließlich, als Hannes kam. Da hatten wir sämtliche Probleme der Welt, und ich habe mir die Augen ausgeweint, weil ich nur ein einziges hatte: Ich liege in den Armen des falschen Mannes. Und habe den richtigen ans Ende der Welt geschickt.
Wo bist du jetzt, mein Fuffziger, an dem nichts Falsches ist? Verheiratet? Mit einer hochwohlgeborenen Lady, die zarter mit dir umgeht? Aber das brauchtest du doch gar nicht. Du warst nie zimperlich, konntest auch einen Knuff vertragen und hattest den Zucker in deinem feschen Hintern längst satt. Deine zartfühlende Dame gönne ich dir trotzdem. Zumindest versuche ich's und sage mir, dass du's verdient hast, auch wenn alles in mir brüllt: Wie kann denn ein Kerl wie du etwas anderes verdienen als eine Frau wie mich?
Aber auch du musst ja müde sein, und das Entsetzen, das uns in den Knochen sitzt, macht uns statt dreißig eher tausend Jahre alt. Wenn es dir wohltut, lass dir von deiner zarten Dame die Schultern streicheln und die Backen küssen. Auch die Lippen, wenn es sein muss. Nur eines darfst du mir nicht antun, Lord Seaton-Carew: Sei über alle Berge, aber sei nicht tot. Ich will nicht aushalten müssen, dass du Herrn Hitler nicht überlebt hast, dass du mitsamt deiner Art, das Leben zu umarmen, einfach weg bist, ohne dass ich die Chance hatte, es dir zu sagen: *Kallimarmaro. Ich liebe dich.*

64

Hinter der Elbe nahm ein Bauer Alberta und ein paar andere Frauen, die nur bis ins nächste Dorf wollten, ein Stück auf seinem Wagen mit. Es war ihr Glück, denn ihr Gang war mit jedem Schritt schleppender geworden, sie hatte die Füße nur noch unter Schmerzen aufsetzen können und war so schlecht vorangekommen, dass ihr der Mut zu schwinden drohte.
Auf dem Wagen riet ihr eine der Frauen, doch die Schuhe auszuziehen, wie sie selbst es tat, um den geschwollenen Füßen ein wenig Erholung zu gönnen. Die Aussicht, die derben Arbeitsschuhe, die sie vom jüngsten Sohn der Oltmanns geerbt hatte, loszuwerden, erschien ihr paradiesisch, aber sie bekam sie kaum von den Füßen.
Jäh fiel ihr Los Angeles ein. Sie sah James vor sich, der am Strand im Sand kniete und ihr mit behutsamen Fingern Schuhe und Strümpfe abstreifte, sie glaubte sogar, seinen Duft wahrzunehmen, und hätte die Hand ausstrecken und sein Haar berühren mögen. Dreizehn Jahre war das her. Ein ganzes Leben. Hätte eine der Frauen ihr geglaubt, dass sie einst am Pazifischen Ozean gestanden hatte, der Himmel ein Sternenmeer, weltenweit entfernt und doch zum Greifen nah?
Als sich der Schuh endlich herunterziehen ließ, quoll ihr Blut entgegen. Sohle und Ferse waren von aufgeplatzten Blasen übersät.
Der Bauer drehte sich um. »Nach Berlin wollen Sie?«
Alberta unterdrückte ein Stöhnen und nickte. »Fahren Sie da hin?« Der Gedanke, den furchtbaren Schuh wieder anziehen und vom Wagen steigen zu müssen, verursachte ihr Übelkeit.
»Gott bewahre«, erwiderte der Bauer. »Nur bis Perleberg. Berlin, das tu ich mir nicht an. Besser, ich weiß, da stand mal eine Stadt,

die in der Welt ihren Platz hatte, als dass ich mir den Haufen Schutt ansehe, der davon noch übrig ist. Und Sie sollten sich das auch ersparen, zumal in Ihrem Zustand. In den Ruinen gibt's nichts zu beißen, da hausen keine Menschen mehr, sondern hungrige Wölfe.«

»Ich muss trotzdem nach Berlin«, beharrte Alberta. »Ich habe sonst keinen Ort, wo ich hinkann.«

»Ach, auf irgendeinem Hof wird sich schon was für Sie finden. Noch im Heu schläft sich's besser als im Leichenhaus.«

»Ich habe meine Familie dort«, hielt Alberta tapfer dagegen.

»Sind Sie sicher?«, fragte der Bauer. »Haben Sie den Hagel von Brandbomben gesehen, die Feuerstürme? Vielleicht tun Sie besser daran, nicht nachzuschauen, was aus der Familie, die Sie hatten, geworden ist.«

Jedes Wort tat so weh, dass sie glaubte, dafür die Schmerzen an den Füßen nicht mehr zu spüren. Sie zog mühsam die Schuhe wieder an, und in Perleberg stieg sie vom Wagen. Ob sie das, was aus ihrer Familie geworden war, aushalten würde, wusste sie nicht, aber sie hatte keine Wahl, als es zu versuchen. In der höhnisch strahlenden Sonne schleppte sie sich weiter. Auf ihrer verbrannten Haut im Nacken und an den Armen trocknete der Schweiß, und dennoch war ihr kalt.

Als sie Berlin erreichte, tanzten ihr Sterne vor den Augen. Ihre Knöchel und Waden waren prall angeschwollen und schmerzten, und bei jedem Schritt geriet sie ins Schwanken. Wie oft hatte sie sich dieses Wiedersehen ausgemalt, hatte sich allein beim Klang der zwei Silben *Ber-lin* vor Sehnsucht ans Herz fassen müssen! Eine Spur Vertrautheit, eine Erinnerung, das Wissen, in der Welt noch einen Platz zu haben, all das hatte sie sich von diesem Augenblick erhofft – aber nichts davon stellte sich ein. Schon seit einer Weile war das flache Land dem großstädtischen Gewirr von Straßen gewichen, und doch gab es nichts, das Alberta erkannte, nicht den Ansatz eines Weges, der sich verfolgen ließe.

Während sie sich suchend im Kreis drehte, wurde ihr klar, dass das nicht an ihrem Zustand lag, sondern daran, dass es die Stadt, die sie vor drei Jahren verlassen hatte, nicht mehr gab. Die Stadt, in die sie immer tiefer hineintaumelte, war eine Trümmerwüste, in der verlorene Menschen herumstrauchelten und hier und da aus den Steinhügeln etwas auflasen. Reste ihrer Habe? Erinnerungsfetzen? Knochen von Toten?
Wenn sie sich mit aller Kraft zusammenriss, erkannte Alberta, dass aus der Trümmerwüste Mauern und sogar vollständige Häuser ragten. An den Mauerresten klebten Zettel mit Aufschriften wie:

Familie Wiechert.
Alle leben, Oma auch wohlauf.

Oder:

An Ilse Sellin:
Karin und Heinz geht's gut.
Warten bei Bodo.

Obwohl ihr Verstand ihr sagte, dass sie sich am falschen Ende der Stadt befinden musste und ihr letztes bisschen Kraft nicht vergeuden durfte, kletterte sie auf einen der Trümmerhaufen, um an dem Mauerrest, der daraus emporragte, die Nachrichten zu lesen. Mit verzweifelter, völlig unvernünftiger Hoffnung sehnte sie sich nach einem Zettel, auf dem stand:

Familie Bernhardt.
Uns gibt's noch.
Bei Sabotke klingeln.

Als sie sich nach dem obersten Zettel reckte, verlor sie das Gleichgewicht und schlug lang hin. Durch ihren Leib schoss ein rasender Schmerz, den sie sofort erkannte.

»Sagense mal, Frau, wat machense denn da?«
Alberta versuchte, sich ein wenig hochzustemmen, um von dem Trümmerhaufen hinunter auf die Straße zu spähen. Der rasende Schmerz biss von neuem zu, doch immerhin gelang es ihr, auszumachen, dass dort unten vier Leute mit einem Handkarren standen. Offensichtlich Familie Wiechert, befand sie. Oma, die auch wohlauf war, saß im Handkarren.
»Ich …«, versuchte sie herauszupressen, doch aus ihrer Kehle kam kein verständlicher Laut. Wie sie aussah, konnte sie sich lebhaft vorstellen: verdreckt, abgerissen, aufgedunsen – unter Herrn Hitler wäre sie ohne Zweifel wegen Vagabundierens verhaftet worden.
»He, is' Ihnen nich' jut?«, fragte die Oma aus dem Handkarren.
»Moment mal«, rief der kahlköpfige Mann, der den Karren geschoben hatte. »Sie kenn' wa doch – sind Sie denn nich' die Albi mit dem Bogen!«
»Sachen jibt's, die jibt's jar nich«, murmelte die kleingeratene Frau an seiner Seite. »Albi mit dem Bogen kraucht hier rum und kriegt mitten auf'm Trümmerhaufen wat Kleenet. Dit is ja schon fast, als wenn wieder Olympia wär'.«
Alberta war inzwischen so schwarz vor Augen, dass sie beim besten Willen nicht antworten konnte, und der Schmerz kam in immer kürzeren Abständen.
Familie Wiechert aber hatte längst den Ernst der Lage erkannt. Oma kletterte aus dem Handkarren, und der Rest der Familie erklomm den Trümmerhaufen, um Alberta hinunterzubugsieren. Der Weg wurde zur schmerzhaften Rutschpartie, aber immerhin ging er ohne Verletzungen ab.
»Sie machen ja v'leicht Sachen«, sagte die kleine Frau, während sie versuchte, Alberta möglichst bequem in den Karren zu betten. »Wo müssense denn hin?«
»Bettinastraße«, stöhnte Alberta. Es kam ihr vor, als wisse sie nur noch drei Worte: den Namen der Straße, in der sie gewohnt hatte,

den Namen des Mannes, der ihr fehlte, und den Namen eines weißen Stadions am Ende der Welt.
»Grunewald?«, fragte die Frau, als wäre das mindestens so weit entfernt wie Griechenland. »Zu die Amis? Dit schaffen wa im Leben nich' mehr, da will Ihr Kleenet vorher raus.«
»Wenn einer mich fragt, schaffen wir's nirgendwo mehr hin«, stellte Oma fest. »Dit jeht nämlich los, und so wat hält keener uff, ooch keener, der die janze Welt in Trümmer schlagen kann.«
Zu viert luden sie Alberta wieder aus dem Karren und betteten sie rücklings wie einen großen, von Schmerzen gepeinigten Käfer auf die Straße.
Es ist wie damals, dachte Alberta, mein Kind kommt wieder tot zur Welt, und vielleicht ist das gut so, denn was soll es hier? Aber alles, was in ihr noch an Kraft war, bäumte sich gegen diesen Gedanken auf. Wie konnte es gut sein, zu sterben, statt auf die Welt zu kommen? Weshalb schrieben diese Leute, die keine Häuser mehr, sondern nur noch Handkarren hatten, auf Zettel ihr triumphierendes »Alle leben!«, wenn am Leben nichts gut war? Warum machte Töten so wütend? Warum war ein kleiner Junge, der nicht laufen konnte, glücklich, wenn er das Meer sah? Warum versteckte man sich jahrelang als Gerda, wenn man nicht mit aller Macht am Leben festhalten wollte?
Der Schmerz wollte sie zerreißen, und sie brüllte dagegen an, ließ sich von Oma die Beine anwinkeln und presste das Kind aus sich heraus.
Kallimarmaro. Nun mach schon, Kleines. Wo immer dein Vater ist, ich bin ganz sicher, dass er es geschafft hat und gegen Giselher Mehring aufgestanden ist, dass er lieber sein Leben riskiert hat, statt Leben zu nehmen. Sieh dich doch um, Kleines. Herrn Hitlers Welt liegt in Trümmern, und wir können uns eine neue bauen. Eine mit Sandkasten. Gigantische Stadien brauchen wir nie wieder, nur das Feuer vom Fenchelholz. Nicht auf Leni Riefenstahls Fackelläufen. Sondern hier bei uns. Kallimarmaro.

Sie sagte es noch einmal, als Oma ihr das blutverschmierte, ziegelrote Bündel, das kleine Japslaute von sich gab, auf die Brust legte. »Kallimarmaro.« Von den drei Worten, die sie gewusst hatte, war nur noch dieses eine übrig.
»Wie soll denn die Kleene heißen?«
»Ick bin die Hedwig, falls ein Name fehlt.«
»Nee, wat mit Frieden soll et sein! Oder wat mit Olympia!«
Dem Stimmengewirr nach war inzwischen ganz Berlin um sie versammelt.
»Wat sacht se denn?«
»Kalli Martinsgans«, verkündete Oma stolz.
»Martinsgans is ja wohl Quatsch. Aber Kalli? Dit is doch nischt für Mädchen.«
»Macht nischt, dit wird jetzt öfters vorkommen. Ick wette, Kalli war ihr Bruder, und der is jefallen. Da muss nu halt 'n Mädchen den Kalli machen.«
»Ick schlage vor, wir bringen die zwee erst mal zu Rita, damit se sich ausruh'n können. Wat zum Beißen wird sich da schon finden, und in die Bettinastraße kommse noch früh jenuch.«
»Na denn mal los, Albi und Kalli«, sagte Herr Wiechert und beugte sich herunter. Erstaunlich behutsam wurde Alberta samt Baby wieder auf den Karren gehoben.
Alberta verschränkte die Arme um ihre Tochter so fest, dass niemand sie ihr öffnen konnte.
Eines Tages zeig ich's dir, versprach sie ihr. Das weiße Stadion. Dann wurde ihr wieder schwarz vor Augen, und sie ließ sich in die Ohnmacht fallen.

65

Drei Tage später verließen Alberta und Kalli die Notwohnung der hilfsbereiten Wiecherts, die in Wahrheit Kaminski hießen, und machten sich auf den Weg in die Bettinastraße. Dass Potsdam praktisch völlig zerstört und von ihrem Haus dort gewiss nichts mehr übrig war, das hatte ihr Herr Kaminski erzählt, doch es berührte sie nicht. Das Haus hatte ihr nie etwas bedeutet. Sie brauchte keine Steine. Nur Menschen.

Unterwegs hämmerte ihr Herz. Was, wenn das Gebäude eine Ruine war, an der kein Zettel mit der Aufschrift »Alle leben!« klebte? Sie drückte Kalli an sich. Einen Kinderwagen hatte niemand auftreiben können, aber Oma Kaminski hatte ihr aus einer Wollstola ein Tuch zum Umbinden zurechtgemacht, in dem sie ihre Tochter trug. Sie war ein verblüffend großes Kind, hatten alle gesagt. Verblüffend gesund, verblüffend rosig, verblüffend sorglos ins Leben gepurzelt. Sie weinte kaum, sondern saugte Alberta schmatzend die Brüste leer und schlief dann selig wieder ein, wie im festen Vertrauen darauf, dass die Welt ein behaglicher Ort war.

Sie ist es nicht, Kleines. Sie ist eine Trümmerwüste, in der Menschen nach ihren Toten wühlen und man von keinem weiß, was er auf dem Gewissen hat. Aber es ist auch die Welt, in der Leute wie die Kaminskis wohnen, Hanne-Lore Kaspers, Fritze Bernhardt und James Seaton-Carew.

Auf dem Pflaster in der Bettinastraße tanzten die Schatten der hohen Linden. Ein Sonnenstrahl fiel auf die Stelle, wo Jette Sabotke am Gartenzaun gestanden und Passanten mit ihren Zitaten vom blonden Hans bombardiert hatte, wo ihr Sohn Ulli seinen Fußball gekickt und Guste von Karl Venske ihren ersten Kuss bekommen hatte. Nur der Zaun war weggebrochen, aber der Ra-

sen dahinter war noch da und wucherte, wie seit Wochen nicht gemäht.
Das Haus war auch noch da. Es hatte lediglich keinen Dachstuhl mehr.
Ein Schrei entfuhr ihr. Sie drückte Kalli fester an sich und rannte den Gartenweg hinauf. In dem Moment öffnete sich oben an der Treppe die Tür des dachlosen Hauses, und eine Frau mit einer Einkaufstasche trat heraus. »La paloma ohe! Ick gloob, ick muss ins Meisenheim – der flotte Feger!«
»Jette!«, schrie Alberta.
Hinter ihr tauchte ein spindeldürrer Riese auf, der als Erkennungszeichen einen Ball unter dem Arm trug. Jette klatschte sich wieder und wieder mit der flachen Hand an die Stirn und rief: »Kinners, kommt doch mal alle. Ick hab's doch jesacht, ick hab's immer wieder jesacht, der flotte Feger lebt!«
»Nich' nur das«, murmelte Ulli. »Ick gloob, 'n blondet Hänseken is ooch dabei.«
Gedränge und Getrappel entstanden in der engen Haustür, dann setzte jemand sich an die Spitze, lief in drei Sätzen die Treppe hinunter und schloss Alberta und Kalli in die Arme. An ihm vorbei konnte sie die Gesichter der anderen auf dem Absatz erkennen. ›Familie Bernhardt‹, schrieb sie in Gedanken auf einen Zettel und klebte ihn an sämtliche Mauern der Stadt, ›Alle leben!‹.
Dann ließ sie sich mit ihrem Kind gegen seine Brust fallen. All das Grauen der letzten Jahre, die Angst und die Einsamkeit würden verblassen, denn sie waren es tausendmal wert. »Onkel Ludger«, stammelte sie. »Onkel Ludger.«
»Mein liebes Mädchen.«
Mehr war nicht zu sagen. Sehr lange nicht.
Nur eine Frage tobte in ihr, doch die Angst vor der Antwort hielt ihr die Worte in der Kehle fest. Sie wollte ihn nach James fragen und hätte doch nicht einmal dessen Namen aussprechen können. »Wie seid ihr hergekommen?«, fragte sie stattdessen und hoffte,

er werde heraussprudeln, Captain Seaton-Carew habe sie in seiner Scapa hergeflogen, er stehe drinnen, in dem Haus ohne Dach, und werde die Arme öffnen, sobald Alberta durch die Tür stürmte.

»Mit einer Militärdelegation«, sagte Onkel Ludger. »Gilbert Chad hat wieder einmal das Unmögliche möglich gemacht.«

»Und alle leben?«, krächzte Alberta.

»Mein alter Eri ist gestorben«, sagte Ludger, der nicht wissen konnte, was sich in ihrer Kehle zum Klumpen ballte. »Aber hinten im Garten wartet jemand, den du vielleicht gern begrüßen möchtest.«

James.

Alberta wollte loslaufen, doch die Schar, die die Treppe hinuntergerannt war, stellte sich ihr in den Weg. Sie musste erst jeden einzeln begrüßen, mit jedem Einzelnen weinen, Kalli vorstellen und in wilden Bruchstücken ihre Geschichte erzählen, ehe sie in den hinteren Garten durfte, wo Farfalla auf sie wartete. Die Stute glich eher einem gemütlichen Reitschulgaul, der dringend gestriegelt gehörte, als einem der kostbarsten Springpferde der Welt, aber sie wirkte vollkommen wohlauf.

»Du kannst dir nicht vorstellen, was dieses Pferd für ein Glück hatte«, berichtete ihr Vater. »Sie war beschlagnahmt worden und sollte an die Front nach Russland verbracht werden. Ich bin den Kerlen, die sie abgeholt haben, auf den Bahnhof hinterhergelaufen und habe sie angefleht, aber kein Mensch hat auf mich gehört. Nur Farfalla. Bei der ist beim Einsteigen in den Waggon diese uralte Sehnenverletzung wieder aufgerissen. Sie haben sie mir für einen Appel und ein Ei überlassen. Sonst haben sie Pferde, die nicht mehr zum Einsatz taugten, zum Abdecker gegeben, aber bei ihr ging auf einmal ein Raunen durch den Bahnhof. Olympia. Hätten die Offiziere es gewagt, sie wegzuschaffen, wären sie vermutlich gelyncht worden.«

»Schade, oder?«, fragte Tante Käthe. »Dass bei Pferden das Volk auf einem Bahnhof aufschreit und bei Menschen schweigt.«

Niemand wusste etwas dazu zu sagen.
»Tut mir leid, dass ich euch in die Festtagsstimmung pfusche.«
»Nein«, sagte Alberta. »Das, was du gesagt hast, muss uns künftig in jeden Festtag pfuschen. Es gehört für immer dazu, sonst gibt es keinen Festtag für Menschen mehr, sondern nur noch hohle Heuchelei wie bei Olympia neunzehnhundertsechsunddreißig.«
Ihr Vater legte den Arm um sie. »Gehen wir ins Haus? Du wirst dich ausruhen wollen und die Kleine hinlegen.«
Albertas Blick entglitt zum zerstörten Dach.
»Es ist schlimmer, als es aussieht«, sagte ihr Vater. »Unsere Wohnung ist unbewohnbar, aber wir sind alle bei Sabotkes einquartiert.«
»Platz is' in der kleensten Hütte«, beteuerte Jette Sabotke.
»Ja, gehen wir ins Haus.« Alberta gab sich Mühe, die rasende Angst wegzuschieben. »Kalli drückt mir die Hüfte krumm, und außerdem will ich unbedingt hören, wie Fritze so phantastisch laufen gelernt hat.«
Fritze lief an Krücken. Er war ein schmaler, hübscher Zwölfjähriger geworden, dem blondes Haar in die Stirn wuchs. »Dr. Guttmann hat mit mir trainiert«, sagte er schüchtern und stolz. »Dr. Guttmann sagt, in einem Fall wie meinem wird die Wissenschaft künftig noch viele Fortschritte machen. Er ist ein Genie, aber leider kann er trotzdem keine Wunder wirken.«
In der plötzlichen Stille hörte Alberta ihr Herz schlagen. Die Übrigen hatten einen Kreis um sie gebildet und sahen nicht länger sie, sondern hilflos und fahrig einander an. Sie hatten ihr etwas zu sagen. Etwas Entsetzliches, das keiner von ihnen auszusprechen wünschte, weshalb ein jeder versuchte, es einem anderen zuzuschanzen.
»Hannes«, murmelte Alberta. »Habt ihr Nachricht von Hannes?«
Ihr Vater schüttelte den Kopf. »Das muss aber nichts heißen, Albi. Er ist im letzten Moment noch an die Front geschickt worden, stimmt's?«

Alberta nickte. Sie war sicher, dass es so war.
»Dann können wir noch gar keine Nachricht haben«, erklärte ihr Vater und setzte ein Lächeln auf, das einer Grimasse glich. »Die Postzustellung ist ja völlig zusammengebrochen, und viele sind in Gefangenschaft. Hier heißt es jetzt immer: Keine Nachrichten sind gute Nachrichten.«
Alberta sah von dem einen zum anderen, bis ihr Blick an Fritze hängenblieb.
»Ich heiße übrigens jetzt Frederic«, sagte der in einem Ton, den sie nicht deuten konnte. »Und wir gehen wieder nach Stoke Mandeville zurück.«
Albertas Blick flog weiter zu Onkel Ludger.
Der senkte den Kopf. »Ich könnte hier nicht mehr leben«, sagte er, als sei er verpflichtet, sich dafür zu entschuldigen. »Wir sind gekommen, um Käthe zu holen.«
»Wie der blonde Hans«, murmelte Jette Sabotke. »Der hat auch seine Hansi aus Deutschland rausgebracht, und jetzt sind sie wieder zusammen.«
Onkel Ludger blickte wieder auf und sah Alberta an. »Wir können euch mitnehmen«, sagte er in einem Ton, der sich nicht deuten ließ. »Nicht gerade den blonden Hans und seine Hansi, aber von der Familie jeden, der es will.«
Ich will, verschaffte eine kleine Stimme in Alberta sich Gehör. Mein Mann hat sich von mir scheiden lassen, ich bin ihm zu nichts mehr verpflichtet, sondern endlich frei. Ich will an keinen Ort so sehr wie nach Mandeville. Zu meinem James. Wenn ihr mir jetzt sagt, dass mein James nicht mehr lebt, werde ich mich weigern, euch auch nur ein Wort zu glauben. Sie flüsterte seinen Namen, weil das Wort sich nicht länger in ihrer Kehle festhalten ließ.
»Komm mit nach Mandeville, Alberta«, sagte Onkel Ludger. »Fred und ich stehen so tief in Captain Seaton-Carews Schuld, aber wir können ihm nicht helfen. Auch Dr. Guttmann nicht. Wenn überhaupt jemand es kann, dann du.«

»Bogenschießen«, platzte Fritze alias Fred unvermittelt heraus, und Albertas Herz hämmerte, wie um das Gefängnis ihrer Rippen zu zertrümmern. »Dr. Guttmann hat gesagt, fechten kann ich nicht, aber mit Bogenschießen soll ich es versuchen. James kann nicht mehr reiten. Könntest du ihm nicht beibringen, wie man mit einem Bogen schießt?«

66

Stoke Mandeville, September 1945

Ich bringe dir alles bei. Alles, was du willst und was dich im Leben hält. Bogen schießen, Paso doble tanzen, im Dunkel der Nacht nach Athen durchbrennen. Deine Beine brauchen wir dazu nicht. Mit dir kann ich alles in Gedanken.

Geweint hatte sie trotzdem ohne Unterlass. Warum mutete das Schicksal so etwas einem Mann zu, der sein Leben im Galopp verbracht hatte wie sie selbst, dem man die Freude am eigenen Körper bei jedem Schritt, bei jeder Bewegung angemerkt hatte und für den Stillsitzen eine Folter war?

Er würde für immer stillsitzen.

James' Maschine war beim Kontakt mit einem deutschen Jagdflugzeug über englischem Boden abgeschossen worden. Er verdankte es nur seiner blendenden Konstitution, dass er überlebt hatte, doch die Verletzung seiner Wirbelsäule war so schwerwiegend, dass er von der Taille abwärts gelähmt bleiben würde.

Er würde nie wieder über die weiten Wiesen seines Anwesens laufen, um ihr einen Picknickkorb zu holen.

Er würde nie wieder hinter der Hecke des Tennisplatzes in zu kurzen Hosen ein Mädchen küssen, nie wieder durch Faxen einen

Sieg verscherzen, nie wieder mit einem Pferd im Schlepptau selbstvergessen durch ein Olympiastadion schlendern.
Er würde keiner Frau mehr die Liebe beibringen. Und er würde nie ein Kind haben.
Wie sein Bruder, das Superhirn, würde er an einen Rollstuhl gefesselt sein. Aber er war kein Superhirn. Er war ein Mann, der eine Goldmedaille im Springreiten gewonnen und ein Flugboot auf dem tosenden Wattenmeer gewassert hatte.
Alberta hatte auf der Stelle aufbrechen und zu ihm fahren wollen, einfach nur die Arme um ihn schlingen und ihn im Leben halten. Aber so einfach war es nicht. Europa war von einem mörderischen Krieg zerrissen, es gab Probleme mit Pässen, Genehmigungen, Visa und Schiffspassagen. Sie mussten gemeinsam reisen, doch Tante Käthe brauchte Zeit, um die Trümmer ihres Haushalts aufzulösen, ihr Vater quälte sich mit der Entscheidung, und Alberta hatte Kalli in ihre Überlegungen einzubeziehen. Wie konnte sie hoffen, den Schmerz eines Mannes, der nie ein Kind haben würde, zu lindern, indem sie mit dem Kind eines anderen Mannes bei ihm auftauchte?
»Ich habe auch kein Kind«, sagte Onkel Ludger. »Ich hätte gern eines gehabt, aber da mein Leben anders verlaufen ist, bin ich froh, dass ich euch hatte. Die Kleine gehört zu dir. Wenn ihr zusammenbleiben wollt, du und Captain Seaton-Carew, wenn ihr miteinander einen Weg findet, kann sie auch zu ihm gehören. Und er hat Fred, dem er in den letzten Jahren seine erstaunliche Wärme geschenkt hat. Fred vergöttert ihn, er ist der einzige Mann, in dem er je einen Vater sehen wird.«
Auf einmal wünschte sich Alberta das, was sie jahrelang gefürchtet hatte: Und wenn James tatsächlich Fred-Fritzes leiblicher Vater wäre? Dann hätten sie jeder ein Kind und könnten versuchen, aus vier einzelnen Gliedern eine Familie zu bilden.
Familie mit James muss schön sein, dachte sie voll Sehnsucht. Familie mit James wäre Lachen und Festhalten und nachts, wenn

die Kinder schliefen, Erinnern und Weinen. Geknackte Krabben in gierige Münder geschoben, zum Segen zugesteckte Fenchelsamen, und aller Schmerz der Welt ertränkt in piemontesischem Wein. Getrost ein bisschen schlecht sein dürfen, weil man keinem Menschen etwas Schlechtes wünschte.

»Alberta«, sagte Onkel Ludger. »Du musst gut überlegen. Ich halte diesen Mann für einen prachtvollen Burschen, in dem viel mehr steckt als nur irgendein Rekordbrecher im Sport. Aber das nützt dir nichts. Man kann nicht mit einem Menschen leben, weil man seine Tapferkeit bewundert, weil man ihm dankbar ist oder weil man Mitleid mit ihm hat. Dass er dich liebt, habe ich gewusst, seit er damals nach Berlin kam, um nach Guste zu sehen. Ob du ihn liebst, weiß ich nicht, aber wenn du es nicht tust, darfst du dich nicht opfern. Das wäre qualvoll für dich. Und demütigend für ihn.«

»Deshalb hast du Tante Käthes Angebot, mit ihr aus Deutschland wegzugehen, nicht angenommen, nicht wahr? Weil du ihr Mitleid nicht wolltest, weil dein kreuzdummer Stolz das nicht ertragen hätte.«

Onkel Ludger senkte den Kopf.

»Weißt du was?«, rief Alberta. »Ich will darüber nicht mehr nachdenken. Ich habe fast drei Jahre in Einsamkeit gelebt, währenddessen ist die Welt in Flammen aufgegangen, und von Millionen von Menschen ist nichts mehr übrig als weitverstreute Asche. Ich will leben und meinen Geliebten in die Arme nehmen. Wir haben die Hölle überstanden und können zusammen weitergehen – als das, was diese Hölle aus uns gemacht hat. Alles andere lässt sich trainieren wie früher unser Sport. Wenn meine Liebe ihn demütigt, werde ich eben lernen müssen, ihn respektvoller zu lieben, und wenn er mich quält, weil er kein Mitleid will, bekommt er was aufs Dach, bis er um Mitleid bettelt.«

Onkel Ludger lachte. »Mir scheint, du bist der Sache gewachsen, Albi mit dem Bogen.«

Sie fuhren nach Mandeville. Zwei Tage, nachdem die Nachricht von Hannes' Tod eingetroffen war.
Die grüne Landschaft hatte sich nicht verändert, und das Haus aus honiggelbem Stein erst recht nicht. Nur die Menschen hatten sich verändert. Die arrogante Harriet, die aus ihrer Abneigung gegen Alberta kein Hehl gemacht hatte, sah uralt aus, unvorteilhaft gekleidet und verweint. »Es ist nett, dass Sie gekommen sind«, sagte sie. »Aber mein Bruder will niemanden sehen. Er lässt sich von einem Pfleger versorgen, das ist alles. Ins Stoke Mandeville Hospital geht er auch nicht, obwohl Dr. Guttmann dort Männer mit der gleichen Verletzung trainiert.«
»Dr. Guttmann tut *was*?«
»Er sagt, er will den britischen Soldaten etwas zurückgeben, dafür dass sie ihn und seine Familie gerettet haben«, murmelte Harriet. »Seiner Ansicht nach hilft der Sport diesen Männern, ihren Lebensmut zurückzugewinnen. Er würde sich gern mit Ihnen unterhalten, weil Bogenschießen sich besonders gut für Menschen mit Querschnittslähmungen eignet.«
Bogenschießen, dachte Alberta, und die alte Sehnsucht erwachte. Aber sie trug ein völlig neues Gewand.
»Wir alle haben James beschworen und ihn angebettelt, sich dorthin verlegen zu lassen«, fuhr Harriet fort. »Aber er sagt, dies sei sein Haus, er bleibe hier, und wenn es uns nicht passe, könnten wir unsere Koffer packen und gehen. Er hat nie zuvor darauf gepocht, das Haus sei seines. Es war unser aller Zuhause, und ihm war es völlig einerlei, wem es gehörte.«
»Dann hat er kein Beschwören und Betteln nötig, sondern eine Lektion«, sagte Alberta. »Und zwar eine schmerzhafte. Warum packen Sie nicht Ihre Koffer und gehen?«
Entsetzt starrte James' Schwester sie an. »Mein Bruder hat Menschenleben gerettet. Auch das Ihrer Verwandten. Sollen wir ihn für das, was ihm angetan wurde, auch noch bestrafen?«
»Nicht für das, was ihm angetan wurde«, sagte Alberta. »Aber

dafür, dass er den bemerkenswerten Mut, den er besitzt, nicht nutzt. Lassen Sie mich zu ihm. Mir ist es egal, ob er mich sehen will, denn ich will ihn sehen, und ich bin dafür diesen ganzen Weg gereist.«

»Ich will nicht, dass Sie ihm noch mehr Schmerz zufügen.« Harriet liefen Tränen über die Wangen. »James war nicht so, wie Sie denken. Er war ein bisschen leichtsinnig, weil wir ihm nie beigebracht haben, dass Leben weh tut, aber er war der netteste Mann, den ich kannte.«

»Und dafür verdient er es, dass Sie von ihm sprechen, als wäre er tot?«, versetzte Alberta. »Ist er von der Taille abwärts gelähmt oder von der Taille abwärts eingesargt, weil er keinen edlen Nachwuchs mehr zeugen kann? Glauben Sie mir, ich setze ihm vielleicht den Kopf zurecht, und ich bin dabei nicht sanft. Aber für mich ist er noch immer der netteste Mann, den ich kenne, er ist dem Leben gewachsen, und dass es weh tut, braucht ihm kein Mensch beizubringen. Das weiß er allein. Ich erlaube ihm nicht, sich aufzugeben, denn dazu brauchen wir ihn zu sehr, das Leben, das manchmal weh tut, und ich.«

Harriet schwieg mit offenem Mund. Die Stimme, die sich nun erhob, gehörte einem anderen.

»Kommen Sie, Mrs. Vondeweit. Ich bringe Sie zu meinem Schwager.«

Alberta drehte sich um und sah den Mann von Lady Harriet in der Halle stehen, den, der Flugzeuge baute und von dem sie nicht einmal den Namen kannte. Sie ging mit ihm, und er führte sie durch einen Gang in den Nordflügel des Hauses. »James tut mir von Herzen leid«, sagte er, während er einen Schlüssel in ein Türschloss schob. »Er ist völlig entmündigt, kann sich nicht einmal einschließen, weil wir zu allen seinen Türen Schlüssel haben. Wir sind immer da, und er hat seine flinken Beine nicht mehr. Unseren Tätscheleien, dem Schulterklopfen und den barmherzigen Lügen kann er nicht entgehen.«

»Warum lässt er die Schlösser nicht auswechseln?«
»Fragen Sie ihn das. Vielleicht setzt er sich dann endlich in einen Rollstuhl und nimmt den Kampf auf.«
James saß auf einem hölzernen Stuhl am Fenster. Er war abgemagert, und sein Haar war zu lang.
Alberta schloss die Tür hinter sich. So, liebe barmherzige Samariter und besitzergreifende Schwestern, dachte sie. Der Rest geht nur ihn und mich etwas an.
»Nein«, sagte James, sobald er sie sah.
»Doch«, sagte Alberta.
»Bleib stehen«, befahl er, und in seiner Stimme war etwas, das sie gehorchen ließ.
Er sah sie sich an. Von dem verschwitzten Haar, das ihr an der Stirn klebte, bis zu den Füßen, die in abgewetzten Schuhen steckten. »Dass du lebst«, sagte er.
Mit dem Gehorchen war es vorbei. Sie lief zu ihm, schlang die Arme um seine Schultern und zog seinen Leib an ihren.
»Lass mich los«, sagte er.
»Das machen wir gleich«, sagte sie atemlos. »Das, was du willst. Erst einmal muss ich alles haben, was ich will. Ich bin dafür übers Meer gekommen, und ich bin endlich eine, die sich nimmt, was ihr schmeckt.« Sie küsste ihn auf den Mund, zerwühlte sein Haar, fuhr den Linien von Hals und Schultern nach und tupfte Küsse auf die Faltenkränze in seinen Augenwinkeln. Eine Zeitlang genoss sie, wonach sie sich krank und wund gesehnt hatte, aber das Gefühl, eine Grenze zu überschreiten, weil sich unter ihren Händen und Lippen nichts regte, ließ sie innehalten.
Es war das Letzte, was sie ihm geben wollte: das Gefühl, ein Gegenstand zu sein, an dem sie sich austobte. Er hatte ihr immer das Gefühl gegeben, sie selbst zu sein und dafür umarmt, begehrt und innig geliebt zu werden.
Was er erlebte, das Gefangensein in einem Körper, der ihm fremd war, schien viel schmerzhafter, als sie es sich vorgestellt hatte. Da

war nichts wegzustreicheln, nichts wegzuküssen, nicht einmal etwas wegzureden. Er würde Zeit brauchen, er würde sein höllisch starkes Herz brauchen und vielleicht die Idee, die Dr. Guttmann ihm bot. Die Idee, die auch Alberta selbst brauchte.

»Weißt du, warum ich gekommen bin?«, fragte sie.

»Weil du bist ein nettes Mädchen.«

»Wenn einer weiß, dass ich das nicht bin, dann du.«

»Weil du meinst, du müsstest mir dankbar sein«, sagte er. »Und weil ich tue dir leid.«

»Mein liebster schlimmer Finger«, sagte sie mit trockener Kehle. »Möchtest du mich gern provozieren, bis ich dir noch einmal in deinem Leben eine Backpfeife gebe? Es fiele mir furchtbar schwer, ich täte alles Erdenkliche lieber, aber wenn du es unbedingt willst, werde ich mich bemühen, dir den Gefallen zu tun.«

»Nein«, sagte er mit blitzenden Augen, die sie wunderschön und nicht im Geringsten gelähmt fand. »Aus Mitleid ich erlaube einer Frau nicht einmal, dass sie mich schlägt.«

»Fein, mein Liebling«, sagte sie. »Das erzähle ich nachher denen, die behaupten, du hättest dich aufgegeben.« Sie lächelte ihn zärtlich an, legte die Rechte auf sein Herz und schlug ihm mit der zitternden Linken leicht über die Wange. »Ich liebe dich«, sagte sie. »Also bedenke in Zukunft, was dir blüht.«

Unter seinem Blick zog sich ihr Herz zusammen.

»Hat's weh getan?«

Verstört zuckte er die Schultern.

»Es war nicht dazu gedacht«, sagte sie erstickt, schob die Finger zwischen zwei Knöpfen unter sein Hemd und streichelte sein Herz. »Ich würde furchtbar gern weinen, James. Nicht weil du mir leidtust, sondern weil ich selbst mir leidtue. Weil ich wünschte, ich hätte dir das auf Baltrum gesagt, denn dann hätte ich es jetzt nicht so schwer, es dich glauben zu machen. Willst du wissen, wie selbstsüchtig ich bin?« Sie setzte sich neben ihn auf den Boden und blickte zu ihm auf.

Er versuchte, keine Miene zu verziehen, aber er war ein Mann voller Wissbegier, und er liebte sie. Irgendwann nickte er.
»Ich habe auf dem ganzen Weg von Friesland nach Berlin nur daran gedacht, wie ich am schnellsten nach Mandeville komme, um es dir zu sagen. Ich hatte Hannes' Kind im Bauch, ich wusste nicht, ob meine Verwandten noch lebten, und um mich herum lag die Welt in Schutt und Asche. Und bei alledem habe ich gedacht: Ich muss nach England und James Seaton-Carew sagen, dass ich ihn liebe und dass er keine andere heiraten darf als mich. Dann haben mir Fred und Ludger erzählt, dass du deine langen Beine und deinen hübschen Hintern, deine Paso-doble-Hüften und deinen Schwanz, der mich entjungfert hat, nicht mehr bewegen kannst, und statt zu denken: Mein armer Liebling, wie kann ich ihn nur trösten?, habe ich gedacht: Verdammt, jetzt wird der verfluchte Kerl mir kein Wort mehr glauben.«
Er war James Seaton-Carew. Er musste lachen, und alles war einen Herzschlag lang so wie immer mit ihm: ein bisschen leichter. Als sie ihren Kopf gegen seinen flachen Bauch lehnte, spürte sie seine Hand in ihrem gestutzten Haar. »Du hast recht, Bogenmädchen«, sagte er. »Ich glaube dir kein Wort.«
»Ich würde mir auch nicht glauben«, sagte sie zu ihm. »Ich kann das aushalten und alle Zeit der Welt aufwenden, um es dir zu beweisen. Nur schick mich nicht weg.«
»Und ob ich dich wegschicke. Ich schicke dich nach Hause zu deinem Mann.«
»Mein Mann hat sich von mir scheiden lassen«, sagte Alberta. »Während du riskiert hast, an die Wand gestellt zu werden, weil du mir helfen wolltest. Ich verlange von keinem Mann, dass er ein Held ist, ich will verdammt noch mal keine Welt mehr, in der ein Mann etwas anderes sein muss als ein lachender Schwelger, aber ich hätte niemals zu dir sagen dürfen, dass du nicht weißt, was Treue ist. Ich bitte dich um Verzeihung, James.«
»Keine Ursache«, sagte er still. »Vielleicht ich wusste es wirklich

nicht, ich habe über das, was ich tue, ja nie viel nachgedacht. Lachender Schwelger klingt nach mir. Ich war nur verliebt. Und hatte Angst um dich.«

Es kostete unsagbar viel Selbstbeherrschung, ihn nicht zu küssen, ihn nicht an sich zu drücken, ihm von dem Gefühl, das sie überwältigte, nicht den kleinsten Bissen abzugeben. »Hannes ist tot«, sagte sie stattdessen.

»Das ist traurig«, sagte er und streichelte ihr Haar.

»Ja.«

»Und das mit der Scheidung tut mir leid. Du darfst nicht denken, Johannes Vondeweit hat dich nicht genug geliebt. Solange ich ihn kannte, er hatte immer Angst, sogar vor albernen Listen an der Wand. Einmal ein Mensch muss ihm furchtbar viel Angst gemacht haben.«

»Hast du deshalb in Berlin zu mir gesagt, ich darf ihn nicht heiraten?«

»Ach was«, versuchte er auszuweichen. »Das ich habe gesagt, weil ich war grün vor Eifersucht. Damals ich war ja noch der arrogante Fatzke, der sich bildete ein, er könne mithalten mit Johannes Vondeweit.«

Den Schmerz, den die Erinnerung ihm zufügte, glaubte sie, in der gespannten Bauchdecke zu spüren. »Du bist ein Olympionike«, sagte sie. »Du hättest Hannes besiegen wollen, nicht ihn durch Tricks aus dem Feld räumen. Erzähl's mir. Warum hast du gesagt, ich darf ihn nicht heiraten?

»Ich erzähle kein Wort«, sagte er. »Johannes Vondeweit ist tot, und ich wäre gern gewesen sein Freund. Auch wenn ich mich habe in sein Mädchen verliebt, als sie in Los Angeles vor dem Dorftor stand und vor Empörung flatternd behauptet hat, sie sei Alberta Bernhardt und der Himmel gehöre ihr.«

»Ach, James. Mein liebster schlimmer Finger.« Die Wärme strömte durch ihren ganzen Körper, als könne sie im Leben nie wieder frieren. Später gebe ich dir dafür einen Kuss, von dem dir

Hören und Sehen vergeht, dachte sie. Später, wenn du dir wieder in doppelten Portionen in den Mund stecken lässt, was dir schmeckt. »Erzähl's mir trotzdem.«
»Ich habe nein gesagt, Alberta. Johannes Vondeweit kann sich nicht mehr verteidigen, und woher weißt du, dass ich dir nicht lauter Lügen über ihn erzähle?«
»Weil du es dann schon in Berlin getan hättest. Aber du warst nur furchtbar eschrocken und hattest Angst um mich. Und zu ihm hast du gesagt: Wir müssen reden. Erzähl es mir. Du schleppst das schon viel zu lang mit dir herum, und mich betrifft es auch.«
»Ja. Dich betrifft es auch.«
»Jetzt mach endlich den Mund auf! Ich habe ein Kind von Hannes, ich muss es wissen.«
Seine Augen flackerten. »Nicht eins«, sagte er so dunkel, dass sie ihn kaum verstehen konnte. »Sondern zwei. Es war meine Schuld, Alberta. Kallimarmaro. Johannes Vondeweit war so wütend, dass wir beide sind durchgebrannt, er war nicht mehr er selbst.«
»Und deshalb hat er sich meine Schwester Guste genommen?«, schrie Alberta auf. »Damals auf Mandeville, während wir in Athen waren? Aber da war Guste doch mit dir …«
»Nein!«, fiel er ihr ins Wort. »Das hast du dir jahrelang eingeredet, aber davon es wird nicht wahr. Mein kreuzdummer Stolz muss leben damit, dass beide Bernhardt-Schwestern an mir nichts fanden. Und ich fand nichts an Auguste. Sie war das netteste Mädchen, das ich habe je getroffen, aber ich war bis über Ohren, Augen und Nase in ihre Schwester verliebt.«
Und ich in dich, dachte Alberta todtraurig. Ich war nur zu blöd, es auch zu wollen. »Auguste hat dir das in Berlin erzählt, nicht wahr? Das mit Hannes?«
Er nickte.
»Und ich habe dich verdächtigt.« In seinem Gesicht zuckte ein Muskel und verriet, dass die Verletzung, die sie ihm zugefügt hatte, nie verheilt war. Ihm hatte sie zugetraut, ein verzweifeltes

Mädchen mit einem kranken Kind im Stich zu lassen. Hannes nicht. »Du hättest mir die Wahrheit sagen müssen«, murmelte sie. »Du durftest das doch nicht auf dir sitzenlassen.«

»Auguste wollte um keinen Preis, dass du es weißt«, sagte er. »Sie hatte dich so lieb, und sie dachte, du würdest sein schrecklich enttäuscht von ihr.«

Als Alberta aufschluchzte, schloss er die Arme um sie. Er konnte nicht mehr auf seinen Beinen stehen, aber er hielt sie fest wie im Kallimarmaro. »Schick mich nicht weg«, presste sie schniefend hervor. »Bitte lass mich bei dir bleiben, oder ich ertrage uns alle nicht mehr. Wenn du mir nicht glauben kannst, dass ich dich liebe, glaub mir doch bitte wenigstens, dass ich dich brauche.«

»Das habe ich früher geglaubt. Als ich konnte laufen. Du hast gesagt, ich bin ein Prahlhans.«

Sie richtete sich halb auf und zog ihn an ihr Herz. »Ich bin eine blöde Gans, James. Ich habe dich immer gebraucht, aber jetzt brauche ich dich noch mehr. Ich muss mit dieser Schuld zurechtkommen, und ich muss diesen Traum retten, oder ich weiß nicht, wie ich weiterleben und meine Kinder aufziehen soll. Du musst mir helfen, weil es unser gemeinsamer Traum ist. Kallimarmaro.«

»Ich?« Er lächelte bitter. »Ein Krüppel?«

Sie holte aus. Dann begriff sie, dass das Wort seine Wahrheit war, die sie nicht aus ihm herausprügeln konnte. Sie ließ die Hand sinken. »Ja, du«, sagte sie. »Ein Krüppel. Keiner, der denkt, er sei mehr wert als andere, keiner, der sich andere Menschen aus der Welt wünscht. Keiner, der glaubt, Olympische Spiele könne man veranstalten, indem man größenwahnsinnige Stadien baut, Fackelläufe filmt und Parolen in Glocken graviert. Sondern der Mann, der mit mir geweint hat, als Luz Long Jesse Owens sein Handtuch geschenkt hat. Der, dem um Helene Mayer das Herz weh tat. Und der, der ohne seinen Kameraden Sirio nicht in Hitlers Kampfarena einmarschieren wollte.«

»Sirio ist tot«, sagte James. »Ich bin kein lachender Schwelger, sondern ein weinender Schlappschwanz, Alberta. Ein Mann werde ich nicht mehr.«

»Bitte werd' gar nichts«, sagte Alberta blind vor Tränen und küsste ihn auf den Mund. »Das, was du bist, tut so gut. Hilf mir, James.«

»Beim Weinen? Beim Asche-Aufsammeln?«

Sie nickte und krächzte. »Unsere ganze Generation ist Hitler aufgesessen und hat sich von ihm missbrauchen lassen. Damit haben wir uns den Traum vom Sport, der Frieden stiftet, stehlen lassen. Wenn wir der nächsten Generation nicht zeigen, worum es bei diesem Traum geht, dann hat die Welt, die sich danach sehnt, ihn verloren.«

»Sagst du mir auch noch, wie wir das machen?«, fragte er mit weit geöffneten Augen. »Und wer ist überhaupt wir?«

Alberta zwang sich, zu grinsen. »Wir, mein Hübscher, die für das hehre Olympia-Bild nicht taugen: Neger, Juden, Frauen und Krüppel, also solche wie Jesse Owens, Dr. Guttmann, ich und du.«

»Und was sollen Guttmann und ich dabei?«

Sie hielt sich an ihm fest, ehe die Kraft sie verließ. »Die Welt glauben machen, dass Prometheus das Feuer nicht gestohlen hat, damit wir sein Liebstes darin verbrennen«, sagte sie. »Nicht damit wir neue Menschen züchten, die Hitlers Rassenwahn entsprechen. Sondern damit wir es warm haben. Unaufhaltsam. Wir alle.«

LETZTER TEIL

»When our time came, we did it right.«

London, Juli 2012

»Would you love her?
Yes, I would, Sir.«

Donovan

67

Und genau das hat sie gemacht.«

Jennifer ließ die beschriebenen Seiten sinken und sah Gregory an. Bis zu Grandma Albertas Begräbnis hatte sie keine Zeit gefunden, die Geschichte, die ihre Urgroßmutter für sie niedergeschrieben hatte, auch nur anzusehen. Erst jetzt, am Tag vor der Eröffnungsfeier für Olympia, hatte sie ihn gelesen. Nicht mehr auf Mandeville, sondern im olympischen Dorf.

»Sie hat diesen Mann in das Hospital geschleppt und Großonkel Fred zur Verstärkung gleich mit. Und dann haben sie und Dr. Guttmann ihnen und sechzehn anderen Querschnittsgelähmten beigebracht, wie man einen Bogen abfeuert. Sie haben drei Jahre lang trainiert und dann zum ersten Mal ihre eigenen Spiele veranstaltet. Am Tag nach der Siegerehrung hat James Seaton-Carew endlich nachgegeben und sie geheiratet.«

»Der Mann war grandios«, fiel Gregory bewundernd ein. »Der geborene Sportler. Er hat auch mit dem Bogen sämtliche Mitbewerber haushoch deklassiert.«

Sie wandte sich zu ihm. »Wenn es das ist, was du willst – ich kann dir nicht das Bogenschießen beibringen, aber inzwischen gibt's bei den Paralympischen Spielen auch Langstreckenläufe. Dass jemand dir darin etwas vormachen könnte, bezweifle ich.«

»Ich habe darüber nachgedacht«, gab er zu. »Aber ich kam zu dem Schluss, ich müsse etwas anderes finden. Das, was die beiden neunzehnhundertachtundvierzig gemacht haben, war phantastisch. Da gab es endlich wieder Olympische Spiele, weil die Welt sich danach sehnte, und jeder hätte sie gern groß herausgestellt: Sie waren Alberta Bernhardt und James Seaton-Carew, zwei Goldmedaillengewinner, eine Deutsche und ein Brite, die für Versöhnung standen, und er war obendrein ein versehrter

Kriegsheld. Aber sie sind nicht einmal hingefahren, sondern haben gesagt: Wir brauchen unser Geld und unseren Einfluss hier, in Stoke Mandeville, wo Dr. Guttmann in mühevoller Kleinarbeit etwas ins Leben ruft. Weil Sport ein Menschenrecht ist. Und weil der olympische Traum für alle gedacht ist.«

Jennifer griff nach den beiden Medaillen, die Grandma Alberta bei ihren nächtlichen Gesprächen um den Hals getragen hatte. »Ich habe gedacht, es seien die, die sie und ihr Mann in Berlin gewonnen haben. Aber die hat sie nicht einmal aufgehoben. Das waren Hitlers Medaillen. Die beiden hier haben James und Fred bei den Stoke Mandeville Games von neunzehnhundertachtundvierzig errungen. Am selben Tag, an dem in London die Olympischen Spiele begannen.«

»Und dann haben sie noch zwölf Jahre lang weitergekämpft«, fuhr Gregory fort. »Rom neunzehnhundertsechzig: Das war das erste Mal, dass offiziell Paralympics im Anschluss an die Olympischen Spiele ausgetragen wurden.«

»Im Winter darauf ist James gestorben. Mit knapp über fünfzig.« Aus den Papieren, die sie über den Bettüberwurf mit den olympischen Ringen verstreut hatte, fischte Jennifer ein Foto. »Ich finde mich albern, Greg. Aber ich wüsste so gern, ob es ihnen trotz allem auf eine Art gutging, ich meine …«

»Ob sie glücklich waren?«

Jennifer nickte.

Er beugte sich mit ihr über das Foto, so dass ihre Wangen sich berührten. »Es gibt jetzt ein ziemlich ähnliches von dir und mir«, sagte er. »Aus dem *Guardian* vom letzten Montag. Ich war glücklich, als es gemacht wurde. Warst du's?«

Jennifer betrachtete die Gesichter der beiden Menschen, die einander zugewandt waren. Sie lächelten nicht. Sie hatten nur Augen füreinander und schlossen den Betrachter aus. »Du hast recht. Sie sehen aus, als ob sie in diesem Augenblick glücklich waren, und um mehr zu erfahren, müsste man viel recherchie-

ren. Ich bin wirklich verrückt geworden. Weißt du, dass ich sogar schon zu verstehen glaube, warum Rachel unbedingt ihre Feldman-Saga schreiben will?«
»Würdest du gern die Bernhardt-Saga schreiben?«, fragte er.
Jennifer schüttelte den Kopf. »Aufsätze waren schon in der Schule mein Alptraum.«
Gregory lachte. »Wie bei Alberta. Ich glaube, das da war der erste und letzte Aufsatz ihres Erwachsenenlebens.« Er wies auf die beschrifteten Bogen.
»Warum hat sie mir die wohl überlassen? Doch wohl nicht, weil sie hoffte, dass ich die Bernhardt-Saga schreibe!«
»Möchtest du, dass *ich* sie schreibe?«, fragte er. »Ein bisschen Vorwissen hätte ich immerhin, weil ich mir doch immer alles aus dem Internet heraussuche.«
Jennifer erstarrte. In ihrem Kopf fügten sich Teile wie zu einem Mosaik zusammen. »Hast du das alles deshalb getan? Weil du ein Buch schreiben willst?«
»Ich fürchte, ja«, gestand er ein. »Nachdem die Ärzte mich zusammengeflickt hatten, war ich besessen von diesem Gedanken: Olympia darf mich nicht einfach rausschmeißen. Es muss irgendwo einen Platz für solche wie mich geben. Dann bin ich auf die Geschichte der beiden gestoßen: James und Alberta. Mir hat ihre Haltung imponiert, dieses offene Bekenntnis: Wir haben es falsch gemacht, wir haben uns missbrauchen lassen und sind hart dafür bestraft worden. Dazu stehen wir und geben trotzdem den Traum nicht auf, sondern versuchen, aus Trümmern etwas Neues zu bauen.«
»Also hast du beschlossen, über sie zu schreiben?«
Er nickte.
»Und dann?«
»Dann ist mir Jennifer Feldman dazwischengekommen. Als ich deine Aufnahmen zu sehen bekam, dachte ich: Wow! Wer braucht schon Bücher, wenn er Großbritanniens tollste Läuferin trainie-

ren kann? Ich bin nicht stolz darauf, Jennifer. Aber in dich verliebt habe ich mich nicht, weil du über zehntausend Meter unschlagbar bist.«
»Darüber reden wir noch«, sagte sie. »Was wird jetzt mit deinem Buch?«
»Das liegt bei dir. Du kannst sicher sein, dass ich nichts schreiben werde, was du nicht willst.«
»Und wenn ich gar nichts will?«
»Dann schreibe ich gar nichts. Ihre Erbin bist du.«
»Es gibt doch überhaupt nichts zu erben.«
»Jennifer«, sagte er und nahm ihre Hand. »Du hast mich vorhin gefragt, ob James und Alberta glücklich waren. Wir können es beide nicht wissen, aber ich glaube, sie haben etwas getan, was Menschen glücklich macht: aus der Not eine Tugend. Ein wenig war ihre Stiftung vielleicht Ersatz für das gemeinsame Kind, das sie nicht haben konnten. Jemand muss die Arbeit der Stiftung weiterbetreiben, und sie haben einen einzigen Nachkommen, der genauso verzaubert von der olympischen Idee ist, wie sie es waren.«
»Mich.«
»Tatsächlich? Ich dachte, deine Mutter. Mit ihrer Aromatherapie.«
Sie boxte ihn, er fing sie ab und zog sie an sich. »Bist du mir böse?«
»Nein. Nicht sehr. Sag mir, was du über Alberta denkst.«
»Ich denke, sie hat dir ihre Geschichte erzählt, weil sie dir sagen wollte: Im Olympia-Himmel gäbe es auch dann noch Platz für dich, wenn dir im Wettkampf vor hunderttausend Leuten die Nerven versagen. Olympia ist nicht nur für die, die perfekt funktionieren. Sondern für uns alle.«
»Und du meinst, sie hat mir das zugetraut? Die Stiftung weiterzuführen? Ich fürchte, ich hätte davor noch mehr Angst als vor meinem Lauf. Die beiden haben so viel erkämpft. Die Paralympics sind in der Charta verankert, und in diesem Jahr werden ihre

Agitos dort hängen, wo zuvor die olympischen Ringe hingen – unter der Tower Bridge. Aber der nächste Schritt muss ja bewältigt werden, und ich kann mir nicht vorstellen, dass ich dazu imstande bin.«

»Du bist dir aber im Klaren darüber, wie dieser nächste Schritt aussieht, oder?«

»Das ist keine Kunst«, erwiderte sie. »Behindertensport kostet Geld, und Geld kommt nur zusammen, wo sich Massen von Menschen begeistern und Sponsoren auf den Plan locken. Das haben die Fußballer, das haben die Tennisstars, und wenn die Olympiade uns jetzt wieder Aufwind gibt, stehen auch wir Leichtathleten nicht übel da. Aber die Paralympiker? Für die interessiert sich kein Mensch. Um die Eintrittskarten für die Olympischen Spiele streitet sich die halbe Welt, aber mit denen für die Paralympischen kannst du die Straßen pflastern.«

Gregory lächelte. »Dass deine Urgroßmutter ihre Freude an dir hätte, das weißt du, oder? Versuch's, Jennifer. Allein wärst du nicht. Ich bin zwar ein linkischer Eigenbrötler, aber wenn das Buch über Alberta und James dir nützt, würde ich es gern schreiben. Und zudem hättest du auf Wunsch sicher tatkräftige Unterstützung von der Feldman-Saga.«

Sie grinsten sich an.

Wie auf ein Zeichen klingelte Jennifers Handy, obgleich Athleten im Dorf nur in dringenden Fällen angerufen werden sollten. Als ihre Nummernerkennung *Feldman Publishing* anzeigte, erschrak sie. Das konnte nur Abe sein, und Abe würde es nicht einmal als dringenden Fall ansehen, wenn er im Sterben läge. Sie drückte die Rufannahmetaste. »Was ist denn passiert?«

»Oh, Jenny. Bitte entschuldige.« Es war tatsächlich Abe. »Es ist mir sehr unangenehm, dich zu stören.«

»Du störst nicht. Ist alles in Ordnung?«

»Ja, natürlich. Ein dringender Fall liegt gar nicht vor, und ich hätte dir deine Ruhe lassen sollen.«

»Abe, jetzt sag schon, warum du anrufst«, sagte Jennifer. »Ich stehe nicht auf der Laufbahn, und die Spiele beginnen erst morgen.«

»Um ehrlich zu sein, es ist wegen dieser Partitur, die ich dir gegeben habe. Ich wollte dich nur fragen, ob du vielleicht schon Gelegenheit hattest, einen Blick hineinzuwerfen, aber die Frage ist ja töricht. Deine Urgroßmutter ist soeben verstorben, und du läufst in ein paar Tagen bei den Olympischen Spielen für Großbritannien.«

»Es tut mir leid«, murmelte sie. »Abe, du weißt doch, ich habe von Musik keine Ahnung …«

»Ich hätte dich wirklich nicht stören sollen«, sagte er. »Nur falls du zufällig Lust bekommst, in die Uraufführung hineinzuhören – die BBC überträgt sie live aus der Albert Hall.«

Daran, dass diese Symphonie heute Abend uraufgeführt wurde, hatte sie überhaupt nicht mehr gedacht. »Augenblick«, sagte sie, legte das Handy beiseite und begann in ihrer noch nicht ausgepackten Tasche nach dem grünen Buch zu wühlen. Sie zog es heraus und schlug die erste Seite auf.

Wieder und wieder las sie die drei kursiv gedruckten Zeilen:

Abraham Feldman:
Olympia-Symphonie
Für Jennifer, die Himmelsstürmerin

Fahrig angelte sie nach dem Handy. »Abe? Du bist völlig verrückt. Wann fängt die Uraufführung an?«

»Um acht. Also in einer Stunde.«

Sie drehte sich um. »Greg, können wir in einer Stunde an der Albert Hall sein?«

»In einer Stunde? Aber wir können doch jetzt nicht weg, du brauchst Ruhe, und der Verband …«

»Der Verband kann mich mal«, platzte sie ihm ins Wort. »Willst du mir als Nächstes erzählen, ich müsse mich erst in eine Liste

eintragen oder man dürfe keinen Weltschmerz in piemontesischen Wein tunken, weil tapfere Menschen Alkohol meiden?«
»Natürlich nicht.«
»Na also. Dann werde ich ja wohl in ein Konzert des Olympia-Festivals gehen dürfen.« Sie schob ihm die aufgeschlagene Partitur hin und sprach wieder in ihr Handy: »Abe? Wir kommen. Karten gibt es doch noch?«
»Es ist ausverkauft«, sagte er mit einer Spur von Stolz. »Aber ehrlich gesagt, habe ich sicherheitshalber zwei Plätze für euch reservieren lassen.«
»Umso besser. Und jetzt erklärst du mir bitte noch, warum du niemandem davon erzählt hast.«
»Ach, weißt du«, begann er herumzudrucksen. »Ich mache ja so etwas eigentlich nicht, ich dachte nur diesmal …«
»Papperlapapp«, unterbrach sie ihn. »Warum also?«
»Sicher bin ich mir nicht«, sagte er. »Aber ich fürchte, ich hatte Angst, in ›*Die Feldman-Saga geht weiter*‹ zu landen.«
Jennifer lachte. Sie setzte an, sich zu verabschieden, aber eines war noch übrig: »Abe, diese vier Minuten Redezeit von Grandma Alberta, morgen bei der Eröffnungsfeier – habt ihr Sebastian Coe mitgeteilt, dass die gestrichen werden müssen?«
»Um Gottes willen.« Abe stöhnte. »Ich fürchte, das ist in der ganzen Aufregung vergessen worden. Aber Seb Coe wird es sich ja denken können. Der Tod der Lady von Mandeville ist schließlich durch sämtliche Medien gegangen.«
»Wie auch immer«, sagte Jennifer. »Das Zeitfenster ist nicht abgesagt worden, also steht es uns immer noch zu. Ich will es nutzen, Abe. Könntest du das mit Seb Coe regeln? Sag ihm einfach, Jenny Feldman vom Team GB spricht in Vertretung ihrer Urgroßmutter Alberta Bernhardt Seaton-Carew.«
»Du, Jenny? Du traust dir zu, vor hunderttausend Menschen und den Fernsehkameras der ganzen Welt eine Rede zu halten?«
»Ich will vor diesen ganzen Menschen und Fernsehkameras fünf-

undzwanzigmal ums Stadion laufen«, sagte Jennifer. »Also werde ich wohl auch fünfeinhalb Sätze an einem Mikrophon zustande bringen. Ist denn bekannt, worüber Seb Coe in seiner Rede sprechen wird?«

»Es gibt ein paar Hinweise«, erwiderte er. »Er will an das erinnern, was Olympische Spiele bewirken können, und daran, dass die Nachwelt uns daran messen wird. Er will in etwa sagen: Dies hier ist unser Moment, und unseren Kindern und Enkeln wollen wir sagen können, als unser Moment kam, haben wir es richtig gemacht.«

»Vielen Dank, Abe. Ich freue mich auf deine Symphonie.«

Als sie aufgelegt hatte, stand Gregory hinter ihr und legte die Arme um sie. »Was willst du denn hunderttausend Leuten und den Fernsehkameras der ganzen Welt erzählen?«, fragte er, drehte ihr Gesicht zu sich und küsste sie auf den Mund. »Die Feldman-Saga?«

»Mindestens«, erwiderte Jennifer. »Was Grandma Alberta hätte sagen wollen, kann ich nicht wissen. Aber ich dachte, ich fange mal an, ein bisschen Werbung zu machen, wo ihr mir ja wohl diese Stiftung aufs Auge gedrückt habt. Ich sage also etwas wie: Hallo, Welt. Ich bin Jenny Feldman, und ich stehe auf Olympia. Wir, die auf Olympia stehen, behaupten zwar ständig, der Sieg sei nichts und Dabeisein sei alles, aber in Wirklichkeit wollen wir doch alle Rekorde sehen, oder nicht? Größere Stadien, schnellere Läufe, viel mehr ausgegebene Millionen.«

Er küsste sie wieder. »Liebste Jennifer, ich bin kein tapferer Mensch. Ich glaube, ich tunke vor deiner Rede meinen Weltschmerz in piemontesischen Wein. Mach weiter.«

Sie grinste. »Sind die vier Minuten noch nicht um? Na schön, dann sage ich vielleicht noch: Liebe Olympia-Welt, dies ist unser Moment. Nach dem fragen uns unsere Kinder und Enkel, also machen wir es besser richtig. Lassen Sie uns einen Rekord brechen, der noch nie gebrochen worden ist.«

»Eine Nummer kleiner geht's nicht, oder?«

»Nicht bei Olympia. Deshalb haben wir wieder einmal ein bombastisches Stadion gebaut, und nun machen wir es gefälligst auch voll. Die Olympischen Spiele sind ausverkauft, aber für die Paralympics gibt es noch jede Menge Karten. Schaffen wir uns unseren eigenen Rekord – die Paralympischen Spiele mit den höchsten Besucherzahlen aller Zeiten.«

»Ergreifend«, sagte Gregory und drückte auf seine Stoppuhr. »Du hast noch vier Sekunden.«

»Kallimarmaro«, rief Jennifer, hängte sich die beiden Medaillen um den Hals und lief vor ihm aus der Tür.

ENDE

(Die Paralympics von London 2012
fanden als erste der Geschichte vor komplett
ausverkauften Stadien statt.)

GLOSSAR

Agincourt. Nordfranzösische Stadt, in der im Oktober 1415 eine Schlacht des Hundertjährigen Krieges stattfand. Der dort erzielte Sieg der Engländer war vor allem dem Einsatz von Langbogenschützen zu verdanken.

Agito. Lateinisch: Ich bewege mich. Als Agitos bezeichnet man die drei asymmetrischen Halbmonde, die seit den Spielen von Peking das Symbol der Paralympischen Spiele bilden.

AIPS. Association Internationale de la Presse Sportive. Internationaler Verband der Sportpresse; gegründet anlässlich der Olympischen Spiele von 1924. Dachverband nationaler Verbände der Sportjournalisten.

Amuse-bouche. Französisch: »Mundvergnügen«. Kleine Vorspeise.

Ariernachweis. Beglaubigte Ahnentafel, die die arische Abstammung über fünf Generationen nachwies. Die Vorlage dieses Nachweises wurde von Juristen, Ärzten, Beamten und Wissenschaftlern in Lehrbetrieben gefordert. Auch zahlreiche Berufsverbände verlangten sie.

ATSB. Arbeiter-Turn- und Sportbund. Sportverband der Arbeiterbewegung, 1919 aus dem Arbeiterturnerbund mit einer neuen Ausrichtung für Breitensport hervorgegangen.

AAF. Auxiliary Air Force. Freiwilligen-Reserve der Royal Air Force, der auch Frauen angehörten, welche verschiedene Hilfsdienste verrichteten.

Avro Anson. Zweimotoriges britisches Mehrzweckflugzeug. 1934 in Betrieb genommen, diente der Tiefdecker während des Zweiten Weltkriegs u.a. als Aufklärer.

Bascule. Aufwölben des Rückens eines Springpferdes beim Sprung über das Hindernis.

BOA. British Olympic Association. Verband, der den olympischen Gedanken in Großbritannien repräsentiert.

British Athletics. Britischer Leichtathletikverband.

Cavaletti. Niedrige Hindernisse im Springsport, nicht höher als fünfzig Zentimeter. Dienen der Lockerung und Muskelstärkung des Pferdes.

Dajos Bela. Aus Kiew stammender Orchesterleiter jüdischer Herkunft, der bis zu seiner Emigration 1933 in Berlin ein beliebtes Salonorchester leitete.

Deutsche Hochschule für Leibesübungen. 1920 in Berlin als Institut innerhalb der Friedrich-Wilhelm-Universität u.a. auf Initiative von Carl Diem gegründet. Damals erste Sporthochschule der Welt.

Dietwart. Amtsträger in Sportvereinen, der für Jugendarbeit und geselliges Vereinsleben zuständig war. Im Dritten Reich war die Besetzung dieses Amtes Pflicht. Dem Dietwart unterstand die ideologische Führung des Vereins. *Der Dietwart* war eine wichtige propagandistische Sportzeitschrift, die im Reichssportverlag erschien.

DOA. Deutscher Olympischer Ausschuss. Nationales olympisches Komitee Deutschlands. Spaltete sich 1925 vom DRA ab, um vor allem das Ziel zu verfolgen, Deutschland wieder in die olympische Gemeinschaft einzugliedern. Ab 1934 vom nationalsozialistischen Reichssportführer geleitet.

DOKR. Deutsches Olympiade-Komitee für Reiterei, gegründet 1913, neu gebildet 1926.

DRA. Deutscher Reichsausschuss für Leibesübungen. Während der Weimarer Republik Dachverband für den deutschen Sport.

DRL. Deutscher Reichsausschuss für Leibesübungen, der nach Hitlers Machtergreifung als Neugründung den DRA ablöste, wurde später zum Nationalsozialistischen Reichsbund für Leibesübungen.

Eugenik. Griechisch: »gutes Geschlecht«. Konzept der Bevölkerungspolitik und Medizin, das in der ersten Hälfte des 20. Jahrhunderts weithin Zuspruch fand. Dabei sollte der Anteil positiv bewerteten Erbguts erhöht und negativ bewertetes verringert werden. Die sogenannte Rassenhygiene der Nationalsozialisten sowie die Euthanasie-Programme fußten auf eugenischen Konzepten.

Funk-Stunde Berlin. Erster deutscher Hörfunksender. 1923 gegründet, 1934 in den *Reichssender Berlin* umgewandelt.

GC&CS. Government Code and Cypher School. Früherer Name der britischen Regierungskommunikationszentrale (heute GCHQ = Government Communications Headquarters), zuständig für Nachrichtendienst und Sicherheitsdienst. Während des Zweiten Weltkriegs stationiert in Bletchley Park.

Goldfasan. Hoher NSDAP-Funktionär.

Großer Stern. Platz im Berliner Bezirk Tiergarten. Wichtiger Verkehrsknotenpunkt.

IOC. International Olympic Committee. Internationales Olympisches Komitee. Nichtstaatliches Komitee für die Organisation und Betreuung der Olympischen Spiele.

IPC. International Paralympic Committee. Internationales Paralympisches Komitee. Nichtstaatliches Komitee für die Organisation und Betreuung der Paralympischen Spiele.

Kallimarmaro. Griechisch: »der schöne Marmor«. Beiname des Panathinaiko-Stadions, eines antiken Stadions im Herzen Athens, in dem die Panathenäischen Spiele ausgetragen wurden. Auf den Ruinen dieses Stadions wurde – ebenfalls aus Marmor – eine Rekonstruktion errichtet, in der 1896 die ersten Olympischen Spiele der Neuzeit stattfanden. Bei der Athener Olympiade 2004 wurde hier der Wettbewerb im Bogenschießen ausgetragen.

Kappzaum. Zäumung ohne Gebiss, häufig zum Longieren verwendet.

Karéeoxer. Hindernis beim Springreiten zum Hochweitsprung, bei dem die oberste vordere Stange die gleiche Höhe aufweist wie die hintere.

Katapultflugzeug. Flugzeug, das aus eigener Kraft nicht starten kann, sondern eine Starthilfevorrichtung benötigt. Solche Katapulte wurden häufig auf Schiffen eingesetzt, wo keine ausreichend lange Startbahn vorhanden war. Der Dampfer *Europa* verfügte über eine solche Vorrichtung, um ein Katapultflugzeug zum Posttransport vorauszuschicken.

Kryptoanalyse. Entzifferung von Geheimtexten.

Laubfrosch. Volkstümlicher Beiname für einen Personenwagen der Firma Adam Opel. Das erste deutsche Auto, das ab 1924 am Fließband gebaut wurde.

Spode. Englische Porzellanmanufaktur, gegründet 1770.

Napola. Nationalpolitische Bildungsanstalt. Elite-Schuleinrichtung der NSDAP.

Olympiade. Streng genommen bezeichnet dieses Wort den Zeitraum zwischen zwei Olympischen Spielen. Da der Begriff sich aber landläufig als Synonym für die Olympischen Spiele eingebürgert hat, benutze ich ihn zuweilen so.

Phenobarbital. Arzneistoff aus der Gruppe der Barbiturate. Eingeführt 1912; wird in der Epilepsiebehandlung eingesetzt.

Rasse-Günther. Beiname des Eugenikers Hans F. K. Günther, dessen Publikation »*Rassenkunde des deutschen Volkes*« 1922 erschien. Die mit zahlreichen Abbildungen versehene Schrift propagierte die Höherwertigkeit einer »nordischen« Rasse und trug damit maßgeblich zur ideologischen Grundlage der NS-Rassenideologie bei.

Recurvebogen. Bogen mit zurückgebogenen Wurfarmen. Der im olympischen Wettkampf verwendete Bogen.

Reichsfluchtsteuer. Von den Nationalsozialisten 1931 eingeführte Steuer, um jüdische Auswanderungswillige bewusst auszuplündern.

Reichs-Rundfunkgesellschaft. Dachorganisation der deutschen Rundfunkgesellschaften, gegründet 1925. Bestand bis zu ihrer Liquidation nach dem Zweiten Weltkrieg.

Rick. Hindernis aus Stangen.

Scapa. Britisches Flugboot der Firma Supermarine, das für Aufklärungsflüge konzipiert war. Ging 1932 in Produktion.

Schlesische Lotterie. Beliebtes Kartenspiel um Spielgeld oder Pfennige.

Simplicissimus. Satirische Wochenzeitschrift mit Sitz in München.

Speakeasy. Englisch: »Flüsterkneipe«. Gaststätte, in der während der amerikanischen Prohibition von 1919 bis 1933 der verbotene Alkohol heimlich ausgeschenkt wurde.

Sportmolle. Fassbrause. Eine *Molle* war in Berlin ein Bier, und die bei Sportlern beliebte alkoholfreie Brause erhielt dementsprechend ihren Namen.

St. Georg. Seit 1900 bestehendes Monatsmagazin für den Reitsport.

Stürmer. Wöchentlich erscheinende, antisemitische Hetzschrift, von Julius Streicher 1923 in Nürnberg gegründet. Beschränkte sich die Auflage in der Weimarer Zeit auf wenige Tausend, so steigerte sie sich nach der Machtübernahme der Nazis binnen weniger Jahre auf eine halbe Million Exemplare.

Supermarine. Britischer Flugzeughersteller.

Triplebarre. Hindernis zum Hochweitsprung, das aus drei Ricks besteht, wobei das letzte das höchste ist. Dadurch muss das Pferd den Höhepunkt seiner Flugkurve bis über das letzte Rick hinaus anlegen.

Völkischer Beobachter. Täglich erscheinendes Zentralorgan der NSDAP.

Verzeichnis der im Buch auftretenden Persönlichkeiten, die tatsächlich gelebt haben bzw. noch leben

Albers, Hans. 22. September 1891 – 24. Juli 1960.
Schauspieler, im Volksmund »der blonde Hans« genannt. Verkörperte ein nationalsozialistisches Ideal, wurde im Dritten Reich gefördert und spielte in zahlreichen Propagandafilmen. Er weigerte sich jedoch, Preise von Nationalsozialisten entgegenzunehmen und sich in ihrem Sinne öffentlich zu äußern. Von seiner jüdischen Lebensgefährtin Hansi Burg trennte er sich nur zum Schein, sorgte für ihre Sicherheit und lebte nach dem Krieg bis zu seinem Tod mit ihr zusammen.

Burg, Hansi. 12. Februar 1898 – 14. März 1975.
Schauspielerin. Lebensgefährtin von Hans Albers. Die Nationalsozialisten drängten Albers, sich von seiner jüdischen Partnerin zu trennen, er war jedoch nur zum Schein dazu bereit. Hansi Burg ging eine Scheinehe mit dem Norweger Erich Blydt ein, lebte aber weiter mit Albers. Erst 1939 ging sie, um ihn zu schützen, nach London ins Exil. Nach Kriegesende kehrte sie nach Deutschland zurück und lebte mit Albers bis zu dessen Tod.

Calnan, George. 18. Januar 1900 – 4. April 1933.
Marineoffizier, Fechter, Olympiateilnehmer. Calnan gewann drei Bronzemedaillen bei vier Olympischen Spielen und leistete 1932 in Los Angeles den olympischen Eid für die Sportler. Am 4. April 1933 kam er beim Absturz des Luftschiffs *USS Akron* ums Leben.

Coe, Sebastian. Geboren am 29. September 1956.
Mittelstreckenläufer, Olympiateilnehmer, vierfacher Medaillengewinner, davon zweimal Gold. Vorsitzender der British Olympic Association und Träger des Olympischen Ordens. Sebastian Coe übernahm federführend Londons Bewerbung für die Olympischen Spiele von 2012 und anschließend die Organisation der Spiele.

Diem, Carl. 24. Juni 1882 – 17. Dezember 1962.
Sportfunktionär. »Erfinder« des olympischen Fackellaufs und Begründer der ersten Sporthochschule der Welt in Berlin. Diem war maßgeblich an der Durchführung der Olympischen Spiele beteiligt. Wegen seiner jüdischen Frau wurde er von den Nationalsozialisten als unzuverlässig eingestuft, war dem NS-Regime aber dennoch dienstbar und hielt an seinen Ämtern fest.

Flesch, Hans. 18. Dezember 1896 – April 1945 (verschollen).
Als Arzt ausgebildeter Rundfunkintendant, Hörspielautor und Pionier des Rundfunks. Der fortschrittliche Leiter der *Funk-Stunde Berlin* wurde während des Erstarkens der Nationalsozialisten im Rundfunk seines Amtes enthoben. Nach der Machtergreifung Hitlers wurde er inhaftiert und als Halbjude mit Berufsverbot belegt. Er starb in den letzten Kriegsmonaten beim Volkssturm.

Fürstner, Wolfgang. 4. April 1896 – 19. August 1936 (Freitod).
Hauptmann, Bauleiter und Kommandant des Olympischen Dorfes von Berlin 1936. Fürstner wurde als Kommandant abgesetzt, als bekannt wurde, dass er nach nationalsozialistischer Diktion als »Halbjude« galt. Ihm drohte die Entlassung aus der Wehrmacht. Drei Tage nach Ende der Spiele beging er Selbstmord, der als Unfall dargestellt wurde.

Guinness, Judy. 14. August 1910 – 24. Oktober 1952.
Englische Fechterin, zweimalige Olympiateilnehmerin. Bei den Olympischen Spielen 1932 in Los Angeles war Judy Guinness die Goldmedaille bereits zugesprochen worden, als sie die Schiedsrichter darauf aufmerksam machte, dass diese zweimal fälschlich zu ihren Gunsten entschieden hatten. Folglich wurde die Österreicherin Ellen Preis zur Siegerin gekürt, während Judy Guinness Silber gewann.

Guttmann, Ludwig. 3. Juli 1899 – 18. März 1980.
Neurologe und Neurochirurg, »Vater« der Paralympischen Spiele. Der begabte Arzt, dessen Behandlungsmethode bei Querschnittsgelähmten bis heute Anwendung findet, floh als Jude 1939 nach England. Im Auftrag der Royal Air Force baute er in Stoke Mandeville die erste Klinik für Wirbelsäulenverletzte – vor allem für versehrte Piloten – auf. Durch sportliche Betätigung gab er ihnen den Lebensmut zurück und führte 1948 erstmals die Stoke Mandeville Games im Bogenschießen durch, die in die Paralympischen Spiele mündeten.

Kolb, Richard. 1891 – 1945 (Freitod).
Rundfunkintendant. Löste als Nationalsozialist der ersten Stunde den liberalen Hans Flesch, dem er Postenschacherei vorwarf, bereits vor Hitlers Machtergreifung ab. Nutzte frühzeitig den Rundfunk für Propagandazwecke. Kolb meldete sich bei Kriegsausbruch freiwillig als Offizier zur Wehrmacht und nahm sich als Kriegsversehrter 1945 das Leben.

Lewald, Theodor. 18. August 1860 – 15. April 1947.
Sportfunktionär, Mitglied des Internationalen Olympischen Komitees, Vorsitzender des Organisationskomitees der Spiele von 1936. Lewald träumte lebenslang davon, die Spiele nach Berlin zu holen, scheiterte 1916 bedingt durch den Ersten Weltkrieg, ehe er

seinen Traum 1936 verwirklichen konnte. Wegen seiner jüdischen Wurzeln wurde er anschließend aus seinen Funktionen gedrängt.

Long, Carl Ludwig (»Luz«). 27. April 1913 – 14. Juli 1943. Leichtathlet, Olympiateilnehmer 1936. Luz Long verhalf Jesse Owens, der mit dem Anlauf beim Weitsprung Probleme hatte, durch Zuspruch zum gültigen Sprung und zur Goldmedaille, während er Silber gewann. Er war der Erste, der Owens gratulierte, und ging Hand in Hand mit ihm zur Siegerehrung. Owens sagte später, er würde seine Medaillen einschmelzen für die Freundschaft, die Long ihm erwiesen habe. Long kam 1943 beim Kriegseinsatz in Italien infolge einer Verwundung ums Leben.

Mayer, Helene. 20. Dezember 1910 – 15. Oktober 1953. Fechterin, Olympiateilnehmerin. Gewinnerin einer Goldmedaille in Amsterdam 1928 und einer Silbermedaille in Berlin 1936. Da ihr Vater Jude war, wurde der hochbegabten Helene Mayer nach Hitlers Machtergreifung das Stipendium entzogen, und ihr Verband schloss sie aus. Helene Mayer emigrierte nach Amerika, ließ sich jedoch auf Drängen des IOC bewegen, 1936 als »Vorzeige-Jüdin« für Deutschland anzutreten und damit einen Boykott zu verhindern.

Owens, James (»Jesse«). 12. September 1913 – 31. März 1980. Leichtathlet. Olympiateilnehmer und Goldmedaillengewinner in Berlin 1936. Wegen der Diskriminierung jüdischer und dunkelhäutiger Sportler hatte Owens bei den Olympischen Spielen von Berlin nicht antreten wollen, ließ sich dann aber überreden und wurde mit vier Goldmedaillen der erfolgreichste Teilnehmer. Ob Hitler sich tatsächlich weigerte, ihm zu gratulieren, ist umstritten. Berühmt geworden ist seine Freundschaft mit dem deutschen Weitspringer Luz Long, für die Owens »all seine Medaillen eingeschmolzen« hätte.

Poseck, Maximilian von. 1. Oktober 1865 – 18. November 1946.
Deutscher Offizier, General der Kavallerie. Poseck war maßgeblich am Aufbau des Springstalls in der Kavallerieschule Hannover beteiligt. Nach Hitlers Machtergreifung übernahm er als Präsident den Reichsverband zur Zucht und Prüfung deutschen Warmbluts.

Rau, Gustav. 28. Februar 1880 – 5. Dezember 1954.
Hippologe. Setzte sich für die Austragung von Reiterwettbewerben bei den Olympischen Spielen ein und übernahm die Leitung der Olympischen Reiterspiele von 1936.

Riefenstahl, Leni. 22. August 1902 – 8. September 2003.
Deutsche Schauspielerin, Fotografin und Filmregisseurin. Die von Hitler faszinierte Künstlerin drehte im Auftrag der NSDAP Filme über die Reichsparteitage sowie die zweiteilige Dokumentation »Olympia« über die Olympischen Spiele 1936, in denen nationalsozialistische Ideologien von Kraft, Macht und Rasse verherrlicht werden. Da der authentische Fackellauf von Berlin ihr nicht effektiv genug schien, ließ sie diese Teile später nachdrehen. Für die aus Reichsmitteln finanzierten Filme erhielt sie den Deutschen Staatspreis 1937/38.

Tschammer und Osten, Hans von. 25. Oktober 1887 – 25. März 1943.
Sportfunktionär. Ab 1933 Reichssportführer und Vorsitzender des Deutschen Reichsbundes für Leibesübungen. NSDAP-Mitglied seit 1929, SA-Gruppenführer seit 1931. Galt als brutaler »Aufräumer«, den Todesopfer nicht schreckten. Trotz fehlender Erfahrung im Sport war er für die ideologische Vorbereitung der Olympischen Spiele von Berlin 1936 verantwortlich.

Nur wer zurückblickt, kann nach vorne blicken

Charlotte Roth

ALS WIR UNSTERBLICH WAREN

Roman

Berlin 1989: In der Nacht des Mauerfalls lernt die junge Ostberlinerin Alexandra den Geschichtsstudenten Oliver kennen, zu dem sie sich sofort hingezogen fühlt. Doch seine Familie reagiert ablehnend auf die Beziehung, und als Alexandra ihrer Großmutter den jungen Mann vorstellt, bricht die alte Frau zusammen. Welches Geheimnis der Vergangenheit verbindet die beiden Familien? Die Suche führt das Paar in das Berlin Anfang des 20. Jahrhunderts, eine Stadt, deren Menschen auf dem Vulkan tanzen und in der sich die Studentin Paula leidenschaftlich für die Rechte der Frauen und Arbeiter engagiert. Ihre Träume von Gerechtigkeit und Frieden teilt sie mit dem charismatischen Clemens – doch ihre Ideale zählen wenig in einer Welt, die aus den Fugen geraten scheint …

Brillant recherchiert, hochdramatisch erzählt – Charlotte Roth erfindet in diesem Roman die Familiensaga neu und lässt den Leser gleichzeitig an den dramatischen Umbrüchen des 20. Jahrhunderts teilhaben.

KNAUR